BELINDA JONES

Ein Sommer auf Capri

W0244052

Buch

Die junge und temperamentvolle Kim Rees hat die Dolmetscherschule nur aus einem einzigen Grund absolviert: Eines Tages wollte sie an der Seite der Reichen und Schönen um die ganze Welt reisen. Doch leider ist ihr ausschweifendes Leben im Jetset immer nur ein schöner Traum geblieben. Stattdessen sitzt Kim Tag für Tag in ihrer muffigen Wohnung im walisischen Cardiff und übersetzt nichts anderes als unglaublich langweilige Bedienungsanleitungen deutscher Computerspiele. Da kommt der Vorschlag ihrer Mutter Gina, für zwei Wochen auf die paradiesische Insel Capri zu fahren, eigentlich ganz recht. Andererseits weiß Kim genau, wie schnell sie sich von den ständigen wohlmeinenden Ratschlägen ihrer Mutter genervt fühlt – die Aussicht auf einen gemeinsamen Urlaub erscheint ihr daher zunächst nicht allzu verlockend. Doch nach ein paar wunderschönen Tagen auf Capri mit nachmittäglichen Cocktails am Hotelpool, umlagert von gut aussehenden Millionären, muss Kim schließlich zugeben, dass Ginas Idee wirklich hervorragend war. Und als sie sich auch noch Hals über Kopf in den wahnsinnig attraktiven Luca verliebt, glaubt sie langsam, sie sei im Himmel. Doch bald stellt sie fest, dass Luca ihr eine »Kleinigkeit« verschweigt …

Autorin

Belinda Jones' erste bezahlte Veröffentlichung war in jungen Jahren ein Kinder-Comic. Später war sie dann bei verschiedenen großen Zeitschriften als Redakteurin tätig, bevor sie 1995 freiberufliche Journalistin für Presse und Fernsehen wurde und auch in etlichen Fernsehsendungen auftrat. Nach zwei Jahren Los Angeles lebt sie heute in London, kehrt aber häufig nach Las Vegas zurück, um ein bisschen »verrückte Luft« zu tanken.

Von Belinda Jones ist bei Blanvalet bereits erschienen:

Hochzeit in Las Vegas. Roman (35690)

BELINDA
JONES

Ein Sommer auf Capri

Roman

Deutsch von
Sabine Reinhardus

BLANVALET

Die Originalausgabe erschien unter dem Titel
»I Love Capri« bei Arrow Books,
The Random House Group Ltd., London.

Umwelthinweis:
Alle bedruckten Materialien dieses Taschenbuches
sind chlorfrei und umweltschonend.

Blanvalet Taschenbücher erscheinen im
Goldmann Verlag, einem Unternehmen der
Verlagsgruppe Random House GmbH.

Deutsche Erstveröffentlichung August 2003
Copyright © der Originalausgabe 2002 by Belinda Jones
Copyright © der deutschsprachigen Ausgabe 2003
by Wilhelm Goldmann Verlag, München,
in der Verlagsgruppe Random House GmbH
Umschlaggestaltung: Design Team München
Umschlagfoto: Zefa/Boddenberg
Satz: deutsch-türkischer fotosatz, Berlin
Druck: Elsnerdruck, Berlin
Verlagsnummer: 35870
Redaktion: Sabine Wiermann
UH · Herstellung: Heidrun Nawrot
Made in Germany
ISBN 3-442-35870-1
www.blanvalet-verlag.de

3 5 7 9 10 8 6 4 2

Für meine Mutter – Pamela Gwyther

(und für alle, die sich irgendwann einmal in Italien verliebt haben)

1

Reichen 5.000 Pfund, um dein Leben zu verändern?

Verglichen mit der Beute, die man in den Game Shows des 21. Jahrhunderts machen kann, scheint der Betrag nicht besonders hoch zu sein, aber ich stelle diese Frage, weil ich heute Morgen beim Aufwachen plötzlich um 5.000 Pfund reicher war. Ohne auch nur einen Finger dafür zu rühren – ein alter Mann in einem anderen Land ist gestorben, und man hat einen Haufen Geld auf mein Konto überwiesen. (Hier kann man doch wirklich sagen: Die Sterntaler fielen vom Himmel.) Ich brauche nicht einmal um ihn zu trauern, ich habe ihn nie kennen gelernt. Ich brauche das Geld nur *auszugeben*.

Ich stehe hier und halte die Banknoten in der Hand. Ich spreche von hundert druckfrischen 50-Pfund-Scheinen. Am liebsten würde ich das Geld wie in der Reklame für das Bingo in der *Sun* breit auffächern und ein kleines Freudentänzchen aufführen.

Es war die Idee meiner Mutter, mir das Geld in große Scheine wechseln zu lassen, dann würde ich etwas respektvoller damit umgehen. Zuerst hörte sich das ein bisschen elitär an, als seien nur hohe Banknoten wirklich eindrucksvoll, aber im Grunde hatte sie nicht Unrecht: Sie können Ihre letzte Münze darauf verwetten, dass ein Fünfzig-Pfund-Schein niemals das erniedrigende Schicksal einer Fünf-Pfund-Banknote erleidet, die man origamimäßig zusammenknittert, wenn man an der Kasse von Marks & Spencer hastig das Wechselgeld in den Geldbeutel stopft.

Diese bucklige Verwandtschaft mit ausgefransten Ecken,

Kuligekritzel und Frittenfettflecken tut mir Leid. Die werden auch durch die gründlichste Geldwäsche nie mehr sauber.

Mama (stets bemüht, meinem Blick auf die Dinge eine neue Richtung zu geben) sagte, ich solle mir Zeit lassen, bevor ich das Geld ausgebe, und etwas Besonderes damit anfangen. Ich werde ihr diesen Wunsch erfüllen. Schließlich war der alte Mann ihr Vater.

Ich halte eine der unberührten Banknoten vor meine Lava-Lampe. Die holographische Folie sieht aus, als hätte man sie gerade erst aufgeklebt. Ich weiß genau, die süßen kleinen Scheinchen würden zu gern einen ausgedehnten Einkaufsbummel im Voyage unternehmen oder sich auf einem silbernen Tablett neben der Rechnung für eine Flasche Champagner ausruhen, aber leider habe ich andere Pläne. Als mir die Pfund-Zeichen zum ersten Mal ins Auge sprangen, wusste ich auf der Stelle, wofür ich das Geld ausgeben würde – Cleo und ich haben schon lange genug davon geträumt. Trotzdem vermeiden wir seit mehr als zwei Stunden, das entscheidende Wort auszusprechen …

»Guck mal! Ich bin eine Strip-Tänzerin!«, zwitschert Cleo, steckt sich ein Bündel Scheine in den Ausschnitt ihres Büstenhalters und hält mir ihr Möchtegerndekolletee unter die Nase.

Als das ausgeflippteste aller Geschöpfe hat meine traumhafte Mitbewohnerin Cleo es mehr als verdient, an meinem Erbe beteiligt zu werden. Vor zwei Jahren bestand ich nach dem unglücklichen Ende einer Beziehung nur noch aus einem Häufchen verschniefter Taschentücher, und sie begriff als Einzige, dass ich mich irgendwo verkriechen musste. Alle anderen erwarteten von mir, dass ich den Schlag locker wegstecke und denselben Kampfgeist wie Destiny Child in *Survivor* an den Tag legte. (Ich warte aber immer noch auf meinen Schub in Richtung »Ich bin stärker/!weiser/!frecher.«) Damals kannten Cleo und ich einander nur flüchtig, aber sie kehrte sogar Sheffield den Rücken und zog zu mir, um mich von meinem qualvollen Elend abzulenken. Seither sind wir die besten Freundinnen.

Zum Teil hat es wohl deswegen besonders zwischen uns gefunkt, weil Cleos Zwilling bei der Geburt gestorben ist und sie seither immer das Gefühl hatte, ihr fehlte eine Hälfte. Bis ich kam und diese Leere ausfüllte. Sie ist so gutherzig, dass ich mir manchmal vorkomme wie ihr böser Zwilling. Ich tue zwar nichts ausgesprochen Böses, doch im Vergleich mit der sonnigen Cleo wirke ich oft wie ein ausgemachter Miesepeter. Aber das scheint ihr nichts auszumachen. Cleo erwartet nicht viel vom Leben, und genau das bekommt sie auch. Hoffentlich kann ich eines Tages ebenso viel für sie tun. Trotzdem geht es zu weit, dass sie meine kostbaren 50-Pfund-Noten mit ihrem Bügel-BH durchbohrt.

»Hör auf! Du verknitterst sie!«, sage ich, nehme die Kohle wieder an mich und streiche sie glatt.

»Seit wann machst du dir denn was aus Geld?« Cleo wirft sich auf unser rosafarbenes Sofa. (Keine von uns beiden hat besonders ausgeprägte Girlie-Züge, aber die Farbe wirkte zumindest nicht so erwachsen wie die anderen, und meine Mutter fand sie einfach grässlich – das gab den Ausschlag.)

»Seit ich plötzlich welches habe! Etwas mehr Respekt, bitte«, erwidere ich.

»'tschuldige!«, prustet Cleo und tut so, als würde sie sich mit einem diskreten Haaatschiii in einen der Geldscheine schnäuzen.

Ich stöhne gereizt und widme mich dann wieder der komplizierten Entscheidung, was wir mit diesem Geld jetzt anstellen sollen.

»Wir könnten es für eine Luxuskreuzfahrt in der Karibik verpulvern. Ich glaube, das gehört sich so, wenn man unerwartet zu ein paar Tausendern kommt«, überlege ich stirnrunzelnd.

»Ich gebe zu bedenken, dass du die Luftfeuchtigkeit nicht magst«, ruft mir Cleo in Erinnerung.

»Und du bist allergisch gegen Kokosnüsse«, kontere ich.

»Und wir würden zu viele gute Fernsehsendungen verpassen.«

»Wenn wir uns nicht letztes Jahr schon das Sony Heimkino gekauft hätten, wäre das jetzt genau das Richtige.« Ich seufze und nehme mir einen Moment Zeit, um unsere extravagante High-tech-Surround-Sound-Kombination zu bewundern. Unseren Schrein. Wir haben dafür alle Konten völlig leer geräumt, aber wenn man an die vielen Stunden uneingeschränkten Vergnügens denkt, die wir dieser Anlage verdanken, war sie ein echtes Schnäppchen.

»Wir könnten ein bisschen umdekorieren …« Ich sehe mich in unserer kleinen, aber herrlich gemütlichen Wohnung um. Von Kissen können wir einfach nicht genug bekommen, besonders nicht von diesen zottigen Schaffellkissen und den mit Kunstpelz bezogenen Exemplaren. Zuletzt haben wir uns ein paar Decken gegönnt, die speziell für lange Videonächte auf dem Sofa entwickelt worden sind. Eine Kiste, in der wir sie verstauen könnten, wäre eigentlich ganz praktisch. Und vielleicht noch ein paar größere Tabletts für Cleos besonders abenteuerliche Abendessen. (Im Moment beschäftigt sie sich mit multiplen Geschmackserlebnissen und serviert jedes Gericht auf einem kleinen Teller, ähnlich wie Tapas. Die Idee hat sie wahrscheinlich von *Kochduell* – man muss so viele Varianten wie möglich aus den vorgegebenen Ingredienzen zusammenbasteln.)

»Ich hätte ganz gern neue Untersetzer«, sage ich mit Blick auf den Kaffeetisch. Cleos Bruder Marlon hat ihn aus einer Tür geschreinert, die er in einem Container gefunden hat.

»Bleiben immer noch 4.988 Pfund. Du musst in größeren Dimensionen denken«, rät Cleo.

»Champagner!«, gröle ich.

»Wie betrunken willst du denn werden?«, will sie wissen.

»Nicht doch! Ich habe zur Feier des Tages eine Flasche gekauft«, sage ich und hüpfe bereits in Richtung Küche. Es ist ein Gebräu aus dem Supermarkt und schmeckt, als habe man Sherry durch eine alte Sodamaschine gepresst, aber für uns ist es gut genug. (Der Spirituosenladen ist im Augenblick genau eine Ecke zu weit weg.)

Als ich die Hand nach der Flasche ausstrecke, fällt mein Blick zufällig auf mein etwas nachlässig gekleidetes Spiegelbild in der Fensterscheibe.

»Neue Garderobe?«, schlage ich vor.

»Ich bin ganz glücklich mit dem, was an der Kleiderstange hängt«, meint Cleo.

»Sehr witzig. Mit dem Angestelltenrabatt meiner Mutter bei Woodwards können wir uns komplett neu einkleiden.«

»Ich dachte, du besitzt schon sämtliche Pyjamavariationen dieser Welt.«

»Was soll das denn heißen?«

»Kim, du verlässt die Wohnung so gut wie nie. Ich kann mich nicht erinnern, wann ich dich zum letzten Mal in Kleidern gesehen habe.«

»Du gehst auch nicht weiter als bis zu FotoFix«, gebe ich schmollend zurück.

Als Cleo beschloss, nach Cardiff zu ziehen und dort das Cleo-Buchanan-Heim für emotional Gestörte zu gründen, bat sie darum, von der Filiale des Fotolabors in Sheffield, in dem sie seit dem College gearbeitet hatte, hierher versetzt zu werden, aber man konnte ihr keine vergleichbare Position anbieten. Sie nahm den neuen Job an, obwohl sie damit zurückgestuft wurde. So groß ist ihre Loyalität mir gegenüber. Aber nicht einmal die besten Stücke aus der Sommerkollektion von Kaliko sind ein angemessener Dank für ihre Selbstlosigkeit.

»Das Letzte, was ich brauche, ist deine Mutter, die mich bei der Wahl meiner Kleidung berät. Jede ihrer Kundinnen sieht so aus, als ginge sie entweder auf eine Hochzeit oder würde als Nachrichtensprecherin beim Fernsehen arbeiten. Ich stehe auf New Look. Schon immer. Und daran ändert sich auch nichts mehr.«

»Ist ja schon gut. Vielleicht könnte ich wieder auf Reisen gehen. Ich brauche mindestens vier Businessoutfits, falls ich den Job in Paris annehme.«

Das hört sich jetzt aufregender an, als es ist. Außerdem ist es sowieso zu spät. Ich konnte mich nicht entscheiden, und jetzt hat ein anderer den Zuschlag bekommen oder, wie Cleo mir vorwirft: »In den letzten sechs Monaten hat man dir drei unglaubliche Jobs angeboten, und du hast sie alle abgelehnt, um weiter in einer Souterrainwohnung in Cardiff Computerspiele ins Deutsche zu übersetzen.«

Da hat sie Recht. Zuerst war die Vorstellung eines Jet-Set-Lebens der Grund, warum ich so viele Sprachen studierte. Das Studium fiel mir unglaublich leicht, ich genoss es in vollen Zügen, endlich einmal gut in etwas zu sein, und fühlte mich außerdem wie ein richtiger Kosmopolit. Aber dann wurde ich immer kecker, offener, vertrauensvoller. Nachdem sich meine letzte Reise nach Schweden als besonders spektakulärer Riesenflop herausstellte (wie kommen Sie nur darauf, dahinter könnte vielleicht ein Mann stecken?!), schwor ich mir: »Nie wieder!« Ich hatte meinen Spaß gehabt. Das ist mittlerweile zwei Jahre her, und seitdem gehe ich nicht mehr viel vor die Tür. Ich vermisse die Abenteuer nicht einmal. Stimmt schon, mein Leben ist augenblicklich nicht besonders glamourös, aber ich muss auch nicht auf die haarigen Ohren internationaler Gesandter starren oder das widerliche Aftershave von Modedesignern riechen oder mir wünschen, es sei meine Hand und nicht die der gurrenden weiblichen Interviewerin von *Glamour*, die der Latino-Pop-Star gerade festhält. Wirklich, dieser Beruf treibt das Mauerblümchendasein zu neuen Blüten: Man erledigt eine nützliche Aufgabe – man hilft den Menschen, miteinander zu kommunizieren –, und trotzdem bemerken sie nicht einmal, dass man überhaupt anwesend ist.

Natürlich gewöhnt man sich daran, ignoriert zu werden. Zum Glück hatte ich schon in den vorhergehenden Jahren die Möglichkeit, mich während der zahllosen Abendessen bei meiner Mutter, wo sie mich mit ihrer jeweils neuesten Flamme bekannt machte, in puncto Zurückhaltung zu üben. Kaum war die erste Aufregung nach den Vorstellungsritualen abgeklungen, da zog ich mich auch schon in mein Schneckenhaus zurück. Ich konnte es einfach nicht ertragen, wie sie versuchten, mich auf peinliche Weise in ihre mit Kosenamen gespickte Unterhaltung mit einzubeziehen, und wurde so zu einer echten Expertin auf dem Gebiet des Sich-Ausblendens. Man nahm mich praktisch nicht mehr wahr. Ich saß dabei und stellte mir vor, ich würde dafür bezahlt, keinerlei Reaktion zu zeigen, und bekäme Geld abgezogen, wenn ich sarkastische Bemerkungen fallen ließ oder Anstalten machte, meinen Vater zu verteidigen, der uns verlassen hatte, als ich neun Jahre alt war. (*Ihre* Schuld, wie ich hier betonen möchte. Meine Mutter hat ihn so weit gebracht.) Bei meiner Arbeit als Dolmetscherin verziehe ich inzwischen nicht einmal mehr das Gesicht, wenn der Redner, den ich übersetze, einen Witz erzählt oder sich aufregt. Mein Lehrer hat mir gesagt, man soll das Gesagte nicht nachspielen, sondern es einfach nur wiedergeben wie ein menschliches Tonband.

Mein einziger, unerfüllter Wunsch ist es, einmal eine der Bewerberinnen um den Miss-World-Titel zu dolmetschen. Ich war schon immer der Ansicht, ich könnte den Mädels dabei ein bisschen unter die Arme greifen. Sie wissen schon, man fragt sie: »Welche zwei Dinge würden die Welt Ihrer Meinung nach verbessern?«, und die Bewerberin antwortet in ihrer Sprache: »Dass Krieg und Hunger ein Ende haben.« Aber der Dolmetscher könnte hier auch übersetzen: »Lachgas und kalorienfreie Schokolade.« Sie würde doch mit Sicherheit den Titel holen! Oder noch besser: »Ich sehe so toll aus, dass es überhaupt keine Rolle spielt, was ich denke.«

Vielleicht komme ich eines Tages ja noch mal so weit. Inzwischen passt mir der Computerspiele-Job ganz gut in den Kram. Außerdem wird er sehr ordentlich bezahlt, wie ich nicht müde werde, Cleo gegenüber zu betonen. »Stell dir doch nur vor, wie viel real existierenden Urlaub wir für all das zusätzliche Geld, das ich verdiene, machen können!«

»Kim, du warst seit zwei Jahren nicht mehr von der Insel runter. Die Katze benutzt den Koffer öfter als du.«

»Ich darf dir mitteilen, dass ich sechs Sprachen spreche.«

»Wovon die spanische diejenige ist, die du am zweitflüssigsten sprichst, und dabei warst du noch nie in Spanien.«

»Vielleicht fahre ich bald mal hin.«

»In diesem Fall nehme ich natürlich alles zurück«, spottet sie. »Also: FLAMENCO-KLEID kommt ganz oben auf die Liste.«

Ich werfe einen Blick auf den voll gekrakelten Zettel mit der Überschrift: *Verschiedene Möglichkeiten, 5.000 Pfund auszugeben.*

»Bist du jetzt glücklich?«, fragt Cleo spitz.

»Ich hasse es einzukaufen«, stöhne ich.

»Genau wie ich.«

Für kurze Zeit lenkt uns der Anblick unserer Füße ab – »Sieh mal, auf meinem großen Zeh wachsen tatsächlich Haare!!« »Auf meinem auch!!!« –, dann schlage ich die Seite mit der Unterwäsche in unserem Freeman-Katalog auf, kritzle eine Rechnung in die eine Ecke und schlage vor: »Wie wär's mit 312 Paar formgebender Unterhosen?«

Cleo weiß schon, was als Nächstes kommt, und wendet sich mir erwartungsvoll zu.

Mein Herz pocht wie rasend, mein Mund wird trocken. Ich kann es nicht fassen, dass ich nach monatelangem Hoffen und

Spekulieren (lange, bevor das Geld in unserem Schoß landete) endlich meinen Herzenswunsch in die Tat umsetzen kann.

»Oder …«, setze ich unter heftigem Herzklopfen an.

Cleo schnappt nach Luft und wiederholt herausfordernd: »Oder …«

Ich taste nach ihrer Hand, und gemeinsam schreien wir: »Fett absaugen!!!«

Wenn man Tausende von Pfund zur freien Verfügung hat, ist eine potenziell entstellende Schönheitsoperation wirklich die einzige Lösung.

Cleo und ich stoßen auf diesen Entschluss an und geben uns anschließend unserem Lieblingszeitvertreib hin. Das Spiel heißt: Wer hat die dicksten Speckfalten?

»Du hast bestimmt schon gehört, dass manche Leute sagen, Cellulite sehe aus wie Hüttenkäse?«

»Klar«, erwidere ich.

»Ich glaube, meine ist die Sorte mit Ananasstückchen drin.«

»Ist doch völlig läppisch«, kichere ich und rutsche an den Rand des Sofas. »Sieh dir mal meinen Buddha-Bauch an. So eine Figur bekommt man nicht davon, dass man rohen Seetang isst.«

»Ich bin sicher, irgendwo auf der Welt gibt es einen Stamm, der uns für Göttinnen halten würde«, sinniert Cleo.

»Aber ja«, lautet meine Antwort, »man nennt sie Kannibalen. Für die wären wir so etwas wie ein Rieseneimer Kentucky Fried Chicken für sechs Personen.«

Wiehernd werfen wir uns in die Polster. Na gut, eigentlich haben wir ja nur Konfektionsgröße 40, aber aus unbekannten Gründen finden wir es irre witzig, uns mit unseren Körpern zu quälen. Und was könnte uns besser auf unser zukünftiges Dasein als fettfreie Femmes fatales vorbereiten als ein Probedurchlauf unseres ersten Termins beim Schönheitschirurgen …

Abwechselnd markieren wir mit rotem Filzstift alle »Weg damit«-Stellen unserer Körper. Obwohl der Filzstift leer ist, bevor wir fertig sind, sehen wir schon jetzt aus wie lebende Puzzles. Ehe wir in Heimarbeit ein kleines Facelifting mit Hilfe von Klebestreifen in Angriff nehmen, stellen wir uns nebeneinander vor den mannshohen Spiegel und kommen zu dem Schluss, dass wir wahrscheinlich halbwegs attraktiv aussehen würden, wenn wir unsere jeweiligen körperlichen Vorzüge zusammenschmeißen würden: Cleos lange Beine (die Cellulite existiert nur in ihrer Fantasie), anmutige Schultern und ihr rotbraunes Haar in Kombination mit meiner Körbchengröße 75 C, den grünen Katzenaugen und überraschend schmalen Handgelenken. Wir malen uns aus, welches Monster aus den Teilen entstünde, die wir verworfen haben, und sind plötzlich so dankbar für unser Aussehen, dass wir uns die Idee mit der Schönheitschirurgie beinahe wieder ausreden.

Aber nein. Das wäre ja dumm – schließlich ist es unser Wunschtraum.

Die Klinik haben wir bereits ausgesucht. Schon Monate vor dem unerwarteten Geldsegen hatten wir einige freie Minuten unserer gut verplanten Fernsehzeit dem schnellen Durchblättern des schiefen Stoßes von Frauenmagazinen geopfert, in denen uns vor allem die letzten, mit Werbung für kosmetische Chirurgie gespickten Seiten interessierten: Wo man eine traurige, schlaffe weibliche Elendsgestalt neben einer vollbusigen Nymphe mit strammem Popo abbildet und dann behauptet, dies sei eine echte Vorher-Nachher-Aufnahme.

»Ja, bevor und nachdem das Double den Raum betreten hat«, schnaubte Cleo verächtlich, aber ich wusste, dass sie insgeheim verzweifelt gern daran glauben möchte, sie selbst sei von derartig wundersamen Verwandlungen nur einen Schnitt und eine kleine Absaugung weit entfernt.

Wir entschieden uns für die »New You Clinic«, weil uns deren Slogan »Buchen Sie einen Trip nach NYC!« am besten gefiel.

»Stell dir das mal vor – in nur einer Woche blickt vielleicht schon ein Chirurg auf unsere anästhesierten Körper und sagt sich: »Sie sieht ja aus wie die Freiheitsstatue!« Kichernd tanzt Cleo durch das Zimmer.

»Wir müssen einen Pakt schließen, absolutes Stillschweigen zu bewahren!«, beharre ich ernst.

»Wollen wir deine Mutter einweihen?«

»Auf keinen Fall«, protestiere ich.

Bei dieser Veränderung will ich alles selbst entscheiden, sie ist ganz allein meine Angelegenheit. Seit ich alt genug bin, mich gegen den blumigen, mädchenhaften Stil meiner Mutter zur Wehr zu setzen, hat sie nichts unversucht gelassen, um ihren früheren Einfluss auf mich zurückzugewinnen. Gäbe es eine Kultur, bei der es sich nicht um arrangierte Hochzeiten der eigenen Kinder, sondern um arrangierte Garderoben drehte, sie wäre bestimmt sofort dabei. Sogar mein Make-up – genauer gesagt, mein Mangel an Make-up – stört sie. »Du siehst ein bisschen blass aus, Liebling«, klagt sie dann. »Versuch's doch mal damit!« Und schon taucht, wie aus dem Nichts, ein Cremetöpfchen mit abstoßend froher Farbe auf – manchmal nenne ich sie der Einfachheit halber nur noch Edwina mit den Lippenstifthänden. In echte Verzweiflung gerät sie über meine Haare. Ich habe inzwischen den Überblick über die zahllosen Fotos verloren, die sie mir von Minnie Driver und Nicole Kidman geschickt hat, deren natürliche Lockenpracht zu einer Glatthaarfrisur gebändigt ist. In aller Heimlichkeit habe ich das auch einmal mit meinem Schopf versucht, aber am Ende wirkte alles nur wie eine lebensmüde Dauerwelle. Entschlossen ließ ich mir daraufhin eine Kurzhaarfrisur verpassen. Sie sagte, jetzt sähe ich wie ein Junge aus. Bei meiner Mutter ziehe ich eben immer den Kürzeren. Wenn es um Äußerlichkeiten geht, ist sie mir einfach überlegen. Und sie wird es auch niemals müde, diese Karte gegen mich auszuspielen.

»Sie wird es so oder so bemerken. Es gehört schließlich zu ihrem Job, die Kleidergröße ihrer Kundinnen richtig einzuschätzen.«

»Wenn sie was sagt, dann antworte ich, ich hätte eine weizenfreie Diät begonnen, sie behauptet nämlich immer, der Weizen würde meinen Magen so aufblähen.«

»Dann willst du dein letztes Stück Pizza bestimmt nicht mehr essen, oder?«

»Du kannst die Hälfte davon haben«, sage ich großmütig.

»Schon ulkig, dass deine Mutter so sehr mit Äußerlichkeiten beschäftigt ist und gleichzeitig Schönheitschirurgie völlig ablehnt«, wundert sich Cleo, während sie ihr Pizzastück auseinander reißt und dabei ein kleines Pepperoni-Frisbee in meine Richtung schleudert. »Sie redet ihren Kundinnnen ja Brust- und Bauchoperationen richtiggehend aus und bringt sie anschließend dazu, jede Menge Geld für eine neue Garderobe auszugeben, die sie nach einer Operation gar nicht mehr brauchten, weil sie dann in Jeans und T-Shirts für den Rest ihres Lebens gut aussehen würden! Denk doch nur an all die Menschen im Fernsehen und in den Zeitschriften, die behaupten, dass ein kleiner Schnitt hier und da ihr ganzes Leben verändert hat.«

»Ooooh, erinnerst du dich noch an dieses absolut schauerliche Foto?«, frage ich mit vor Ekel verzogenem Gesicht.

»Na gut, die hat vielleicht ein bisschen Pech gehabt«, gibt Cleo zu.

»Im Grunde spielt es natürlich keine Rolle, wenn wir am Ende so aussehen, als hätte uns ein Hai zwischen den Zähnen gehabt – schließlich sieht uns ja niemand nackt, oder? Es geht doch hauptsächlich um den Gesamteindruck.«

Ich bin mir nicht einmal sicher, ob ich innerlich so weit bin, einen chirurgisch verbesserten Körper in aller Öffentlichkeit vorzuführen.

»Da sprichst du aber nur für dich selbst! Wenn wir das wirklich machen, fahren wir die Heizung jeden Abend voll hoch, damit ich im Bikini fernsehen kann!«, frohlockt Cleo und leert ihr Weinglas. »Ach, Kim! Wir machen es tatsächlich, nicht wahr? Stell dir doch mal die hinreißenden Männer vor, denen wir dann den Kopf verdrehen können.«

»Um Gottes willen!«

Cleo setzt eine leicht verdrossene Miene auf. »Nicht alle sind wie …«

»Untersteh dich, seinen Namen laut auszusprechen!«, schneide ich ihr das Wort ab.

»Du willst wirklich keinen Freund, stimmt's?«, fragt sie und sieht mich verblüfft an.

Cleo selbst behauptet, sie wolle jemanden kennen lernen, hat diesen Worten bisher jedoch keine Taten folgen lassen. Im letzten Sommer wurde es etwas ernster mit einem Rugbyspieler namens Dylan, doch dann lief auf Kanal E4 rund um die Uhr *Big Brother*, und er konnte einpacken. Zurzeit ist sie in einen Typen namens Gareth verknallt, der ab und zu seine Filme bei FotoFix, Cleos Arbeitsplatz, entwickeln lässt. Abgesehen davon, dass sie heimlich die Telefonnummer von seiner Fototasche abgeschrieben hat, ist bisher noch nichts passiert. Sie sagt immer, sie würde etwas unternehmen, wenn er wieder vorbeikäme, doch ihre ideale Beziehung sähe meiner Meinung nach so aus, dass sie sich alle sechs Monate mit einer etwas weniger bekannten Berühmtheit trifft und für das *OK!*-Magazin ablichten lässt.

Was mich betrifft … Wenn ich sage, dass ich von der Liebe die Nase voll habe, ist das mein Ernst. Ich glaube wirklich, so ist es am besten, denn ich würde es einfach nicht noch einmal ertragen, dass an einem Tag die ganze Welt wie eitel Gold glänzt und man bereits vierundzwanzig Stunden später nur noch ein vor sich hinschluchzendes Häufchen Elend ist. Sogar noch bevor ich ihn, dessen Name nicht genannt werden darf, kennen lernte, hatte ich l'amore nicht gerade mit offenen Armen empfangen. Ich schnitt Grimassen, während die Liebe mich innerlich zu seltsamen Verkrümmungen und Verrenkungen zwang – ich tat, was ich konnte, um mir äußerlich nichts von den giftigen Säuren anmerken zu lassen, die in meinem Inneren freigesetzt wurden. Ich ertrug Beziehungen, bis sie schal wurden, kam dann zitternd auf die Beine und wartete darauf, dass die Liebesgifte meinen Körper verließen und meine mir bis dahin unbekannten Charakterzüge (Misstrauen, Eifersucht, Bedürftigkeit) wieder auf das Normalmaß menschlicher Eigenheiten schrumpften. Seit der letzten Enttäuschung vor zwei Jahren, bei der mein Gefühlsleben durch den Reißwolf gedreht wurde, habe ich hart daran gearbeitet, ein gewisses Gleichgewicht in mein Leben zu bringen. Dank Cleos Hilfe bin ich inzwischen so gelassen, dass ich mich selbst kaum wiedererkenne. Nur meine Mutter kann mich noch aus der Ruhe bringen, weswegen ich unsere Verabredungen auf ein Minimum reduziert habe.

»Fühlst du dich nicht manchmal wie betäubt?«, wollte Cleo vor einigen Monaten wissen, und ich musste zugeben, dass dem so war. Meistens sogar. Mir ist natürlich klar, dies kann kein idealer Zustand sein, aber ein bisschen besser als die Alternative ist es doch, oder?

»Jedenfalls ist es für deine Mutter einfach, kosmetische Operationen abzulehnen, sie hat schließlich überhaupt keine Probleme mit ihrer Figur«, findet Cleo abschließend.

»Genau! Was weiß sie schon von unserem Leid?«, grummle ich und unterziehe die Bodendielen einer griesgrämigen Inspektion.

»Glaubst du wirklich, Pamela Anderson hat sich eine Rippe entfernen lassen?«, fragt Cleo, um mich aufzumuntern. Sie wittert einen Anfall schlechter Laune, den der Gedanke an meine Mutter automatisch bei mir auslöst, schon kilometerweit im Voraus und hat es zu wahrer Meisterschaft darin gebracht, mich im richtigen Moment abzulenken.

Ich werfe einen prüfenden Blick auf das Beweisfoto im *heat*-Magazin und versuche dann, Pamelas Sanduhren-Taille mit Hilfe von Klebeband nachzuahmen, während sich Cleo eifrig bemüht, meinem Körper mit dunklem Lidschatten Konturen zu verleihen, von denen ich nur träumen kann.

Gerade als wir völlig in unsere Arbeit vertieft sind, klingelt es an der Tür.

Wir erstarren.

Unsere Posen sind absurd. Cleo dreht sich um sich selbst, um sich von der Wirksamkeit ihres manuellen Gesäßliftings zu überzeugen, ich habe mich völlig zusammengekrümmt, um meine allerekelhafteste Bauchspeckfalte zu produzieren. Wir sehen aus wie eine feministische Skulptur, die die Obsession der modernen Frau mit ihren körperlichen Unzulänglichkeiten geißelt.

Es klingelt erneut. Unsere Wohnung wird für gewöhnlich nur von einem regelmäßigen Besucher betreten, doch der Pizza-Service war bereits vor einer halben Stunde da und kommt daher nicht in Frage.

Überrascht werfe ich Cleo einen fragenden Blick zu. Sie macht: »Schschsch!«, obwohl es wenig Sinn hat so zu tun, als seien wir nicht zu Hause. Alle Lampen leuchten hell wie Scheinwerfer, und Rod Stewarts volltönendes Organ erfreut die gesamte Nachbarschaft mit *The First Cut Is The Deepest*.

Als jemand den Briefkastenschlitz quietschend aufklappt, fallen wir zu Boden wie zwei Marionetten mit durchschnittenen Fäden.

2

»Kimmy! Ich bin's! Bist du zu Hause?«, hören wir.

»*Mama?*«, zische ich, Wange an Wange mit den Dielen.

»Mach bitte auf, Liebling! Es schüttet.«

»Einen Augenblick«, poltere ich, während Cleo und ich auf mit Klopapier umwickelten Füßen ins Badezimmer schlittern. Wir tauchen hastig die Arme bis zu den Ellbogen ins Waschbecken und versuchen, unsere leuchtend rot aufgemalten Krähenfüße und die grellen, verbesserten Lippenkonturen abzuwischen. Während ich hektisch mit Wasser herumspritze, entscheidet sich Cleo für die Lösung von Mrs. Doubtfire, die da heißt Cremekuchen ins Gesicht, und kleistert sich mit einer Hafer-Tonerde-Maske zu. Die Idee überzeugt mich auf Anhieb, aber die Maske, die ich aus einer eilig ergriffenen Tube auf mein Gesicht praktiziere, ist klebrig-gelatinös mit Abdeckfaktor Null, hat dafür aber maximalen Glanz. Der Briefkastenschlitz klappert ungeduldiger. Insgeheim leise winselnd haste ich zur Tür und schließe auf.

»Entschuldige, wir feiern gerade so eine Art Schönheitsparty«, keuche ich und stütze mit einer Hand den wackligen Handtuchturban auf meinem Kopf.

Misstrauisch betrachtete Mama mein frisch lackiertes Gesicht. Bis jetzt haben wir noch jeden Preisrabatt für den Besuch eines Schönheitssalons abgelehnt, und sie weiß genau, dass in diesem Haushalt die altehrwürdige Tradition eines nur der Körperpflege geweihten Sonntagabends nicht gepflegt wird.

»Wie wär's mit einer Tasse Tee?« Vielleicht gelingt es mir ja in der Küche, mehr Haltung anzunehmen.

»Ich hatte dir doch gesagt, dass ich heute Abend vorbeikomme«, sagt sie mit verwunderter Miene. »Ich verstehe nicht, warum du so überrascht aussiehst.«

O Gott – das muss das Klebeband sein, das meine Brauen bis an die Schläfen hochzieht. Ich mustere mein verzerrtes Spiegelbild auf dem bauchigen Wasserkessel und versuche, das Band behutsam abzulösen, ohne mir dabei Geheimratsecken einzuhandeln.

»Kamillentee mit Zitrone«, ruft sie hinter mir her.

Ich verdrehe die Augen und greife nach den Teebeuteln. Ihr Streben nach innerer Reinheit geht mir allmählich auf den Zeiger. Sie gießt sogar gefiltertes Wasser in den Kessel, wenn sie sich eine Wärmflasche fürs Bett macht. Plötzlich steht sie auf der Türschwelle.

»Was ist denn das?«, fragt sie mit leisem Zittern in der Stimme.

Als ich mich umdrehe, hält sie die New-You-Clinic-Broschüre hoch. In einem Anfall von Panik schnappe ich nach Luft, denn obwohl ich mir selbst sage, dass ich über mich selbst bestimme und es mir gleichgültig ist, was meine Mutter über mich denkt, regt mich auch nur der leiseste Anflug von Kritik ihrerseits ziemlich auf.

»Ach, das … das hat nichts zu bedeuten«, winke ich souverän ab und drehe ihr den Rücken zu.

»Warum wirst du dann ganz rot?«, erkundigt sie sich und kommt näher, um mir ins Gesicht zu sehen.

»Das ist eine selbsterwärmende Gesichtsmaske«, schmolle ich. »Damit versuche ich, die natürliche Ölproduktion meiner Haut anzuregen. In letzter Zeit war mein Teint ziemlich trocken.« (Man wird schließlich nicht von einer Parfüm versprühenden, Produkte anpreisenden Kosmetikverkäuferin aufgezogen, ohne etwas von der Fachsprache aufzuschnappen.)

»Sag bitte nicht, dass du im Ernst an eine Schönheitsoperation denkst«, fleht sie und sieht richtig mitgenommen aus.

»Naja, du hast doch immer gesagt, ich soll mehr aus mir machen«, entgegne ich dreist und gieße mit zittriger Hand halbfette Milch in ihren Tee. Wenn es mir irgendwie gelingt, leise Schuldgefühle in ihr zu wecken, umso besser.

»Obwohl es in diesem Fall wohl eher darum geht, weniger aus sich zu machen«, platzt Cleo heraus, während sie nach ihrem »Pukka Cuppa«-Becher von Jamie Oliver greift. »Schon in einer Woche können Sie bis zu zwei Pfund weniger von Ihrer Tochter sehen.«

Mama und ich werfen ihr einen Das-hilft-uns-jetzt-auch-nicht-weiter-Blick zu. Vorsichtig stellt sie ihre Tasse wieder ins Geschirrregal und flüstert: »Ich bin in meinem Zimmer, wenn ihr mich braucht.«

Ich wappne mich für den üblichen Vortrag: »Gib endlich die Milchprodukte auf, dann fühlst du dich wie neugeboren.« Stattdessen schlendert Mama wortlos durch das Wohnzimmer und bleibt mit verschleiertem Blick vor dem Kaminfeuer stehen. Gerade als ich meine Entscheidung verteidigen und ihr mitteilen will, dass ich ihre Erlaubnis sowieso nicht benötige, sagt sie: »Ich möchte, dass du mit mir nach Capri kommst.«

Damit habe ich nicht gerechnet.

»Ich dachte, das Begräbnis wäre schon vorbei«, sage ich verdattert.

»Ja, das stimmt, aber Luca möchte die Boutique meines Vaters übernehmen und …«

»Wer ist Luca?«, unterbreche ich.

»Der Geschäftsführer. Er arbeitet seit über zehn Jahren dort. Zwanzig Prozent des Ladens gehören ihm, und jetzt möchte er alles kaufen.«

»Und die restlichen achtzig Prozent gehören dir?«, frage ich zur Sicherheit nach und lasse mich auf dem Rand des Sofas nieder.

»Ja«, bestätigt sie. »Vater hat mir die gesamte Boutique vererbt, abgesehen von den 5.000 Pfund für dich.«

Ich bezweifle, dass er überhaupt von der Existenz einer Enkelin wusste, aber diese Feinheiten erörtern wir besser ein andermal.

»Können die Anwälte das nicht klären?«, schlage ich vor. »Mit dem restlichen Testament haben sie das doch auch erledigt.«

»Ich bin mir noch nicht sicher, ob ich verkaufen will«, sagt sie mit zitternder Stimme.

Aha. »Wie meinst du das?«, frage ich vorsichtig.

»Ich könnte mir vorstellen, nach Capri zu gehen und die Boutique selbst zu übernehmen.«

Ist meine Mutter wahnsinnig? Ich kann es einfach nicht fassen. »*Was?* Es muss doch mindestens fünfzig Jahre her sein, seit du zum letzten Mal dort warst.«

»Fünfundvierzig.«

»Ich dachte, du hättest dir geschworen, nie wieder zurückzugehen.«

»Meine Mutter hat mich dazu gezwungen. Aber seit sie gestorben ist …« Sie blickt tief in ihre Teetasse. »Ich möchte es wiedersehen.«

»Aber was gibt es da noch für dich?« Ich verstehe rein gar nichts.

»Erinnerungen«, antwortet sie trotzig. »Erinnerungen, die ich nicht mehr haben durfte, seit ich elf Jahre alt war.«

Einen Augenblick empfinde ich leise Sympathie für meine Mutter. Sie hat mir nur wenig von ihrer Jugend erzählt, aber ich weiß, dass sie auf Capri geboren wurde. Sie wuchs angeblich sorglos heran, doch ein paar Tage vor ihrem zwölften Geburtstag erfuhr ihre Mutter (Großmutter Carmela), dass ihr Gatte Vincenzo (der Tote) eine Affäre hatte, kein kurzlebiger Seitensprung, sondern eine, die schon seit mehreren Jahren andauerte.

In berechtigter Wut packte Carmela drei Koffer, zwei Töpfe und ihre Tochter und brach noch am gleichen Tag nach Cardiff auf. Eine ihrer besten Freundinnen hatte einen Waliser geheiratet, und sie hatte immer versprochen, sie irgendwann zu besuchen. Von dieser Stunde an kappte Carmela jeden Kontakt nach Italien; selbst in ihrem eigenen Haus war es verboten, in ihrer Muttersprache zu reden. Daher ist das Italienisch meiner Mutter nicht einmal auf Touristenniveau, ein Punkt, den ich jetzt mit allem Nachdruck betone.

»Du verstehst ja nicht mal die Speisekarte im Ciao Cymru.«

»Deswegen sollst du ja mitkommen und alles für mich übersetzen«, entgegnet sie ruhig.

»Einen Augenblick!« Ich mache einen Rückzieher. »Darüber solltest du noch einmal in aller Ruhe nachdenken. Willst du wirklich deinen Job aufgeben und nach Capri ziehen?« Unglaublich. Mama hat immer um die Ecke gewohnt. Sie hat mich zum Wahnsinn getrieben, aber sie hat immer um die Ecke gewohnt. Die Vorstellung, sie könnte in einem anderen Land leben ... Ich schüttle den Kopf. Nicht, dass ich es mir nicht ab und zu von Herzen gewünscht hätte ...

»Ich würde es gern versuchen«, lächelt Mama. »Es war schon immer mein Traum, eine eigene Boutique zu haben. Ich kenne mich in der Modebranche aus und verstehe genug von Einkauf und Schaufenstergestaltung und Verkauf ...«

»Ja, in *Wales*«, schnaube ich. »In Italien läuft alles ganz anders! Erinnerst du dich noch an die Woche in Mailand, als ich diesen tuntigen Designer gedolmetscht habe?«

»Wenn du mich begleitest, um mir zu erklären, wie alles funktioniert, und mir ein bisschen beim Einleben hilfst, bin ich sicher, dass ich es schaffe«, sagt sie, ohne auf meine Proteste zu achten.

Ich blicke auf diese tatkräftige Siebenundfünfzigjährige und frage mich, wo sie bloß die Energie hernimmt. Und warum sie mir so wenig davon vererbt hat. Ich bin nur halb so alt wie sie, und trotzdem erscheint mir die Anstrengung viel zu groß. (In letzter Zeit bin ich zu dem Schluss gekommen, dass man Veränderungen akzeptieren muss, wenn sie unausweichlich sind, aber warum um alles in der Welt sollte man sie gewaltsam herbeiführen? Das bringt doch alles nur unnötig durcheinander.)

»Möchtest du nicht in den Ruhestand gehen, wie alle anderen auch?«, erkundige ich mich, da es meine Vorstellungskraft übersteigt, wie jemand aus freien Stücken auf Fernsehkonsum ohne Gewissensbisse verzichten könnte.

Mama stellt ihre unberührte Teetasse wieder auf das mit Sprühfarben bemalte Tischchen zurück.

»Ich will noch nicht aufhören zu arbeiten. Ich bin auf der Suche nach einer neuen Herausforderung. Seit Teddy gestorben ist, gibt es keinen Mann mehr, um den ich mich kümmern muss. Jetzt kann ich etwas für mich selbst tun.«

Meine Augen verengen sich zu misstrauischen Schlitzen – sie muss in der Mittagspause *Oprah Winfrey* gesehen haben.

»Wenn es schief geht, verkaufe ich und komme einfach hierher zurück«, antwortet sie achselzuckend und fügt hinzu: »Es handelt sich ja nicht um eine Schönheitsoperation, bei der man nichts rückgängig machen kann.«

Autsch – das saß. Ich halte ihrem Blick stand und stoße dann einen Seufzer aus. Vermutlich muss ich jetzt den Preis für meine Freiheit zahlen. Ich habe immer gesagt, es ginge mir viel besser, wenn sie nicht in der Nähe wäre, um an mir herumzunörgeln und mein Selbstvertrauen zu untergraben. Dabei sind es nur Kleinigkeiten, die mir so zu schaffen machen. Trage ich beispielsweise meinen Lieblingspulli, bedarf es nur ihres klassischen Kommentars: »Hast du die Quittung noch?«, und schon sehe ich jedes Mal, wenn ich den Pullover anziehe, im Spiegel nichts anderes als ihren verächtlichen Blick. (Natürlich erleichtert das die Entscheidung, was ich tragen soll, wenn wir verabredet sind. Ich wähle dann immer meine schlampigsten Sachen, damit sie möglichst viel leidet.) Einmal versuchte ich, mich mit spitzen Bemerkungen über ihre Kleidung zu rächen, einfach um ihr klarzumachen, was sie damit anrichtet, aber als ich ihre Miene sah, nachdem ich gesagt hatte: »Das sieht nicht so gut aus, wie du denkst«, wusste ich, ich war zu weit gegangen. Ich gebe lieber klein bei, denn ich habe Schuldgefühle beim Austeilen und hasse Konfrontationen; ich ziehe es vor, alles bis in alle Ewigkeit in mich hineinzufressen. Vielleicht ist Mamas Umzug nach Capri ja die Lösung des Problems – es wäre dann ihre eigene Entscheidung, sich aus meinem Leben zu entfernen, und ich hätte nicht das Gefühl, ich würde sie verlassen.

»Für wie lange brauchst du mich denn?«, frage ich vorsichtig. »Ich habe ziemlich viel Arbeit …«

»Ich bezahle dich. Du sollst mir nicht nur einen Gefallen tun. Ich stelle dich ein, damit du alles für mich übersetzt und einen Blick auf das Geschäft wirfst, mit Luca und den Behörden redest und mir dabei hilfst, die richtige Entscheidung zu treffen.«

»Und wenn ich sage, dass es nicht klappt, würdest du mir glauben?«

»Ja«, erwidert sie schlicht.

Das wäre immerhin etwas Neues. Normalerweise fragt sie mich nie nach meiner Meinung.

»Wie lange?« Die Frage hat sie mir immer noch nicht beantwortet.

»Eine Woche, vielleicht zwei.«

Viel zu lange, um mich sofort zu entscheiden.

»Und wo wohnen wir?«

»Ich habe ein schönes Hotel in der Nähe der Gärten des Augustus entdeckt. Hotel Luna«, sagt sie verträumt.

»Also keine Verwandten?« Eine echte Schlüsselfrage, mit der alles steht und fällt. Ich ertrage die Vernarrt-in-meine-Tochter-Show höchstens eine Stunde lang.

»Keine Verwandten.«

»Was du vorhin über Erinnerungen gesagt hast … Es handelt sich hier doch nicht etwa um eine Pilgerreise auf der Suche nach deinen italienischen Wurzeln?«, erkundige ich mich etwas überheblicher als beabsichtigt, aber falls sie die ganze Zeit über das verlorene italienische Erbteil und abwesende Väter klagt, bin ich draußen.

Mama rutscht ein Sofakissen näher zu mir herüber und nimmt meine Hand. »Komm mit mir.«

Ich schwanke zwischen Pflicht und Furcht. Plus dem Unbehagen, das ich verspüre, sobald sie mich berührt.

Was Cleo und mich besonders eng verbindet, war ihr Geständnis, dass sie innerlich zusammenzuckt, wenn ihre Mutter zu dicht neben ihr sitzt und sie zu sehr anhimmelt. Bevor Cleo damit herausrückte, hatte ich noch nie zugegeben, dass es mir ähnlich geht. Es kommt einem falsch vor, elterlicher Liebe, die doch so vielen Kindern vorenthalten wird, auszuweichen, aber so empfinden wir nun einmal. Wir haben uns bemüht, vernünftige Gründe dafür zu finden – unsere Mütter haben uns in sich getragen, zu nahe gibt es also nicht für sie –, aber trotzdem haben wir immer das Gefühl zu ersticken.

»Wann wolltest du denn abreisen?«, frage ich, während ich meine Finger aus ihrem festen Griff zu lösen versuche.

»Am Dienstag.«

»*Kommenden Dienstag?*«, vergewissere ich mich entsetzt.

Sie nickt.

»Also übermorgen?«, frage ich zur Sicherheit nach. »Das geht nicht. Ich habe eine Verabredung, ich ...« Ich halte gerade noch rechtzeitig inne, bevor ich damit herausplatze, dass ich dann die letzte Folge von *Ally McBeal* verpasse, obwohl mir das wirklich wichtig ist. Entscheidungen in letzter Minute sind mir zuwider. Ich möchte genug Zeit haben, mich innerlich vorzubereiten, und bei der Vorstellung, plötzlich aus meinem Alltagstrott herausgerissen zu werden, wird mir richtig schlecht. Ich habe mich hier tief eingebuddelt. Ich weiß nicht, ob ich aus meinem Bunker herauskommen und in die Sonne blinzeln will.

»Schlaf noch mal drüber, dann treffen wir uns morgen zum Mittagessen«, schlägt Mama vor und erhebt sich.

An der Tür zermalmt sie mich beinahe in ihren Armen und sagt: »Ich würde alles darum geben, deine Kurven zu haben.«

»Das lässt sich doch machen«, gebe ich munter zurück. »Was sie aus mir heraussaugen, können sie anschließend in dich hineinpumpen …«

Mama erbleicht und antwortet: »Das ist nicht lustig, Kim. Das ist Selbstverstümmelung.«

»Nein, das ist Körpergestaltung!«, kontere ich.

»Es ist blutig und Furcht erregend …« Sie hält inne. »Lass uns morgen gemeinsam zu Mittag essen.«

»In Ordnung«, stimme ich zu. »Nur noch eine Kleinigkeit …«

»Ja?«

»Kann ich die Broschüre von der Klinik wiederhaben?«

Mama versucht es zuerst mit einer Unschuldsmiene, muss aber einsehen, dass ich ihr auf die Schliche gekommen bin, und greift gereizt nach ihrer Handtasche.

»Du bist schön, so wie du bist«, sagt sie stur und reicht mir das Diebesgut.

»Du musst das einfach sagen«, erwidere ich und löse ihre Finger von den zusammengerollten Papierseiten, »schließlich hast du mich gemacht.«

3

Ich schließe die Tür und beobachte, wie die Füße meiner Mutter sich auf dem Bürgersteig vor unserer Wohnung nach links wenden. Die Überlegung, ob es tatsächlich irgendjemanden außer meiner Mutter gibt, der marineblaue Schuhe trägt, lenkt mich für kurze Zeit ab, bis ich Cleo hinter meinem Rücken in die Küche eilen höre.

»Hast du das mitbekommen?«, frage ich sie, einigermaßen überrumpelt.

Cleo nickt. »Was willst du tun?«

»Keine Ahnung«, jammere ich. »Bin ich als Tochter dazu verpflichtet, sie zu begleiten? Schließlich hat sie gerade ihren Vater verloren.«

»Wenn du es nicht tust, kriegst du Schuldgefühle«, stimmt Cleo zu.

»Aber gibt es einen echten Grund, warum ich mitgehen sollte? Es wird genauso sein wie auf allen anderen gemeinsamen Reisen. Sobald sie einen Mann gefunden hat, lässt sie mich links liegen. So etwas erwartet man vielleicht von seinen Freundinnen, aber nicht von der eigenen Mutter.«

Männer sind, gleich nach Mode, das zweite große Hobby meiner Mutter. Sie kann gar nicht genug von ihnen bekommen. Wenn es eine Frau auf der Erde gibt, die sich einen ganzen Harem von Männern halten könnte, dann ist das meine Mutter. Selbst Männer, die wissen, dass sie nicht die einzigen in ihrem Leben sind, lassen partout nicht locker. Ihre Anziehungskraft ist einfach unwiderstehlich. Befinde ich mich mit meiner Mutter und lauter Männern meines Alters in einem Raum, widmen diese ihre Aufmerksamkeit einzig und allein meiner Mutter. Und je mehr Aufmerksamkeit meine Mutter erregt, desto faszinierender wirkt sie. Und je faszinierender sie wirkt, desto blasser erscheine ich neben ihr. Während unseres letzten gemeinsamen »Familienurlaubs« besuchten wir einen Nachtclub in Nizza. Von Anfang an hatte mich ein bestimmter Mann in seinen Bann geschlagen, und als er schließlich zu uns herüberkam, konnte ich mein Glück nicht fassen. Bis er meine Mutter zum Tanzen aufforderte. Falls es ein noch grausameres Schicksal gibt, als immer die häßliche Freundin zu sein, dann das der weniger attraktiven Tochter. Ich habe immer noch den bitteren Geschmack dieser Enttäuschung im Mund. Als ich den beiden beim Tanzen zusah, konnte ich die Tränen nicht zurückhalten. Sie hatte zu Hause einen Freund, und ich fand es einfach unverschämt von meiner Mutter, sich mehr als den Anteil zu nehmen, der ihr zustand, während ich mit leeren Händen dastand. Obendrein wusste ich, dass ihr dieser Tanz überhaupt nichts bedeutete. Meiner Ansicht nach macht sie sich meist gar nichts aus den Männern, mit denen sie flirtet. Sie verdreht ihnen nur den Kopf, weil sie die Macht dazu hat.

Cleo setzt sich neben mich aufs Sofa. »Sie hat überhaupt keine Zeit für Männer, sie muss sich doch um die geschäftlichen Angelegenheiten kümmern.«

»Hallo, Erde an Cleo? Meine Mutter würde noch auf ihrem Totenbett mit dem Doktor *und* dem Priester durchbrennen.«

»Und allen anderen angeheirateten Männern aus der Verwandtschaft«, stimmt Cleo zu.

»Sie hat immer Zeit für Männer, und ausgerechnet in *Italien*, mein Gott, sie werden um sie herumschwirren, als sei sie eine besonders herrlich duftende Sorte Bougainvillea.« Mir könnte es ja egal sein – wenn sie nicht immer das Bedürfnis hätte, ihre Verehrer auch unbedingt heiraten zu müssen.

Großmutter Carmela war nur bei Mamas erster Hochzeit dabei, als diese meinen Vater Huw heiratete; das, meinte sie, sei die einzige Hochzeit gewesen, die gezählt habe. Ich habe auch an den anderen teilgenommen und jedes Mal vergeblich gehofft, meine Mutter käme noch rechtzeitig vor dem entscheidenden »Ja« wieder zur Vernunft. Meiner Ansicht nach hätte man in ihrem Fall den Schwur auf »bis dass der Tod – oder ein anderer Kerl – uns scheidet« abändern sollen. *Ein* guter Mann war dabei. Er sah aus wie David Niven, und ich vergötterte ihn. Er zog bei uns ein, als ich dreizehn Jahre alt war, und ich durfte ihn sechs Jahre lang als Ersatzvater behalten. Als sich herausstellte, dass meine Mutter sich seit achtzehn Monaten mit einem anderen Mann traf, kam die Trennung der beiden für mich wie aus heiterem Himmel. Ich konnte einfach nicht glauben, dass sie ein Doppelleben geführt hatte, ohne mir auch nur das Geringste davon zu erzählen. Als sie erklärte, was vorgefallen war, hatte ich das Gefühl, meine Mutter überhaupt nicht zu kennen. Und als sie ankündigte, mit ihrem neuen Liebhaber zusammenzuziehen, war ich fassungslos, weil sie mich nicht einmal gefragt hatte, was ich davon hielt. Hatte meine Meinung denn überhaupt keine Bedeutung für sie? Spielte es keine Rolle, dass diese Entscheidung auch mein Leben betraf? Dass ich zum zweiten Mal einen Vater verlor?

Offenbar nicht.

Danach hörte ich auf, meine Mutter in die Entscheidungen, die ich in *meinem* Leben traf, miteinzubeziehen. Sie bedrängte mich zwar immer noch, ihr alles zu erzählen, aber es war zu spät – ich ließ sie nicht mehr an mich heran.

»Weißt du was?« Cleo zieht eine Grimasse.

»Was?«

»Wahrscheinlich versucht sie, dich mit irgendeinem entfernten Verwandten von Tiberius zu verkuppeln.«

»Igitt!« Ich vergrabe das Gesicht in den Händen. Cleo hat Recht. Als Amor, entmutigt von meinem Liebesleben, Pfeil und Bogen niederlegte, hob meine Mutter sie wieder auf. Sie behauptet zwar immer, sie wolle nur mein Bestes, aber mir kommt sie manchmal geradezu hämisch vor.

»Wie würdest du an meiner Stelle entscheiden?«, will ich von Cleo wissen.

Sie lächelt mich schalkhaft an. »Ich würde vor allem an frische Gnocchi denken, an Linguine mit Muscheln …«

»Du würdest nur wegen des Essens hingehen?«

»Aus dem Grund gehen doch fast alle nach Italien. Die Sixtinische Kapelle und Rundfahrten mit der Gondel kann man lässig zwischen den Mahlzeiten abhaken.«

Ich grinse sie an.

»Könntest du mir vielleicht etwas Olivenöl *extra vergine* mitbringen? Und Balsamico-Essig? Am liebsten *Fondo di Trebbiano*, falls sie den auf Capri haben, er wird mindestens acht Jahre lang im Fass gelagert, und …«

»Willst du nicht mitkommen?« Ich schnappe überrascht nach Luft. Aber natürlich – das wäre *die Lösung*! Damit sähe die Sache schon ganz anders aus!

»Nur zu gern! Aber ich muss meinen Urlaub mindestens zwei Wochen im Voraus einreichen.«

»Können die nicht dieses eine Mal eine Ausnahme machen? Ich meine, das ist ja praktisch wie ein Todesfall in der Familie?«, versuche ich sie zu überreden.

Cleo schüttelt den Kopf. »Nächste Woche sind Julia und der Blender im Urlaub. Bis nächsten Montag bin ich allein mit dem Chef.«

Ich suche fieberhaft nach einem Ausweg. Das muss doch irgendwie möglich sein! Abgesehen von damals, als wir uns kennen gelernt haben, sind wir nie mehr gemeinsam in Urlaub gefahren. Bisher haben wir es nur bis zum regelmäßigen Fernsehkonsum von *Traumschiff* gebracht, und obwohl es einmal Phasen in meinem Leben gab, wo ich mit Begeisterung jede Reise angetreten hätte, krittle ich inzwischen an allen Projekten herum und sage: »Denk bloß an den Jetlag!« oder: »Impfungen – niemals!« Cleo hat sich auch schon davon anstecken lassen und gibt gemurmelte Kommentare wie: »Büfetts sehen immer besser aus, als sie schmecken«, von sich oder: »Ich bereise keine Länder, wo Frauen sich nicht unter den Achseln rasieren.« Manchmal fühle ich mich mies, weil ich fremdenfeindliche Züge in ihr geweckt habe; ursprünglich gefiel ihr die Idee, ein neues Land mit seinen sonderbaren

Bräuchen und Eigenheiten kennen zu lernen, ganz gut, aber zu dem Zeitpunkt, als sie bei mir einzog, hatte ich nur eines im Sinn: Ich wollte absolut sicher sein, dass ich meine Wohnung nie wieder verlassen musste. Ich erzählte ihr von all den Katastrophen und Horror-Trips, die ich auf meinen Reisen erlebt hatte, und behielt die erstaunlichen, inspirierenden, positiven Erinnerungen für mich. Wie kann ich es ihr verübeln, dass sie es vorzieht, in unserem klebrigen Marshmallow-Nest zu bleiben? Hier ist alles vertraut und ruhig.

»Ach, Cleo, bist du sicher, dass du mich nicht begleiten kannst?«, frage ich. Womit könnte man sie nur umstimmen?

»Ja, absolut sicher!«, stöhnt sie. »Wozu soll ich mich peinlichen Situationen auf ausländischen Toiletten aussetzen ...«

»Das ist in Frankreich.«

»Egal ... Eine von uns muss schließlich hier bleiben, um all die Serien aufzunehmen, die du sonst verpasst!«

»Um Himmels willen, nur das nicht!«, heule ich auf. Bisher habe ich keine einzige Folge von *Bob & Rose* verpasst, und in *The West Wing* zeichnen sich gerade romantische Entwicklungen ab ...

»Es ist genau so, als würde man einen alten Freund verlassen, nicht wahr?«, sagt Cleo mitfühlend.

Ich weiß, dass sie mich genau versteht, denn sie ist noch fernsehsüchtiger als ich. Im FotoFix ziehen sie Cleo immer damit auf und sagen, sie bräuchte keinen Terminkalender, da sie Arzttermine und Geburtstage immer direkt in die aktuelle *TV Times* eintrüge.

Das ist natürlich nicht wahr. Wir kaufen ausschließlich das *heat*-Magazin.

»Wo liegt Capri eigentlich genau?« Cleo runzelt fragend die Stirn.

»Ganz unten, in der Nähe von Neapel. Man setzt mit der Fähre über.«

»Wie sieht es denn dort aus?«

Ich überlege. »Weiß ich nicht genau. Wahrscheinlich ziemlich edel, in den Boutiquen verkaufen sie fast nur Designerklamotten. In den Fünfzigerjahren war es sehr angesagt, aber meine Großmutter hat sich auf gehässige Bemerkungen über Vincenzos Geliebte beschränkt.«

»Die üppige Rosa?« Cleo vergisst nichts, was ich ihr erzählt habe. Sie ist die Einzige, die mir zuhört.

»Genau.« Ich schnaube verächtlich. »Von Capri hat sie nicht viel berichtet.«

»Lass uns im Internet nachsehen!«, flötet Cleo. »Komm schon, auf die Art kannst du dich wenigstens gut informieren, bevor du eine Entscheidung triffst.«

Widerwillig schlurfe ich zum Computer und sehe Cleo zu, wie sie eifrig die Adresse eingibt und scrollt. Ich versuche, etwas von meiner früheren Reiselust wieder zum Leben zu erwecken, spüre aber, wie meine Nerven einfach nur flattern.

»So, ich hab's. Da kannst du auf keinen Fall hin!«, verkündet Cleo.

»Warum?« Ich schnappe aufgeregt nach Luft.

»Hier steht: Es ist untersagt, außerhalb der Schwimmbereiche und Strände oben ohne oder mit klappernden Holzsandalen spazieren zu gehen.«

Ich kichere. »Sonst noch was?«

»Die Insel ist winzig – gerade mal sechs Kilometer lang.«

»Und ich kann mich nirgendwo vor meiner Mutter verstecken«, murmle ich besorgt.

»Na ja, du kannst jederzeit mit der Fähre nach Sorrent oder Positano übersetzen – Mensch, fahren da nicht Marisa Tomei und Robert Downey Jr. in *Only You – Nur für dich* hin?«

»Oh wow!« Ich spüre Aufregung in mir aufflackern und unterdrücke sie sofort. »Sehen wir uns doch mal das Hotel Luna an«, dränge ich.

»Weißt du eigentlich, dass *luna* ›Mond‹ heißt?«, will Cleo wissen, während sie die Tastatur bearbeitet.

»Wie in ›mondsüchtig‹ oder ›vor Wahnsinn den Mond anheulen‹? Hört sich doch an wie für uns gemacht.«

»Zwischen Himmel und Erde schwebend …«, liest Cleo. »Was für eine traumhafte Lage …«

»Lass mal sehen!« Neugierig spähe ich über ihre Schulter.

»Schau mal, da sind die ›Berüchtigten Faraglioni‹ zu sehen, was auch immer das sein mag.«

»Das sind Felsformationen und wird Fara-lioni ausgesprochen, das g ist stumm«, erläutere ich.

»Erwischt!«, zieht sie mich auf. »Zumindest weiß ich, wie man Capri richtig ausspricht. Gestern hat jemand auf der Arbeit ›Cappri‹ gesagt, und ich hab ihn sofort korrigiert: ›Eigentlich sagt man CAA-pri‹. Seitdem du mich an die Trinkpäckchen von Capri-Sonne erinnert hast, geht es mir nicht mehr aus dem Kopf.«

»Gut aufgepasst, Heuschrecke!«

»Sieh dir nur mal all die schicken Boutiquen an – Bulgari, Prada, Gucci …«

»Hab ich dir ja gesagt«, erwidere ich. Allein die Namen schüchtern mich ein. Ich mache mir nichts aus Glamour und Markennamen, und meiner Meinung nach wissen alle Leute, die dem allzu viel Bedeutung beimessen, nichts Besseres mit ihrer Zeit anzufangen.

»Was für ein Typ dieser Luca wohl sein mag?«, erkundigt sich Cleo nach dem Geschäftsführer der Boutique.

»Zu viel Aftershave, jede Menge Goldkettchen, um die Augen etwas geliftet«, biete ich an. »Kann man im Hotel Luna Sky-Channel empfangen?«

»Nein«, sagt Cleo entschuldigend. »Aber jedes Zimmer verfügt über einen Föhn.«

»Wahrscheinlich eins von diesen lauten, winzig kleinen Dingern – da kann dir ebenso gut jemand die Haare trockenpusten.«

»Einen Föhn brauchst du wahrscheinlich sowieso nicht.

Nach dieser Wetterkarte hier beträgt die heutige Temperatur auf Capri 29° Celsius. Sonnig. Sonnig. Sonnig. Für Mitte der Woche wird ein leichtes Gewitter vorhergesagt, danach bleibt es weiterhin heiß.«

»Und wie sieht die Wettervorhersage für Cardiff aus?«

»Regen. Regen. Regen. Mitte der Woche nur teilweise bedeckt mit kurzen Auflockerungen und etwas Sonnenschein, aber deswegen brauchst du nicht gleich den Atem anzuhalten.«

»Mit anderen Worten, das typische Juliwetter.«

Cleo dreht sich um und schaut mir in die Augen. »Sieht aus, als hättest du nichts zu verlieren und nur Sommersprossen zu gewinnen.«

4

Ich treffe zehn Minuten zu früh in Woodwards ein. Mama ist mit einem Kunden beschäftigt, also drücke ich mich zwischen den Regalen herum und spiele wie früher Rate-was-auf-dem-Preisschild-steht. Bei Max Mara liege ich fast immer richtig, aber bei Ronit Zilkha gebe ich schließlich kampflos auf. (Die Kleider sind zwar schön, aber so teuer, dass einem die Spucke wegbleibt.) Ich blicke zu Mama im Betty-Barclay-Sortiment hinüber. Eine Kollegin unterbricht das Kundengespräch, um ihr Beileid auszusprechen. Sie sieht so traurig aus. Weiß sie denn nicht, dass meine Mutter ihren Vater seit fünfundvierzig Jahren nicht mehr gesehen hat? Vermutlich empfindet sie es trotzdem als Verlust. Vielleicht ist es gut, wenn ich ihr während der Mittagspause erzähle, dass ich nicht mit ihr nach Capri kommen kann, die Kollegen lenken sie heute Nachmittag sicher von der schlechten Nachricht ab, und heute Abend ist alles schon vergessen. Ich beobachte, wie meine

Mutter eine tapfere Miene aufsetzt, bevor sie sich wieder ihrer Kundin widmet und ihr die Jacke mit Gürtel zeigt, die hervorragend zu der apfelgrünen, betont sportlichen Hose der Frau passt.

Sobald ich meine Mutter in Modegeschäften sehe, muss ich unweigerlich daran denken, wie wir einmal einen grauen Faltenrock für die Schule einkauften, damals, als ich zehn Jahre alt war. Vielleicht erinnern Sie sich noch, dass Kinderkleidung eher nach Alter als nach Kleidergröße ausgezeichnet ist, aber als der Verkäufer meine Mutter fragte: »Wie alt ist Ihre Tochter denn?«, beugte sie sich zu ihm und sagte: »Eigentlich ist sie erst zehn, aber Sie sehen ja selbst, welche Größe sie schon braucht.« Sie schwört Stein und Bein, sie habe damit nicht auf meine pummelige Figur anspielen wollen, aber ich habe den Vorfall bis auf den heutigen Tag nicht vergessen. Glücklicherweise hat sie inzwischen keine Gelegenheit mehr, Kindern Komplexe einzureden, das hat die neunundsechzigjährige Mildred übernommen, die selbst aus Marilyn Manson ein Häufchen Elend mit Seitenscheitel machen würde.

Mutter ist darauf spezialisiert, geschiedenen Frauen durch ein neues Outfit wieder Lebensmut einzuhauchen. Die meisten dieser Kundinnen kommen mit angeschlagenem Selbstbewusstsein und vom Weinen geschwollenen Augen zu ihr, die unausgesprochene Frage »Warum hat er mich nur verlassen?« hängt immer im Raum. Zwei Stunden später schweben sie als neugeborene Divas aus dem Laden hinaus. Zur Begrüßung gibt es erst mal ein Gläschen Schampus, damit die Ärmsten sich umsorgt und verrucht zugleich fühlen; anschließend entlockt meine Mutter ihnen mit geschickten Fragen ihre schlimmsten Ängste: Nie wieder einem Mann zu gefallen/was die Nachbarn wohl sagen/dazu gedrängt werden, zweitausend Pfund für eine neue Garderobe auszugeben, und macht sich an die Arbeit. Es geht um mehr als nur Kleidungsstücke. Sie verhilft ihnen zu einer bestimmten Haltung.

Manchmal betreten wütende Kundinnen den Laden, wild entschlossen, sich eine blonde Mähne verpassen zu lassen und nur noch offenherzige Bardamen-Kleidung zu tragen, mit der sie ihre neu gewonnene Unabhängigkeit feiern und außerdem ihrem nichtsnutzigen Ex-Gatten beweisen wollen, dass es ihm noch Leid tun wird, mit einer Jüngeren durchgebrannt zu sein. Meine Mutter zeigt ihnen eine klassischere Variante, und häufig tauchen diese Kundinnen nach einigen Monaten wieder auf und erzählen, ihr Mann sei zu ihnen zurückgekommen. In neun von zehn Fällen wollen sie ihn nicht mehr, sondern benötigen dringend Ratschläge, was sie für den Urlaub mit der besten Freundin auf Barbados kaufen sollten. Vielleicht ist der Job meiner Mutter also gar nicht so unnütz.

Wie durch Zauberhand von dem mit glitzerndem Strass bestickten Abendkleid angezogen, gehe ich das Sortiment Abendkleidung durch und sage mir, dass es eigentlich keinen anderen Ort als Woodwards gibt, an dem ich mir diese einer Oscar-Verleihung würdigen Kreationen vorstellen kann. Wo sonst trifft man schon Leute, die Christian Lacroix oder Ben di Lisi tragen? Seit Monaten war ich an keinem glamouröseren Ort als dem Spar bei mir an der Ecke. Aber auf Capri zieht man so etwas wahrscheinlich zum Wandern an.

Ich nähere mich unauffällig meiner Mutter und höre, wie sie einer Kundin erklärt, dass ihr ein helles, kräftiges Grün viel besser steht als trübes Khaki oder dunkles Efeu. Meine Mutter hat ein besonderes Auge für Farben, so wie Parfümnasen über besonders entwickelte Geruchs- und Restaurantkritiker über besonders sensible Geschmackssinne verfügen. Sie kann jede noch so feine Farbschattierung genau beschreiben. Es ist niemals ein rotes Hemd, sondern rot wie ein Briefkasten, wie Klatschmohn oder Tomatencremesuppe von Heinz. Offenbar gibt es da viele bedeutsame Unterschiede. Jedenfalls ihrer Meinung nach. Wenn ich als Kind sagte, etwas sei gelb, dann wollte sie es immer viel genauer wissen: kanariengelb oder eigelb oder gelb wie eine Primel? Das verwirrte mich jedes Mal, und ich antwortete gewöhnlich: »Es ist kein Vogel und keine Blume, es ist einfach gelb.«

Meine Mutter nimmt eben viel mehr Farben wahr als der Rest der Menschheit und hat ihre Bestimmung im Leben als Erfinderin neuer Namen für Lippenstiftfarben definitiv verfehlt. Calvin Klein bekommt Bestnoten von meiner Mutter. »Velours, Ingwer, Adobe ... das sind alles ausgezeichnete Namen für neutrale Farben!« Ebenso Clinique. »Baby Kiss, Heather Moon, Bernstein – das sind Namen, die den sanften Glanz sehr gut wiedergeben!« Elizabeth Arden hingegen hat ihrer Meinung nach mit ihrer Lip-Lip-Hooray-Kollektion völlig den Verstand verloren. »Was soll man sich unter einer Farbe wie Wiggle vorstellen? Oder Romp?«

Außerdem darf man die Sprache unter keinen Umständen auf die Marke Urban Decay bringen – sie hat sich nie völlig von Lippenstiftnamen wie Straßenköter oder Asphyxia erholt.

Mama winkt mir zu und formt mit den Lippen »Noch zwei Minuten!«. Ich winke ebenfalls und verheddere mich dabei mit dem Uhrenarmband im hauchdünnen Gespinst eines Boleros von Ghost. Du liebe Zeit! Wenn ich nicht einmal in einem Kaufhaus klarkomme, wie soll ich jemals auf einer Insel wie Capri und dem dortigen Chi-Chi überleben? Mein einziges snobistisches Talent besteht darin, dass ich ein Parfüm schon auf zwanzig Schritt Entfernung erkennen kann. Meine Mutter hat mich mit Hilfe von Testflakons ausgebildet und meine Fähigkeiten auf diesem Gebiet jeden Samstag, bevor es Taschengeld gab, einer strengen Prüfung unterzogen. Der Nutzen davon muss sich allerdings erst noch erweisen.

Normalerweise essen meine Mutter und ich immer im Restaurant im fünften Stock, wenn wir uns mittags treffen, aber heute schlägt sie das Café auf der gegenüberliegenden Straßenseite vor.

»Da wolltest du doch nie wieder einen Fuß hineinsetzen«, sage ich, während sie mich zum Seitenausgang dirigiert.

»Sie haben einen neuen Küchenchef«, erklärt sie.

»Du hast gesagt, die Inneneinrichtung sei so hässlich.«

»Naja, Mahagoni metallic ist doch gerade der letzte Schrei, ich sehe also alles mit neuen Augen.«

Kein Zweifel, sie führt etwas im Schilde. Ist ihr meine schlampige Hose peinlich? Das letzte Mal, als sie sich so benahm, hat sie mir einen Hinterhalt gelegt, um mir einen neuen Haarschnitt verpassen zu lassen – sie bat Gianni, ihren Friseur, zu uns an den Tisch, und anschließend führten mich die beiden im Gänsemarsch zu seinem Salon.

Ohne die geringste Spur von Ironie summt Mama Billy Joels *Just The Way You Are* und häuft sich dabei Salat ohne Dressing auf den Teller.

Ich wähle ein mit Kresse verziertes Sandwich mit Schinken, Tomaten und Salat und wünsche mir, sie würde mich so lieben, wie ich bin.

Und mich nicht jedes Mal so kritisch mustern, wenn wir uns sehen. Vorhin hat sie einen Augenblick zu lange auf meine Brauen geblickt. Vermutlich überreicht sie mir zum Abschied ein »kleines Geschenk« in Form einer Pinzette.

»Was möchtest du trinken?«

»Orangensaft«, bestelle ich bei dem Mädchen hinter der Theke.

»Ach nein, Kim. Da ist doch viel zu viel Säure drin.«

»Richtig! Ich nehme lieber einen Sprudel«, sage ich lächelnd.

»Stilles Wasser ist besser für dich.«

»Herrgott, Mama! Was können ein paar Luftbläschen schon anrichten?«

»Ganz wie du willst«, erwidert sie achselzuckend.

Ich hasse es, wenn sie das sagt. Meistens mache ich das Gegenteil von dem, was sie mir rät, damit sie daneben sitzen und mir zusehen muss, wie ich mich vergifte, aber heute bin ich nicht auf Konfrontationskurs. Ich fühle mich mies, weil ich sie im Stich lasse. »Ich kann dich nicht nach Capri begleiten«, übe ich im Stillen. Sag's ihr endlich, ermahne ich mich selbst.

»Ich habe noch einmal über Capri nachgedacht ...«, setzt sie an.

»Mama«, falle ich ihr mit zitternder Stimme ins Wort. Dolmetschen ist so viel einfacher. Da muss ich überhaupt keine Verantwortung für das übernehmen, was aus meinem Mund kommt.

»Gina! Ich habe es gerade erfahren, wie schrecklich für dich!« Ein Hauch von Puder und Chiffon durchschwebt das Café.

»Halb so schlimm, Monique, wirklich«, erwidert Mama und sieht ein bisschen genervt aus.

»Nein, ganz und gar nicht. Was für ein Mistkerl! Aber so sind die Männer doch alle, nicht wahr?«

Hoppla! Mama hat Monique offensichtlich erheblich mehr über ihren Vater erzählt als mir.

»Er hatte keine andere Wahl«, lenkt Mama ein.

»Das ist doch Quatsch!«, schimpft Monique.

Ich hätte gern »Versuch du doch mal, mit einem Herzanfall zu diskutieren« gesagt, halte mich aber zurück.

»Und alles ausgerechnet in der Woche, in der dein Vater stirbt. Das ist doch kriminell!«

Irgendetwas habe ich hier eindeutig nicht mitbekommen.

»Es muss doch jemanden geben, bei dem wir uns beschweren können«, beharrt sie.

»Schon in Ordnung, Monique, ehrlich. Lass uns später darüber sprechen«, erwidert Mama und wirft ihrer Kollegin einen unmissverständlichen »Jetzt nicht«-Blick zu.

»Na gut«, erwidert Monique etwas ruhiger. »Heute bin ich in der Strumpfabteilung, komm doch auf dem Rückweg bei mir vorbei.«

»Mache ich.«

Ich beobachte, wie Monique mit einem jungen Mann in einem Top-Man-Anzug zusammenstößt und ihn in Stoff einhüllt, wende mich dann Mama zu und frage: »Worüber habt ihr eigentlich gesprochen?«

»Nur Nebensächlichkeiten.«

»So hörte sich das aber nicht an«, widerspreche ich.

»Ach, weißt du – der Abteilungsleiter hat Jesiré einen Quadratmeter mehr Verkaufsfläche gegeben, und Mondi wird ausgebaut.«

»Hat das Auswirkungen für dich?«

»Ähh …« Sie zögert.

Wenn ich es nicht besser wüsste, würde ich annehmen, dass sie gleich in Tränen ausbricht. Dabei weint meine Mutter nie.

»Ich verschwinde mal schnell auf die Toilette, Schätzchen. Willst du dir schon einen Nachtisch aussuchen?«

Also hier ist wirklich etwas faul. In der Hoffnung, dort irgendeinen Hinweis zu erhalten, blicke ich zum Kaufhaus hinüber und sehe eine von Mamas ältesten, walisischsten Freundinnen aus der Drehtür kommen. Ich laufe rasch hinaus auf den Bürgersteig und rufe sie: »Delia!«

Sie schaut sich verwirrt um, entdeckt mich dann und winkt mir aufgeregt von der anderen Straßenseite aus zu. »Kim«, sagt sie lächelnd, als ich die Straße überquert habe, »wenn du deine Mutter suchst, sie ist schon zur Mittagspause gegangen.«

»Ich weiß, wir essen heute zusammen«, antworte ich und deute auf das Café. »Hm, sie macht einen unglücklichen Eindruck – ist irgendetwas bei der Arbeit passiert?«

Delia weicht meinem Blick aus.

»Was ist los?«, frage ich, von ungewohnter Besorgnis erfüllt.

»Ach, weißt du, der Abteilungsleiter hat ihr Budget in dieser Saison zusammengestrichen, das heißt, sie bekommt nur zwei Herbstensembles …«

»Delia?« Ich lege meine Hand auf ihren gestrickten Ärmel.

»Sie haben sie entlassen.«

»*Was?* Sie hat seit über dreißig Jahren dort gearbeitet.« Ich weiche entsetzt zurück.

»Die Geschäftsleitung meint, persönliche Verkaufsberater sind nicht wichtig für das Team und …« Delia hält inne. »Kimmy, sie wollte auf keinen Fall, dass du davon erfährst. Bitte sag ihr nicht, dass du es von mir gehört hast.«

»Nein, aber …«

»Heute ist ihr letzter Tag. Diese Reise nach Capri hätte nicht günstiger kommen können, und der Gedanke, vielleicht eine eigene Boutique zu führen, hat ihr so viel Auftrieb gegeben.«

Ich zwinge mich zu lächeln. »Wenn man sein eigener Chef ist, können sie einen nicht feuern.«

Delia legt ihre rundliche Hand auf meine rundliche Wange. »Sie wollte nicht, dass du das Gefühl hast, du müsstest sie begleiten, weil sie dir Leid tut. Du weißt ja, wie stark sie sich immer gibt. Du sollst dir unter keinen Umständen Sorgen machen.« Schweigend betrachtet Delia meine empörte Miene. »Mein Gott, ich habe sie wirklich verraten. Ich hätte es dir nicht erzählen dürfen.«

»Schon in Ordnung«, stammle ich, immer noch benommen.

»Jedenfalls wird ihr die Unabhängigkeit gut tun. Sie betrachtet es als neuen Anfang.«

»Sie geht ja nicht allein«, höre ich mich sagen.

Delias Brauen heben sich fragend.

»Ich begleite sie«, verkünde ich und versuche dabei möglichst wenig überrascht zu klingen.

»Weil ich dir von ihrer Kündigung erzählt habe?«, will Delia wissen.

»Nein«, lüge ich.

»Gutes Kind«, lobt sie. »Das ist toll.«

Plötzlich steigen mir Tränen in die Augen. Delia quetscht

mich gegen die Knöpfe ihrer Strickjacke und flüstert: »Ich weiß, dass du Angst hast, *cariad*. Ihr geht es nicht anders. Aber ihr könnt euch gegenseitig helfen.«

»If Everybody Looked The Same We Get Tired Of Looking At Each Other«, informiert mich die Groove Armada.

Was soll das denn sein? Das Anti-Schönheitsoperations-Sammelalbum?

Ich sitze rechtzeitig wieder auf meinem Stuhl im Café und beobachte, wie sich meine Mutter zwischen den Tischen in meine Richtung schlängelt. Ihr feuerroter Lippenstift signalisiert Charakterstärke.

»Also«, sage ich lächelnd. »Du wolltest gerade über Capri sprechen ...«

Ihr Gesicht leuchtet plötzlich so hell, als würde ein Scheinwerfer direkt darauf gerichtet. »Kommst du mit?«, fragt sie begeistert. Dann zeichnet sich leises Misstrauen auf ihren Zügen ab, und sie blickt sich im Café um, ob jemand meine Entscheidung beeinflusst haben könnte.

»Cafiero's hat mir zufällig einen Übersetzungsauftrag für September erteilt. Prima Gelegenheit für mich, mein Italienisch wieder aufzufrischen.«

Sie sieht erleichtert aus. »Nun, das passt ja hervorragend für uns beide.«

»Genau.«

»Weißt du, vielleicht könnte ich Gianni überreden, dass er heute Nachmittag noch einen Termin für dich frei macht ...«

»Mama«, knurre ich.

»Was ist?«, ruft sie mit gespielter Unschuld.

»Übertreibe es nicht.«

5

Neapel sehen und sterben. Sagt man. Eine Feststellung, die viele Deutungen zuläßt, und die bedrohlicheren darunter kommen mir sofort in den Sinn, als ein stämmiger, stoppelbärtiger Mann sich uns am Flughafen von Neapel in den Weg stellt.

»Sie wollen Taxi?«, fragt er knurrend und wirkt dabei so gerissen, dass er sich besser als Crack-Dealer in einem Quentin-Tarantino-Streifen machen würde. Ohne ihn eines Blickes zu würdigen, manövriere ich unseren Gepäckwagen zum Ausgang, muss aber, als ich mich umdrehe, feststellen, wie der Arm meiner Mutter bereits den abgewetzten Ärmel des Mannes umschlingt. Noch bevor sie flöten kann: »Was haben Sie für wunderschöne Spritzen!«, zerre ich sie zum offiziellen Taxistand. Bei all ihrer Erfahrung mit Männern müsste sie eigentlich in der Lage sein, einen falschen Fuffziger zu erkennen, aber nein, ihr Glaube an die Menschheit bleibt einfach ungebrochen. Gott sei Dank bin ich nicht so naiv. (Nicht, dass ich besonders viel Gelegenheit dazu gehabt hätte, die bösen Männer von den guten auszusortieren, aber als regelmäßige Zuschauerin von *Aktenzeichen XY ungelöst* habe ich mich hinreichend mit dem Thema vertraut gemacht.)

Das »offizielle« Taxi schaltet den Taxameter auf halbem Weg zum Mergelliner Hafen aus und nimmt uns bei der Ankunft einen unverschämten Wucherpreis ab. Ich leiste nur erbärmlichen Widerstand und reiche ihm den geforderten Betrag. Mama martert sich immer noch mit Vorstellungen, was uns alles hätte zustoßen können, wenn wir mit dem stämmigen Stoppelbart losgefahren wären. Ich sage ihr, dass wir dann wahrscheinlich um 30.000 Lire besser dastünden.

Während wir uns mit dem Gepäck abmühen und uns zu orientieren versuchen, fällt mir eine Gruppe ungeschlachter

Seemannstypen auf, die uns nicht aus den Augen lassen. Obwohl dies ein öffentlicher Hafen ist, beschleicht mich das Gefühl, wir befänden uns uneingeladen in ihren angestammten Hoheitsgewässern. Sie sehen aus, als wüssten sie etwas, wovon wir noch keine Ahnung haben. Beispielsweise vom Wetter. Mama und ich tragen lässige, sommerliche Kleidung (wobei meine bedeutend lässiger ist als die meiner Mutter), während die Männer sich in dicken, blauen Pullovern mit Zopfmuster und schweren Jacken vergraben haben. Ich bin überzeugt davon, dass sie uns entweder gleich niederknüppeln oder anbieten, die Koffer zu tragen, doch sie tun keines von beidem. Sie starren uns nur an, während wir auf der Suche nach dem richtigen Dock herumirren. Ich finde das ganze Erlebnis sehr erniedrigend und haste mit gesenktem Kopf an der Mole entlang; meine Mutter reagiert genau entgegengesetzt und stelzt mit übertriebener Grandezza neben mir her.

Um richtig stilvoll von Neapel nach Capri überzusetzen, braucht man eine Privatyacht – eine von der spitz zulaufenden, schnittigen Sorte mit verchromten Geländern und einem Namen wie *Avanti!* Die Alternative für sieben Pfund heißt Schnellboot. Nachdem wir endlich herausgefunden haben, welches Boot wohin fährt, schaukeln wir über die metallene Landungsbrücke, schieben unsere Koffer an die dafür vorgesehene Stelle und schlurfen zu einem Fensterplatz. Gleichzeitig mit dem Anlassen der Motoren bekommen wir kleine Papiertüten gereicht, falls uns schlecht wird. Da draußen weit und breit kein Taifun in Sicht ist, kommt mir diese Maßnahme etwas überflüssig vor, aber innerhalb von Minuten beweist man mir das Gegenteil. Wenn einem das rhythmische Schlingern nicht an die Nieren geht, dann sind es spätestens die Geräusche des Nachbarn, der sein halbverdautes Schinkenbrot wiederkäut.

Meine Mutter übergibt sich völlig geräuschlos, außer dem leisen Knistern der Tüte, als sie die Handgriffe mit einer

Schleife zusammenbindet, ist nichts zu vernehmen. Einige Sekunden lang macht sie einen etwas verlorenen Eindruck – bleich und verletzlich ohne ihr Markenzeichen, den herausfordernden, leuchtend roten Lippenstift –, und meine Hand hebt sich unwillkürlich, als ich mit dem Gedanken spiele, ihr tröstend auf den Rücken zu klopfen, so wie sie selbst es früher, als ich noch zur Schule ging, häufig tat, und dabei mitfühlend »Mein armer Schatz!« zu murmeln. Aber noch bevor ich auf Tuchfühlung mit ihrem mandarinfarbenen Wildlederkostüm gehen kann, taucht plötzlich ein anderer Arm auf, einer in haferfarbenem Leinen und mit einem Glas Wasser in der Hand.

»Prego!«, lächelt ein Mann mit platingrauem Haar.

Großer Gott! Diese Frau übergibt sich sogar auf verführerische Weise.

Zeit für mich, mir die Beine zu vertreten. Genauer gesagt, krampfhaft hin und her zu taumeln, während meine Arme wie Windmühlenflügel rotieren. Ich sehe aus, als würde ich in einem Kate-Bush-Video mitwirken. Da wir uns in einem Tragflächenboot befinden, gibt es kein Deck, auf dem man auslüften könnte, und statt frischer Luft atmet man den öligen Dunst des Motors ein. Ich kann sehen, wie die Wellen aufschäumen, aber ohne die Salzwassertropfen auf meinem Gesicht habe ich das Gefühl, ich befände mich in einem Simulator; lediglich die Übelkeit ist real. Im Bug des Schiffes zusammengekauert überstehe ich die nächsten vierzig Minuten dieses Belastungstests und erinnere mich daran, dass das beste Mittel gegen Seekrankheit darin besteht, sich auf einen bestimmten Punkt am Horizont zu konzentrieren und dabei lauthals zu singen. Leider schwankt der Horizont auf und ab wie eine Wippe, und meinen leidenden Mitreisenden geht es auch schon ohne meinen Gesang schlecht genug. Ich hole stattdessen regelmäßig und tief Luft und schwöre, nie wieder festen Boden zu verlassen. Das kanadische Ehepaar neben mir macht sich schon jetzt Sorgen über die Rückkehr. »Es muss doch noch einen anderen Weg geben«, jammern die beiden.

Was mich betrifft, ich schwimme einfach zurück.

Ich denke an Cleo zu Hause in Cardiff. Es ist vier Uhr nachmittags. Zweifellos befindet sie sich gerade mitten in einer »Matt oder Hochglanz«-Debatte mit einem Kunden, der natürlich Vorrang vor ihrer Teepause hat. Wie anders würde diese Reise doch mit Cleo verlaufen. Das wäre ein Fest! Ich bin ganz verzagt ...

Zumindest kommt Mama für alle Reisekosten auf *und* zahlt mir außerdem noch ein Honorar. (Ich habe deswegen ein schlechtes Gewissen, aber sie bestand auf einer »geschäftlichen Vereinbarung«. Ich werde ihr nur den Mindestsatz berechnen – gerade genug für die kleinen Bauchketten, die Cleo und ich demnächst tragen, nachdem wir uns neue, Britney-flache Bäuche haben verpassen lassen.)

Wir nähern uns langsam der Insel. Alles sieht viel grüner aus, als ich es mir vorgestellt hatte. Und viel dramatischer: hohe, steil abfallende Klippen auf jeder Seite, die sich in der Mitte zu einer Art Sattel aufwerfen, über und über mit kleinen weißen Häuschen bedeckt wie mit Würfelzucker. Das Schnellboot schiebt sich rückwärts an die Anlegestelle, zwischen eine Fähre und etwas, das aussieht wie ein großes, graues Schlachtschiff.

»Marina Grande«, seufzt meine Mutter und lächelt Platin-Mann schmachtend an. »Als ich ein kleines Mädchen war, gab es hier nur ein paar Fischerboote.«

»Na, das ist ja auch schon fast fünfzig Jahre her!«, werfe ich ein.

Sie wirft mir einen viel sagenden Blick zu. Aha, so läuft der Hase. Diese ständige Flunkerei bezüglich ihres wirklichen Alters geht mir ganz schön auf die Nerven. Hätten wir nicht die gleichen onyxgrünen Augen und einen identischen, in der Stirn spitz zulaufenden Haaransatz, würde meine Mutter wahrscheinlich bestreiten, dass wir miteinander verwandt sind, und mich als Freundin oder Kollegin vorstellen. Am schlimmsten sind natürlich Kommentare wie: »Sie müssen Schwestern sein!« Äußerst schmeichelhaft für meine Mutter, aber wenn man berücksichtigt, dass ich erst dreißig bin, sie hingegen siebenundfünfzig, was sagt das dann eigentlich über mich aus?

»Entschuldigung – ich wollte selbstverständlich sagen vor dreißig Jahren!«, verbessere ich verächtlich und murmle leise vor mich hin: »Oder waren es nur zehn?«

Platin-Mann lenkt den Blick meiner Mutter von den Touristenscharen, die am Ufer auf das Boot warten, in seichteres Gewässer, wo hölzerne Segelboote in den Primärfarben Rot, Grün und Blau auf und ab schaukeln. Lächelnd drückt sie seine Hand. Ich drehe mich um, mustere die hinter dem Strand liegenden Läden am Ufer und versuche, ein weinrotes Gebäude zu identifizieren, das zwischen den weißen Nachbarhäusern hervorsticht. Ich entziffere das Wort *farmacia*. Vor der Rückreise muss ich unbedingt Reisetabletten kaufen.

Als ich mich wieder meiner Mutter zuwende, ist Platin-Mann verschwunden.

»Hotel Luna!«, erhebt sich eine Stimme über die aufgeregte Menge.

»Das sind wir!«, japst Mama und blickt aufgeregt nach allen Seiten, um den Rufer mitten in dem Durcheinander aus Koffern und Ellbogen zu erspähen.

»In diesem Gedränge finden wir ihn nie!«, rufe ich verzweifelt und mache einen Pogo-Sprung, um besser sehen zu können. Zu unserem Hotel führt nur ein Fußweg, und die Aussicht, unser Gepäck über endlose, im Nichts endende Kopfsteinpflastergassen wieder nach unten zu zerren, ist einfach unerträglich. Mit einem Schlag sind die Tagesausflügler plötzlich von der Bildfläche verschwunden, und ein Mann, auf dessen weißer Kapitänsmütze der Schriftzug *Hotel Luna* mit eleganten Goldkordelschwüngen aufgenäht ist, tritt an uns heran. Er trägt einen marineblauen Blazer und sieht genau wie der als Playboy mit Yacht verkleidete Tony Curtis in *Manche mögen's heiß* aus.

Ohne auf unsere vor Erstaunen aufgeklappten Münder zu achten, nimmt er sich unserer Koffer an und sagt: »Sind Sie Mutter und Kinder?«

»Ja«, erwidere ich strahlend und geschmeichelt, weil er den Altersunterschied zwischen uns bemerkt hat, wobei ich insgeheim bete, dass er mich für die Jüngere hält.

Er hakt unsere Namen auf seiner Liste ab, geleitet uns dann zur *funicolare* (eine Mischung aus Drahtseil- und Straßenbahn) und sagt, er würde uns in »ein 'albe Stunde« am Hotel treffen.

Benommen arbeiten wir uns durch das Gewühl, vorbei an billigen T-Shirt-Shops und eleganten, weißen Fiat-Marea-Taxis, die seetauglich aussehen und wahrscheinlich einen Außenbordmotor ausfahren können, wenn man damit ins Meer rast. An der Kasse der *funicolare* zahlen wir jeder 2.400 Lire (etwa 80 Pence) und steigen in die quietschende, scheppernde Kabine. Kurz bevor sich die Türen schließen, kommt eine lebhaft schwatzende, japanische Reisegruppe dazu. Als wir zum langsamen Aufstieg ansetzen, bricht eine der Japanerinnen in ein mit Schluckauf durchmischtes, nasales Lachen aus.

Mama höhnt: »Hört sich ja an wie eine kranke Eselin« und imitiert sie täuschend echt.

In den folgenden acht Minuten, die wir für den restlichen Aufstieg benötigen, setze ich eine vollständig ausdruckslose Miene auf, aber sobald sich die Kabine geleert hat, sage ich zu ihr: »Zwei Dinge! Erstens: Nur weil du kein Japanisch sprichst, heißt das noch nicht zwangsläufig, dass Japaner kein Englisch verstehen. Zweitens: Selbst wenn sie kein Englisch sprechen, sind sie nicht taub. Wenn du sie imitierst, hören sie das.«

Meine Mutter sieht ganz unglücklich aus und legt die Hand auf den Mund, als ihr dämmert, was sie angerichtet hat.

»Ich wollte nicht unverschämt sein!«, beteuert sie.

»Ich weiß, aber stell dir nur mal vor, wie du dich fühlen würdest, wenn jemand dich als Henne, die sich als Küken verkleidet, bezeichnen würde.«

Meine Mutter sieht so fassungslos aus, als hätte ich sie geohrfeigt.

Meine Hand brennt so heiß, als hätte ich es tatsächlich getan.

Mit vor Schuldgefühlen roten Gesichtern erklimmen wir die Stufen.

Ich weiß nicht, wieso ich mich in ihrer Gegenwart immer wieder zu derart gehässigen Bemerkungen hinreißen lasse. Wenn ich zu lange mit ihr zusammen bin, füllt sich mein Magen mit Gift und Galle, und ab und zu entweicht etwas davon aus meinem Mund. Ich dachte immer, die richtige Antwort auf dieses Problem sei, sie so wenig wie möglich zu sehen, und solange ich Dolmetscher-Jobs hatte und viel reisen musste, ließ sich das auch problemlos bewerkstelligen. Mama verlor einfach die Übersicht, wann ich zu Hause war und wann unterwegs. Aber in den letzten zwei Jahren habe ich mich oft bei ihr entschuldigen müssen. Ich fühle mich deswegen schlecht, aber jedes Mal, wenn ich das Gefühl habe, etwas hätte sich verändert, und ihr anschließend einen Besuch abstatte, erweist sich diese Annahme leider als ein Irrtum.

Allmählich gewinnt meine Mutter ihr Selbstvertrauen zurück. Sie fängt an, mich auf Verschiedenes aufmerksam zu machen, während Erinnerungen, die sie wie aus heiterem Himmel überkommen, zu Ausrufen wie »Das war damals noch nicht da!« oder »Oh, sieh mal, was die anhat!« verleiten.

Mich faszinieren derweil die lustigen, käferartigen Elektrokarren, die nur aus einer Metallplatte mit Rädern und Fahrer bestehen und unaufhörlich hupend an uns vorbeirattern. Mama beharrt darauf, dass diese fahrbaren Untersätze trotz ihrer geringen Größe unverzichtbar sind. »Mit dem Auto kommt man nicht durch die engen Gassen«, erklärt sie, »und auf den großen Straßen können die Touristen nicht fahren, weil es auf der Insel keine Leihwagen gibt.«

»Wie eine Spielzeugstadt«, sage ich, als sich ein weiterer Käfer auf vier Rädern nähert und wir uns wie Flundern an die Wand pressen müssen, damit er vorbeikommt. Ich drehe mich um, weil ich sehen will, ob sich unser Gepäck auf dem Wagen unter den Louis-Vuitton-Koffern und Ledertaschen befindet, und bemerke dabei, dass ein Hund auf der hinteren Stufe aufgesprungen ist. Er lächelt in meine Richtung, als wollte er mir zu verstehen geben: »Besser schlecht gefahren als gut gelaufen.«

»Via Emanuele! Hier müssen wir abbiegen!«, ruft Mama und taucht in eine geschäftige Straße mit vielen Läden ein.

Sie ist ganz in ihrem Element, während ich das Gefühl habe, Ferragamo und Cartier mustern mich abschätzig, um mich daran zu erinnern, wie fehl am Platz ich hier unter lauter Menschen bin, für die Stil eine lebenswichtige Frage ist. Doch dann bringt mich ein Geschäft namens Snobberie zum Lächeln. Zumindest einer nimmt das alles mit einer Prise Humor. Von einer plötzlich vor uns auftauchenden Horde Einkaufswütiger zum Schleichschritt gezwungen, habe auch ich plötzlich das dringende Bedürfnis, in die Auslagen zu spähen. Manche der schrillen Kleider wirken etwas trashig, aber die Juweliergeschäfte sind schlicht und einfach dekadent: grell glitzernde Edelsteine für alle, die bis zum Abwinken Geschmack bewiesen haben und jetzt – nachdem sie jeglichen Bezug zur Realität verloren haben – nur noch Aufmerksamkeit heischende Monstrositäten kaufen.

»Wer soll das denn tragen?«, grunze ich beim Anblick einer Brosche aus Perlen, groß wie überdimensionierte Lutschbonbons, auf denen walfischförmige Diamanten prangen.

»Auf Capri gelten andere Modegesetze«, sagt Mama achselzuckend.

Es ist fast grotesk, sich vorzustellen, wie viel ein solches Schmuckstück kostet (jedenfalls verdammt viel mehr als mein Vermögen von 5.000 Pfund, das steht schon mal fest), ganz zu schweigen von den vielen anderen, angenehmeren Möglichkeiten, sein Geld unter die Leute zu bringen.

»Sieh mal, was für ein schönes Foto von Sophia Loren aus den fünfziger Jahren«, zwitschert Mama mit hingerissenem Blick in die Auslage eines Schuhgeschäftes.

Ich möchte sie am liebsten daran erinnern, dass die korrekte Aussprache von Loren »*Lo*-ren« lautet, genau wie bei Lauren Bacall, und nicht »Lo-*reen*«, beschließe dann aber, mich in punkto Kritik erst einmal zurückzuhalten.

»Fast geschafft!«, jubelt sie jetzt und schreitet mit frischem Elan aus; wir lassen die zu Kopf steigende Mischung aus Gucci Rush und Kenzo Jungle hinter uns und traben eine schmale Seitenstraße mit Kopfsteinpflaster hinunter, in der es nach Buttergebäck riecht. Unten empfangen uns Drehständer mit Postkarten und eine kleine Holzbude, wo man frisch gepresste Fruchtsäfte kaufen kann. Dazwischen steht ein handgemalter, aus blauen Kacheln gefertigter Wegweiser zum HOTEL LUNA. Wir steuern um eine Gruppe deutscher Touristen herum und gehen durch ein Gatter. Als wir es hinter uns schließen, stoßen wir einen erleichterten Seufzer aus. Wir haben das Gefühl, als seien wir den plündernden und brandschatzenden Horden knapp entronnen. Der Erdboden neben unserem kleinen Trampelpfad ist von der Sonne ausgetrocknet, aber je näher wir dem Hotel kommen, desto vielfältiger und bunter wird die Flora.

»Was ist denn das?«, frage ich und zeige auf eine Reihe

sandfarbener, eindrucksvoller Bögen, die den Hof zu unserer Linken säumen.

»Die Certosa di San Giacomo, ein ehemaliges Kloster. Es gehört nicht direkt zum Hotel, aber ich glaube, die räumliche Nähe trägt dazu bei, dass dieser Ort eine besondere Ruhe ausstrahlt«, sinniert Mama und atmet zufrieden lächelnd die wohlriechende Luft ein.

Ich muss zugeben – natürlich nur insgeheim –, dass das Luna ein wahre Oase ist. »Zwischen Himmel und Erde schwebend«, murmle ich, als das Hotel jetzt in Sicht kommt, und erinnere mich daran, wie Cleo mir die Webseite vorgelesen hat.

Eigentlich sollten wir die Rezeption ansteuern, aber unsere Füße führen uns instinktiv auf die herrliche, von der Sonne aufgeheizte Terrasse. Auf den ausgebleichten Korbstühlen liegen kobaltblaue Polsterkissen, die, laut meiner Mutter, »exakt dieselbe Farbe haben wie die Uniform von Delias Tochter, du weißt schon, Rhiannon, die bei La Prairie arbeitet ...«

»Mmmm«, ist eine eher unpassende Antwort für jemanden, der den Verlust seines heißgeliebten Arbeitsplatzes beklagt, also füge ich hinzu: »Genau, und die Sofas in der Bar sind genauso butterblumengelb wie die Lätzchen von Clarins.«

Mama lächelt mich dankbar an und sieht großzügig über meine etwas hölzerne Ausdrucksweise hinweg; mit untergehakten Armen schlendern wir zum Geländer.

Ich warte ein paar Sekunden ab und löse mich dann aus der Berührung, indem ich so tue, als müsste ich nach der Kamera in meiner Handtasche suchen, um die Faraglioni-Felsen, die Cleo so begeistert haben, zu fotografieren.

Beeindruckt blicken wir zu den drei mächtigen, ausgehöhlten Kalkformationen hinüber, als plötzlich ein Boot in der schmalen Durchfahrt des mittleren Felsens auftaucht und dabei ein Band aus weißem Schaum um den Fuß des Gesteins webt.

»Es gibt noch einen vierten Felsen, den man von hier aus aber nicht sehen kann«, erklärt Mama. »Dort lebt eine Kolonie von Robben. Als junges Mädchen habe ich mir oft vorgestellt, dort mit ihnen zusammenzuleben …«

»Obwohl in Robbenkolonien der Bedarf an Modeberatung ziemlich begrenzt ist«, scherze ich zaghaft.

Meine Mutter versucht zu lächeln.

Wir schweigen, verzaubert vom Glitzern des Meeres. Es sieht aus, als habe jemand ein Fischernetz aus pulsierenden, blitzenden Elfenlichtern auf der Wasseroberfläche ausgebreitet.

Verstohlen werfe ich einen sonnenbrillengeschützen Seitenblick auf meine Mutter und überlege, was ihr jetzt wohl durch den Sinn geht. Hat sie jemals gemeinsam mit ihrem Vater unten am Kiessand geplanscht? Oder mit Oma Carmela eine Bootsfahrt unternommen? Ich bin versucht, sie zu fragen, habe aber Angst vor dem, was ich mit meiner Frage auslösen könnte. Ich wahre lieber den erprobten Sicherheitsabstand zu den Erinnerungen meiner Mutter. Jedes persönliche Bekenntnis wäre mir unangenehm. Da eine nette Tochter jetzt vermutlich etwas Freundliches und Mitfühlendes sagen sollte, öffne ich den Mund zu der angebrachten Bemerkung: »Vielen Dank, dass du mich hierher gebracht hast«, doch ein dröhnender Bariton kommt mir zuvor: »Buon Giorno!«

Wir wirbeln herum. Der vor uns stehende Mann sieht uns so verführerisch an, dass er uns nicht nur mit den Augen auszieht, sondern bereits in einen flotten Dreier verwickelt zu sein scheint.

»Ist schön, ja?«, sagt er und deutet, den Blick unverwandt auf mich geheftet, aufs Meer hinaus. Während Mama ein Loblied auf die Aussicht anstimmt, beugt er sich zu mir und flüstert: »Bella«, begleitet von einem postkoitalen Stöhnen, bei dem es mich kalt überrieselt. Wäre ich jetzt mit Cleo zusammen, würden wir uns schnell unterhaken und hinter der nächsten Ecke in lautes Kreischen ausbrechen. Aber ich bin nicht mit Cleo hier, sondern mit meiner Mutter und winde mich innerlich, weil ein Mann mich in ihrer Gegenwart so gierig ansieht. Als würde man gemeinsam vor dem Fernseher sitzen, und ganz unvermutet kommt eine Sex-Szene. Ich blättere hastig in meinem Repertoire an Gesichtsausdrücken, finde aber nichts Passendes. Selbst wenn ich es wollte, mangelt es mir schlichtweg an sexuellem Selbstvertrauen, um dieser unverhohlenen Lust etwas Gleichwertiges entgegenzusetzen. Ich wage nicht zu lächeln, aus lauter Angst vor dem, was ich dadurch auslösen könnte, und wenn ich den Blick senke, wirke ich vielleicht geziert. Im Grunde möchte ich ihm wortlos zu verstehen geben: »Ich weiß, du spielst gern mit dem Feuer, Süßer, aber ich werde nicht darauf hereinfallen, trotzdem besten Dank für den unterhaltsamen Zwischenfall.«

»Fühlen Sie sich nicht wohl, Signorina?« Er sieht mich neugierig an.

Aha, die blasierte Miene ist mir wohl irgendwie nicht richtig gelungen.

»Ähh …«, stottere ich.

»Wir haben eine lange Reise hinter uns!«, antwortet Mama und legt schützend den Arm um mich.

»Sie möchten Kaffee oder vielleicht eine Cocktail …?«

»Ach nein«, kichert meine Mutter, »dafür ist es noch etwas zu früh. Wir sind auf dem Weg zur Rezeption, um uns anzumelden.«

»Sie sind Gäste des Hotels?« Wölfisches Entzücken breitet sich auf seinen Zügen aus. »Sie sind herzlich willkommen. Ich bin Mario, ich bin Manager von Bar. Bitte – ich Sie darf an Rezeption führen?«

Wir folgen ihm und seinen auf Hochglanz polierten Lackschuhen über den Marmorboden: Mutters Pantoletten mit Klick-Klack, ich mit billig quietschenden Turnschuhen.

»Herzlich willkommen im Hotel Luna«, begrüßt uns der

gepflegte Mann mit dem viereckigen Gesicht an der Rezeption lächelnd.

Mama wartet darauf, dass ich die Vorstellung auf Italienisch übernehme, aber plötzlich fehlen mir die Worte.

Sie bedenkt den Empfangschef mit einem Lächeln, das ihn nachsichtig stimmen soll. »Meine Tochter spricht Italienisch, aber sie ist etwas schüchtern. Sprechen Sie Englisch?«

Er nickt und sieht sie bewundernd, mich bedauernd an.

»Wir haben reserviert, Gina und Kim Rees«, fährt sie fort.

»Si! Bitte reichen Sie Ihre Ausweise!«

Zumindest die Angestellten des Hotels kann sie jetzt nicht mehr über ihr Alter hinwegtäuschen, feixe ich insgeheim.

»Ist das Ihre erste Besuch auf Capri?«, erkundigt er sich, während er die Formulare ausfüllt.

»Also, na ja …« Jetzt sieht meine Mutter etwas verloren drein, weil sie keine Ahnung hat, wie sie unseren Besuch umschreiben soll.

»Ich bin zum ersten Mal hier, aber meine Mutter hat die Insel schon früher besucht«, springe ich ein, um ihm die ausführliche Reeves/Desiderio-Saga zu ersparen. Außerdem ist Capri so klein, dass er die ganze Geschichte sowieso spätestens bis zum Frühstück erfahren hat. Das Frühstück, hören wir jetzt, ist kontinental und wird im Innenhof des Speisesaals serviert.

»Sie haben Zimmer Nr. 220, mit Blick auf den Garten. Ihre Gepäck wird Ihnen sofort gebracht. Genießen Sie Ihre Aufenthalt.«

Auf dieses Stichwort hin taucht Mario in der Verbindungstür zwischen Lobby und Bar auf und lehnt in seiner schwarzen Hose und dem cremefarbenen Doppelreiher so lässig im Türrahmen wie Bogart in *Casablanca*. Wir lassen uns nicht aufhalten.

»Keine Cocktails!« Seine sichtbare Enttäuschung ruiniert die coole Pose.

»Vielleicht später!«, zirpt Mutter und drückt geziert auf den Aufzugsknopf.

»Ich mixe Spezialität für Sie«, lockt er. »Frisch gepresste Erdbeeren …«

Und alles, was du sonst noch in die Pfoten bekommst, denke ich stillschweigend, während wir uns mühsam in die winzige Kabine des *ascensore* quetschen.

Diese Süditaliener sind ja nicht gerade hoch gewachsen, aber was ihnen an Körpergröße fehlt, machen sie durch Testosteron wieder wett. Man hat irgendwie den Eindruck, als seien die männlichen Gene hier in besonders hoher Konzentration vorhanden. Das sollte man übrigens nicht auf die leichte Schulter nehmen: Kombinieren Sie die Anmaßung und Hartnäckigkeit italienischer Männer mit der Angst britischer Frauen, jemanden zu beleidigen, und schon haben Sie eine tödliche Mischung.

»Ich werde der Versuchung nicht erliegen!«, schwöre ich mir.

Auch wenn ich noch so dankbar dafür bin, dass Mario mit mir flirtet und nicht mit meiner Mutter.

6

Das Erste, was mir in unserem Zimmer auffällt, ist eine prächtige Vase aus geschliffenem Glas mit zehn roten Rosen. Die Knospen sind perfekte Tränen und die Stiele so lang, dass man mit ihnen Stabhochsprung machen könnte.

»Glaubst du, die sind von einer Hochzeitsreise übrig geblieben?«, frage ich meine Mutter, während ich vorsichtig einen der spitzen, wie Katzenkrallen geformten Dornen berühre.

»Nein, sie sind frisch«, erwidert sie. »Und eher rot wie Claret, kein reines Rot.«

Meiner Meinung nach wäre ein munterer Strauß gelber Chrysanthemen für Mutter und Tochter angemessener gewesen. Rote Rosen, egal, welcher Farbschattierung, wecken in jedem Menschen quälende Gedanken an einen nicht vorhandenen, liebeshungrigen Verehrer. Nicht dass ich einen liebeshungrigen Verehrer suche (man stolpert ja doch nur über sie, wenn sie einem ständig die Füße küssen), aber kein Mädchen auf der ganzen Welt ist gegen Tagträume gefeit, bei denen ein Mann – dem Mann mit der Kapitänsmütze am Hafen nicht unähnlich – einen Strauß in der Hand hält und, unüberhörbar für alle, »Ti amo!« ruft.

Es klopft an der Tür.

»Wahrscheinlich das Gepäck«, sagt Mama und durchwühlt ganz vertieft ihr Necessaire.

Hochrot vor Erwartung eile ich zur Tür.

»Buon giorno ...Ho le sue valige!«, verkündet der bestgekleidete Teenager, den ich je gesehen habe. Zurückgekämmtes Haar, dunkelblauer Anzug. Ganz niedlich, aber leider fehlt die Kapitänsmütze.

»Wo soll er das Gepäck hinstellen?«, frage ich Mama und versuche, meine Enttäuschung zu verbergen.

»Scusi! Tut mir Leid! Ich spreche Englisch«, entschuldigt er sich.

»Das macht nichts, meine Tochter versteht Italienisch«, lächelt Mama und deutet mit ihrem Lockenstab auf mich.

»All'angolo ...«, sage ich mit einer Handbewegung auf die Ecke neben den Rosen.

Mit großem Trara hievt er die Koffer auf ein ausklappbares Regal, erklärt dann in allen Einzelheiten, wie der automatische Sonnenschutz bedient wird, der Zimmersafe auf- und wieder zugeschlossen werden kann, die Minibar zu öffnen ist, die Rezeption angewählt und der Brausekopf in der Dusche eingestellt wird. Ich scheuche ihn aus dem Bad, bevor er uns über Nutzen und Gebrauch des Bidets aufklärt.

»Was für ein süßer Junge«, lächelt Mama, nachdem er gegangen ist. »Das Personal hier scheint wirklich sehr nett zu sein.«

Ich frage mich, auf wen sie ein Auge geworfen hat. Hoffentlich auf den älteren Manager.

Ich sinke in einen Sessel, kicke die Turnschuhe von den Füßen und genieße die kühlen Fliesen unter meinen reisemüden Zehen. Mit dem großen Zeh folge ich dem smaragdgrünen, leicht erhabenen Muster, während Mama ihre Garderobe auf ihrem Bett ausbreitet. Oder sollte das etwa ihre Seite sein? Vielleicht stehen dort tatsächlich zwei Einzelbetten, aber nicht einmal einer der hoteleigenen Frotteehausschuhe würde in den schmalen Spalt dazwischen passen. Ich kann nur beten, dass ich, falls ich im Schlaf sprechen sollte, mich dabei der italienischen Sprache bediene, damit sie mich nicht versteht. Das erinnert mich wiederum an ... Mit meiner allerbeiläufigsten Stimme, Motto »Ach, da fällt mir doch gerade noch was ein«, sage ich: »Mama, es wäre mir lieber, du würdest nicht gleich herausposaunen, dass ich Italienisch kann. Wenn ich soweit bin, sage ich das schon selbst.«

»Ich verstehe schon. Du willst ungestört lauschen«, neckt sie mich und hängt dabei ihre Kleider in den Schrank, wobei sie sich strikt an die gewohnte Farbfolge von creme über gelb und orange zu rot, pink, scharlach, blau und grün hält.

»Na ja, dafür bin ich doch ausgebildet«, entgegne ich und bringe endlich genügend Energie auf, um den Reißverschluss meines Koffers aufzuziehen. Schließlich verdiene ich mir meinen Lebensunterhalt damit, den Unterhaltungen anderer zuzuhören. Sie sprechen, ich wiederhole. Es ist alles so passiv. Und frustrierend. Nur ein einziges Mal würde auch ich gern nach meiner Meinung gefragt werden.

Manchmal erliege ich beinahe der Versuchung, meine eigenen Theorien in die übersetzten Sätze einzuarbeiten oder sogar etwas ganz anderes wiederzugeben, einfach nur, um die

Dinge etwas spannender zu machen. In meinem ersten Jahr als Dolmetscherin habe ich das bei einem Geschäftsessen mit anschließendem Tanz sogar einmal getan – unter dem Vorwand, meine Stimmbänder geschmeidig halten zu müssen, hatte ich etwas zu tief ins Glas geschaut und ein ganz neues Gespräch erfunden, so ähnlich wie in dem Spiel bei *Whose Game Is It Anyway*, wo sie Szenen aus alten Filmen mit lustigem Unsinn neu synchronisieren. Was ich auch sagte, es passte immer. Als ich zur Toilette ging und wieder zurückkam, waren sie ohne mich aufgebrochen. Eigentlich hätte ich verärgert sein müssen, aber ich war nur erleichtert – ringsum hatten alle zu tanzen begonnen, und ich stellte mir vor, wie ich, eingeklemmt zwischen meinen beiden Gesprächspartnern, wie ein Sandwich über die Tanzfläche rotieren würde, so ungefähr wie in der Szene aus *Dirty Dancing*, in der Patrick Swayze und Cynthia Rhodes Jennifer Grey im Tanzstudio die Schritte beibringen.

Ich stelle fest, dass unser Zimmerschlüssel noch in der Tür steckt, und werfe dabei einen Blick in den Korridor; genau in diesem Moment schreitet eine umwerfende Frau auf hohen Absätzen und in einem weißen Badeanzug mit Nackenverschluß an mir vorbei. Ein untersetzter Mann mit schweißbedeckter Halbglatze trägt ihr Strandtasche und Sonnenhut hinterher.

»Warum hast du mir nicht gesagt, dass wir um achtzehn Uhr da sein müssen?«, zischt sie auf Italienisch.

»Hab ich doch! Ich habe es dir gestern gesagt, als wir bei Prada einkaufen waren.«

Dieser Dummkopf! Hat er wirklich geglaubt, sie würde ihm zuhören, wenn Handtaschen in Reichweite sind?

Manche Menschen können einander eben nicht verstehen, nicht einmal dann, wenn sie dieselbe Sprache sprechen. Genauso geht es mir in Beziehungen. Er spricht. Ich höre zu. Dann gebe ich meine Auslegung seiner Gefühle wieder – dieselbe Sprache, unterschiedliche Worte. Manchmal möchte ich am liebsten schreien, weil es so vieles gibt, was ich in mich hineinfresse.

A Womans Touch summend, geht meine Mutter geschäftig auf und ab, arrangiert Parfüm und ein Buch auf dem Nachttisch. Obwohl sie nichts Verkehrtes tut, werde ich allein vom Zusehen kribbelig vor lauter Gereiztheit. Ich hole tief Luft, aber das Zimmer wirkt immer beklemmender auf mich. Ich springe auf, öffne die hölzerne Jalousietür zum Balkon und trete in das grelle, weiße Licht hinaus.

Noch lange, nachdem meine Augen sich an die Helligkeit gewöhnt haben, bin ich einfach überwältigt von der Aussicht. Allmählich begreife ich auch warum: Normalerweise lasse ich einen Kameramann den Blickwinkel für mich auswählen. Jetzt liegt es allein an mir, der Szenerie Bedeutung zu verleihen, aber es gibt so viel zu sehen, dass meine Aufmerksamkeit gleichzeitig in alle möglichen Richtungen gelenkt wird. Ich versuche, das Panorama in Happen genießbarer Größe aufzuteilen. Über mir ein gestreifter Baldachin – breite grüne und weiße Bänder, die mit den Farben unseres Zimmers harmonieren, Gott sei Dank, da muss Mama wenigstens nicht umdekorieren. Zu meiner Rechten das Meer, jetzt in stimmungsvolles Grau getaucht. Meine Mutter würde es auf ihrer persönlichen Farbpalette vermutlich mit dem Blau der Luftstreitkräfte kombinieren. Die wie unbewegt daliegende Wasserfläche im Mittelgrund wirkt fast matt, wie getrocknete Farbe, und verschwimmt am Horizont zu einer bleicheren, ausgewaschenen Aquarellfarbe, die sich kaum von der Farbe des Himmels abhebt und mit diesem zu verschmelzen scheint. Der Blick beruhigt mich. Direkt unter mir liegt der üppige Garten des Hotels, eingebettet zwischen Pool und ehemaligem Kloster. Die restliche Aussicht ist vollgestopft mit dem verwirrenden Durcheinander aus Häusern und Hotels, gelegentlich unterbrochen von Zypressen und Pappeln.

Ich beuge mich über die Brüstung des Balkons und folge mit den Augen dem schmalen öffentlichen Weg, der Via Matteotti, der zu den Gärten des Augustus führt. Im Augenblick könnte man ihn versehentlich für den Bahnsteig am Oxford Circus im Berufsverkehr halten. Oder genauer gesagt für ein ausverkauftes Fußballstadion kurz vor dem Anpfiff. Der Lärm der Schulkinder ist einfach unglaublich. Sie johlen und brüllen, reißen sich gegenseitig an ihren Pferdeschwänzen oder treten sich in ihre Rucksäcke und führen, anscheinend unter Zuhilfenahme unsichtbarer Megaphone, ohrenbetäubende Unterhaltungen mit Klassenkameraden über die Köpfe von mindestens zwölf Passanten hinweg.

»Wenn die Kinder diese Insel nicht zu schätzen wissen, sollte man ihnen den Besuch verbieten«, tadelt meine Mutter, die sich für einen Augenblick zu mir gesellt hat, um die Lärmquelle ausfindig zu machen.

Vielleicht stimmt das nicht, denke ich insgeheim. Vielleicht drücken sie ihre Wertschätzung auf diese Weise aus. Ich glaube, ich wäre auch ziemlich laut, wenn ich eine Klassenfahrt nach Capri unternehmen würde. Doch ich bin nur bis Bristol gekommen, wo ein Spaziergang über die Clifton-Hängebrücke unseren Aufsätzen über Isambard Kingdom Brunel etwas mehr Farbe verleihen sollte. (Natürlich faszinierte die Klasse 3B die Anzahl der Selbstmörder, die sich von der Brücke gestürzt hatten, viel mehr als deren kühner Entwurf.)

Die Schulkinder geben sich ausgelassen ihrer zügellosen *joie de vivre* hin, und ich beneide sie, weil sie so unverfroren die friedliche Stille zerstören. Ich frage mich, wie es wohl sein mag, wenn man glaubt, es sei wichtiger, sich die Seele aus dem Leib zu schreien, als auf die Gefühle anderer Leute zu achten. So viel Lärm zu machen erfordert eine Menge Energie. Ich bin nicht sicher, ob ich mehr als ein Blöken zustande brächte. Schreien bedeutet, dass man etwas fühlt. Die Kinder geben sich rückhaltlos ihren Gefühlen hin, schwenken die

Arme, klatschen in die Hände, singen. Sie gehören nicht zu den Menschen, denen man in so genannten »Selbsterfahrungsgruppen« begegnet, wo sich alle bemühen, echte Erfahrungen im Licht der Neonröhren zu machen.

Ich beobachte ein älteres Ehepaar, das die lärmende Schar verdrossen und kopfschüttelnd überholt, und denke dann unwillkürlich: Wer hat hier wohl am meisten Spaß?

Es ist genau wie der Unterschied zwischen Menschen, die im Meer schwimmen, und denen, die den ganzen Tag am Hotel-Pool verbringen. Pool-Leute sind sachgemäß gepeelt und enthaart. Ihr Teint ist gleichmäßig gebräunt, die Frisur sitzt, Designer-Sonnenbrillen gehören zur Grundausstattung. Sie schwimmen Bahnen. (Schwimmen im Meer ist nicht meßbar. Man kann ja schlecht sagen: »Ich bin bis *dahin* geschwommen!«) Nichts als Chemie, Cocktails und die pure Selbst-Verhätschelung. Andererseits: Warum sollte man sich bewusst in eine unberechenbare Situation bringen? Geht man an den Strand, hat man anschließend Sand in allen Körperöffnungen; tagelang knirscht es beim Kauen, man fühlt mit Schaudern schleimige Substanzen zwischen den Zehen hervorquellen und betet, dass es sich lediglich um Seetang handelt, man verschluckt sich und würgt an Salzwasser gemischt mit einem Klecks Sonnencreme. Aber zumindest ist es echt. Obwohl ich nicht zu denen gehöre, die hier mitreden dürfen. Mich werden Sie weder am Pool noch im Meer antreffen. Als Kind war ich eine ausgesprochene Wasserratte. Aber jetzt finde ich das Schwimmbecken schon zu anstrengend. Am Ende werde ich dabei ja noch nass oder sonstwas.

Mit einem Mal bin ich schlecht gelaunt und habe Heimweh. Wenn ich jetzt vor dem Fernseher säße, würde ich mich bestimmt nicht so fühlen. Aber ich stehe hier und habe das Gefühl, eigentlich müsste ich Hals über Kopf in die Gärten des Augustus rennen oder das Kloster erforschen oder einfach herumlaufen und allen, die ich treffe, ein »Ciao!« zurufen. Ich will eine Naturgewalt sein! Warum bin ich nur so lahm? Warum bin ich immer so müde? Wo ist mein früherer Elan geblieben? Vielleicht ist das einer der Gründe, warum ich immer so schlecht schlafe – ich tobe mich nie aus. Ich bin die Faultier-Frau.

Deswegen habe ich auch das Reisen eingestellt. Es führt einem nur vor Augen, wie viel Möglichkeiten es gibt, und manchmal ist es einfach schon zu anstrengend, nur darüber nachzudenken. Abenteuer werden sowieso überbewertet. Sie wecken nur Träume, Hoffnungen und Erwartungen. Man denkt plötzlich, alles könnte ganz anders sein, aber meiner Erfahrung nach endet es immer nur damit, dass man hinterher noch enttäuschter ist als vorher. Augenblicklich fühle ich mich völlig fehl am Platz, wie im falschen Film. Die einzige Möglichkeit, mich selbst davon zu überzeugen, dass ich ein Teil dieser neuen Umgebung bin, bestünde darin, alles zu berühren – diese Palme hinaufklettern und dabei spüren, wie der raue Stamm an den Fußsohlen kratzt, wie Bast an der Nase kitzelt, mit den Händen über die Palmwedel streichen, um festzustellen, ob sie eher pieken oder schneiden. Anschließend springe ich in den Pool, und das Wasser steigt mir in die Nase. Aber ich wage nichts von beidem. Ich fühle mich wie betäubt und wünsche, ich wäre zu Hause bei Cleo und unserer Keksbüchse.

Genau! Das ist es! Ich brauche unbedingt Zucker! Ich habe meine tägliche Dosis noch nicht gehabt. Ich drehe mich um und will Mama fragen, ob sie Lust auf ein Eis hätte, aber sie ist auf dem Bett eingeschlummert.

Auf Zehenspitzen gehe ich zu ihr hinüber. Sie sieht so friedlich aus. Und so ordentlich: Sie liegt auf dem Rücken, die Beine gestreckt, die Hände in klassischer Schneewittchen-Manier auf dem Bauch gefaltet, und ihr schmaler Körper hinterläßt fast keinen Abdruck auf der Matratze. Ich seufze und kritzle auf einen Zettel: »Bin kurz weg, ein Gelato essen.«

Es ist so viel einfacher, jemanden zu lieben, der schläft.

7

Als ich das Hotel verlasse, überkommt mich plötzlich ein aufregendes Kribbeln. Ich bin allein. Ich kann wieder atmen. Ich weiß nicht, warum die Gegenwart meiner Mutter immer so erstickend auf mich wirkt; als würde sie die ganze gute Luft für sich beanspruchen und mir nur die giftigen Reste übrig lassen. Hmmm ... solche Gedanken sind in Italien, wo Mamas das Sagen haben, wahrscheinlich Gotteslästerung, ich behalte sie am besten für mich.

Oder erzähle nur Cleo davon ...

»Eine ganze Woche mit ihr ertrage ich einfach nicht«, jammere ich in die Muschel des orangefarbenen Telefons neben dem Tabakladen. »Ich weiß genau, dass sie versuchen wird, mir mindestens die Hälfte ihrer mitgebrachten Kleider aufzuschwatzen!«

Das macht sie immer ... sie tut so, als hätte sie etwas gekauft, was ihr jetzt nicht mehr gefällt, und bietet es mir anschließend an. (Als würde eine persönliche Modeberaterin jemals auf die Idee kommen, etwas zu kaufen, was zwei Nummern zu groß ist und obendrein eine Farbe hat, die ihr nicht steht.) Sie hat sich die Theorie zurechtgelegt, dass ich zwar aus Prinzip keine Kleider annehme, die sie für mich gekauft hat, dass aber Kleinigkeiten, die mir ganz beiläufig angeboten werden würden, mein Radar unterlaufen.

»Hast du schon jemals einen ihrer angeblichen Fehlkäufe angenommen?«, will Cleo wissen.

»Nur den Fleece-Morgenmantel mit Leopardendruck – nichts, worin ich das Haus verlassen würde.«

»Ich wette, sie drapiert kirschfarbene Designerklamotten auf deinem Körper, während du schläfst!«

»Hör bloß auf!«, kreische ich.

Cleo kichert. »Wie ist es denn so auf Capri?«

»Sehr belebt, protzig, voll sonderbarer Männer, die ›Bella‹ murmeln, wenn sie an einem vorbeigehen«, erzähle ich, als ein Mannsbild mit rabenschwarzem Haar im selben Augenblick genau diese Worte flüstert.

»Wow! Damit könnte ich leben!«

»Es ist einfach nur peinlich«, sage ich und versuche, mit der Wand zu verschmelzen. »Wie soll man denn darauf reagieren?«

»Wie wär's mit ›Grazie‹ und einem Lächeln?«

»Ich möchte sie doch nicht ermutigen!«, schnaube ich verächtlich.

»Wie sonderbar sind sie denn genau?«

»Na ja, sie sind jedenfalls nicht sonderbar gekleidet, die meisten sehen sogar ziemlich gut aus, aber das macht die Sache noch verdächtiger ...«

»Wie meinst du das?«

»Warum sollte ein umwerfend aussehender Mann einem Mädchen wie mir sagen, sie sei schön, wenn sich auf Capri die Supermodels sozusagen auf den Füßen herumtreten? Das ergibt doch keinen Sinn.«

»Ach, Kim«, seufzt Cleo.

»Ich sage das nicht, damit du mir irgendwelche Komplimente machst«, versichere ich. »Ich bin um sechs Uhr morgens aufgestanden und seit zehn Stunden unterwegs, ich kann unmöglich *bella* aussehen.«

»Vielleicht bedeutet es für die Männer dort etwas anderes, vielleicht ist es für sie ein Gruß. Wenn sie einem Mann begegnen, sagen sie ›Ciao!‹ und bei einer Frau eben ›Bella!‹.«

Ich lache. »Bei dir hört sich das alles so süß an.«

»Aber ist es das nicht auch?«

»Na ja, ihr Blick ist nicht so unschuldig. Eher *kannibalisch*. Der Barkeeper im Hotel, Mario, hat einen richtigen Röntgenblick.«

»Mein Gott, es ist schon eine Weile her, oder?«, sinniert Cleo.

»Ich glaube einfach, ich bin nicht mehr so kaltblütig wie früher.«

»Was würde ich nicht alles für ein bisschen männliche Aufmerksamkeit geben ...«, stöhnt Cleo sehnsüchtig.

»Bist du sicher, dass du nicht herkommen kannst?«, flehe ich. Mit Cleo zusammen könnte sich das hier zu einem richtigen Volksauflauf steigern.

»Bring mich nicht in Versuchung! Ich habe diesen Job hier so satt. Gerade hat mich eine Kundin angebrüllt, weil auf jedem ihrer Bilder ein orangefarbener Fleck war. Sie wollte mir einfach nicht glauben, dass Licht in ihre Kamera gekommen ist, obwohl ich ihr sogar die Negative gezeigt habe.«

»Neuigkeiten von Gareth?«

»Nein«, seufzt sie. »Vorhin hätte ich beinahe bei ihm angerufen, bloß um seine Stimme zu hören, aber heutzutage hat ja jedes Telefon ein Nummerndisplay.«

»Ja, nicht einmal die heimliche Überwachung ist mehr das, was sie mal war.« Ich stimme in ihr Seufzen ein. »Kochst du dir was heute Abend?«

»Ich liebäugle mit diesem Krabben-Erbsen-Risotto von Jamie Oliver, aber für mich allein ist es zu viel ...«

»Du kannst meine Hälfte einfrieren. Ich bin in einer Woche wieder zurück, wenn's geht vielleicht schon früher.«

»Wo isst du denn zu Abend?«

»Keine Ahnung, ich verderbe mir jetzt erst mal gründlich den Appetit mit einer Riesenportion Eis.«

»Bestell mir auch eine.«

»Mach ich. Ich ruf dich morgen wieder an, um zu hören, ob Gareth inzwischen aufgetaucht ist.«

»In Ordnung. Und lass dir für mich ein paar gute Sätze einfallen, mit denen ich ein Gespräch in Gang bringe. Du hast es da unten ja mit echten Profis zu tun.«

Die schicke Bar Embassy auf der Via Camerelle lockt mich mit ausladenden Cremetorten, knusprigen Croissants und cremigem Eis, bei dem die Wahl zur Qual wird. Sogar der Marmorboden sieht aus wie Schokolade mit Vanille verrührt. An der Bar steht eine Frau, die Handtasche über der Schulter. Sie knabbert an einem Florentiner und nimmt zwischendurch ein Schlückchen Campari. Wie kann sie dabei noch so todschick aussehen, während ich, wenn ich zu Hause genau dasselbe tue (vor dem offenen Kühlschrank stehe und von dessen Inhalt nasche), als ungehobelt gelte?

Ich trete an die Theke mit den Eissorten und beäuge den üppigen Farbteppich der verschiedenen Geschmacksrichtungen.

»Si, Signorina?«

»Hmmm«, murmle ich, von meinen übermäßig stimulierten Geschmacksknospen verwirrt. »Ähh …«

Unentschlossenheit lähmt mich. Ich hasse das. Ich habe schon ganze Stunden meines Lebens damit vergeudet, dass ich mich vor den Regalen mit Fertiggerichten im Supermarkt nicht entscheiden konnte.

Ananas sieht gut aus. Was war noch mal Lampone? Ach ja, Himbeere. Ich grüble, wie Nougateis wohl schmecken mag.

Der Mann hinter der Theke hat inzwischen begriffen, zu welcher Kundensorte ich zähle; er legt seinen Spatel ab und putzt weiter an der Cappuccino-Maschine herum. Ich kann mir ja auch zwei Sorten gönnen, aber dann stellt sich sofort das Problem der kompatiblen Geschmacksrichtungen … Aaaargh!

Ein Schuljunge kommt herein. Sein glänzendes Haar befindet sich ungefähr auf Höhe meines Ellbogens. Der Eisverkäufer ergreift wieder den Spatel.

»Dopo di te.« Nach dir, sage ich zu ihm.

»Nein, nein, Signorina. Sie waren zuerst da.«

»Nein, im Ernst, du bist dran«, beharre ich. »Ich kann mich nicht entscheiden.«

»Würden Sie mir gestatten, Sie zu beraten?« Bei dieser herrlich umständlichen Formulierung kann ich ein Lächeln nicht unterdrücken.

»Ich kenne die besten Kombinationen«, rühmt sich der Knabe.

»Stimmt«, bekräftigt der Mann hinter der Theke.

»Na gut«, gebe ich nach. »Schieß los.«

Er mustert mich einen Augenblick aufmerksam, als sei er auf der Suche nach Anhaltspunkten.

»Kokos ...«, beginnt er langsam. Ich nicke ermutigend. »Ananas«, fährt er fort, ohne die Augen von meinem Gesicht abzuwenden, »und Schokolade!« Er hebt selbstbewusst eine Braue.

Der Eisverkäufer überreicht mir einen verschnörkelten Eisbecher aus Glas, in dem sich die drei Sorten aufeinander türmen.

»Quanto?«, frage ich nach dem Preis.

»Ich zahle, Signorina«, sagt der Junge mit Nachdruck. »Das ist mein Geschenk für Sie.«

Mein Gott, die fangen hier ja früh an! Falls es auf Capri einen Casanova gibt, dann ist dieser Junge bestimmt sein Sohn. Ich protestiere, aber er lässt sich nicht umstimmen. Als ich mich auf der gepolsterten Bank niederlasse, höre ich ihn Karamel, Vanille und Himbeere zum Mitnehmen bestellen. Klingt gut. Vielleicht versuche ich das beim nächsten Mal.

»Und einen doppelten Espresso.«

Erstaunt hebe ich den Blick. Der Eisverkäufer verzieht jedoch keine Miene und sagt, der Kaffee sei erst in ein paar Minuten fertig, weil er die Maschine gerade neu aufgefüllt habe. Der Junge zuckt mit der Schulter, »Non c'é problema«, und stützt dann lässig wie ein verkannter Beatnik-Poet den Arm auf den unteren Vorsprung der Theke. Es würde mich nicht überraschen, wenn er sich als Nächstes eine Zigarette anzündete.

»Schmeckt es?«, fragt er, als ich mir einen besonders großen, eiskalten Löffel mit all den tropischen Köstlichkeiten in den Mund schiebe.

»Buonissimo«, stöhne ich. »Das kannst du wirklich gut.«

»Ich weiß«, nickt er.

»Wie alt bist du?« Diese Frage drängt sich geradezu auf.

»Ich bin vor einer Woche sieben geworden«, bekennt er stolz.

»Und du trinkst Espresso?«

»Neeeein«, spottet er, »den bringe ich meinem Vater.«

»Ach so!« Lächelnd belade ich meinen Löffel mit exakt drei gleichen Anteilen jeder Geschmacksrichtung.

»Und wie alt sind *Sie*?«, kommt die Gegenfrage.

Meine Standardantwort lautet normalerweise: »Genauso alt wie Cameron Diaz«, aber heute fühle ich mich zu der Bemerkung: »Alt genug, um deine Mutter zu sein«, veranlasst.

»Sind Sie eine Mutter?«, fragt er und reißt die Augen überrascht auf.

»Nein.«

»Verheiratet?« Ärgerliches Stirnrunzeln.

»Nein.«

»Okay! Dann kannst du mein Mädchen sein!«, strahlt er und stolziert an meinen Tisch. »Ich heiße Nino.«

»Kim«, stelle ich mich vor und schüttle seine ausgestreckte Hand.

»Sieh mal!«, ruft er plötzlich und mustert dabei belustigt unsere ineinander verschränkten Hände. »Wir sehen aus wie Reklame für Ringo Kekse.«

Verständnislos wiederhole ich: »Ringo?«

»Ja«, nickt er und erklärt ungeduldig: »Ich bin Schokolade und du Vanille, verstehst du?«

Wir legen erneut die Hände ineinander. Meine milchig weißen Finger wechseln sich mit seinen schimmernden braunen ab. Der erzielte Klaviertasten-Effekt bringt uns beide zum Lachen.

»Ein doppelter Espresso«, ruft der Mann hinter der Theke.

Nino stößt einen tiefen Seufzer aus und sagt: »Ich muss gehen«, als würde er in den Krieg ziehen.

»Okay«, grinse ich. »Grazie für das gelato.«

»Gern geschehen«, gibt er zurück.

An der Tür dreht er sich noch einmal um. »Bist du morgen auch hier?«

Ich bejahe eifrig nickend. Erst als er verschwunden ist, sehe ich im Spiegel das dümmliche Lächeln auf meinem Gesicht, und mir wird mit einem Mal klar, dass mich gerade ein Siebenjähriger angemacht hat.

Im Hotel steckt meine Mutter mitten in einer verwickelten Was-soll-man-am-ersten-Abend-zum-Essen-anziehen-Debatte. Mit sich selbst.

»Ich könnte das schräg geschnittene Goldsatinkleid anziehen, aber darin komme ich mir immer wie eine Oscar-Statue vor. Vielleicht wäre cremefarben besser. Klassischer. Aber ohne Sonnenbräune wirke ich darin etwas wischi-waschi …« Sie hält sich das gute Stück unters Kinn, zieht eine Grimasse und wendet sich wieder dem Kleiderschrank zu. »Diese kesse, pinkfarbene, weite Hose ist ja ganz witzig, aber ich frage mich, ob ein Rock am ersten Abend nicht besser wäre, wir sind schließlich in einem katholischen Land …« Sie schiebt eine Gruppe quietschender Kleiderbügel über die Stange und murmelt dabei unaufhörlich ihr *Besser zu viel als zu wenig*-Mantra vor sich hin. »Das Leinenkostüm ist zu verknittert. Muss ich erst ein paar Tage ins Bad hängen.« Sie holt Luft und sammelt sich, um ihr Ziel genau zu formulieren. »Ich suche etwas Edles, aber Unauffälliges, Gestyltes, Feminines. In dem lilafarbenen Kleid fühle ich mich immer wohl. Wenn ich es mit den amethystfarbenen Ohrringen aufpeppe …«

Unsicher, wie lange dieser Entscheidungsprozess noch

dauern kann, mache ich einen Vorschlag: »Wir könnten schnell an die Bar gehen, um zu sehen, was man hier so trägt ...«

Meine Mutter blickt auf und wirkt überrascht, mich im Zimmer vorzufinden. »Und uns dann rasch umziehen, wenn wir völlig daneben liegen,« fahre ich fort.

»Gute Idee«, stimmt sie zu und wählt das lila Kleid.

Meine Taktik beim ersten Abendessen heißt: »Im Zweifel schwarz.« Aber Mama ist aus moralischen Gründen gegen Schwarz. Sie hält es für eine wenig schmeichelhafte Notlösung. Falls man nicht gerade der »Winter-Typ« ist. Was zum Teufel das auch bedeuten soll. Ich spüre ihr Auge auf mir ruhen, als ich den letzten Knopf meiner Jacke mit Stehkragen schließe.

»Das steht dir ganz wunderbar, mein Schatz«, säuselt sie.

Ich streiche über den in sich gemusterten Satin und bin überrascht, mit meinem Ausflug auf die düstere Seite der Farbskala so einfach davonzukommen.

»Aber warum versuchst du es nicht mal damit?«

Ich drehe mich um und sehe, wie sie ein gerafftes Oberteil mit Nackenverschluß hochhält. »Damit die Kellner auch mal was Schönes sehen!«

»Mutter!«, schreie ich völlig entsetzt.

»Naja, sie bekommen sonst doch nur alte Leute und Ehepaare zu Gesicht«, erklärt sie. »Ich dachte ja nur ...«

Es muss schon weit gekommen sein, wenn die eigene Mutter den Zuhälter für die Tochter spielt, oder?

Nicht, dass es das erste Mal wäre.

Ungefähr vor zwei Jahren, kurz vor dem Tod meiner Oma Carmela, erklärte Mutter, mein Liebesleben befände sich im totalen Notstand. Ich war in eine alarmierende Depression abgerutscht, weil ich keinen Freund hatte (sonderbar, dass ich mir jetzt nicht mehr so viel daraus mache, obwohl ich doch älter geworden bin und rein theoretisch noch viel verzweifelter sein sollte), und sogar meine von Natur aus äußerst optimistische Mutter musste zugeben, dass die guten Männer in Cardiff allesamt immun gegen meinen Charme zu sein schienen. Also beschloss sie, gemeinsam mit mir nach Italien zu reisen, um dort einen Grafen für mich aufzutreiben. Einfach so. Ihre damalige Theorie lautete, nur ein waschechter Italiener wisse mein Erbe zu schätzen und könne meine latent vorhandene Leidenschaft für alles Italienische wecken. Oma Carmela rümpfte über diese Theorie nur hochmütig die Nase und sagte, italienische Männer könnten unmöglich die Lösung des Problems sein, da diese notorisch untreu seien. Wenn es nach ihr ginge, würde kein einziges Familienmitglied je wieder auch nur einen Fuß auf den italienischen Stiefel setzen. Als wir dann nach ihrem Tod zu dieser Reise aufbrachen, hatten Mama und ich immer noch leise Schuldgefühle – es war der erste Besuch meiner Mutter in Italien, seit sie Capri mit zwölf Jahren verlassen hatte. Erst wollte ich nichts davon hören, aber nach einem besonders erbärmlichen Samstagabend in Cardiff gelang es ihr, mich umzustimmen. Die logische Beweisführung ihrer Theorie war absolut schlüssig. Seien wir mal ehrlich: Wenn man es nicht einmal mehr schafft, einen italienischen Mann anzumachen, dann läßt man vielleicht besser seine Geburtsurkunde überprüfen und feststellen, ob man wirklich weiblichen Geschlechts ist.

Wir verbrachten eine Woche am Gardasee (Anzahl gesichteter Grafen: Null) und unternahmen an unserem letzten Tag einen Ausflug mit Führer nach Verona, in einer aus etwa zwanzig verschiedenen Nationalitäten gemischten Reisegruppe. Am Nachmittag geleitete der Führer uns in die Via Cappello und durch einen Torbogen, auf dem Liebesgraffiti in allen Farben gemalt waren.

»Sie erinnern sich an diese berüchtigten Montagues und Capulets?«, fragte er und blieb in einem schattigen, mit Kopfsteinpflaster bedeckten Innenhof stehen. »Das ist Julias Balkon!«

Er lächelte über unsere entzückten Ausrufe, schritt auf eine Bronzestatue zu und verkündete: »Legende besagt, einer von tausend Besuchern, der Julias Statue berührt, erfährt neue Liebe.«

Während die anderen dieser Romanze mit einem Seufzer gedachten, fühlte ich, wie ich nach vorne geschoben wurde. Hierbei handelte es sich nicht etwa um höhere Mächte, sondern um meine Mutter.

»Los, mach schon, berühr sie!«, drängte Mama, als ich mein Gleichgewicht wiedergewonnen hatte.

Aller Augen ruhten auf mir. Der Führer bedeutete mir, mich nicht aufhalten zu lassen, und wies unterdessen die anderen darauf hin, wie hell Julias Brüste von der respektlosen Berührung aufdringlicher Männerhände glänzten, während liebeshungrige Frauen sich respektvoller verhielten und sich auf den Saum von Julias Gewand beschränkten. Ich krümmte mich innerlich zusammen, als meine Mutter ein munteres: »Sie will unbedingt jemand kennen lernen«, hören ließ, und strich probeweise über Julias Rock. Die Bronze fühlte sich kalt und seidig an. Ich berührte sie erneut. Panisch überlegte ich, ob ich durch die zweite Berührung womöglich den ersten Wunsch zunichte gemacht hatte, und berührte sie ein drittes Mal, was zu großer Heiterkeit in der Reisegruppe führte. »Wie viele neue Lieben sucht sie eigentlich?«, kicherten alle.

Ich lernte tatsächlich jemanden kennen. Aber vermutlich hätte ich auch das Kleingedruckte auf der Statue lesen müssen. Natürlich brach er mir das Herz, obwohl ich mich, gemessen an Julias Schicksal, nicht beklagen kann.

Zumindest habe ich es überlebt.

8

Er hieß Tomas, und er war einer der sechs Simultandolmetscher, die eine Woche lang auf einer internationalen Konferenz in seinem Heimatland Schweden dolmetschten. (Alles war so wie immer: Jeder von uns saß in einer kleinen Kabine im hinteren Teil des Saals, übersetzte je eine Sprache aus der Debatte, und die Teilnehmer konnten sich in die für sie passende Sprache einschalten.) Da der Veranstaltungsort täglich wechselte und die Umgebung ein integraler Bestandteil der Konferenz war, gehörte ein gewisses touristisches Rahmenprogramm dazu, zu dem die Delegierten, wie bei derartigen Vergünstigungen durchaus üblich, einen geladenen Gast mitbringen durften. Neun von zehn brachten ihre Ehefrau oder den Gatten mit, aber der englische Delegierte hatte seine Tochter dabei – eine hübsche Nahrungsfetischistin namens Cleo. Sie war nur ein Jahr jünger als ich, und wir fanden durch unsere gemeinsame Leidenschaft für die Fernsehserie *Cold feet* und unseren schlechten Männergeschmack zueinander.

Tomas war der erste Mann, der mir auf Anhieb sympathisch war und zugleich einen wirklich guten Eindruck machte. Er sah umwerfend aus, war rotblond, lachte die ganze Zeit, und alle waren ihm verfallen. Ich fand es toll, dass ich ihm eine Frage auf Deutsch stellen konnte und darauf eine japanische Antwort von ihm erhielt. Es gefiel mir, dass er Stiefel mit schweren, klobigen Absätzen trug, obwohl er ohne Schuhe über einen Meter neunzig groß war. Und es gefiel mir, dass alle Komplimente, die er mir zu machen versuchte, gründlich daneben gingen und er am Schluss jedes Mal mit verwirrter Miene abbrach. Cleo war die Erste, der ich gestand, dass ich verknallt war, hauptsächlich deshalb, weil sie fest davon überzeugt war, er sei hinter mir her, und mich jedes Mal, wenn er etwas Süßes tat, heimlich anstieß. (Einmal hatte ich mein Portmonee im Hotel vergessen und fragte ihn, ob er mir Geld für einen Schokoriegel leihen könnte. Daraufhin kehrte er mit zwanzig verschiedenen Riegelsorten vom Kiosk zurück. Ein anderes Mal vertauschte ich unsere Namensschilder, und als ich sie am Ende des Tages wieder wechseln wollte, sagte er: »Behalt es doch – ich mag es, wenn du meinen Namen trägst.«)

Alles ließ sich verheißungsvoll an. Ich konnte das Galadinner am Siljansee kaum erwarten (es fand am vierten Abend der Reise statt), denn bisher waren die Abende ziemlich einschläfernd gewesen. Als wir den geheizten Außenpool im Hotel entdeckten, schmiedeten Cleo, Philippe (ein sehr sympathischer Simultandolmetscher aus Frankreich), Tomas und ich sofort Pläne, wie wir für ein mitternächtliches Bad ein paar Flaschen Champagner mitgehen lassen konnten. Zu diesem Zeitpunkt war ich bereits felsenfest davon überzeugt, dass Tomas mich mochte, und weigerte mich einfach, zur Kenntnis zu nehmen, wie Britta, die Managerin des Hotels, ihm auf übertriebene Weise den Hof machte. Offenbar kannten sie einander bereits von ähnlichen Gelegenheiten, und wie Cleo sich ausdrückte: »Sie bietet sich ihm ja quasi auf dem Präsentierteller an. Wenn er sie wollte, hätte er sie schon längst gehabt.«

Das Abendessen war ein Erfolg, trotz der Tatsache, dass der Schweizer Gesandte keinen Alkohol vertrug und es fertig brachte, jede Frau am Tisch zu beleidigen, eingeschlossen diejenigen, die überhaupt nicht verstanden, was er sagte.

Nach dem Kaffee und *pepparkakor* (Pfefferkuchen) waren wir ganz offiziell außer Dienst. Ich ging zu Tomas hinüber, stellte mich auf seine großen, schwarzen Stiefel, wie kleine Kinder es mit ihren Vätern zu tun pflegen, umschlang seine Taille, und so stampfte er mit mir zu unseren Chalets. Nach der zwangsweisen Trennung während des Abendessens war ein intensiver Flirt längst überfällig. Heute war die Nacht der Nächte – ich spürte es genau.

»Kommt schon, ihr beiden«, drängte Cleo und kam uns in ihrem Sarong entgegengeflattert.

Tomas rannte los, um sich umzuziehen, und ich zermarterte mir das Hirn, was ich anziehen sollte, um meinen Einteiler zu verhüllen. Schließlich entschied ich mich für einen Kimono.

»Bist du so weit?«, fragte ich und konnte es kaum erwarten, dass das Turteln erneut begann.

»Ich will mir nur noch die hier anzünden«, sagte Cleo und beugte sich über den Herd, um ihre Zigarette am elektrischen Heizring anzuzünden, aber volle fünf Minuten später leuchtete der Ring lediglich in einem kaum wahrnehmbaren, wenig hilfreichen Rotton.

»Geh doch schon voraus«, schlug sie mir, vergeblich an der Zigarette saugend, vor.

»Er ist noch nicht da«, gab ich zurück und spähte dabei durch den Vorhang.

»Na, dann hol ihn doch aus seinem Chalet.«

»Meinst du?« Weitere Überredungskünste waren nicht nötig. Mit zwei Gläsern Champagner hastete ich auf bloßen Füßen über das Gras und trommelte gegen Tomas' Tür.

Britta öffnete.

»Oh!«, keuchte ich.

Sie sah auf die beiden Gläser.

»Bin fuuuuurchtbar durstig!«, stieß ich hervor und stürzte alles rasch nacheinander hinunter. »Wie steht's mit einem kleinen Bad im Pool?«

»Wir kommen gleich nach«, gab sie kurz angebunden zurück.

»Wir! WIR?!«, jammerte ich Cleo vor, als wir uns am Rand des Pools trafen.

»Das bedeutet überhaupt nichts, sie ist einfach ein Trampel. Willst du baden?«

Ich betrachtete das im Mondlicht funkelnde Wasser. »Ja,

wahrscheinlich am besten, bevor er hier ist.« Auf diese Art konnte ich all jene Partien meiner Physis, die mir den meisten Kummer bereiteten, in Türkis hüllen. Ich riss mir den Kimono von den Schultern und war in weniger als einer Sekunde im Wasser.

»Mein Gott«, ertönte jetzt eine Stimme von der gegenüberliegenden Seite des Pools. »Das war ja die schnellste Entkleidung, die ich je gesehen habe. Was wollen Sie denn verstecken?«

Es war der schweizerische Delegierte vom Abendessen. Kapierte er denn nicht, dass Frauen am verletzlichsten sind, wenn sie einen Badeanzug tragen? Was hatte er vor?

»He! Sie da!«, rief er und machte Anstalten, sich zu uns zu gesellen.

Na toll.

»Was hatten Sie denn da an, bevor Sie ins Wasser gegangen sind?«

»Man bezeichnet es als Kimono.«

»*Kim-no-no* wäre passender«, röhrte er und bog sich vor Lachen. »So was Häßliches hab ich ja noch nie gesehen.«

»Besten Dank«, schmunzelte ich.

»Was? Ich hab doch gesagt, es sei abscheulich!«

»Ich weiß, es ist so nett, dass Sie das sagen«, lächelte ich einfältig und schwamm hektisch hundepaddelnd auf Cleo zu.

»Nicht ganz das *Blaue Lagune*-Erlebnis, das ich mir erhofft hatte«, murmelte ich.

»Und es kommt noch schlimmer«, warnte sie mich.

Ich folgte ihrem Blick dorthin, wo Tomas und Britta sich auf einem Felsen am Pool niedergelassen haben. Hingebungsvoll wie ein Groupie hatte Britta sich auf Tomas' breitem Körper drapiert.

»Das geht nur von ihr aus«, beharrte Cleo. »Sieh doch mal, er reagiert überhaupt nicht.«

»Aber er hindert sie auch nicht direkt daran«, seufzte ich

und kam mir zugleich hintergangen und blöd vor. Ich hatte keinen Hehl daraus gemacht, wie gern ich ihn mochte, und das war seine Antwort? Offensichtlich war ich nur ein weiteres Mitglied seines Fanclubs.

Nach und nach stießen immer mehr Gäste dazu – Philippe, ein paar beschwipste Delegierte und einige Jugendliche, die sich ein bisschen amüsieren wollten. Ich sehnte mich verzweifelt danach, dem Schauplatz der Ereignisse so schnell wie möglich zu entfliehen, aber da ich genau wusste, dass ich auch nicht im Entferntesten an Ursula Andress erinnern würde, wenn ich einmal diesem Pool entstieg, beschloss ich, lieber so lange auf Tauchstation zu bleiben, bis alle zu Bett gegangen waren. Doch die Wachleute der Hotelanlage stampften zu uns herüber und teilten uns mit, dass der Pool nach Mitternacht nicht mehr benutzt werden dürfe: »Alle raus!«

»Wenn das keine gute Nachricht ist«, dröhnte das schweizerische Plappermaul. »Achtet alle auf Kim!«

»Unglaublich! Ist der Kerl vielleicht der beklopptеste Mann aller Zeiten?«, fragte ich mich und wünschte, ich könnte mir für sechzig Sekunden Halle Berrys Körper borgen.

Glücklicherweise hatte Cleo den rettenden Einfall: Sie stellte sich mit einem riesigen Handtuch direkt neben die Stufen am Pool und kreischte dabei laut: »Wie wär's mit einer kleinen Party bei Tomas?«

Das begeisterte *Jaaaa!* bot genau die richtige Ablenkung für mich.

»Danke!«, flüsterte ich und verschwand in den plüschigen Falten.

»Das ist hoffentlich nur Chlor auf deinem Gesicht, oder?«, sagte sie, während wir zu unserem Chalet gingen.

Als Antwort brachte ich nur ein Schniefen zustande.

»Pass auf – du ziehst dich um, und dann besuchen wir Tomas noch auf einen Drink«, verkündete sie mit einer Stimme, die keinen Widerspruch duldete.

»Das kann ich nicht!«, protestierte ich.

»Und ob. Je länger wir hier bleiben, desto weniger Zeit hat sie, mit ihm allein zu sein.«

Ich zwang mich zu einem Lächeln. »Na gut. Ich hoffe nur, der Schweizer mit dem gewinnenden Wesen ist nicht da.«

»Wie heißt er gleich?«

»Jürgen irgendwas«, sagte ich und durchwühlte unterdessen meinen Koffer nach trockenen Kleidern.

»Ich glaube, du gefällst ihm!«

»*Was?*«

»Nein, im Ernst. Er hat nur eine sonderbare Art, eine Frau auf sich aufmerksam zu machen.«

»Cleo, du denkst immer, ich gefalle allen«, lachte ich und wünschte, es würde zumindest in Bezug auf Tomas der Wahrheit entsprechen.

»Vielleicht ist es ja so.«

»Möchtest du meine neue beste Freundin sein?«, erkundigte ich mich.

»Ähh …«

»Es besteht kein Zwang!«

»Nein, ich meine, ja! Es ist nur …«

»Meine Klamotten?«, fragte ich mit einem Blick auf meine zerknitterten Cargo-Hosen.

»Ja.«

»Ich will nicht so aussehen, als hätte ich mir besondere Mühe gegeben«, erklärte ich.

»Da brauchst du dir gar keine Sorgen zu machen«, beruhigte mich Cleo.

Doch als wir in Tomas' Chalet ankamen, musste ich feststellen, dass Britta ihm auf Schritt und Tritt folgte – vom Kühlschrank zum Sofa und wieder zurück an die Frühstückstheke, an der wir dicht nebeneinander geklemmt saßen.

»Also kein Kimono mehr!«, jubelte Jürgen, als er hereinkam und sich einen Whiskey einschüttete.

Ich fühlte mich einem Kampf nicht gewachsen, aber Cleo nahm die Herausforderung an.

»Dein T-Shirt ...«, fing sie an.

»Das hier?«, fragte er und zupfte in Brusthöhe daran.

»Ist das wirklich die beste Farbe für dich?«

Ich johlte entzückt und wusste genau, wir würden ein Leben lang Freundinnen bleiben.

»Weißt du was? Wenn sie den Kimono beerdigt, beerdige ich dieses T-Shirt.«

»Wenn du es bei deiner Beerdigung anlässt, könnten wir ins Geschäft kommen.«

Aber nicht einmal das brachte ihn zum Schweigen, und ich ging mit einem letzten Blick auf Tomas und die wie eine Schnecke an ihm klebende Britta ins Bett. Meine Niederlage war vernichtend.

»Wieso bist du gestern so früh ins Bett?«, wollte Tomas am nächsten Morgen wissen.

Ich konnte ihm nicht in die Augen sehen. »Jürgen ließ sich einfach nicht abschütteln.«

»Das hättest du mir doch sagen können.«

»Du warst vollauf *beschäftigt*«, gab ich gereizt zurück. Hätte ich noch deutlicher sein können?

Mit zerknirschter Miene ging Tomas an seinen Platz zurück.

Den ganzen Morgen über sagte ich mir: Ha! Sein Pech! Er hat seine Chance gehabt und alles vermasselt! Aber am Ende des Tages vermisste ich unsere Wortgefechte. Ich wollte, dass alles wieder so war wie vorher, bevor Britta auftauchte, und als wir ihr und ihrem Team zum Abschied zuwinkten und zum nächsten Tagungsort aufbrachen, beschloss ich: Was soll's? Sie muss am Siljansee bleiben, und ich bin nur noch zwei Tage lang in Schweden. Ich mache jetzt das Beste daraus, solange ich die Gelegenheit dazu habe.

Nachdem ich beim Abendessen eine Flasche Wein geleert hatte, entschuldigte ich mich dafür, ihn den ganzen Tag über so mies behandelt zu haben, und deutete auch den Grund dafür an. Als das nichts bewirkte, platzte ich einfach heraus: »Ich war eifersüchtig auf Britta! Ich wollte letzte Nacht mit dir zusammen sein. Ich kann die Augen nicht von dir abwenden! Egal, wo wir sind, spüre ich immer genau, wo du bist und mit wem du redest. Ich bin zweimal in mein Zimmer gegangen und habe der Wand erzählt, dass du der hinreißendste, liebenswerteste Mensch bist, den ich je getroffen habe. Ich habe mir so sehr gewünscht, du würdest mir dieselben Gefühle entgegenbringen.«

Und er antwortete: »Tue ich doch.«

Anschließend hatten wir eine dieser wunderbaren Unterhaltungen, wo der eine sagt: »Ich fand es toll, dass du am Schluss immer neben mir gesessen hast!« Und der andere antwortet: »Das war kein Zufall …ich hatte Angst, es fällt auf, aber ich wollte einfach auf keinem anderen Platz sitzen. Hast du übrigens bemerkt, dass ich niemandem außer dir mit dem Gepäck geholfen habe?«

Mittlerweile hatten wir uns dicht aneinander gelehnt und streichelten unsere Hände, doch geküsst hatten wir uns nicht. Ich hatte die ganze Woche lang auf seinen Mund gestarrt und mich gefragt, wie es wäre, ihn zu küssen. Seine Lippen sahen ein wenig streng aus, aber als sie endlich die meinen berührten, waren sie wunderbar weich, und ich konnte mein Glück nicht fassen, als ich beim Küssen dieses Gefühl hatte, ins Nichts zu fallen.

Von diesem Augenblick an überschüttete er mich mit Aufmerksamkeiten. Er sagte mir immer wieder, wie schön ich sei, und war sichtlich überrascht, dass ich seine Begeisterung über mein Aussehen nicht teilte.

»Was siehst du, wenn du in den Spiegel blickst?«, wollte er wissen.

»Ich weiß nicht«, erwiderte ich achselzuckend. »Aber was es auch sein mag, schön ist es jedenfalls nicht.«

Am nächsten Morgen war er vor mir auf den Beinen und schlich in sein Zimmer zurück. Als ich zehn Minuten später ins Badezimmer taumelte, hatte er mir die mit Zahnpasta auf den Spiegel geschriebene Botschaft »Du bist so schön!« hinterlassen. Er überraschte mich mit kleinen Geschenken und Komplimenten, bis zum letzten Abend, als er mich fragte, ob ich vor meinem Rückflug am nächsten Morgen noch eine Stunde Zeit für ihn hätte.

»Ich möchte, dass du meine Eltern kennen lernst«, erklärte er.

Tja, das Familientreffen scheiterte, da die letzte Tagung länger als vorgesehen dauerte und ich direkt zum Flughafen fahren musste. Aber er begleitete mich und ratterte währenddessen eine Unmenge Fragen von einer Last-minute-Checkliste herunter, die für ihn anscheinend besonders wichtig war, beispielsweise: »Wie kommst du mit Notfällen klar?« und »Magst du lieber Katzen oder lieber Hunde?«. Ich zögerte bei der Frage, ob ich gern kochte, was nicht der Fall ist, aber ich wollte mir nicht meine Chancen verderben, indem ich es an Qualitäten für die perfekte Frau seines Lebens mangeln ließ.

»Die Vorstellung, gemeinsam mit meiner Frau das Abendessen zuzubereiten, gefällt mir besonders«, lächelte er. Für einen so kräftigen Kerl war er bezaubernd sentimental.

Was Cleo anging, sie war außer sich vor Aufregung. »O Gott! Das ist es! Er ist ja total verliebt in dich!«

»Glaubst du?« Er hatte jedenfalls zweifellos den Eindruck gemacht.

»Du solltest mal sehen, wie er dich anschaut, wenn du es nicht bemerkst. Wie ein verknallter Schuljunge.«

»Genau das sagt er auch. Er meint, er sei im siebten Himmel und habe das Gefühl, wieder ein Kind zu sein!«, plapperte ich und wurde plötzlich verlegen.

»Ach, Kim! Du bist so ein Glückspilz! Du wirst ihn heiraten und nach Schweden ziehen!«

»Red keinen Unsinn!«, rügte ich.

»Wieso denn nicht?«

Doch dann überkam mich plötzlich eine Welle der Freude: Eine neue Liebe und die Aussicht auf ungeahnte Möglichkeiten! Das war's! Das war meine Chance!

Zu Hause in Cardiff rief ich jedes Mal Cleo an (die damals noch in Sheffield lebte), wenn mich leise Zweifel überkamen, ob ich mir alles vielleicht doch nur eingebildet hatte, und sie versicherte mir, dass es wirklich passiert sei. Dieses Mal machte ich mir nichts vor! Ich hatte eine Zeugin!

Und E-Mails gab es auch.

Er fing an mit einem schlichten: *Wann kann ich dich wiedersehen? Ohne dich fühle ich mich wie ein kraftloser Sturm.*

Und ging dann schnell über zu: *Kim, ich vermisse dein schönes Gesicht, dein aufregendes Lächeln und dein weiches Herz, das dich zu einer so unglaublichen Frau macht. Du bist so vieles, dass sogar für mich die Spanne eines Lebens nicht ausreicht, um alles würdigen zu können. Zum ersten Mal habe ich das Gefühl, die Welt gehört mir – weil du meine Gefühle erwiderst.*

Anfangs krümmte ich die Zehen vor Verlegenheit – verglichen mit den normalen Reaktionen, die ich bei Männern auslöste, klangen seine Briefe so übertrieben. Aber seine Gefühle waren so süß und aufrichtig, und da ich genauso empfand wie er, kam ich schließlich zu dem Schluss, dass Tomas mir geschickt worden war, um alle jene Männer wettzumachen, die es kaum fertig gebracht hatten zu sagen: »Du bist echt ganz in Ordnung.«

Er schien immer genau zu wissen, was ich unbedingt hören wollte: *Ich hoffe, der Besuch bei deiner Mutter war okay.*

Ich wünschte, ich wäre dabei gewesen. Ich würde sie gern kennen lernen und ihr sagen, was für eine umwerfende Tochter sie hat.

Manchmal schaffte er es sogar, mich zum Lachen zu bringen: *Du fehlst mir, und ich vermisse mich selbst – seit du Tomas so sehr verwöhnt hast, glaubt er, es sei normal, dass du ihm so viel Aufmerksamkeit schenkst. Geschieht das einmal nicht, denkt er, Schweden sei unmittelbar von einer Naturkatastrophe bedroht. Zurzeit habe ich schreckliche Probleme mit ihm – er hält sich für besonders gut aussehend, träumt immer vor sich hin und neigt zu der Annahme, England sei gar nicht übel …*

Seine Briefe waren so voller romantischer Wirklichkeitsflucht, wie ich es mir nur wünschen konnte: *Können wir nicht im Regen tanzen und uns verlieben, ohne je wieder in die normale Gesellschaft zurückzukehren, und für den Rest unseres Lebens einer im Arm des andern glücklich sein?*

Er gab all meine Gefühle exakt wieder: *Ich bin verloren! Wow – ich hätte nie gedacht, dass mir das passieren könnte.*

Zum ersten Mal sah ich mir Liebesfilme an, ohne dabei ständig zu denken: »Wenn doch nur …« Stattdessen zuckte ich mit den Schultern: »Das ist doch gar nichts! Ihr solltet erst mal Tomas hören.«

Das mich bis dahin stets begleitende Gefühl, man würde mir etwas vorenthalten, war mit einem Schlag verschwunden. Ich hatte jemanden getroffen, der mich genauso sah, wie ich gesehen werden wollte. Das versetzte mich in eine nicht enden wollende Euphorie – ich fühlte mich unbesiegbar! Ich stellte alle Zweifel ein, eine so traumhafte Romanze könne es wirklich geben, und beschloss, jeden seiner Cyber-Küsse zu genießen. Meine Mutter war außer sich vor Begeisterung. Nichts, was ich je in beruflicher Hinsicht erreicht hatte, löste einen auch nur vergleichbar glühenden Stolz in ihr aus wie meine Nachricht, dass ich Ihn endlich getroffen hatte. Cleo und Mama waren einer Meinung: »Du musst unbedingt zu ihm!«

Unsere Arbeit hatte uns zu einer fünfwöchigen Trennung gezwungen, und je länger wir einander nicht sahen, desto mehr Gedanken machte ich mir, ein Wiedersehen könne womöglich den Zauber unserer Beziehung zerstören. Aber auf all meine Einwände hatte Cleo stets dieselbe Antwort parat: »Es gibt nur einen Weg, das herauszufinden.«

Obwohl ich völlig pleite war (meine gesamten Ersparnissen waren einen Monat vor meiner Reise nach Schweden für einen gebrauchten Polo draufgegangen), gab ich 350 Pfund für den Flug nach Stockholm aus.

Ich dachte, das Schlimmste, was mir passieren kann, ist seine erstickende Liebe. Wie man sich täuschen kann.

9

»Buona sera!«, strahlt Mario, als Mama und ich die Bar betreten.

»Buona sera«, erwidern wir im Chor und hieven uns auf die mit Samt bezogenen Barhocker an der Theke.

»Sind Sie bereit für die Cocktail?«, fragt er. Sein Röntgenblick geht so tief, dass sogar meine Leber errötet.

Wir nicken und stellen uns darauf ein, einem Meister seines Fachs bei der Arbeit zusehen zu dürfen.

»Frische Erdbeeren«, kündigt er an und hebt zwei makellos herzförmige Exemplare hoch. »In Italien man sagt, Erdbeeren nur schmecken gut, wenn man ist verliebt ...«

Mama beugt sich vor und beißt in die Erdbeere, die er ihr vor die Lippen hält. Flittchen! Ich nehme die zweite, vor meinem Mund schwebende Erdbeere in die Hand und füttere mich selbst.

»Nun?«, will er wissen, während seine Blicke neugierig zwischen uns hin und her wandern.

»Köstlich«, erwidert meine Mutter.

»Etwas bitter«, kommentiere ich. »Aber gut genug für mich.«

»Ich mache so, dass Ihnen schmeckt«, gibt er zurück und lässt die übrigen Früchte in einen Mixer fallen.

Ich bin mir nicht sicher, ob er damit sagen will, dass er Zucker hinzufügt oder dass er mich dazu bringen will, mich in ihn zu verlieben. Ich spüre leise Panik in mir aufsteigen, als hätte ich in der Angelegenheit überhaupt nicht mitzureden. Die technischen Einzelheiten eines klassischen Mann-Frau-Flirts sind mir zwar auf Grund meiner enthaltsamen Lebensweise mittlerweile entfallen, aber ich weiß ziemlich genau, dass ich mein durch Tomas ausgelöstes Zölibat nicht für Mario aufgeben möchte. Meiner begrenzten Erfahrung nach hat man bei italienischen Kellnern nie das Gefühl, es ginge dabei irgendwie um Liebe. Ihre Annäherungsversuche gleichen eher einem kunstvollen Schwindel. Zu Anfang denkt man jedes Mal, also darauf falle ich *bestimmt* nicht herein, das ist ja viiiel zu offensichtlich! Aber es gelingt ihnen immer wieder, einen mürbe zu machen, zuerst mit diesem flehenden, hungrigen Blick, der normalerweise Hunden, die unter dem Tisch um ein Stückchen Fleisch betteln, vorbehalten ist, dann küssen sie dich, als würden sie versuchen, ihren ganzen Körper mit der Zunge voran in deinen Mund zu quetschen. Die richtigen Profis haben dann immer eine nette, rücksichtsvolle Geste auf Lager, bei der man für einen Augenblick das Gefühl, man läge zusammen mit anderen Unschuldslämmern auf einem Fließband, vergisst und glaubt, sie hätten dein wahres Ich erkannt. Und um allem die Krone aufzusetzen, kriegen sie immer wieder demonstrative Anfälle von Eifersucht, die einen fälschlicherweise zu der Annahme verleiten, dies sei kein Urlaubsflirt, sondern eine ernsthafte Beziehung, und ehe man sich's versieht …

Ich beobachte Mario, der vorsichtig Champagner in die Erdbeermasse gibt, ohne dabei ein einziges Kohlensäurebläschen zu beschädigen. Er ist doch nicht mein Typ, oder? Wenn er mich nicht ständig *auf diese Art* ansehen würde, hätte ich mir die Frage nie im Leben gestellt. Aber da wir schon zu fünfzig Prozent ins Spiel eingestiegen sind (er ist eben ein Spielertyp), gilt es, schnell noch einmal den Herz-IQ zu überprüfen, um sicherzugehen, dass er keine Chance hat. Er nimmt zwei kleine, quadratische Cocktail-Servietten und positioniert sie in exakt rechtem Winkel vor meiner Mutter und mir auf der Bartheke. Nein, unmöglich, stelle ich erleichtert fest. Das ganze Tamtam um einen Cocktail zerrt an meinen Nerven.

»Wie heißt dieser Cocktail?«, fragt Mama, die jetzt ihre gepflegten Finger um das mit einer cremigen, rosafarbenen, aufgeschäumten Flüssigkeit gefüllte Glas schließt.

»Cocktail heißt Kim!«, antwortet Mario sachlich.

Meine Mutter und ich wechseln einen viel sagenden Blick. »Und morgen Amanda und am nächsten Abend Isabelle …«

Er schnappt in gespielter Entrüstung nach Luft.

Wir lachen, prosten ihm zu – »Salute!« – und nehmen gleichzeitig einen Schluck. Mmmh. Schmeckt göttlich, mit einem erfrischenden, zart-säuerlichen Beigeschmack. Unsere Wangen röten sich sofort. Beim zweiten Glas beschließt Mama, dass sie das beste Outfit für »das erste Abendessen am ersten Abend auf Capri« trägt (nachdem wir alle anderen Kombinationen hier in der Luft zerrissen haben – zu viele Rüschen, zu langweilig, zu übertriebene Drapierungen). Es ist mir neu, wie genüsslich sie über andere herziehen kann, und ich lache, bis ich Schnarchgeräusche von mir gebe. Mario blickt mich mit leisem Vorwurf an. Ich habe den Eindruck, er findet, wir sollten unseren Alkoholpegel etwas neutralisieren, als er uns Kekse anbietet. (Er sagt bis-kwits dazu und reizt uns noch mehr zum Kichern.)

»Hier gibt es nicht zufällig Ringos?«, frage ich, als mir Nino einfällt.

»Nein«, antwortet er stirnrunzelnd.

»Aber Sie kennen die Dinger?«

»Natürlich, aber die sind süß. Ich habe nur Salzgebäck.« Er öffnet den Deckel einer Plastikdose und schüttet Gebäck auf einen Teller.

»Mmmh, die grünen schmecken nach Pesto«, stellt Mama fest und nimmt gleich ein paar. »Die habe ich als Kind immer gegessen.«

Die weißen sehen aus wie geknotete Salzstangen und schmecken nach nichts. Mama und ich schnappen gleichzeitig nach dem letzten grünen Keks.

»Nimm du.«

»Nein, du.«

»Nein, ich habe schon mehr gehabt, als mir zusteht.«

»Aber es ist doch auch dein Lieblingsgebäck.«

Mario stöhnt vernehmlich und öffnet erneut die Dose. Vorsichtig entnimmt er mit einer Gebäckzange ausschließlich grüne Kekse. »Das ich mache nur für euch.«

Wahrscheinlich liegt es am Alkohol, aber plötzlich entdecke ich auffällige Ähnlichkeiten zwischen Mario und dem Schauspieler Jean Réno.

»Aus *Leon, der Profi*?«, fragt er verdutzt. »Er sieht sehr … männlich aus, ja?«

»Ja«, antworte ich laut, und füge insgeheim hinzu: »Und er hat eine sehr große Nase.«

Ein Kellner mit einem Silbertablett betritt jetzt die Bar, entschuldigt sich für die Störung und bestellt einen Campari für Zimmer 115.

»Sie sagt, ich sehe wie ein Filmstar aus«, höre ich Mario auf Italienisch zu seinem Kollegen sagen, während er den Drink zubereitet. Der Kellner mustert mich kurz. »Alle Frauen dieser Welt wären glücklich, wenn sie dich klonen könnten, Mario.«

»Oh, wir müssen los, ich habe den Tisch für halb neun reserviert, und es ist schon später!«, stellt Mama entsetzt fest und leert ihr Glas in einem Zug.

»Sie essen nicht in Hotel?«, fragt Mario betrübt.

»Heute Abend essen wir im Ristorante Faragliono – wie war meine Aussprache?«, erkundigt sich Mama.

»Perfecto!«, antworte ich.

»Bis später?« Mario hastet uns hinterher und hält mich einen Augenblick zurück. »Ich habe um Mitternacht Schluss. Ich mache mit Ihnen eine Tour auf Insel, ja?«

»Also, äh …«, winde ich mich.

»Sehr schöne Spaziergang. Ich kenne eine Stelle …«

Verflixt! Wo ist nur das Wort »Nein«, wenn man es mal dringend braucht?

»Immer der Reihe nach, Mario«, schaltet sich meine Mutter ein. »Heute Abend bin ich der Reiseleiter.«

So gefragt war ich ja noch nie!

Als wir auf einem Schleichweg das Hotel verlassen, bedanke ich mich bei Mama dafür, dass sie mich vor Mario gerettet hat, und gestehe: »Ich wusste gar nicht, was ich sagen sollte. Es ist schon eine ganze Weile her, seit jemand mit mir ausgehen wollte.«

»Ich wusste genau, die typisch weibliche Gerissenheit der Rees würde sich eines Tages auch bei dir zeigen!«, kichert sie.

»Bestimmt ist das als Kompliment gemeint«, erwidere ich.

»Aber selbstverständlich!«, sagt sie und ergreift meinen Arm. »Schau mal, das hier solltest du dir ansehen …«

Wir bleiben vor einem Laden mit großen Schaufenstern stehen und blicken auf die schier unübersehbare Menge silberner Walzen, Röhren und Glasflaschen an den Wänden.

»Einatmen!«, befiehlt meine Mutter. »Was riechst du?«

»Zitrone«, fange ich an.

»Natürlich, schließlich sind wir auf Capri. Was noch?«

»Orange, Pfirsich …«

»Ja«, ermutigt sie mich.

Ich zögere eine Sekunde. »Sandelholz?«

»Du hattest schon immer ein feines Näschen«, lacht sie und kneift mich dabei in mein Riechorgan. »Erkennst du die Blumen?«

»Maiglöckchen und …«, ich schnüffle erneut. »Jasmin, ganz sicher.«

»Ausgezeichnet!«

»Ist das eine Parfümerie?«

»Nicht irgendeine Parfümerie, sondern die *Carthusia*«, sagt sie würdevoll. »Es heißt, Königin Giovanna d'Angio habe anno 1380 dem Kloster San Giacomo einen unerwarteten Besuch abgestattet …«

»Das Kloster da drüben?«, frage ich und deute nach hinten in Richtung Hotel.

»Genau!«, nickt sie und fährt fort: »Der Prior des Klosters wollte ihr einen besonders herzlichen Empfang bereiten, sammelte drei Tage lang die schönsten Blumen der Insel und band ihr einen Strauß. Das Wasser wurde drei Tage lang nicht gewechselt, und als man die Blumen schließlich wegwarf, bemerkte er, dass das Wasser einen wunderbaren Duft verströmte. Er ging damit zu einem in Alchemie bewanderten Mitbruder des Klosters, und so entstand das erste Parfüm auf Capri.«

»Eine schöne Geschichte«, erwidere ich, habe aber so meine Zweifel, ob ich das ganze abgestandene Blumenwasser, das mir bis jetzt untergekommen ist, ebenfalls in Flakons abfüllen würde.

»Dein Großvater trug immer den Herrenduft«, lächelt Mama, während die Erinnerung in ihr aufsteigt. »Das war jedes Jahr mein Geburtstagsgeschenk für ihn. Er wird aus wilden Himbeeren und Algen hergestellt. Als deine Großmutter und ich die Insel verließen, gab ich ein paar Tropfen davon auf meine Strickjacke, damit ich immer daran riechen und an Vater denken konnte«, endet sie mit zitternder Stimme.

»Ist das die kleine blaue Strickjacke in der Schublade?«, frage ich.

Sie nickt bejahend.

Ich hatte mich schon immer über die Jacke gewundert. Sie passte überhaupt nicht zu ihren anderen Sachen und überlebte trotzdem jeden Frühjahrsputz und alle Umzüge.

»Ich sterbe vor Hunger, und du?«, fragt Mama, um sich etwas aufzumuntern.

Seltsamerweise bietet das Ristorante Faraglioni keine Aussicht auf die gleichnamigen berüchtigten Felsen, sondern liegt nur an der dort hinführenden Straße namens Via Camerelle; diese ist zufällig auch die exklusivste Einkaufsstraße der Insel, an der sich Boutiquen von Hermès, Tod's, Alberta Ferretti und anderen aneinander reihen, was sich wiederum in der handverlesenen reichen Klientel widerspiegelt. Insgeheim gefällt es mir immer wieder, dass meine Mutter auch im direkten Vergleich mit reichen Erbinnen und Supermodels noch einiges Aufsehen verursacht, sobald sie einen Raum betritt.

»Ahhh, buona sera, signoras!« Die Kellner stolpern beinahe übereinander, so eifrig sind sie alle bemüht, Mama an einen Tisch innerhalb ihres Hoheitsgebiets zu locken. Ein Bursche, der zum Knuddeln aussieht und Massimo heißt, trägt schließlich den Sieg davon und führt uns unter großem Trara an einen der begehrten Nischenplätze im Freien.

Er stellt eine kleine Blumenvase auf unseren Tisch und lächelt: »Aus meinem Garten!«

Wir lachen – als ob das stimmte! Doch dann fällt mir auf, dass auf den anderen Tischen keine Blumen stehen … Er ist genau Cleos Typ, sinniere ich, als er am Hummerbecken vorbei in die Küche eilt. Ein süßes kleines Hundebaby im Körper eines Ringers.

Wir ignorieren den schlechten Ruf, der allen vorauseilt, die Rosé bestellen, und entscheiden uns für eine Flasche Lacrimae Christi, was übersetzt so viel bedeutet wie »Die Tränen Christi«. Es ist nicht nur der poetischste Name auf der Karte, sondern dieser Wein wird aus Trauben gekeltert, die ganz in der Nähe wachsen, an einer Flanke des Vesuvs. Ist das nicht cool? Die zartrosa getönte Lava erweist sich als ausgesprochen potentes Gebräu und macht uns noch beschwipster. Aber das ist nicht schlimm, denn Massimo schenkt uns immer nur ein winziges Schlückchen ein, das kaum den Boden des Glases bedeckt. (Dahinter steckt meiner Meinung nach Methode, da er so gezwungen ist, sich immer wieder an unseren Tisch zu begeben.) Nach und nach legen alle Kellner einen kleinen Zwischenstopp an unserer Nische ein, um uns Komplimente zu machen, und vom Wein beflügelt wage ich es sogar, ihr Lächeln zu erwidern. Mamas Flirten scheint ansteckend zu sein. Zuerst habe ich ein komisches Gefühl, dann finde ich es merkwürdig aufregend.

Mama spürt, wie kribbelig ich bin. »Vielleicht solltest du *doch* Marios Einladung zu einer Inselführung annehmen«, sagt sie verschmitzt.

»Das kann doch nicht dein Ernst sein – würdest *du* denn allein mit ihm spazieren gehen?«, erkundige ich mich.

Eine reichlich überflüssige Frage. Vielleicht hat es weniger damit zu tun, dass sie keine Kostverächterin ist, und mehr mit sexuellem Selbstvertrauen; sie weiß genau, sie hat die Lage immer im Griff. Wie Catherine Zeta-Jones, die es fertig brachte, Michael Douglas für neun Monate auf Distanz zu halten – diese Frau muss unbedingt ihr Geheimnis lüften. Ich wünschte, sie könnte mir beibringen, wie man auf würdevolle und respektgebietende Weise »nein« sagt, ohne deswegen weniger verführerisch zu wirken. Das ist doch eine richtige Kunst. Befände ich mich mit einem sexuell aggressiven Mann wie Mario allein an einem entlegenen, aber landschaftlich reizvollen Fleck, wäre ich vor Angst wie erstarrt. Ganz bestimmt käme es zu unerlaubten Grenzüberschreitungen, noch ehe ich seinen

Ausweis kontrollieren könnte, und derartigen Situationen bin ich einfach nicht gewachsen – ich versuche immer wieder, mich vorwitziger Hände auf scherzhafte Weise zu erwehren, indem ich sie wie lästige Fliegen wegschlage und ein unausgesprochenes »Ungezogener Junge« über meinem Haupt schwebt; aber in Wirklichkeit möchte ich nur schreien: »Was ist eigentlich mit dir los? Wie kommst du nur darauf, es wäre sexy, mich anzugrapschen und zu befummeln, als befände ich mich in der Grundausbildung für weibliche Armeeangehörige?«

»Haben Sie gewählt?«, lächelt Massimo mit unverminderter Freundlichkeit, obwohl er die Frage bereits zum dritten Mal stellt.

»Tut mir Leid«, entschuldigt sich Mama und wirft ihm einen Blick unter verführerisch dichten Wimpern zu. »Wir werden immer wieder abgelenkt.«

Stirnrunzelnd blicke ich auf die Speisekarte. Ich kann mich einfach nicht entscheiden – Vermicelli oder Trofie? Ohne Cleo, die mich berät, bin ich verloren. Ich greife nach meinem Weinglas und sehe, wie Mama mich belustigt mustert.

»Penne für deine Gedanken«, sagt sie und beginnt zu lachen, kaum dass die Worte heraus sind.

Ich stimme mit unerwarteter Fröhlichkeit in ihr Gelächter ein, und Rosé tropft von meinem Kinn. Mama gibt ein schnaubendes, quietschendes Lachen von sich, das undamenhafteste Geräusch, das ich je von ihr gehört habe, und meine Schultern beben unkontrolliert, während ich ein Kichern zu unterdrücken versuche.

Als wir endlich nach Luft schnappen, laufen uns Lachtränen übers Gesicht, und unsere Gesichter sind knallrot.

»Alles in Ordnung?«, fragt Massimo, der geduldig und leise lächelnd darauf wartet, dass sich der hysterische Anfall legt. »Benötigen Sie Wasser?«

»Kein Wasser!«, protestieren wir. »Mehr Wein.«

Mit entzückter Miene bringt Massimo die zweite Flasche.

»Wir bestellen jetzt!«, kündige ich an.

»Nach dir«, nickt Mama.

»Nein, nach dir.«

Mama reißt sich zusammen. »Ich hätte gern das Risotto mit Champagner und Pecorino und anschließend den Seeteufel.«

»Das nehme ich auch«, beschließe ich und habe das ungewohnte Gefühl, mit meiner Mutter einer Meinung zu sein.

»Bellissima«, grinst Massimo hingerissen.

Während Mama aufgeregt über unseren für morgen geplanten Besuch der Boutique spricht, wächst meine Überzeugung, dass der ältere Herr an einer Tafel von zwölf Personen uns immer unverhohlener anstarrt. Vermutlich sind wir ziemlich laut. Ich frage mich, ob ihn unser Benehmen schockiert, und dieser Gedanke verleitet mich zum Kichern, womit ich wiederum Mama anstecke. Als wir mitten im schönsten Kreischen sind, tritt er plötzlich an unseren Tisch, während der Rest seiner Runde der Tür zustrebt.

Er schlägt mit der Faust auf den Tisch und dröhnt: »Ich wollte nur sagen, dass ich Sie *wunderbar* finde.«

Dann nimmt er unsere Hände und küsst sie.

Beide!

Ich bin in total euphorischer Stimmung! Heute Abend ziehe ich mit meiner Mutter gleich, was mich fast auf Göttinnen-Status hebt. Vielleicht wird diese Woche doch nicht so furchtbar.

Als wir beim Nachtisch angekommen sind, stehen wir endgültig im Mittelpunkt der allgemeinen Aufmerksamkeit. Wir bestellen Profiteroles, und kaum ist der letzte Klecks Schokoladensauce verschwunden, kredenzt Massimo uns zusätzlich ein Tiramisu. Darauf folgt eine Torta Caprese, ein trockener Mandelkuchen. Sogar meine Mutter, die Zucker fürchtet wie der Teufel das Weihwasser, genießt die Köstlichkeiten. Nachdem wir uns durch die Desserts gearbeitet haben, nötigt uns Massimo (und zwei andere Kellner), ein Getränk namens Limoncello zu versuchen – einen blassgelben Likör, den die Einheimischen unerschütterlich als Delikatesse anpreisen. In Wirklichkeit handelt es sich dabei aber um nichts anderes als einen Flüssigreiniger mit Zitronenduft, der sich hervorragend zur Säuberung von Keramikkacheln und Oberflächen aus rostfreiem Stahl eignet.

»Wie kannst du dieses Zeug nur trinken?«, jammere ich und überlege, wie ich auf diskrete Weise den Inhalt meines erneut gefüllten Glases loswerden kann.

»Ich wollte es schon immer probieren«, gesteht Mama und nimmt sich meiner Portion an. »Damals war ich zu jung – jetzt hole ich alles nach.«

Als wir um die Rechnung bitten, kommt der Besitzer des Restaurants persönlich an unseren Tisch, stellt sich als Giuliani vor und bedankt sich für unseren Besuch.

»Ich verstehe das nicht. Wieso werden wir hier wie Filmstars behandelt, wenn sie die ganze Zeit mit echten Berühmtheiten zu tun haben?«, will ich von meiner Mutter wissen.

Sie zuckt glücklich die Achseln. »Vielleicht hat es damit zu tun, dass außer uns nur Ehepaare hier sind …«

»Und wir sind die einzigen Frauen ohne Männerbegleitung? Du liebes bisschen, liegt es nur daran?«

»Nun, ich glaube, heute ist einfach einer der Abende, an denen etwas Besonderes in der Luft liegt.«

Ich lächle. Ob das wohl stimmt?

Offensichtlich will jemand beweisen, dass Mama Recht hat, denn gerade als wir denken, besser kann es nicht mehr kommen, erscheint ausgerechnet der Kellner, der bisher als einziger immun gegen unseren Charme gewesen ist, an unserem Tisch, beugt sich über die Kerze und bringt – mit dem erotischsten italienischen Akzent der Welt – deren Flamme mit den unsterblichen Worten »Ihr seid keine Frauen – ihr seid das *Paradies*!« zum Flackern.

Mama und ich brechen in ungläubiges Kreischen aus. Der

Limoncello steigt zwar auch zu Kopf, aber die Komplimente sind wirklich berauschend.

Diese Nacht werde ich in meinem ganzen Leben nicht vergessen.

»Komm, ich möchte dir die Piazzetta zeigen!«, sagt Mama und erhebt sich etwas unsicher, während mehrere Hände sich gleichzeitig ausstrecken, um ihr den Stuhl wegzuschieben. »Die beste Zeit dafür ist vor dem Abendessen, dann geht es dort wie auf einem echten Laufsteg zu, aber jetzt gibt es bestimmt auch noch einiges zu sehen«, verspricht sie.

Es stört mich nicht einmal, dass wir uns auf dem Weg dorthin unterhaken. Vielleicht ist das ein Durchbruch. Ich habe das Gefühl, als stünden wir einander näher als seit Jahren. Ich weiß nicht, ob Mama so aufgekratzt ist, weil sie bei ihrem letzten Aufenthalt auf Capri noch eine Zwölfjährige war, oder ob ihr Verhalten eher auf geheime Ingredienzen in Marios Kim-Cocktail zurückzuführen ist, aber was nun auch der Grund sein mag, meine Mutter ist einfach süß, wenn sie einen Schwips hat.

»Warum haben alle diese Männer eine Kamera dabei?«, frage ich, während wir die Via Emanuele hinaufstolpern.

»Sie sind so eine Art freundliche Paparazzi«, erklärt Mama. »Sie fotografieren wichtige Besucher für das *Capri VIP*-Magazin. Sie sind aber nie so aufdringlich, dass sich die Stars daran stören würden – sieh mal hier.«

Meine Mutter führt mich vor einen Fotoladen. In der Auslage sind vergrößerte Aufnahmen berühmter Persönlichkeiten zu bestaunen, die sich alle schon einmal auf der Insel aufgehalten haben: Dustin Hoffman, Nicole Kidman, Mariah Carey …«

»Wow – Keith Richardson«, keuche ich.

»Wer?« Meine Mutter blinzelt.

»Von den Backstreet Boys!«, sage ich und deute mit dem Finger auf die schwarzhaarige Augenweide.

»Mmmmh, sehr hübsch«, gibt meine Mutter zu. »Wer ist die Frau neben ihm?«

»Seine Ehefrau, bitte sprich nicht davon!«, ächze ich.

»Er könnte glatt als Italiener durchgehen. Mal sehen, ob wir einen Doppelgänger von ihm entdecken.«

Normalerweise würde ich vor Entsetzen schreien, aber heute Abend finde ich es lustig. Wenn Cleo mich doch jetzt sehen könnte, wie ich mit meiner Mutter auf Männerjagd gehe.

»Da wären wir, im weltberühmten Freiluft-Wohnzimmer!«, strahlt Mama, als wir gemeinsam den kopfsteingepflasterten Platz begutachten, voll gestopft mit Tischen und Rohrstühlen. Unglaublich, wie harmonisch alles wirkt. Als habe sich jede Familie oder jedes Paar für einen bestimmten Farbton entschieden – zartes Karamel, Silber und Apricot, frisch gewaschenes Weiß – und dann alles, was sie am Leib tragen, entsprechend eingefärbt. Der Gesamteindruck tadelloser Kleidung ist jedenfalls umwerfend: Wir entdecken nicht einen einzigen losen Faden oder abgesplitterten Fingernagel. Und noch nie war ich mir der Tatsache, dass ich keinerlei Schmuck besitze, so überdeutlich bewusst.

»Da ist ein Tisch«, schlage ich vor und strebe auf die Tiberio-Bar zu.

»Moment …« Meine Mutter blickt prüfend über die Tische der benachbarten Lokale.

»Oder ist hier eine Bar ›angesagter‹ als die andere?«, necke ich sie und versuche zu erkennen, ob es eine Gucci-Gang gibt, die der Dolce & Gabbana-Truppe den Kampf angesagt hat – das Duell findet bei Morgengrauen statt, und so weiter.

»Ich halte bloß Ausschau nach … *Dort drüben*!«, ruft sie freudig erregt.

Ich folge ihrem aufgeregten Blick, schöpfe flüchtig den Schaum unzähliger Cappuccinos ab und entdecke – natürlich! – den Platin-Mann.

Er deutet meiner Mutter gegenüber eine Verbeugung an

und winkt uns zu sich. Sachen gibt's, die gibt's gar nicht! Da sind doch tatsächlich zwei Plätze neben ihm frei.

Blitzschnell ist es mit meiner beduselten Leutseligkeit aus und vorbei. Ich kann nur noch eines denken: »Ich bin ihr einfach nicht genug. Und ich war es auch noch nie. Das war schon immer so.«

10

»Kim, du erinnerst dich bestimmt noch an Mr. Hamilton vom Schnellboot.«

»Bitte sagen Sie Tony zu mir«, gibt er zurück, schüttelt meine Hand und besteht darauf, dass meine Mutter ihn beim Vornamen nennt. Oho, wie kühn.

Ich versuche, anmutig zu lächeln, aber stattdessen verziehen sich meine Lippen zu einem strichförmigen Muppet-Mund.

»Tony, das ist meine Tochter Kim.«

Er nickt, säuselt: »Ihr Mädels seht ja wirklich hinreißend aus!«, und sein amerikanischer Akzent ist eine Überraschung für mich. Zumindest schließt das sprachliche Verständigungsprobleme aus.

Platin-Mann hebt eine gepflegte Braue Richtung Kellner. Meine Mutter bleibt bei Limoncello, ich hingegen bestelle mir eine warme Milch, um den Eindruck zu erwecken, dass sich der Abend für mich dem Ende nähert; dann kann ich jederzeit vorschützen, ich sei bettreif und könnte im Stehen einschlafen … Leider macht mir mein Italienisch einen Strich durch die Rechnung; ich bitte versehentlich um eine »Latte freddo« (statt um eine »Latte caldo«) und muss vorgeben, ich würde nach einem Glas kalter Milch schmachten.

Platin-Mann stößt mit seinem Martini-Cocktail auf uns an und fragt Mama, wie ihr der erste Tag auf Capri gefallen hat und ob er sie zum Grab ihres Vaters begleiten solle, wenn sie es zum ersten Mal besucht. Ich bin empört und möchte am liebsten »Dafür bin ich doch da!« ausrufen, bis mir noch rechtzeitig einfällt, dass ich ihr meine Begleitung nicht angeboten habe. Ich habe den Eindruck, er verhält sich wie einer dieser netten, mitfühlenden, beschützenden Bitte-lassen-Sie-mich-Ihnen-doch-helfen-Typen, die sich in Kontrollfreaks verwandeln, sobald man sich auf sie einlässt. Ich lehne mich zurück und lausche meiner Mutter, die sich angeregt über die lebhaften Farben der Insel verbreitet und darüber, wie es ihr in der Seele wehtut, die Faraglioni-Felsen wieder zu sehen. Sie ist glänzender Laune, aber ich kann nicht genau sagen, ob es daran liegt, dass sie wieder auf Capri ist, oder ob es eher mit ihrem neuen Bewunderer zu tun hat.

Der größte Teil von Mamas Lippenstift befindet sich mittlerweile am Rand ihres Limoncello-Glases, und als sie das bemerkt, zieht sie sich für einen Augenblick auf die Damentoilette zurück.

»Gabelt Ihre Mutter immer fremde Männer auf Schnellboten auf?«, scherzt Platin-Mann.

»Ich würde nicht sagen, dass sie alle fremd waren«, gebe ich mit undurchdringlicher Miene zurück.

Das saß!

»Nein, Sie sind der Erste«, beruhige ich ihn und füge stillschweigend hinzu: »Auf dieser Reise.«

»Ihre Mutter hat mir gesagt, Sie seien Dolmetscherin …«

»Tatsächlich? Diese Woche bin ich also Dolmetscherin?«

»Sie sind gar keine …«

»Prostituierte«, flüstere ich und tippe verschwörerisch auf meine Nasenspitze. »Sie sagt es den Leuten nicht gern bei der ersten Begegnung.«

Er schweigt einen Augenblick. »Dann ist das also eher ein Arbeitsurlaub für Sie?« Ich bemerke das Glitzern in seinen Augen, und wir brechen beide in Gelächter aus.

»Ein guter Auftakt!«, lächelt meine Mutter und nimmt wieder Platz.

»Wofür?«, frage ich misstrauisch.

»Kim«, sagt sie und drückt meine Hand, »du sitzt vielleicht deinem zukünftigen Schwiegervater gegenüber.«

Ich brauche eine Sekunde, bis ich verstanden habe, dass sie Schwiegervater und nicht Stiefvater gesagt hat. Es waren so viele.

»Mein zukünftiger Schwiegervater?« Überrascht blinzle ich Tony an.

»Nun – bevor ich herausgefunden habe, dass Sie eine Prostituierte sind«, gibt er mit todernstem Gesicht zurück.

»Eine Prostituierte!«, kreischt meine Mutter entsetzt.

Alle Köpfe drehen sich in unsere Richtung, obwohl die mit Haarspray aufgetürmten Frisuren in die andere zeigen.

Mutter erbleicht. »Was willst du damit …«

»War doch nur ein Scherz, Gina.«

Sie sieht verwirrt aus, und eine Sekunde lang verspüre ich fast so etwas wie Mitleid. Fast.

PM wendet sich mir zu. »Nächste Woche leistet mir mein Sohn Tyler ein paar Tage Gesellschaft. Er ist vierunddreißig Jahre alt, allein stehend, erfolgreicher Kunsthändler, besitzt Immobilien in London und New York …«

»Sieht er Ihnen ähnlich?«

Er schüttelt den Kopf. »Leider nicht. Tyler kommt ganz nach seiner Mutter.«

»Mit Collagen aufgespritzte Lippen, Stirnfalten mit Botox geglättet?«

»Ich wusste gar nicht, dass Sie miteinander bekannt sind.«

»Das ist eine lange Geschichte.«

Mama sieht immer noch verwirrt aus, versucht aber tapfer, etwas zur Unterhaltung beizusteuern. »Ich dachte, es wäre schön, wenn wir alle gemeinsam zu Abend essen würden …«

Ich seufze in mein Milchglas. »Da sein Sohn nur für ein paar Tage hier ist, bin ich sicher, Mr. Hamilton würde es vorziehen …«

»Aber keineswegs«, nimmt er meinen Einwand vorweg. »Meine Söhne langweilen mich entsetzlich. Es wäre wunderbar, wenn ihr Mädels die Stimmung etwas auflockern würdet.«

»Einen Bruder gibt es also auch?«, erkundige ich mich und denke dabei an Cleo.

»Morgan. Aber der ist nicht mehr im Angebot, sondern seit zehn Jahren verheiratet. Es geht um Tyler.«

»Wieso ist Morgan denn schon vergeben und Tyler noch zu haben?«

»Kim!«, ruft meine Mutter verlegen.

»Da ist doch nichts dabei, Mama. Ich bin ja auch noch zu haben, daher ist die Frage nicht abwertend.«

»Sie möchten wissen, warum Morgan verheiratet ist und Tyler nicht?«, vergewissert sich PM.

Ich nicke.

Er holt tief Luft. »Morgan ist ein Tyrann. Er hat gern eine Frau um sich, die er beherrschen kann, und verständlicherweise haben ihm die meisten seiner Freundinnen den Laufpass gegeben. Doch eines Tages traf er Angie. Sie war chronisch pleite, also hat er ihr einen Antrag gemacht, da er wusste, wie schwer es ihr fallen würde, ihn und sein Geld abzuweisen.«

»Wie romantisch.«

»Ja, nicht wahr?«, grinst PM. »Ich glaube nicht, dass er ein besonders nachahmenswertes Beispiel für Tyler war. Der hat es anscheinend überhaupt nicht eilig, sich festzulegen.«

Mama wirkt niedergeschlagen. »Aber wenn er die Richtige trifft …«

»Na klar! Warum nicht?«, strahlt PM und drückt das Knie meiner Mutter. »Nun, Kim – wie ist Ihre Geschichte? Ich bin überrascht, dass keiner Ihrer Klienten versucht hat, Sie auf den Pfad der Tugend zurückzuführen.«

Ich lächle. »Also, es gab da mal einen richtig süßen Freier …«

»Ach, Kim, hör schon auf!«, bittet Mama.

Offenbar unterminiere ich ihre Verkupplungsversuche.

»Aber zurzeit gibt es keinen Mann in Ihrem Leben?«

Ich schüttle den Kopf.

»Sie war verlobt«, beteuert Mama eifrig. Wahrscheinlich hofft sie, dadurch meinen Marktwert zu beweisen.

»Ja, ich glaube, ich muss die offizielle Bescheinigung noch irgendwo haben …«, sage ich mit Blick in meine Handtasche.

PM kichert.

»Und dann war er doch nur ein Schuft und Halunke, oder?«

»Er war Schwede«, trägt meine Mutter zur Information bei. Als sei damit alles gesagt.

Eine Woche vor meinem Abflug nach Stockholm waren die E-Mails so feurig wie immer: *Ich kann es kaum erwarten, dich zu sehen – ich will dich endlich allen vorstellen!* Es gab sogar ein wunderbar ungeduldiges Schreiben, in dem stand: *Kim! Es reicht, komm sofort nach Schweden zurück! Bringen wir die Hochzeit hinter uns und nehmen die Familie in Angriff!*

Als ich ihn anrief, machte er mir einen Antrag. Es war alles so aufregend, und nachdem ich mir seiner ganz sicher war, zählte ich die Tage bis zum Abflug. Es kühlte mich daher etwas ab, als er mich in einer E-Mail zwei Tage vor dem Abflug fragte: *In welchem Hotel übernachtest du?*

Ich hatte immer angenommen, ich würde bei ihm wohnen. Insbesondere, weil er bereits eine aufregende Reiseroute für uns ausgearbeitet zu haben schien. *Ich will dir so vieles zeigen, Plätze, von denen du bisher nur geträumt hast und wo ich dich richtig kennen lernen kann. Ich denke da besonders an einen Ort, von dem ich glaube, er könnte dir gefallen, aber natürlich wäre auch die Sahara für mich der Garten Eden, wenn ich zusammen mit dir dort wäre.* Ich stellte mir vor, wie wir in einer Pension nach der anderen absteigen würden, während wir die Region erforschten. Aber offenbar sah er das etwas anders. Bloß – warum hatte er mich das nicht schon früher gefragt? Oder mir Übernachtungsmöglichkeiten in Stockholm vorgeschlagen, da er sich doch in der Stadt zwangsläufig besser auskannte? War das ein kulturell bedingtes Missverständnis? Ich konnte es mir einfach nicht erklären. Vor dieser E-Mail hatte ich mich ihm so nahe gefühlt. Plötzlich kam ich mir wie eine Fremde vor und buchte für die ersten drei Nächte ein Zimmer im schicken Birger Jarl Hotel, weil es mir peinlich war nachzufragen. (Übrigens keine billige Wahl, aber wenn es nun mal unser Liebesnest sein sollte, wollte ich nicht am falschen Ende sparen.)

Am Abend vor dem Flug dämpften die folgenden Worte meine Bedenken: *Ich kann es nicht fassen, dass ich dich schon morgen in den Armen halte. Ich werde sofort die britische Regierung davon in Kenntnis setzen, du seist im Auftrag einer kleinen, revolutionären Zelle als Spionin nach Schweden eingedrungen, und man wird dir für mindestens sechs Monate die Rückreise nach England verbieten, und währenddessen wirst du dich so sehr an mich gewöhnt haben, dass du ohne mich nicht mehr leben kannst und mich nur noch für kurze Zeit verlässt. Etwa, um morgens fürs Frühstück einzukaufen.*

Schlau wie Oskar.

Am nächsten Tag sah er am Flughafen noch zwölfmal besser aus als in meiner Erinnerung, winkte mit einem Strauß rosa Rosen, die mit einem Band, an dem der Verlobungsring hing, zusammengebunden waren. Er hob mich hoch und wirbelte mich herum, und einen Augenblick lang gehörte ich zu einer *jener* Frauen auf Flughäfen. Ich hatte das Gefühl, als befände ich mich in einem romantischen Märchenland, von dessen Existenz ich bis zu diesem Zeitpunkt nicht einmal vollständig überzeugt gewesen war. Es kam mir surrealistisch vor, dass andere Leute mich plötzlich mit derselben Faszination musterten, die ich so oft selbst verspürt hatte, wenn ich derart ostentativ verliebte Pärchen beobachtete. Ich wusste nicht genau, wie ich mich verhalten sollte; bis zu einem gewissen Grad hatte ich immer noch das Gefühl, mir selbst zuzusehen.

Wie betäubt ließ ich mich von ihm zu seinem Wagen geleiten. In der vorhergehenden Nacht hatte ich vor lauter Nervosität kein Auge zugetan und wollte jetzt nur schnellstmöglichst mit ihm auf mein Hotelzimmer, doch er bestand darauf, dass wir direkt vom Flughafen zu seinen Eltern gehen sollten, die im Café eines Einkaufszentrums auf uns warteten. Ich fühlte mich zwar etwas überrumpelt, aber andererseits schmeichelte es mir auch, dass er so versessen darauf war, mich seinen Eltern vorzustellen. Alles klappte hervorragend. Ich mag anderer Leute Eltern.

Danach war endlich die Zeit für die Notlandung im Hotel gekommen. Dachte ich. Wir würden uns auf dem Bett wälzen. Uns richtig ineinander verlieben. Aber er musste unbedingt einen Anzug kaufen. Für eine Hochzeit. Am Samstag. »Morgen?«, fragte ich. Er nickte. Ich konnte mich an keine Einladung erinnern.

»Wer heiratet denn?«, wollte ich wissen, als wir uns auf die Suche nach etwas schmal Geschnittenem, Marineblauem machten.

»Ich kenne sie nicht. Ich tue es nur einem Freund zuliebe. Und aus diesem Grund kann ich dich auch nicht einladen – entschuldige.«

»Ach, aber das macht doch nichts«, hauchte ich und empfand dabei genau das Gegenteil.

»Krawatte hell- oder dunkelblau?«

»Hellblau«, sagte ich und kam mir vor wie meine Mutter.

»Aber wenn du das Brautpaar nicht kennst, warum gehst du überhaupt auf diese Hochzeit?«

»Die Kleine braucht unbedingt männliche Begleitung.«

»Du hast eine Verabredung?« Ich schnappte nach Luft.

»Nein. Ich kenne sie überhaupt nicht. Ich habe dir doch gesagt, ich tue es für einen Freund.«

»Welchen Freund?«

»Meinen besten Freund Henrik.«

Ich verabscheute Henrik auf der Stelle aus tiefstem Herzen. »Warum kann er nicht mit ihr auf die Hochzeit gehen?«

»Er ist zu jung für sie.«

»Also hast du *doch* eine Verabredung!«, explodierte ich.

»Nein«, erwiderte er, völlig ungerührt. »Sie sehen zusammen einfach blöd aus. Außerdem ist er verlobt.«

»Du bist verlobt!«, brauste ich auf, wie vor den Kopf geschlagen von seiner Logik.

»Ich hab's ihm versprochen. Es hat nichts mit ihr zu tun. Es ist ein reiner Freundschaftsdienst.«

Ich stand da, blinzelte und versuchte mir einen Reim auf das Ganze zu machen. In gewisser Hinsicht bewunderte ich beinahe, dass er sich nicht beirren ließ. Nahm ich das alles zu schwer?

»Na gut«, sagte ich schließlich, denn ich hatte nicht die geringste Lust, drei Stunden nach meiner Ankunft einen heftigen Streit mit ihm vom Zaun zu brechen. »Ich vermute, es ist nur für ein paar Stunden am Nachmittag …«

»Sie heiraten abends.«

Ich schluckte. »Demnach verbringe ich also unseren ersten Samstagabend allein?«

»Wir können uns danach treffen.«

»Aha.«

»Ich versuch's mal hiermit«, sagte er und hielt einen Nadelstreifenanzug hoch.

»Gut. Ich hole mir solange eine Haarspülung in der Drogerie. Bin in fünf Minuten wieder da.« Anrufen. Anrufen. Muss unbedingt Cleo anrufen.

Sie hielt ihn für übergeschnappt, beschloss dann aber, im Zweifel alles für den Angeklagten sprechen zu lassen. »Dadurch kannst du dir doch jetzt nicht alles verderben. Lass es für heute einfach durchgehen.«

Genau das tat ich. Ich verdrängte die Hochzeit und setzte ein unechtes Lächeln auf.

Wir gingen ins Hotel zurück. Bestellten etwas zu essen aufs Zimmer. Tranken Wein. Schliefen nach ziemlich aufregendem Sex in den Hotelbademänteln vor dem Fernseher ein.

Als ich aufwachte, war der gefürchtete Tag gekommen. Zumindest begann die Hochzeit erst um sechs Uhr abends. Und ich würde ihn danach treffen. Ich redete mir ein, alles sei in bester Ordnung. Nach dem Frühstück hingen wir ein bisschen herum, bis er sagte, er wolle noch zu einem Einkaufszentrum vor der Stadt fahren, da er immer noch keinen Anzug für die Hochzeit habe. Einkaufen ist überhaupt nicht mein Ding, aber natürlich begleitete ich ihn. Die Fahrt dauerte ziemlich lange, und als wir schließlich ankamen, stellte er fest, dass er seine Kreditkarte bei seinen Eltern vergessen hatte und zurückfahren musste. Kein Problem.

Dann sagte er: »Meine Eltern sind zu Hause, vielleicht könnten wir gemeinsam mit ihnen Mittag essen?«

»Ähh … weißt du was, warum fährst du nicht zurück, und ich warte hier solange auf dich?«, schlug ich vor.

Er sah besorgt aus. »Willst du nicht mit mir zusammen sein?«

»Natürlich! Klar! Mir wird im Auto nur schnell übel. Ruf mich auf dem Handy an, sobald du zurück bist. Ich bin wahrscheinlich im Buchladen.«

Zumindest konnte ich dort in den Zeitschriften blättern. Seine Eltern waren zwar nett, aber in dieser angespannten Stimmung wollte ich ihnen einfach nicht begegnen.

»Ich bin in einer Stunde zurück ...«

»Gut«, sagte ich. »Hier am Eingang gegen zwei Uhr.«

Wir küssten uns. Alles schien so weit ganz in Ordnung zu sein. Ich trank einen Milchshake und aß pappige Nudeln. Ich durchblätterte die internationalen Zeitschriften. Informierte mich über schwedische Haarprodukte und fragte mich, ob man hierzulande vielleicht ein paar Lockenbezwinger entwickelt hatte, die es zu Hause nicht gab. Dann wartete ich.

Zwei Uhr war inzwischen vorbei.

Dann war es drei Uhr.

»Ich rufe nicht an. Bestimmt ist er aufgehalten worden.«

Halb vier.

»Warum hat er mich nicht angerufen und mir gesagt, dass es so spät wird? Ich drehe hier noch völlig durch.«

Und so ging es weiter.

Um vier Uhr gab ich klein bei und wählte seine Handynummer.

»Gott sei Dank, dass du dich endlich meldest!«, stieß er hervor. »Meine Telefonkarte ist abgelaufen. Ich konnte niemanden anrufen.«

»Wo bist du?«

»Auf dem Weg zur Hochzeit.«

»WIE BITTE?!?« Der polierte Boden des Einkaufszentrums gab unter meinen Füßen nach, und ich glaubte in einen schwarzen Tunnel zu stürzen.

»Ich habe mich in der Zeit vertan, ich bin jetzt schon zu spät dran. Ich bin gerade auf dem Weg zu ihr.«

Ich traute meinen Ohren nicht. Er war auf dem Weg zu ihr. Nicht zu mir. Er hatte mich einfach in einem Einkaufszentrum in der Pampa stehen lassen.

»Tut mir echt Leid!« Die erste Andeutung einer Entschuldigung. »Du musst dir ein Taxi zum Hotel nehmen. Ich ruf dich später an.«

Ich legte auf. Und rief halb betäubt Cleo an. Noch während ich ihr erklärte, was gerade geschehen war, erkannte ich das volle Ausmaß der Katastrophe und fing an zu weinen. Und weinte. Und weinte. Es war mir gleich, dass alle mich befremdet ansahen, ich konnte die Tränen einfach nicht unterdrücken.

»Ich versteh das nicht, es hört sich alles überhaupt nicht nach Tomas an«, sagte Cleo mit erstickter Stimme.

Sie hatte Recht. Er verhielt sich wie ein anderer Mensch. Distanziert. Geheimniskrämerisch. Ich hatte gedacht, wir wollten beide dasselbe, aber jetzt hatte ich das Gefühl, wieder in eines dieser dummen Spielchen zwischen Jungen und Mädchen verwickelt zu sein. Was war nur los? Wie konnte das passieren? Sieh zu, dass du was draus lernst, würde meine Mutter jetzt sagen. Aber die einzige Erkenntnis, die ich zu bieten hatte, war: Vermeide es, in Schweden Taxi zu fahren, das kostet nämlich ein *Vermögen*.

Im Hotelzimmer tigerte ich wie eine Wahnsinnige auf und ab. Ich musste verschwinden. Ich musste mein Herz vor weiteren blauen Flecken bewahren. Ich wählte die Nummer der Fluggesellschaft, aber dann stellte ich mir das Gesicht meiner Mutter vor, wenn ich ihr mitteilte, dass aus der ganzen Sache nichts geworden war. Bestimmt würde sie mir die Schuld daran geben. Vielleicht stimmte das auch. Hatte ich etwas falsch gemacht? Aber was? Hatte ich zu viel Aufhebens um die Hochzeit gemacht? Aber es war eine Hochzeit! Und Hochzeiten sind etwas Besonderes. Wer war diese Frau, die lieber mit dem Verlobten einer anderen auf eine Hochzeit ging als allein? Garantiert eine Stewardess. Konnte es noch schlimmer kommen?

Allerdings!

Nach der Hochzeit kam er voller Gewissensbisse zu mir. Er sagte, er habe sich falsch verhalten und müsse nicht ganz bei Trost gewesen sein, er habe die Nerven verloren, weil er mir so heftige Gefühle entgegenbrächte. Er bat mich, zu ihm zu ziehen. Das bedeutete, dass ich den Traum, er sei der Mann meines Lebens, nicht aufzugeben brauchte, und bot mir eine gewisse Sicherheit. Ich sagte ja.

Einen Monat lang war alles eitel Sonnenschein. Ich brachte es sogar fertig, ein paar gut bezahlte Jobs an Land zu ziehen, und wir lebten in Saus und Braus. Doch dann überkamen mich erneut nagende Zweifel. Die Stewardess hatte mich so sehr beschäftigt, dass ich Britta darüber völlig vergessen hatte. Erst eine an sie gerichtete E-Mail, die er versehentlich an mich geschickt hatte, weckte mein Misstrauen aufs Neue. Wir hatten einen heftigen Streit – die Mail hatte für meinen Geschmack viel zu verliebt geklungen –, aber Tomas versicherte mir, er mache sich nicht das Geringste aus Britta, obwohl sie eine Schwäche für ihn habe, und was den Ton der Nachricht angehe, so sprächen sie nun einmal aus alter Gewohnheit miteinander. Es habe nichts zu bedeuten. Cleo sagte: »Warum sollte er dich bitten, zu ihm zu ziehen, wenn zur gleichen Zeit etwas mit Britta läuft?« Ich gab mich damit zufrieden, konnte aber die innere Unruhe nicht abschütteln, die mich jedes Mal überkam, wenn er an seinem geliebten Computer saß und in die Tastatur hieb.

Eines Samstags war vorgesehen, dass ich den ganzen Tag arbeiten und außer Haus sein würde. Er hatte frei und rief mich an, um zu fragen, ob ich irgendetwas Besonderes zum Abendessen aus dem Supermarkt haben wollte, da er einkaufen ginge. Ich sagte, er solle mich überraschen. (Ähem!) Zwanzig Minuten später teilte man mir mit, dass mein Job ins Wasser gefallen war. Ich versuchte, ihn telefonisch zu erreichen, um ihm zu sagen, ich würde mich im Supermarkt mit ihm treffen, aber sein Handy war abgeschaltet. Ich beschloss, nach Hause zu gehen und auf ihn zu warten. Ich schloss auf und rief seinen Namen, für den Fall, dass er schon vor mir in der Wohnung angekommen war. Keine Antwort. Ich ging in die Küche und füllte den Wasserkessel. Aus dem Augenwinkel bemerkte ich flackerndes Licht im Wohnzimmer. In der Annahme, er habe vergessen, den Fernseher auszuschalten, ging ich hinüber. Der Bildschirm war schwarz. Ich drehte mich um und stellte fest, dass das Flackern vom Rechner kam. Ich trat einen Schritt näher. Zuerst dachte ich, es handle sich um einen Internet-Porno – zwei Körper, die sich in obszönen Posen auf dem Bildschirm bewegten. Ich fand es abstoßend und drehte mich weg, erstarrte dann aber. Langsam wandte ich mich erneut nach dem Rechner um. Der Mann war Tomas. Mir wurde übel, während ich wie gelähmt darauf wartete, dass das Gesicht der Frau zu sehen war ... Britta, mit offenem Mund, in Ekstase. Zitternd riss ich mich von dem Anblick los und betete, dass ich mir alles nur einbildete. Spielte mir mein übermäßiges Misstrauen einen Streich und verleitete mich dazu, die Köpfe der beiden auf zwei fremde Körper zu projizieren? Dann bemerkte ich das Kabel zwischen Tomas' Computer und seiner Digitalkamera. Er hatte die Geräte zum Herunterladen angelassen, während er einkaufen war.

Ich raufte mir die Haare und versuchte verzweifelt, meinem Gehirn irgendeine rationale Erklärung abzuringen. Waren diese Aufnahmen entstanden, bevor ich ihn kennen gelernt hatte? Nein. Er trug die Armbanduhr, die ich ihm vergangene Woche zum Geburtstag geschenkt hatte.

Ich wusste nicht, was ich machen sollte. Dann dachte ich an Oma Carmela. Sie hatte nicht abgewartet, um die endgültige Demütigung über sich ergehen zu lassen: Als sie mit Sicherheit wusste, dass Vincenzo sie betrog, war sie gegangen. Ich musste unbedingt verschwinden, bevor Tomas zurückkehrte. Ich zerrte meinen Koffer vom Schrank, rief ein Taxi und raffte in aller Eile so viel zusammen, wie ich konnte, ehe der Fahrer klingelte, und verließ das Liebesnest. Auf dem Weg zum Flughafen wurde mir klar, dass Tomas mich wahrscheinlich nicht einmal vermissen würde. Oma Carmela hatte wenigstens meine Mutter gehabt und gewusst, wie sehr Vincenzo seine Tochter vermissen würde. Ich hatte nichts. Ich hatte ihn zu leicht davonkommen lassen, das war typisch für mich. Nie sagte ich offen, was ich dachte. Floh vor jeder Auseinandersetzung. Ich hatte nicht einmal seinen Computer zertrümmert. Mit etwas mehr Geistesgegenwart hätte ich einen Virus in seinen Computer eingeschleust oder die Bilder an alle seine Kunden verschickt. Es hätte viele Möglichkeiten gegeben, sich zu rächen, aber ich hatte mich einfach verdrückt. War einfach abgehauen.

Ich versuchte, alle Spuren von Tomas' Existenz zu verwischen, und warf den Verlobungsring am Flughafen in die Sammelkiste für ausländische Restwährung eines Wohltätigkeitsvereins, aber jene Bilder von Tomas und Britta steigen auch nach zwei Jahren noch plötzlich und ungebeten vor meinen Augen auf. Sobald ein Mann versucht, sich mir zu nähern, sehe ich Tomas' Gesicht auf dem Bildschirm vor mir und ergreife die Flucht.

Als ich meiner Mutter die Geschichte erzählte, sagte sie, es sei ein Segen, dass ich alles noch vor unserer Hochzeit herausgefunden habe. Ein Segen? Nur ein einziges Mal hätte ich sie gern sagen hören: »Du Ärmste, das muss ja furchtbar für dich gewesen sein!« – statt: »Mach dir nichts draus. Es sollte wohl nicht sein.«

Ich stimme nur in einem Punkt mit ihr überein, dass nämlich das Beste an dem ganzen Schweden-Trip die Bekanntschaft mit Cleo war. Als ich zurückkam, ließ sie sich ein paar Tage lang krankschreiben, kam nach Cardiff, um mich zu trösten, und der Rest ist Geschichte. Ihr allein habe ich es zu verdanken, dass die Erfahrung mit Tomas keine misstrauische, verbitterte alte Hexe aus mir machte; sie ließ nichts unversucht, damit ich seine Niedertracht vergaß, und erzählte mir viele Geschichten von Männern, die ihren Frauen bis in alle Ewigkeit treu waren. Sie rief mich häufig von der Arbeit aus an und las mir Artikel aus Zeitschriften vor, die sich mit dem Thema »Die neueste Untreue heißt Treue« oder ähnlichem Humbug beschäftigten. Allmählich gelang es mir, sie von meinem einigermaßen stabilen Zustand zu überzeugen. Ich war gefühlsmäßig völlig neutral – und nicht daran interessiert, noch einmal auf irgendwelche Liebeslügen hereinzufallen. Schon bald hörte ich auf, auch nur darauf zu hoffen. Dann hörte ich auf, daran zu glauben. Und dann wollte ich es nicht mehr. So ist das bei mir. Ich bin fertig mit dem Thema.

Das Letzte, was ich jetzt gebrauchen kann, ist, mich wieder zu verlieben.

11

»Hast du schon mal daran gedacht, dieser Luca könnte schwul sein?«, frage ich Mama, als wir uns am nächsten Morgen der Boutique Desiderio's nähern. Ich bin immer noch etwas angesäuert, weil sie mich gestern Abend auf der Piazzetta ohne jede Vorwarnung mit Platin-Mann konfrontiert hat, und kann der Versuchung, sie ein bisschen aufzuscheuchen, nicht widerstehen.

»Nein.« Sie schüttelt den Kopf und bleibt stehen, um ihr Spiegelbild im Schaufenster des benachbarten Schuhgeschäftes zu überprüfen. »Natürlich nicht.«

»Verstehe«, sage ich, auf meiner Lippe kauend. »Es könnte also ein ziemlicher Schock für dich werden, wenn du feststellst, dass er ein Transvestit ist.«

»Was?«, keucht sie und dreht den Kopf blitzschnell zu mir herum. Ich lenke ihren Blick in Desiderio's Schaufenster, wo ein hochgewachsener Mann die Knopfleiste seines gemusterten Kleides glatt streicht.

»O Gott!« Meine Mutter wendet schaudernd den Blick ab.

»Er erwartet uns erst in einer halben Stunde! Glaubst du, er geht jeden Morgen vor der Öffnungszeit in den Laden, um alles anzuprobieren ...«

»Mama!«

»O Gott, ich ...«

»Mama!« Ich packe sie bei den Schultern. »Das war doch nur ein Scherz.«

Ich schiebe sie näher an das Schaufenster, damit sie sehen kann, dass der besagte Mann sich in Wirklichkeit nur über die Schaufensterpuppe gebeugt hat, die das Kleid trägt. Durch eine optische Täuschung wirkt es so, als säße sein Kopf auf dem Körper von Gisele Bündchen.

Mama stößt einen zittrigen Seufzer der Erleichterung aus und kichert dann: »Dein Großvater hat schon immer gemeint, Luca hätte ein Händchen für Damenkleidung ...«

Als wir uns der Tür nähern, sieht er von der Schaufensterpuppe auf und gewährt uns einen ersten Blick auf sein äußerst untransvestitenhaftes Ziegenbärtchen. Mama winkt ihm etwas unseriös zu, »Halli, hallo!«, und er gibt uns mit einem Nicken zu verstehen, dass er uns erkannt hat. Seine Miene ist undurchdringlich. Ich hatte mit einem Mann Mitte vierzig gerechnet, aber falls er kein lebender Beweis für die angeblich verjüngenden Eigenschaften von Olivenöl ist, würde es mich überraschen, wenn er älter als fünfunddreißig wäre. Er ist ungewöhnlich hoch gewachsen für einen Einheimischen, misst mindestens einen Meter achtzig, und ist von Kopf bis Fuß in Schwarz gekleidet. Ich bin mir nicht sicher, ob es sich dabei um eine modische Entscheidung oder um Trauerkleidung oder um eine Mischung von beidem handelt, in jedem Fall sieht er absolut umwerfend aus.

»Wie Zorro persönlich«, murmelt Mama, als er uns die Tür aufschließt.

»Signora Rees«, begrüßt er sie. »Es tut mir so Leid, Ihren Vater verloren zu haben.«

Für eine Sekunde bringt diese Formulierung meine Mutter aus dem Konzept, doch nach kurzem Nachdenken erschließt sich ihr der Sinn, und sie erwidert: »Ich weiß, der Verlust muss auch Sie schwer getroffen haben.«

»Ahhh«, stöhnt er wie unter Schmerzen. »Dieser Mann, er hat mir Chance gegeben, als kein anderer es wollte. Er gab mir neues Leben …«

Ich vergesse kurzfristig, dass sich alles in der Wirklichkeit abspielt, und glotze ihn an wie jemanden, der bei *Oprah Winfrey* seine geheimsten Gefühle enthüllt – Sie wissen schon, wenn die Kamera ganz dicht herangeht und das Gesicht in Großaufnahme den ganzen Bildschirm ausfüllt. Nicht zum ersten Mal empfinde ich Mitgefühl für einen völlig Fremden, aber diesmal spielt noch etwas anderes mit, eine Art Sehnsucht … Könnte das möglicherweise damit zu tun haben, dass Luca vollkommen *schön* ist? Seine Haut glänzt in seidigem Sepiabraun, und er hat Augen, die man am besten unter der Lupe eines Juweliers würdigen sollte: eisblau mit dunklen, marinefarbenen Sprenkeln. Als er meinen Blick erwidert, fühle ich mich zugleich wachsam und benommen.

»Sie sind Kim«, sagt er schlicht, und ein Lächeln breitet sich auf seinem Gesicht aus.

Ich bringe nicht mehr als ein gehauchtes Hallo und einen schüchternen Händedruck zustande.

»Leider hat sie meinen Vater, ihren Großvater, nie kennen gelernt«, merkt meine Mutter an und legt mir einen Arm um die Taille, um mich zu stützen.

»Vielleicht sie hat etwas von seiner Persönlichkeit geerbt?«, deutet Luca an und gestattet mir immer noch, seine Augen zu bewundern.

Ich runzle die Stirn. Was für eine sonderbare Bemerkung – es sei denn, Vincenzo wäre ein Wurm ohne jedes Rückgrat gewesen. Ich habe bislang noch nicht die leiseste Andeutung von Persönlichkeit gezeigt.

»Vielleicht«, stimmt meine Mutter zu und streicht mir eine Haarsträhne hinters Ohr.

»Wie ist für Sie, nach so vielen Jahren wieder in Capri zu sein, Gina?«

»Herrlich! Traurig. So viele Erinnerungen ...«, seufzt meine Mutter und klagt: »Ich wünschte, ich wäre viel früher hergekommen.«

»Ich wünschte das auch«, pflichtet Luca ihr bei und sieht mich dabei an.

Ich habe das entsetzliche Gefühl, als hätte er, genau wie meine Mutter, das instinktive Bedürfnis, alle Menschen sofort äußerlich zu verbessern. Er mustert mich viel zu aufmerksam. Aber vielleicht hat er einfach seit langem keine Textilien aus Naturfasern gesehen.

»Der Laden ist noch ganz wie früher«, lächelt Mama und schlendert am Holztisch im Verkaufsraum vorbei zur der mit goldfarbenem Samt bezogenen Kutsche.

»Vincenzo sagte, guter Stil kommt nie aus der Mode«, erwidert Luca achselzuckend.

»Wollen Sie denn etwas verändern?«

»Ist nicht allein meine Entscheidung«, entgegnet er.

»Und wenn Sie allein entscheiden könnten?«

»Eigentlich nein! Wenn man modernes Design sucht, kann man in Via Camerelle gehen. Aber ich finde die Läden kalt. Desiderio's hat Charakter. Ich glaube nur an Veränderungen, wenn sie machen etwas besser.«

»Genau meine Meinung!«, freut sich Mutter. »Bei Woodwards wurde immer nur umdekoriert, weil alle glaubten, das müsste unbedingt sein. Aber es kann alles auch zu glatt wirken. Ich glaube, es ist wichtig, dass sich der Kunde wohl fühlt.«

»Was sagen Sie, Kim?« Luca wendet sich mir zu.

Ich bin völlig überrascht. Es ist Jahre her, seit mich zuletzt jemand nach meiner Meinung gefragt hat.

»Meine Tochter macht sich nicht viel aus Mode.« Mama versucht, mich vom Angelhaken zu befreien.

»Bitte«, drängt Luca. »Was Sie würden machen, wenn das Ihre Boutique wäre?«

»Ich würde vielleicht das Licht ein bisschen dämpfen«, taste ich mich vor. »Aber ich mag den Zederduft.«

Luca lächelt.

»Er ist sehr einladend.«

»Das bin ich!« Luca beugt sich vor, damit ich schnuppern kann.

»Oh!« Ich erröte. »Nun, ich glaube, Sie können so bleiben.«

»Vielen Dank«, sagt er und deutet eine Verbeugung an. »Noch etwas?«

»Nein. Aber mit jeder neuen Kleiderlieferung bekommen Sie auch ein neues Dekor, oder? Genau wie das Laub im Lauf der Jahreszeiten seine Farbe verändert – aber die Bäume bleiben immer dieselben.« Hoppla. Vielleicht ein etwas waghalsiger Vergleich?

Mama sieht nachdenklich aus. »So habe ich das noch nie gesehen …«

»Und wie gefällt Ihnen Capri?«, fragt Luca, offenbar fasziniert von meinen Ungereimtheiten.

Bevor mir eine schlagfertige Antwort einfällt, klingelt das Telefon. Ich klappe den Mund zu und blicke zu Boden. Lucas Schuhe stehen meinen immer noch gegenüber. Fragend sehe ich auf.

»Wollen Sie denn nicht …«

»Hmm?«

»Das Telefon«, ruft ihm meine Mutter in Erinnerung.

»Oh! Entschuldigen Sie bitte«, sagt er und zieht sich hinter die Verkaufstheke zurück.

»Er sieht sehr gut aus, nicht wahr?«, tuschelt meine Mutter mir zu, während er ein Gespräch auf Italienisch führt. »Ich wette, er macht alle seine Kundinnen glücklich.«

Ich spüre einen unerwarteten Stich der Eifersucht. Natürlich, jede Frau, die diesen Laden betritt, muss sich genauso verzaubert fühlen wie ich. Es ist Lucas Aufgabe, diese Gefühle in ihr zu wecken. Einen Augenblick lang habe ich geglaubt, ein wunderschöner neuer Tag bräche speziell für mich an, aber jetzt wird mir bewusst, dass ich nur eine in der langen Schlange von Frauen bin, die ihre Gardinen aufziehen.

»Bastardo!«, explodiert Luca und lässt eine Serie ausgefallener italienischer Flüche folgen.

Meine Mutter sieht mich fragend an und wartet auf die Übersetzung, aber ich habe noch nie in ihrer Gegenwart geflucht und werde auch jetzt nicht damit anfangen. Luca tobt weiter ins Telefon. Ich finde es erstaunlich aufregend, auch wenn er nur über Damenkleidung diskutiert statt über Weltpolitik. Ich erzähle Mama, das Problem liege anscheinend darin, dass der Mann am anderen Ende der Leitung Luca bis um elf Uhr heute Vormittag zu einer bestimmten Order zwingen wolle und Luca dadurch nicht genug Zeit habe, sich um andere Lieferanten zu kümmern oder festzustellen, welchen Preisaufschlag dieser Lieferant berechnet. »Kurzum, Luca glaubt offenbar, der andere will ihn über den Tisch ziehen.«

Luca knallt den Hörer so unbeherrscht auf die Gabel, als wollte er ein Insekt zerquetschen, und versetzt anschließend dem nächstbesten Schuhkarton einen heftigen Tritt.

»Gibt es ein Problem?«, erkundigt sich Mama, wie immer eine Meisterin der Untertreibung.

»Ja, meine Temperament.« Er sinkt auf einen Sessel und gibt sich anscheinend geschlagen.

Mama macht Anstalten, ihn aufzumuntern, als Lucas Energie plötzlich zurückkehrt. Er schimpft: »Ich weiß, er gibt mir schlechten Preis. Er verkauft auch an Allegra oben an der Straße, und ich *weiß*, dass sie besser abschließen. Und wenn sie besseren Preis beim Einkauf haben, sie können billiger verkaufen und nehmen mir Kunden weg.«

Ich brauche einen Augenblick, um meinen Mut zu sammeln, und sage: »Könnten Sie sich nicht einfach in dem anderen Laden nach deren Einkaufspreis erkundigen?«

»Hier geht's ums Geschäft«, tadelt Mama. »Die werden der Konkurrenz doch nicht ihre Geheimnisse anvertrauen.«

»Luca würden sie es vielleicht nicht gerade verraten, aber ein Kunde könnte doch herauskriegen, wieviel der Lieferant will«, wende ich ein.

Luca überlegt einen Augenblick. »Es müsste ein Fremder sein, jemand, von dem sie nicht wissen, dass ich ihn kenne. Aber ich weiß nicht genau, ob sie Lieferung schon haben.«

»Kim könnte hingehen und sich ein bisschen umsehen«, schlägt meine Mutter aufgeregt vor. »Sie war noch nie auf Capri und gehört außerdem zur richtigen Zielgruppe.«

Luca zieht ein »Ja, schon, aber«-Gesicht.

»Warum nicht?«, hakt Mama nach.

»Es ist nur ...«

»Ja?«, ermutige ich ihn.

»Entschuldigen Sie, Kim, aber sehen Sie nicht aus wie eine Frau, die Designerkleidung kauft.«

Aha. Wo er Recht hat, hat er Recht.

»Es sei denn ...«, überlegt meine Mutter und streift die Kleiderstangen mit nachdenklichem Blick.

»O nein«, protestiere ich. Das hier riecht verdächtig nach einer von Mamas Verschwörungen in Sachen Typveränderung. Ich rechne schon fast damit, dass Gianni plötzlich hinter der Theke hervorspringt und die Frisörschere schwingt.

»Man könnte ...«, sinniert Luca und erwärmt sich sichtlich für die Idee.

»Nein!« Nicht mit mir.

»Es wäre doch nur für ein halbes Stündchen«, beschwatzt mich Mama.

»Ich denke, Anna Molinari würde ihr gut stehen«, sagt Luca.

Na prima. Es ist Jahre her, seit ich einem so gut aussehenden Mann in 3D begegnet bin, und ausgerechnet er macht jetzt gemeinsame Sache mit meiner Mutter.

Sie zanken sich eine Weile, was ich am besten tragen sollte. Mama optiert wie üblich für lebhafte Farben und mädchenhafte, verspielte Schnitte, während Luca zumindest einsieht, dass für jemanden, der »so viel Angst hat, wie eine Frau auszusehen«, eher etwas Klassisches, Schlichtes in Frage kommt.

»Und ohne Firlefanz«, bitte ich mir aus. »Perlenstickerei und Applikationen trage ich nicht.«

»So was wir führen gar nicht«, murmelt Luca und hält prüfend eine ärmellose Alternative in Reinleinen hoch.

»Geht nicht.« Ich schüttle den Kopf.

»Warum nicht?«

»Problemzone Oberarm«, erwidere ich.

Vor Scham vergräbt meine Mutter das Gesicht in den Händen.

»Wie bitte?«, fragt er stirnrunzelnd.

Demonstrativ schüttle ich meinen wabbeligen Arm.

»Aha!«, nickt er und wählt ein hauchdünnes Kleid mit passender Strickjacke.

»Nein.«

»Warum nicht?«

»Knie«, informiere ich ihn.

»Knie?«

»Die möchte ich Ihnen jetzt lieber nicht zeigen.«

»Wie wäre damit?«

»Bauch.«

»Und das hier?«

»Po.«

»Okay«, sagt er und hebt Einhalt gebietend die Hände. »Ich denke nach.«

Er umrundet mich langsam. So befangen habe ich mich noch nie gefühlt.

»Sie haben eine schmale Taille.«

»Nur im Vergleich zu meinen Hüften.«

»Ruhe bitte. Schöner Nacken. Gute Dekolletee …«

Ich werde rot vor Verlegenheit. Viel ist ihm jedenfalls nicht entgangen.

»Ein maßgeschneiderte Hosenanzug ist genau richtig für Sie. Ohne Hemd. Ja?«

Ich kann es immer noch nicht fassen, dass er »gutes Dekolletee« gesagt hat.

Mama versetzt mir einen auffordernden Schubs.

»In Ordnung«, stimme ich widerwillig zu.

»Bitte probieren Sie an«, sagt er und nimmt einen Anzug von der Stange.

»Das ist grün.«

»Nicht grün. Mint«, verbessert er und fügt hinzu: »Betont Ihre Augen.«

Ich zögere.

»Dort drüben hängt ein erikafarbener Anzug«, sagt meine Mutter eifrig.

»Oder eine gelbe mit orangefarbene Revers«, piesackt Luca.

»Dann schon lieber Mint«, beschließe ich und zwinge mich zu einem Lächeln.

Als ich aus der Umkleidekabine komme, ist meine Mutter verschwunden.

»Sie ist zur *pasticceria*«, erklärt Luca. »Kauft Kuchen.«

Ich hebe eine Braue. Das ist genauso ungewöhnlich, als würde ich plötzlich losziehen, um einen kerngesunden Weizentrunk zu besorgen.

Allein mit Luca fühle ich mich nicht mehr wie ein Modepüppchen. Stattdessen bin ich mitten in einem Märchen, in dem sich die gute Fee unversehens in einen hitzigen italienischen Hengst verwandelt hat.

»Wie fühlen Sie sich darin?«

Nervös, aufgeregt, mit einem Kribbeln an Stellen, deren Existenz ich längst vergessen hatte.

»Ganz gut«, sage ich und zapple herum. »Aber normalerweise trage ich keine enge Kleidung.«

»Bitte gerade stehen!«, befiehlt Luca.

Vorsichtig straffe ich die Schultern und hebe den Kopf.

»Sie können in hohen Schuhen laufen?«, erkundigt er sich, als er feststellt, dass der Hosensaum zu lang ist und mir bis über die Füße reicht.

Mein Blick sagt mehr als tausend Worte.

»Also nicht. Ist kein Problem. Ich habe Sandalen mit dicken Sohlen. Sind auch gut. Jetzt Sie lassen los«, sagt er und löst meine Finger, die sich um das Revers des Jacketts krampfen.

»Das Oberteil klafft!«, protestiere ich.

»Ist sexy«, erwidert er und tritt prüfend zurück.

»Haben Sie nicht ein Leibchen oder so?« Unglaublich, aber gerade habe ich das Wort Leibchen laut ausgesprochen. Cleo würde einen Lachkrampf bekommen.

»Ich könnte Ausschnitt etwas zusammenstecken, wenn Sie möchten. Außerdem habe ich schöne Halskette, die den größten Teil von diese Bereich bedeckt«, sagt er und streicht dabei leicht über mein bloßes Schlüsselbein. Ich habe das Gefühl, als hätte mich dort, wo seine Finger meine Haut berühren, Tinkerbell mit ihrem Elfenstaub besprenkelt.

»Ist okay?«, will er wissen. Ich blicke zu ihm auf, während er sich nachdenklich das Ziegenbärtchen streicht, bemerke dabei den Kontrast zwischen seinen gebräunten Händen und den helleren Fingernägeln und frage mich, ob er eine Frau auch mit derselben Sorgfalt *auszieht*. Oder reißt er einem die Kleider vom Leib, als würden sie nur mit Klettband zusammengehalten? *Woher* kommen solche Gedanken nur?

»Kim … soll ich Ausschnitt zusammenstecken?«

»Oh! Ja! Natürlich …«

In einer Hand die Nadel, hält er mit der anderen das klaffende Revers vorsichtig zusammen. Ich schaue an die Decke und bemühe mich, gleichmäßig zu atmen. Allmählich wandert mein Blick wieder hinunter zu seinem glänzenden schwarzen Schopf, den schrägen Wangenknochen und seinen unglaublich langen, geraden Wimpern.

»Wie lange Sie bleiben auf Capri?«, fragt er, die Hand immer noch auf meinem Jackett.

»Schätzungsweise noch eine Woche«, quietsche ich. Biete mir eine Führung über die Insel an, wünsche ich mir insgeheim.

»Und Sie wohnen im Luna?«

»Ja.«

»Fertig!«, sagt er und überzeugt sich mit einem letzten Blick, dass die Stecknadel nicht zu sehen ist. »Jetzt die Kette.«

Luca schließt den Schnappverschluß in meinem Nacken und legt mir die Perlenstränge im Ausschnitt zurecht. Seine Fingerspitzen fühlen sich so weich an wie der erste Sommerregen auf bloßer Haut.

»Schuhe!«, fährt er fort und fischt einen Karton aus dem umgestürzten Turm.

»Achtunddreißig?«

Auf mein Nicken überreicht er mir ein Paar mit Keilabsätzen und silbernen, überkreuzten Riemchen.

»Entspricht es Ihren Erwartungen?«

»Naja, normalerweise trage ich nie silb–«

»Capri. Entspricht Capri Ihren Erwartungen?«

»Ach so! Ich weiß nicht genau ... Es sieht besser aus, als ich angenommen hatte.«

»Sieht besser aus?«

»Äh, ich meine, es ist schöner, malerischer«, berichtige ich mich und versuche dabei verzweifelt, meine Gedanken nicht abschweifen zu lassen. »Ich war bis jetzt nur im Restaurant Faraglioni und auf der Piazzetta.«

Und was diese Inselführung betrifft …

»Capri ist eine kleine Insel mit viele Gesichter«, bemerkt Luca. »Ich bin sicher, Sie lernen alle kennen. Jetzt Ihr Haar – ich finde am besten, wir binden es zurück, damit man Ihr Gesicht besser sieht.« Ich trage mein Haar immer offen, aber jetzt füge ich mich diesem Vorschlag willenlos. Ich würde nicht einmal Protestgeschrei erheben, wenn mir Luca zwei Schneisen à la Beckham in den Schopf rasieren würde.

Ohne den Blick von mir zu lösen, lässt er seine kräftigen Finger durch mein Haar gleiten. Der letzte Mann, der mich berührt hat, war vermutlich der Postbote, der mir seinen Stift für die Empfangsbestätigung einer Warensendung von Freemans ausgeliehen hat. Sie können sich also meine Aufregung vorstellen. Während Luca behutsam die widerspenstigen Locken zurückstreicht, entschlüpft mir ein leises, genussvolles Stöhnen, und ich muss mich schnell räuspern, um es zu vertuschen.

»Alles okay mit Ihnen?«

»Bestens!« Nichts, was ein Schlückchen Limoncello nicht wieder in Ordnung bringen könnte.

»Ihre Haar hat seine eigene Willen«, sagt er und bemüht sich, es mit Haarklemmen zu bändigen.

»Ich weiß«, seufze ich entschuldigend.

»Aber nein, ist wunderbar! Auf Capri alle sind so gepflegt und glatt – so perfekt.«

»Und davon halten Sie nichts?« Wenn das kein gutes Vorzeichen ist.

»Perfekt ist nur für Models und Fotos, nicht für richtiges Leben.«

Vielleicht hat er doch nicht so viel mit meiner Mutter gemeinsam. »Haben Sie da nicht vielleicht den falschen Beruf gewählt?«, frage ich lächelnd.

»Ich versuche nicht, dass die Leute perfekt aussehen«, wehrt er ab. »Natürlich ich möchte, dass meine Kunden gut aussehen und Selbstvertrauen haben, aber ich helfe ihnen, etwas zu finden, in dem sie sich einfach wohl fühlen. Meine Meinung nach soll man die Kleider vergessen, wenn man sie trägt.«

Ich lasse die Schultern sinken und tröste meine Beine, dass sie schon bald wieder in ausgeleierten Cargohosen stecken werden.

Luca streicht mir leicht über die Wange und seufzt: »Sie sehen sehr hübsch aus ...«

Ich spiele gerade mit der Idee, dieses Kompliment einfach zu akzeptieren, als er hinzufügt: »Sind Sie bereit, unter die Decken zu gehen?«

Ich reiße überrascht die Augen auf. »Also, ich ...«

»Ich glaube, er meint in Deckung, um die Konkurrenz auszuspionieren!«, rettet meine Mutter mich, die just in diesem Augenblick Desiderio's mit einer Tüte Süßigkeiten betritt.

Ich drehe mich zu ihr um.

»Ach, Kim – du siehst toll aus. Es ist so schön, dich einmal in etwas Farbigem zu sehen, auch wenn es nur pastellfarben ist.«

Ich trete vor den Spiegel und schnappe nach Luft. Ich war davon überzeugt, dass ich aussehen würde wie eine Tonne, aber jetzt scheint es eher, als hätte ich ein paar Kilo in der Umkleidekabine verloren. Ich habe Beine! Ich bewege meinen Arm, um sicherzugehen, dass es sich auch wirklich um mein Spiegelbild handelt. Doch meine Bewegungen stimmen mit denen der Person im Spiegel überein.

»Ich sehe so erwachsen aus«, sage ich und befühle meine neue, verbesserte Version.

»Elegant«, korrigiert Mama.

»Herrje!«, lache ich. »Ich bin die Tochter, die du immer gewollt und nie bekommen hast!«

»Es ist einfach wunderbar«, seufzt Mama mit verschleiertem Blick.

»Schau es dir gut an«, rate ich. »Das kriegst du so bald nicht mehr zu sehen.«

»Gefällt Ihnen nicht?« Luca sieht niedergeschmettert aus.

In Wirklichkeit gefällt es mir durchaus, aber Mama soll unter keinen Umständen denken, dass ich von nun an jeden Tag so herumlaufe.

»Handtasche!«, sagt Mama und schnappt nach einem silbernen, länglichen Exemplar im Baguette-Stil in der Auslage.

»Perfecto!«, lobt Luca ihre Wahl. »Bereit?«

»Bereit, Agent Amorato!« Ich schlage die Hacken zusammen. »Wünschen Sie mir Glück.«

»Buona fortuna«, sagt Luca und küsst mich auf die Wange.

Wie sich herausstellt, hätte ich ebenso gut hohe Absätze tragen können – den ganzen Weg die Straße hinunter schwebe ich wie auf Wolken.

Erst vor Allegra beginnen meine Nerven zu flattern. Damit komme ich einfach nicht durch – auch wenn ich authentische Markenkleidung trage, so ist die Person, die drinsteckt, eine Täuschung. Ein Blick, und meine Tarnung ist durchschaut.

Ich muss umkehren. Nein. Unmöglich. Ich muss mir diesen Kuss auf die Wange verdienen.

Ich hole Luft, öffne die Glastür und wiederhole insgeheim unaufhörlich: Ich bin reich, ich habe Stil, in Sachen Mode macht mir keiner was vor. Um den Augenkontakt mit der ätherisch dünnen Bedienung hinter der Theke zu vermeiden, nehme ich das erstbeste Jackett von der Stange, zucke aber beim Blick aufs Preisschild wie ein blutiger Anfänger zusammen. Rasch versuche ich, meinen hochgezogenen Brauen einen Ausdruck zu verleihen, der »Tolles Schnäppchen! Da kann ich ja gleich zwei nehmen!« signalisiert, und mustere dann prüfend ein elfenbeinfarbenes Seidenteil, das sofort vom Bügel fällt, als es mit meinen Fingerspitzen in Berührung kommt. Verdammt. Mit brennenden Wangen bücke ich mich, um das Kleid aufzuheben, und starre entgeistert auf ein Paar schimmernder Schienbeine. »Prego!« Die Verkäuferin geht auf ihren Stöckelschuhen schwungvoll in die Knie und hängt das Oberteil so ehrfürchtig wieder auf den Bügel zurück, als sei es aus Donatella Versaces höchsteigenen Locken gesponnen. »Grazie«, sage ich und bin unsicher, ob die Shopping-Elite eher kumpelhaft oder von oben herab mit Verkäuferinnen umspringt.

»Haben Sie einen bestimmten Wunsch?«, erkundigt sie sich und bezieht dabei schützend vor dem empfindlichen Gewebe Stellung, als wollte sie sagen: »Keine Sorge, Kinder, Mama ist hier, und die böse Tante kann euch nichts anhaben.«

»Nun ja, ich interessiere mich für die neue Sarto-Kollektion.«

»Die Lieferung ist erst heute Morgen gekommen, Sie können sie morgen sehen«, gibt sie kurz angebunden zurück.

»Schade, das ist leider zu spät«, erwidere ich mit gespielter Enttäuschung.

Die Verkäuferin sieht mich mitleidig an und stelzt wieder an ihren Platz hinter der Kasse. Ich gebe mich beinahe schon geschlagen, als ich mich plötzlich sagen höre: »Tragen Sie Baby Doll von Yves St. Laurent?«

Das hat offenbar ihr Interesse geweckt, denn sie hebt den Kopf. »Ja, schon …«

»Ich liebe dieses Parfüm«, teile ich ihr mit. »Es riecht wie eine köstliche Süßigkeit – und es steht Ihnen ausgezeichnet.«

»Grazie!« Sie kann ein Lächeln nicht unterdrücken.

»Jedenfalls besten Dank für Ihre Hilfe«, sage ich und mache Anstalten, die Boutique zu verlassen.

Sie zögert eine Sekunde, wägt ab, ob ich die Anstrengung wert bin, und erkundigt sich dann vorsichtig: »Wonach suchen Sie denn genau?«

Ich lasse die Türklinke los. »Nach einem Kleid«, antworte ich.

»Ich bin nicht sicher, ob wir Ihre Größe führen«, sagt sie mit Blick auf meine Hüften.

»Es ist nicht für mich«, entgegne ich. »Meine Schwester ist sehr schlank und hat eine Schwäche für das Zeug von Sarto.«

Sie blinzelt misstrauisch. Vielleicht war »Zeug« keine besonders glückliche Wortwahl.

»Mal sehen …«, überlegt sie und verschwindet im hinteren Teil der Boutique. Ich hole tief Luft und beglückwünsche mich selbst, dass ich es überhaupt so weit geschafft habe. Sie kehrt mit drei Kleidern in Plastikhüllen zurück. »Wir führen nur bis Größe 38.«

»Ich hätte wirklich diese Fettabsaugung machen lassen sollen«, sage ich halb im Scherz. »Na ja, ich probiere das weiße Kleid trotzdem an.«

Widerwillig reicht sie es mir und spricht dabei im Stillen ein Gebet, dass die Säume halten.

Die Umkleidekabine ist winzig. Höchstens Größe 34, schätze ich. Ein paar verdrehte Gliedmaßen und undamenhafte Ächzer später stecke ich in dem Kleid.

»Wie sieht es aus?«, fragt Baby Doll oder Bambino Bambola, wie ich sie insgeheim lieber nenne.

Also, wenn es hier drin einen Spiegel gäbe, könnte ich das besser beurteilen, würde ich am liebsten kontern. Stattdessen erwidere ich: »Ähh …«

»Hier draußen ist ein Spiegel.«

Natürlich. Dort draußen, wo sie unter mächtig viel Aufhebens an mir herumzupfen kann und mir erzählen wird, dass der Stoff über dem Bauch noch etwas nachgibt und außerdem auch über die Schulter rutscht, und mich schließlich davon überzeugt, dass ich aussehe wie eine Million Dollar, bevor ich mich von einer Million Lire trenne. Jetzt ist es an der Zeit zurückzuschlagen, beschließe ich. Versuch nur, mir zu erzählen, dieses Kleid würde mir stehen!

Ich öffne die Tür und schlurfe in den Ladenraum.

Bambino Bambola schluckt. »Die Farbe steht Ihnen gut …«

Ich lächle insgeheim. Zum ersten Mal bin ich dankbar für meine Zellulitis. Die angeekelte Miene, mit der sie betrachtet, wie der eng anliegende Stoff jede Delle unterstreicht, ist es einfach wert.

»Wie viel soll es denn kosten?«, frage ich.

»900.000 Lire«, erwidert sie, immer noch baff über die Kühnheit, mit der ich unverhohlen meine Mängel zur Schau stelle.

»Was gibt es denn noch so in dieser Kollektion?«

Hastig greift sie nach einem Jackett und hofft vergeblich, dass sie mich noch rechtzeitig bedecken kann, bevor andere Kunden den Laden betreten. »660.000 Lire«, antwortet sie und lächelt die braungebrannte, knochige Signorina, die gerade hereingekommen ist, entschuldigend an.

»Und die Hose?«

»Das ist Größe 36!«, quietscht sie, als wolle sie flehen: Haben Sie doch Erbarmen!

»Für meine Schwester«, erkläre ich fest.

»480.000 Lire.«

Mission erfüllt.

Ich steige wieder in mein ursprüngliches Outfit und informiere sie, dass ich zuerst mit meiner Schwester telefonieren muss, um zu erfahren, ob sie die Hose schon gekauft hat oder nicht.

Ich habe den Laden bereits verlassen und den halben Rückweg zurückgelegt, als BB hinter mir herstöckelt und dabei ruft: »Scusi!« Im ersten Moment will ich mich einfach aus dem Staub machen, stelle dann aber fest, dass sie meine Handtasche hochhält.

»Ahhhh, grazie!«, bedanke ich mich und öffne versehentlich den Schnappverschluß, als sie mir die Tasche überreicht. Das Ding klappt auf und gibt seinen Inhalt aus zusammengeknülltem Seidenpapier preis.

Sie sieht mich an.

Ich sehe sie an.

»Ich habe ganz vergessen nachzuschauen«, lächle ich tapfer. »Können Sie etwas Papier gebrauchen?«

12

Bei Desiderio's zieht Luca die Stecknadel, die den Ausschnitt zusammenhält, so vorsichtig heraus, als handelte es sich um eine chirurgische Operation. Dann öffnet er langsam und verführerisch die Knöpfe. Als er mir das glatte Leinen von den Schultern streift, beugt er sich vor und bedeckt meinen Nacken mit hungrigen Küssen. Jedenfalls stelle ich mir das vor, während ich wieder meine Alltagskleidung anziehe. In Wirklichkeit schnauzt er den Lieferanten am Telefon an und handelt einen neuen Preis aus. Schön, dass ich mich nützlich machen konnte.

Mama geht unterdessen die Buchhaltung der Boutique durch. Trotz ihrer geringen Italienischkenntnisse findet sie sich in den Zahlen erstaunlich gut zurecht. Ich sitze neben ihr, übersetze gelegentlich ins Englische und betrachte dabei abwechselnd Luca und die aufgeschlagenen Seiten vor mir. Triumphierend legt er den Hörer auf, kommt zu uns herüber und verkündet, dass er uns gern zum Mittagessen einladen möchte.

»Wunderbar!«, sagt Mama und hievt ein weiteres Buch auf ihren Schoß.

»Alles in Ordnung?«, erkundigt sich Luca mit einem Blick auf ihre Notizen.

»Ja, bestens. Ich kann nur die Bücher für das laufende Jahr nicht finden.«

»Ach so. Ich habe bei mir zu Hause.«

»Wohnen Sie weit weg?«

»Soll ich holen? Kein Problem. Ich wohne ungefähr zwanzig Minuten von hier am Arco Naturale.«

»Ach, das war einer meiner Lieblingsplätze als Kind – diese Stufen, die in eine andere Welt zu führen scheinen.«

»Sie möchten mich begleiten?«

»Und Kim allein ihrem Schicksal überlassen?«

»Nach meiner Meisterleistung heute Morgen könnte ich sogar Alberta Ferretti Ratschläge geben«, prahle ich.

»Sehen Sie?«, lacht Luca. »Ihre Tochter, sie kennt sich aus mit Designern.«

»Warum geht ihr beide nicht? Ich möchte gern, dass Kim einmal den Arco Naturale sieht, und ich könnte mich besser mit dem Geschäft vertraut machen, wenn ich allein bin.«

»Aber ich wäre nicht hier, um zu übersetzen«, protestiere ich verhalten. (Dieses eine Mal will ich mich nicht über Mamas Kuppelei beschweren.)

»Ach, um die Zeit ist hier bestimmt nicht viel los. Das schaffe ich schon«, beharrt sie.

Luca scheint gern bereit, ihren Worten Glauben zu schenken, und gibt nach einer flotten Einführung in die Bedienung der Kasse bekannt, wir seien in einer Stunde wieder da.

»Es hat keine Eile!«, zwitschert Mama.

Der Weg, den Luca und ich einschlagen, erfordert das Klettergeschick einer Gämse, und ich schütze immer wieder grenzenlose Bewunderung über den Ausblick vor, um stehen zu bleiben und Luft zu holen. Glücklicherweise ist das Panorama tatsächlich atemberaubend, und schätzungsweise komme ich mit der Ausrede durch.

»Ist ein seltsamer Ort«, sagt Luca und legt zum ersten Mal selbst eine kleine Verschnaufpause ein, als er mich auf einen ummauerten Garten aufmerksam macht, in dem gestrickte Puppen und verwitterte Teddys, die trotz ihrer mit Bambusstäben verstärkten Rückenpartie in sich zusammensacken, herumliegen. Ich habe den Eindruck, als sei der Besitzer eines Tages einfach mit dem Schrei »Wenn ich noch einen einzigen malerischen Olivenhain sehe, schneide ich mir die Kehle durch« zusammengebrochen.

Wir spazieren weiter. Mürrische ältere Damen kreuzen unseren Weg. Sie tragen Plastiktüten voller Einkäufe und beschimpfen leise die auf und ab schlendernden Touristen. Kaum entfernt man sich vom Stadtzentrum, hat man sofort den Eindruck, unrechtmäßig Privatstraßen zu betreten, und ich bin erleichtert, dass ich mit einem Einheimischen unterwegs bin, der meiner Anwesenheit eine gewisse legale Grundlage verschafft.

Als der Anstieg noch steiler wird, verfluche ich mich dafür, weder Bergsteigerausrüstung noch Sauerstoffgerät mitgenommen zu haben. Das ist ja die reinste Plackerei. Ich bleibe stehen und blicke hoch – handelt es sich dort oben tatsächlich um einen Supermarkt, oder ist es eine Fata Morgana?

»Sie haben Durst?«, fragt Luca.

»Ja«, krächze ich. Ich spüre Schweiß an der Rückseite meiner Beine entlangrinnen. Komisches Gefühl.

Luca spurtet zum *supermercado* und ist bald mit einer Riesenflasche San Benedetto zurück.

»Sie mögen lieber *frizzante*, oder? Wasser mit Kohlensäure?«

Ich nicke.

»Wie Ihre Großvater«, bemerkt er.

»Das hört sich ja vielleicht wie eine dumme Frage an«, frage ich zwischen zwei großen Schlucken lauwarmen Mineralwassers, »aber wie war er denn so?«

»Ich trage für Sie«, sagt Luca, nimmt mir die Flasche ab und fordert mich mit einer Handbewegung zum Weitergehen auf. »Ihre Großvater war vor allem ruhiger Mann. Aber er sieht alles. Er fühlt alles.«

»Wie meinen Sie das?«, frage ich gespannt.

»Er versteht Menschen, wenn er beobachtet. Er weiß, was sie in ihrem Herzen fühlen. Er hat mich angesehen und gewusst, dass ich innen drin nicht böse bin.«

»Hat Ihr Äußeres denn einen bösen Eindruck gemacht?«

Luca lächelt mich schief an. »Ein bisschen«, erwidert er, rollt den Ärmel seines Hemdes hoch und gewährt mir einen Blick auf den tätowierten Panther, der sich um seinen Bizeps windet.

»Viele Leute haben Tätowierungen«, sage ich achselzuckend. »Das ist doch immer mal wieder der letzte Schrei.«

Er bleibt stehen, mustert mich, wendet sich mir zu und zieht dann sein Hemd aus. Sein Oberkörper ist mit Tätowierungen übersät – Dolche, Einhörner und Herzen, zwischen denen tanzende Flammen und wirbelnde Meereswogen auftauchen. Seine Haut gleicht einer Landkarte, auf der seine ganzen Träume von Abenteuern eingetragen sind.

Ich bedeute ihm, sich umzudrehen, und fühle mich sofort von dem wunderschönen Drachen angezogen, der zwischen seinen Schulterblättern ruht. Drachen mochte ich schon immer gern, vielleicht ist das typisch walisisch! Früher bemalte ich alles mit Drachen, und bis vor ein paar Jahren zog ich das Drachen-T-Shirt, das ich als Vierzehnjährige einmal von dem einzigen netten Ehemann Mamas geschenkt bekommen hatte, praktisch Tag und Nacht an. Ich hätte es getragen, bis es mir in Fetzen vom Leib gefallen wäre, hätten die Nachbarkinder das T-Shirt nicht immer für ihr Spiel *Befreie den Drachen* benutzt, sobald ich zur Arbeit ging.

Mit den Fingerkuppen folge ich den Umrissen des mythischen Tieres bis zu der muskulösen Einkerbung, die längs über Lucas seidigen, braun gebrannten Rücken entlangläuft. Meine Finger zu bremsen ist genauso schwierig, wie einen Rodelschlitten zu stoppen, der einen vereisten Abhang hinunterrast.

»Eines Tages Ihre Großvater hat mich gesehen, wie ich nach dem Bad an der Marina Piccola aus dem Wasser komme, und er sagt: ›Wie ich sehe, dekorieren Sie gern Ihren Körper.‹ Ich sage ihm, dass ich mir alle Tätowierungen selbst ausgedacht habe, und er sagt, dass er eine Job für mich hat.«

»Kannten Sie ihn schon vorher?«

»Natürlich. Alle kennen Vincenzo Desiderio.«

»Wegen der Sache mit meiner Großmutter? Weil er ihr das Herz gebrochen hat und sie daraufhin die Insel mit seiner einzigen Tochter verließ?« Hey! Wo kam das denn her?

Luca ist ungerührt. »Capri ist kleine Insel. Jeder weiß Bescheid«, antwortet er und zieht sein Hemd wieder an. »Natürlich manche Leute verurteilen ihn, aber er hat nie jemanden verurteilt.«

»Nicht einmal sich selbst?«

»Sie finden, er sollte tun?«

»Jetzt erzählen Sie mir bestimmt gleich, dass es in Italien ganz normal für verheiratete Männer ist, Affären zu haben.« Unnötig gereizt verdrehe ich die Augen.

»Nein«, erwidert Luca ernst. »Das sage ich nicht. Er hat sein ganzes Leben geweint, weil er hat verloren seine Tochter. Und weil er nie gesehen hat Sie.«

»Das war seine Entscheidung«, gebe ich zurück und weigere mich, Mitgefühl für meinen Großvater zu empfinden.

»Er wusste nicht, dass es würde so enden. Ich will nicht entschuldigen, aber ich klage auch nicht an.« Luca hält inne und sieht mich an. »Aber Sie, Sie sind sehr wütend …«

»Ich bin wütend!«, platze ich heraus. »Ich bin wütend, weil meine Mutter seinen Hang zur Treulosigkeit geerbt hat. Sie betrog meinen Vater. Deswegen hat er uns verlassen, als ich neun Jahre alt war, und ich habe ihn nie wiedergesehen.«

Luca lässt mich für einen Augenblick lang schmoren. Klug von ihm.

»Und dafür Sie geben Ihrem Großvater die Schuld?«

»Nicht nur ihm, sondern auch meiner Mutter.«

»Oh.«

»Oh«, äffe ich ihn nach.

Luca lächelt. »Sie haben immer den Richtigen geliebt?«

Da ich nicht genau weiß, was ich darauf erwidern soll, hülle ich mich in Schweigen.

»Wenn ja, Sie haben Glück gehabt«, schlussfolgert Luca.

»Liebe spielt keine große Rolle in meinem Leben«, stoße ich schließlich hervor.

Luca sieht mich ungläubig an. »Aber Lieben ist das Wichtigste! Ist wie Atmen ...«

»Für mich nicht.«

»Warum nicht?«

»Es ist einfach so, dass ...«, hastig suche ich nach einer Erklärung. »Nicht alle Leute in England werden geliebt.«

Luca will gerade antworten, als sich das schwache Brummen, das vor wenigen Minuten eingesetzt hat, zu einem ohrenbetäubenden, vibrierenden Dröhnen steigert. Wir blicken hoch und sehen einen Hubschrauber über uns schweben.

»Was transportiert er denn?«, frage ich, da ich die große, mit einem Seil verschnürte Kiste an den Landekufen nicht identifizieren kann.

»Waschmaschine«, erklärt Luca beiläufig.

»Was?«, quietsche ich.

»Ist der einfachste Weg, um etwas vom Festland zu Häusern hoch oben zu transportieren.«

»Luca!«, erschallt es jetzt aus einer Seitenstraße.

»Ciao, Ricardo!«, übertönt Luca den Lärm der Propeller.

»Ci potrebbe aiutare, per favore!«, bittet Ricardo.

Luca wendet sich mir zu.

»Ich habe schon verstanden, er braucht Ihre Hilfe.« Ich lächle.

»Dauert zwanzig Minuten höchstens.«

»Kein Thema. Ich gehe schon mal voraus«, sage ich und deute auf das Hinweisschild mit der Aufschrift Arco Naturale. »Außerdem muss ich unbedingt telefonieren.«

Wenn ich nicht bald die Worte »Luca ist ein Liebesgott!« loswerde, platze ich am Ende noch in seiner Gegenwart damit heraus.

»Okay, grazie. Ich Sie hole wieder ein. Von grüner Bank aus hat man guten Blick auf den Arco …«

»Grüne Bank – ich warte dort auf Sie«, gebe ich zurück.

»Kim!«, ruft er mir nach.

»Ja?«

»Sie leben. Sie verdienen Liebe.«

Mit klopfendem Herzen sehe ich ihm nach, als er die Straße hinunterrennt. Dann hole ich tief Luft und atme bebend wieder aus. Wie es wohl sein mag, in einer Kultur aufzuwachsen, in der Leidenschaft erwartet, akzeptiert und gepriesen wird? Wo man seinen Gefühlen freien Lauf läßt, statt sie zu verbergen? Vielleicht gehört Liebeskummer für Italiener zum Leben und ist nichts, was man unter allen Umständen vermeiden muss. Ich bin noch nicht einmal vierundzwanzig Stunden hier und spüre bereits jetzt, wie mein Herz mich drängt, das Risiko einzugehen. Ich bin nicht einmal sicher, ob ich überhaupt noch eine Wahl habe. Ich glaube, ich habe schon in dem Augenblick Ja gesagt, als ich Luca zum ersten Mal sah.

13

»Hallo, hier FotoFix – bitte recht freundlich!«

»Luca ist ein Liebesgott!«, rufe ich aus.

»Wie bitte?«

»Ach, Cleo! Hier ist es einfach toll!«, schwärme ich und nutze die volle Länge der silbernen Telefonschnur aus, um das Panorama in vollen Zügen zu genießen.

»Wer spricht da?«

»Ich bin's, du Dummkopf!« Wie kann sie nur die Stimme ihrer Mitbewohnerin nicht erkennen?

»*Kim!* Was ist denn passiert?«

»Ich musste dich einfach anrufen und es dir sagen – *Ihr seid keine Frauen, ihr seid das Paradies!*«, murmle ich mit schwerem italienischen Akzent.

»Hast du was getrunken?«

»Nicht seit gestern Abend ...«

Schnell bringe ich Cleo auf den neuesten Stand, erzähle ihr von unserem Abendessen im Faraglioni und den nicht enden wollenden Desserts und absurd aufmerksamen Kellnern.

»*Ihr seid keine Frauen, ihr seid das Paradies*!«, wiederholt Cleo entzückt, aber zweifelnd. »Das ist der unglaublichste Satz, den ich je gehört habe!«

»Geistreich, oder?«, kichere ich.

»Ich geb's an meinen Bruder weiter, aber in Sheffield kauft ihm das sowieso keine ab.«

»Wahrscheinlich nicht«, stimme ich zu.

»Diese Italiener spielen wirklich in einer anderen Liga«, seufzt Cleo. »Sie wissen ihre Frauen zu schätzen.«

Ich überlege gerade, dass dieses Gefühl auf Gegenseitigkeit beruht, als mir der Satz ein zweites Mal entschlüpft: »Luca ist ein Liebesgott!«

»Wer *ist* denn eigentlich dieser Luca?« Cleo klingt überrascht.

»Der Geschäftsführer der Boutique ... Luca Amorato ...« Ich seufze.

»Du hörst dich komisch an ... so *glücklich* ...«

»Ist das denn wirklich so sonderbar?«

»Na ja, schon, wenn es um einen Mann geht«, findet Cleo. »Ich dachte, er wäre einer von diesen schleimigen Schönlingen?

»Nein!«, protestiere ich. »Er ist dünn und zerzaust und *echt.*«

»Echt?«

»Er hat eine kleine Narbe an der Oberlippe«, sage ich sehnsüchtig. »Und strahlend blaue Augen …«

»Und du kennst ihn …«

»… seit ungefähr anderthalb Stunden.«

Ich stimme in Cleos Kichern ein. »Ich weiß! Aber er ist einfach umwerfend!«

»Das muss der italienische Akzent sein – so eine Art Ruf der Heimat«, schlägt Cleo vor.

In diesem Fall hätte ich Mario bereits nach dem ersten Ciao! in die Arme sinken müssen. Wie kann ich ihr klarmachen, dass Luca der Richtige ist?

»Er ist das personifizierte Tiramisu!«, führe ich aus.

»Oh, lecker!«, begeistert sie sich, endlich meiner Meinung.

»Als er seine Hand auf mein Oberteil legte …«, schwelge ich in Erinnerungen.

»*Was?*«

»Er hat mich angezogen«, erkläre ich hastig.

»Moment! Noch mal von vorn! Wann hat er dich denn *ausgezogen?*«

Ich lache. »Hat er überhaupt nicht. Ich habe mich selber ausgezogen.«

»Du hast in Gegenwart eines Mannes freiwillig die Kleider abgelegt? *Niemals!*«

Es dauert einen Augenblick, bis ich alle Missverständnisse ausgeräumt habe.

»Und jetzt bist du unterwegs zu diesem berühmten Aussichtspunkt, um dich dort mit ihm zu treffen.«

»Ja«, seufze ich. »Ich habe das Gefühl, als wäre es unser erstes Rendezvous.«

Schweigen.

»Cleo? Bist du noch dran?« Ich werfe einen Blick auf das Telefondisplay, um festzustellen, ob wir immer noch verbunden sind.

»Ja. Ja. Es ist nur …«

»Klingt lächerlich, oder?«

»O nein!«

»Was denn?«

»Da kommt wieder dieses grässliche Weib, das immer will, dass man bestimmte Leute aus ihren Aufnahmen wegretuschiert«, zischt Cleo.

»Na, dann will ich dich nicht weiter aufhalten. Viel Glück!«

Mit leisem Schuldgefühl lege ich den Hörer auf. Im Moment bin ich anscheinend diejenige von uns beiden, die eine Glückssträhne hat. Gott sei Dank gehört Cleo zu jener seltenen Sorte Menschen, die sich wirklich darüber freuen, wenn es anderen gut geht. Nicht, dass ich diese Eigenschaft von Cleo in den letzten Jahren durch allzu viele Freudenausbrüche überstrapaziert hätte. Aber wer kann schon wissen, was ich ihr heute Abend alles zu erzählen habe …

Die Straße, hinter deren hohen Mauern sich die Anwesen reicher Capreser verbergen, führt erst auf einen staubigen Zitronenhain und macht dann eine Biegung. Ich sehe mich plötzlich einer Wildnis gegenüber, die an ein großes Stück Regenwald erinnert, das man einfach in eine hiesige Talsenke verpflanzt hat. Ich spähe in das leuchtende, dichte Grün. Laut Hinweisschild führen die Stufen zu meiner Rechten zum Meer und der Grotto di Matermania hinunter. Eine Gruppe amerikanischer Touristen blickt skeptisch auf den steilen Pfad und beobachtet dabei eine keuchende, rotgesichtige Menschenschlange, die gerade ächzend die letzten Stufen überwindet. »Lohnt es sich wenigstens?«, erkundigt sich eine der Amerikanerinnen, doch niemand hat Puste genug für eine Antwort. Der italienische Fremdenführer versucht seine Truppe durch die Enthüllung anzuspornen, dass diese Grotte in der Antike *der* Schauplatz für Orgien gewesen sei.

»Vielleicht sind die Leute nicht nur vom Aufstieg so erschöpft«, witzelt er.

Ein gut gelaunter Texaner meint: »Wissen Sie, von allen Fremdenführern, die wir bis jetzt hatten, sprechen Sie das beste Englisch.«

»Ihres ist auch nicht übel«, erwidert der Italiener wie aus der Pistole geschossen.

Ich überlasse die Reisegruppe sich selbst, durchquere ein Gartenrestaurant mit dem unappetitlichen Namen La Grottelle und wandere in Richtung Arco Naturale weiter. Jede der mit senffarbenen Flechten bewachsenen Steinstufen führt mich näher an mein Ziel, die grüne Bank. Erwartungsvolle Spannung steigt in mir auf, und ich hole tief Luft: Es riecht nach sonnenwarmen Piniennadeln und staubiger Erde, gemischt mit den Kaugummi- und Deodorant-Ausdünstungen der vorbeikommenden Touristen, deren überschwängliche Entzückensschreie nur von dem fröhlichen Zwitschern der von Ast zu Ast hüpfenden Vögel übertönt werden. Zu meinen Füßen huscht eine Eidechse über den heißen Zementbelag: Ihre ruckhaften Bewegungen erinnern mich an Morsezeichen. Ich folge ihr zu einem Aussichtspunkt auf einem Felsvorsprung und bin von der Schönheit, die mich empfängt, überwältigt: Der stoische, verwitterte, wie ein A geformte Bogen erhebt sich majestätisch vor dem unendlichen Aquamarin des Meeres. Ich nehme die Sonnenbrille ab, um sicherzugehen, dass ich nicht träume.

»Wären Sie vielleicht so nett …« Eine Mädchengruppe bittet mich, ein Foto von ihnen zu machen. Es sind drei englische Schwestern, die das romantische Panorama in Hochstimmung versetzt.

»Das muss ich unbedingt James zeigen«, verkündet Schwester Nummer Eins. »Und wenn ich ihn nicht hierher kriege, dann gibt es eine Ferntrauung. Das hier ist der einzig wahre Ort zum Heiraten!«

Da hat sie allerdings Recht.

»Ich möchte mit *Ihm* hier sein«, beharrt Schwester Zwei.

»Wen meinst du denn damit?« Schwester Drei ist perplex.

»Den Mann meiner Träume!«, seufzt die andere.

Ich lächle insgeheim. Ich weiß, was sie meint. O Gott! Reiß dich zusammen! Ich dachte, ich hätte alle Träume, in denen irgendein *Er* vorkommt, endgültig eingestellt.

Auf dem Weg zum nächsten Aussichtspunkt nähere ich mich ehrfürchtig der grünen Bank und bin etwas entrüstet, als ich feststelle, dass sich dort drei kamerabehängte Touristen sonnen; sie haben die Augen geschlossen und lassen mir keinen Platz. Ich lehne mich ans Geländer und blicke aufs Meer hinab, wo der Felsen ins Wasser eintaucht und ein leeres, weißes Ruderboot im durchsichtigen Türkis auf und ab hüpft. Ich drehe das Zifferblatt meiner Uhr aus dem gleißenden Sonnenlicht. Gleich ist es so weit …

Ich wende mich wieder den Stufen zu und halte nach Lucas Kleidung Ausschau. Die unpassende Kombination von Surfersandalen und marineblauen Socken verwerfe ich sofort. Ebenso die braunen Ballerinas, eine knisternde Strohtasche und einige eindrucksvolle Krampfaderwaden. Ich lehne mich zurück, erspähe um die Taille geknotete Pullover, Rucksäcke, Baseballkappen und zerknitterte Landkarten und schließlich, bei noch weiterem Zurücklehnen, den tiefblauen Himmel mit weißen, in Airbrush-Technik aufgesprühten Wolkengebilden. Ich lehne mich noch weiter zurück und …

»Sie haben sich verliebt?«, fragt Lucas umgekehrtes Gesicht.

Ich lasse das Geländer los und falle gegen seine Brust. Einen Augenblick weiß ich nicht mehr, wo oben und unten ist.

»Ich glaube, jeder muss sich in diese spezielle Ort verlieben«, sagt er leise.

»Mmmh«, stimme ich zu und frage mich, ob er hört, wie laut mein Herz schlägt. »Hier könnte ich für immer bleiben.«

»Sie würden gern in Italien leben?« Ein glückliches Lächeln breitet sich auf seinem Gesicht aus.

»Ich möchte einfach nur leben!«, höre ich mich selbst sagen. Was *ist* das nur? Statt der üblichen Pheromone scheint Luca eine Art Wahrheitsserum abzusondern, und der Teil von mir, der jahrelang geknebelt war, hat endlich Gelegenheit, sich zu Wort zu melden.

»Sie leben jetzt nicht?«

»Ich habe viel Zeit vergeudet«, gestehe ich traurig.

»Vielleicht Sie haben bis jetzt neue Kraft gesammelt«, erwidert er optimistisch. »Vielleicht beginnt Ihr neues Leben heute?«

Und wenn er Recht hätte? Ich weiß nicht, womit ich mir diese zweite Chance verdient habe, verspüre aber ein Prickeln. »Ich habe mich seit langem so erschöpft gefühlt«, erkläre ich.

»Erschöpfung macht müde«, nickt er. »Manchmal schläft man zwölf Stunden lang und ist immer noch nicht in, na ja, *aufgekratzter* Stimmung.«

Seine Wortwahl amüsiert mich. »Und warum ist das manchmal so?«

»Wahrscheinlich braucht man etwas, für das man aufwachen will.«

»Haben Sie das?«, frage ich.

»Ja, für mich gibt zwei Dinge. Die Boutique ist eine davon ...«

Und meine Mutter versucht, sie dir wegzunehmen, denke ich, als ich schuldbewusst die unter seinen Arm geklemmten Bücher bemerke. »Und das andere ...«

»Das andere Sie sehen beim Mittagessen«, grinst er.

Ich mustere ihn prüfend. »Ravioli, stimmt's?«, ziehe ich ihn auf. »Ich habe mir sagen lassen, Ravioli Caprese seien die besten.«

»Stimmt«, bestätigt er. »Und wo wir hingehen, es gibt nur das Beste vom Besten.«

In gemächlichem Tempo kehren wir in die Boutique zurück, um meine Mutter abzuholen (irgendeinen Haken gibt es ja immer), und gehen dann direkt zum Restaurant.

Die Gassen, die von der Via Lo Palazzo abzweigen, mögen vielleicht grau und unscheinbar sein, aber sie führen zumindest abwärts. Hier gibt es kaum noch Touristen, von einigen wenigen abgesehen, die stirnrunzelnd die Namen auf den gekachelten Schildern entziffern und sich fragen, wie um alles in der Welt sie hierher gekommen sind und wie sie wieder zu den Geschäften zurückfinden sollen, die Limoncello in ungewöhnlich geformten Flaschen verkaufen.

»Wir sind da!« Luca bleibt vor einer eisernen Pforte mit der Aufschrift La Pergola stehen und winkt meine Mutter und mich durch einen lauschigen Garten mit atemberaubender, weinumlaubter Terrasse – ein Schritt in die falsche Richtung, und man stürzt den ganzen Weg zur Marina Grande hinunter, platscht ins Meer und taucht erst in Neapel wieder auf.

Die am Balkongeländer aufgereihten Topfgeranien haben genau das cremige Orangerot, das ältere Damen und Max-Factor-Stammkundinnen bevorzugen. Auf den Lippen meiner Mutter leuchtet die Version des 21. Jahrhunderts mit Gloss. Meiner Meinung nach braucht man eine Menge Mut, um so leuchtende Lippenstifte zu tragen. Ich persönlich war nie so weit im Einklang mit meiner inneren Diva, dass ich es gewagt hätte, zu solchen Farbtönen zu greifen, sondern entscheide mich immer wieder für ein zurückhaltendes Rosa, das außerdem auch besser schmeckt. Ich kann kaum glauben, dass ich je ein Fan toter, stumpfer Braun- und Beigetöne gewesen bin. Meine Mutter war entsetzt und beschwerte sich: »Welcher Mann möchte Lippen küssen, die wie getrockneter Schlamm aussehen?« Mein persönlicher Lieblingslippenstift damals war zäh wie ein Karamel-Riegel und trocknete die Haut derart aus, dass sich manchmal beim Sprechen Hautfetzen von meinen Lippen lösten. Danke sehr, für mich bitte keinen Parmesan.

Noch bevor wir Platz genommen haben, wird Luca von einem Mann mit buschigem Schnurrbart an die Bar zitiert. »Entschuldigen Sie mich bitte«, sagt er und tauscht den Platz mit der Kellnerin. Sie stellt ein Körbchen mit weichem, weißem Brot und eine Flasche mit dicklichem, grünem Öl auf unserem Tisch ab.

»Acqua minerale?«, möchte sie wissen.

»Si«, erwidere ich und füge »naturale« hinzu, da ich die Einstellung meiner Mama zu Kohlensäurebläschen, die nichts mit Sekt zu tun haben, kenne.

Ich habe die Hälfte der Vorspeisen übersetzt, als ich plötzlich jemanden rufen höre: »Signorina Kim!«

Der kleine Casanova aus der Eisdiele steht neben mir. »Nino!«, lache ich. »Wir müssen damit aufhören, uns auf diese Art zu treffen, sonst kommen wir noch ins Gerede!«

Er nimmt meine Hand und küsst sie wie ein erfahrener Herzensbrecher.

»Nino, ich möchte dir meine Mutter vorstellen.«

»Hallo, junger Mann«, sagt diese etwas verblüfft.

»Hallo, alte Frau«, erwidert Nino mit höflicher Verbeugung. Dann wendet er sich mir zu: »Soll ich mit der Speisekarte helfen?«

Ich grinse. »Heute komme ich allein zurecht. Ich habe mir sagen lassen, die Ravioli seien hier besonders gut.«

»Si, die besten«, sagt der Feinschmecker im Handtaschenformat.

»Isst du allein?«, frage ich und stelle mir vor, wie er in Krawatte und Smoking den Wein zurückgehen lässt, weil er korkig ist.

»Nein, das Restaurant gehört meinem Onkel. Und außerdem …«, er sieht sich im Restaurant um, »… warte ich auf meinen Vater.«

»Den Mann, der immer doppelten Espresso trinkt?«

»Ah! Da ist er ja!«

Ich blicke auf und sehe, wie Nino sich in eine zärtliche Umarmung mit Luca stürzt.

14

Ich habe das Gefühl, als würde ich unter Wasser mit angehaltenem Atem fieberhaft rechnen. Luca plus Nino gleich Vater und Sohn. Aber mit wem hat sich Luca multipliziert, um Nino zu erschaffen? Glücklicherweise ist Mama da, um von meinem Schockzustand abzulenken und all die Sachen zu sagen, zu denen ich nicht in der Lage bin. Beispielsweise: »Ich hatte ja keine Ahnung, dass Sie verheiratet sind«, und: »Wo ist Ihre Frau?« Für einen Augenblick klammere ich mich an die Hoffnung, Luca sei womöglich allein erziehender Vater, aber nein, es gibt eine Mrs. Amorato. Sie ist derzeit nicht auf Capri, weil sie bei einer Familienkrise einspringen musste.

Obwohl ich sitze, habe ich das Gefühl zu fallen, gefolgt von zeitweiser Schwerelosigkeit. Der Schmerz über alle Enttäuschungen, die ich bis jetzt erlebt habe, scheint in diesem einen Augenblick zu gipfeln. Luca erklärt, seine Frau sei seit fünf Wochen verreist. Der genaue Zeitpunkt ihrer Rückkehr stehe noch nicht fest. Und wenn sie gar nicht mehr wiederkommt? Für mich eine höchst ungewöhnliche Überlegung.

Die Ehe war mir immer heilig – Betreten verboten. Ein großes, rotes Stopplicht, das manche Menschen nur als orangefarben wahrnehmen. Sie halten einen Moment inne: »Ach, verheiratet. Verflixt. Na, dann werde ich eben …« Das gilt jedoch nicht für mich. Sogar Männer mit fester Freundin sind tabu für mich. Ein Grundsatz, durch den leider sehr viele Männer ausscheiden. Sogar der ehrenwerteste meiner Freunde (von Beruf Therapeut) hat vor kurzem zu mir gesagt: »Es könnte ja mal so weit kommen, dass du einer anderen Frau den Mann ausspannen musst.«

Angesichts meiner völlig entsetzten Miene fügte er hinzu: »Menschenskind, damit will ich doch nicht sagen, dass du sie umlegen sollst.«

Aber in meinen Augen läuft das auf dasselbe hinaus.

Nino beansprucht meine volle Aufmerksamkeit, und daher gelingt es mir, jeglichen Augenkontakt mit Luca zu vermeiden, ohne dass es auffällt. Zumindest hoffe ich das. Ich gebe vor, den Unterschied zwischen Fusili und Radiatore Pasta nicht zu kennen, und gebe Nino Gelegenheit zu ausführlichen Erklärungen, aber innerlich fühle ich mich leer und unglücklich; immer wieder muss ich mir mit einer imaginären Peitsche drohen und mich zur Ordnung rufen, um der Unterhaltung überhaupt folgen zu können. Ich kann es nicht fassen, dass ich zu so etwas fähig bin. Ein Mann hätte sich bestimmt nicht zu derart verfrühten Gedanken hinreißen lassen, oder? Luca hat durch nichts zu erkennen gegeben, dass ich ihm gefalle – und ich habe bereits einen ganzen Film gedreht, ohne mich davon zu überzeugen, ob er überhaupt noch zu haben ist. Wieso tue ich mir das an?

Ich suche nach vernünftigen Erklärungen, habe aber, wie ich jetzt feststellen muss, rein instinktiv auf Luca reagiert. Ich habe mich einfach von der schwindelerregenden Begeisterung darüber, nach langer Zeit wieder einmal einen begehrenswerten Mann zu treffen, davontragen lassen. Wirklich überraschend daran ist nur, wie heftig der Verlust schmerzt, insbesondere wenn man bedenkt, dass sich dieses Wechselbad der Gefühle innerhalb von höchstens vier Stunden abgespielt hat. Vielleicht komme ich dann aber auch ebenso schnell wieder darüber hinweg? Heißt es nicht immer, man benötigt die Hälfte der Zeit, die man mit jemandem zusammen war, um wieder über ihn hinwegzukommen? Mit etwas Glück ist die Angelegenheit also bis zum Nachtisch für mich erledigt.

Na gut. Es war vielleicht etwas unrealistisch anzunehmen, man könne über jemanden hinwegkommen, während man ihm beim Essen gegenübersitzt. Aber nach ein paar Stunden allein geht es mir bestimmt wieder gut.

»Kommen Sie wieder mit zu Desiderio's?«, fragt Luca, als er die Rechnung bezahlt hat.

»Später vielleicht. Heute Nachmittag will ich Vaters Grab besuchen«, erwidert Mama.

»Kim?«

»Ich begleite Mama«, gebe ich zurück und nutze den schützenden Vorwand, den meine Mutter mir liefert.

»Bist du sicher?«, erkundigt sich Mama.

»Natürlich – falls du nichts dagegen hast.« Ich bin vielleicht nicht allererste Wahl als Begleiterin für einen Friedhofsbesuch, aber heute könnte ich recht überzeugend wirken, wenn ich, den Tränen nahe, mit den Fäusten auf die Erde trommle.

»Ich freue mich, wenn du mitkommst«, erwidert sie und drückt meine Hand.

Wir wollen gerade aufbrechen, als der Mann mit dem buschigen Schnauzbart – der sich als Lucas Bruder und damit Ninos Onkel entpuppt – mit einem kleinen Tablett herüberkommt, auf dem vier in Silberfolie eingewickelte Pralinen liegen.

»Baci! Kims Lieblingsschokolade!«, freut sich Mama. »Sogar ich weiß, dass *baci* Kuss bedeutet. Ein Wort, das man nicht so schnell vergisst.«

Nino reicht mir seinen Anteil. »Für dich!«, sagt er, als würde er mir einen Diamanten schenken. Ich stecke mir die Schokolade in den Mund, drücke meine bleiche, ausgebeulte Wange gegen seine braune und gebe ihm einen Kuss. »Danke schön, Ringo.«

Er kichert entzückt über diesen neuen Spitznamen und jagt seinem Onkel in die Küche hinterher.

»Hier ist mein Baci«, sagt Luca und schiebt mir die Schokoladenkugel über den Tisch zu. Ich murmle »Danke«, ohne das Geschenk anzurühren.

Luca leert seinen Espresso, erinnert Mama daran, wie man am schnellsten zum Friedhof kommt, und dann schieben alle ihre Stühle zurück. Ich bin als Erste an der Pforte.

»Sie haben Ihr Baci vergessen«, sagt Luca und hält mir die silberblaue Kugel entgegen. Jetzt weiß ich, was Adam empfunden hat, als Eva ihm den Apfel reichte. »Wollen Sie es nicht?« Er blickt mich forschend an.

Mir fällt ein Aufkleber ein, den ich einmal gesehen habe: Ich kann allem widerstehen, nur der Versuchung nicht. Ich hole tief Luft und lächle. »Nein, danke!«

Auf dem Weg zum Friedhof sagt Mama, sie wolle noch die Kirche besuchen, wo sie immer mit Vincenzo gebetet habe, und dort eine Kerze für ihn anzünden. Die romantische Symbolik wird durch die Tatsache, dass Wachskerzen und Zündhölzer durch gelbe Plastikstäbe mit Glühbirnen in Flammenform ersetzt worden sind, etwas beeinträchtigt. Man wirft einfach nur Geld in ein Metallkästchen und legt einen Schalter um. Es ist unwiderstehlich kitschig. Ich lasse eine Münze in den Schlitz fallen und betätige den Schalter, doch versehentlich knipse ich dabei die Kerze eines anderen aus und gerate in Panik, es könnte eventuell meine Schuld sein, wenn das Gebet des Unbekannten nicht erhört wird. Ich mache einen zweiten Versuch. Jetzt komme ich mir vor wie an einem Spielautomaten in Las Vegas, nur dass der Jackpot hier aus einem Wunder besteht.

Ich bete, Oma Carmelas gebrochenes Herz möge im Himmel geheilt werden. Sie ist gestorben, ohne je über Vincenzos Treuebruch hinwegzukommen. Es tut mir immer noch weh, an Tomas zu denken, und den kannte ich nur ein paar Monate. Sie aber lebte zwölf Jahre lang mit Vincenzo zusammen, überschüttete ihn mit Liebe und zog ihre gemeinsame Tochter groß. Wieder und wieder hat sie mir von ihrer einzigartigen Liebe erzählt und den entsetzlichen Augenblick durchlebt, als sie erfuhr, dass er eine andere Frau hatte. Ich erinnere mich, wie ich neben ihr saß, ihre weiche, faltige Hand hielt und bei mir dachte: Das können Männer einem also antun. Dennoch sehnte ich mich danach, das zu haben, was sie gehabt hatte, bevor Rosa alles zerstörte. Nach ihrem Tod machte ich mich ernsthaft auf die Suche nach der großen Liebe. Aber man sieht ja, wohin das geführt hat. Mitunter glaube ich, meine Großmutter hat mir Tomas als Warnung gesandt.

Ich setze mich hin und sehe mich um. Die Kirche enthält viele sonderbare Dinge – in Purpur- und Goldroben drapierte Heilige aus Wachs, die dem Ganzen einen Anstrich von Madame Tussaud's verleihen, erlesene vergoldete Holzschnitzereien, die man so oder ähnlich auch aus Tempeln in Bangkok kennt, und Gemälde von Heiligen, deren Häupter feenhafte Heiligenscheine umkreisen, die an Fotografien von Pierre und Gilles erinnern. Als ich mich vorbeuge, bemerke ich, wie das Licht, das durch den geschnitzten Beichtstuhl fällt, ein hübsches Lochmuster auf den Steinfliesen hervorbringt. Ich frage mich, ob meine Mutter dort als Kind ihre Beichte abgelegt hat. Wenn sie heutzutage hier einen Priester sprechen wollte, müsste sie ihm rechtzeitig vorher Bescheid sagen, damit er ein Lunchpaket und eine Thermoskanne mitbringen kann.

»AAAAAA-AAAAA-OOOOO-AAAHHHHHH!« Von uns unbemerkt hat sich ein zwanzigköpfiger Chor zur nachmittäglichen Probe eingefunden. Während ihre Stimmen die Kirche erfüllen und uns für kurze Zeit alles andere vergessen lassen, sehe ich, wie meine Mutter den Kopf zurücklegt und blinzelt. Ich habe sie noch nie weinen sehen, und es wird auch jetzt nicht dazu kommen, denn sie schiebt mich bereits geschäftig zum Ausgang und sagt, wir müssten zum Friedhof gehen, »bevor ... bevor ...«

Ich öffne die Lippen, um ihr weiterzuhelfen, aber wider Willen muss ich denken: Bevor was? Vincenzo geht nirgendwo mehr hin.

»Schau mal. Da ist ein Blumenladen. Sollen wir etwas für sein Grab kaufen?«, flöte ich, als wir die Stufen hinuntersteigen.

»Magnolien«, flüstert Mama. »Magnolien hat er geliebt.«

Während ich meine Mutter beobachte, die neben dem Grab kniet und den Strauß arrangiert, wird mir klar, wie wenig ich über ihre Beziehung zu ihrem Vater weiß. Mama hat Oma Carmela nie widersprochen, wenn sie schlecht über Vincenzo sprach, doch jetzt ruht ihr Blick liebevoll auf dem Grabstein ihres Vaters.

»Hast du ihm verziehen?«, frage ich und weiß, dass dies bei mir nicht der Fall ist.

»Was soll ich ihm verziehen haben?«, gibt Mama zerstreut zurück.

»Seine Seitensprünge«, antworte ich und bin mir der Tatsache bewusst, dass ich sie damit indirekt wegen ihrer eigenen Untreue angreife.

Sie schaut zu mir auf. »Er war kein Frauenheld, Kim. Es gab in seinem ganzen Leben nur eine andere Frau – Rosa.«

»Warum hat er sie dann nicht geheiratet?«

»Meine Mutter wollte sich nicht scheiden lassen«, seufzt sie. »Das war ihre Rache.«

Das wusste ich nicht. »Und wenn *sie* jemandem begegnet wäre?«

»Sie hatte nie die Absicht, einen anderen kennen zu lernen.«

»Weil ihr Herz gebrochen war. Wie furchtbar traurig«, sinniere ich.

»Weil sie so verbittert war«, entgegnet Mama. »Und das ist noch trauriger.«

In letzter Zeit wird immer häufiger von dem Betrogenen erwartet, dass er sich, kaum ist er verlassen worden, auf eine Reise der Selbsterkenntnis begibt und neue Seiten seiner eigenen Persönlichkeit entdeckt, während demjenigen, der ihn betrogen hat, nichts dergleichen abverlangt wird; er darf sein Leben weiterhin auf dieselbe unbeschwerte Weise wie schon seit Wochen (oder Jahren) mit einem neuen Partner verbringen. Tja, angeblich sind diese Ehebrecher »von Schuldgefühlen gepeinigt«, aber die Macht der neuen Liebe muss stärker gewesen sein als das nagende »Ist das, was ich tue, richtig?«-Gefühl, sonst hätten sie sich schließlich anders verhalten. Und außerdem, wie viel Mitgefühl kann man eigentlich noch für Leute mit so regem Liebesleben empfinden?

Der Betrogene jedoch bleibt mit der gesamten Hinterlassenschaft aus Schmerz, Zurückweisung, Wut, Selbstzweifel, Erniedrigung, Misstrauen, Betrug usw. zurück, ohne das alles irgendwie kompensieren zu können. Ihm bleibt nur der mühselige Kampf, irgendwie »damit fertig zu werden«.

Es ist doch sonderbar: Einerseits werden wir alle ermutigt zuzugeben, jeder von uns sehne sich nach Liebe, die Liebe sei das Größte, alles würde sich ausschließlich um die Liebe drehen und so weiter. Andererseits wird von uns erwartet, wir müssten, sollte uns diese Liebe eines Tages entzogen werden, den Verlust ohne mit der Wimper zu zucken hinnehmen und einfach weitermachen. Da stimmt doch was nicht. Wenn man schon mit jemand anderem ins Bett will, sollte man wenigstens so viel Anstand besitzen, seinem Partner dasselbe zuzugestehen.

Ich werfe einen Blick auf meine Mutter. Ihre anfänglich gefasste Haltung ist erschüttert, und sie sieht leidend aus. Bei Großmutters Begräbnis wirkte sie einfach nur erleichtert. Vielleicht spürt sie, dass sie mit ihrem Vater mehr gemeinsam hatte als mit ihrer super-moralischen Mutter. Sie hatte eine Affäre nach der anderen. Warum? Was fehlt ihr, das sie bei einem Mann sucht?

Sie hat sich nie über ihre jeweiligen Gatten beschwert. Erst hinterher sagte sie: »Ich habe mich so eingesperrt gefühlt!« – oder: »Er war immer so gereizt!« Nun, wenn das der Grund war, warum hatte sie ihm dann nicht schon vor Jahren den Laufpass gegeben? Weil sie dann allein gewesen wäre, deswegen. Alles, bloß das nicht! Sie wartete – und war vermutlich währenddessen unglücklich –, bis ihr schließlich ein neuer Mann die nötige Energie gab, ihre bisherige Beziehung zu beenden. Interessanterweise lieferte sie damit dem Verlassenen auch immer gleich einen Sündenbock. Statt *Mama* zu hassen, hasste er den neuen Mann an ihrer Seite. Und wenn es zu Vorwürfen kam, so stand ihr immer ein breiter Rücken zur Verfügung, hinter dem sie sich verstecken konnte.

Cleos Eltern sind nach achtundreißig Jahren immer noch verheiratet. Sie könnten ein leuchtendes Vorbild sein, wenn sie einander nicht so abgrundtief hassen würden.

Ich seufze – wo sind nur die ganzen Vollblut-Romantiker geblieben? Ich sehe mich um und nehme mir einen Augenblick Zeit, um die Inschriften auf den Grabsteinen zu lesen. Ich denke: Hier liegen sie allesamt! Liebende Ehefrauen, die ihren Männern sechzig Jahre lang Behaglichkeit und Freude schenkten. Ehemänner, die ihren Gattinnen schon nach wenigen Monaten oder nur Wochen in ihre letzte Ruhestätte folgten, weil sie ohne sie nicht leben konnten. Sollte es nicht immer so sein?

»Komm«, sagt meine Mutter und erhebt sich. »Ich glaube, jetzt brauchen wir einen von Marios mörderischen Cocktails.«

Im Hotel steuere ich sofort die Bar an, klettere auf einen Hocker und bemerke erst mit einiger Verspätung, dass meine Mutter nicht mehr da ist. Ich gehe in die Lobby zurück und sehe, wie sie am Empfang eine Nachricht entgegennimmt. Sie braucht mir nichts zu erklären, ich weiß auch so, dass es eine Nachricht vom Platin-Mann ist und ich heute Abend allein essen muss.

»Trinkst du vorher noch einen Cocktail?«, frage ich.

»Ja, aber zuerst möchte ich mich umziehen. Geh doch schon mal vor.«

Marios Kopf taucht in der Tür zur Bar auf. »Ich habe doch nicht meine Lieblingskunden verloren?«, erkundigt er sich.

»Nein«, lacht Mama, »Kim kommt sofort, und ich stoße später noch auf einen kurzen Drink dazu. Sie kümmern sich heute Abend ein bisschen um Kim, wenn ich weg bin, nicht wahr, Mario?«

»Sie sind die ganze Abend unterwegs?«, will er hoffnungsvoll wissen.

»Nein, vor Mitternacht bin ich bestimmt zurück«, warnt sie und geht zum Aufzug hinüber.

Mario bietet mir den Arm und führt mich in die Bar zurück. »Heute Abend Sie sehen traurig aus. Ich denke, ich mixe Ihnen eine Happy-Drink.«

Ich beobachte ihn, während er sich unter Klirren hinter der Theke an die Arbeit macht und wie ein Apotheker Fläschchen schüttelt und mit Pipetten herumspritzt, um irgendein magisches Gebräu zu fabrizieren. Enttäuschenderweise wirbeln keine Schwaden aus dem Kelch auf, den er mir schließlich vorsetzt.

»Was ist da drin?« Ich schnüffle misstrauisch und frage mich, ob mir ein Zipfel meiner Serviette vielleicht gute Dienste als improvisiertes Lackmus-Papier leisten könnte.

»Geheimrezept. Sie trinken!«, ermutigt er mich.

Ich nehme einen Schluck. »*Heiliger Strohsack,* Mario!«, huste ich.

»Ich glaube, vielleicht hat ein Mann Sie heute traurig gemacht, ja?«

»Vielleicht«, räume ich heiser ein und versuche, mich auf

die Flüssigkeit einzustellen, die wie ein Düsenjäger durch meine Kehle rast.

»Dann Sie brauchen was Starkes. Liebe ist der schlimmste Schmerz!« Er dreht sich um und stellt die unterschiedlichen, hochprozentigen Flaschen wieder in das Regal zurück. »Möchten Sie meine bevorzugte Liebeslied hören?«, fragt er.

»Schießen Sie los«, fordere ich ihn auf und weiß schon im Voraus, dass es irgendein Blödsinn sein wird, zum Beispiel über Monde, die einem die Augen übergehen lassen wie Cappuccinotassen.

Ich täusche mich nicht.

»*The only fruit of love is the banana, banana*«, stimmt Mario mit lüsternem Zwinkern an. Anscheinend besteht das Lied nur aus dieser Zeile, die man unablässig wiederholt. Äußerst raffiniert.

»*The banana* …«, stichelt er.

Ich verdrehe die Augen und setze ihn in Kenntnis, dass ich mich nunmehr dem Sonnenuntergang auf der Terrasse widmen werde. »Und *bitte* singen Sie dieses Lied niemals in Gegenwart meiner Mutter«, flehe ich.

Da es draußen immer noch heiß ist, suche ich mir ein schattiges Plätzchen und lasse mich auf einem Korbstuhl nieder. Anschließend nippe ich ungefähr einmal pro Minute an meinem Happy-Drink. Ich wiege mich schon in der Hoffnung, das Gebräu habe tatsächlich eine heilsame Wirkung – ich bin inzwischen eher benebelt als melancholisch –, doch dann belehrt mich ein ineinander verschlungenes, sich tief in die Augen blickendes Pärchen eines Besseren. Wäre Cleo hier, würden wir Würgegeräusche von uns geben und uns über die beiden lustig machen (Ach, Gott, wie sehr ich sie vermisse!), aber ohne sie kommt mir der Anblick wie reiner Sadismus vor, genau wie die roten Rosen, die mir ebenso zu Bewusstsein bringen, was ich alles nicht habe. Obwohl ich es versuche, kann ich den Blick nicht von dem Pärchen abwenden. Und wider

Willen stelle ich mir vor, wie es wäre, mit Luca eine so zärtliche Innigkeit zu spüren.

Ich nehme einen großen Schluck Happy-Drink, aber davon steigen mir nur die Tränen in die Augen. Mein Herz drückt sich schmerzhaft gegen meinen Brustkorb, sehnt sich danach, sich den beiden zu nähern, damit etwas von ihrer Liebe auf mich abfärbt.

Ich blicke auf das Meer und hole tief Luft. Dieses plötzliche Gefühl von Einsamkeit löst Übelkeit in mir aus. Cleo hat in den vergangenen zwei Jahren tolle Arbeit geleistet und derartige Empfindungen bei mir in Schach gehalten, aber dann ist Luca aus heiterem Himmel aufgetaucht und hat mich wieder daran erinnert, was mir alles fehlt. Allein bei dem Gedanken an ihn krampft sich mein Inneres zusammen, als sei eine unterdrückte Sehnsucht mit aller Macht zurückgekehrt.

»Na, wie sehe ich aus?«, fragt Mama, dreht sich vor uns in ihrem gecrashten goldenen Rock und zieht dabei verführerisch den bestickten Schal so zurecht, dass er ihre Schultern freilässt.

Ich sage ihr, dass sie schön aussieht. Wie immer.

»Nicht zu viel Parfüm?«, will sie wissen, beugt sich vor und fächelt mit der Hand über ihren Hals.

»Nein, prima. Vorausgesetzt, du sitzt nicht im selben Lokal wie er.«

Zuerst will Mama etwas erwidern, doch dann lächelt sie nur. »Du kommst zurecht, oder?«

Hoffentlich, denke ich insgeheim, da ich weiß, wie weinerlich ich werden kann, wenn ich allein ein paar zur Brust nehme.

»Ihr Bellini, Signora«, sagt Mario und reicht meiner Mutter den Cocktail. Gleichzeitig foltert er mich, indem er höchst beziehungsreich eine Instrumentalversion des »Banana«-Liedes vor sich hinsummt.

»Auch einen für Sie, Kim?«

»O ja, den solltest du unbedingt probieren – wie reife Pfirsiche, köstlich!«, begeistert sich Mama.

Vielleicht kann ich die tränenreiche Phase einfach überspringen und direkt Richtung totale Umnachtung losmarschieren, wenn ich genug trinke. »Gern«, sage ich.

Ein paar Minuten später stellt Mario den Bellini vor mir ab und macht sich unter unablässigem Summen daran, die leeren Gläser vom Tisch des frisch vermählten Pärchens abzuräumen.

Doch schließlich kann er sich, wie vorauszusehen, nicht mehr beherrschen. »*The only fruit of love is the banana*«, singt er genüsslich.

Eine Sekunde lang, während meine Mutter unschuldig in sein Summen einstimmt, denke ich, wir könnten irgendwie damit durchkommen. Dann hält Mario mitten im Aschenbechersäubern inne und wendet sich meiner Mutter zu. »Ihre Tochter will nicht, dass ich Ihnen diese Lied vorsinge …« Er legt eine Kunstpause ein, bevor er in klagendem Ton fragt: »*Warum?*«

Ich überlege gerade, ob ich ihn lieber mit einem Cocktail- oder einem gezinkten Rührstab foltern soll, als meine Mutter auf die Uhr blickt und ausruft: »Oh, ich muss gehen. Er soll nicht denken, dass ich ihn absichtlich hinhalte.«

Ich schnaube und flüstere Mario auf Italienisch zu: »Wann hätte eine so todsichere Sache jemals jemanden hingehalten?«

»Ihre Mutter ist leicht zu haben?«, erwidert Mario, ebenfalls auf Italienisch. »Glauben Sie, sie würde mit mir schlafen?«

»Sie sind doch ein Mann, oder etwa nicht?«, lache ich.

Plötzlich stößt meine Mutter ihr Glas um. »O je! Wie konnte ich nur! Anscheinend bin ich doch nervös vor meiner großen Verabredung. Ich muss los!«

Und schon schiebt sie ab. Mario sieht, wie ihr Rocksaum

hochflattert und den Blick auf eine wohlgeformte Wade freigibt.

»Vergessen Sie's«, sage ich. »Jetzt ist es zu spät für Ihre Avancen.«

»Sie sind eifersüchtig«, jubelt Mario. »Sie wollen mich ganz für sich allein.«

»Ich will tatsächlich etwas von Ihnen«, gestehe ich, inzwischen eindeutig beschwipst.

»Ehrlich?«

»Ich will von Ihnen … noch einen Drink.«

»Bellini?«, seufzt er.

»Nein, Geheimrezept«, sage ich entschlossen.

Sein Gesicht hellt sich auf. Offenbar ist noch nicht alles verloren …

15

Ich schlage die Augen auf. Alles sieht genauso aus wie mit geschlossenen Lidern – völlige Dunkelheit umgibt mich. Ich lausche nach Atemgeräuschen. Nichts. Langsam schiebe ich meinen Arm über den Bettüberwurf. (Oder das, was die Italiener mit diesem Namen bezeichnen. Für mich ist das ein Tischtuch. Kuscheliges steht hier anscheinend nicht hoch im Kurs.) Ich taste nach dem Bett meiner Mutter. Ich strecke die Hand noch weiter aus – werde ich nur kühle Glätte spüren oder eine warme Mulde? Das Bett ist leer. Meine Hand wandert zum Kopfteil des Bettes, und schließlich knipse ich die Nachttischlampe an. Leer und außerdem unbenutzt. Blinzelnd spähe ich auf das Zifferblatt meiner Uhr. Neun Uhr morgens. Warum fühle ich mich eigentlich so gerädert? Dann erinnere ich mich an gestern Abend und lasse mich schwer in die Kissen zurücksinken. Nachdem meine Mutter abgezogen war, habe ich überhaupt nicht zu Abend gegessen, sondern mich darauf beschränkt, den Pesto-Biskuits von Mario den Garaus zu machen. Und die meisten Flaschen an der Bar zu leeren.

Wenn er sich nicht um die anderen Kunden und die Bestellungen der Kellner aus dem Speisesaal kümmern musste, leistete er mir zwischendurch Gesellschaft und umwarb mich mit kleinen Knabber-Snacks. Als er mir ein Tellerchen gemischter Nüsse brachte, erzählte er mir, wie er zum ersten Mal ein Mädchen von zu Hause abgeholt hatte: Der Vater begrüßte ihn und bot ihm etwas zu trinken an. Er folgte der Einladung. Auf dem Tisch vor ihm stand eine Schale mit Pistazien. Mario war so nervös, dass er sich eine Hand voll Nüsse in den Mund steckte, ohne sie vorher zu schälen. Der Vater beobachtete, wie Mario leise wimmerte, als sich die harten Schalen langsam in seine Kehle bohrten, und reichte ihm dann rasch etwas zu trinken. »Wissen Sie, hier bei uns essen wir sie immer *geschält*«, erklärte ihm der besorgte Vater und versuchte dabei den Eindruck zu erwecken, diese Angewohnheit sei viel seltsamer als Marios *Fauxpas.* »Also mir sind sie ungeschält lieber«, gab Mario forsch zurück, der seinen Fehler um nichts in der Welt zugeben wollte, und stopfte sich zum Beweis eine zweite Ladung in den Mund. Ich lachte und meinte, er sei doch noch ganz gut weggekommen – es hätte sich ja auch um Walnüsse handeln können.

Und dann nahm ich noch einen Drink. Und noch einen. Irgendwann sagte Mario, dass er die Bar um Mitternacht schließen würde und danach müsste ich zusammen mit ihm noch einen trinken und anschließend vielleicht einen Spaziergang unternehmen. Ich sagte, ich müsse heute Abend früh zu Bett. Er sagte, das glaube er nicht. Seine Beharrlichkeit gefiel mir.

»Also, Kim«, beginnt er, nachdem er eine große Gruppe amerikanischer Touristen, die für eine Hochzeit nach Capri gereist waren, bedient hat, »Sie kennen Sprachen. Sagen Sie mir bitte ein anderes Wort, das die Engländer für ›Sex‹ haben, eins, das nicht so direkt ist wie …«

»Eine Nummer schieben!« Ich unterbreche ihn noch rechtzeitig, bevor er dies als Vorwand für weitere Wham-Bam-Grazie-Mam-Euphemismen benutzen kann.

»Nummer schieben?«, wiederholt er zweifelnd.

»Ja. Es ist eher lustig gemeint«, erkläre ich ihm. »Ich halte es für die netteste Alternative.«

»Okay«, nickt er.

Eine halbe Stunde vor Mitternacht betrat ein italienisches Mädchen – sehr schlank, schwarzes Haar, Goldschmuck – die Bar. Mario machte uns miteinander bekannt und ließ uns dann für einen Schwatz allein. Zuerst hielt ich sie für eine Freundin von ihm, doch bald stellte sich heraus, dass sie ebenfalls ein Gast war und mit ihrer Schwester, ihrem Schwager und deren Tochter hier wohnte. Sie kam aus Turin und erzählte mir, Süditaliener seien viel leidenschaftlicher als die italienischen Männer aus dem Norden, die sie sonst kannte. »Mario ist so *simpatico*«, seufzte sie. Sie gab zu, dass er Charme besaß, war aber gleichzeitig auf der Hut. Ich fragte sie nach dem Grund, obwohl es mir selbst genauso ging. Sie sagte, er habe sie letzte Nacht gebeten, mit ihm spazieren zu gehen. Ich vermied sorgfältig jeglichen »Das soll wohl ein Witz sein – genau dasselbe hat er mich auch gefragt«-Ausdruck und erwiderte: »Wirklich wahr? Sind Sie mitgegangen?«

»Nein«, gibt sie kopfschüttelnd zurück. »Er gefällt mir, aber Männer wie Mario wollen nicht nur Händchen halten. Ich kann nur mit jemandem schlafen, den ich liebe. So bin ich nun mal.«

Während sie mir die Mädchenträume schilderte, auf deren Verwirklichung sie insgeheim hoffte, spürte ich Beschützergefühle in mir aufkeimen und ärgerte mich zugleich über Mario. Sie war zu verletzbar, und das nutzte er aus. Mit mir ist das etwas anderes. Ich bin sowieso schon total desillusioniert. Ich glaube, Mario weiß, dass ich kein Glück mit Männern habe und mir nur noch wenig Hoffnungen mache, jedenfalls wenig genug, um seine Annäherungsversuche als schmeichelhaft zu empfinden und mit Dankbarkeit darauf zu reagieren. Ich war schon beinahe versucht gewesen, ihm zumindest bei einem letzten Drink Gesellschaft zu leisten, aber nach dem Plausch mit Paola beschloss ich, ihm das Stopp-Schild zu zeigen, indem ich heiße Milch bestelle. (Latte caldo, diesmal verwechselte ich es nicht.)

Er protestierte. »Ist doch noch viel zu früh – ich mixe Ihnen noch eine Geheimrezept!«, aber als ich nicht nachgab, überredete er mich dazu, ein Schlückchen Cognac in die Milch zu mischen, das sei der beste Schlummertrunk. (Was ich tatsächlich bekam, war ein Glas Cognac mit einem Schlückchen Milch. Die Aussicht auf Schlaf war zwar gut, ich fragte mich nur, ob ich je wieder aufwachen würde.) Paola trank Kamillentee, zweifellos die tugendhaftere Entscheidung, wenn auch ohne viel Raffinement, der Inhalt ihrer Tasse sah nämlich aus wie Pipi. Jedes Mal, wenn Mario zur Bar ging, versuchte er meinen Blick zu erhaschen. Er schnitt hinter Paolas Rücken Gesichter, als wollte er sagen: »Sie quatscht zu viel!« – oder: »Ich wünschte, sie würde endlich verduften!« Obwohl er sich so würdelos benahm, schmeichelte es mir doch, dass er anscheinend meiner Gesellschaft den Vorzug gab. Ich hoffte nur, dies bedeutete nicht, dass er mich ebenfalls für eine todsichere Sache hielt.

Ob Paola Mario nun wollte oder nicht, blieb unklar, fest stand nur, dass sie keinesfalls die Absicht hatte, mich mit ihm allein zu lassen. Fünf Minuten nach Mitternacht trafen wir die stillschweigende, schwesterliche Entscheidung, die Bar gemeinsam zu verlassen. Marios enttäuschte Miene sprach Bände. Als er uns in die Lobby begleitete, brachte er es fertig, mir verstohlen die Hand um die Taille zu legen und seinen Daumen so weit unter meinen Hosenbund zu schieben, dass er nackte Haut berührte. Wider Willen bewunderte ich seine Frechheit. Eng an mich gelehnt, drückte er den Aufzugknopf, wünschte uns »Buona notte« und fügte noch hinzu: »Sogna mi!« (Träum von mir!). Kichernd und kopfschüttelnd entschwebten wir in den ersten Stock. »Das hat Spaß gemacht. Vielleicht kommst du ja mal nach Turin?«, schlug Paola vor, überreichte mir ihre Visitenkarte und gab mir einen Kuss auf jede Wange. Ich sagte, das täte ich gern, und staunte, wie schnell Mädchen sich verbünden, als ich auf den Knopf zum zweiten Stock drückte.

Dort verließ ich den Lift, mein Zimmer in Sichtweite, den Schlüssel schon in der Hand, als mir plötzlich jemand von hinten einen Schubs versetzte, so dass ich in die Wäschekammer taumelte.

»*Was?*«, ruft Cleo entgeistert.

Ich habe ihr grade die ganze Geschichte aufgetischt.

»Ich schwöre, ich habe keine Ahnung, wie er so schnell die Treppe heraufkommen konnte!«

»Hast du geschrien?«

»Ich hab's versucht, aber ich war ja nur gedämpft zu hören, weil …«

»Er hat dich doch nicht etwa mit einem Kissenbezug geknebelt?«, japst Cleo.

»Neeein! Er hat mich geküsst! Er fing damit an, noch bevor ich überhaupt kapiert hatte, wer mich da angefallen hatte.«

»War er gut?«

»Nein, entsetzlich – so gierig und aufdringlich. Außerdem hat er mich so fest an sich gepresst, dass ich schon Angst hatte, er würde mir das Rückgrat brechen.«

»Und was ist dann passiert?«

»Ich habe mich losgerissen und ihn gefragt, was zum Teufel das eigentlich soll.«

»Klingt gar nicht nach dir. Du bist doch sonst nie so aggressiv.«

»Ich stand ja unter Schock. Und war außer mir vor Wut.«

»Mit Recht! Hat er sich entschuldigt?«

»Nicht so richtig«, ich halte inne, um nicht loszukichern. »Er sagte: *Ich will Nummern mit dir machen.*«

Cleo kreischt vor Schadenfreude. »Nein!«

»Doch! Ist das nicht unglaublich? Er wollte allen Ernstes mit auf mein Zimmer kommen.«

»Und deine Mutter?«, fragt Cleo empört.

»Naja, er wusste genau, dass sie noch nicht zurück war …«

»Schon, aber sie hätte doch jeden Moment – stell dir nur mal vor, sie hätte euch überrascht! Ich sehe direkt vor mir, wie er über den Balkon flüchtet und mit den Boxershorts am Geländer hängen bleibt!«

»Genau das ist dann auch passiert!«

»Nein!«, schreit Cleo.

»Natürlich nicht«, kichere ich.

»Bist du denn gar nicht in Versuchung gekommen?«

»Nur unter ärztlicher Aufsicht und in Gegenwart eines Orthopäden, der sich um meine Verletzungen kümmert. Wahrscheinlich braucht man den schwarzen Gürtel, um Sex mit diesem Mann zu überleben.«

»Ach – das hört sich alles so leidenschaftlich an!«, sagt Cleo begeistert.

»Also, Mario steht bestimmt gern zu Diensten, wenn du das nächste Flugzeug nimmst. Besonders wählerisch ist er ja nicht.«

»Herzlichen Dank!«

»So habe ich das doch nicht gemeint«, protestiere ich.

»Egal, im Moment kann ich sowieso nicht weg, Gareth ist nämlich gesichtet worden.«

Ich schnappe nach Luft. »Erzähl!«

»Ich habe ihn nicht selber gesehen, aber Branwen aus dem

Superdrug hat gesagt, er hätte dort AfterSun-Lotion gekauft und wäre ziemlich braun gewesen. Mit etwas Glück gibt er bestimmt bald seine Urlaubsschnappschüsse bei FotoFix ab«, flötet sie.

»Aber vielleicht trägt er einen String-Tanga zum Baden.«

»Na und? Je mehr Haut, desto besser. Er ist einfach zum Anbeißen!«

»Wie wär's, wenn du den Paradies-Spruch bei ihm ausprobierst?«

»O Gott!«, kichert Cleo.

»Stell dir nur mal vor …«, setze ich an.

»Moment, es klingelt«, unterbricht mich Cleo. »Wahrscheinlich der Postbote mit der Katalogsendung. Ich rufe dich zurück.«

»Okay«, sage ich und lege grinsend auf.

Wie schön, etwas von daheim zu hören, und die Vorstellung, wie Cleo die Tür öffnet und ein Paket entgegennimmt, hat etwas Tröstliches. Was sie wohl bestellt hat? Ich wette, irgendwelche Küchenutensilien.

Ich schlage die Bettdecke zurück und schwinge die Beine aus dem Bett. Milde überrascht stelle ich fest, dass ich immer noch die Kleider von gestern Abend anhabe. Früher, als ich zur Arbeit noch außer Haus ging, passierte mir das ständig. Schlaghosen, Polojacken, Jacken mit Reißverschluss – alles schon vorgekommen. Cleo war ganz verzweifelt deswegen und überzeugt, ein allzu enger Gürtel oder gefährlicher Hakenverschluß könnte mich eines Tages das Leben kosten. Obwohl sie genauso schlampig ist wie ich, hält sie sich an ein eisernes Regelwerk, bevor sie zu Bett geht. Sie hat nur ein einziges Mal etwas anderes getragen als ein Nachthemd aus reiner Baumwolle von Marks & Spencer. Damals landete sie überraschenderweise mit ihrem ehemaligen Chef im Bett – sie dachte, alles wäre vielleicht weniger peinlich, wenn er sie gar nicht erst nackt zu sehen bekäme, und behielt deshalb die

Strumpfhose und ihren schwarzen Lycra-Body an. Er ging mit seiner hübschesten Angestellten ins Bett und erwachte neben einer Balletttänzerin.

Das Telefon klingelt. Achtung, Zeit für einen kleinen Ulk.

»Hallo, hier die Luna Love Line, zurzeit gibt es in unserem Hotel besonders günstige Angebote – Halbpension inklusive Nummern schon ab 300.000 Lire pro Nacht!«

»Ist ja fast geschenkt«, ertönt eine männliche Stimme.

»Mario?«, frage ich entsetzt.

»Nein, äh, hier ist Luca. Aus der Boutique.«

Noch schlimmer. Ich erstarre, und mein Mund öffnet sich zu einem stummen Entsetzensschrei.

»Gehört Mario zu Ihre Stammkunden?«, fragt Luca schließlich.

»Nein! Nein! Er ist nur der Barkeeper aus dem Hotel …« Das hört sich ja gar nicht gut an.

»Ahaa.«

»Äh, Mama ist nicht da«, bringe ich hervor und versuche, möglichst normal zu klingen.

»Gut, bitte erinnern Sie daran, dass Boot um zwölf Uhr an der Marina Piccola ablegt.«

»Boot?«

»Oder möchten Sie um die Insel herumschwimmen?«

»Machen wir einen Ausflug?«

»Sie hat nichts gesagt?«

»Nein, kein Wort.«

»Heute wir zeigen Ihnen die weltberühmte Blaue Grotte«, verkündet er mit seiner allerbesten Reiseleiterstimme.

»Es ist doch kein hoher Seegang, oder?«, frage ich besorgt und stelle bei der Gelegenheit fest, dass ich noch nicht einmal die Fensterläden geöffnet habe.

»Nicht seefest?«

»Ich habe einen kleinen Kater«, untertreibe ich.

»Sie sind letzte Nacht ausgegangen?«

»Nur in die Hotelbar.«

»Ich sehe schon, ich muss mal ein paar Worte mit Ihre Barkeeper wechseln«, witzelt Luca.

Er ist nicht *mein* Barkeeper, möchte ich am liebsten klarstellen, beschränke mich aber auf ein »Mmm.«

»Gut, also wir sehen uns um zwölf Uhr mittags.«

»Marina Piccola«, bestätige ich und bemühe mich, einen möglichst tüchtigen und begeisterten Ton anzuschlagen.

»Marina Piccola«, wiederholt er.

Ich habe das Gefühl, als wollte er noch etwas hinzufügen, aber er legt mit einem kurzen »Ciao« auf.

Als ich aufgelegt habe, vergesse ich für ein paar Minuten völlig, Luft zu holen, und sitze wie vom Donner gerührt da. Schließlich wimmere ich leise. Ich fasse es einfach nicht, was Luca für eine Wirkung auf mich hat. Wenn ich ihn nie mehr wiedersehen würde, könnte ich es vielleicht irgendwie schaffen, aber so … Frustriert umarme ich mein Kissen.

Das Telefon klingelt erneut.

»Hallo?«, frage ich vorsichtig.

»Was ist denn das für ein schüchternes Hausfrauenstimmchen?«

»Cleo?«

»Warum bist du denn so überrascht? Ich habe doch gesagt, ich würde dich gleich zurückrufen.«

»Ich weiß, aber ich …«

»Alles in Ordnung mit dir? Nein, oder? Was ist los?«

»Grade hat Luca angerufen«, platze ich heraus.

»Der Liebesgott?«

»Mmmm«, murmele ich.

»So viele Männer …«

»Ach, Cleo, er ist *verheiratet*«, jammere ich.

»NEIN! Wann hast du das denn rausgefunden?«

»Gestern beim Mittagessen. Ungefähr zwei Stunden nach unserem Gespräch.«

»Warum hast du mir das nicht gleich gesagt?«

»Ich kam mir so blöd vor …«

»Ach, Süße …«

Ich erkläre Cleo gerade, dass er sogar einen Mini-Casanova zum Sohn hat, als die Tür aufgeht und meine Mutter in einem weißen Hemd, das sie à la Katherine Hepburn in die marineblaue Freizeithose gesteckt hat, eintritt.

»Ich muss auflegen«, sage ich zu Cleo.

»Deine Mama ist zurück?«

»Du hast's erfasst.«

»Na gut, halt durch und denk dran, das unsichtbare Kraftfeld um dein Herz rechtzeitig anzuschalten.«

»Geht klar!« Ich lächle. »Tschüss!«

»Kann ich so gehen?«, fragt Mama, kaum dass ich das Gespräch beendet habe.

»Sieht toll aus«, befinde ich. »Kollektion Platin-Mann, wenn ich mich nicht irre?«

»Ich wünschte, du würdest ihn nicht so nennen. Er heißt Tony.«

»Vermutlich erübrigt sich die Frage, ob du dich gut unterhalten hast …«

»Ach, Kim! Er ist einfach wunderbar«, sagt sie und setzt sich mit rosigen Wangen und aufgekratzt neben mich. »Wer weiß, vielleicht endet alles ja noch mit einer Doppelhochzeit – Vater und Sohn plus Mutter und Tochter.«

»Ich habe nicht vor, dich zu heiraten«, protestiere ich. »Das ist bestimmt illegal.«

»Du weißt schon, was ich meine«, sagt sie und schnalzt tadelnd mit der Zunge. »Am Sonntagnachmittag kommt Tyler an. Ich habe zugesagt, dass wir abends mit ihnen essen gehen.«

»Genauso wie du uns zu einer Bootsfahrt verabredet hast, ohne mich zu fragen …«

»Habe ich dir denn nicht Bescheid gesagt?«

Ich schüttle den Kopf.

»Ach so. Na ja …«, sagt Mama leichthin, bereits auf dem Weg ins Badezimmer.

»Ich dachte, wir wären hier, um im Laden alles Nötige zu klären, und nicht, um Sehenswürdigkeiten zu besichtigen«, knurre ich.

»Das eine schließt das andere ja nicht aus. Es war sowieso Lucas Idee. Er dachte, es würde dir vielleicht gefallen.«

»Hat er das gesagt?« Meine Laune hebt sich schlagartig.

Mama steht bereits unter der Dusche und bleibt mir die Antwort schuldig. Aber ich rede mir ein, sie hätte erwidert: Wir hätten uns schon vor zwölf mit ihm verabreden können, aber er musste vorher noch rasch seine Scheidung einreichen.

16

Die verschwitzte, gereizte Menschenschlange, die auf den Bus nach Marina Piccola wartet, zieht sich bis hinter das Labyrinth aus Geländern am Bahnhof und verstopft mit ihren Windungen die Via Roma.

»Vergessen wir's!«, stöhnt Mama. »Wir nehmen ein Taxi.«

Auf den ersten Blick erscheint das unglaublich extravagant – neben den Oldtimern der Insel, überlang und mit offenem Verdeck, sieht selbst die schickste Limousine wie eine Klapperkiste aus. Muss man nicht ein Valentino oder de Laurentiis sein, um sich in solchen Luxuskarossen fortbewegen zu dürfen? Ich betrachte mein Spiegelbild in der chromglänzenden Stoßstange. Du liebe Zeit. Ich wäre nicht einmal erstaunt, wenn mir der Fahrer während der Fahrt einen Pashmina-Schal um die Schultern legte, um sein Image zu wahren. Eine Sekunde lang fürchte ich schon, er würde mich auffordern, im Kofferraum Platz zu nehmen, aber nein, er verstaut dort nur sein Jackett. Er begrüßt uns mit einer angedeuteten Verbeugung. Seiner Miene nach zu urteilen, ist meine Mutter gut genug für uns beide gekleidet, und er winkt uns an Bord. Ich richte eine stumme Entschuldigung an den elfenbeinfarbenen Sitz, bevor ich mich darauf niederlasse. (»Ja, dies ist eine schlichte Hose von M&S, keine Leinenhose mit Kordelzug von Fenn, Wright & Mason, verzeihen Sie bitte.«)

Meiner Schätzung nach wird die zehnminütige Fahrt so um die hundert Pfund kosten, aber man hat trotzdem das Gefühl, dass sich jeder Penny lohnt. Auf der Straße zur Marina folgt eine gefährliche Haarnadelkurve auf die nächste, doch wir gleiten mühelos dahin, während uns eine kühle Brise umfächelt, so dass man in einer besonders raffinierten Version einer Achterbahn in Zeitlupe zu sitzen glaubt. Endlich weiß ich, was die Leute meinen, wenn sie sagen, es ginge nicht nur darum, so schnell wie möglich von A nach B zu gelangen, sondern es sei wichtig, die Reise selbst zu genießen.

Wir rauschen an ausgedehnten Villenanlagen vorbei, die aussehen wie mit Pudding oder Zinksalbe getüncht, verlangsamen die Fahrt an den Kurven und bewundern Blumen, deren tiefrote Büschel exakt wie Flaschenbürsten aussehen, sowie Kakteen mit eingekerbten, verblichenen, beigefarbenen Herzen und Initialen verliebter Pärchen. Die herabhängenden, schweren Bougainvillea-Blüten verschwimmen zu einem magentafarbenen, wunderschönen Leuchten, und als ich schließlich feststelle, dass die Fahrt umgerechnet nur zehn Pfund gekostet hat, drücke ich dem Fahrer noch ein Trinkgeld von fünf Pfund in die Hand, weil ich durch sein Zutun etwas so Wunderbares erleben durfte.

»Früher war das hier nur eine einfache Anlegestelle«, sagt Mama, während wir die Stufen zum Meer hinabsteigen, »und die Häuser gehörten den Korallenfischern. Und sieh es dir jetzt an!«

Die lebhaften Comicfarben der Strandhütten überraschen mich – nirgendwo ausgewaschene Pastellfarben: Die Häuserreihe auf der kleinen Betonanhöhe leuchtet in frisch gestrichenem Zitronengelb und Apfelgrün, davor rekeln sich erhitzte, orangefarbene Sonnenanbeter. »Sieht doch aus wie eine Musical-Kulisse, oder?«, kichert meine Mutter. Sie hat vollkommen Recht – man erwartet, dass jeden Moment Schwimmer in knielangen Badekostümen den Fluten entsteigen und choreographierte Hopser und Quietscher zum Besten geben, während sie Strandball spielen.

Leider stimmt niemand spontan einen Song aus *The Boyfriend* an, wir haben es hier eher mit der Burberry-Bikini-Brigade zu tun, aber es gibt ein paar Köpfe mit Bademützen, die wie Badewannenstöpsel auf dem Wasser auf- und abhüpfen.

»Hast du früher hier gebadet?«, frage ich Mutter.

»Ich mochte die Bucht um die Ecke lieber«, erwidert sie. »Komm mit ...«

Zuerst scheinen wir direkt in die Küche des Ristorante Ciro zu marschieren, doch dann mündet der verschwiegene Seitenpfad in einen reizenden Kieselstrand. Ein flacher, verwitterter Felsbogen reicht bis ins Meer; die eisgrünen Fluten umspülen seine Fundamente wie Mundwasser und schleudern minzigen Schaum hoch, wenn sie gegen den Stein branden. Am liebsten würde ich auf der Stelle ins Wasser springen, so astringierend und erfrischend sieht es aus. Instinktiv hält Mama auf die kleinen Buden zu, an denen man Cowboyhüte oder mit Silberlack besprühte Muscheln kaufen kann. Ich bleibe bei den Felsen zurück. Ein kleines Mädchen erkundet die struppige Flora und weicht vorsichtig den spitzen Blättern der Aloe Vera aus. Erst als sie den Felsen hinabklettert, entdecke ich weiter unten, an einer Seite des Felsens verborgen, eine Tauchschule, deren Schüler man nur an ihren in den zerklüfteten Steinspalten hängenden schwarzen Taucheranzügen erkennt.

Ich schlüpfe aus den Schuhen, gehe auf Zehenspitzen zum Wasser und bemerke dabei, dass die blassgrauen Kiesel mit winzigen, farbigen Tonscherben durchsetzt sind. Als hätte sich das bei einem Streit zum Fenster hinausgeworfene Geschirr zu einem zufälligen Mosaik zusammengefügt. Ich hebe eine Scherbe auf; eine Seite besteht aus rauem Terrakotta, die andere ist glatt und blau mit weißen Sprenkeln.

»Wie Sterne an einem sonnigen Tag!«, bemerkt Luca plötzlich neben mir und streicht mit dem Daumen über die Sprenkel. Der Mann ist wahrhaftig die personifizierte Poesie.

»Kim! Kim!« Nino alias Ringo knufft mich, als wüsste er, wie schwer es mir fällt, die Augen von seinem Vater abzuwenden. »Ich hab Geschenk für dich – sieh mal!«

Er hält eine braune Papiertasche von der Größe eines Schuhkartons hoch. »Mach's auf! Mach's auf!«, drängelt er.

Ich streiche das Papier glatt und ziehe eine Großpackung RINGO-Kekse hervor. »Na, so was«, lache ich und bin zu Tränen gerührt. »Vielen Dank!« Ich nehme den nicht zum Verzehr geeigneten Ringo in die Arme. Er drückt mich so fest, dass unsere Herzen klopfen, und fordert mich auf: »Versuch einen!«

»Na gut«, sage ich bereitwillig, lese aber zuerst noch laut die leuchtend rote Aufschrift vor: ›Il Biscotto Snack Di Qua Bianco et di la Nero con Dentro tanta Crema Golosa!«

Mischung aus Vanille- und Schokoladekeks, fasse ich zusammen, fröhlich kauend.

»Kim, was machst du denn da? Du hast doch gerade erst gefrühstückt.«

Darf ich Ihnen meine Mutter, die Spielverderberin, vorstellen? Die Frau mit der unseligen Begabung, meine schlechten Seiten zum Vorschein zu bringen. Doch ich will nicht, dass Ringo oder Luca mit meinem launischen, kindischen Ich Bekanntschaft machen, und erkläre daher ganz ruhig, dass es sich hierbei um ein Geschenk handelt und ob sie nicht einen Keks probieren will?

»Ja! Ja! Sie müssen!«, beharrt Ringo. Tief befriedigt schaue ich zu; ich weiß genau, in Mamas Augen ist raffinierter Zucker wie reines Gift, und sie ist überzeugt davon, dass ihr die Zähne sofort faulen, wenn sie nicht *auf der Stelle* eine Zahnbürste auftreibt!

»Wir sind so weit?«, fragt Luca.

»Ich muss nur noch mal schnell auf die Toilette«, sagt Mama.

»Okay. Sophia wartet bei den Felsen, wir treffen uns am besten dort.«

O nein. *O nein!* Nicht seine Frau. Wann ist sie eigentlich zurückgekommen? Ich will sie nicht kennen lernen. Ist sie schön, steht mir der schlimmste Tag meines Lebens bevor, ist sie hässlich, ärgert mich das fast noch mehr, da es bedeutet, dass die Beziehung der beiden innig sein muss. Trotzdem, lass sie hässlich sein. Bitte. Bitte.

Wir erklimmen die Stufen neben der Tauchschule und gehen zu einer natürlichen, aus Felsen entstandenen Mole.

»Das ist Lo Scoglio delle Sirenen, der Felsen der Sirenen«, klärt Ringo mich auf. »Ist möglich, dass Odysseus hier in Versuchung geführt wurde ...«

Wie passend. Aber welche der Frauen hier hat Luca umstrickt? Die Blondine in der roten Lederjacke und der verspiegelten Sonnenbrille jedenfalls nicht, sie ist in Gesellschaft eines anderen Platin-Mannes. Oder die mit dem kessen Pferdeschwanz, in Shorts und Sandalen? Anscheinend eher ein Tauchschulen-Groupie. Ich folge Lucas Blick zu einer Frau mit taillenlangem Haar, die mit dem Rücken zu uns am Ende der Mole sitzt. Alle anderen sind zu zweit oder in Grüppchen, also muss es diese Frau sein. Ich mache mich auf das Schlimmste gefasst – ich weiß, sie wird eine gelungene Mischung aus Sophia Loren, Claudia Cardinale und Gina Lollobrigida sein. Noch ein Schritt, und ich bin ihr nahe genug, um sie ins Wasser zu schubsen. Sie dreht sich um.

Sie ist mindestens siebzig! Verdutzt weiche ich zurück. Sie zieht mich an sich und nimmt mich in den Arm. Das muss doch ein Irrtum sein, denke ich und versuche, auf ihrem Nacken irgendwelche Anzeichen ihres Alters zu erspähen, doch die mit Flecken getupfte Hand, mit der sie mir das Haar aus dem Gesicht streicht, ist Bestätigung genug. Sie hält mich auf Armeslänge von sich und mustert prüfend mein Gesicht.

Ich erwidere den Blick und denke, *wie kann das sein*? Und dann *wieso*? Wieso sieht sie mich so liebevoll an?

»Ich kann so viel von deinem Großvater in dir sehen. Und so viel von deiner Mutter.«

Ich wusste ja nicht einmal, dass sich die beiden kennen. Aber das ist doch unmöglich, oder?

»Ist sie hier?«, fragt Sophia.

»Sie ist nur …«

»Sophia!«, ruft meine Mutter und eilt zu uns herüber.

»Gina! Deine Tochter ist wunderschön!«

Mama sieht mich an – in ihrem Blick mischen sich Stolz und der Ausdruck »Ich wünschte, sie würde etwas mit ihrem Haar machen«. »Kim, ich möchte dir gern Sophia Vuotto vorstellen, eine meiner ältesten Freundinnen«, strahlt sie.

»Hallo, pass bloß auf, wen du hier alt nennst«, lacht Sophia.

»Dann sind Sie also nicht …«, sage ich zögernd.

»Nicht was …?«, fragen Sophia und Mama gespannt im Chor.

»Nun, ähh, nicht mit den Amoratos verwandt?«, frage ich, auf Vater und Sohn deutend, die damit beschäftigt sind, das Boot seetüchtig zu machen.

»Nein, Liebes, ich habe im Nachbarhaus deiner Mutter gewohnt, als sie noch klein war.«

»Sophia war immer todschick und hatte so viel Glamour. Sie war mein Vorbild …«

»Du warst wie eine kleine Schwester für mich«, lächelt Sophia. »Ich habe dich so sehr vermisst.« Für einen Augenblick sieht sie traurig aus und fügt dann hinzu: »Als ich dich gestern wiedergesehen habe, hatte ich das Gefühl, die Zeit sei überhaupt nicht vergangen.«

Gestern? Meine Mutter hätte wirklich Geheimagentin werden sollen. Ich habe nicht die leiseste Ahnung, was sie treibt, wenn wir nicht zusammen sind.

»Was hatten wir doch für eine wunderbare Zeit miteinander …« Sophia blickt in die Augen meiner Mutter, als sähe sie dort einen alten Kinofilm. Dann wendet sie sich mir zu. »Siehst du den Strandclub mit den Flaggen dort?« Ich nicke. »Das ist Canzone del Mare, das Lied des Meeres, die frühere Residenz von Gracie Fields.«

»Ich glaube nicht, dass Kim weiß, wer das ist!«, stichelt Mama.

»Dame Gracie Fields? Geboren am 9. Januar 1898, über dem Fischgeschäft ihrer Großmutter in Rochdale, Capricorn, auch bekannt als ›Unsere Gracie‹, Erkennungsmelodie ›Sally‹, 1937 weltweit höchstbezahlter Filmstar, 1979 hier auf Capri begraben? Meint ihr *die* Gracie Fields?« Jetzt sind sie baff. Ich wusste doch, dass die Internet-Recherche mit Cleo eines Tages zu etwas gut sein würde.

Nach kurzer, verblüffter Stille fährt Sophia fort: »Nun, nach dem Krieg machte sie daraus eine exklusive Badeanstalt, die sich in den Fünfzigern und Sechzigern zu einer der ersten Adressen entwickelte. Deine Mutter und ich verschlangen die Modezeitschriften und schwammen dann von hier aus hinüber, um nach den Stars Ausschau zu halten. Wir sahen Ingrid Bergman, Faye Dunaway, Elizabeth Taylor …«

»Tony Curtis, George Hamilton …«, zählt meine Mutter auf, die sich offenbar schon damals eher für Männer interessierte.

»Einmal hatten wir sogar den Fotoapparat meines Vaters dabei und mussten schwimmen, ohne ihn zu bespritzen«, erinnert sich Sophia.

»Ach du liebe Zeit – ihr wart ja frühreife Paparazzi!«, wundere ich mich.

»Stimmt«, lacht Sophia. »Aber ich hätte es eigentlich besser wissen sollen, schließlich war ich damals schon über zwanzig.«

»Wir haben immer gehofft, dass uns jemand entdeckt«, sagt Mama.

»Und Filmstars aus uns macht«, seufzt Sophia sehnsüchtig.

»Oder sich in uns verliebt …«

Für einen Augenblick haben sie mein ganzes Mitgefühl – ihre Träume sind unerfüllt geblieben. Nach Sophias unglaublicher Figur zu urteilen, waren die beiden hübsch genug, und es hätte ebenso gut klappen können. Mir fällt eine Sendung von *Oprah* ein, wo der eingeladene Experte das Problem einer schönen Frau analysierte: Sie war dem Glauben erlegen, schöne Menschen würden einfach entdeckt, während sie auf der Straße spazieren oder im Café herumsitzen, und dass es sie entweder sofort nach Hollywood verschlägt, wo man ihnen einen festen Vertrag für drei Filme anbietet, oder nach Mailand, wo sie als Fotomodell arbeiten. Das alles fällt ihnen einfach in den Schoß. Die schöne Mittvierzigerin hatte nie einen Plan oder eine Strategie entwickelt, um ihre Träume auch in die Tat umzusetzen, denn sie dachte, ihr Äußeres würde reichen und der Rest käme schon von allein, genau wie im Märchen. Sie war weniger verbittert als verwundert, aber das Schlimmste war, dass man sehen konnte, wie sie insgeheim *immer noch darauf wartete*, ihr Konterfei auf dem Titelbild einer Zeitschrift zu finden. Ich überlege flüchtig, dass es sehr verwirrend sein muss, wenn man atemberaubend aussieht und trotzdem nicht das Leben führt, das man sich erträumt hat, weil man schon am Startblock alles verpatzt hat.

»Kim!« Ninos Ruf reißt mich aus meinen Gedanken.

»Ja, Kapitän Ringo!« Ich salutiere meinem zweitliebsten Seemann.

»Bitte, kommt an Bord.«

Wir starten unter langsamem, knirschendem Geknatter, gewinnen dann aber an Fahrt, als wir uns vom Strand entfernen und das offene Meer erreichen. Luca steuert, und Ringo kniet zu seiner Linken auf der Sitzbank, damit er über die Schutzscheibe blicken kann. Der weibliche Teil der Besatzung hat sich auf den mit Kissen bedeckten Sitzen im Heck zusammengeschart und lehnt sich bei jedem heftigeren Auf und Ab noch weiter zurück. Sophia lacht, als der Wind ihr langes Haar vorwitzig hochwirbelt und dabei eine Art menschlicher Zuckerwatte hervorbringt.

Mama bietet ihr ein samtenes Halstüchlein an und bindet sich einen Schal mit Pucci-Druck um den eigenen Schopf. Ich hingegen genieße das Gefühl, zerzaust zu werden »Immer her mit dem Afro-Look«. Ich habe so lange versucht, ein Leben auf Zimmertemperatur zu führen und jede Störung zu vermeiden, dass es sich zur Abwechslung einfach gut anfühlt, wenn ich mich der Natur unterwerfe. Ich drehe mich um und strecke die Hand über den Bootsrand, so dass das aufgeschäumte Wasser durch meine Finger spritzt. Als Kind gab es für mich nichts Schöneres, als am Strand von Penarth schwimmen zu gehen. Wann habe ich damit aufgehört? Wann war mir die zwanzigminütige Anfahrt plötzlich zu mühsam? Vermutlich dachte ich, als Erwachsene würde ich mich eher im Pool einer karibischen Ferienanlage treiben lassen. Als sparte ich mich selbst immer für etwas anderes, Besseres auf. Und als nichts Besseres kam, habe ich einfach alles laufen lassen. Als Erwachsene haben wir so viele Möglichkeiten und nutzen doch nur wenige davon. Womit verbringen wir unsere Freizeit? Wir sehen fern. Manchmal wünsche ich mir, einige Kurse aus der Schule wären auch nach Schulabschluss noch Pflicht: Netzball, Kunstunterricht und Psychologie!

Das Boot macht einen Satz, und mein Magen krampft sich aufgeregt zusammen, als wir einen Wellenkamm überfliegen und anschließend so hart auf dem Wasser aufsetzen wie ein Pferd, das ein Hindernis übersprungen hat. Ich blicke zu Luca hinüber, der sich die Gischt aus dem Haar schüttelt und Ringo damit bespritzt. Wäre ich auch so überschäumend guter Laune, wenn er nicht hier wäre? Seine Gegenwart übt unbestreitbar eine gewisse Wirkung auf mich aus. Ich ermahne mich selbst, dass er ein verheirateter Mann ist, kann mich aber nicht so ganz überzeugen. Es ist, als existierte seine Frau nicht. Jedenfalls nicht heute …

»Alles okay?«, fragt Luca und dreht sich zu uns um.

»Ja«, geben wir lächelnd zurück.

»Kim, du solltest dich eincremen, deine Stirn sieht schon ganz rosa aus«, sagt Mama nervös.

Ich frage mich, ob ich mir mein Leben lang in ihrer Gesellschaft wie eine Fünfjährige vorkommen werde. Was soll man auf Fragen wie »Willst du nicht noch mal für kleine Mädchen?« antworten und gleichzeitig erwachsen klingen?

»Mir geht's prima«, teile ich ihr schließlich mit.

»Nimm etwas von meiner Creme«, bietet Sophia an und reicht mir eine teuer aussehende Tube mit Goldverschluß.

»Sophia hat einen Schönheitssalon«, erfahre ich von Mama. »Sie könnte sich mal deine Haut ansehen, solange du hier bist.«

Vielen herzlichen Dank, Mama.

»Wir haben ein paar sehr schöne Therapien, Kim, vielleicht möchtest du es einmal versuchen«, schlägt Sophia freundlich vor.

»Meistens bekomme ich nur Ausschlag davon«, wehre ich ab. »Aber trotzdem vielen Dank.«

»Natürlich ist mein Studio nicht so modern wie das Beauty Center im Hotel Palace«, erklärt Sophia meiner Mutter. »Die bieten thalassotherapeutische Schälkuren an, Überschall-Wärmetherapien, Infrasnella …«

Da ich bezweifle, dass weder Sophia noch meine Mutter

meine Beiträge zu dieser Unterhaltung richtig würdigen können, beschließe ich, die beiden sich selbst zu überlassen, doch als ich mich auf den Weg zu Ringo mache, fliegt das Boot erneut über eine Welle. Ich rutsche aus und schlage mir dabei den Musikantenknochen an.

»Aaaargh, Scheiße!«, platze ich heraus. »Entschuldige, Ringo!« Ich hasse Leute, die in Gegenwart von Kindern fluchen. Aber er hat anscheinend nichts gehört, bedeckt stattdessen meinen Ellbogen mit Küssen und bietet mir obendrein seinen Sitzplatz an.

Wäre er doch nur fünfundzwanzig Jahre älter!

»Sie wollen nur die Aussicht oder auch die Erklärungen?«, fragt Luca.

»Ich will alles!«

»Alles?«, fragt er und wirft mir einen *jener* Blicke zu.

»Beides«, sage ich und versuche, ruhig zu bleiben.

»Manche Leute, sie schauen lieber nur«, erklärt er.

»Vermutlich hängt es davon ab, wer das Reden übernimmt«, gebe ich zurück und blicke verstohlen auf meine Mutter.

»Okay«, stimmt er zu. »Ich fange an mit ...«

»Nur die interessanten Sachen!«, unterbreche ich.

Er sieht mich etwas entrüstet an und fährt fort: »An den Küsten von Capri sind viele Grotten –«

»Zwanzig! Ich kenne sie alle beim Namen«, ruft Ringo aufgeregt.

Luca gibt nach. »Dann los, Nino ...«

»Zuerst sehen wir Grotta Verde, die Grüne Grotte.«

Luca drosselt das Tempo, damit wir das kryptonische Leuchten des Wassers begutachten können.

»Wir tun, als leben verschiedene Wesen in jeder Grotte«, flüstert Luca.

»Das hier muss das Versteck der Marsmenschen sein«, schlage ich vor.

»Si, sie sich teilen Grotte mit ein paar Gnomen«, bestätigt Luca.

»Dann kommt die Grotta Rossa, die Rote Grotte.«

Ich halte Ringo die Ohren zu. »Eine Art Meeres-Bordell?«

»Sie wollen, dass wir Sie hier absetzen?«, stichelt Luca. Ich versetze ihm einen Schlag auf den Arm und verstauche mir fast den Fingerknöchel an seinem Bizeps.

»Dann kommt die Champagner-Grotte …«, fährt Ringo fort.

Glamour-Girls in rauen Mengen …

»Neben den Faraglioni-Felsen ist die Grotta di Forca.«

»Für Kleptomanen mit Hang zum Tafelsilber?«

»*Forca* heißt Mistgabel«, sagt Luca stirnrunzelnd. »Die zum Essen heißt *forchetta*.«

»Ich weiß«, lache ich. »Ich mache doch nur Spaß.« Ich kann einfach nicht anders, ich fühle mich wie beschwipst.

»Berühmteste und am häufigsten besuchte Grotte ist natürlich die Blaue Grotte, Grotta Azzurra!«, ruft Ringo mit hoher Stimme. »Sie ist *magisch*.«

»Früher haben die Einheimischen sie gemieden, sie dachten, Hexen und Monster leben da«, fügt Luca hinzu. »Jetzt sind nur noch Touristen dort.«

»Fahren wir hinein?«

»Selbstverständlich«, lächelt Luca. »Sie sind Touristin. Das ist Pflicht!«

17

Bisher haben wir nur gelegentlich ein paar andere, vorbeifahrende Boote erspäht, aber hier, am Eingang zur Blauen Grotte, scheinen sie eine Art internationaler Bootstagung abzuhalten. Große Ausflugsdampfer voll gestopft mit Touristen aus aller Herren Länder überragen schlanke Yachten mit schlanker Besatzung, die sich offensichtlich für Mitwirkende im »Rio«-Video von Duran Duran halten. Aus irgendeinem Grund sind die Leute auf den billigen Plätzen in dicke Pullover eingepackt, während die modische Yacht-Besatzung Metall-Bikinis trägt. Macht Reichtum automatisch immun gegen Kälte? Luca stellt den Motor ab und steuert uns auf unseren Platz in der Schlange – zweite Welle von links.

»Und jetzt?«

»Müssen wir umsteigen in Ruderboote. Passen nur kleine Boote durch Öffnung.«

»Und die ist …«

»Da!« Luca deutet an den Fuß der felsigen Steilküste.

»Dieses winzige Loch? Das soll wohl ein Witz sein!« Bevor ich allzu nervös werden kann, hat Luca bereits zwei Ruderboote organisiert und erklärt, dass wir uns aufteilen müssen, da die Boote nicht mehr als drei Passagiere mitnehmen dürfen.

»Setzt die älteren Damen mal in ein Boot«, sagt Sophia. »Kim kann die Männer solange fest an sich drücken.«

Sophia gefällt mir von Minute zu Minute besser.

»Hast du auch keine Angst, mein Schatz?«, sorgt sich Mama.

»Ich passe auf sie auf«, versichert Ringo. »Ist kein Problem.«

»Mach schon, Gina, wir sind hier schließlich nicht auf der *Titanic*«, stöhnt Sophia. »Steig endlich ein.«

Die wieder vereinten Freundinnen kichern wie Teenager, während man sie ans Ende der Schlange rudert.

»Jetzt wir«, sagt Luca. »Ich gehe zuerst, dann ich helfe euch beim Einsteigen.« Mit einer geschmeidigen Bewegung springt er ins Bootsheck und streckt mir die Hände entgegen. Ich bin längst nicht so geschickt wie Luca und lasse mich tollpatschig in seine Arme hinunter. Als ich mich setzen will, gerät das Boot durch meine Ungeschicklichkeit ins Schaukeln, ich quietsche angstvoll und zapple herum, wodurch das Boot plötzlich so heftig schaukelt, dass ich überzeugt bin, es zum Kentern zu bringen. Luca packt mich und schiebt mich in die Mitte. »Ist schon okay.«

»Kim, du spinnst«, lacht Ringo und springt zum Bug. »Sieh mal, ich gehe zuerst – hier ist gefährlichste Platz!«, sagt er heroisch.

Der miesepetrige Bootsmann läßt jetzt die Ruder rotieren und bellt: »Hinlegen!«

»Was?«

»Müssen wir uns flach auf den Boden legen«, erklärt Luca und streckt sich auf den Planken aus, so dass seine Beine links und rechts neben mir liegen.

»Wenn du sitzen bleibst, verlierst du Kopf …zack!« Ringo imitiert rasch eine Enthauptung. »Auch deine Hände werden abgeschnitten, wenn du den Bootsrand festhältst. Du musst sie im Boot lassen.«

Na schön, jetzt fürchte ich mich also ganz offiziell. Ich blicke mich nach Mama und Sophia um, aber sie müssen schon in Sargposition sein, denn ich kann sie nirgends entdecken.

»Hinlegen!«, knurrt der Bootsmann.

Ich plumpse ins Boot und bin mir dabei der Tatsache, dass ich Luca als Matratze benutze, überdeutlich bewusst. Ich liege mit dem Rücken flach auf seiner Brust und versuche, mich so leicht wie möglich zu machen, aber leider ist meine Bauchmuskulatur zu schwach, um diese Stellung längere Zeit durchzuhalten.

»Kopf runter!«, erinnert mich Luca und legt mir beschützend den Arm über das Schlüsselbein. Ich lehne den Kopf nach hinten und spüre, wie sich sein Ziegenbärtchen in meinem Schopf verfängt. Mein Herz pocht wie wild.

»Ist es da drinnen überall so niedrig wie in einem Tunnel?«, frage ich, von leichter Übelkeit erfüllt, weil sich ein Anfall von Klaustrophobie ankündigt und ich zugleich schwach bin vor

Wonne. Ich frage mich, welches von Lucas Tatoos mein Schulterblatt wohl gerade durchbohren mag …

»Das Sie sehen gleich … wir sind die Nächsten.«

Der Bootsmann ergreift die schwere Kette, die am Felsen hängt und bis in die Grotte führt, und bugsiert uns in die richtige Position.

»Ist stürmisch heute, Papa«, bemerkt Nino.

Ich verdrehe mir fast den Hals, um die hohen Wellen sehen zu können, die den winzigen Eingang zur Grotte fast verdecken.

»Was passiert, wenn die Wellen hochschwappen, während wir gerade hineinfahren?«, frage ich mutig.

»Dann werden wir an Felsen zerschmettert«, erklärt Ringo fröhlich.

»O Gott!«, jammere ich.

»Diese Männer, sie wissen genau, was sie tun«, beruhigt mich Luca und fügt hinzu: »Außerdem Sie können doch schwimmen, oder?«

»Wie bitte?!«

»Es geht los!«, ruft Luca. »Unten bleiben!«

Ein Adrenalinstoß durchfährt mich, als der Bootsmann die Kette ergreift, sich zurücklehnt und uns, die eine Hand vor der anderen, durch die Öffnung zieht. Als würde man in die Unterwelt eingesaugt. Oder in umgekehrter Richtung geboren.

»Willkommen in der Blauen Grotte!«, freut sich Ringo.

»Wir haben's geschafft!«, keuche ich, ganz schwindelig vor Erleichterung, und hieve mich in Sitzposition. Der Eingang ist klein, aber die Grotte selbst ist hoch und geräumig.

»Die Grotte ist breit wie ein olympisches Becken, nämlich 25 Meter«, erklärt mir Ringo, während sich meine Augen allmählich an die Dunkelheit gewöhnen. »Die Länge, sie beträgt 60 Meter, genauso lang wie eine Bahn beim Hallensprint.«

Irgendwie habe ich den Eindruck, als sei Ringo ein ziemlicher Sport-Fan.

Der Bootsmann rudert uns jetzt weiter in die Höhle hinein.

»Gefällt Ihnen?«, fragt Luca.

»Ja«, sage ich zögernd, um Worte verlegen. Es ist schön, gespenstisch, kühl – aber ich hatte trotzdem etwas Dramatischeres erwartet.

»Jetzt umdrehen …« Ich wende mich dem Eingang zu. »Du lieber Himmel!«, stoße ich hervor, völlig verzückt von dem türkisfarbenen Feenreich, das mich begrüßt. Mein Herz schwillt an. »Warum ist es hier drin so hell?«, frage ich blinzelnd.

»Das Sonnenlicht fällt durch eine Gang unter Wasser bis in die Höhle und beleuchtet sie.«

»Alles ganz natürlich? Keine Tricks?« Ich halte nach versteckten Scheinwerfern Ausschau.

»Es ist echte Zauber. Geben Sie mir Ihre Hand!« Luca schlingt seine Finger in meine und taucht unsere Hände ins Wasser. Unsere Haut kühlt sich zu einem leuchtenden, bläulich-weißen Schimmern ab. Widerstrebend lösen sich unsere Finger voneinander.

»Wie es wohl sein mag, hier zu schwimmen«, sage ich und stecke den Arm bis zum Ellbogen ins Wasser. Es ist einladend rein und klar.

»Man sagt, Tiberius hat eine Geheimgang zwischen der Grotte und seine Villa anlegen lassen.«

»Mensch, der könnte ja sogar Hugh Hefner noch was erzählen«, antworte ich.

»Sieh mal«, ruft Ringo und stupst den Bootsman auffordernd an. Er nimmt sein Ruder, schlägt damit auf die Wasseroberfläche und lässt es dann hochschnellen: Die Tropfen funkeln wie in der Luft schwebende Diamanten und Saphire. Es ist magisch. Am liebsten würde ich zu Luca sagen: Jetzt weiß ich endlich, woher das Blau deiner Augen kommt, aber stattdessen schreie ich nur: »Noch mal!«

Luca zaust mein Haar, und als er lacht, spüre ich seinen

Atem im Nacken. Hier in dieser Grotte scheint alles möglich. Ich will noch bleiben, aber unser Boot hat schon beigedreht und steuert zurück. »*O sole mio*«, dröhnt der Bootsmann, um uns von der Tatsache, dass er uns wieder in die Realität zurückbefördert, abzulenken.

Die Wellen werden immer höher, je näher wir dem hellen Dreieck kommen. Es beunruhigt mich, dass die Öffnung anscheinend mit jedem Ruderschlag kleiner wird. Schließlich blockiert ein hoher Brecher den Ausgang vollständig. Mich überläuft es kalt. Bei diesem Seegang können wir nicht hinaus. Sogar der Bootsmann sieht besorgt aus. Den Anweisungen folgend, liegen wir flach auf dem Boden, aber nach fünf nervenzerfetzenden Minuten, in denen wir das Wasser gefährlich hochsteigen spüren, setzen wir uns nervös auf, um zu sehen, was los ist. Im Augenblick könnte man nicht mal ein einzelnes Ruder durch die Öffnung manövrieren, geschweige denn ein ganzes Boot. Es würde vollkommen zersplittern. Ich habe mich immer danach gesehnt, einen jener Momente zu erleben, von denen die Leute sagen, es sei »wie im Film« gewesen. Ich hatte bloß nicht erwartet, dass es sich bei mir um einen Katastrophenfilm handeln würde. Ich übe mich im Luftanhalten und verfluche mich insgeheim dafür, nur weiße Kleidung zu tragen. Wenn man meine Leiche birgt, wird man alles sehen.

»Papa?«, flüstert Ringo.

»Mach dir keine Sorgen«, beruhigt ihn Luca. »Kim?«

Ich bringe nur ein Wimmern zustande, als sich der Bootsmann bekreuzigt und krächzt: »Hinlegen!«

Die Situation wirkt gefährlich. Mein Herz hämmert, als der Bootsmann die Kette packt, die uns (rein theoretisch) in die Freiheit zurückbringt. Er zieht das Boot voran. Ich spiele mit dem Gedanken, in Tränen auszubrechen, als ich plötzlich eine Woge und ein Rauschen spüre und eiskaltes Wasser auf meine Haut prasselt und mir in die Augen sticht. Ich bin klatschnass. Aber wir sind draußen. Mühsam kämpfe ich mich hoch und spucke Salzwasser. Man empfängt uns mit Hochrufen. Ich streiche mir das nasse Haar aus dem Gesicht und sehe, wie Ringo auf mich zeigt.

»Kim, ich seh deine …«

Rasch verschränke ich die Arme über der Brust. Ich trage zwar einen Büstenhalter, aber er ist weiß, und ich kann nur vermuten, was alles zu sehen ist. Zwar ist mein Schamgefühl durch die Erleichterung, noch am Leben zu sein, ziemlich beeinträchtigt, aber um den Anstand zu wahren, verbringe ich die Rückfahrt zu Lucas Boot in gekrümmter Haltung. Dann wird mir klar, dass ich mein T-Shirt beim Umsteigen loslassen muss. Mama und Sophia haben sich bereits mit Handtüchern bewaffnet und sehen besorgt aus. Ich halte mich mit einer Hand an der Leiter fest und versuche mit den spitzen Fingern der anderen die klatschnasse Baumwolle von meiner Haut zu lösen. Keine einfache Angelegenheit, mein Oberteil läuft anscheinend nicht nur ein, sondern entwickelt auch noch besonders gute Haftungseigenschaften. Es sieht schon verdächtig nach einer Ibiza-Schaum-Party aus.

»Mein armer Schatz!« Meine Mutter wickelt mich von oben bis unten ein, sogar das Gesicht. »Ich habe nichts für dich zum Wechseln dabei.«

»Kann sie mein Hemd haben«, bietet Luca an. »Sie hat meiste Wasser abgekriegt und dafür gesorgt, dass ich bleibe trocken.«

Luca knöpft sein Hemd auf, und ich linse unter dem Handtuch hervor, um zu sehen, was meine Mutter für ein Gesicht macht, wenn sie seinen tätowierten Oberkörper erblickt.

»Oh«, sagt sie. »Sie sind ja ganz bunt.«

»Ziehen Sie sich hier unten um.« Luca öffnet eine Luke, die zu einer winzigen Kabine führt.

Ich stampfe die Stufen hinunter und schließe die Klappe hinter mir. Es beansprucht all meine Kräfte, mich aus diesem

T-Shirt zu schälen; oben ohne gönne ich mir anschließend keuchend eine kleine Verschnaufpause. Von draußen dringen Hochrufe herein. Wahrscheinlich hat gerade ein weiteres Boot die Blaue Grotte verlassen.

»Kim!« Luca rüttelt heftig an der Luke.

»Äh! Moment noch!«, gebe ich zurück und bedecke mich keusch mit dem Handtuch.

»Vielleicht Sie sollen lieber Vorhänge dort unten zuziehen!«

Ich wirble herum und befinde mich auf Augenhöhe mit einer Männertruppe, die allesamt mit Stielaugen am Geländer ihrer Yacht hängen, um durch das Kabinenfenster zu spähen. Ich lasse mich zu Boden fallen. Diese Schande überlebe ich nicht! Wo ist hier ein Abflussstöpsel, den ich herausziehen und mich selbst ins nasse Grab spülen kann?

»Alles in Ordnung?«, höre ich jetzt Mama rufen.

Genau, lenk du nur noch mehr Aufmerksamkeit auf mich.

Auf unserer Rückfahrt bin ich zwar gedämpfter Stimmung, aber nicht ausgesprochen traurig. Ringos Gegenwart hat etwas Tröstliches für mich – er ist unter meinen Arm gekuschelt eingeschlafen, und es tut mir gut, seinem schniefenden Atem zu lauschen und über sein glänzendes Haar zu streichen. Ich sehe hinüber zu Mama und Sophia, die sich immer noch angeregt unterhalten und in Erinnerungen schwelgen. An ihrem Gesichtsausdruck kann ich ungefähr ablesen, über was sie gerade reden, aber durch den Lärm des Motors und das Knattern des Windes befinde ich mich in einer Art Geräuschkanal. Ich bin froh, dass ich nicht an ihrer Unterhaltung teilnehmen muss. Manchmal, wenn ich aufsehe, ertappe ich Luca dabei, wie er vom Steuer aus den Blick auf mir ruhen lässt. Die plötzliche Beschleunigung meiner Atemzüge-pro-Minute wird durch das entsprechend häufigere Heben und Senken von Ringos Kopf auf meiner Brust noch unübersehbarer. Ich versuche, meine Atmung zu kontrollieren, auch wenn ich befürchte, Ringo dadurch zu wecken, aber er bewegt sich nur einmal und legt mir den Arm über den Bauch. Ich nehme seine Hand in meine, streiche über die kindlichen Fingernägel und muss lächeln, als ich mich an unser erstes Händeschütteln erinnere. Es ist doch seltsam, dass ich meinen Gefühlen für Amorato junior freien Lauf lassen darf und mich gleichzeitig als Sünderin fühle, wenn ich zufällig Lucas Hand berühre, während er mir ein Glas Lemon Soda aus dem Kühlfach reicht.

Ich will meine Gedanken nicht allzu weit abschweifen lassen, aber wenn ich hier in Lucas Boot liege, mich sonne, sein Hemd trage und seinem Sohn als Kissen diene, habe ich das Gefühl, ein Teil seines Lebens zu sein. Und das ist ein schönes Gefühl, auch wenn es wehtut.

18

»Kannst du reden?«

»Die Luft ist rein, Cleo! O Gott, das ist vielleicht schwer, wenn …«

»Arrrgghh!«, schneidet sie mir mit einem Schrei das Wort ab.

»Was?«, stoße ich hervor und falle erschrocken zurück aufs Bett.

»Gareth war heute im Laden!«, sagt sie, und ihre Stimme überschlägt sich fast vor Begeisterung. »Ich habe schon versucht, dich anzurufen. Wo warst du denn?«

»Unterwegs«, sage ich ungeduldig. Meine Miss-Nasses-T-Shirt-Story kann warten. »Erzähl.«

»Also, es war so gegen fünf Uhr nachmittags. Ich war drüben am Lichttisch und innerlich schon auf einen weiteren Tag ohne Gareth eingestellt, als er einfach hereinspazierte und so zum Anbeißen aussah, dass ich die Kiste mit Dias heruntergefegt habe.«

»Wo hat er denn die ganze Zeit gesteckt?«

»Ich kam gar nicht dazu, ihn zu fragen. Er hatte es sehr eilig, gab mir aber eine Filmrolle und sagte, er käme am Sonntag noch mal mit einer Menge Wegwerf-Kameras vorbei, die innerhalb einer Stunde entwickelt werden müssten. Ich habe ihn daran erinnert, dass wir am Sonntag um sechzehn Uhr schließen, und er hat gesagt, er kommt gleich nach dem Mittagessen. Ich kann's kaum erwarten.«

»Am Sonntag hast du doch frei.«

»Ja, das ist das Beste an der ganzen Sache! Ich warte hier auf ihn und fülle dann alle seine Umschläge aus. Ich schätze, er gibt mindestens sechs Kameras ab, also muss ich sechs verschiedene Taschen ausfüllen. Das reicht, um ihn zum Plaudern zu bringen.«

»Wie willst du das denn einfädeln?«

»Komisch, dass du danach fragst. Ich habe mir schon verschiedene Sätze ausgedacht und wollte wissen, welchen du am besten findest.«

»Okay.«

»Nummer eins: Ich sage ganz beiläufig: ›Ich habe mich schon immer gefragt, was die Leute während der einen Stunde tun, in der ihre Fotos entwickelt werden. Ich glaube, ich sollte mal eine Umfrage durchführen.‹ Woraufhin er lachend erwidert: ›Ich gehe jedenfalls in den Pub.‹«

»Woher weißt du das?«, unterbreche ich sie.

»Warte doch! Also er sagt: ›Ich gehe jedenfalls in den Pub.‹ Darauf ich: ›Soll ich Ihnen mal was sagen? Ich habe jetzt Pause, wenn Sie mir einen ausgeben, entwickle ich diese Fotos in dreißig Minuten für Sie.«

»Sehr gut – du flirtest *und* vermittelst gleichzeitig dein berufliches Können.«

»Vielleicht etwas zu forsch?«

»Weiß ich nicht genau. Was hast du denn noch auf Lager?«

»Ich erzähle ihm von der Umfrage, und er erwidert: ›Daran habe ich noch nie gedacht – haben Sie Vorschläge?‹ Meine Antwort: ›Ich wollte gerade zur Kaffeepause gehen, wenn Sie möchten, zeige ich Ihnen, wo die schaumigste Latte macchiato in ganz Cardiff serviert wird.‹«

»Sehr Central-Park-mäßig.«

»Ja, ich bin auch nicht davon überzeugt. Wie wär's mit: ›Ich gehe zum River Island, um einen Pullover für meinen Bruder zu kaufen. Könnten Sie mir vielleicht dabei helfen? Er hat genau Ihre Größe …«

»Total durchsichtiges Manöver, damit er so schnell wie möglich seine Klamotten ablegt.«

»Ach so …«

»Aber weißt du …« Ich denke daran, wie Luca für mich den mintfarbenen Hosenanzug ausgesucht hat. »Es könnte glatt funktionieren.«

»Ich möchte einfach irgendwo mit ihm sein, wo sich keine Verkaufstheke zwischen uns befindet.«

»Sag mal, was war eigentlich auf dem Film?«

»Jedenfalls keine Strandfotos, die kommen bestimmt alle morgen. Es war nur ein Abend mit seinen Kumpels.«

»Reichlich nackte Hintern?«

»Ja, Mondschein überall, aber es gab keine Aufnahmen von ihm.«

»Wie sind denn seine Kumpels?«

»Er ist der Goldfisch im Teich, das ist ganz klar«, versichert Cleo.

»Hast du die Bar erkannt, wo sie gefeiert haben? Dann könnten wir uns auf die Lauer legen …«

»Was?«, ruft Cleo ungläubig.

»Wenn du seine Stammkneipe …«

»Aber du kannst Bars nicht ausstehen!«

»Ich hasse es, wenn ich für einen Drink Schlange stehen muss und keinen Sitzplatz finde und Bier über mein Wildlederjackett geschüttet bekomme, aber falls es sich um eine Bar handelt, wo wir uns auf Barhocker klemmen und einen Bellini bestellen können …«

»Montagabends herrscht im Drunken Dragon zuverlässig Totenstille, und sie haben Peach Bacardi Breezers, wenn das etwas nützt.«

Die Wirklichkeit hat mich mal wieder eingeholt.

»Ich finde, du solltest es morgen auf jeden Fall versuchen.«

»Meinst du?«, seufzt Cleo träumerisch.

»Unbedingt. Was hast du schon zu verlieren?«

»Ich wünschte, du wärest hier.«

Obwohl mir die Worte »Das wünschte ich auch« auf der Zunge liegen, bringe ich es einfach nicht fertig, sie auszusprechen.

»Wie war denn Tag 3 in der Hölle?«, fragt Cleo.

Ich lasse die Ereignisse noch einmal Revue passieren: die aufregende, wie im Flug vorübergehende Bootstour, Zauber und Drama der Blauen Grotte, Luca, der mein Haar zaust, Ringo, der in meinen Armen schläft, langsame Rückkehr ins Hotel Luna mit Sophia und Mutter, wo uns bereits Cocktails auf der Terrasse erwarten. Der Sonnenuntergang war unglaublich – fantastische rosafarbene und goldene Wirbel und Kringel und Schwünge, als hätte ein Künstler den Himmel angemalt.

»Grauenhaft. Nach dem Abendessen hat mich Mama zum Haus ihres Vaters geschleppt, und wir haben seine Habseligkeiten durchgesehen«, erzähle ich Cleo.

»Abends? Wie gruselig!«, sagt Cleo schaudernd. »Habt ihr was Interessantes gefunden?«

»Naja, es gab da eine Sache …«

Wir waren eine Stunde beschäftigt. Ich war heilfroh, dass Sophia uns begleitete und ich kein Interesse heucheln musste, sobald meine Mutter wieder einen Satz mit »Und hier habe ich …« oder »Das war Papas Lieblings…« anfing.

Bevor er aus seinen bestickten Pantoffeln kippte, hatte Vincenzo alles tadellos in Ordnung gehalten, und jetzt musste Mama entscheiden, was sie von dem Geschirr, den Ziergegenständen und Manschettenknöpfen usw. behalten wollte. Mit einem Mal wünschte ich mir selbstsüchtig, ich besäße ebenso viele greifbare Erinnerungen an meinen Vater wie sie an ihren. Mir war nichts geblieben, außer einem Scrabble-Spiel und einer alten Krawatte.

Als Mama eine Truhe öffnete und darin ihr Spielzeug und ihre Kinderbücher entdeckte, die sie bei der überstürzten Abreise hatte zurücklassen müssen, war sie den Tränen nahe. Sie nahm nur einen verfilzten Teddybär heraus und sagte, sie fühle sich noch nicht in der Lage, den Rest durchzusehen. Gerade als sie den Deckel schließen wollte, fiel mein Blick auf ein bauchiges, in braunes Papier eingewickeltes Päckchen mit der Aufschrift: ROSA MARESCA, 8 VIA TRINITA, RAVELLO.

Ich nahm das Päckchen heraus. Mama sah besorgt aus, da sie wahrscheinlich befürchtete, ich würde auf den Kurs von Oma Carmela einschwenken und das Päckchen mit bloßen Händen zerfetzen. Doch ich hatte eine bessere Idee.

»Ich glaube, wir sollten uns darum kümmern, dass Rosa das hier erhält«, sagte ich ruhig.

»Ja«, stimmte Mama zu und bot an, mir das Paket abzunehmen. »Wir schicken es ihr zu.«

Ohne das Paket loszulassen, erwiderte ich: »Wir wissen nicht, was es enthält. Vielleicht ist etwas Zerbrechliches darin. Ich könnte es ihr selbst bringen. Ravello ist doch nicht weit von hier, oder?«

Mama sah nicht sehr begeistert aus. »Na ja, man muss mit dem Schnellboot nach Amalfi und dann mit dem Bus weiter …«

»Ich fahre morgen zu ihr.«

Mama sah zuerst Sophia und dann wieder mich an. »Warum möchtest du das machen, Kim?«

»Zum Beispiel weil ich wissen will, was in dem Paket steckt!« Aber – trotz dieser zungenfertigen Antwort spürte Mama meinen wahren Beweggrund: »Ich möchte sehen, ob Rosa weiß, was sie getan hat, als sie eine Affäre mit meinem Großvater hatte. Ich will sehen, ob es ihr Leid tut, dass sie so viel Unheil angerichtet hat.«

Meine Mutter holte mit geschlossenen Augen tief Luft. »Du kannst den Liebeskummer meiner Mutter nicht rächen, mein Schatz. So geht das nicht.«

»Aber es ist einen Versuch wert«, sagte ich mit gespielter Munterkeit.

Ich verschwieg jedoch, dass ich zu gern selbst wissen wollte, ob die Affäre das alles wert gewesen war.

Meine Mutter seufzte und ließ die Angelegenheit auf sich beruhen.

»Du willst also wirklich zu ihr fahren?«, fragt Cleo und hört sich sehr gespannt an.

»So ist es!«, bestätige ich mit Blick auf den Stuhl am Ende des Bettes, wo das Päckchen liegt.

»Wow! Wo ist deine Mutter jetzt?«

»Auf der Piazzetta, um einen Kaffee mit Platin-Mann zu trinken.«

»Um Mitternacht? Ist es nicht ein bisschen spät, um sich zu zieren? Warum übernachtet sie nicht einfach bei ihm?«

»Sie will morgen ganz früh in der Boutique sein.«

»Wartest du auf sie?«

»Nein, ich wollte gerade das Licht ausmachen, als du angerufen hast. Und du?«

»Och, ich ziehe mir jetzt noch eine Schale Schokoladen-Pops rein, als Sicherheitsmaßnahme gegen nächtlichen Heißhunger, und dann lege ich mich auch aufs Ohr.« Ich lächle. Dieser Snack wird der erste in einer langen Folge heute Nacht sein. Zurzeit hat sie eine Schwäche für Celebrations. Manchmal strampelt sie mitten in der Nacht ihre Decke weg und wacht morgens in einem Berg metallfarbener Konfettis auf, was dem Spruch »süße Träume« eine ganz neue Bedeutung verleiht.

»Dann gute Nacht«, gähne ich.

»Ruf mich an, wenn du in Ravello bist.«

»Mach ich.«

Ich lege auf, schüttle mein Kissen zurecht und knipse das Licht aus. Bei dem Gedanken, was der morgige Tag mir bringen könnte, ist mir etwas mulmig zu Mute, aber nachdem ich mich ins Bett gekuschelt habe, breche ich im Dunkeln plötzlich in Lachen aus. Mir ist mein Lieblingsunfall zum Thema Cleo und Schokolade eingefallen.

Vor ungefähr einem Jahr fuhr sie zur jährlichen FotoFix-Versammlung nach Bristol, nahm mit den reizenden Ladys der Filiale Bath bis spät nachts einen zur Brust und wankte erst um halb sechs Uhr morgens in ihr Hotelzimmer. Als sie schließlich alle Waschungen durchgeführt hatte und in ihr Nachthemd stieg, war es bereits sechs. Am Morgen verschlief sie so fürchterlich, dass sie nur noch Zeit hatte, ihr Kostüm überzustreifen und zur Konferenz zu rasen, ohne der Dusche auch nur nahe gekommen zu sein oder sich sonstwie zurechtzumachen. Als sie Platz nahm, klopfte ihr das hinter ihr sitzende Mädchen auf die Schulter und sagte ihr, sie habe etwas im Haar. Es war die Hotelschokolade, die das Zimmermädchen auf ihr Kissen gelegt hatte! Ich an ihrer Stelle hätte mich mit meiner Lockenpracht ja vielleicht noch retten können, aber Cleo hat absolut glattes, rotes Haar, und obwohl die Schokolade geschmolzen war, steckte sie immer noch zur Hälfte in der silbernen Verpackung …

Das wird jedenfalls nicht mehr vorkommen, da Cleo inzwischen alles Essbare, was sich im Abstand von einem Kilometer rund um ihr Bett befindet, verspeist, um sicherzugehen, dass es ihr am nächsten Morgen nicht in den Haaren klebt.

Ich ziehe mir die Decke bis zum Kinn hoch. Wie ich dieses Mädchen liebe!

19

Ich habe eine grauenhafte Nacht hinter mir. Ich fühle mich schwindelig, bleiern und zerknautscht. Nicht einmal der Anblick des Frühstücksbüfetts, auf dem die übrig gebliebenen Nachspeisen vom Vorabend stehen, kann mich aufheitern.

Meine Mutter ist natürlich mit der üblichen ungebremsten *joie de vivre* einer Julie Andrews aus dem Bett gesprungen, und wenn ich sie so »aufgekratzt« sehe, wie Luca sagen würde, wird mir immer übel. Ich schiebe meine Crème Caramel mit Cornflakes-Combo beiseite und beobachte, wie Mama das restliche Mus aus ihrem gebackenen Apfel löffelt. Heute Morgen ist alles »Köstlich!« und »Wie eine Verjüngungskur« für sie. Sie wendet ihr Gesicht der Sonne zu und strahlt zurück. Ich hingegen möchte in einem abgedunkelten Raum zusammenbrechen.

Wenn ich schlecht geschlafen habe, ist mir alles total schnurz. Und meine Toleranz Mutter gegenüber sackt auf ein gefährlich niedriges Niveau. Als ich ihr mitteile, ich sei davon überzeugt, dass ich letzte Nacht kein Auge zugetan hätte, erwidert sie gut gelaunt: »Zumindest hast du dich ausgeruht!« Wütend zerschmettere ich die Schale meines Frühstückseis. Den tränenreichen Zustand, wenn man feststellt, dass es erst vier Uhr morgens ist und alle außer einem selbst wahrscheinlich süß schlummern, kann man unmöglich als Ausruhen bezeichnen.

Bis meine Mutter von der Piazzetta zurückkehrte, habe ich tief und fest geschlafen, aber plötzlich verwandelte sich mein Kissen in einen Sack ungemischten Zement. Wie sehr ich es auch schlagen und knuffen mochte, immer lag ich unbequem. Je häufiger ich mich ermahnte, mich zu entspannen, desto angespannter und panischer wurde ich. Am liebsten hätte ich wie ein trotziges Kind mit den Füßen gestampft. Ich versuchte es auch tatsächlich mit einer flotten Schrittfolge aus *Riverdance* unter der Decke, um das Kribbeln aus meinen Beinen zu verscheuchen, aber es funktionierte nicht. Ich drehte mich vom Bauch auf den Rücken und wieder zurück, als kämpfte ich mit einem Krokodil. Endlich schlich ich ins Badezimmer, starrte meinem Spiegelbild in die blutunterlaufenen Augen und wollte wissen: »WARUM? Warum kann ich nicht schlafen?«

Vermutlich ging mir nach dem Besuch in Vincenzos Haus zu viel durch den Kopf. Zum Beispiel fragte ich mich, was ich wohl nach meinem Tod hinterlassen würde. Plötzlich hatte ich das Gefühl, ich müsste mein Leben von Grund auf ändern.

Irgendwann beschloss ich, ich könnte mir, wenn ich schon kein Auge zutat, zumindest vorstellen, ich würde in Lucas Armen liegen. Doch die Tatsache, dass dies in Wirklichkeit nie geschehen würde, versetzte mich lediglich in eine gereizte, vor Selbstmitleid triefende Stimmung.

»Also, ich putze mir noch schnell die Zähne, und dann können wir gehen«, kündigt Mama an, schiebt ihren Stuhl zurück und legt die Serviette auf den Tisch.

»Ich habe dir doch gesagt, dass ich heute nicht in die Boutique gehe.«

Mama bleibt einen Augenblick wie erstarrt stehen und setzt sich dann wieder hin. Sieht so aus, als würden wir die nicht zu Ende geführte Diskussion von gestern Abend wieder aufnehmen.

»Kim, ich …«

»Ich weiß, du hältst es für keine gute Idee, aber ich möchte Rosa unbedingt besuchen.«

»Ich verstehe nicht, warum«, erwidert sie ein wenig mürrisch.

»Hör mal, ich tue das nicht, um dich zu ärgern. Ich habe auch nicht vor, ihr eine Szene zu machen. Ich will einfach bei Rosa vorbeischauen und das Päckchen abgeben.«

»Sie ist dreiundsiebzig Jahre alt.«

»Und?«

»Dein Besuch kommt völlig unerwartet für sie.«

»Umso besser!«, lächle ich.

Mama spürt, dass mein Entschluss unumstößlich ist. »Wo ist das Päckchen?«

Ich öffne meine Tasche und zeige es ihr.

»Ich möchte nicht, dass du dich durch diesen Besuch unglücklich machst.«

»Das ist auch nicht meine Absicht.«

»Oder sie.«

Ich bleibe die Antwort schuldig. Ich finde es merkwürdig, dass Mama Rosa gegenüber keine feindseligen Gefühle hegt. Vielleicht hat es mit Mamas eigener Untreue zu tun – die beiden sind Mitglieder desselben Vereins. Ich hingegen habe bisher weder zu den Betrügern noch zu den heimlichen Geliebten gehört. Ich bin immer noch auf der Seite meiner Großmutter. Wenn sie jetzt auf mich herabsehen könnte, würde sie sich wünschen, dass ich diese Frau herausfordere und ihr all das sage, was Großmutter aus Mangel an Gelegenheit nicht selbst hat sagen können. Alle Nachmittage bei meiner Großmutter, an denen ich bei Tee und Kuchen ihren pausenlosen Klagen lauschte, mit denen sie ihrem Herzen Luft zu machen versuchte, haben mich für diesen Augenblick programmiert. Ich hörte ihr so aufmerksam zu, dass ich ihren Kummer wie meinen eigenen empfand. Als mein Vater mich verließ, verspürte ich dieselbe innere Qual wie sie, als sie ihren Ehemann verließ. Wir verstanden einander.

»Rufst du mich nach deinem Besuch an?« Mama gibt nach. »Ich bin im Laden.«

Ich nicke.

»Weißt du denn überhaupt, wie du dorthin kommst?«, fragt sie plötzlich erschrocken.

»Mario hat mir alles genau aufgeschrieben.«

Ich stehe auf, gehe um den Tisch herum und erlebe einen jener selten Momente plötzlicher Reue, die mich immer dann überkommen, wenn ich das Gefühl habe, ich sollte sie jetzt berühren. »Betrachte mich einfach als einen Laufburschen!«, sage ich und lege ihr die Hand auf die Schulter. »Komm schon, was war noch mal dein Lieblingssatz aus *Die Braut, die sich nicht traut* – als Julia Roberts mitten in der Trauung die Flucht ergreift und auf ein vorbeifahrendes Postauto aufspringt?«

Mama bringt ein schwaches Lächeln zustande. »Rita Wilson sagt: ›Was meinst du, wo fährt sie hin?‹«

»Und dein Pin-up-Boy Hector Elizando erwidert …«

»›Wohin auch immer, sie wird bis morgen früh zehn Uhr dreißig ausgeliefert‹«, lacht Mama.

Ich drücke sie rasch an mich. Jetzt, wo ich schon einmal aufgestanden bin, sollte ich auch in Bewegung bleiben. Eigentlich will ich nur in mein Bett zurück, aber nachdem ich mich so weit aus dem Fenster gelehnt habe, bin ich jetzt eine Frau, die in wichtiger Mission unterwegs ist. »Bis später!«

»Dreiundsiebzig Jahre alt«, erinnert mich Mama erneut, während sie mir zum Abschied zuwinkt.

Man soll ja Mitleid mit älteren Menschen haben, aber ich finde, mit dieser Entschuldigung – es ist zu spät, sie können nicht mehr zur Rechenschaft gezogen werden und sind zu hinfällig – macht man es sich zu leicht. Ich habe mir vorgenommen, an Rosas Tür zu klopfen und zu sagen: »Entschuldigung, Carmela hat es nicht mehr geschafft vorbeizukommen. Stattdessen hat sie mich geschickt.«

Und wenn sie dann mit dem Bekreuzigen fertig ist, höre ich mir in aller Ruhe an, was sie zu sagen hat.

»Moment!«

Ich genieße die letzten Augenblicke völliger Bewegungsfreiheit im Hotelgarten, bevor ich gegen die Touristenströme, die sich zu den Gärten des Augustus wälzen, ankämpfen muss, als eine Stimme mich auffordert, stehen zu bleiben. Ich drehe mich um und sehe, wie Mario mich heranwinkt. »Ich Sie bringe auf meine Fahrrad zur Marina Grande!«, ruft er.

»Ich glaube kaum, dass das hier auf die Fahrradlenkstange passt«, erwidere ich und klopfe auf mein *sedere* (alias Gesäß).

»Ist natürlich ein Motorrad«, sagt er im Näherkommen.

»Also, das ist ja sehr nett von Ihnen …« Ich zögere.

»Ich weiß.«

»Aber ich kann genauso gut mit der *funicolare* fahren.«

»Sie haben Angst?«

»Vor Ihrem Fahrstil? Na klar!«

»Nein, ich fahre wie kleine alte Mann, versprochen.«

»Müssen Sie nicht arbeiten?« Ich dachte, er bedient heute Morgen am Pool.

»Jetzt ich habe Pause.«

Ich mustere ihn. Bei Tageslicht wirkt er nicht halb so wölfisch wie nachts. »Na gut«, gebe ich nach.

»Sie müssen mich aber gut festhalten«, neckt er mich, während wir in Richtung Via Frederico Serena gehen.

Ich verdrehe die Augen, kann aber ein Lächeln nicht unterdrücken. Jedes Mädchen sollte einen Mario haben – einen gut aussehenden Mann, der unbeirrt flirtet, auch wenn es nur wenig oder keine Ermutigung gibt.

»Tut mir Leid, ich ärgere Sie mit Kuss in Wäschekammer«,

gesteht Mario und bemüht sich, möglichst zerknirscht auszusehen.

»Schon in Ordnung«, sage ich abwehrend. Über diesen peinlichen Nahkampf möchte ich lieber nicht mehr sprechen.

»Sie sind nicht böse?«

»Nein«, antworte ich und blicke dabei die Via Longano hinunter, an der wir gerade vorbeikommen. Ob Luca schon im Geschäft ist?

»Vielleicht wir können heute Abend eine Spaziergang machen?«

Ich stemme in gespielter Entrüstung die Hände in die Seiten. »Wie lange soll das eigentlich noch so weitergehen?«

»Was?«

»Sie wissen genau, was.«

»Sie meinen, dass ich Nummernschieben mit Ihnen machen will?«, fragt er, kann aber das belustigte Glitzern in seinen Augen nicht verbergen.

»Ja«, sage ich, so ernst wie möglich.

»Bis Sie reisen ab.«

»Im Ernst?« Ich muss lachen.

»Natürlich. Ich muss immer wieder versuchen.«

»Warum?«

Mario überlegt einen Augenblick und zuckt dann die Achseln. »Ist eben so.«

»Aha.«

»Hier lang«, sagt Mario und bedeutet mir, nach links zu gehen.

Als ich mich anschicke, die Straße zu überqueren, kollidiere ich dabei beinahe mit einer Vespa. Der Fahrer schlägt einen gewagten Haken und bremst quietschend. Mario schleudert ihm eine Auswahl italienischer Kraftausdrücke ins Gesicht, obwohl ich schuld bin. Insgesamt eher peinlich, besonders dann, als der Fahrer seinen Helm abnimmt und sich als Luca entpuppt.

Sofortiges Einsetzen heftigster Schmetterlings-Aktivitäten.

»Kim? Ihnen ist etwas passiert?«, fragt Luca, steigt von seiner Vespa und springt auf mich zu.

»Und Ihnen?«, frage ich zurück und überprüfe zur Sicherheit, ob an seiner Lippe noch immer nur eine Narbe zu sehen ist.

»Sie machen sich keine Sorgen um mich«, erwidert Luca und legt mir die Hände auf die Schultern. Ich glaube, er möchte mich beruhigen, erzielt damit aber die entgegengesetzte Wirkung.

Mario grunzt unwillig.

»Äh, Mario, das ist Luca«, sage ich in der Annahme, er würde auf die förmliche Vorstellung warten. »Und Luca, das ist Mario …«

»Der Barkeeper!«, schlussfolgert Luca.

»Ja.« Nervös lächelnd beobachte ich, wie die beiden einander misstrauisch beäugen. »Ich fahre heute nach Ravello, und Mario bringt mich zur Marina Grande.«

»Dahin will ich auch«, grinst Luca. »Kann ich ihm die Fahrt abnehmen.«

»Nein!«, protestiert Mario grimmig. »Ist kein Problem.«

»Wirklich, ich nehme sie gern mit«, sagt Luca und dreht die Vespa in meine Richtung.

»Mein Motorrad ist größer!«, wehrt sich Mario.

Ich schüttle den Kopf. »Hören Sie mal, Mario, ich kann doch ebenso gut mit Luca fahren, ich möchte nicht, dass Sie meinetwegen Ärger im Hotel bekommen.«

Mario wirft mir einen finsteren Blick zu und dreht sich dann mit einem übertrieben lässigen »Okay, Ciao!« auf dem Absatz um. Ich beobachte, wie er in der Menschenmenge auf der Piazzetta verschwindet, und komme mir sehr treulos vor. Mario hatte sich zuerst angeboten, aber Luca hat seine Vespa direkt dabei, und außerdem ist er, na ja, er ist eben … LUCA!

20

Ich klettere auf den Beifahrersitz hinter Luca und weiß nicht genau, wo ich meine Hände hintun soll. Während Luca uns in Startposition rollt, stütze ich mich lässig, als sei eine Fahrt auf der Vespa für mich die normalste Sache der Welt, auf meine Knie, aber kaum hat er den Motor angelassen, umklammere ich ihn instinktiv und halte mich an seinen Jeanshüften fest. Das ist nicht in Ordnung. Wir tanzen hier keinen Conga. Als er Gas gibt, beuge ich mich weiter vor und kauere mich hinter seinem Rücken zusammen, widerstehe aber immer noch der Versuchung, meine Arme um seinen Oberkörper zu schlingen – es soll nicht so aussehen, als würde ich die Gelegenheit ausnutzen, und ich weiß genau, dass ich mich zu fest an ihn klammern würde. Vielleicht kann ich mich irgendwo vorne am Sitz festhalten. Ich rutsche vor, greife um Luca herum, ertaste einen kleinen Vorsprung und lege beide Hände darum. Wir geraten ins Wackeln, als wir um die Ecke biegen.

»Äh, Kim …«

»Ja«, sage ich und halte mein Gesicht in den Wind, damit ich ihn hören kann.

»Das ist nicht sichere Platz für Ihre Hände.«

Luca sieht an sich hinunter. Ich recke den Hals und stelle fest, dass ich ihm die Hände in den Schritt gelegt habe. Um Himmels willen! Ich reiße die Hände zurück und halte mich wie eine Art Koalabär an seinen Schultern fest.

»Das war sehr schön, aber …«

Ogottogottogott! Ich kneife die Augen zusammen und beabsichtige, während der restlichen Reise im Modus »Tödlich verlegen« zu bleiben, aber als wir das Tempo drosseln, damit uns ein Bus überholen kann, greift Luca nach hinten und legt meinen rechten Arm um seine Taille. Sehr vorsichtig tue ich dasselbe mit dem linken. Er tätschelt meine verschlungenen Hände. »Jetzt Sie sind meine Sicherheitsgurt.«

Ich lasse den Kopf auf Lucas Rücken sinken, erleichtert und hingerissen zugleich. Ich muss nicht den Rest meines Lebens mit hochrotem Gesicht herumlaufen. Alles wird gut.

Als meine Mutter und ich mit dem Taxi zur Marina Grande gefahren sind, war der Weg von Mauern, versteckten Villen und verschlungenem wilden Wein gesäumt. Bei dem Panorama, das sich mir jetzt bietet, möchte ich am liebsten die Arme ausbreiten. An jeder Kurve nehmen wir die Einladung zu einer neuen, atemberaubenden Aussicht an, und vor unseren Augen erstrecken sich terrassenförmig angelegte Zitronenhaine und kunterbunt durcheinander gewürfelte Häuschen bis zur Marina Grande hinunter. Meine mürrische Laune und die Müdigkeit sind plötzlich wie weggeblasen. Wer hätte gedacht, dass ein Tempo von 30 Stundenkilometern einen in derart euphorische Stimmung versetzen kann? Wir überholen ein Taxi, in dem zwei ältere Frauen sitzen, deren Gesichtszüge in identischen Gesichtsliftings hochgezurrt worden sind. Ich denke insgeheim, dass ich es besser gemacht habe als die beiden – ich habe mir ein Herz-Lifting verpassen lassen.

»Weiter ich kann Sie nicht bringen«, sagt Luca und hält kurz vor der Marina an. Heute ist Markttag, und die mit gestreiften Dächern bedeckten Buden quellen über vor billiger Kleidung und schrillem Make-up. Ich hätte nie gedacht, dass so etwas auf Capri toleriert wird

Ich lasse Luca los und steige ab. Sofort fühle ich mich orientierungs- und bindungslos. Am liebsten würde ich gleich wieder auf den Sitz klettern und mich an ihm festhalten, es war ein herrliches Gefühl. Ich hole tief Luft und versuche, mein Verlangen abzuschütteln.

»Danke fürs Mitnehmen«, flöte ich und vermeide einen

Blick auf seine Lenden. Haben sich meine Hände wirklich dorthin verirrt? »Sie sind ein guter Fahrer«, füge ich hinzu.

Hmmm. Das braucht man einem Italiener eigentlich nicht zu sagen.

»Sie sind gute Mitfahrer«, gibt er zurück. Ich liebe seine Stimme. Rau und erregend. Ein Schauer der Begierde überrieselt mich. Soll ich mich fürs Grapschen entschuldigen? Andererseits tut es mir überhaupt nicht Leid, ich würde bestimmt nicht aufrichtig klingen.

Luca zieht meinen Rucksack aus dem Gepäckkasten. Das Päckchen ist halb herausgerutscht. Ich stopfe es wieder hinein, aber er hat die Anschrift bereits gesehen.

»Sie wollen sie besuchen?«, fragt er und blickt mir tief in die Augen.

Seine Reaktion macht mich vorsichtig, aber ich nicke. »Halten Sie das für eine schlechte Idee?«, will ich wissen.

»Schlecht? Nein. Sie würden doch nichts Schlechtes tun, oder?«

»Nein«, entgegne ich.

»Sie hören einfach auf Ihr Herz.«

»Das geht oft ins Auge!«

»Aber ist die einzige Art zu leben«, beharrt er.

»Tatsächlich?«, gebe ich zurück.

Er sieht mich durchdringend an. Reden wir hier noch über meinen Besuch bei Rosa?

Ich schiebe mir die Rucksackriemen über die Schulter. »Na gut, ich höre auf mein Herz, aber ich bin mir nicht sicher, ob ich verstehe, was es sagt«, scherze ich. »Wäre nicht das erste Mal, dass ich etwas falsch übersetze.«

»Das Herz hat viele Stimmen. Manchmal sie sprechen alle gleichzeitig. Sie entscheiden, welcher davon Sie zuhören.«

Ich sehe ihn an. Es ist elf Uhr morgens. Keine Spur von Limoncello auf seinen Lippen. »Wie meinen Sie das?«, frage ich verblüfft.

»Wir sagen, dass Menschen ein großes Herz haben oder ein warmes Herz oder ein kaltes Herz …«

»Oder ein tapferes Herz wie Mel Gibson in *Braveheart*? Oder ein schlichtes Herz wie die Three Degrees?«, plappere ich vor lauter Verlegenheit.

Er zuckt mit der Achsel, als wollte er sagen »Wie Sie meinen«, und fährt fort: »Das klingt, als hätte jeder eine bestimmte Modell bekommen. Aber ein Herz läßt sich nicht mit einem Wort beschreiben. Ein Herz hat viele Gefühle. Und besteht aus viele Teile. Man sagt: ›Folge deinem Herzen‹, aber es kann in mehr als eine Richtung drängen.«

Das könnte das innere Tauziehen erklären, das mich in Lucas Gegenwart unweigerlich befällt.

»Ihr Herz kann etwas wollen und hat gleichzeitig davor Angst«, sagt er und liest anscheinend meine Gedanken

»Vor dem Kummer, den es erleiden könnte?«

»Ja.«

»In welchem Teil des Herzens empfindet man denn den Schmerz?«, frage ich, morbide wie immer.

»Überall. Deswegen es tut auch so weh.«

Ich werfe Luca einen vorsichtigen Blick zu und frage mich, was er schon alles erlebt haben mag. Es ist unübersehbar, dass er Unglück und Konflikte kennen gelernt hat, aber ich habe das Gefühl, als hätte er die schweren Zeiten gemeistert. Er wirkt ausgeglichen, im Einklang mit seinem Herzen. Was mich betrifft, so scheint mein Herz von einer Art Todessehnsucht befallen zu sein; ständig muss ich es überreden, wieder vom Fenstersims herunterzukommen.

»In Ravello Sie müssen die Villa Cimbrone besuchen«, empfiehlt Luca und steigt auf seine Vespa. »Sie ist ganz in der Nähe von Rosas Haus.« Er wirft den Motor an. »Sie kennen Greta Garbo?«

»Na ja, nicht persönlich …« Warum muss ich immer wieder solche Sachen sagen?

»Die Villa war ihr geheimes Liebesnest. Ich denke, sie wird Ihnen gefallen.«

Es ist fast nicht zu ertragen, Luca die Worte »geheimes Liebesnest« aussprechen zu hören. Plötzlich will ich nicht mehr aufs Schiff. Ich will ihn den ganzen Tag über in der Boutique anhimmeln. Ich darf nicht zulassen, dass er jetzt einfach davonbraust. Ich strecke die Hand aus und verbiege dabei ungeschickt seinen Seitenspiegel. Er sieht mich erwartungsvoll an, aber mein Selbsterhaltungstrieb meldet sich rechtzeitig zurück. Ich winke ihm munter zu, »Bis später«, und stürze mich unter die Schulkinder, die sich vor den Buden die Ellbogen in die Rippen bohren, während sie die Hälse nach den glitzernden Haarspangen recken.

An Deck des Dampfers zähle ich die Hüte, um nicht ständig an Luca zu denken: elf Baseballkappen, drei Sonnenhüte mit Schutzblenden, zwei Topfhüte aus Leinen, ein schräger Strohhut und ein Cowboyhut, der mit türkisfarbenem Perlenband bestickt ist. Damit hätte ich immerhin ein paar Minuten totgeschlagen.

Während des größten Teils dieser wunderbar gemächlichen Reise ist kein Land zu sehen, und ich habe das angenehme Gefühl, von der Welt abgeschnitten zu sein. Doch sobald Festland in Sicht kommt, lassen mich meine Nerven im Stich. Amalfi ist voller Touristen, und an der Mole werde ich beinahe von den Menschenströmen aufgesaugt, die für Bootsfahrten zur Grotta Smeralda – der Grünen Grotte – anstehen. Zugegeben, nach dem Zauber der Grotta Azzurra wäre ich sofort versucht, aber ich bin aus einem anderen Grund gekommen.

Ich überquere die Straße und gehe zur Bushaltestelle hinüber. Könnte man sich doch auch zu Hause das Warten auf den Bus mit Eisdielen und Blick aufs Meer versüßen. Ich hebe den Blick und folge dem Umriss des bewaldeten Berggipfels, der sich bis in den Himmel zu winden scheint – das muss der Monte Lattari sein. Irgendwo dort oben auf einem Felsvorsprung liegt Ravello. Und irgendwo in einer Seitenstraße wohnt Rosa, die meinen Großvater in Versuchung geführt und das Lebensglück meiner Großmutter zerstört hat.

Ich fühle mich allem gewachsen und halte nach dem Bus Ausschau, der mich dort hinbringen soll. Blau, hat Mario gesagt. Er kann doch nicht etwa diesen Bus da gemeint haben? Es steht zwar SITA drauf, aber ... Plötzlich blitzen auf der kleinen Anzeige an Bord RAVELLO und SCALA in grellem Orange auf – also ist er es doch. Alle Achtung! Ich hatte nicht gerade erwartet, neben einer Frau zu sitzen, die einen Korb voller Zitronen auf dem Kopf balanciert, aber dieses mit modernster Technik und Klimaanlage ausgestattete Gefährt (inklusive Vorhängen und todschicken Sesselbezügen), das mich für nur 60 Pence auf eine vertikal gesehen anspruchsvolle fünfundzwanzigminütige Reise mitnimmt, überrascht mich nun doch.

In dem sicheren Bewusstsein, soeben das Schnäppchen des Jahres ergattert zu haben, klettere ich hinein. Doch die junge Blondine im Sitz vor mir ist davon überzeugt, dass die vor uns liegende sieben Kilometer lange Fahrt sie das Leben kosten wird. Die halsbrecherisch steile Üppigkeit des Drachentals ist ihr ein unerträglicher Anblick, und sie heftet die Augen während der ganzen Fahrt auf die zarten gelben Blumen, die an den Felswänden auf der Hangseite der Fahrbahn sprießen. Nach zehn Minuten monotoner Serpentinen hat sie sich etwas beruhigt, doch dann ertappt sie den Fahrer dabei, wie er mit einer Hand lenkt und gleichzeitig herzhaft gähnt, und sofort wird sie wieder hysterisch. Wenn man bedenkt, dass die Kurven der Straße den zufällig entstandenen Kurven und Kehren gleichen, die sich bilden, wenn man Schokoladensauce auf Softeis träufelt, hat sie auch allen Grund zur Sorge. Und als der Fahrer auch noch einen Anruf auf seinem Handy entgegennimmt – »Pronto!« – und dabei haarscharf an einem Abgrund entlangsteuert, gerät das Mädchen in solche Verzweiflung, dass es den Kopf in den Vorhang wickelt und für den Rest der Fahrt in dieser Position verharrt.

Oben in Ravello angekommen, werden wir reich für die ausgestandenen Ängste belohnt. Für dieses Panorama aus Weinbergen und Obstspalieren, das sich vor unseren Augen entfaltet und bis hinunter zu den Stränden von Maiori und dem Golf von Salerno erstreckt, sind Postkarten erfunden worden. Sprachlos gaffend fließe ich beinahe über vor Staunen über die Wunder von Mutter Natur, erinnere mich dann aber an mein Vorhaben und zücke den Stadtplan, den Mario mir auf einer Serviette skizziert hat. Ich befinde mich auf der Piazza im Zentrum, die Kirche zu meiner Rechten, und biege links in die Via Dei Rufolo ein. Auf geht's! Eine Sekunde lang frage ich mich, warum ich mich eigentlich lieber mit den Dämonen meiner Großmutter herumschlage statt mit meinen eigenen, sage mir dann aber, dass mir noch mehr als genug Zeit für meine Mutter bleibt, sobald ich wieder auf Capri bin.

Ich habe erst ein paar Stufen der Gasse erklommen, die zu Rosa führt, als ich auch schon am Schaufenster eines Keramikladens hängen bleibe. Ich weiß nicht genau, ob ich die Konfrontation absichtlich hinauszögere oder ob ich wirklich am Kauf eines handgemalten »Olio & Aceto«-Tischsets für Cleo interessiert bin, in jedem Fall verplempere ich weitere fünfzehn Minuten mit dem Bestaunen einer Parmesanschale. Dann fällt mein Blick auf eine Fotografie von Ray Liotta, der den Arm um die Schulter des Geschäftsinhabers gelegt hat. Grund genug für mich, alle drei Objekte zu erstehen, was ich sofort bereue, da mein Rucksack deutlich schwerer geworden ist, als ich mich anschließend erneut daranmache, die flachen, aber auf Dauer anstrengenden Stufen hochzusteigen. Ich komme ganz gut voran (man möge mir die splitternden Kniegelenke und meine schweißüberströmte Oberlippe nachsehen), bis ich vor mir männliche Grunzlaute höre. Jugendliches Grunzen, Um-die-Vierzig-Schnaufer und ein Ich-rauche-seit-ich-zehn-bin-Keuchen.

Hinter der nächsten Ecke entdecke ich die Ursache – fünf Männer mühen sich ab, ein Klavier die enge Gasse hinunterzuschleppen. Das Instrument, das vermutlich als Konzertflügel zur Welt kam, hat sich jetzt in ein schlichtes Klavier verwandelt und sich in sich selbst zurückgezogen, um nicht zerschmettert zu werden. Links und rechts ist kaum Platz: Ellbogen scheuern an Hauswänden, Füße stolpern über die holprigen Pflastersteine, und der gesamte Transport scheint sich plötzlich unfreiwillig zu beschleunigen. Um den Weg nicht zu versperren, presse ich mich gegen eine Haustür, doch bevor die Männer mich erreicht haben, biegen sie seitlich durch einen Torbogen ab. Vorsichtig spähe ich hinterher. Mit donnerndem Krachen setzen sie das Klavier ab und bedenken den jungen Mann, der zu früh losgelassen hat, mit einem im Chor gefluchten »*Cretino*«. Unsere Blicke kreuzen sich, und als ich weitergehe, höre ich ihn hinter mir her rufen: »Concerto – questa sera alle 9!« Interessant. In Cardiff käme ich nie auf die Idee, ein Klavierkonzert zu besuchen, aber hier, in diesem Dekor, hat die Vorstellung durchaus etwas für sich – in einer Seitengasse, inmitten der malerisch verwitterten, säulengestützten Gänge. Jammerschade, dass die letzte Fähre nach Capri schon um sechs Uhr abends ausläuft.

Der Weg wird zusehends steiler und spürbar anstrengender, aber als die Via Trinità in Sichtweite ist, durchbreche ich entschlossen die Schmerzgrenze. Noch ein paar Schritte, und meine Oberschenkel fangen an zu zittern – ich bin dem Tode nahe!! Wann denke ich endlich einmal daran, eine Flasche Wasser und ein Paar Reservebeine mitzunehmen? Mir ist schwindelig, ich will mich ausruhen, aber Rosas salbeigrüne

Haustür ist bereits zu erkennen. Ich raffe meine letzten Kräfte zum Endspurt in Richtung Ziellinie zusammen.

Als ich erneut aufblicke, ist die grüne Tür verschwunden. Eine Frau hat ihren Platz eingenommen.

21

Ich bleibe wie angewurzelt stehen und muss schockiert feststellen, dass ich selbst diesen Ich-rauche-seit-ich-*fünf*-bin-Keucher ausstoße. Mein Kopf pocht gnadenlos. Ich kann keinen Fuß mehr vor den anderen setzen. Die einzige Fluchtmöglichkeit bestünde darin, den Berg wieder hinunterzurollen.

»G – Gina?«

Die Frau mustert mich verblüfft.

So viel zum Thema Überraschungsbesuch. Ich hatte nicht damit gerechnet, dass sie die Familienähnlichkeit so schnell erkennt. Ich versuche zu sprechen, bringe aber nur ein seehundähnliches Geheul zustande.

»Momento!«, sagt sie und kommt kurz darauf mit einem Glas Wasser zurück. Ich stürze es zwischen abgerissenen Atemzügen herunter.

Anschließend gelingt mir immerhin ein heiseres: »Danke!«

Augenblick mal. Hier stimmt doch was nicht. Ich hatte meinen Auftritt doch möglichst einschüchternd und überlegen geplant, nicht zitternd und dankbar. Ich versuche, meinen eispickelmäßig festen Griff am Türrahmen zu lockern, doch meine Sicht ist verschwommen und durch herumwirbelnde, silberne Lichtpunkte so beeinträchtigt, dass ich gegen die Wand laufe.

»Ich glaube, Sie müssen sich setzen, Kim.«

Kim? *Kim?* Woher kennt sie meinen Namen? Hat Luca ihr von dem bevorstehenden Besuch erzählt?

»Sie heißen doch Kim, oder?«, fragt sie freundlich und geleitet mich ins Wohnzimmer. »Ginas Tochter?«

»Carmelas Enkelin!«, gebe ich spitz zurück und breche auf einem damastbezogenen Lehnstuhl zusammen.

Sie zieht eine »Aha, ich verstehe«-Miene, bevor sie mir höflich erneut Wasser anbietet.

»Jetzt geht es mir wieder besser«, sage ich, obwohl mir immer noch schwindelig ist.

Ohne mich aus den Augen zu lassen, setzt sie sich auf den Rand des Sofas. »Sie haben den Haaransatz ...«

»... meiner Mutter«, unterbreche ich.

»Und ...«

»... dieselben Augen«, vollende ich mit einer »Mann, das hat mir noch keiner gesagt!«-Stimme.

»Dieselben Augen, ja«, bestätigt sie. »Zumindest ist die Farbe dieselbe.«

Was soll das denn heißen?

Ihr Augen sind kastanienbraun und von lakritzschwarzen Wimpern umrahmt. Ihren Mund umgeben viele feine Fältchen, doch die Lippen formen sich immer noch zu einem klassisch geschwungenen, rosigen Amorbogen. Mit zwanzig muss sie einfach hinreißend ausgesehen haben. Kein Wunder, dass Vincenzo ihren Reizen erlegen ist.

»Erzählen Sie«, fordert sie mich auf und sieht mich geduldig an.

Ich sehe verdutzt aus.

»Sie wollen mich etwas fragen?«

Diese ständige Gedankenleserei ruiniert meinen ganzen Plan. Aber so leicht lasse ich mich nicht aus der Fassung bringen. »Ich habe ein Päckchen für Sie. Wir haben es bei Vincenzos Sachen gefunden.«

Ich ziehe das Päckchen aus der Tasche und reiche es ihr. Sie legt es auf ihren Schoß und streicht liebevoll das zerknitterte Packpapier glatt. Ich warte darauf, dass sie es öffnet, aber sie sitzt nur da und berührt Vincenzos Handschrift mit dem Finger. Dort steht lediglich ihr Name und ihre Adresse, aber anscheinend ist das für sie wie ein geheimer Liebescode.

Als ihr Tränen in die Augen steigen, dämmert es mir plötzlich, dass meine Anwesenheit vielleicht der Grund ihrer Zurückhaltung sein könnte. »Möchten Sie es allein öffnen?«, frage ich und mache Anstalten, mich zu erheben.

»Ich weiß, was darin ist«, lächelt sie und sieht mich einen Augenblick prüfend an, als überlegte sie, ob sie es mir sagen soll.

Ich warte. Reglos. Ich verspüre keinen feindseligen Gefühle, anders als erwartet. Im Augenblick bin ich einfach nur gespannt.

»Es ist ein Hochzeitskleid«, sagt sie schlicht.

»Ihr Hochzeitskleid?«, frage ich, und dabei wird mir bewusst, wie wenig ich über die Frau weiß, die vor mir sitzt.

»Es wurde für mich gekauft, aber ich habe es nie getragen.«

»Hat Vincenzo das Kleid gekauft?«

Rosa nickt. »In Mailand. Er hat Carmela jedes Jahr um die Scheidung gebeten, und sie hat die Bitte jedes Jahr abgelehnt.«

Und das aus gutem Grund!, schnaube ich im Stillen.

»Eines Tages kam er von einer Geschäftsreise zurück. Er hatte neue Modelle für seine Boutique geordert und sagte, er habe das perfekte Kleid für mich gefunden. Er sagte, selbst wenn Carmela niemals in die Scheidung einwilligte, könne sie uns doch nie den Augenblick nehmen, in dem wir einander in die Augen blickten und wüssten, dass wir im Herzen wie Mann und Frau seien. Er wollte, dass ich das Kleid anziehe, aber ich konnte es nicht.«

»Weil Sie sich schuldig fühlten?«, schlage ich vor.

»Schuldig?« Sie sieht mich verwirrt an.

Ich versetze mich in Carmela und zwinge mich zu den Worten: »Sie müssen Schuldgefühle gehabt haben, weil Sie die Ehe zerstört haben.«

Rosa sieht mich prüfend an. Sofort fühle ich mich unbehaglich. Jetzt wird sie endlich mit der Wahrheit herausrücken.

»Wollen Sie die Wahrheit erfahren?«, fragt sie.

»Ihre Version davon?«, gebe ich herausfordernd zurück.

»Ich erzähle Ihnen, was geschehen ist, und Sie entscheiden selbst.«

Ich nicke zustimmend. Deswegen bin ich schließlich hergekommen.

Sie lehnt sich zurück. »Ich lernte Vincenzo mit sechzehn Jahren kennen. Ich liebte ihn vom ersten Augenblick an, und er erwiderte meine Zuneigung. Aber Vincenzo war ein heißblütiger Mann. Ich weigerte mich, mit ihm zu schlafen. Ich wusste, er würde immer der einzige Mann für mich sein, aber ich wollte alles richtig machen und sagte ihm, wir müssten warten. Er stimmte zu, aber manchmal war er *so* …«

Ich hebe skeptisch eine Braue, während sie nach einer Umschreibung sucht.

»*Hitzig*«, seufzt sie schließlich. »Eines Tages haben wir Streit, und er geht zurück nach Capri, wo ein Mädchen wohnt, das ihn schon immer hat in Versuchung führen wollen, und sie erzählt ihm, er solle sie nehmen, nicht mich. Sie ist älter als ich und …«

Mich beschleicht eine fürchterliche Vorahnung.

»… und in dieser Nacht gibt sie ihm das, was ich ihm verweigerte.« Rosa blickt auf ihre schwarze Spitzenmanschette. »Am nächsten Tag kommt er wieder zu mir. Er gesteht alles und weint. Ich weine. Aber ich vergebe ihm. Er sagt, er wird sie nie wieder treffen. Vier Wochen später erzählt sie ihm, sie sei schwanger …«

Mein Herz hämmert. »Sie …?«

»Carmela«, bestätigt Rosa.

Die Gedanken in meinem Kopf wirbeln durcheinander.

Carmela war die Verführerin. Meine Mutter ist das Produkt eines Seitensprungs.

»Vincenzo hat keine Wahl – er verlässt mich und heiratet Carmela.«

»Hat er sie geliebt?«, frage ich, auf der Suche nach einem rettenden Strohhalm.

»Er hat es versucht. Sie sagte, ihre Liebe sei groß genug für beide. Sie hat ihn immer haben wollen, und sie hat ihn auch bekommen, aber sie hatte solche Angst, ihn zu verlieren, dass sie sich zu fest an ihn klammerte ...«

Ich bin mit einer ganz anderen Geschichte groß geworden: Carmela war mit dem Mann ihres Lebens glücklich verheiratet, und Rosa hat das Paar absichtlich auseinander gebracht. »Carmela hat mir erzählt, Sie hätten ...« Mein Satz bleibt unbeendet.

Schweigend sieht Rosa mich an und ist freundlich genug, die Worte »Sie hat gelogen« nicht laut auszusprechen.

»Was geschah dann?«

»Wir haben fünf Jahre lang nicht miteinander gesprochen. Ich hatte das Gefühl, wenn der Lauf des Lebens nun einmal so sein soll, dann muss er auch ganz und gar ihr gehören, und er dachte, ich sollte mir mein eigenes Leben einrichten. Es war schwer«, seufzt sie. »Eines Tages besuchte ich meine Freundin Rafaella in Positano. Wir gingen einkaufen. Da sah ich ihn am Ende der Straße. Als wir voreinander standen, wusste ich, dass sich für mich nichts geändert hatte – bei seinem Anblick wurde mein Herz zu Gold. Irgendwie war mir sogar der Schmerz gleichgültig, den ich empfand, als wir uns nach wenigen Worten wieder trennten, denn ich wusste jetzt, dass unsere Liebe nie vergehen würde. Unsere Gefühle würden sich niemals ändern, und ich würde ihn immer lieben. Das, was uns verband, ließ sich nicht vergessen, es war nichts, wovon man lassen konnte, sondern ein kostbares Gut, das es zu bewahren galt.«

Ich blicke Rosa an und bin überrascht, dass sie so philosophisch sein kann, obwohl das Schicksal so grausam mit ihr umgesprungen ist.

»Haben Sie nicht geweint?«

»Natürlich!« Sie lacht. »Ohne ihn hatte ich in jenen Jahren das Gefühl, nur halb zu leben, aber wissen Sie, sogar daran gewöhnt man sich. Man sagt sich, vielleicht hat man die Gefühle übertrieben und in der Erinnerung verklärt, wie schön es war, mit ihm zusammen zu sein, aber dann sieht man ihn wieder ...« Sie hält inne und strahlt vor Liebe: »Man weiß plötzlich, dass es genauso schön war.«

Ich kann ein Lächeln nicht unterdrücken.

»Nachdem wir uns in Positano getroffen hatten, stand er einen Tag später vor meiner Tür.«

Ich sehe Rosa erwartungsvoll an.

Sie nickt. »Von da an trafen wir uns wieder. Die Götter entscheiden. Für mich gab es nie einen anderen.«

Ich seufze. Es kommt mir richtig vor, dass die beiden wieder zusammen waren. Carmela gegenüber habe ich jedoch Gewissensbisse. Jedes Mal, wenn Vincenzo Rosa getroffen hatte, musste er hinterher Carmela zu Hause belügen.

»Er wollte versuchen, uns beiden gegenüber sein Versprechen zu halten«, erklärt Rosa. »Es war nicht leicht für ihn. Er versuchte, drei Frauen gleichzeitig der Mann fürs Leben zu sein – Carmela, mir und Gina. Er wollte ein perfekter Vater sein. Nur seine Tochter half ihm dabei, die ersten Jahre nach unserer Trennung zu überstehen.«

Ich schlucke krampfhaft und stelle mir meine Mutter als kleines Mädchen vor.

»Ich glaube, es ist jetzt an der Zeit für eine Tasse Tee«, schlägt Rosa vor und erhebt sich.

»Haben Sie vielleicht Limoncello?«, höre ich mich fragen.

»Das ist gelbes Gift!«, ruft sie angeekelt.

»Ich weiß, aber ...«

»Ich habe etwas Besseres. Stärkeres«, sagt sie und öffnet die Tür einer Kirschholzanrichte.

»*Stärker?*« Jetzt bin ich beunruhigt.

»Grappa«, erwidert sie und reicht mir ein kleines Glas mit einer klaren Flüssigkeit.

Ich nehme einen Schluck, schüttle mich und verziehe das Gesicht. »Zu Hause bezeichnen wir das als Medizin«, krächze ich.

»Gut, nicht wahr?« Rosa schenkt sich selbst ein Glas ein und geht wieder zum Sofa hinüber.

»Weiß meine Mutter darüber Bescheid?«, will ich wissen. »Dass Sie die erste Liebe ihres Vaters waren?«

»Ich glaube nicht.«

»Hat Vincenzo denn nie versucht, ihr alles zu erklären?«

»Nun, mit einem Mal überstürzten sich die Ereignisse. Als Carmela herausfand, dass er sich wieder mit mir traf, packte sie auf der Stelle ihre Koffer. Sie brauchte nicht lange dafür, es war, als hätte sie insgeheim immer geahnt, dass es eines Tages passieren würde.«

Arme Carmela. Ob sie wohl jemals wirklich glücklich war, auch während der gemeinsamen Zeit mit Vincenzo?

»Und am Hafen ließ Carmela nicht zu, dass Vincenzo sich unter vier Augen von seiner Tochter verabschiedete.«

»Aber warum hat er nicht … ich meine …« Ich versuche mir vorzustellen, wie er meiner Mutter alles hätte verständlich machen können.

Rosa zuckt die Achseln. »Er wusste, dass Carmela damals Ginas volle Unterstützung brauchte, und wollte alles nicht noch komplizierter machen. Er wollte warten, bis sich die beiden beruhigt hatten, aber nachdem Carmela Capri verlassen hatte, blieb ihm keine Möglichkeit mehr, mit Gina Kontakt aufzunehmen.«

Zum ersten Mal sehe ich die Lage mit Vincenzos Augen. Traurigkeit steigt in mir auf.

»Elf Jahre später hörte er zum ersten Mal wieder von Gina. Sie schrieb ihm, dass sie heiraten wollte.«

»Meinen Vater?«

»Genau. Nach Ihrer Geburt schickte sie ihm ein Bild, und von da an jedes Jahr ein Bild von euch beiden am Geburtstag.«

»Hat sie jemals ein Bild von meinem Vater geschickt?«

»Manchmal, an Weihnachten.«

»Hat sie Vincenzo auch gesagt, warum er sie verlassen hat?«

Rosas Lächeln ist voller Teilnahme. »Sie schrieb, dass sie Verständnis für sein Verhalten habe – obwohl sie nicht die ganze Geschichte kannte –, und gab zum ersten Mal eine Adresse an, damit er antworten konnte.«

»Warum hat er dann nicht geschrieben?«

»Aber das hat er doch getan.«

»Sie hat mir erzählt, er hätte niemals Kontakt mit ihr aufgenommen.«

Rosa seufzt. »Carmela fand den Brief, als sie eines Abends auf Sie aufpasste. Sie reagierte völlig hysterisch. Arme Gina, sie war innerlich zerrissen. Sie schrieb Vincenzo, sie würde ihm weiterhin Briefe schicken, doch er dürfe ihr nie mehr antworten.«

Ich wusste nicht, dass meine Mutter Carmela so weit nachgegeben hatte. Sie machte nie den Eindruck, als ginge ihr Carmelas trauriges Schicksal besonders nahe. Aber vielleicht hatte sich ihr Mitgefühl nach fast fünfzig Jahren einfach verbraucht.

»Hat Vincenzo die Briefe meiner Mutter behalten?«, frage ich.

»Und ob. Jeden einzelnen.«

»Als wir seine Sachen durchsahen, habe ich sie nirgends entdeckt.«

»Er bewahrt sie ...«, Rosa hält inne und korrigiert sich,

»er *bewahrte* sie im Laden auf. Wahrscheinlich befinden sie sich immer noch im Schreibtisch.«

»Warum ausgerechnet dort?«

»Luca ... Sie kennen doch Luca?«

Mein Magen zieht sich plötzlich zusammen. »Ja«, gebe ich mit angehaltenem Atem zurück.

»Er hatte es gern, wenn Vincenzo ihm die Briefe vorlas.«

»Warum?«

»Luca wollte immer reisen. Er genoß diese Geschichten von dem mutigen Mädchen, das alle möglichen Abenteuer in den unterschiedlichsten Ländern erlebte – Deutschland, Japan, Schweden ...«

»I ... Ich?«, stammle ich.

»Natürlich, wer denn sonst? Ich glaube, er war ein bisschen verknallt.«

»In *mich*?« Ich kann es nicht glauben.

»Für ihn waren Sie wie eine Forschungsreisende. Sie haben alle Orte besucht, von denen er geträumt hat.«

Für einen Augenblick versuche ich, mir mich selbst als mutige Abenteurerin vorzustellen. Aber es klappt einfach nicht. Mag sein, dass sich die Berichte meiner Reisen ein wenig nach *Jetset* anhörten, aber in Wirklichkeit waren es einfach nur Jobs. Ich habe nie besonders viel von den Ländern gesehen, die ich bereiste, obwohl ich das gern getan hätte. Anfangs war ich so begeistert, dass ich immer mit der Reiseagentur verhandelte, um erst ein paar Tage später als die anderen zurückzufliegen. Wenn meine Kollegen abgereist waren, verließ ich das Holiday Inn oder irgendein anderes Etablissement dieser weltweit identischen Hotelketten und suchte mir eine Bleibe mit mehr Charakter, um etwas von der Kultur des Landes mitzubekommen. Das war keine schlechte Zeit. Ich kam immer mit vielen Geschichten im Gepäck zurück. Wenn ich jetzt so zurückdenke, muss ich sagen, dass meine Freunde damals ziemlich beeindruckt davon waren, wie ich mich allein in Berlin oder Cannes durchschlug. Mein Leben war von einem gewissen Zauber umgeben. Doch dann nahm ich immer mehr Aufträge an und hatte einfach keine Zeit mehr. Anfangs schlich ich mich zumindest noch davon, um an mitternächtlichen Stadtrundfahrten teilzunehmen, aber schon bald ging ich dazu über, im Hotel zu bleiben und den Fernseher anzuschalten, so wie alle anderen auch. Was für eine Verschwendung.

»Warum ist Luca denn niemals selbst auf Reisen gegangen?«, frage ich Rosa und stelle mir vor, wie ich auf einer Brücke in Prag zufällig mit ihm zusammentreffe …

»Für ihn war das unmöglich. Luca war lange in schlechter Gesellschaft. Schlechte Jungen und schlechte Mädchen. Menschen, die niemals irgendwohin gehen. Aber in seinem Kopf hatte er Abenteuer, Träume … haben Sie seinen Körper gesehen?«

»Ja. Also … ich meine, auf dem Boot …«

Rosa lächelt. »Sein Körper ist von seinen Wunschträumen bedeckt. Jede Tätowierung ist für ihn wie ein Versprechen.«

»Was für ein Versprechen?«, will ich wissen und erinnere mich an Einhörner und Herzen.

»Das Versprechen, nie den Glauben daran zu verlieren, dass die Welt voller Magie und Liebe ist. Er hat schwere Zeiten durchgemacht.«

»Und dann lernte er seine Frau kennen«, werfe ich möglichst beiläufig ein und quäle mich mit der Vorstellung, dass sie ihn gerettet hat.

»Und Sie trafen Tomas.«

»Was? Wie können Sie etwas von Tomas wissen?«

»Ihre Mutter hat geschrieben und Vincenzo berichtet, Sie hätten endlich jemanden getroffen, der Sie fast genauso sehr lieben würde wie sie selbst.«

»Das hat sie gesagt?« Ich werde rot.

»Ja. Luca war verrückt vor Eifersucht.« Rosa lacht. »Vincenzo zog ihn gern damit auf.«

»O nein!«

»Nicht auf grausame Weise! Luca sagte selbst, es sei dumm von ihm! Er konnte einfach nicht verstehen, warum er so viel Zeit damit verbrachte, an jemanden zu denken, den er nie kennen gelernt hatte.«

Ich werde dunkelrot, als ich an unser erstes Treffen denke und daran, wie er mich angesehen hat. Kein Wunder, dass mir alles so familiär vorkam und Luca so viel über mich zu wissen schien. Er kannte mich ja bereits seit Jahren.

Plötzlich wird mir schlecht. Wäre ich doch früher nach Capri gekommen!

»Die Beziehung mit Tomas war nicht von Dauer«, protestiere ich hilf- und hoffnungslos.

»Zu diesem Zeitpunkt war Luca natürlich längst verheiratet.«

»Wie hat er seine Frau kennen gelernt?«, erkundige ich mich.

»Er ging mit einigen Freunden in einen Club in Sorrent. Ich glaube, sie war das erste englische Mädchen, das er kennen lernte.«

»Sie ist *Engländerin*!«, ich schnappte nach Luft. »Seine Frau ist Engländerin?«

Rosa sieht etwas überrascht aus, aber ich kann mich einfach nicht beherrschen: »Wer ist sie?«, belle ich.

»Tanya«, gibt Rosa achselzuckend zurück.

»Tanya? *Tanya?!?*«, quietsche ich. Ich hatte sie mir als eine Carlotta oder Estella vorgestellt.

»Sie arbeitete in einer Reiseagentur.«

Ich verdrehe die Augen und werfe mich mit traurigem Heulen in den Sessel zurück.

»Mehr Grappa?«, bietet Rosa an.

Ich gebe ihr keine Antwort. Ich bin immer noch unerklärlich wütend.

»Ich hole die Flasche«, entscheidet Rosa.

22

Zwischen Rosas Spitzendeckchen und Nippes sitzend, versuche ich herauszufinden, warum mich die Tatsache, dass Lucas Frau Engländerin ist, so umgehauen hat. Weil es dadurch noch realistischer wirkt, dass ich ebenso gut an ihrer Stelle hätte sein können? Tanya ist in gewisser Weise ein Ersatz für mich. Mir wird übel. Warum bin ich nicht früher hierher gekommen?

»Ich wollte eigentlich zum Mittagessen auf die Piazza gehen, aber wenn Sie jetzt hier sind, könnte ich ebenso gut Pasta für uns zubereiten, wäre Ihnen das recht?«

Meine »Das wäre wunderbar«-Antwort wird vom enthusiastischen Knurren meines Magens übertönt. »Kann ich Ihnen irgendwie behilflich sein?«, frage ich schüchtern.

»Es dauert nur ein paar Minuten«, erwidert Rosa. »Machen Sie es sich bequem.«

»Wieso war kein einziges Foto von Ihnen in Vincenzos Haus?«, erkundige ich mich und lasse mich auf einem der blauen Holzstühle am Küchentisch nieder.

»Ich habe sie alle mitgenommen«, sagt sie und füllt einen Topf mit kochendem Wasser. »Als ich hörte, dass Ihre Mutter kommt, wollte ich sie nicht unnötig aufregen.«

»Kannten Sie meine Mutter als kleines Mädchen?«

»Ich habe sie nur ein paar Mal getroffen, aber Vincenzo hat natürlich viel von ihr gesprochen. Sie war ein sehr tapferes Mädchen.«

»Tapfer?«

»Sie wirkte immer gut gelaunt, auch wenn sie besorgt oder traurig war.«

»Worüber hätte sie sich Sorgen machen sollen?«, frage ich. Den Erzählungen meiner Mutter zufolge war ihre Kindheit die reinste Idylle.

»Es ist nicht so einfach, wenn die Eltern sich die ganze Zeit streiten ...«

»Carmela sagte, sie hätten sich niemals ...« Als ich mich erinnere, dass ich mit Großmutters stark bearbeiteter Fassung der Beziehung zwischen ihr und meinem Großvater aufgewachsen bin, verstumme ich. »Ich kann mir nicht vorstellen, dass meine Mutter jemals traurig ist«, bemerke ich, bemüht, die Sache positiv zu sehen.

»Dann hat sie ihre Maske perfektioniert«, lächelt Rosa.

Ich bin bestürzt. Könnte es denn möglich sein, dass meine Mutter innere Konflikte erlebt? Dass auch sie Angst hat und sich verloren fühlt? Ich überlege eine Minute und verwerfe diese Möglichkeit – die einzigen Sorgen meiner Mutter bestehen in der Frage, was sie anziehen soll und ob »er« anruft.

»Parmesan?«, bietet Rosa an, während sie Spaghetti auf meinen Teller häuft. Ich nehme eine reichliche Portion. Wir essen. Es schmeckt *köstlich*. Rosa lächelt über die öligen, orangefarbenen Flecken auf meinem Kinn und bietet mir eine zweite Portion an. Zum Nachtisch teilen wir uns eine Nektarine, und sie zeigt mir Fotos von sich und Vincenzo. Der Unterschied zwischen diesen Aufnahmen und denen, die ich von Vincenzo und Carmela kenne, ist unübersehbar. Mit Carmela wirkte er immer sehr förmlich; jetzt erkenne ich, dass die Spannung auf seinem Gesicht daher rührt, dass er sich krampfhaft bemüht. In Gegenwart von Rosa ist seine Miene heiter und hingebungsvoll. Ich bedauere meine Großmutter jetzt noch mehr als früher. Sie hatte sich als Siegerin gefühlt, als sie ihn heiratete, aber sie hat bestimmt immer gespürt, dass er Rosa mehr liebte. Damit zu leben muss schwer gewesen sein. In dieser Hinsicht war es richtig von ihr, die Insel zu verlassen. Hätte sie nur auch Vincenzo freigegeben und sich von ihm gelöst, statt ihre Gefühle für diesen Mann ihr ganzes Leben dominieren lassen.

Ich betrachte ein Bild von Vincenzo, auf dem er sich auf einer Bank ausruht, während eine Katze sich mit dem Bauch nach oben auf seinem Schoß rekelt. Er muss damals um die dreißig gewesen sein, ungefähr so alt wie Luca jetzt. Ich habe das Gefühl, ihn zum ersten Mal als Mann zu sehen. Ich begreife, wie gut er ausgesehen hat, und gestehe mir ein, dass auch ich mich nach ihm umgedreht hätte, wenn ich damals gelebt hätte. Ich blicke in seine freundlichen Augen.

»Er sieht so klug aus!«, sage ich. »Ich wünschte, ich hätte ihn kennen gelernt.«

»Er war in Gedanken oft bei Ihnen«, tröstet mich Rosa.

Sonderbar, dass diese zwei Menschen, die ich nie getroffen hatte, über mich redeten und mein Name laut auf Capri ausgesprochen wurde, lange bevor ich das erste Mal einen Fuß auf die Insel gesetzt habe. Noch merkwürdiger, sich vorzustellen, dass Luca ... Ich werfe einen Blick auf die Uhr: Es ist schon vier.

»Müssen Sie aufbrechen?«, fragt Rosa. Ich nicke, obwohl es mir eine Kombination aus Zähigkeit und altmodischer Körperertüchtigung abverlangen wird, mich aus der Umarmung von Rosas Sofa zu befreien.

»Ich wollte unbedingt noch zur Villa Cimbrone, bevor ich mit der Fähre zurückfahre. Ich habe es Luca versprochen ...« Plötzliche Verlegenheit überkommt mich, weil ich seinen Namen laut ausgesprochen habe.

»Sie müssen sich beeilen, es wird bald regnen. Zur Villa sind es nur noch fünf Minuten den Hügel hinauf.«

»Für Sie vielleicht! Sie müssen die Beine einer Leistungssportlerin haben, wenn Sie hier oben leben«, sage ich und schüttle den Kopf.

Rosa bricht in Lachen aus und legt mir zärtlich eine Hand an die Wange. Ihre Berührung ist federleicht und keineswegs aufdringlich. »Danke für Ihren Besuch. Ich bin so froh, dass wir einander kennen gelernt haben.«

Ich möchte gern dasselbe sagen, doch leise Schuldgefühle

Carmela gegenüber hindern mich daran. Stattdessen leere ich in einem Zug den restlichen Grappa und strebe mit einem heiseren »Cin-Cin!« der Tür entgegen.

»Sie haben Tomas niemals geheiratet, nicht wahr?« Rosas Frage bringt mich abrupt zum Stehen.

»Nein«, sage ich und drehe mich zu ihr um. »Ich habe niemanden geheiratet …«

»Wenn Sie einmal heiraten …«

»Falls«, unterbreche ich.

»Wenn«, beharrt Rosa, »dann werden Sie das hier benötigen.« Sie streckt mir das braune Päckchen entgegen.

»Wie bitte? Nein, nein, das kann ich doch nicht annehmen!«, protestiere ich zurückweichend.

»Bitte, ich möchte, dass Sie es nehmen«, beharrt sie.

»Nein, wirklich, Rosa, das ist unmöglich. Das Kleid bedeutet Ihnen so viel.«

»Ich habe schöne Erinnerungen. Ich brauche kein Kleid, das ich doch nie mehr anziehe.«

»Aber ich werde es auch nie tragen! Und zwar nicht nur wegen der Heiratsgeschichte, sondern, also … na ja, ich würde zum Beispiel niemals hineinpassen.«

Rosa schnalzt tadelnd mit der Zunge. »Ich bin eine alte Frau und mager geworden, aber früher, in Ihrem Alter, hatte ich genau dieselbe Größe wie Sie.«

»Das glaube ich kaum«, platze ich heraus.

»Vertrauen Sie mir. Ich bin eine Frau. Eine Frau, die ihr ganzes Leben mit einem Mann aus der Modebranche verbracht hat – glauben Sie wirklich, ich wüsste nicht genau, welche Größe Sie haben?«

Darauf fällt mir keine Antwort ein.

Sie hält mir das Päckchen erneut hin. »Ich habe keine Tochter. Ich habe auch keine Enkelin. Aber heute habe ich Sie. Und ich wünsche mir, dass Sie mein Geschenk annehmen.«

Tränen steigen mir in die Augen. Darauf war ich überhaupt

nicht vorbereitet. Ich runzle die Stirn und stottere herum, bis ich schließlich in Schluchzen ausbreche.

Rosa nimmt mich in die Arme und hält mich fest. »Ist das ein Ja?«, fragt sie.

Ich nicke an ihrer Schulter, mein Haar streift ihre Bluse.

»Gut. Wenn du zum ersten Mal die Liebe deines Lebens küsst, kannst du es öffnen.«

Zur Villa Cimbrone brauche ich zwanzig Minuten. Unterwegs muss ich zweimal anhalten, um wieder zu Atem zu kommen. Und um zu warten, bis sich der Aufruhr meiner Gefühle gelegt hat. An eine Mauer gelehnt und mit Ausblick auf einen Weinberg voller staubiger roter Trauben, spüre ich einen leisen Schmerz, wenn ich an Rosas Zuneigung mir gegenüber denke. Ich fühle mich ausgehöhlt vor Sehnsucht nach dem, was sie mit Vincenzo erlebt hat. Es ist schon lange her, seit ich im wirklichen Leben Zeuge einer ermutigenden Beziehung war; die Partner meiner Mutter haben mich immer zur Verzweiflung gebracht (obwohl Platin-Mann Anlass zur Hoffnung gibt), und die Vorstellung, ausgerechnet ich würde eines Tages einmal die wahre Liebe kennen lernen, hatte ich sowieso schon längst abgeschrieben. Jetzt wütet die Sehnsucht danach wie ein Buschfeuer in mir.

Aber vielleicht ist es auch nur der Grappa.

Ich gehe weiter durch ein schmiedeeisernes Tor. Der Weg führt abwärts, zu meiner Rechten liegt eine Decke aus Blattwerk lässig über einer Mauer, während in den Gärten auf der linken Seite hohe Palmen gedeihen. Vor einer kleinen Treppe bleibe ich schließlich stehen. An ihrem Ende wölbt sich ein breiter Durchgang, den sogar Kutschen passieren könnten. Vielleicht war dort früher einmal ein prächtiges Palasttor, doch jetzt ist der Durchgang mit verwitterten Planken vernagelt, und rechts befindet sich eine kleine Holztür. Ich denke unweigerlich an *Alice im Wunderland*, doch als ich die vermeintlich winzige Tür durchschreite, stelle ich erstaunt fest, dass sie normal groß ist. Ich betrete ein fremdes Königreich …

Die Villa, eine historische Kuriosität, ist ein großer, viereckiger Sandsteinklotz mit zinnenbewehrten Türmchen, spitzbogigen Fenstern und einem von Weinblättern umrankten Innenhof. Ich wünsche mir unwillkürlich, Luca wäre hier und würde Hand in Hand mit mir herumschlendern, genau wie die anderen Besucher mit ihren Rucksäcken und Reiseführern, die gelegentlich in tiefen Zügen die nach Rosen duftende Luft einatmen.

Es gibt mehr als einen Spazierweg in diesem Park, doch ich fühle mich instinktiv zur »Allee der Unermesslichkeit« hingezogen, ein von einer niedrigen Mauer eingefasster breiter Weg, der sich wie eine Startbahn in den Himmel erstreckt. Ceres, Göttin der Ernte, grüßt mich am Ende und weist mir den Weg, der unter einem Bogen hindurch zu einer der atemberaubendsten Aussichten führt, die ich jemals in meinem Leben gesehen habe: Auf einem lang gestreckten, breiten Balkon heben sich sieben stolze Marmorbüsten vor majestätischen Bergen und dem indigoblauen Meer ab. Wir befinden uns so hoch oben, dass ein vorbeifliegendes Flugzeug auf gleicher Höhe mit uns zu sein scheint. Dies ist die Terrazza dell'Infinito – die Terrasse der Unendlichkeit.

Ich gehe zur ersten Büste und betrachte deren Gesicht. Der einst glatte Marmor ist inzwischen verwittert, die Oberfläche pockennarbig und aufgeraut, als sei die Büste aus Zucker oder feinem Sand modelliert. Auf einer Wange hat eine Flechte ein gelblich-orangefarbenes Muttermal gezeichnet, dunkles Moos bedeckt die Toga mit einem Zufallsmuster. Ich spähe über die Schulter der Skulptur und erblicke treppenartig angelegte Weinberge und Obstspaliere, die die Konturen der Hügel wie Spitzendekorationen eines Pettitcoats säumen. An den besonders verschlungenen Ecken erinnern die Kurven an die wellenförmigen, erhabenen Muster auf der Schale einer

Auster. Es muss schwierig sein, dieses Land zu bestellen. Und wie soll man auf den zerklüfteten Abhängen Häuser bauen? Dafür braucht man keine Bauarbeiter, sondern Stuntmen.

Ich winke Beppe, wie ich ihn nenne, noch einmal zum Abschied und gehe zur nächsten Büste weiter – einer Frau mit Schmollmund und Hochfrisur. Ihrem Nachbar hat die Erosion so schwer zugesetzt, dass der arme Kerl eine gebrochene Boxernase hat. Die anderen Büsten (die leicht geöffneten Lippen der einen sind mit dichten Spinnweben verschlossen, auf dem Hals der anderen wirken die natürlichen, grauen Streifen des Marmors wie hervortretende Adern) sind emsig damit beschäftigt, für die Aufnahmen der Touristen zu posieren, und beschweren sich verhalten über die ungünstigen Lichtverhältnisse. (Nicht ganz zu Unrecht, denn der bedeckte Himmel unterstreicht ihre Schokoladenseiten nicht so deutlich wie ein opulenter, tiefblauer Hintergrund.)

Ich nähere mich dem Ende der Terrasse, als eine überraschende Serie plötzlicher Explosionen – Gewehrschüsse, Peitschenknallen und Fehlzündungen in einem – alle Besucher aufscheucht. Die Frage: »Was war denn das?«, tönt in mindestens vier verschiedenen Sprachen über den Balkon. »Hörte sich an wie eine Bombe«, schlägt der Schotte neben mir vor. Dann hallt das bedrohliche Poltern eines Donners rings um uns wider, und ein gezackter, grellweißer Blitz zerteilt den Himmel, der sich mittlerweile scharlachrot verfärbt hat. Als der Regen einsetzt, eilen alle auf der Suche nach einem schützenden Unterschlupf davon. Alle außer mir.

Endlich einmal ein Wetter, das zu meiner Stimmung passt.

Ich trete an den Rand des Vorsprungs. Das Meer wirft sich ärgerlich hin und her. Das Schnellboot kann man getrost vergessen. Um sicher nach Capri zurückzukommen, braucht man jetzt mindestens eine Arche Noah. Was mich daran erinnert, dass ich meine Mutter schon vor Stunden hätte anrufen sollen. Spätestens jetzt wird sie sich Sorgen machen, natürlich hinter ihrer undurchdringlichen Maske und in aller Heimlichkeit.

Nachdem ich mich noch fünf Minuten am Anblick des Sturms ergötzt habe, breche ich auf.

Ich vergewissere mich, dass der Regen meinem Päckchen mit dem Hochzeitskleid nichts anhaben kann, und gehe allein bis zum äußersten Ende des Balkons. In diesem trüben Licht hat die Büste des Soldaten eine gewisse Ähnlichkeit mit Luca, zumindest um die Mundpartie … Ich trete einen Schritt näher heran. Wenn ich mich auf die Zehenspitzen stelle, kann ich ihn küssen. Könnte er als meine wahre Liebe zählen? Ich strecke dic Hand aus, berühre sanft das kalte, weiße Gesicht und folge mit dem Finger der ausgeprägten Linie des Schlüsselbeins. Wäre er lebendig, so würde mich jetzt sein Atem streifen. Ich blicke erneut auf die steinernen Lippen …

Nur ein einziger Kuss …

23

Aus den Augenwinkeln nehme ich eine Bewegung am anderen Ende des Balkons wahr und drehe mich herum. Noch ehe ich die schwermütige, graue Gestalt, die sich mir nähert, erkenne, zieht sich mein Magen vor Aufregung zusammen.

»Ich denke, diese Skulptur wollte Sie gerade küssen!«, lacht Luca.

»Und da mussten Sie kommen und alles verderben!«, gebe ich mit gespielter Entrüstung zurück, während ich insgeheim bete, er möge nicht bemerken, wie die Regentropfen zischen, die auf meine brennenden Wangen prasseln.

»Ahh! Ich wusste nicht, dass Sie *wollten* geküsst werden«, erwidert Luca, Verlegenheit vorschützend.

»Soll das ein Witz sein? Das hier ist der Mann meiner Träume – körperlos und mit gebrochener Nase. Würde es nicht jeder Frau so gehen?«

»Na gut, ich gehe besser.« Er dreht sich um.

Ich lache. »Nein, Sie dürfen bleiben.«

»Wirklich – für mich gibt jetzt nur noch eine Möglichkeit …« Er macht mit der Hand eine Bewegung, als wolle er sich die Kehle aufschlitzen, und unterstreicht die Geste mit einem unmissverständlichen »*Äärrgh!*«.

Ich lache und fühle mich eigenartig geschmeichelt. Mann, nur wegen der guten alten Kim würdest du dir tatsächlich die Kehle durchschneiden?

Luca tritt dicht an mich heran und legt mir die Hände auf die Schultern. »Kim, Sie sind total durchnässt.«

»Hängt wahrscheinlich mit dem Regen zusammen«, kläre ich ihn auf.

Er verdreht die Augen. Diese wunderschönen, blauen Augen.

»Verraten Sie mir, warum Sie ausgerechnet hier sind?«, frage ich ihn. »Wissen Sie, von allen Balkonen dieser Welt …«

Er neigt den Kopf zur Seite, sieht mich direkt an und erwidert: »Ich bin hier wegen Ihnen.«

Mein Herzschlag setzt aus.

»Ihre Mutter …«

Schreck lass nach.

»Meine Mutter …«, wiederhole ich misstrauisch.

»Sie hatte Angst. Wenn ein Sturm kommt, fahren die Schiffe nicht mehr. Sie hat mich gebeten, mit meine Boot herzufahren und Sie in Sicherheit zu bringen.«

Mich in Sicherheit bringen. Das gefällt mir.

»Tut mir Leid, dass ich solche Umstände mache!«, entschuldige ich mich.

»Umstände mache?« Er hört sich verwirrt an.

»Non voglio disturbare«, übersetze ich.

»Ist kein Problem. Ihre Mutter kümmert sich heute Abend um Ringo, ich kümmere mich um Sie.«

»Heute Abend?«

»Wir müssen in Ravello bleiben. Das Meer ist zu stürmisch. Wir können nicht zurückfahren.«

Adrenalinstoß. Die Situation ist gefährlich und bezaubernd zugleich.

»Natürlich, ich wusste ja nicht«, er nickt mit dem Kopf in Richtung der Büste, die ich beinahe geküsst hätte, »dass Salvatore Sie beschützt …«

»Ich glaube, Fabio ist mir doch lieber«, sage ich und deute auf die nächste Büste.

»Nein, nein«, widerspricht Luca. »Fabio ist nicht gut. Er hat keine schöne Haare.«

»Aber er ist den meisten Männern, die ich kenne, um Haupt- und Schulterlänge überlegen!«, witzele ich. Eher schlecht.

Luca baut sich zwischen den beiden auf und imitiert ihre Pose. »Na, wie sehe ich aus?«

Ich mustere prüfend sein ausgeprägtes Kinn und die hohen Wangenknochen und sage dann: »Ich glaube, der Bildhauer, der Sie erschaffen hat, war … Wie heißt das italienische Wort für Amateur?«

»Genioso!«, gibt er schlagfertig zurück.

Ich nehme das Wortspiel auf. »Derjenige, der Ihr Gesicht erschaffen hat, war ein Genie.«

Er strahlt mich an.

»Kim?«

»Ja?«

»Können wir aus dem Regen gehen?«

Er nimmt meine Hand, und gemeinsam rennen wir die Allee der Unendlichkeit entlang – die sich um die Laubengänge rankende Wisteria bietet zwar einen gewissen Schutz, aber als wir schließlich die Villa erreichen, sind wir nass bis auf die

Haut. Es hat etwas Befreiendes, nicht vor dem Regen zu fliehen. Am liebsten würde ich stehen bleiben und die dicken Tropfen über mein Gesicht und meinen Körper rinnen lassen, aber Luca zieht mich in den schützenden Kreuzgang.

In einem Film würden wir uns jetzt küssen. Stattdessen sagt er: »Wissen Sie, dass die Villa Cimbrone demselben Mann gehört hat, der Big Ben entwarf?«

»Nein!«, lache ich. »Ist das wahr?«

»Ja. Er hieß Lord Grimthorpe – das ist seine Wappen.« Luca deutet auf das Wappen im Innenhof und fährt fort: »Er hat in Cambridge studiert, war erst Rechtsanwalt und dann Präsident im British Horological Institute.«

Lucas Englisch ist wirklich ausgezeichnet. Nicht einmal ich selbst kann »horological« aussprechen.

»Also Uhren?«, stelle ich klar.

»Genau. Er kaufte die Villa 1904 und bereichert die Gärten mit Tempeln und Statuen und Antiquitäten aus dem Mittelalter …«

»Was ist das?«, frage ich und deute auf eine Steinmetzarbeit in der Wand, die sieben unheimliche Gesichter zeigt.

»Die Sieben Todsünden«, sagt er. »Sie möchten hier übernachten?«

Der überraschende Themenwechsel bringt mich fast aus der Fassung. Möchte ich gern mit dem erotischsten Mann, den ich je kennen gelernt habe, in Greta Garbos geheimem Liebesnest nächtigen? Ich reiße die Augen auf. »J- ja! Das wäre toll!«

»Sie warten hier, ich frage, ob sie Zimmer haben.«

Der Gebrauch des Plurals enttäuscht mich. Vom Grappa, vom Regen und vom schnellen Lauf bin ich total aufgekratzt. Ich lächle verzückt und drehe mich erwartungsvoll um mich selbst.

Aber als Luca zurückkommt, sieht er trübselig aus. »Nichts«, seufzt er. »Wir müssen in die Stadt.«

Ich versuche, mir meine Enttäuschung nicht anmerken zu

lassen, und stelle mich darauf ein, erneut völlig durchnässt zu werden. Wir sind gerade dabei, die Tür aufzustemmen, als eine Stimme ertönt: »Signor!«

Eine Frau bittet uns mit einer Handbewegung ins Hauptgebäude. »Ein Ehepaar reist in einer Stunde ab. Wenn Sie in zwei Stunden zurückkommen, könnte ich Ihnen das Zimmer anbieten.«

»Wir brauchen zwei Zimmer«, erinnert Luca.

Ich höre mich selbst ein zögerndes »Öööhmm …« ausstoßen.

Luca dreht sich zu mir um.

»Wir könnten doch, also, äh … es wäre doch unglaublich, wenn wir hier übernachten könnten und vielleicht …«

»Das Zimmer hat zwei Betten«, sagt sie und rettet mich.

Luca blickt mich fragend an.

Ich nicke.

»Wir nehmen es!«, lächelt er.

»Kommen Sie gegen acht Uhr abends zurück.«

»Grazie mille.«

Luca nimmt meinen Arm und geleitet mich durch die Tür. »Ich glaube, heute Sie sind eine andere Kim als die, die ich auf Capri kennen gelernt habe. Sie erzählen mir vielleicht, was heute hier passiert ist?«

Das erzähle ich ihm.

Natürlich nicht alles.

Ich erzähle ihm nichts davon, was ich heute herausgefunden habe: Dass ein Junge namens Luca einmal in ein Mädchen namens Kim verknallt war.

Vor dem Abendessen rufe ich meine Mutter an, um ihr zu berichten, dass ich weder ertrunken bin noch Rosa in ein frühes Grab geschickt habe. Sie ist über beide Nachrichten erleichtert und außerdem begeistert, als sie von unserer geplanten Übernachtung in der Villa Cimbrone erfährt.

»Ihr habt Glück gehabt, noch zwei freie Zimmer zu bekommen«, bemerkt sie. »Es ist ein außergewöhnliches Hotel und normalerweise immer Monate im Voraus ausgebucht.«

Ich korrigiere sie nicht. Ich wage kaum daran zu denken, dass ich ein Zimmer mit Luca teile, und würde nicht einmal im Traum daran denken, es laut auszusprechen. Aber ich genieße in vollen Zügen die Aussicht auf einen endlosen Abend mit ihm ... Es ist ein herrliches Gefühl, genau zu wissen, dass er mir nicht plötzlich »Na dann, gute Nacht« zurufen und in ein Taxi springen wird – und mich traurig und voll unbefriedigter Sehnsucht zurücklässt.

Bei Verabredungen hatte ich schon oft das Gefühl, ich sei irgendwie zu kurz gekommen. Sie wissen schon, man hängt an den Lippen eines anderen und ist so charmant und aufmerksam und verführerisch, wie man nur sein kann, überzeugt davon, dass ein Kuss unmittelbar bevorsteht, und dann zieht einem der andere plötzlich den Teppich unter den Füßen weg, indem er sagt, er müsse morgen sehr früh raus oder noch den letzten Zug erwischen. Welche Entschuldigung er auch vorbringen mag, man weiß genau, wenn er dasselbe empfände wie man selbst, würde er sich, ungeachtet aller Konsequenzen, mit Freuden die ganze Nacht um die Ohren schlagen. Steht der andere auf und verabschiedet sich, bleibt einem selbst entweder die »Ich muss auch los! Hab's eilig!«-Variante, bei der man den letzten Rest gespielter Tapferkeit zusammenrafft, um den lauen Abschied so schnell wie möglich hinter sich zu bringen und auf dem Nachhauseweg im Bus leise vor sich hin zu schluchzen, oder man wird anhänglich und fleht den anderen an, noch auf einen Drink zu bleiben, und riskiert einen Überredungsversuch in letzter Minute. Bäh! Ich hasse das Gefühl, wenn die eigene Würde flöten geht und man mit aller Macht versucht, das Ruder noch einmal herumzureißen, und alles tut, außer sich einzugestehen, dass es kein glückliches Ende geben wird. Vielleicht trifft man sich schon am nächsten Morgen an der Kaffeemaschine im Büro wieder, aber das Gefühl, dies sei die letzte Chance, lässt sich einfach nicht unterdrücken.

Nun, das steht mir jedenfalls mit Luca heute Abend nicht bevor. Er bleibt bis zum Morgen bei mir. Ich muss nicht allein zu Bett gehen und mich fragen, was schief gelaufen ist. Ich werde neben ihm liegen, seine Nähe und die wunderbare Gewissheit genießen, dass er bei mir bleibt. Es ist nicht nötig, dass etwas passiert. *Kann sein,* dass nichts passiert. Es muss nichts passieren. Aber der Gedanke, die ganze Nacht mit ihm zu verbringen, macht mich unbeschreiblich glücklich.

Da es immer noch so heftig regnet, als würde jemand aus dem Fenster des oberen Stockwerks ganze Badewannen voller Wasser auskippen, flüchten wir ins erstbeste Restaurant. Die Kellner scheinen keinerlei Anstoß an den Pfützen zu nehmen, die sich um unsere Füße bilden, und einer von ihnen namens Eugenio ist sogar besonders erpicht darauf, mich abzutrocknen. »Sie sind wie eine Regenbogen!«, ruft er aus, während er mein Gesicht betupft. »Ihre Kleider haben viel Wasser, aber Ihre Lächeln ist wie Sonnenschein.«

Bei diesem Kompliment strahle ich über das ganze Gesicht, und als uns der Oberkellner zum schönsten Platz im Restaurant führt, fühle ich mich wie in den Flitterwochen. Ich finde es herrlich, dass wir wie ein Pärchen wirken. Ein Mann und eine Frau, die sich zu einem stilvollen Abendessen bei Kerzenlicht niederlassen – an und für sich nichts sonderlich Bemerkenswertes, aber für mich ist das ein seltenes Vergnügen. Bisher lief es meist auf Fertiggerichte vor dem Fernseher und nicht auf »Ein Tisch für zwei, am liebsten in der Nische« hinaus. Meine romantischen Abendessen lassen sich an den Zinken einer Gabel abzählen.

Bei einer Mahlzeit, die eine leckere Knoblauch-Bruschetta

eröffnet, gefolgt von Orangennudeln, Schwertfisch, Ruccola und raffiniertem Meloneneis, erkundigt sich Luca nach meinen Reisen und lauscht hingerissen meinen Schilderungen ausländischer Speisen und Moden. Wie aufregend es sein müsste, mit ihm gemeinsam fremde Länder zu erforschen. Er ist sehr aufgeschlossen und wissbegierig und hat einen guten Blick für ungewöhnliche Details. Ich war zweimal mit Freunden in Urlaub, aber näher als einmal bis zum anderen Ende des Hotel-Pools sind beide einem Tagesausflug nicht gekommen. Ich zog auf eigene Faust los und hatte bei meiner Rückkehr immer viel erlebt und zufällige Bekanntschaften gemacht, während man bei meinen Begleitern noch von Glück sagen konnte, wenn sie genau wussten, wie viel Flaschen Bier sie während meiner Abwesenheit getrunken hatten.

»Limoncello?«, bietet der Kellner beim Abräumen des Desserts an. Ich bin schon leicht beschwipst vom Rotwein, den ich eigentlich überhaupt nicht hatte trinken wollen. Noch ein Schluck Alkohol, und es ist um mich geschehen.

»Haben Sie Grappa?«, frage ich.

»Si, wir führen drei Sorten: Verduzzo, Chardonnay und Rebbolla.«

»Von jeder Sorte einen«, entscheidet Luca für mich.

Bei der Aussicht, mich bald noch benebelter zu fühlen, sacke ich am Tisch leicht zusammen und blinzle zu Luca hinüber, um ihn deutlicher wahrzunehmen. »Kennst du meine Lieblingsszene aus dem Kino?«, nuschle ich.

»Erzähl mir.«

»Es ist eine Szene aus *Der rosarote Panther.* David Niven hat Claudia Cardinale mit Champagner außer Gefecht gesetzt. Sie liegt völlig benommen auf einem Leopardenfell, stützt den Kopf auf den des Tieres und beschwert sich, dass sie ihre Lippen nicht mehr spüren kann …« Ich breche ab und bin plötzlich verlegen.

»Und?«

»Und dann küsst er sie so lange, bis sie ihre Lippen wieder spürt«, führe ich den Satz leise zu Ende.

Luca lächelt. »Du spürst deine Lippen noch?«

»Ja. Sie brennen«, erkläre ich und betaste sie mit den Fingern.

»Sag mir Bescheid, wenn du taube Gefühl hast.«

Ich spitze die Ohren. Was soll das heißen? Meint er damit …? Hat er etwa gerade …? Ein leiser Schauer der Begierde überrieselt mich. Wie soll ich darauf reagieren? Ich suche fieberhaft nach einer Antwort mit leicht verführerischem Unterton.

»Was ist denn deine Lieblings-Betrunkenen-Filmszene?«, frage ich schließlich und verpatze alles.

Luca überlegt einen Moment.

»Du kennst *Happy End im September*? Ist alter Film von 1961 mit Gina Lollobrigida und Rock Hudson.«

»Wo Rock Hudson nach Italien kommt und feststellt, dass sein Bruder seine Villa zu einem Hotel umfunktioniert hat?«

»Si!«

»Hilf mir auf die Sprünge«, dränge ich.

»Dort sind zwei amerikanische Schulgruppen, die Jungen unter Aufsicht von Bobby Darin und die Mädchen …«

»… sind unter Sandra Dees Aufsicht!«, erinnere ich mich.

»Rock will beide Gruppen getrennt halten, also versuchen die Jungen ihn loszuwerden und wollen ihn betrunken machen. Sie glauben, sie können mehr trinken als er, weil er in ihre Augen alter Mann ist, aber er wischt ihnen eins aus! Am Ende ist er Sieger, aber bekommt er wieder nicht, was er will …«

»Nämlich die Nacht mit der schönen Gina verbringen!«

Luca nickt. »Er wacht auf, ist ganz enttäuscht und hat eine Kater, und sein Butler bringt ihm eine Spezialdrink, und Rock sagt: *Genau das Richtige für den Morgen danach …*«

» … *wenn es keine Nacht davor gegeben hat!*«, ergänze ich, und wir kichern.

»Siehst du dir häufig Filme an?«, frage ich, während Luca das Glas mit dem letzten Tropfen Grappa zu mir herüberschiebt.

»Ja, es gefällt mir. Ist wie in Gedanken reisen. Ich habe nicht so viel erlebt wie du, aber ich gehe in Kino, und ich betrete andere Welt.«

Ich lächle. Alles, was er sagt, klingt so romantisch.

»Weißt du, dass Rosa auch in eine Film gespielt hat?«, fragt Luca. »War nur eine kleine Rolle. Italienische Film …«

»Im Ernst?«

»Ja. Vincenzo, er tobte vor Eifersucht, weil der Hauptdarsteller sehr verliebt war in Rosa, aber konnte er nichts dagegen machen, weil er noch mit Carmela verheiratet war.«

»Und wie ging es weiter?«

»Rosa sagte Nein zu dem Schauspieler. Sie war Vincenzo immer treu.«

»Das muss schwer für sie gewesen sein«, überlege ich. »So in einen Mann verliebt zu sein und gleichzeitig hinnehmen zu müssen, dass er mit einer anderen zusammenlebt.«

»Ist eine traurige Geschichte, ja? Auch für ihn – er hat seine ganze Leben lang nur eine Frau geliebt und war mit einer anderen verheiratet.«

Wir sehen einander an.

»Wollen wir zahlen?«

24

»Cleo?«

»Ja?«

»Spricht da meine allerliebste, süßeste Meisterköchin und Mitbewohnerin?«

»Du hast nicht rein zufällig einen im Tee, oder, Kim?«

»Mmmh-najaaa!«, bestätige ich.

»Braves Mädchen!«

»Ich bin mehr als nur betrunken, ich bin *be-grappat*!«, rufe ich aus.

»Was bist du?«

»Das ist dieser Schnaps hier. Ich bringe eine Kiste voll mit nach England. Er wird aus Trester hergestellt und …«

»Kim!«, fällt Cleo mir ins Wort.

»Was?«

»Du bist betrunken, und du heulst nicht herum. Das kann doch nur eines bedeuten!«

Ich schirme den Hörer mit einer Hand ab und murmle verschwörerisch. »Ich bin im Begriff, diese Nacht gemeinsam mit Luca in Greta Garbos geheimem Liebesnest zu verbringen!«

»Ich fasse es nicht!«, kreischt Cleo.

Ich kreische zurück.

»Wie ist das passiert?«, will sie wissen.

»Einfach Schicksal, Cleo. Glaubst du, es ist auch dann noch Untreue, wenn sie dich zuerst geliebt haben?«

»Was faselst du denn da?«

Doch die Zeit ist zu knapp, um ihr die gesamte Rosa-Saga aufzutischen. Ich beschränke mich auf den entscheidenden Punkt: »Sag mir nur, ob ich es tun soll …«

»Unbedingt!«

»*Wirklich wahr?*«

»Na klar, ich habe noch mal in Ruhe darüber nachgedacht. Erinnerst du dich, wie Luca am Arco Naturale sagte, es gebe nur zwei Gründe, warum er morgens aufstehen würde?«

»Ja …«

»Der Laden und Ringo. Nicht *ihretwegen*. Kein Wort über seine geliebte Gattin!«

»Naja, im Augenblick steht er wirklich nicht ihretwegen auf, sie ist ja schließlich gar nicht da«, überlege ich.

»Vielleicht haben sie sich für eine Zeit getrennt.«

»Glaubst du?« Das muntert mich auf und beruhigt mich zugleich.

»Egal. Was meintest du damit, dass er dich zuerst geliebt hat?«, drängelt Cleo.

»Er kommt von der Toilette zurück«, zische ich. »Ich muss Schluss machen!«

»Kim, sag's mir!«

»Auf Wiedersehen, meine Göttin!«

»Haalt!«

»Domani!«

Ich lege hastig auf und gehe zu Luca hinüber.

»Fertig zum Gehen?«, fragt er.

»Absolut!«, strahle ich.

Draußen stellen wir fest, dass der Regen aufgehört und einen blitzblanken Himmel und frisch duftende Luft zurückgelassen hat.

»Und jetzt kommt Klettern!«, verkündet Luca und nimmt prüfend den Weg zur Villa Cimbrone in Augenschein.

Ich hole tief Luft und stampfe entschlossen los, aber innerhalb von Sekunden sehe ich aus, als würde ich durch Sirup gehen. Jeder Schritt kostet unglaublich viel Kraft.

»Du gehst wie alte Dame!«, zieht Luca mich auf.

»Schön wär's!«, erwidere ich lachend. »Die alten Damen hier springen die Berge wie Ziegen hinauf.«

»Ist wahr«, gibt er zu.

»Ich habe das Gefühl, rückwärts zu fallen, sobald ich mich aufrichte«, sage ich, um meine gebückte Haltung zu erklären.

»Ich helfe dir«, bietet Luca an. Er legt mir die Hände fest auf den Rücken. »Jetzt los!«

Ich mache einen Schritt voran. Und dann noch einen und noch einen. Solange sich Luca um das Gewicht meines Körpers kümmert, muss ich bloß noch auf die Füße achten. Mit einem Mal verfüge ich über einen Turbo-Antrieb! Nach ein paar Minuten führe ich ein Experiment durch und lehne mich gegen Lucas Hände. Er ächzt vor Anstrengung. Ich befinde mich fast in der Horizontalen, als Luca mich eine Sekunde lang loslässt und dann in seinen Armen auffängt. Kichernd landen wir auf den Pflastersteinen.

Als wir uns beruhigt haben, hören wir plötzlich leise Klaviermusik.

»Wagner!«, stellt Luca fest.

»Das Concerto!«, keuche ich und werfe einen Blick auf die Uhr. Es ist zehn Uhr. Das Konzert hat vor einer Stunde angefangen, aber ein Besuch lohnt sich immer noch. Ich erhebe mich schwankend und ziehe Luca hoch. »Komm!«

Wir eilen den Hügel hinauf, biegen um die Ecke und nehmen uns dann zusammen, bevor wir auf Zehenspitzen den Innenhof betreten. Alle Augen sind hingerissen auf den Pianisten gerichtet, und wir schleichen uns unbemerkt hinein.

»Ich weiß nicht genau, ob ich aufrecht stehen kann!«, flüstere ich und schwanke hin und her, als ich feststelle, dass es keine freien Plätze mehr gibt.

»Wir lehnen uns an Mauer ...«, sagt Luca und nimmt meine Hand.

Ich habe mich während des ganzen Abendessens danach gesehnt, ihn zu berühren, und es sogar genossen, wenn er nur meinen Arm gestreift hat, um die Flasche mit Balsamico-Essig zu ergreifen. Es war die reinste Folter. Jetzt werde ich dafür belohnt – die Mauer ist rau und schmutzig, und Luca lehnt sich dagegen und manövriert mich so, dass ich mich mit dem Rücken an seinen Brustkorb lehnen kann. Es erinnert mich an unseren Besuch in der Blauen Grotte, aber da war ich vorsichtig und versuchte, mehr oder weniger über ihm zu schweben. Heute Abend lehne ich mich entspannt zurück und genieße das Gefühl, seine Arme um mich zu spüren. Jetzt ist er mein Sicherheitsgurt.

Die Musik ist schön. Während ich zuhöre, scheinen sich

meine Glieder zu lösen, und mir ist, als schwebte mein Herz schwerelos dahin. Es ist besonders anrührend, weil Wagner seinen *Parsifal* zum Teil hier in Ravello komponiert hat. Bei den traurigen Passagen habe ich das Gefühl, als lastete ein schweres Gewicht auf meiner Brust. Unwillkürlich lege ich die Hand auf mein Herz, Tränen steigen mir in die Augen.

Ich hatte ganz vergessen, was für eine Macht Musik über uns haben kann und welche Gefühle sie in uns auszulösen vermag, ob einem das nun gefällt oder nicht. Man kann die eigene Reaktion nicht beeinflussen, und wenn bestimmte Gefühle freigesetzt werden, ist es unmöglich, sie zu unterdrücken. Manche Songs scheinen die inneren Organe zu dehnen und zu verdrehen und führen zu einer beinahe erstickenden Benommenheit. Beispielsweise *Pray* von Take That, da bin ich einfach machtlos. Oder *I'm Like A Bird* von Nelly Furtado. Aber am schlimmsten erwischt es mich immer bei *Starmaker* von den Kids from Fame. Ungelogen! Wenn die Backstreet Boys diesen Song einmal aufnehmen würden, wäre es um mich geschehen.

Cleo hat einen ganz anderen Musikgeschmack, viel zurückhaltender. Ihr Lieblingslied ist *Yellow* von Coldplay.

»Was war das?«, raunt Luca, und sein Gesicht ist meinem ganz nahe.

Ich sehe ihn fragend an.

»Du hast über die Sterne erzählt.«

Ich presse die Hand auf den Mund. »Schwöre, dass ich nicht gesungen habe!«, flehe ich.

Er lächelt.

Welche Schmach! Wir befinden uns in einem klassischen Konzert, und ich säusele Coldplay über die perlenden Klaviernoten.

Er zaust mir das Haar und legt das Kinn auf meine Schulter. »Dir ist warm genug?«, fragt er.

»Ja«, seufze ich und kuschle mich in seine zentralgeheizten Arme. Er fühlt sich so behaglich an. So sicher.

Erst als das Konzert zu Ende ist und alle aufbrechen, bemerke ich die sexuelle Spannung zwischen uns: Die Verheißung, auf unser Zimmer in der Villa zu gehen, scheint plötzlich alles zu beherrschen.

Wir verweilen noch einen Moment, blicken zu den Sternen, die nur für uns zu leuchten scheinen, bis Luca das Schweigen bricht.

»Du bist müde?«, fragt er.

Ich runzle unentschlossen die Stirn.

»Du willst zu Bett gehen?«

Ich hebe eine Braue.

Zwei völlig unterschiedliche Fragen, darin werden Sie mir gewiss zustimmen.

Die Empfangsdame der Villa Cimbrone geleitet uns zu dem intimen Heiligtum, das für diese Nacht unser Zimmer sein wird.

»Der Raum heißt Viola«, lächelt sie und zündet eine Kerze auf dem zierlichen Nachttisch zwischen den beiden Einzelbetten an. »Genießen Sie Ihren Aufenthalt!«

Ich streiche über die verzierten Kopfenden der Betten und betrachte das diskrete Schablonenmuster an der Decke.

»Welche Bett möchtest du?«, erkundigt sich Luca.

Das, in dem du schläfst.

»Egal«, gebe ich zurück.

Luca zuckt mit der Schulter, lässt sich auf demjenigen nieder, das ihm am nächsten ist, und beginnt, sein Hemd aufzuknöpfen. Obwohl ich gern bleiben würde, am liebsten mit einer Videokamera bewaffnet, überkommt mich eine gewisse Verlegenheit, und ich verziehe mich auf den Balkon. Unten ist der Kreuzgang, in dem wir Schutz vor dem Regen gesucht haben. Und oben am Himmel … »Luca!«, rufe ich aus. »Sieh dir den Mond an!«

Er taucht im Türrahmen auf, nur mit schwarzen Hosen bekleidet – eine Kreuzung aus Stierkämpfer und einem der Red Hot Chili Peppers. Sein tätowierter Oberkörper überrascht mich immer wieder. Bisher haben mich die Zeichnungen abgelenkt, aber bei diesem auf natürliche Weise gedämpften Licht kann ich zum ersten Mal seine muskulöse Physis bewundern. Der Anblick allein lässt mich erschauern.

»Dir ist kalt?«, fragt er.

Ohne mir Zeit für eine Antwort zu lassen, verschwindet er wieder im Zimmer und kehrt mit einer Bettdecke zurück, die er wie ein Cape um seine Schultern drapiert hat. Er hüllt mich darin ein, und unsere Hände berühren sich, als er mir die Decke um den Hals schlingt. Er lässt mich nicht sofort los. Mir fehlt der Mut, seinem Blick länger als eine Sekunde standzuhalten – der Grappa hat die ganze Welt in sanften Nebel getaucht, doch Luca ist überdeutlich zu erkennen.

»Und diese gefalteten Hände?«, sage ich und gebe vor, nur die Tätowierungen zu betrachten und nicht seinen durchtrainierten Bauch.

»Ist ein Gebet für meine gute Freund Corrada, er starb viel zu jung. Damals ich habe geschworen, mich nie mehr zu schlagen.«

Er verdreht den Hals, um sein rechtes Schulterblatt sehen zu können. »Diese Blumengirlande ist für meine Mutter – sie hat Motiv selbst ausgewählt«, zwinkert er.

»Wunderschön«, sage ich und denke dabei: Du bist schön.

»Welches davon war dein erstes Tatoo?«, erkundige ich mich mit möglichst ruhiger Stimme.

»Das«, erwidert Luca und zeigt mir den ausgezackten Dolch, der sich durch die seidige Haut seiner Schulter bohrt. »Ich war fünfzehn.«

»Du liebe Zeit – ich hätte nicht gedacht, dass man sich als Teenager auf Capri tatöwieren lassen kann.«

»Kann man nicht. Ich habe es in Napoli machen lassen. Dort bin ich geboren.«

»Und wie bist du hierher gekommen?«

»Ich war in viele Schwierigkeiten«, sagt er nachdenklich. »Meine Mutter, sie machte sich große Sorgen, und sie bat meine Vater, sich für ein Jahr um mich zu kümmern.«

»Dein Vater wohnt auf Capri?«

»Wohnt dort immer noch.«

»Ach so.«

»Aber wir kamen nicht miteinander aus. Ich kannte ihn vorher nicht, und …«

»Du kanntest ihn nicht?«

»Nein. Er verließ meine Mutter, als sie schwanger war. Sie heiratet einen anderen, hat vier Kinder mit ihm …« Luca zuckt die Achseln. »Ich wollte schon nach Napoli zurück, als ich Vincenzo traf – meine andere Vater!«, lacht er.

»Am Strand von Marina Piccola?«

»Si«, lächelt er. »Ich habe die letzte Tatöwierung ein paar Monate später machen lassen.«

»Welche?«

Luca wendet mir den Rücken zu und dehnt den Drachen zwischen seinen Schulterblättern. Mein Lieblingstatoo.

»Hat das eine besondere Bedeutung?«, will ich wissen und beuge mich vor, um sein Gesicht sehen zu können.

Er sieht schüchtern aus. »Ich sage dir ein anderes Mal.«

Ich bin neugierig, doch der Anblick der gespannten Haut über seinen Hüftknochen lenkt mich ab, und ich taumle ins Zimmer zurück unter dem Vorwand, ein Glas Wasser zu holen. Das ich mir dann am besten ins Gesicht schütte.

»Möchtest du etwas?«, rufe ich und versuche, die Lust aus meiner Stimme herauszufiltern. Ich muss sofort nüchtern werden!

Ich lasse die Decke von meinen Schultern gleiten und schüttle sie über dem Bett aus. Etwas geht mit lautem Schlag zu Boden, und im ersten Augenblick weiß ich nicht, was passiert ist, bis gelbe Stichflammen vom Bett auflodern. Ich stoße einen Schrei aus, Luca eilt herbei, reisst die Decke vom Bett, wirft sie auf den gekachelten Boden und tritt die Flammen aus. Ich puste die herabgefallene Kerze aus, bevor sie noch weiteren Schaden anrichtet. Oder, genauer gesagt, bevor ich die Kerze noch weiter als Werkzeug der Zerstörung missbrauchen kann.

»Alles okay?« Luca tastet sich durchs Halbdunkel zu mir.

»Ja«, wimmere ich. »Ist die Decke ruiniert?«

»Mach dir keine Sorgen«, erwidert er, nimmt mich in die Arme und streicht mir übers Haar.

Ich frage mich, ob das vielleicht ein geheimes Zeichen sein könnte – *Achtung! Sieh dich vor! Du spielst mit dem Feuer!* –, aber für Vorsichtsmaßnahmen ist es jetzt zu spät.

Mein Gesicht lehnt an Lucas Schulter. Er riecht so wunderbar. Ich drehe den Kopf gerade so weit, dass meine Lippen seine nackte Haut berühren. Ich atme ein, während er ausatmet, ich spüre seinen Atemhauch an der Spitze meines Ohrs. Lucas Finger gleiten durch meine Locken. Endlich, langsam, versuchsweise, wage ich es, mein Gesicht zu heben. Wir sehen einander lange genug in die Augen, um »Ja« zu sagen, dann treffen sich unsere Lippen, und wir treiben auf einem Wirbel von Küssen davon. Mein Herz bittet darum, mitmachen zu dürfen, und ich gebe nach. Während unsere Küsse leidenschaftlicher werden, spüre ich, wie ich mit Luca verschmelze …

25

Ich erwache in dem nicht angekohlten Bett und bin mir im ersten Augenblick nicht sicher, welche unserer ineinander verschlungenen Glieder zu mir und welche zu Luca gehören. Das Einzige, was ich genau weiß, ist, dass ich dringend pinkeln muss. Da ich innerlich noch nicht bereit für das »Am Morgen danach«-Szenario bin, arbeite ich mich in Zeitlupe aus seinen Armen, als handle es sich hier um eine Art menschliches Mikado. Außerhalb des Bettes fühle ich mich plötzlich nackt. Ich *bin* nackt. Ich ergreife die zweite, auf dem Boden liegende Decke und husche ins Badezimmer, wo ich mich auf der Toilette niederlasse und die verbrannte Stelle überprüfe – ein großes, schwarz umrandetes Loch befindet sich auf der linken Seite der Decke, allerdings nicht dicht genug am Rand, um den Schaden durch geschicktes Wegstopfen zu kaschieren. Ich muss der Hotelleitung alles beichten und kann nur inständig hoffen, dass es sich bei dieser Decke nicht um ein handgesponnenes Erbstück handelt, sonst ist mein 5.000-Pfund-Erbe den Flammen zum Opfer gefallen. Sollte ich noch etwas davon zurückbehalten, bin ich jedoch nur zu gern bereit, das Wechselgeld auf den Kopf zu hauen, indem ich das Zimmer für ein paar Wochen miete.

Allmählich werden mir die Ereignisse der letzten Nacht bewusst. Ich muss unwillkürlich lächeln, als ich mich an Lucas zärtliche Blicke und die nicht enden wollenden Küsse erinnere, und stoße einen langen Seufzer aus, als ich an die Empfindungen denke, die seine Berührungen in mir ausgelöst haben. O Gott – was für ein absolut hinreißender Mann! Obwohl ich mir immer wieder vornahm, dass ich keinesfalls mit ihm schlafen würde, fielen meine Kleider wie von selbst zu Boden. Alles war so unkompliziert und natürlich. Normalerweise habe ich nie das Gefühl, im Gleichtakt mit einem Mann zu sein – als hätte er etwas zu erledigen, ohne dass ich das richtige Maß an Entgegenkommen fände –, aber mit Luca ging alles einfach ineinander über. Und es war ein *schönes Gefühl*.

Als ich Stimmen aus dem benachbarten Bad vernehme, krampft sich mein Magen zusammen. Die Außenwelt erwacht bereits. Ich verscheuche erste Gewissensbisse und sage mir, dass ich kein Bedauern empfinden darf. Anschließend leere ich eine der kleinen Wasserflaschen neben dem Waschbecken und gratuliere mir selbst, zu jenen Menschen zu gehören, die immer eine Zahnbürste dabeihaben. Da ich im letzten Jahr nicht weiter als bis zur Post gekommen bin, fühlte sich dieses Zubehör in meiner Tasche allmählich überflüssig an, jetzt aber ernte ich den Lohn für meine Umsicht.

Vorsichtig ziehe ich meine Tasche aus dem kleinen Korridor ins Badezimmer. Um an den Inhalt zu kommen, muss ich zuerst Rosas braunes Päckchen herausnehmen und kichere, als ich an sie denke – wenn sie mich jetzt sehen könnte! –, und stelle mir dann vor, welchen Schrecken ich Luca einjagen könnte, wenn er mich beim Erwachen in voller Hochzeitsmontur an seinem Bett vorfände! Mein Lächeln erlischt, als ich daran denke, welches Hochzeitskleid seine Frau wohl getragen haben mag … Herrje, alles ist so hoffnungslos.

Panik überfällt mich. Und doch … ich spüre immer noch diese bebende Freude in mir. Und deplatzierten Stolz. In gewisser Weise hat mir alles noch mehr bedeutet, *weil* er ein verheirateter Mann ist. Für Junggesellen ist es schließlich nichts Besonderes, jemandem den Hof zu machen und alles anscheinend aufrichtig zu meinen, doch dann kratzen sie plötzlich die Kurve, und man begreift, dass sie nur mit einem gespielt haben. Mit Luca ging es ums Ganze. Er muss innerlich mit sich gerungen haben. Obwohl ich weiß, dass es nicht richtig ist, bin ich insgeheim geschmeichelt, denn die Tatsache, dass er verheiratet und obendrein ein anständiger Kerl ist und mich *trotzdem* geküsst hat, kann nur eines bedeuten: Er wollte es wirklich. Jetzt finde ich genau das beflügelnd, was ich mein Leben lang bei anderen Menschen verachtet habe. Schlimmer noch, ich weiß, ich will mehr davon. Und wenngleich dies vielleicht das schlechteste Ziel ist, das man verfolgen sollte, habe ich das Gefühl, es sei unvermeidlich. Vielleicht wacht er schwer verkatert auf und hält es nur für einen Ausrutscher, aber in meinem Innersten weiß ich genau, es wird erneut passieren. Die Frage ist nur: Wer macht den ersten Zug?

Ich spüre erwartungsvolle Vorfreude in mir aufsteigen, während ich meine Zähne zwecks Entgrappaisierung energisch putze, und werfe dabei einen vorsichtigen Blick in den Spiegel. Mein Haar ist auf einer Seite platt, die andere bauscht sich im wildesten Afro-Look. Wahrscheinlich sah ich schon gestern so aus. Lucas Ziegenbärtchen hat mein Kinn aufgescheuert, es gleicht einem rosaroten Tischtennisball. Darum kümmere ich mich morgen und genieße fürs Erste das warme Prickeln, das die Erinnerung an all die Küsse weckt, die nötig waren, um diesen Farbeffekt zu erzielen. Ich beschließe, zur Erfrischung ein zentimeterhohes Bad einlaufen zu lassen, aber der Wasserhahn quietscht und rattert beim Aufdrehen so ohrenbetäubend, dass ich ihn schnell wieder zudrehe. Vom Türrahmen aus sehe ich nach, ob Luca erwacht ist. Er hat sich umgedreht, doch seine Augen sind immer noch geschlossen. Ich betrachte sein schönes Gesicht. Ich möchte nicht, dass es vorbei ist. Er rührt sich erneut. Zweifel überfallen mich – was, wenn er aufwacht und sich so benimmt, als sei überhaupt nichts geschehen? Das könnte ich einfach nicht ertragen. Ich haste zum Bett, öffne meine Bettdecken-Toga weit genug, damit ich sie schnellstmöglichst fallen lassen kann, und lege mich vorsichtig neben ihn, aber da streckt er sich auch schon und blinzelt mich an.

»Buon giorno!«, lächelt er schläfrig.

Ich ziehe die Decke bis an meine Brust hoch. »Buon giorno!«

»Mmmmh, du siehst schön aus!«

Ich versuche die Afro-Seite meines Haars zu plätten, aber er schaut an mir vorbei und zeigt auf die Kommode. Ich drehe mich um und stelle fest, dass meine gesamte Kehrseite in all ihrer schwelgerischen Fülle im Spiegel zu sehen ist. Quietschend ziehe ich die Decke darüber und entblöße dabei meine Brust, was zu frustriertem, verlegenem Geschrei führt.

Luca kichert leise vor sich hin, während er meine hektischen Mumifizierungsversuche beobachtet. Gerade als er die Arme nach mir ausstreckt, klopft es an der Tür.

Wir erstarren.

Es ist meine Mutter. Das spüre ich instinktiv! Sie ist mit der ersten Fähre übergesetzt und will sich selbst davon überzeugen, dass mir nichts zugestoßen ist. Wie sollen wir ihr *das hier* erklären!

»Colazione!«

Frühstück! Dem Himmel sei Dank.

»Venire!«, ruft Luca.

Ich blicke auf das schwarze Brandloch in der Decke, das wie eine Zielscheibe auf meinem Bauch markiert ist. Panik! Ich versuche, ins Badezimmer zu flüchten, aber die Decke ist so eng um meine Beine gewickelt, dass ich ins Stolpern gerate, zu Boden gehe und mir dabei noch den Ellbogen prelle. Hiiiilfe! Die Tür geht auf. Ich liege bäuchlings und vor Schmerzen stöhnend auf dem Kachelboden. Eine Frau mit einem großen, hölzernen Tablett mustert mich. Ich kann es nicht riskieren, mich zu bewegen, da sie dann die verbrannte Stelle sehen könnte, also entspanne ich mich einfach, lege die Wange auf den kühlen Untergrund und lächle sie an. Sie wirft Luca einen besorgten Blick zu.

Statt einer Antwort zuckt er nur mit den Achseln, als wollte er sagen: Naja, bei 28° Celsius draußen kann man sie irgendwie schon verstehen!

Über mich hinwegschreitend, schlägt sie vor, das Tablett auf dem Balkon abzustellen.

Luca nickt beifällig. Kaum ist sie verschwunden, robbe ich auf dem Bauch ins Badezimmer, trete die Tür hinter mir zu und ziehe mich am Bidet hoch, bis ich sitzen kann.

Dann lege ich das Gesicht in die Hände und warte darauf, dass der Albtraum endlich zu Ende ist.

»Kim?« Leises Klopfen an der Tür.

Ich schweige.

»Sie ist weg!«, flüstert Luca.

»Mir egal!«, platze ich heraus. »Mir ist das alles so peinlich – ich komme nicht heraus.«

Luca gibt keine Antwort, sondern erscheint eine Minute später mit dem Tablett voller Leckerbissen im Badezimmer. Er sieht sich nach einem Platz zum Abstellen um. Das Waschbecken ist schief und das Bidet zu niedrig, aber das Tablett passt genau in die Mitte der Badewanne. »Ich nehme die Seite mit Wasserhahn«, sagt er und hilft mir beim Aufstehen. Dann zögert er. »Vielleicht du fühlst dich in eine Handtuch wohler.«

Er reicht mir eines und dreht sich um. Ich weiß, dass er nicht hersieht. Obwohl es völlig egal ist – er hat ja bereits alles gesehen. Sobald ich fest eingewickelt bin, tippe ich ihm auf die Schulter. Mit einer einzigen Bewegung nimmt er mich in seine Arme, hebt mich hoch und setzt mich an das glatte Ende der Badewanne.

»Okay?«

»Ja«, sage ich und weiß nicht, ob ich eher über ein Frühstück in der Badewanne oder die Tatsache, dass er mich ohne Ächzen hochgehoben hat, verdutzt sein soll.

Er steigt am anderen Ende hinein und legt seine Beine um die meinen. »Kaffee?«

Ich nicke.

»Cornetto?« Ich weiß zwar, dass dies das italienische Wort für Croissant ist, finde es aber trotzdem lustig. Ich beuge mich vor und klaube ohne mein übliches selbstkritisches Herumdrucksen mit den Lippen ein Stück von seinen Fingern.

»Baci?«

Ich beuge mich erneut vor und küsse ihn, was mir einen Himbeermarmeladenklecks auf der Nase einbringt.

»Endlich ein Lächeln!«, sagt Luca triumphierend.

Ich reiße ein Plastikpäckchen Honig mit den Zähnen auf, rutsche vor und drücke es auf seiner Schulter aus.

Er reißt zuerst überrascht die Augen auf und kräuselt dann die Lippen.

»Hmmm …«, erwidert er, sticht mit dem Messer in die Marmelade und schnickt eine Ladung zu mir herüber, die platschend auf meinem Arm landet.

Ich reiße ein Stückchen von dem klebrigen Gebäck ab und bewerfe ihn damit. Er fängt es mit dem Mund auf, und ich lache.

Von da an geht es rasant bergab. Kaffee wird verschüttet, Eierschalen werden zertrümmert, Zuckertüten in Haare entleert und Streichkäse wird auf Nasen gerieben …

Schließlich stellen wir das Tablett beiseite, füllen die Wanne mit einem Schaumbad, und der Lärm des Wasserhahns geht in unserem Kreischen und Kichern unter …

In dieser absurd ausgelassenen Stimmung geht es weiter, als wir zwei Stunden später aus der Villa in den gleißenden Sonnenschein tanzen. Am Haupteingang bleibt Luca stehen und deutet auf ein Schild, das »La Divina« Greta Garbo und ihrer heimlichen Flucht mit Leopold Stokowski ein ehrendes Andenken bewahrt. Ich kneife die Augen zusammen und stelle mir vor, dort stünden die Namen Kim Rees und Luca Amorato.

Als wir weitergehen und uns um die Sonnenuhr im Rosengarten jagen, fordert uns ein Paar in mittleren Jahren zischend auf, ruhiger zu sein. Luca entschuldigt sich mit aufrichtiger Miene dafür, sie gestört zu haben, aber ich kann ein breites Grinsen nicht unterdrücken – ich bin soeben auf die gleiche Weise zur Ruhe gerufen und getadelt worden wie die rowdyhaften Schulkinder auf dem Weg zu den Gärten des Augustus, über die sich meine Mutter an unserem ersten Tag im Luna beschwert hat. Das Kind in mir ist erwacht und gehört offenbar zur hyperaktiven Sorte. Ich möchte alles besichtigen, was ich wegen des Gewitters gestern verpasst habe – den

Tempel des Bacchus, den Hügel des Merkur, den steinernen Sitz mit einer Inschrift von D. H. Lawrence, die Bronzeskulptur des David, die Marmorstatue der Flora, Königin der Blumen – alles auf einmal. Und ich kann es kaum erwarten, wieder auf der Terrazzo dell'Infinito zu stehen und die Marmorbüsten bei Sonnenschein zu bewundern.

»Du hast eine Kamera?«, erkundigt sich Luca, während wir uns zwischen unseren guten Freunden Salvatore und Fabio über die Brüstung lehnen.

»Irgendwo in meiner Tasche«, sage ich und mache mich auf die Suche. Ich ziehe das braune Päckchen hervor und lege es beiseite.

»Du hast es nicht abgegeben?« Luca runzelt die Stirn.

»Sie sagte, ich könnte es behalten.«

»Willst du es nicht öffnen?«

»Naja, sie sagte …« Ich halte inne, um Rosas Worte nicht zu wiederholen. *»Wenn du zum ersten Mal die Liebe deines Lebens küsst, kannst du es öffnen.«*

Stattdessen erwidere ich: »Ich weiß, was drin ist.«

Luca sieht mich fragend an.

»Es ist das Hochzeitskleid, das Vincenzo für Rosa gekauft hat. Sie hat es natürlich nie getragen.«

»Und sie hat dir gegeben.«

»Ja!«

»Das ist wunderbar.«

»Ich weiß. Möchtest du es sehen?«

»Natürlich! Aber öffne es nicht, wenn du nicht bereit bist«, sagt er und beäugt dabei eine ältere Frau mit Baseballkappe und Turnschuhen, die langsam näher kommt.

»Ich bin bereit«, sage ich. Der Ort ist perfekt, auch wenn wir nicht ganz ungestört sind.

Ich hole Luft und streiche das braune Papier glatt. Ich habe gerade den Finger unter den Klebestreifen geschoben, um ihn abzureißen, als ich innehalte, zu ihm aufsehe und sage: »Luca – küss mich!« Er kommt der Bitte mit einem vollkommenen Kuss nach, zärtlich, aufrichtig und sexy, und ich weiß genau, dies ist der richtige Augenblick, um mir das Kleid anzusehen, das ich vielleicht einmal bei meiner Hochzeit tragen werde.

26

Das Kleid ist aus fließendem, elfenbeinfarbenem Satin, an der Taille mit diamantenförmig angeordneten, glitzernden Kristallen bestickt, die auch über den Saum verstreut sind. Es hat lange, durchsichtige Ärmel, und ein transparentes Band windet sich von den Schultern bis zu den Handgelenken. Der Rock ist zerknittert, aber Luca schüttelt und glättet ihn sachkundig, hält es mir dann mit verschleiertem Blick an und seufzt: »Darin du wirst aussehen wie eine *principessa.*«

Bevor ich sagen kann: »Wo ist meine Tiara?«, ergreift er die Kamera, wendet sich dann der alten Dame mit der Baseballkappe neben uns zu und bittet sie: »Würden Sie eine Foto von uns machen?«

Sie zögert eine Sekunde, willigt dann aber ein. Auf einer Aufnahme grinsen wir wie zwei Idioten, auf der anderen geben wir uns einen hauchzarten Kuss. Anschließend zückt sie ihren eigenen Apparat und bittet Luca, sie neben Salvatore aufzunehmen. Sie erzählt uns, sie komme aus Kalifornien und reise an der Küste von Amalfi entlang, weil Freunde ihr erzählt hätten, diese sei das italienische Gegenstück zum Pacific Coast Highway.

»Wie fällt der Vergleich Ihrer Meinung nach aus?«, will ich wissen.

»Also, bisher habe ich die Küstenstraße bei Big Sur für gefährlich gehalten, aber das hier …« Sie schüttelt den Kopf.

»Ich habe gehört, die Straße hier sei besonders kurvenreich …«

»Es ist nicht die Straße, es sind die Fahrer«, ruft sie aus. »Diese Italiener sind einfach verrückt!« Sie wirft Luca einen Blick zu. »Ich hoffe, ich bin Ihnen damit nicht zu nahe getreten.«

»Überhaupt nicht!«, lächelt er.

»Ich komme gerade aus Rom. Dort halten alle das Rotlicht an der Ampel für reine Dekoration.«

Die Foto-Session geht weiter, als ein holländisches Pärchen in den Flitterwochen auf Lucas Arm tippt und der frisch gebackene Gatte ihn fragt, ob er nicht ein Bild von ihm und seiner Frau am anderen Ende des Balkons machen könnte. Bewundernd folge ich Luca mit den Augen. Ich kann einfach nicht glauben, dass er meine Gefühle erwidert. Ich streiche mit den Fingern über die glitzernden Perlen des Kleides und denke an Vincenzo, der es mit so viel Liebe ausgesucht hat.

»Wissen Sie, Sie sollten das Hochzeitskleid dem Bräutigam nicht vor der Trauung zeigen, das bringt Unglück«, rät mir die amerikanische Dame.

»Das Unglück ist bereits geschehen«, entgegne ich in einem Anfall unverantwortlicher Offenheit. »Er ist bereits mit einer anderen verheiratet.«

Wie vor den Kopf geschlagen, erhebt sie sich. »Ihr habt keinen Respekt mehr vor der Heiligkeit der Ehe!«, zischt sie verächtlich. »Wie können Sie so unverfroren sein? So grausam? Denken Sie denn überhaupt nicht an seine Frau?«

Ungläubig blinzelnd begreife ich, welchen Sturm ich entfesselt habe.

»Haben Sie auch nur die geringste Ahnung, wie es ist, vom eigenen Mann betrogen zu werden?« Ihre Stimme bebt.

Sie weiß es offensichtlich genau, stelle ich mit Bedauern fest.

»Sie widern mich an!«, schließt sie und stampft davon,

nicht ohne dem zurückkehrenden Luca einen bösen Seitenblick zuzuwerfen.

Ich schlage die Augen nieder. Ich habe genau das getan, was ich niemals tun wollte. Jene Tat begangen, für die ich alle anderen so sehr verachtete, insbesondere meine Mutter. Ich habe die Grenzlinie überschritten und mich mitschuldig am Ehebruch gemacht. Bisher hielt ich meinen Kopf immer so hoch, dass ich nie nach unten blickte und die Gründe bedachte, die dazu führen können. Natürlich ist Ehebruch heutzutage eine beinahe alltägliche Erfahrung und gilt als eine Art Kavaliersdelikt. Außerdem kennt die Amerikanerin den ganzen Vorlauf unserer Geschichte nicht. Ich versuche, ihre Worte an mir abperlen zu lassen, aber es gelingt mir nicht, ich bin von tiefer Selbstverachtung erfüllt. Ich kann eine Million Entschuldigungen vorbringen, trotzdem hat sie Recht. Ich habe keinen Respekt. Nicht vor der Heiligkeit der Ehe, nicht vor Lucas Frau und auch nicht vor mir selbst.

»Alles okay?«, fragt Luca und kniet neben mir nieder.

»Nur die Nachwirkungen des Alkohols«, sage ich und schlucke.

»Dort drüben ist kleines Café«, sagt er und deutet hinter uns. »Sollen wir Wasser bestellen?«

»Okay«, nicke ich und ergreife seine ausgestreckte Hand.

Auf das Vergnügen folgt unweigerlich die Strafe. Ich fühle mich wie ein kleines Kind, das ausgeschimpft wird, weil es beim Sandkuchenbacken seine sauberen Kleider beschmutzt hat.

Das Café liegt auf gleicher Höhe mit der Terrazza dell'Infinito, und wie in Trance folge ich mit den Augen der Straße, die sich in Serpentinen nach Amalfi windet.

Luca stellt das Glas vor mir ab und fragt: »Du willst darüber sprechen?«

Ich sehe zu ihm auf. Allein der Blick in seine Augen beruhigt mich. Und erfüllt mich mit Liebe. »Ist es falsch, was wir tun?«, frage ich.

Er sieht erst auf den Tisch hinunter und dann wieder zu mir.

»Fühlst du so?«

»Nicht, wenn ich mit dir zusammen bin«, gebe ich zurück.

»Kim, ich …«

Ich lege die Hand auf seine Lippen. Ich will nichts von der Beziehung zwischen ihm und seiner Frau hören. Keine Entschuldigungen. Ich will der Wirklichkeit erst dann ins Auge blicken, wenn ich muss. Wenn das jetzt die einzige Zeit ist, die ich gemeinsam mit ihm verbringen darf, möchte ich sie einfach nur genießen.

Er küsst meine Fingerspitzen.

»Sollen wir uns noch in Amalfi umsehen, ehe wir nach Capri zurückfahren?«, frage ich.

Er nickt, und seine Miene hellt sich auf. »Wir sind zwei Touristen. Wir können sogar eine Postkarte schicken.«

Ich frage mich, ob wir eine passende finden. *Verbringen herrliche Tage auf der Insel der Verleugnung …*

Auf dem Rückweg zum Marktplatz von Ravello ist bei jedem malerischen Aussichtspunkt bereits ein Brautpaar vor uns eingetroffen und wirft sich für eine Aufnahme in Positur. Allein in den Gärten des Rufolo streiten sich drei Paare um den besten Platz. Am liebsten würde ich die Bräute einfach vertauschen und jede einem anderen Bräutigam zuordnen, nur so aus Spaß. Stellen Sie sich mal vor, wie anders ihr Leben dann verlaufen würde …

Ein Mitglied der am exklusivsten gekleideten Hochzeitsgesellschaft bittet mich, aus dem Bild zu treten. Ich komme der Bitte nach und betrachte die frisierten, goldgeschmückten Frauen der Gruppe; zum ersten Mal wäre ich auch gern so herausgeputzt. Ich stecke immer noch in den Kleidern von gestern, und obwohl ich mir die Haare gewaschen habe, hätte ich sie vermutlich nicht mit der Body Lotion des Hotels glätten sollen.

In unserer geheimen Welt der Villa Cimbrone war ich so sorglos glücklich, dass ich mich gar nicht um mein Aussehen gekümmert habe. Jetzt fühle ich mich schäbig, billig und absolut fehl am Platz. Fast bin ich versucht, in Rosas Hochzeitskleid zu schlüpfen. Zumindest hätte ich dann das Gefühl, es den anderen gleichzutun.

»Hier ist unsere Bus«, verkündet Luca, als das Gefährt um eine enge Kurve biegt. Von meinem Sitzplatz aus beobachte ich, wie die Einheimischen ihren Tagesgeschäften nachgehen – sogar die Rentner pflegen hier einen gewissen »bäuerlichen Schick«.

»Sind in Amalfi viele Boutiquen?«, frage ich Luca möglichst beiläufig.

»Du willst einkaufen?« Luca klingt neugierig.

»Ich habe mich nur gefragt, wie groß die Konkurrenz hier ist.«

Doch das nimmt er mir nicht ab.

»Hier es gibt andere Kleidung.«

»Weniger Design?«, sage ich hoffnungsvoll.

Luca lächelt. »Du magst gern einfach, richtig? Bequem?«

Ich nicke. »Keine mintfarbenen Hosenanzüge.«

Luca verdreht die Augen. »Es ist schon komisch, deine Mutter, sie liebt Kleider über alles, und du hast gar keine Spaß daran.«

»Sie hat mich eben einfach früher als kleines Mädchen zu sehr herausgeputzt, wie eine Puppe. Zu viele bunte Farben und zu viele Schleifen.«

»Und jetzt du zeigst deine Unabhängigkeit, wenn du diese männliche Kleider trägst, die alle so … wie sagt man noch … so ›weit‹ sitzen?« Er zupft demonstrativ an seinem Hemd.

»Locker!«

»Si, sehr *lockere* Kleidung.«

»Ich hab's schon mit anderen Outfits versucht, aber irgendwie hatte ich dann immer das Gefühl, etwas Verkehrtes zu tragen.«

»Ist nur eine Frage davon, den eigenen Stil zu finden.«

»Ich glaube nicht, dass ich einen eigenen Stil habe«, gestehe ich.

»Natürlich hast du, jeder hat seine eigene Stil. Du hast nur zu früh aufgegeben! Ist nicht einfach entweder/oder – was du jetzt trägst oder was deine Mutter will, dass du trägst. Außerdem, du würdest dich in den Sachen, die deine Mutter für dich wählt, nicht wohl fühlen, sie sind zu auffällig. Für sie ist okay, sie mag es, wenn man sie anschaut. Das gehört zu ihr, so ist ihre Persönlichkeit.«

Luca hat Recht. Ich ziehe unauffällige Kleidung vor. Leider habe ich mir dafür den falschen Ort ausgesucht. Wenn ich unsere Wohnung in Cardiff schon mal verließ, dann konnte ich sicher sein, dass mich niemand in meinen tief auf der Hüfte sitzenden Jeans und der Kapuzenjacke bemerkte. Hier auf Capri sind alle so gepflegt und ausstaffiert, und ich weiß genau, sie denken wahrscheinlich, mein Gepäck sei mit dem eines männlichen Teenagers verwechselt worden.

»Falls ich doch wundersamerweise meinen ›eigenen Stil‹ finden sollte, würde meine Mutter bestimmt nicht aufhören, an meinem Äußeren herumzumeckern«, sage ich.

»Lass sie eine Tag lang für dich wählen. Sie soll sagen, wie du deine Haar frisierst und welche Make-up du trägst. Nur so aus Spaß.«

»Spaß?«, quietsche ich und begreife erst zu spät, dass Luca nur Witze macht. »Von Kopf bis Fuß in Korallenrot, mit passendem Lippenstift und Nagellack entspricht nicht meiner Vorstellung von Spaß.«

»Vielleicht es könnte interessant sein«, überlegt Luca. »Wenn man weglässt, was sie nach deine Meinung als Erstes vorschlägt, sie hat vielleicht ein paar gute Ideen!«

»Das bezweifle ich. Sie fängt einfach mit etwas anderem an.«

»Du kannst das nicht wissen.«

»Moment mal! Warum sollte ich mich anders anziehen? Nur um ihr zu gefallen?«, frage ich und gerate plötzlich in Wut.

Luca grinst über meine verspätete Feindseligkeit. »Du musst verstehen, dass sie glaubt, sie hilft dir.«

Ich hebe eine Braue.

»Denk mal nach«, fährt er fort. »Sie erzählt allen Menschen den ganzen Tag, was steht ihnen und was nicht, und sie sind dankbar dafür. Das ist ihre Job. Menschen bezahlen Geld für ihre Meinung. Und sie gibt dir alles umsonst.«

»Und dafür soll ich ihr jetzt dankbar sein?«, schnaube ich. »Oder willst du mir vorschlagen, ich soll sie für ihre Beleidigungen auch noch *bezahlen?*«

»Verstehst du nicht? Sie *beleidigt* dich nicht. Sie will helfen. Sonst nichts!«

»Ab und zu hätte ich ja auch gar nichts dagegen«, erkläre ich. »Aber sie tut es immer, *jedes Mal.* Ich habe sie vielleicht drei Monate lang nicht gesehen und erzähle ihr, was alles passiert ist, und ich weiß genau, sie denkt die ganze Zeit ›ein schimmerndes Rouge-Highlight auf ihren Wangen würde sie total verändern …‹ oder ›ich habe da Ohrringe, die das Khaki in diesem Tarnmuster hervorragend zur Geltung bringen würden!‹« Ich starre aufgebracht aus dem Fenster.

»Ich möchte ein Mal ein Zimmer betreten und das Gefühl haben, dass sie nur *mich* sieht und nicht das, was ich anhabe.«

Luca legt mir die Hand an den Hinterkopf und beugt sich zu mir.

»Und vielleicht deine Mutter, sie möchte ein Mal ein Zimmer betreten und das Gefühl haben, du siehst nur *sie,* nicht die Frau, der du die Schuld gibst, dass deine Eltern geschieden sind.«

Ich schüttle seine Hand mit einer heftigen Kopfbewegung

ab. Ist das wirklich ein geeignetes Gesprächsthema für eine Busfahrt? Unabhängig davon, dass wir uns gerade auf eine stürmische Affäre eingelassen haben. Ich weiß zwar nicht genau, was stürmisch zu bedeuten hat, aber ich bin sicher, Psychoanalyse kommt darin ebenso wenig vor wie Kommentare, bei denen man das Gefühl hat, rückwärts in einen tiefen Abgrund zu stürzen.

Ich umklammere die Plastiklehne des Vordersitzes und blicke starr geradeaus. Schluß jetzt! Kein Wort mehr von meiner Mutter. Offensichtlich klinge ich dann sofort wie ein richtiges Biest. Verflucht noch mal! Sie ruiniert sogar dann alles, wenn sie nicht einmal anwesend ist.

Ich versuche, mich auf die Aussicht zu konzentrieren, aber mir geht immer wieder der gleiche Gedanke durch den Kopf.

Wenn er nun Recht hat?

Ich schweige, solange ich kann, und wende mich dann Luca zu. »Ich möchte nicht mehr über sie reden«, teile ich mit.

»Okay«, stimmt er zu.

»Bloß …«

»Ja?«

»Glaubst du …« Ich halte auf der Suche nach dem richtigen Wort inne. »Glaubst du, ich treibe sie in die Defensive? Wolltest du das damit sagen?«

»Ehrlich? Ich weiß nicht, ob ich das wollte sagen. Ich kenne nicht alle Antworten. Ich sage nur, was ich sehe.«

»Und was siehst du?«

Luca nimmt meine Hand. »Ich sehe zwei Menschen, die nicht ehrlich zeigen, wie sie wirklich sind, weil sich einer vom anderen fühlt kritisiert …«

»Aber ich kritisiere sie doch nicht so wie sie mich, oder? Was habe ich denn gesagt?«

»Kim, für jemanden, der nichts sagt, du sagst eine ganze Menge.«

»Wie meinst du das?«

»Auch wenn du schweigst, du sprichst. Und dieser Groll …«

»Ich bin voll davon!«, platze ich heraus und fühle mich bloßgestellt. »Ich spüre es die ganze Zeit. Ich weiß gar nicht, wie ich dieses Gefühl loswerden soll.«

Ich ziehe an meinem T-Shirt. »Es ist so hässlich, findest du es nicht abstoßend?«

Luca beugt sich vor und gibt mir einen Kuß auf die Nasenspitze. »Die andere Sachen lenken mich ab.«

»Welche anderen Sachen?«

»Die guten Sachen«, erwidert er schlicht.

Mit einem Ruck hält der Bus an.

»Amalfi!«, ruft der Fahrer.

27

Beim Aussteigen beobachte ich, was ringsum vorgeht – Wartende versuchen, sich in den Bus zu drängeln, bevor alle Passagiere herausgeklettert sind, vorbeischlendernde Einheimische fragen jeden weiblichen Fahrgast ohne Begleitung: »Wo kommen Sie her?«, Studenten, die eigentlich Signallampen für ihre überdimensionierten Rucksäcke brauchen könnten, alte italienische Männer, die ihren Espresso schlürfen, ohne auf das Gedränge zu achten, tief gebräunte Busfahrer, die mit ihren hellen, blauen Hemden und Sportsonnenbrillen wie Filmstars aussehen …

Alles ist genauso wie gestern. Nur ich habe mich verändert.

Als ich gestern hier ankam, war ich bereit, Rosa die Stirn zu bieten, jetzt empfinde ich für sie nur Bewunderung und aufrichtige Zuneigung.

Ich hatte geplant, eine Stunde in der Villa Cimbrone zu verbringen, und bin die ganze Nacht geblieben.

Mit dem Gefühl moralischer Überlegenheit stapfte ich gestern den Weg zu Rosas Haus hinauf und kam ihn heute Hand in Hand mit einem verheirateten Mann wieder herunter.

Und als sei das alles noch nicht genug, ist während der Busfahrt etwas Entscheidendes passiert: Der bittere, verachtungsvolle Groll, den ich meiner Mutter gegenüber hege, ist in Frage gestellt worden. Ich habe diesen Groll nie bestritten. Warum sollte ich auch? Ich fühlte mich immer dazu berechtigt, sie von mir wegzustoßen. Aber heute ist es anders. Heute bin ich beschämt. Und ich habe plötzlich begriffen, dass mir weniger der Groll zusetzt als die Tatsache, dass ich mich wie eine Ertrinkende an diesen Groll klammere. Ich habe Angst davor, *nicht mehr* zornig auf sie zu sein. Denn sobald ich aufhöre, meiner Mutter an allem die Schuld zu geben, bin ich gezwungen, mir selbst einige unangenehme Fragen zu stellen. Zum Beispiel: Wenn ihre Affäre meinem Vater damals wirklich so zu schaffen machte, warum konnte er mir das nicht sagen? Hat er ihre Untreue nur als Vorwand benutzt, um sich aus dem Staub zu machen? Warum hat er niemals versucht, Kontakt mit mir aufzunehmen? Nicht einmal eine Karte zum Geburtstag …

Ich stolpere …

Luca fängt mich auf. »Heute ist sehr heiß. Wir kaufen eine Sonnenhut für dich. So schlechter Geschmack wie möglich!«

Ich lächle, von seiner Berührung wie wiederbelebt und erleichtert bei der Aussicht, in eine ruhige Seitenstraße und von der Menschenmenge weggeführt zu werden.

»Und als Trostpreis, weil ich dich im Bus aus der Fassung gebracht habe …«

»Hast du nicht!«, protestiere ich.

Er blickt mich viel sagend an.

»Na gut, es stimmt schon, aber es war richtig von dir.«

»Als Trostpreis du darfst *mich* bei unserem Einkaufsbummel neu einkleiden, so wie du willst.«

Ich grinse und bin hingerissen von der Aussicht, Luca ein komplett übertriebenes Outfit zu verpassen. »Sogar eine dieser gerippten Strickjacken von Missoni?«

Er schaudert. »Für dich alles.«

Als wir vor einer Reihe von kleineren Boutiquen landen, durchwühle ich das Sortiment mit einem für mich neuen Eifer. Für jedes gut geschneiderte Stück gibt es eines, von dem man nicht glauben kann, dass es die Achtziger überlebt hat: schimmernde Radfahrer-T-Shirts, schmale Miami-Vice-Reverskragen, Spandau-Ballet-Bundfaltenhosen – alles ist im Angebot.

»Was sind denn so die Trends der Männermode in der kommenden Saison?«, frage ich und mir wird ganz schwindlig, als ich einen Ständer mit psychedelisch bedruckten T-Shirts zu schnell durchsehe.

Luca verdreht die Augen, als wollte er sagen, so einfach kannst du mich nicht hereinlegen!

»Im Ernst, das muss ich doch wissen, damit ich nicht zufällig etwas erwische, was gerade wieder in Mode kommt.«

»Na ja«, überlegt er zweifelnd, »Herbst/Winter geht alles um Armeekleidung, Schulterklappen, alles in Retro-Stil …«

»Wie alt müssen Klamotten eigentlich sein, bis man sie als Retro bezeichnen darf?«, frage ich.

Luca setzt zu einer Antwort an, bemerkt aber noch rechtzeitig das heimtückische Glitzern in meinen Augen.

»Samt ist wichtige Thema«, fährt er fort, ohne auf meinen Unsinn einzugehen, »und alle Details mit Pelz.«

»Gilt es als Pelzbesatz, wenn die Katze drauf geschlafen hat?«, ziehe ich ihn auf.

Luca tut so, als wollte er mich erwürgen.

»Ich hätte doch noch eine ernsthafte Frage.«

Luca hebt eine Braue.

»Sagt dir der Begriff ›Zweireiher‹ etwas?«

»Ja«, gibt er misstrauisch zurück.

»Gibt es vielleicht auch zweireihige Hosen? Für die etwas beleibteren Herren, du weißt schon?« Ich kichere begeistert, als Luca mich gewaltsam aus dem Laden zerrt.

Wir setzen unseren Bummel fort und lachen Tränen, während wir uns gegenseitig zu modischen Schwerverbrechen zwingen. Ich bin total enttäuscht, weil Luca fast alles tragen kann, ausgenommen vielleicht Pastellfarben – *a-ha*! Während ich versuche, etwas Zartgelbes für ihn aufzustöbern, wählt er für mich einen Strohhut mit breiter, gewellter Krempe und einer großen, lilafarbenen Blume darauf und bricht jedes Mal, wenn er mich ansieht, in haltloses Lachen aus. Bei Sarah Jessica Parker würde es ja vielleicht durchgehen, sie trägt schließlich die albernsten Fähnchen in *Sex and the City* und wird trotzdem als Stil-Ikone gehandelt. Cleo und ich bestaunen immer mit offenem Mund die Klamotten, die sie beim ersten Rendezvous trägt und allesamt auf irgendwelchen Designer-Outlet-Ramschverkäufen erstanden hat, und sind fassungslos, dass die Männer, mit denen sie verabredet ist, sich nicht unter dem Barhocker verstecken, wenn sie hereinkommt. (Falls sie nicht eines jener Kleider trägt, die Miranda als »Titten auf Toast« bezeichnet. Dann ist natürlich klar, woher das Geheimnis ihrer Anziehungskraft kommt.)

Ich lächle, während ich zusehe, wie Luca eine Auswahl besonders neckischer Manschettenknöpfe durchsieht. Wenn ich mit einem Mann zusammen war, habe ich mich bisher immer bemüht, so unterhaltsam, verlockend und interessant wie nur möglich zu sein, als wäre ich zum Vorsprechen eingeladen. Ich fragte mich die ganze Zeit, was sie dachten oder von mir hielten. Ich beobachtete sie genau und versuchte, sie zu ergründen. Kein Wunder, dass ich Beziehungen so anstrengend fand – ich war immer »auf Sendung«. Vielleicht hat das mit meiner Arbeit in der Dienstleistungsbranche zu tun: Solange ich dolmetsche, ist meine Funktion klar umrissen, aber bei einer Verabredung weiß ich nie genau, was man von mir erwartet. Ich bin nie entspannt und lasse mich nie einfach treiben. Ich denke an meine früheren Beziehungen, und plötzlich fällt es mir wie Schuppen von den Augen: Falls ein Teil meiner Probleme tatsächlich daher rührt, dass ich ständig nach Bestätigung suche, ist es nur logisch, wenn ich immer bei Männern lande, die ich nicht respektiere. Dann ist es keine große Sache, wenn ich von ihnen diese Bestätigung nicht bekomme – es spielt einfach keine Rolle, da es sich bei keinem von ihnen um den Richtigen handelt.

Mit Luca verhält es sich anders. Er hat es mir nicht gerade leicht gemacht, doch das ist ganz in Ordnung, weil ich weiß, dass er mir helfen und mich nicht fertig machen will. Er ist nur offen und hält seine Liebe nicht zurück, auch wenn ich nicht perfekt bin. Ich spüre, er akzeptiert mich. Ich muss keine Strafgebühr für Übergepäck bezahlen, und schon jetzt hat er mich dazu gebracht, dass ich einiges davon abwerfen möchte.

»Wie findest du?«, sagt Luca und schiebt den Vorhang der Umkleidekabine zurück. Ich weiche zurück. Er sieht einfach grauenhaft aus: hautenges silbernes T-Shirt mit kleinem Stehkragen, eine entsetzlich gemusterte Weste, auberginefarbene Hose mit Seitenstreifen sowie ein Gürtel, dessen Schnalle die Größe einer CD hat. Er sieht aus wie einer von den Chippendales, der gleich im Nachtclub sein *»Everybody Wang Chung Tonight!«* anstimmt.

»Warte! Ich will erst noch eine Aufnahme machen!«, bitte ich.

»Laß dir Zeit, ich behalte es an.«

»Was?«

»Ich habe gesagt, du darfst für mich etwas zum Anziehen aussuchen.«

»Ich dachte, du wolltest es nur anprobieren, ich …«

»Mir ist egal. Du musst mit mir laufen.«

»Es gibt doch immer einen Haken«, seufze ich.

Ich beobachte verblüfft, wie er die Preisschilder abnimmt, sein neues Outfit bezahlt und die eigenen Kleider in eine Tüte steckt. »Willst du das wirklich machen?«, frage ich erneut.

»Sieh selbst!«, sagt er und tritt auf die Straße hinaus.

Ein- oder zweimal sehen sich Menschen überrascht nach uns um, und es kommt vereinzelt zu Gekicher, aber Lucas selbstbewusster Gang (und die Tatsache, dass einige seiner Tätowierungen zu sehen sind) erspart uns allzu viel Aufmerksamkeit. Da es Zeit zum Mittagessen ist, führt er mich zu seiner Lieblingspizzeria. Wir sitzen am Holzkohleofen und bestellen die größte Pizza, die auf der Speisekarte angeboten wird, dazu alle Sorten Belag, die es gibt. Als die Pizza zwanzig Minuten später vor uns auf dem Tisch steht, ist sie derart obszön überdimensioniert, dass ich ein Loch in die Mitte schneiden und sie als Poncho tragen könnte. Das behalte ich aber vorsichtshalber für mich, sonst besteht Luca unter Umständen noch darauf, diese Idee gleich in die Tat umzusetzen.

Wir reden über den Laden. Ich frage ihn, ob er sich mit der Möglichkeit, dass meine Mutter Vincenzos Hauptanteil am Geschäft übernimmt und es leitet, anfreunden könnte. Er gesteht seine anfängliche Enttäuschung. »Aber als ihr seid nach Capri gekommen, haben sich zwei Dinge verändert.«

Die Zwei ist offenbar Lucas magische Zahl.

»Erstens: Deine Mutter war mir von Anfang an sympathisch, und außerdem gefällt mir, was sie plant mit dem Laden.«

»Ich dachte, sie wollte überhaupt nichts daran ändern.«

»Ganz genau!«, grinst er.

»Zweitens mich hat die Bekanntschaft mit dir daran erinnert, was ich noch alles machen und Nino zeigen will ... Vielleicht ich habe zu wenig Zeit, wenn ich den Laden allein besitze.«

»Was hat das mit mir zu tun?«

»Ach, du warst schon so viel unterwegs. Tokio, Zagreb ...«

»Aber das ist alles Jahre her.«

»Trotzdem du hast die Erinnerungen, ja? Die sind für immer.«

»Aber ich habe diese Reisen aus beruflichen Gründen unternommen. Ich bin mir nicht sicher, ob man das als Abenteuer bezeichnen kann, und darum geht es dir doch, nicht wahr?«

Er zuckt die Achseln.

Ich überlege einen Augenblick. Vielleicht haben mir die Reisen mehr bedeutet, als ich dachte. Mir fallen plötzlich manche der unerwarteten Erlebnisse wieder ein. Am Ende hat Luca doch Recht, und ich habe schon einiges vom Leben gesehen.

»Ich wette, du hast gedacht, ich würde ganz anders aussehen«, deute ich an.

Nach der Lektüre der Briefe nahm Luca wahrscheinlich an, ich sähe so aus wie Bridget Hall in der *Safari*-Reklame von Ralph Lauren – nichts als goldene Sommersprossen und glattes, dickes Haar –, und hätte nicht im Traum daran gedacht, ich könnte in Wirklichkeit gespenstisch bleiche Haut und eine Medusa-Mähne haben.

»Musste ich nicht raten. Ich habe gesehen die Fotografien, die deine Mutter schickte.«

»Du wusstest, wie ich aussehe, und trotzdem …«

… hast du von mir geträumt, denke ich, aber das kann ich natürlich nicht sagen. Davon darf ich offiziell gar nichts wissen. Ohne Rosa hätte ich es auch nie erfahren.

»Trotzdem …?«, hakt Luca nach.

»Nachtisch?«, erkundigt sich der Kellner.

»Soll das ein Witz sein?«, platze ich heraus. Von der Pizza, die wir gerade vertilgt haben, könnte ich mich den ganzen Winter über ernähren.

»Vielleicht später, auf dem Marktplatz«, schlägt Luca vor.

Der Kellner reicht uns die Rechnung. Diesmal wollte ich

eigentlich einen ausgeben, aber Luca scheint sich an den merkwürdigen italienischen Brauch zu halten, dass Männer immer bezahlen müssen. Das gleiche »Problem« kenne ich bereits von meinen einzigen anderen Verabredungen mit einem Italiener. Es ist fünf Jahre her, ich war damals vierundzwanzig und er zwanzig Jahre alt. Er kam aus den Abruzzen und arbeitete den Winter über in Cardiff. Ich lernte ihn in der letzten Woche seines Aufenthaltes kennen (typisch!), und wir gingen vier Abende in Folge miteinander aus. Am ersten Abend zahlte er. Am zweiten Abend sagte ich, jetzt sei die Reihe an mir, aber das lehnte er ab. Am dritten Abend startete ich wieder einen Versuch, doch er weigerte sich beharrlich. Ich sagte, das sei ja lächerlich, und verlangte eine Erklärung. Er erwiderte: »Ich habe dich gebeten, mit mir auszugehen, also muss ich zahlen.« Darauf antwortete ich: »Gut. Möchtest du morgen Abend mit mir ausgehen?« Er sagte, das würde er liebend gern. Ich kam mit gezücktem Geldbeutel im Pub an, aber er weigerte sich erneut. Ich war entnervt. »*Warum?*«, beschwerte ich mich. »Ich dachte, du hättest gesagt, wenn ich dich bitte, mit mir auszugehen, könnte ich auch zahlen.« »Ja«, gab er zurück, »aber ich habe mich so sehr über deine Frage gefreut, dass ich das feiern möchte, indem ich bezahle.«

Wir hielten den Kontakt noch eine Weile aufrecht, verloren uns aber allmählich aus den Augen. Ich denke immer noch gern an ihn zurück – er machte nicht den Eindruck, als würde er einen betrügen. Ich glaube, das hätte er sich auch finanziell nicht erlauben können.

Unser Plan, den Dom zu besichtigen, wird durchkreuzt, weil dort eine Hochzeit stattfindet. Wir setzen uns in ein kleines Café gegenüber und warten das Ende der Trauung und das Erscheinen der Hochzeitsgäste ab. Es ist, als hätte man Theaterplätze in der ersten Reihe. Ich erzähle Luca, wie ich mir einmal eine Off-Broadway Show namens *Tony & Tina's Wedding* angesehen habe.

»New York!«, seufzt er.

Ich gehöre zum Jetset. Jetzt ist es amtlich.

»Es fängt in der Kirche an, und man setzt sich auf die Bänke, als gehörte man zur Hochzeitsgesellschaft. Vor Beginn des Stückes, ehe die Schauspieler Braut und Bräutigam in diesem italo-amerikanischen Akzent aufziehen, kann man sie nicht vom Publikum unterscheiden«, erzähle ich. »Nach der Trauung geht es zum Hochzeitsempfang in einen Nachtclub, und für Passanten sieht alles genau wie eine echte Hochzeit aus – es war ziemlich surrealistisch. Man bekommt sogar etwas zu essen – pollo cacciatore, pasta marinara und zum Nachtisch ein Stück vom Hochzeitskuchen! Auch der Champagner, mit dem wir auf das Brautpaar anstoßen, ist im Preis des Tickets inbegriffen, aber man kann auch jederzeit mehr bestellen, genau wie in einer normalen Bar. Es gibt gespielte Faustkämpfe, Affären, die an die Öffentlichkeit gezerrt werden, und Tränen. Anschließend wird getanzt, und Cousin Mikey fordert dich zu einem Schieber auf, während irgendein verrückter Onkel den Macarena tanzen möchte.«

Luca lacht. »Du hast getanzt?«

»Zuerst versucht man, ihren Blicken auszuweichen, und betet insgeheim, dass sie einen nicht auffordern, aber sobald man tanzt, will man nicht mehr auf seinen Platz zurück! Es ist genau wie bei einer richtigen Hochzeit, und wenn sie dann irgendwann sagen: ›Die Show ist vorbei, auf Wiedersehen‹, ist das ein richtiger Schock. Man möchte immer weitermachen …«

»Eine schöne Erinnerung?«

»O ja!«, strahle ich.

Luca nickt.

Nachdenklich lege ich den Kopf auf die Seite. Er hat Recht. Diese Erinnerung ist unvergänglich. Genau wie diese hier. Ich werde nie vergessen, wie ich hier gesessen habe und dabei vor meinen Augen eine spektakuläre Modenschau stattfand, als die Hochzeitsgäste in der Nachmittagssonne aus der Kirche kamen: Männer im Stil von *Der Pate* in eng geschnittenen Anzügen; Frauen in farbenprächtigen, kostbar glitzernden, opulenten Stoffen, die langen schwarzen Mähnen in Chignons gebändigt und mit großen, gestärkten Schleifen dekoriert. Die Braut, in schimmernder Spitze, verharrt für einen Moment am oberen Treppenabsatz, bevor sie sich an den Abstieg macht. Wir zählen gemeinsam mit ihr die Stufen. Es sind insgesamt fünfundsiebzig, und ihre Schleppe bedeckt mindestens dreißig davon.

In Gesellschaft eines aufgeregten Kindertrios und zweier Frauen in Shorts mit Kartoffelknien hasten wir die Stufen hinauf und liebäugeln mit der Idee, uns heimlich auf einige der Hochzeitsfotos einzuschmuggeln.

»Glaubst du, wir haben mehr als eine Leben?«, fragt Luca, während er zuschaut, wie Cousins und Neffen einander umarmen.

»Ich glaube schon«, erwidere ich zögernd. »Aber nur ein Leben so, wie wir jetzt sind.«

»Vielleicht ich komme das nächste Mal als diese Mann zurück«, sagt Luca und deutet auf einen vierschrötigen Kerl mit Kugelbauch.

»Und ich als diese Frau!«, sage ich und deute auf ein gertenschlankes, langbeiniges weibliches Wesen, das wie ein Model aussieht.

»Du kannst dir die beiden zusammen vorstellen?«, erkundigt sich Luca besorgt.

Lächelnd schmiege ich mich in seine Arme und lasse mich willig auf seinen Schoß ziehen, während er sich auf eine der Stufen setzt. Ich versinke in seinen Augen. Er lächelt mich an. Es ist komisch, jemanden direkt anzusehen und dabei geheime Gedanken zu haben. Als bestehe ein gewisses Risiko, der andere könne sie womöglich lesen. Ich frage mich, ob Luca erraten hat, was ich denke: »Versprich mir, mich in deinem nächsten Leben zu heiraten.«

Um fünf Uhr nachmittags klettern wir in Lucas Boot und fahren zurück nach Capri. Luca zeigt mir, wie man das Boot steuert, und versetzt mich anschließend in Angst und Schrecken, als er mich allein fahren lässt und währenddessen in irgendeiner selbstmörderischen Aktion auf dem Vorderdeck herumklettert. Ich bin fest davon überzeugt, dass er jeden Augenblick ins Meer stürzt und ich ihn bei einem unbeholfenen Rettungsversuch mit der Schiffsschraube zu Hackfleisch verarbeite. Mit entsprechend schriller Stimme dränge ich ihn, wieder ins Boot zurückzukommen.

Je weiter wir aufs Meer hinausfahren, desto kühler wird es. Nach der stickigen Hitze von Amalfi ist das zuerst eine Wohltat, aber als der Wind auffrischt und eine Spur zu kräftig bläst, kramt Luca einen dunkelgrauen Kaschmirpullover mit V-Ausschnitt aus der Kabine, der die absurde Wirkung meines zusammengestoppelten Outfits noch beträchtlich erhöht. Ich ziehe ihn an. Als Luca sagt, es gefalle ihm, dass ich etwas von seinen Sachen trage, könnte ich nicht glücklicher sein. Ich wünsche mir von ganzem Herzen, die Fahrt würde niemals aufhören, aber schon bald kommt Marina Piccola in Sicht.

»Vielleicht wir gehen morgen nach Punta Carena und besichtigen den Leuchtturm?«, schlägt Luca vor.

Ich grinse entzückt und denke bei mir: Es gibt ein Morgen! Das ist nicht das Ende!

»Nichts auf der Welt wäre mir lieber!«, erwidere ich.

Ich will Luca gerade einen letzten Kuss rauben, als der Ruf: »Papa! Kim! Papa!«, vom Strand herübertönt und ein winzig kleiner Ringo auf dem Landungssteg auf- und abhüpft.

Wir winken eifrig zurück. Es ist schön, ihn wiederzusehen. Ich habe das Gefühl, als gehörte ich zur Familie. Noch während wir anlegen, klettere ich auf den Steg und hebe Ringo in einer herzlichen Die-Beine-schweben-in-der-Luft-Umarmung hoch. (Seine Beine, wohlgemerkt, nicht meine. Ich würde ihn bestimmt zerquetschen, wenn meine Beine nicht mehr fest am Boden wären.)

Ringo sieht ungeduldig zu, wie Luca den Motor abstellt und das Boot vertäut. »Papa, Papa!«, drängelt er und zerrt an ihm, bis er sich aufrichtet. »Sieh mal, wer gekommen ist!«

Ich muss mich nicht einmal umdrehen. Lucas Miene verrät mir auch so, dass er gerade seine Frau gesehen hat.

28

»›*Was in drei Teufels Namen trägst du denn da?*‹ Das war das Erste, was sie zu ihm sagte!«

»Nach wie vielen getrennt voneinander verbrachten Wochen?«, ruft Cleo aus.

»Fünf!«

»Neeeein!«

»Doch! Und das Schlimmste daran ist, dass ich dachte, sie würde mich meinen, weil ich seinen Pullover anhatte.«

»Ich wette, das sah unmöglich aus.«

»Zusammen mit meinen Cargohosen schon«, gebe ich zu.

»Auf sie muss es gewirkt haben, als wärt ihr zwei ziemlich vertraut miteinander.«

»Das dachte ich auch, deswegen versuchte ich, den Pullover so schnell wie möglich auszuziehen, verhedderte mich aber in meinem neuen Hut.«

»Du trägst doch nie Hüte!«

»Der gehörte zu den geschmacklosen Outfits, die wir zusammengestellt haben …«

»Ihr müsst ja ein toller Anblick gewesen sein.«

»Und ob! Ach, Cleo, es hätte so komisch sein können, wenn es nicht so tragisch gewesen wäre – alle diese schicken Mittelmeer-Yachtbesitzer und wir mittendrin, angezogen, als hätten wir gerade die Peilung verloren!«

»Hat denn niemand gelacht?«

»Nur Ringo.«

»Braver Junge!«

»Ich wollte Tanya unbedingt friedlich stimmen und erzählte ihr, was Ringo für ein nettes Kind sei; aber sie gab nur kurz angebunden zurück, er heiße ihres Wissens Antonino oder abgekürzt Nino, jedenfalls nicht Ringo.«

»Zicke!«

»Ich weiß.«

»Haben sie sich geküsst?«

»Nein, alles war ziemlich angespannt. Keine Ahnung, ob das nur mit mir zu tun hatte oder ob es in jedem Fall so gewesen wäre.«

»Hat er mit dir über die Beziehung zu seiner Frau gesprochen?«

»Nein, kein Wort. Ich wollte auch nichts davon hören.«

»Wie sieht sie denn aus?«

»Grauenhaft!«

»Wirklich?«

»Naja, grauenhaft auf eine beeindruckende, eisköniginnenhafte Art. Als Rosa erzählte, dass sie in einem Reisebüro arbeitet, hoffte ich insgeheim auf eine billige Dauerwelle, Haarband, zu stark gezupfte Augenbrauen …«

»Tiefroten Lipliner und perlmuttrosa Lipgloss«, wirft Cleo ein.

»Künstliche Fingernägel.«

»Fußkettchen.«

»Und eine Packung Kippen«, runde ich ab.

»Und wer stand tatsächlich vor dir?«

»Lady Victoria Hervey!«, stöhne ich.

»Blond?«

»Sehr«, bestätige ich.

»Wie alle weiblichen Schurken, übrigens. Ich weiß auch nicht, warum Hexen immer schwarze Haare haben müssen. Im richtigen Leben sind deine Feindinnen immer blond. Und jetzt erzähl mir noch, dass sie genauso redete wie Kathy Burke.«

»Sie ist ziemlich schick. Und flach wie ein Bügelbrett. Absolut kein Hintern.«

»Vielleicht war er deswegen so von deinem entzückt!«

»*Hör bloß auf!* Ich darf gar nicht daran denken, dass er mich bei Tageslicht nackt gesehen hat!«

Cleo kichert und wird dann ernst. »Überstehst du das alles irgendwie?«

»Ja«, antworte ich. »Es ist seltsam, aber im Augenblick bin ich in totaler Hochstimmung. Was sie auch vorhat, die gemeinsame Zeit mit Luca kann sie mir nicht nehmen.«

»Brennende Bettdecken, Marmeladeschlachten im Bad, langsame Küsse in einem Schnellboot ... da hat sie eine schwere Aufgabe vor sich.«

»Ach, Cleo, es war so unglaublich *schön*. Ich kann es kaum erwarten, bis ich wieder mit ihm zusammen bin.«

»Bist du dir sicher, dass es überhaupt ein nächstes Mal gibt?«, erkundigt sich Cleo vorsichtig.

»Er hat gesagt, er will mit mir zum Leuchtturm fahren.«

»Aber da wusste er noch nicht, dass seine Frau zurück ist.«

Ich fühle mich plötzlich ganz elend.

»G-glaubst du ...«

»Keine Ahnung«, seufzt Cleo. »Ich will dir ja nicht die Stimmung verderben, aber es wird bestimmt nicht einfach, oder?«

Ich fühlte mich so unbesiegbar, als ich Tanya zum ersten Mal gesehen habe. Mit einem Schlag erfasse ich die tatsächliche Situation.

»Ich hoffe nur, er legt keine Beichte ab«, fügt Cleo hinzu.

»Ach du lieber Gott, *nein*. Du denkst doch nicht etwa, er würde ihr etwas sagen?«

»Du weißt doch selbst, wie unglaublich dumm Männer sich in solchen Fällen verhalten. Wahrscheinlich riecht sie den Braten sowieso schon, also wird sie ihm entsprechend zusetzen. Vielleicht hält er das nicht aus.«

»Cleo! Hör auf!«

»Ich an deiner Stelle würde mich auf eine schnelle Flucht einstellen – Capri ist eine kleine Insel, auf der man sich nicht verstecken kann.«

Und wo es nur wenige Fleckchen gibt, die sich für ein geheimes Stelldichein eignen, denke ich beunruhigt.

»So oder so, du hast ohnehin nur noch zwei Tage vor dir, bevor du etwas Abstand zwischen dich und den Ort deines letzten skrupellosen Verbrechens legen kannst!«, fügt Cleo hinzu, frei nach *Thelma & Louise*.

Zwei Tage. Unmöglich. Alles scheint mir plötzlich zu entgleiten.

»Kim? Bist du noch dran?«

»Frag mich noch mal, ob ich das alles irgendwie überstehe«, fordere ich sie auf.

»Nun, wie steht es?«

»Neeeein!«, heule ich und gehe dabei zwei älteren Sonnenanbetern aus dem Weg, die gerade die vom Strand heraufführende Treppe erklimmen.

»Hoppla! Entschuldigung, Sie haben das hier verloren«, sage ich und reiche ihnen die Sonnenmilchflasche Faktor 4.

»Grazie!«, nicken sie.

»Mensch, morgen ist ja der große Tag«, sage ich, dankbar für die Gedächtnisstütze. »Vielleicht hast du morgen schon eine Art Verabredung mit dem hinreißenden Gareth!«

»Ach Gott, ich bin so nervös! Wenn er mich nun einfach abblitzen lässt?«

»Komm schon, keine Schwachheiten«, sage ich möglichst

munter. »Ich meine, rein statistisch gesehen muss es für eine von uns einfach ein Happy End geben, oder?«

Obwohl wir nicht überzeugt sind, muntern wir uns mit tapferen »Na klar doch!«-Geräuschen auf, bevor wir auflegen.

Danach werfe ich einen Blick auf die Uhr. Der Amorato-Clan dürfte sich mittlerweile verzogen haben. Ich wollte keinesfalls gemeinsam mit ihnen ein Taxi nehmen, es war auch so schon schlimm genug, den Landungssteg entlangzugehen und zuzuhören, wie Luca Tanya nach ihrer Reise fragte. Ich hatte das Gefühl, als bespitzelte ich sein anderes Leben.

Ich gehe zur Bushaltestelle. Noch zehn Minuten bis zur nächsten Abfahrt. Keine Schlange. Da mich weder Postkarten noch Fischernetze interessieren, betrete ich die kleine weiße Kirche neben der Haltestelle und lasse mich auf einem der Holzstühle nieder. Der vollkommene Frieden wird von heftigem Schnaufen gestört. Ich blicke mich suchend um und entdecke einen großen Hund mit verfilztem Fell, der hereintappt und zum Altar läuft. Seine Pfoten verursachen ein kratzendes Geräusch auf den Kacheln. Er dreht sich zu mir um und sieht mich an, als wollte er sagen: »Was gibt's denn da zu glotzen?«, bevor er sich, offenbar erleichtert darüber, der heißen Sonne entronnen zu sein, auf den Boden plumpsen lässt. Ich überlasse ihn seinem Schicksal und verbringe die Rückfahrt im Bus damit, mir jeden Gedanken daran, was Luca gerade tut oder sagt, strengstens zu verbieten. Alles in Ordnung, versichere ich mir. Sie essen zu Abend. Bis zur Schlafenszeit braucht mir vor Eifersucht nicht übel zu werden. Einfach nicht dran denken. Du machst das Licht aus und schläfst. Irgendwie musst du durch die Nacht kommen, dann siehst du ihn morgen in der Boutique.

Alles wird gut.

Ich werfe noch einen Blick auf die Uhr. Vierzehn Stunden. In vierzehn Stunden sehe ich ihn wieder. Ich schaffe es. Ich schaffe es …

»Mama?«, rufe ich und öffne die Tür zu unserem Hotelzimmer.

»Kim! Du bist wieder da!« Sie eilt mir mit ausgestreckten Armen entgegen und zögert dann. »Was für ein interessanter Hut.«

»Fang du nicht auch noch an!«

»Mit was soll ich nicht anfangen?«, fragt sie und drückt mich an sich.

»Du solltest Lucas Frau kennen lernen, Tanya. Ich glaube, ihr zwei habt viele Gemeinsamkeiten.«

»Ich kenne sie bereits«, sagt sie und lässt mich los. »Sie kam heute auf der Suche nach Luca in den Laden.«

»Wann ist sie denn zurückgekommen?«, erkundige ich mich betont beiläufig.

»Heute Morgen. Sie wollte ihn überraschen, aber vermutlich war die Überraschung jetzt mehr auf ihrer Seite!«, gluckst Mama. »Zuerst war sie etwas besorgt, weil er die Nacht mit dir verbracht hat, aber ich sagte ihr, dass sie sich keine Sorgen mehr machen würde, wenn sie dich erst einmal kennen gelernt hat.«

»Besten Dank!«

»So hatte ich es doch nicht gemeint!«, erwidert Mama und schnalzt tadelnd mit der Zunge. »Ich sagte, sie würde sofort sehen, dass du nicht zu den Mädchen gehörst, die sich mit verheirateten Männern einlassen. Ich habe ihr erzählt, wie sehr du ein solches Verhalten missbilligst.«

In Mamas Augen liegt für einen Moment ein unruhiges Flackern, und ich weiß, sie denkt jetzt: Wie sehr du mein Verhalten missbilligst.

Das versetzt mir einen Stich, und ich nehme sie in die Arme, um sie zu trösten. Und um mein Gesicht vor ihr zu verstecken.

»Mario hat sich gestern Abend große Sorgen um dich gemacht«, sagt Mama und wickelt eine Haarsträhne um den

Lockenstab. »Wir sollten einen Cocktail trinken gehen, damit er weiß, dass du unversehrt zurückgekommen bist.«

Ich seufze. Ich habe überhaupt keine Lust, mich zum Abendessen in Schale zu werfen. Ich würde alles dafür geben, ein Fertiggericht aus der Mikrowelle vor dem Fernseher auf den Knien zu balancieren.

»Zieh dich rasch um, wir essen heute Abend im Hotel und kriechen früh in die Falle. Wie hört sich das an?«

»Keine Pläne mit Platin-Mann?«

»Er weiß schon, dass ich heute Abend bei dir bleiben möchte«, lächelt sie. »Außerdem sind wir morgen sowieso mit ihm verabredet. Tyler kommt am Nachmittag nach Capri, und wir treffen uns um neun Uhr mit den beiden zum Abendessen in ihrem Hotel.«

Das Entsetzen steht mir ins Gesicht geschrieben. Diese lächerliche Verabredung hatte ich vollkommen vergessen.

»Es wird bestimmt sehr nett. Ich dachte, wir beide gehen vorher auf einen Cocktail ins Quisisana, dann können wir behaupten, die beiden Fünf-Sterne-Hotels dieser Insel an einem Abend mit unserer Anwesenheit beehrt zu haben.«

»Toll«, sage ich, ohne die leiseste Spur von Enthusiasmus.

»Komm schon! Nimm rasch eine Dusche und mach dich ein bisschen zurecht, dann gehen wir an die Bar.«

Mit Tyler wird unter Garantie nicht das Geringste passieren, trotzdem kommt es mir Luca gegenüber hinterhältig vor, mit einem anderen Mann eine Verabredung zum Abendessen zu haben. Außerdem hat diese Verabredung den Nachteil, dass ich einen ganzen Abend mit hölzernem Small Talk verschwende, mir peinliche Anspielungen meiner Mutter anhören muss und keine Gelegenheit habe, mich in aller Heimlichkeit mit Luca zu treffen, vorausgesetzt, dass er sich seinerseits irgendwie verdrücken kann. Vielleicht gelingt es mir, irgendeinen mysteriösen Phantomschmerz vorzuschützen und abzuhauen; dann wäre ich zumindest im Hotel, falls er mich anruft. Wozu soll ich ausgehen? Ich will nur an Luca denken. Mich an alles erinnern. Ihn spüren …

»Kim!«

»Was?«, antworte ich, verärgert über die Unterbrechung. Dann fällt mir die Unterhaltung im Bus wieder ein. Lächelnd öffne ich die Badezimmertür. »Entschuldige, Mama, was hast du gesagt?«

»Ich wollte nur sichergehen, ob du wirklich duschen gehst. Es ist schon nach acht Uhr.«

»Ich brauche nur eine Sekunde!«, zirpe ich, verziehe mich wieder ins Badezimmer und lege widerwillig den Hut ab.

Zwanzig Minuten später entsteigen wir dem Lift. Der Hotelmanager hat anscheinend auf der Lauer gelegen und wirft sich meiner Mutter in den Weg. Ich gehe allein zur Bar weiter.

»Ahhh! Willkommen auf der Insel!«, strahlt Mario. »Wir Sie haben vermisst!«

Ich klettere lächelnd auf einen Barhocker. Es ist sonderbar wohltuend, Mario zu sehen. »Sie haben mir auch gefehlt!«, lüge ich.

»Wie Ihnen hat Ravello gefallen?«

»Ich glaube, es ist das schönste Fleckchen Erde auf der ganzen Welt«, grinse ich.

»Auch bei Regen?«

»Auch dann.«

Mario nickt griesgrämig.

»Ihre Mutter erzählt mir, dass Manager von Boutique gekommen ist, Sie zu retten …«

Ich versuche, nicht schuldbewusst auszusehen. »Ja.«

»Hmmm.« Mario mustert mich misstrauisch. »Ich glaube, er Sie hat vielleicht gern.«

»Er ist verheiratet«, gebe ich zurück, um ihn von dieser Spur abzulenken.

»Das bedeutet nichts«, gibt er achselzuckend zurück. »Ich auch bin verheiratet.«

»Sie sind verheiratet?« Mir bleibt die Spucke weg.

»Naja, ich habe seit zehn Jahren dieselbe Freundin, das ist genauso.«

Wer hätte das gedacht. Marios Annäherungsversuche waren so dreist, dass es mir nicht in den Sinn gekommen ist, er könnte gleichzeitig eine langjährige Beziehung haben.

»Weiß Ihre Freundin über Sie Bescheid?«

Mario blickt mich fragend an.

»Weiß Sie über die anderen Frauen Bescheid?«

»Sie weiß, dass ich liebe nur sie und sie nie verlassen werde.«

»Und lieben Sie sie *wirklich*?«

»O ja«, versichert er und sieht zum ersten Mal aufrichtig aus.

Ich bin verwirrt. »Wozu dann die anderen Frauen?«

»Ist immer schön, neue Haut zu berühren«, gesteht er. »Und ... Signora!«, begrüsst er jetzt meine Mutter, die die Bar betritt.

Ich blicke auf den Drink, den Mario für mich zubereitet hat, und stürze ihn in einem Zug hinunter. Verliebt man sich heutzutage nicht mehr in einen anderen und bleibt ihm dann treu? Mit Luca habe ich alles als etwas Besonderes empfunden, aber augenblicklich beschleicht mich eher das Gefühl, ich gehörte zu jenen gemeinen Menschen, die sich wie Autoscooter bewegen und mit jedem etwas anfangen, den sie zufällig rammen.

Irgendwie überstehe ich das Abendessen und die Nacht. Es gibt so vieles, worüber ich mit Mama reden möchte, aber im Augenblick will ich einfach nur die Stunden hinter mich bringen, bis ich Luca treffe.

Am Morgen überspringe ich das Frühstück und erzähle ihr, dass ich auf der Piazzetta ein paar Fotos machen will, bevor die Touristenmassen sie überrennen. In Wirklichkeit möchte ich aber nur vor ihr am Laden sein, um einige ungestörte Minuten mit Luca zu haben.

Während ich die Via Longamo hinuntergehe, ist mir vor lauter Anspannung übel. Ich werde sofort wissen, wie er empfindet: Wenn er zwinkert und mich küsst, hat sich nichts zwischen uns verändert. Wenn er Sorgenfalten hat und schuldbewusst aussieht, hat er schlecht geschlafen und fühlt sich innerlich zerrissen. Reagiert er kalt und vermeidet jeden Blickkontakt, will er nichts mehr mit mir zu tun haben und tut so, als sei nichts geschehen.

Ich rüttle an der Tür. Geschlossen. Ich klopfe an die Glasscheibe. Nichts. Auf die Stufen kann ich mich nicht setzen, das würde zu verzweifelt wirken, also gehe ich auf und ab und gebe vor, die Auslagen in den anderen Schaufenstern zu betrachten. Fünfzehn Minuten sind vergangen, und von Luca keine Spur. Um viertel nach neun taucht meine Mutter auf.

»Hast du Erfolg gehabt?«

Ich blicke sie verständnislos an.

»Die Fotos?«

»Ach so. Es war ein wenig diesig, aber ich glaube schon, dass die Aufnahmen gut geworden sind.«

Ich betrete das Geschäft nach ihr, bin aber schrecklich zappelig. »Soll ich Kaffee für uns holen?«, schlage ich vor.

»Heute sind wir beide allein«, erwidert sie. »Luca hat angerufen und sich den Tag frei genommen.«

»Warum?«, stoße ich hervor.

»Er möchte heute Zeit für seine Frau haben.«

29

»Hat er das so gesagt?«, wimmere ich.

»Was gesagt?« Mama, die kritisch eine granatapfel-rosafarbene Bluse begutachtet, schaut zerstreut auf.

»Dass er den Tag mit ihr verbringen will?«

Mama mustert mich mit seltsamem Blick. »Nein, nicht wörtlich, aber schließlich haben sich die beiden einen Monat lang nicht gesehen. Ich vermute, sie haben einiges nachzuholen.«

Ich lehne mich gegen den Türrahmen.

»Geht's dir nicht gut?«

»Doch, doch. Ich hole noch etwas von diesem Gebäck mit Kirschmarmeladenfüllung. Hast du noch einen anderen Wunsch?«

»Nein, ich brauche nichts, aber übertreib's nicht – uns erwartet heute Abend eine Riesenmahlzeit.«

Voller Panik verlasse ich den Laden. Ich schaffe es nicht. Ich überstehe nicht noch mal vierundzwanzig Stunden ohne ihn, ohne zu wissen … Tränen steigen mir in die Augen. Das ist ja entsetzlich! Ich sitze in der Falle! Die ganze Nacht über habe ich mich mit dem Gedanken beruhigt, dass ich Luca heute sehe. Jetzt kommt er nicht, und ich habe Angst, ich könnte durchdrehen. Ich kann nicht einfach alles abschütteln und sagen: Ich rede morgen mit ihm darüber. Morgen könnte ebenso gut in einem Jahr heißen. Ich bin mir nicht einmal sicher, ob ich die nächste Stunde überlebe, so heftig toben Ungeduld und Enttäuschung in mir und drohen, die Oberhand zu gewinnen. Ich hasse es, wenn ich nahe daran bin, die Kontrolle zu verlieren. Ich hasse es, dass ich so machtlos bin. Wenn er nicht zur Arbeit kommt, muss ich es einfach hinnehmen! Vielleicht finde ich seine Privatnummer im Laden oder frage Mama danach, aber ich will keinen Anruf riskieren und hänge einfach in der Luft. Ich lehne mich an die Mauer und versuche, mich zu beruhigen. Ich verachte diesen Teil meiner Persönlichkeit: Diese übertriebenen emotionalen Überreaktionen. Aber hier steht so vieles auf dem Spiel.

Während ich weiter die Straße entlanggehe, kommt ein Pärchen an mir vorbei, das kurz vor einem bösen Streit steht. Ich beobachte, wie sie einander mit schneidenden Bemerkungen verletzen, und ziehe in Betracht, dass Luca es im Augenblick vielleicht auch nicht gerade leicht hat. Eine neue Empfindung steigt in mir auf – ich habe Mitgefühl. Ich bin nicht hier, um es ihm noch schwerer zu machen. Ich will seine Zuflucht sein. Ich drehe nicht durch. Gut. Ein Schritt nach dem anderen. Angefangen bei dem Gebäck mit Kirschmarmelade.

Als ich in die Boutique zurückkomme, beendet Mama gerade ein Telefonat.

»Das war Sophia«, grinst sie. »Wir haben beschlossen, dass heute der richtige Tag ist, um uns zu *verwöhnen*.«

»Tatsächlich?«

»Ich habe nach der Arbeit Termine für uns in ihrem Schönheitssalon gebucht, dann können wir es uns vor dem Abendessen hemmungslos gut gehen lassen.«

Meine Miene spiegelt offenbar nicht ausreichend überschäumende Begeisterung wider, daher unternimmt sie einen zweiten Versuch: »Ich gönne mir eine Luxus-Maniküre-Pediküre und eine neue Frisur. Wie steht's mit dir?«

Ich überlege.

»Bieten sie dort auch Massagen an?«

»Natürlich!«, erwidert Mama, die schon entzückt ist, mir überhaupt eine Reaktion entlockt zu haben. »Möchtest du eine Massage?«

Unter den gegebenen Umständen halte ich es für besonders wichtig, dass ich mich während der Behandlung nicht von der Stelle rühren kann. Sonst laufe ich womöglich, in der verwegenen Hoffnung, Luca unterwegs zufällig zu begegnen, zum Arco Naturale davon.

»Doch, das wäre genau das Richtige«, antworte ich zu meiner eigenen Überraschung.

»Also, sie haben die unterschiedlichsten Angebote – Ayurveda, Shiatsu, Lymphdrainage, Meersalz, Vier-Hand-Synchron-Massagen …«, rattert meine Mutter aus der Broschüre herunter.

Ich möchte am liebsten fragen, welche Massage bei weiblicher Hysterie besonders ratsam ist, entscheide mich dann aber für die Meersalzvariante; sie hört sich nach besonders viel Kraftaufwand an, und ich muss sicher sein, dass der Masseur körperlich in der Lage ist, mich im Falle eines Fluchtversuchs zurückzuhalten.

»Wunderbar!«, strahlt Mutter. »Vielleicht könnten sie auch …«

Ich sehe sie durchdringend an.

»Na ja, wenn wir dort sind, hast du womöglich selbst Lust, noch mehr auszuprobieren.«

»Mein Haar stört dich, oder?«

»Nein, nein, also … doch, ja. Ich weiß, du trägst es gern offen und ungebändigt, aber ich dachte, vielleicht ein einziges Mal, nur heute Abend. Aber muss ja nicht sein.«

»Ich denke darüber nach«, seufze ich. Vielleicht hat Luca Recht, und das ist ihre Art, mir ihre Liebe zu zeigen. »Ich will heute mit Großvaters Büro anfangen – ich habe ja nur noch zwei Tage, um mich durch die Unterlagen zu arbeiten.«

Meine Mutter lässt überrascht die Broschüre sinken. »Das ist das erste Mal, dass du ihn Großvater nennst.«

Ich zögere erst und antworte dann. »Na ja, Rosa hat mir einiges erzählt. Tatsächlich …«

Plötzlich wird die Tür aufgerissen, und eine elegante Mittfünfzigerin, die man aus den Gesellschaftsseiten des *Tatler* kennt, stürzt herein.

»Schätzchen, Sie müssen mir helfen!«, ruft sie aus. »Diese verflixte Fluggesellschaft hat meinen Koffer verloren – keine Ahnung, wann ich ihn wiedersehe! Ich brauche dringend ein Outfit für ein Mittagessen im Canzone – irgendwas Atemberaubendes, meine Erzfeindin ist nämlich auch eingeladen! –, dann einen Badeanzug und einen Sarong für die Yacht, ein Kleid fürs Abendessen und etwas Schönes, das ich mir um die Schultern legen kann, wenn es frischer wird. Im Hotel wurde mir gesagt, Sie wären die Richtige für mich und könnten mir helfen.«

Ehe Mama antworten kann, fügt sie verschwörerisch hinzu: »Eigentlich hat man mir geraten, nach Luca zu fragen, aber mir ist es viel lieber, wenn eine Frau mir hilft. Diese italienischen Männer können einen furchtbar ablenken.«

Mama lächelt und ist ganz in ihrem Element. »Warum setzen Sie sich nicht, während ich etwas für Sie aussuche? Ich könnte mir vorstellen, dass weiche Goldtöne für den Tag ganz hervorragend zu Ihrem Farbtyp passen und zugleich Ihre Rivalin auf den zweiten Platz verweisen! Abends wird es dramatischer. Dieses mitternachtsblaue Kleid mit den Chiffonärmeln ist einfach ein Traum …«

Obwohl meine Mutter die Fähigkeit besitzt, jedem Menschen sofort das passende Outfit zuzuordnen, könnte das hier einige Zeit in Anspruch nehmen, und ich beschließe, mich im Büro umzusehen. Ich kann Mama später immer noch erzählen, was Rosa gesagt hat.

Ich stehe vor Vincenzos Schreibtisch, einem Rollpult aus Rosenholz. Alle Bilanzbücher sind abgeschlossen, Luca ist im Besitz des aktuellen; es handelt sich also hauptsächlich darum, alte Unterlagen durchzusehen und auszusortieren. Ich rolle auf dem großen Holzstuhl an den Schreibtisch heran und frage mich, ob Vincenzo hier Luca die Briefe meiner Mutter vorgelesen hat. Wo hätte er sonst noch sitzen können?

Vielleicht hat er auch den Stuhl, der hinter der Kasse steht, hergeschoben. Oder sich auf den Stapel Modezeitschriften und Telefonbücher in der Ecke gestützt.

Auf dem Schreibtisch fällt mir ein altmodisches Schreibset auf, das sich beim Aufklappen als Fotorahmen entpuppt. Auf der einen Seite ist eine Fotografie meiner elfjährigen Mutter zu sehen; sie hat die Arme um ihren Vater gelegt und lächelt stolz in die Kamera, als wollte sie sagen: »Das ist mein Papa!« Vermutlich stammt die Aufnahme aus dem Sommer vor ihrer Abreise – wahrscheinlich eines der letzten Fotos, auf dem Vater und Tochter gemeinsam zu sehen sind. Das andere Foto zeigt mich als Fünfjährige auf dem Schoß meiner Mutter. Ich habe Geburtstag. Meine Beine sehen unter dem übermäßig gerüschten Kleid wie zwei Knödel aus, und ich trage eine Shirley Temple-Frisur. Kein Wunder, dass Luca sich sofort in mich verknallt hat. Wer würde da nicht schwach werden? Ich stelle den Rahmen auf den Tisch zurück und stelle mir vor, wie mein Großvater hier saß und seine Mädchen betrachtet hat, Mädchen, aus denen Frauen wurden, die er niemals kennen gelernt hat.

Aus dem Laden ertönt schrilles Gelächter, und der Ausruf »Also, in dem Fall nehme ich zwei!« dringt an mein Ohr. Meine Mutter hat wirklich ein Händchen für ihre Kundinnen, das muss man ihr lassen. Obwohl sie immer noch nicht weiß, ob sie bleiben soll, halte ich es langsam für einen richtig guten Einfall, zumindest während des Sommers. Vielleicht könnten Delia und Monique ihr gelegentlich einen Besuch abstatten, das fände sie bestimmt schön.

Nach und nach öffne ich die kleinen Schubladen. Kaputte Büroklammern und verhedderte Gummibänder in einer, Briefe zufriedener Kunden in der anderen. Die könnte man behalten, rahmen und im Büro aufhängen. Ich schlage ein Notizbuch auf; die Ecken der beschriebenen Seiten sind umgeknickt und mit Mustern bemalt. Ich habe genau dieselbe Angewohnheit und mich schon manchmal gefragt, woher sie stammt.

Der obere Teil des Rollpults ist aufgeräumt. Ich versetze dem Stuhl einen Schubs, rolle zurück und nehme mir die Unterschränke vor. Zwei Böden. Zwei längliche Kartons, in denen sich vorher kniehohe Stiefel befanden. Vorsichtig nehme ich den ersten Karton heraus und lüpfe den Deckel. Nach Jahrgängen sortierte Briefe, die bis zum April 1967 zurückreichen. Auf dem ersten Umschlag erkenne ich die Handschrift meiner Mutter, und auch auf dem zweiten, der vom 7. Februar 1972 stammt – exakt zwei Tage nach meiner Geburt. Ich blättere die Umschläge rasch durch. Die Briefe hören zwei Wochen vor Vincenzos Tod auf. Wow. Über dreißig Jahre Briefe, allesamt von meiner Mutter. Mit zitternden Händen nehme ich den ersten Brief aus dem Karton:

Questa lettera e lungo dovuta. Mi sposo domani e mi si spezza il cuore che tu no sarai qui per darmi via.

(Dieser Brief ist seit langem überfällig … Ich heirate morgen, und es bricht mir das Herz, wenn ich daran denke, dass du nicht da sein wirst, um mich zum Altar zu führen.)

Ich verstehe überhaupt nichts mehr. Der Brief ist in Italienisch geschrieben. Aber vielleicht war die Sprache auch nach zwölf Jahren noch fest in ihr verwurzelt. Außerdem handelt es sich ja nur um ein paar Zeilen. Ich lese weiter. Sie erzählt jetzt von meinem Vater.

Er heißt Huw Rees, war früher bei der Armee, ist jetzt bei der Post angestellt, und ich will versuchen, ihn für immer zu lieben.

Ich blättere die Briefe bis zur Mitte der Kiste durch und ziehe einen weiteren vom August 1990 hervor. Sie erzählt Vincenzo, wie ausgezeichnet meine Abschlüsse sind und dass Sprachen mich besonders interessieren. In Italienisch. Ein weiterer Brief, neun Jahre später, handelt von meiner Verlobung mit Tomas. Ebenfalls in Italienisch. Mein Herz pocht vor Aufregung, als ich den letzten Brief herausziehe. Bitte, lass diesen Brief in Englisch sein. Mit zitternder Hand entfalte ich die Seiten. »Tut mir Leid, dass es dir nicht gut geht …« ITALIENISCH. Meine Mutter hat genau verstanden, was alle gesagt haben – mich eingeschlossen. Bei der Erinnerung an den bösen Seitenhieb Mario gegenüber – dass sie eine »todsichere Sache« sei – werde ich tiefrot. Kein Wunder, dass sie ihr Glas umgeworfen hat. Ich hätte so etwas niemals direkt zu ihr gesagt.

Ich stopfe die Briefe in die Schachtel und mache einen Schritt zurück. Ich wünschte, ich hätte sie nicht entdeckt, und frage mich, was das alles bedeuten soll. Warum hat meine Mutter gelogen? Sie behauptet seit Jahren, sie könne sich kaum noch an ein einziges Wort Italienisch erinnern, und ich bin ja nur mitgekommen, um … Ich halte in meinen Überlegungen inne. Ich bin nur hier, weil sie behauptet hat, sie brauche mich zum Übersetzen. Ich erhebe mich mühsam und spähe in den Verkaufsraum. Sie und Bunny Polo-Ascot befinden sich immer noch im Stadium »Taillierter Hosenanzug«. Augenblicklich sind sie auf der Suche nach dem perfekt dazu passenden T-Shirt.

Jetzt betreten zwei neue Kundinnen den Laden. Ich erkundige mich, ob ich ihnen helfen kann, aber sie möchten sich nur ein bisschen umsehen. Ich gehe zurück ins Büro und ziehe die Tür hinter mir zu. Ich knie neben der Kiste nieder, hole tief Luft und nehme den Brief heraus, den Mama in der Woche meiner Geburt geschrieben hat.

Es herrscht dämmriges Licht, einige Mütter lesen, andere haben Kopfhörer auf, manche sind bereits eingeschlafen; ich kann keinen Schlaf finden, ohne dir vorher die große Neuigkeit mitzuteilen, Papa – oder sollte das nicht eher Großpapa heißen? Vor zwei Tagen ist meine schöne Tochter Kim zur Welt gekommen, genau rechtzeitig zum Mittagessen.

Wie passend!

Ich finde es großartig im Krankenhaus, ob du es glaubst oder nicht. (Weißt du noch, wie ich mich damals angestellt habe, als ich mir beim Herumklettern in der Tiberius-Villa den Knöchel gebrochen habe und eine Woche im Krankenhaus bleiben musste?) So ähnlich muss es im Internat sein, als läge ich mit all den jungen Müttern und Neugeborenen in einem Schlafsaal. Es gibt hier eine dicke, strenge Matrone mit einem Herzen aus Gold, in deren Anwesenheit ich mich sehr sicher fühle. Heute hat sie deine Enkelin ausgewählt, um gemeinsam mit der Kinderschwester zu demonstrieren, wie man ein Neugeborenes richtig badet. Natürlich hat Kim eine brillante Vorstellung gegeben – vielleicht wird sie einmal Schauspielerin.

Inzwischen hat sich ja herausgestellt, dass ich das Rampenlicht eher scheue, aber ich weiß noch genau, wie gern ich früher im Wasser herumplantschte. Ich paddelte und spritzte so lange, bis ich ganz verschrumpelt war. Ich liebe das Wasser immer noch, obwohl ich nicht mehr schwimmen gehe.

Zu bestimmten Zeiten dürfen wir die Babys in kleinen Krippen neben unseren Betten haben, und am Abend verschwinden sie alle im großen Kinderzimmer, damit wir nachts gut schlafen. Wir wissen nicht, ob sie manchmal weinen – aber das ist vielleicht ganz gut so. Wenn Kim neben mir liegt, nehme ich sie in die Arme wie einen kostbaren Schatz.

Ich spüre, wie unerwartet nahe mir diese Beschreibung geht.

Huw kann es gar nicht erwarten, bis sie spricht, aber ich will jeden Tag mit ihr genießen. Wenn du jemals dasselbe für mich empfunden hast, weiß ich, dass du mich in all den Jahren bestimmt genauso vermisst hast wie ich dich. Keiner sagt einem genau, was da wirklich auf einen zukommt, nicht wahr? Hast du auch eine überwältigende Liebe empfunden? Dad, im Augenblick muss ich die glücklichste Frau auf der ganzen Welt sein – ich könnte platzen vor Stolz und schwebe im siebten Himmel.

Meine Augen werden feucht. Ich denke immer nur: Sie spricht von mir! Ich habe das getan – ich habe meine Mutter glücklich gemacht.

Ich ziehe einen anderen Brief aus der Kiste. Er ist vom Sommer 1976. Ein Zettel mit der Aufschrift »Strandfoto von Kim liegt bei«.

Dad, manchmal kann ich über meine Tochter nur staunen. Sie ist erst seit vier Jahren auf diesem Planeten und weiß schon so viel. Gestern nach dem Mittagessen bin ich mit ihr zum Strand gegangen, wo sie sich richtig austoben sollte, um nachts im fremden Bett gut zu schlafen. Sie ist zum ersten Mal in einem großen Hotel, von einem Strand ganz zu schweigen, und betrachtet alles als Abenteuer. Wir hatten es uns gerade auf unseren Handtüchern gemütlich gemacht, da ging sie auch schon auf Entdeckungsreise – zu einer viel interessanteren Familie weiter oben am Strand. Sie hat sich nicht einmal nach mir umgedreht! Ich ließ sie für eine Weile machen, nachdem die Familie mich mit einem Winken beruhigt hatte, aber nach zehn Minuten ging ich hinüber. Sie fanden sie wunderbar und sehr unterhaltsam, so dass es richtig anstrengend war, sie davon zu überzeugen, gemeinsam mit mir wieder zurückzugehen. Wie hört sich das an? Ich überlegte, ob sie genauso sein wird – unabhängig und gesellig –, wenn sie einmal erwachsen ist, oder ob jedes Kind so vertrauensvoll und neugierig ist und alles über das Leben herausfinden möchte?

Ich war *mutig*. In den Augen meiner Mutter war ich mit vier Jahren eine Abenteurerin. Ich bin perplex. Und entsetzt über mich selbst. Wie habe ich nur die beiden vergangenen Jahre vergehen lassen können und mich so feige verhalten? Ich habe mich vor der Welt verkrochen!

Am Mittwoch gibt es hier eine Veranstaltung für alle Kinder, ich bin schon gespannt auf Kims Reaktion. Sie hat einen wunderbaren Sinn für Humor, und ich liebe ihr Lachen. Sie schlägt offenbar nach dir. Ich erinnere mich, dass auch du ein ganz besonderes Lachen hattest.

Ich dachte immer, meine Mutter und ich hätten nichts gemeinsam, dabei haben wir beide die ganze Zeit über unsere Väter vermisst. Aber das hätte natürlich keine von uns offen zugegeben.

Als Nächstes ziehe ich den ersten besten Brief aus der Kiste.

Alles Gute zum Geburtstag, Dad! Trägst du immer noch Carthusia Man?

Mein Auge wird sofort von dem Wort Huw ein paar Zeilen weiter unten angezogen …

… Kims zwölfter Geburtstag naht mit großen Schritten, und ich weiß, das schönste Geschenk für sie wäre ein Besuch ihres Vaters, aber ich kann Huw nirgends finden, niemand hat eine Adresse von ihm. Sein alter Freund Clive glaubt, er sei vielleicht gar nicht mehr in England.

Davon wusste ich nichts. Vermutlich hat Mama es mir verschwiegen, um mir die Enttäuschung zu ersparen und um zu verhindern, dass ich mir falsche Hoffnungen mache. Ich frage mich, wo mein Vater jetzt stecken mag, ob er vielleicht in einem der Länder lebt, die ich besucht habe. Vielleicht war ich unbewusst immer auf der Suche nach ihm …

Ich lese weiter:

Ich weiß, wie sehr Kim Huw vermisst, und ertrage es kaum, dass ich an ihrem Kummer schuld bin. Genau das wollte ich auf keinen Fall, das kannst du mir bestimmt nachfühlen. Ehrlich gesagt habe ich Zweifel daran, ob es richtig war, so schnell wieder zu heiraten, aber ich wollte unbedingt ein normales Familienleben. Ich hatte Angst, die Verantwortung für Kims Erziehung ganz allein zu tragen, und fühlte mich der Aufgabe nicht gewachsen. Ich hoffte, sie würde Roger langsam ins Herz schließen, aber dann dachte ich wieder daran, wie es für mich gewesen wäre, wenn Mama versucht hätte, dich durch einen anderen Mann zu ersetzen … Du warst immer so klug, Dad. Was soll ich tun? Ich weiß, wir können nicht miteinander reden, aber schon allein die Briefe an dich helfen mir beim Nachdenken.

Ich hatte keine Ahnung, dass Mama sich solche Sorgen gemacht hat. Sie war immer so gut gelaunt, energiegeladen und forsch. Ich dachte, ich sei die Einzige, die sich mit Problemen herumquälte und deprimiert war. Offenbar geht es auch schönen Menschen mitunter schlecht.

Wie in Trance lese ich die Briefe. Als sie in einem beschreibt, wie ich mein Studium begonnen habe und sie beim Nachhausekommen den Geruch nach verbranntem Toast und die Mantel- und Taschenberge am Fuß der Treppe vermisst, muss ich schwer schlucken. Danach kommen lange Jahre, in denen es um meine Tätigkeit im Ausland geht. In den meisten Briefen schreibt sie über mich. Wenn ich es nicht besser wüsste, würde ich sie für eine stolze Mutter halten. Und kein einziges Wort über meine Haare. Sie erzählt, womit ich gerade beschäftigt bin. Dabei hatte ich immer den Verdacht, sie hört mir überhaupt nicht zu …

Sie schreibt auch über Mode. Ich wusste gar nicht, wie gut sie informiert ist. Sie benutzt Fachwörter, die einem Laien wie mir nichts sagen. Plötzlich begreife ich, dass ich Mama nie als talentiert, klug oder ehrgeizig gesehen habe, teils, weil Mode für mich kein ernst zu nehmendes Thema ist, und teils, weil ich sie vermutlich immer zuerst als meine Mutter sah und ihre Karriere bei Woodwards in meinen Augen ihr Hobby war – ihre richtige Arbeit bestand darin, mich großzuziehen. Wie arrogant ich doch gewesen bin! Bei ihr dreht sich alles um mich, und ich interessiere mich nicht die Bohne für das sonstige Leben meiner Mutter.

Mir ist schwindelig. Ich lasse die Briefe verstreut auf dem Boden liegen und stolpere in den Verkaufsraum, wo meine Mutter gerade den beiden Frauen hinterherwinkt, die sich nur ein bisschen umsehen wollten und jetzt, beladen mit Tüten und Schuhschachteln, abziehen.

»Glück dem Tüchtigen!«, strahlt Mama, als sie sich mir zuwendet. Als sie meine Miene sieht, zuckt sie zusammen. »Was ist denn, mein Schatz?«

»Quanto hanno speso?« (Wie viel haben sie ausgegeben?), frage ich.

Im ersten Augenblick will sie antworten und hält dann inne. »Wie war das?«

»Quanto hanno speso?«, wiederhole ich.

Das Lächeln auf ihrem Gesicht erlischt. »Du hast die Briefe gefunden.«

Ich nicke.

»Ich habe mich schon gefragt, wo sie geblieben sind. Ich dachte, Vincenzo hätte sie zu Hause aufbewahrt, Sophia wollte sie für mich suchen …« Sie holt tief Luft. »Ich schulde dir eine Erklärung.«

»Ich will mich zuerst bei dir entschuldigen«, erwidere ich.

Mama schaut mich verdutzt an. »Falls du damit meinst, dass du die Briefe heimlich gelesen hast, das macht mir nichts aus …«

»Darum geht es nicht. Aber trotzdem danke, dass du es in Ordnung findest … Bei Gelegenheit möchte ich sie gern alle lesen.«

»Natürlich. Aber was hast du dann?«

Ich drehe das Schild in der Tür auf GESCHLOSSEN und führe meine Mutter zu dem mit Samt bezogenen Sessel. Ein Teil von mir würde am liebsten so tun, als sei dies alles nie geschehen, aber andererseits weiß ich genau, dass ich jetzt reinen Tisch machen muss.

»Mama, es tut mir Leid, dass du meine grausamen Bemerkungen über dich gehört hast. Ich fühle mich ganz mies deswegen. Ich habe es nicht so gemeint. Ich war sauer, weil ich mich ausgeschlossen fühlte.«

»Halb so schlimm«, sagt sie, nimmt meine Hand und gibt mir den Mut, ihr in die Augen zu blicken.

»Ich empfinde nicht mehr so. Ich habe … ich habe das Gefühl, mich glücklich schätzen zu können, weil ich eine Mutter habe, die mich so sehr liebt.«

Tränen steigen mir in die Augen, und ich kann sie kaum noch sehen. So etwas habe ich noch nie zu ihr gesagt. Sie sieht entsprechend verblüfft aus, bekommt dann ebenfalls feuchte Augen und zieht mich in ihre Arme. »Entschuldige, dass ich gelogen habe«, flüstert sie und streicht mir übers Haar.

»Warum hast du das getan?«, schnüffle ich.

Sie zieht ein Taschentuch aus dem Ärmel, trocknet sanft unsere Tränen und seufzt.

»Es fing schon vor deiner Geburt an. Wie du weißt, wollte Carmela nach unserer Ankunft in Cardiff kein Wort Italienisch mehr hören, und eine Zeit lang ging es mir genauso, denn sobald ich italienisch sprach, vermisste ich Vater und meine Freunde noch mehr. Aber als ich die Sprache überhaupt nicht mehr hörte, wurde alles nur noch schlimmer. Ich lieh italienische Bücher aus der Bibliothek aus und versteckte sie unter meinem Kopfkissen. Später, als die Videos aufkamen, lieh ich mir italienische Filme und genoss es, die Sprache zu hören. Ab und zu warf ich sogar heimlich einen Blick auf deine italienischen Hausaufgaben! Als du für dein mündliches Examen geübt hast, war ich oft versucht, dir zu helfen, aber du hast dich Carmela gegenüber immer sehr loyal verhalten, und ich wollte niemandem zu nahe treten.«

»Ich kann es nicht fassen, wie überzeugend du deine Rolle gespielt hast.«

»Ja. Es war mein heimliches Vergnügen. Ich weiß, es hört sich völlig verrückt an.«

Nein, überhaupt nicht, denke ich insgeheim. Auch ich habe solche Spiele gespielt.

»Also hätte ich dich doch eigentlich nicht nach Capri begleiten müssen, oder?«, frage ich. Ich glaube, ich weiß, warum sie darauf bestand, dass ich sie begleite, aber ich muss es von ihr selbst hören.

»Ach, Kim, du hast immer gesagt, du seist glücklich mit deinem Leben, und ich habe wirklich versucht, mich nicht einzumischen, aber als ich diese Broschüre über Schönheitsoperationen entdeckte ...«

Ich blicke zu Boden.

»Es kam mir so verkehrt vor. Du hast schon so viel Erstaunliches in deinem Leben geleistet und hast noch so vieles vor dir, und dann wolltest du das ganze Geld verwenden, um ...« Sie schafft es nicht einmal, das Wort auszusprechen. »Ich dachte, wenn ich dich daran erinnern könnte, wie schön die Welt ist, würdest du vielleicht auch die Schönheit in dir selbst entdecken.«

»Ich bin froh, dass du mich mitgenommen hast«, versichere ich ihr. Und füge leise hinzu: »Aber es ist schwer, mich selbst als schön zu empfinden, wenn ich neben dir sitze.«

»Ach, komm schon, du weißt genau, wie viel harte Arbeit es mich täglich kostet, so auszusehen«, wehrt Mama lachend ab.

»Du findest, *ich* sollte mich auch ein bisschen mehr bemühen, oder?« Ich will das jetzt ein für alle Mal klären.

Sie seufzt. »Ich weiß, es ist modern, sich nachlässig anzuziehen, aber wenn ich jemanden sehe, der so hübsch ist wie du, kann ich einfach nicht verstehen, warum du nicht mehr aus dir machst! Das ist alles. Es tut mir Leid, wenn es immer so aussieht, als würde ich dich kritisieren. Aber du weißt doch, dass es nicht so gemeint ist, oder?«

»Früher nicht«, erwidere ich. Bis gestern nicht, genau genommen.

»Ach Liebes, ich will einfach nur dein Bestes – in jeder Hinsicht.«

Eine Kundin, die das Schild übersehen hat, rüttelt an der Tür. Mama sieht mich fragend an, und ich gebe ihr mit einem Nicken zu verstehen, dass sie öffnen soll.

»Bist du sicher?«, fragt sie und nimmt meine Hand.

»Ja, mach weiter«, erwidere ich und gebe ihr einen Kuss auf die Wange. »Ich habe noch viel zu lesen.«

30

»Er hat sich nicht blicken lassen!«, beschwert sich Cleo.

Das Gefühl kenne ich nur zu gut. Kein Luca. Kein Gareth. Was machen wir nur verkehrt?

»Vielleicht ist er zu Snappy Snaps, sie haben gerade spezielle Sonderangebote. Mistkerl!«

»Wart's ab, er muss ja noch die Fotos von seinem Herrenabend abholen.«

»Ja, schon ...«

»Na also. Dann muss er noch einmal zu euch, auch wenn er seine Wegwerfkameras bei Snappy Snaps abgeliefert hat.«

»Vermutlich ...«, schmollt Cleo.

»Oder er ist krank.«

»Glaubst du?«

»Bestimmt! Vielleicht verspätete Thai-Grippe oder indische Magenverstimmung oder Malaria ...«

»Branwen glaubt, er sei nach Cornwall gefahren.«

Aha.

»Oder er hat sich das Bein gebrochen?«

»Wie denn das?«, lacht sie.

»Weil er so schnell wie möglich zu dir kommen wollte.«

»Du denkst wirklich, er kommt wieder?«

»Na klar. Du musst nur Geduld haben.«

»Ich habe gerade eine Riesenpizza mit Artischocken bestellt, um mich etwas aufzumuntern. Mit dir zusammen hat das immer funktioniert, aber wenn ich allein bin, ist es eher traurig«, gesteht Cleo.

Ich denke daran, wie ich meine letzte Pizza gegessen habe: nicht aus einer Pappschachtel auf meinen Knien, sondern neben einem Holzkohleofen in Amalfi sitzend. Das kann nicht richtig sein. Cleo sollte auch nach Capri kommen. »Bist du sicher, dass du dir nicht ein paar Tage frei nehmen und einen Abstecher hierher machen kannst?«, schlage ich vor.

»Selbst wenn ich wollte, könnte ich es mir nicht leisten«, erwidert sie ohne Umschweife.

»Ich habe ja noch die Kleinigkeit von 5.000 Pfund geerbt ...«

»Wage es nicht! Die sind heilig! Gestern habe ich dieses göttliche, bauchfreie Top bei Hennes & Mauritz gesehen, und der Gedanke, dass ich es mir eines Tages leisten kann, so was zu tragen, hält mich aufrecht. Außerdem ist morgen sowieso dein letzter Abend, es hat also keinen Sinn …«

Mein Magen dreht einen zittrigen Looping.

»Falls du nicht bleiben willst«, fährt sie nervös fort. »Was ist denn mit Luca?«

»Keine Ahnung. Er war heute nicht im Laden«, seufze ich. »Aber diesmal hat's mich richtig erwischt, Cleo. Schlimmer als bei Tomas.«

»Im Ernst?«

»Ganz im Ernst«, versichere ich mit Nachdruck.

»Nun, ich schätze, es gibt hier zwei Standpunkte«, fasst Cleo sachkundig zusammen. »Entweder man macht sich deine übliche Ansicht ›er ist verheiratet, also Finger weg‹ zu Eigen …«

»Das wäre das einzig Richtige.«

»Was du für richtig hältst, hängt ganz von deinem Blickwinkel ab. Vielleicht wäre es für euch beide das Richtige, zusammen zu sein?«

»Woher soll ich das wissen?«, jammere ich.

»Es gibt eigentlich nur einen Weg, das herauszufinden.«

»Und welchen?«, wimmere ich.

»Egal! Unternimm einfach was!«, ruft sie. »Wenn man genauer darüber nachdenkt, hört es sich eigentlich ziemlich lahm an zu sagen: ›Ach, er ist mit einer anderen zusammen. Ich gebe auf.‹ In jedem Märchen gibt es unüberwindliche Hindernisse, die …«

»Man überwinden muss?«

»Ganz genau.«

»Aber ist das in diesem Fall nicht so, als würde Schneewittchen versuchen, Cinderella ihren Prinzen abspenstig zu machen?«

»Na ja, entweder das, oder du endest wieder mit irgendeinem Schlafmütz oder Flatschi.«

»Hatschi«, korrigiere ich.

»Gesundheit!«

»Ach, Cleo!«

»Was ist denn?«

»Ich weiß selbst nicht genau«, gebe ich widerstrebend nach. »Sollte ich nicht auf meinen eigenen Prinzen warten statt auf den einer anderen?«

»Rapunzel hat Ihrem Prinzen unterwegs aufgelauert. Ich muss Ihnen leider mitteilen, dass er nicht kommen wird.«

»Sag doch so was nicht!«, jaule ich.

»Siehst du ihn heute Abend?«, fragt Cleo und schlägt wieder den Bogen zurück zur Jagd.

»Nein, meine Mutter hat eine Verabredung mit PM und dessen Sohn arrangiert.«

»Ach, du meine Güte! So viel Männeraktivitäten gab's bei dir ja noch nie. Gehst du gleich hin?«

»Nein, zuerst lasse ich mir eine Massage verpassen ...« Ich verstumme und fühle mich schon wieder schuldig.

»Ach so. Ich sehe mir noch ein Video an und gehe früh ins Bett.«

»Vernünftig.«

Einen Augenblick lang herrscht Schweigen, und ich fühle mich ihr plötzlich sehr fern.

»Na ja, denk noch mal darüber nach, was ich dir gesagt habe, mit Luca alles auf eine Karte zu setzen. Mir ist klar, dass sich das überhaupt nicht mit deinen moralischen Grundsätzen verträgt, aber bisher hat es sich für keine von uns beiden ausgezahlt, immer nur gut zu sein«, sinniert sie. »Vielleicht sollten wir langsam *gemein* ... werden.«

Nachdem ich aufgelegt habe, bleibe ich nachdenklich sitzen. Jedes Mal, wenn ich nach etwas Vertrautem, Zuverlässigem suche, greife ich anscheinend ins Leere: Meine herzensgute beste Freundin denkt daran, gemein zu werden, meine Mutter, die sonst niemals weint, vergießt Tränen, und das Bizarrste von allem, ich bin auf dem Weg in einen Schönheitssalon.

Bisher sah meine Cellulite eher wie Haferbrei aus, aber kaum habe ich gemeinsam mit meiner Mutter Sophias parfümierte Welt betreten, scheint es mir, als würden Gnocchis unter meiner Haut stecken. Ich bin davon überzeugt, dass innerhalb der nächsten Sekunden Alarmsirenen aufheulen und ich in aller Eile in einen Behandlungsraum geführt und auf einer Liege festgeschnallt werde. Aber wir erreichen die Rezeption, bevor das junge Mädchen hinter der Theke von ihrem Buch, wahrscheinlich ein dicker Wälzer über freie Radikale und die kostspieligen Möglichkeiten, gegen sie anzukämpfen, aufsieht.

»Willkommen im Issima!«, lächelt sie uns mit porenfreier Haut an.

»Grazie! Mein Name ist Gina, und das ist Kim, meine Tochter. Sophia hat Termine für uns gebucht.«

»Ah ja, ich weiß Bescheid. Sophia kommt in fünf Minuten, aber Sie können sofort anfangen. Bitte sehr …« Mit einer Handbewegung bedeutet sie Mama, einer kleinen Brünetten in die Kabine für Maniküre zu folgen.

»Bis in ein paar Stunden!«, winkt Mama zum Abschied.

»Bitte nehmen Sie Platz«, sagt die Empfangsdame. »Sobald Sophia hier ist, kann ich mich um Sie kümmern.«

Ich setze mich und habe das Gefühl, mir stünde eher eine komplizierte Wurzelbehandlung beim Zahnarzt als ein Termin bei der Kosmetikerin bevor, wo man mich doch angeblich von Kopf bis Fuß verwöhnt.

»Möchten Sie eine Tasse Tee? Wir haben verschiedene Kräutertees.«

Ich zögere.

»Ich suche etwas Schönes für Sie aus.« Sie mustert die Dosen. »Diese Mischung hier verhilft zu emotionaler Ausgeglichenheit. Sollten Sie einmal versuchen.«

Ist mein angeschlagener Zustand so unübersehbar?

»Der Tee enthält Damiana, Kleeblüten und Beifuß und ist gut fürs Herz.«

Ich nehme einen vorsichtigen Schluck. Unglaublich. Ich bin geheilt!

»Sie bekommen eine Massage, nicht wahr?«

»Ja. Das Meersalz-Peeling«, nicke ich bestätigend.

»Vielleicht sollten wir noch eine kühlende Augenkompresse auflegen«, schlägt sie vor. »Dann verschwindet die Rötung sofort, und niemand bemerkt etwas.«

Bei so viel Freundlichkeit fange ich beinahe gleich wieder an zu heulen.

»Könnten Sie das auch für meine Mutter tun?«, schlucke ich. Es bricht mir das Herz, dass sie geweint hat, und ich möchte nicht mehr daran erinnert werden, wenn wir uns wiedersehen.

»Si, natürlich«, sagt sie, geht wieder zu ihrem Tisch zurück und schiebt das Buch beiseite.

»Was lesen Sie?«, erkundige ich mich, da ich genau weiß, dass meine Nerven mich im Stich lassen und ich das Weite suche, wenn wir in höfliches Schweigen fallen.

»*Dead Zone* von Stephen King«, sagt sie und hält den Schmöker hoch.

»Sie mögen Horrorromane?«, rufe ich überrascht.

»O ja! *Misery* ist mein Lieblingsbuch. Wenn Annie Wilkes den Hammer nimmt und …«

»Chiara!«, schnaubt Sophia von der Tür her, »versetzt du unsere Kunden schon wieder in Angst und Schrecken?«

»Nein, ich …«

»Manchmal glaube ich, sie wäre besser im Leichenschauhaus aufgehoben, um die Leichen zurechtzumachen …«

»Früher oder später …«, seufzt Chiara sehnsüchtig.

»In der Zwischenzeit können Sie Kim massieren! Oh! Das hört sich nicht gut an«, entschuldigt Sophia sich.

»Nein, schon in Ordnung«, versichere ich. »Sie will schließlich das Gruseln lernen.«

Sophia lacht. »Viel Spaß!«

Ich trabe hinter Chiara her. »Das sollte kein Witz sein. Mein Hinterteil und meine Beine sehen wirklich entsetzlich aus.«

»Ach, Sie müssen sich doch keine Sorgen machen«, sagt sie beruhigend und führt mich in ein Zimmer. »Alle Frauen halten sich für hässlicher, als sie sind. Sie sehen doch sehr passabel aus.«

»Warten Sie mal die nackten Tatsachen ab«, murmle ich. Alle glauben mir erst dann, wenn es zu spät ist. Nun, Chiara habe ich jedenfalls vorgewarnt. Mich trifft keine Schuld, wenn sie vor Entsetzen kreischt.

Chiara reicht mir einen String-Tanga aus Papier. »Das ist für Sie.«

Will sie mich auf den Arm nehmen? Da habe ich schon größere Wattepads gesehen. Kein Bademantel?

»Sie können sich in Ruhe umziehen, ich bin gleich wieder da.«

Von Ruhe kann hier wohl keine Rede sein.

Das ist nervenzerfetzender, als sich für Luca auszuziehen. Den konnte ich zumindest durch Küsse ablenken. Jetzt liege ich einfach da und bin ihrem prüfenden Blick ausgesetzt. Auf dem Massagetisch gibt es nicht einmal eine Decke, unter der man sich verkriechen könnte.

Als Chiara zurückkommt, habe ich mich meines T-Shirts, der Unterhose und des Büstenhalters entledigt und das elastische Taillenband meines Rocks bis unter die Achseln hochgezogen wie eine Art Schwangerschaftskleid.

»Ähmm …«, sagt sie und betrachtet mich.

Bis jetzt ist es mir gelungen, eine Konfektionsgröße 38 vorzutäuschen, aber meine wahre Identität steht unmittelbar vor ihrer Enthüllung.

»Schon gut, Sie möchten, dass ich mich auf den Tisch lege, ganz ohne …« Ich zupfe an meinem Rock.

»Ja, bitte«, lächelt sie. »Sie brauchen sich wirklich keine Sorgen zu machen.«

Ich lasse den Rock zu Boden fallen und klettere schwerfällig auf den Tisch.

Eine Sekunde herrscht tiefes Schweigen. Dann sagt Chiara: »Sie treiben also *keinerlei* Sport …«

Super. Wie angenehm es doch ist zu erfahren, dass ich mich im Unterschied zu anderen Frauen *nicht* grundlos aufrege. All diese dummen Gänse, die einen Millimeter Speck auf den Hüften haben und jammern: »Ich bin so fett!« Ha! Dachten Sie etwa, meine Behauptung, ich sei unsportlich und übergewichtig, wäre übertrieben? Nein, nein und nochmals nein! Es ist die Wahrheit. Sehen Sie nur! Was für ein Triumph.

Ich kneife die Augen zusammen und bemühe mich, mir nicht vorzustellen, was Chiara sieht und berührt. Wenigstens ist das Meersalz körnig. Bei einer Massage mit Öl oder Creme würde sie jeden Pickel und jede Speckfalte bemerken. Ich spüre, dass sie beim Auftragen der Paste Plastikhandschuhe trägt. Paranoia steigt in mir auf – hoffentlich handelt es sich dabei um die Standard-Prozedur und nicht um persönliche Abscheu.

Nachdem sie meinen Rücken bearbeitet hat, bittet sie mich, mich umzudrehen. Irgendwie gerät mir dabei Salz in den Mund, und ich habe plötzlich entsetzlichen Durst.

Als mir Chiara die kühlende Kompresse auf die Lider legt, möchte ich ihr am liebsten vorschlagen, sich dasselbe zu gönnen.

Bis jetzt habe ich immer geglaubt, der Körper sei während einer Massage nur stellenweise unbedeckt. Nackt bis auf die Unterhose fühle ich mich hilflos. Es wäre alle Schmerzen und möglichen Narben einer Fettabsaugung wert gewesen, mit flachem Bauch und festem Po hier liegen zu können. Warum habe ich mich nur davon abhalten lassen? Als Chiara mich in Zellophan wickelt, gestehe ich ihr, dass ich mit einer kosmetischen Operation liebäugle.

Sie schüttelt den Kopf. »Als Kosmetikerin könnte ich Ihnen raten, ein paar Kilo abzunehmen, doch von Frau zu Frau will ich Ihnen etwas anderes anvertrauen.«

»Was denn?«

Sie beugt sich dicht an mein Ohr. »Männer lieben diese Formen!«

Ich spähe unter meiner Kompresse hervor. »Im Ernst?«

»Und wissen Sie, wie Männer Frauen am liebsten sehen?«

»Nein. Verraten Sie's mir.«

»Nackt!«, lacht sie. »Das ist alles, was für sie zählt.«

Sie klappert mit ein paar Töpfen herum. »Ich trage noch rasch eine Gesichtsmaske auf, während Sie schmoren.«

»Chiara?«

»Ja?«

»Könnten Sie auch etwas mit meinem Haar machen?«

»Nein, leider nicht.« Sie schüttelt den Kopf.

»Schon gut, ich weiß, es sieht ziemlich wild aus.«

»Nein, *ich* kann nichts machen, aber Antoinetta bestimmt. Sie ist unsere Haarstylistin.«

Sie trägt die herrlich duftende Maske auf und sagt: »Ich mache einen Termin für Sie aus. Entspannen Sie sich zehn Minuten und denken Sie an nackte Männer.«

Stattdessen überlege ich, wann ich mich endlich mit meinem Aussehen abfinde. Wann ich es endlich akzeptiere, dass ich keine Alternative habe. Bisher habe ich immer gehofft, ich würde irgendwann besser aussehen und könnte mich, ob mit oder ohne Operation, eines Tages in Beyoncé Knowles verwandeln. Plötzlich wird mir klar, dass es von jetzt an nur noch schlimmer wird: Ich werde älter, und wenn es mir schon jetzt nicht gefällt, wie ich aussehe, wird es mir in zehn Jahren noch weniger gefallen. Ich werde zurückblicken und mich selbst dafür ohrfeigen, nicht wenigstens für meine faltenlose Haut dankbar gewesen zu sein. Es ist an der Zeit, mich so zu lieben, wie ich bin, Kartoffelknie hin oder her.

Trotzdem bin ich dankbar, dass Chiara, als sie zurückkommt, um mich auszuwickeln, einen bodenlangen Bademantel mitbringt.

Ich dusche, wasche mir zweckmäßigerweise das Haar und mache dann mit Antoinette Bekanntschaft, die sich als Frau von unerschöpflicher Geduld entpuppt und sich Locke für Locke durch meinen Schopf arbeitet, bis sich mein üblicher »Finger-in-der-Steckdose-Look« in eine schimmernde Mähne wie die von Julianna Margulies von *ER* verwandelt hat. Es sieht toll aus.

Meine Mutter ist derart überwältigt, als hätte ich mich gerade von einer Motte in einen wunderschönen Schmetterling verwandelt. Ich bin gespannt, wie sie auf meinen nächsten Satz reagieren wird.

»Mama?«

»Ja, mein Schatz?«

»Reicht die Zeit noch für einen kurzen Abstecher in den Laden?«

Sie wirft einen Blick auf die Uhr. »Ein paar Minuten haben wir noch. Hast du etwas vergessen?«

»Nein, aber …«, erwidere ich und lege eine Kunstpause ein, »ich frage mich, ob du für heute Abend etwas zum Anziehen für mich auswählen könntest.«

Vor lauter Glückseligkeit lässt sie ihre Tasse mit darmreinigendem Tee fallen.

31

In der Krug-Bar des Quisisana sitzt eine Frau im pfirsichfarbenen Paillettenkleid. Ich kann immer noch nicht recht glauben, dass ich das bin.

Dass meine Mutter ein kupferfarbenes, hautenges Satinkleid trägt, verstärkt zwar mein Gefühl, wir würden hier als sorglose, in zarten Sorbettönen gekleidete Luxusgeschöpfe auftreten, doch ich muss gestehen, Lucas Anregung, einmal Mamas Beratung in Sachen Kleidung anzunehmen, war gar nicht so schlecht. Luca ... Ich hole tief Luft und verdränge das unangenehme Gefühl, das sich bei der Erinnerung an ihn einstellt. Ich sehne mich danach, mit ihm zusammen zu sein. Allein der Gedanke, mich drei Kilometer von ihm zu entfernen, weil wir in Anacapri zu Abend essen, macht mich unruhig. Ich brauche unbedingt etwas zu trinken. Wunderbarerweise werden genau in diesem Augenblick zwei Champagnerkelche vor uns auf der Theke platziert.

»Von dem Herrn an der Bar«, teilt uns der Kellner mit.

»Das kann ja nur Gutes heißen!«, strahlt Mama und prostet ihrem zerknitterten Bewunderer zu. Ich drehe mich schnell herum, um es ihr nachzutun, und schütte dabei das halbe Glas über mein Kleid.

»Ach, Kim«, sagt meine Mutter und drückt mir diskret eine Serviette in die Hand. »Keine Sorge, bis wir im Hotel sind, ist alles getrocknet.«

Ich blicke unglücklich auf mein Glas. Was für eine Verschwendung! Jetzt kann ich mir keinen Mut mehr antrinken! Ich stürze den Rest des Champagners hinunter.

»Stell dir mal vor, Tom Cruise könnte aus diesem Glas getrunken haben!«, kichert Mama. »Er ist schon im Quisisana abgestiegen, genau wie Jean Paul Sartre und John Belushi.«

Ich male mir gerade aus, wie der Scientologe, der Existenzialist und der Hedonist zusammen einen heben, als Mutter sich zu mir herüberbeugt und tuschelt: »Wir können nur ein paar Minuten hier bleiben, aber ich wollte unbedingt, dass wir noch etwas miteinander trinken, bevor du dich ausschließlich Tyler widmest.«

»Mama!«, stöhne ich. »Das passiert unter Garantie nicht! Mach dir bloß keine falschen Hoffnungen ...«

»Ich kann einfach nicht anders. Ich habe ein gutes Vorgefühl.«

Ich seufze und bin versucht, sie über Luca aufzuklären. Zumindest was meine Gefühle betrifft – über die knallharten Fakten schweige ich mich lieber aus. Vielleicht kann sie mir sogar einen guten Rat geben, sie war in ihrem Leben ja schon oft genug in derselben Situation … Stattdessen sage ich nur: »Im Augenblick bin ich nicht auf dem Markt …«

»Jetset, Millionär, Junggeselle?«, zwinkert sie mir verschwörerisch zu.

Ich sehe sie an. Sie ist einfach unverbesserlich. »Na gut, ich bin lieb und nett, aber versprich mir, kein Loblied auf mich zu singen und dir jede Anspielung darauf, was wir für ein schönes Paar abgeben, zu verkneifen.«

»Spielverderberin!«

»Im Ernst. Ich finde auch so schon alles peinlich genug.«

»Gut, abgemacht, ich reiße mich zusammen. Nur noch einen kleinen Drink, dann machen wir uns auf den Weg.« Ihr Blick schweift suchend durch die Bar. »So, wen bringen wir jetzt dazu, uns noch einen auszugeben?«

Als wir auf der Piazza Vittoria in Anacapri aus dem Taxi steigen, verheddere ich mich in meinem Kleid. Ich bin es einfach nicht gewöhnt, so viele Meter Stoff mit mir herumzuschleppen. Mama will mir helfen und mich mit einem sanften Ruck befreien, taumelt aber gegen eine Kleiderstange voller Touristen-T-Shirts. »Vielleicht habe ich doch einen kleinen Schwips!«, überlegt sie, als sie wieder sicher auf den Beinen steht.

»Daran ist nur das dritte Glas schuld!«, stelle ich fest und bin dankbar, dass ich mein erstes Glas beinahe vollständig ausgekippt habe und daher noch im Vollbesitz meiner geistigen und körperlichen Kräfte bin.

Ich folge meiner Mutter die Stufen hinauf und einen Gang entlang und bleibe vor einer blauen Glasscheibe in einer Betonwand stehen. »Das ist der Hotelpool von unten«, erklärt sie mir. Auf dieses Stichwort erscheint ein Paar langer, gebräunter, Wasser tretender Beine hinter der Scheibe.

»Vermutlich hat sie an der Bein-Schule teilgenommen«, überlegt Mama.

»Bein-Schule?«

»Ein spezieller Kurs, der im Schönheitsprogramm des Hotels angeboten wird. Sophia hat mir davon erzählt. Manche Leute verbringen eine ganze Woche damit, sich die Beine in Bandagen wickeln zu lassen und in lauwarmen Meerwassertanks zu liegen – Kneipp-Venen-Kur oder so nennt sich das.«

Ich blicke sie verständnislos an.

»Hat was mit Lymphdrainage und Krampfadern zu tun«, erklärt sie geistesabwesend.

»Ist PM vielleicht aus diesem Grund hier abgestiegen?«, ziehe ich sie auf.

Statt ihn zu verteidigen, kichert sie nur und nimmt meinen Arm. »Er hat dieses Hotel ausgewählt, weil Liz Hurley und Julia Roberts angeblich schon hier gewohnt haben, natürlich nicht zusammen.«

Bisher habe ich mich ziemlich glamourös gefühlt, aber wenn ich jetzt auch noch gegen ausgebuffte Medien-Luder und Filmstars antreten muss …

»Sie mieten sich alle in der Megaron-Suite ein, mit Wohnbereich für eigenes Personal und separatem Swimmingpool«, informiert mich Mama leicht schwankend. »Und das Beste daran ist: Wenn man im Schlafzimmer auf dem Bett liegt, braucht man nur auf einen Knopf zu drücken, und das verglaste Oberlicht öffnet sich von selbst. Man kann die Bettdecke zurückwerfen und die Sonne genießen, noch bevor man richtig wach ist.«

»Oder nachts den Sternenhimmel betrachten«, seufze ich und stelle mir vor, wie ich eng umschlungen mit Luca auf diesem Bett liege.

Wir biegen um die Ecke und steuern auf den Haupteingang des Hotels zu, wo Wasser über eine Muschel von der Größe eines Waschbeckens strömt und sich in einer marmornen Mulde sammelt, die von einem Dutzend schimmernder Teelichter beleuchtet wird. Als wir den cremefarbenen Traum von einer Lobby betreten, beobachtet Mama, wie ich den Anblick des sanft geschwungenen, niedrigen Gewölbes, der unzähligen cremefarbenen Sofas und niedrigen, mit rustikalen, elfenbeinfarbenen Baumwolltischdecken verhüllten Couchtische in mich aufnehme, und teilt mir dann mit, dass sie sich kurz auf die Damentoilette zurückzieht, um ihren Lippenstift zu überprüfen. Nach und nach nehme ich auch die Details der Ausstattung wahr: mattgoldene Kronleuchter, blasse Orchideen, eingetopfte Gräser, die mit einem Seil abgetrennte antike Kutsche, der eigentlich nur vier Lakaien, zwei Rösser und eine Prinzessin zur Vollständigkeit fehlen. Ich hatte angenommen, dass PM im Hotel Palace wohnte, weil der Name sich einfacher aussprechen lässt – versuchen Sie mal, Quisisana zu sagen, wenn Sie ein paar intus haben –, doch vor meinen Augen entfaltet sich stattdessen nobelste Fünf-Sterne-Pracht. Das Quisisana ist pompös und beeindruckend, doch im Hotel Palace denkt man sofort: »Ich wünschte, bei mir zu Hause würde es auch so aussehen.«

Nachdem Mama zurückkommt, haken wir uns unter und nehmen Kurs auf die Bar. »Die meisten Frauen kommen gern zu spät, damit sie ihren großen Auftritt haben und den Mann, mit dem sie verabredet sind, richtig beeindrucken, aber ich komme lieber fünf Minuten zu früh, um mir einen guten Platz zu sichern …« Sie mustert prüfend den Raum; auch hier ist alles extrem cremefarben, doch Couchtische aus dunklem Holz (schwer und massiv wie Kellertüren), taillenhohe Zinnlampen und riesige, ungerahmte Leinwände mit kühner, moderner Kunst bilden einen markanten Kontrast dazu. (Es könnte mich glatt interessieren, wie Tylers fachmännisches

Urteil über das hinter der Bar hängende Gemälde lautet; es zeigt eine verkehrt herum gemalte Frau, die den in schreiendem Rot gemalten Bildhintergrund hinunterrutscht.)

»Mal sehen. Sie kommen aus der Lobby. Wenn wir uns also …« Mama schafft es, schnurgerade bis in die entgegengesetzte Ecke zu gehen, »… *hier* hinsetzen, können wir Tyler in aller Ruhe unter die Lupe nehmen, während er auf uns zukommt.«

Kaum haben wir das Sofa berührt, steht auch schon ein Kellner vor uns. Meine Mutter öffnet den Mund, aber ich bin schneller und bestelle für uns beide Mineralwasser. Sie reagiert zwar etwas ärgerlich, doch wenn sie noch ein Schlückchen Champagner trinkt, wird sie all ihre guten Vorsätze in punkto Kuppelei einfach über Bord werfen. Von unserem Platz aus können wir alles überschauen; es nähert sich ein Mann in honigfarbenem Anzug, der so perfekt zur Innenausstattung passt, dass er kaum davon zu unterscheiden ist. Er lässt sich eine Schachtel Streichhölzer geben und zündet eine Zigarette an. Die Flamme beleuchtet seine bernsteinfarbenen Augen. Nun, wenn das Tyler sein sollte, würde der Abend vielleicht gar nicht so übel. Aber nein, jetzt winkt er jemandem draußen auf der Terrasse und durchquert mit geschmeidigem Gang die Bar. Jede der anwesenden Frauen wirft einen Blick in seine Richtung, als er vorübergeht. Wir konzentrieren uns wieder auf die Tür.

»Wie ernst ist es dir eigentlich mit PM?«

»So ernst, wie es einem mit einem Mann sein kann, der in Atlanta wohnt.«

»Was willst du damit sagen?«

»Vielleicht bin ich ja altmodisch, aber ich habe es gern, wenn meine Männer im selben Land leben wie ich … Hoppla, da sind sie!«

Platin-Mann sieht so elegant wie immer aus. Er trägt einen schiefergrauen Anzug, dazu ein weißes Hemd und eine lavendelfarbene Seidenkrawatte. Er lächelt uns zu und legt seinem Begleiter die Hand auf die Schulter. Ein Mann in einem Hemd mit Nehru-Kragen und goldener Anstecknadel am Hals sowie einer leuchtend rot-gold-schwarz gestreiften Weste. Ein Mann mit fleischigen, vernarbten Wangen. Ein Mann mit Schnurrbart.

Meine Mutter strengt sich mächtig an, um ihre Enttäuschung zu überspielen. »Sie müssen Tyler sein!«, flötet sie und streckt ihm die Hand hin.

»Nein, Ma'm. Ich bin Morgan. Ich fürchte, der gut aussehende Sohn ist bereits in festen Händen!«

Das kann ja heiter werden, wenn dieser hier der gut aussehende Sohn sein soll!

»Tyler sagte, er kommt hierher, sobald er sein Fax weggeschickt hat.« PM sieht sich um. »Ah, da ist er ja!«

Wir folgen PMs Blick auf die Terrasse, über ein halbes Dutzend edel schimmernder Cocktailkleider hinweg, bis er an dem Exemplar mit den Bernsteinaugen hängen bleibt. »Das da ist Tyler.«

Hoffentlich hat niemand außer mir den leisen Stoßseufzer der Erleichterung gehört, der den Lippen meiner Mutter entfleucht. »Gott sei Dank!«

32

Ich bin nicht zum ersten Mal mit einem Millionär zum Abendessen verabredet. Vor ungefähr neun Jahren, als ich während meines Studiums in einer Bar jobbte, lernte ich einen stinkreichen Sportpromoter kennen. Trotz der hohen Schaumkrone auf seinem Bier entwickelte er eine Schwäche für mich und lud mich zum Abendessen ein. Da ich über seine finanzielle Situation Bescheid wusste, machte ich mich, noch bevor wir im Restaurant angekommen waren, schon mal mit dem Gedanken an reichlich Tafelsilber vertraut und stellte mir vor, wie ich mit dem Mund Champagnerkorken auffangen würde. Als sein Rolls-Royce mit leisem Schnurren vor einem Pizza-Hut bremste, hielt ich das zuerst für einen Witz. (Pizza vom Fließband – dafür gibt's einfach keine Entschuldigung.) Er parkte jedoch und ging zur Eingangstür. Ich tauschte die samtweichen Ledersitze des 50.000-£-Rolls zwar nur höchst ungern gegen die mit Plastik bezogenen Bänke, versuchte aber trotzdem, optimistisch zu bleiben – es war Samstagabend, wir mussten also zumindest kein würdeloses »Iss, so viel du willst«-Büfett über uns ergehen lassen. Ich beruhigte mich damit, dass er diesen Ort nur gewählt hatte, um mich, die arme Studentin, nicht einzuschüchtern. Doch sein kurzes Zögern, als ich anbot, meinen Anteil der Rechnung selbst zu bezahlen, ließ erneut Zweifel in mir aufkeimen – er gehörte eindeutig zu dem Typ Mann, der, statt alles durch zwei zu teilen, seinen Anteil aus der Gesamtrechnung herausrechnen lässt, weil er keinen zweiten Cappuccino oder keinen Käse auf seinem Knoblauchbrot bestellt hat.

Einem Millionär sieht man viele Schwächen nach – faltige, schlaffe Haut (besonders bei den Rollstuhlkandidaten über neunzig), zweifelhafte Waffengeschäfte, geschmacklose Inneneinrichtung in Segelschiffen – aber Geiz? Von einem Bodybuilder würde man schließlich auch nicht erwarten, dass er einen die Tüten mit dem Wochenendeinkauf allein nach Hause schleppen lässt, ebenso wenig, wie man es einem Barmann verzeihen würde, wenn er mit dem Wodka knausert, oder? Vielleicht hat er als Kind von der Hand in den Mund gelebt, überlegte ich. Vielleicht lag es auch an mir: Ich habe Männer nie zu diesem »Ich schenk dir den Himmel auf Erden«-Verhalten animiert. Na gut, auch wenn ich nicht besonders anspruchsvoll bin – sogar bei mir ist Schluss, wenn es nur noch auf Käse und Tomaten-Sandwich hinausläuft, denn darum handelte es sich im Grunde bei meiner Marguerita. (Ich hatte mich nicht getraut, zusätzliche Beläge zu bestellen.)

Geiz tötet bei mir jeden Anflug von Leidenschaft, entsprechend schockiert muss ich also ausgesehen haben, als er zehn Minuten nach dem Verlassen von Pizza-Hut vor einem schäbigen Bed & Breakfast vorfuhr. Die meisten Millionäre hätten sich im St. David's Hotel & Spa eingemietet. Statt der Sterne hatte diese Absteige hier ein Zeichen mit Totenschädel & Knochen am Eingang verdient.

Ich machte ihm klar, dass ich mich keinesfalls in einem schmuddeligen Einzelbett an ihn kuscheln würde, und bat darum, nach Hause gefahren zu werden. Unterwegs erzählte er mir von seinen immer wiederkehrenden Albträumen, in denen er in einer Gefängniszelle eingeschlossen war. Noch bevor ich zu einer amateurhaften Traumanalyse ansetzen konnte, fügte er hinzu, dies liege wahrscheinlich vor allem daran, dass er bis vor kurzem tatsächlich hinter Schloss und Riegel gesessen habe.

Meine Gedanken überschlugen sich. Den durchdringenden Geruch der After-Shave-Schwaden hatte ich zuerst seinem schwerfälligen, plumpen Macho-Gehabe zugeschrieben, doch jetzt begann ich mich zu fragen, ob er mich womöglich doch mit Old Spice betäuben wollte? Mich befiel lähmende Angst. Neben verurteilten Kriminellen im Auto zu sitzen löst den sofortigen Wunsch in einem aus, sich während der Fahrt auf die Straße fallen zu lassen, doch bevor ich mich auf einen derartigen Stunt einließ, musste ich unbedingt herauskriegen, warum man ihn eingebuchtet hatte …

»Es ging um eine Bank«, seufzte er. »Nur eine kleine Zweigstelle, aber alles lief schief.«

Ich hatte genug Filme gesehen, um zu wissen, dass alle Bankräuber im Grunde herzensgute Kerle sind, und war sehr erleichtert, neben jemandem zu sitzen, dessen Verbrechen nicht mit »M« anfing und mit »ord« aufhörte. Ich erkundigte mich bester Laune, ob er für den Job zur Tarnung auch eine Wollmütze mit Sichtschlitzen getragen hätte. Irgendwie schien er mir meine mangelnde Sensibilität übel zu nehmen, doch der Abend endete trotz allem mit Geknutsche. Am nächsten Tag brach er zu einer Weltreise auf. Einen Monat später rief er mich an und erzählte mir, wie er in seinem Privatflugzeug in die Karibik geflogen und auf einer Yacht an Australiens Goldküste entlanggeschippert sei. Als er anschließend die Rede auf einen kleinen Wochenend-Trip brachte, gingen meine Gedanken natürlich in Richtung Paris, Rom, New York … Ich hätte es besser wissen müssen. »Ich dachte, du könntest mich vielleicht daheim in Newcastle besuchen.«

Da er erwähnt hatte, er sei in ein paar Wochen wieder in Cardiff, sagte ich, ich würde lieber hier auf ihn warten – ich konnte die Vorstellung einfach nicht ertragen, wie ich mir in seiner Küche eine Tasse Kaffee aufbrühte und dabei herausfand, dass alles mit kleinen Kaffeetüten voll gestopft war, die er an Tankstellen hatte mitgehen lassen.

Das nächste Treffen hatte ich im Armed Dragon geplant, wo ich ihn mit guter alter walisischer Küche bezirzen wollte. Die Preise sind durchschnittlich, aber als er eintrat, brach ihm sofort, und das nicht sehr attraktiv, der Schweiß aus. Als er mich zur Begrüßung küsste, zitterte er. Mein neuer Haarschnitt hatte ihn eindeutig umgehauen.

»Hier gefällt's mir nicht«, murmelte er. »Lass uns was Netteres suchen, wo man Pasta essen kann.«

Wir verglichen über eine Stunde lang die verschiedenen Preislagen der Restaurants, ziemlich absurd, wenn man bedenkt, wie unwahrscheinlich es ist, dass man irgendwo mehr als 7 Pfund für einen Teller Tagliatelle hinlegen muss. Als nach dem Essen die kleine Untertasse mit der gefalteten Rechnung auf unserem Tisch abgestellt wurde, bezahlte ich, weil seine ängstliche Miene zuviel für mich war. Am Ende des Abends hatte ich mich heimlich so häufig wegen seiner Pfennigfuchserei gekrümmt, dass meine Bauchmuskeln über ganz neue Spannkraft verfügten. Als er mir anbot, mich in seinem schicken neuen Sportwagen (dorthin verschwand also das Geld) nach Hause zu fahren, sagte ich, ich wolle lieber allein gehen, schönen Dank auch. Er beharrte darauf. Ich lehnte entschieden ab und steuerte dem Taxistand zu.

»Lass mich wenigstens deine Heimfahrt bezahlen«, bot er an.

Ich akzeptierte.

Er griff in die Tasche und zog eine Ein-Pfund-Note für das Busticket heraus. Ohne Witz.

Bevor man sich mit einem Millionär einlässt, sollte man zuerst aufmerksam das Kleingedruckte lesen. Im Augenblick weiß ich noch nicht, aus welchem Holz Tyler geschnitzt ist. Das Hotel ist todschick, aber PM war derjenige, der es ausgewählt hat. Schätzungsweise hat sein Sohn einiges für seinen Anzug springen lassen, doch in der Kunstszene ist gutes Aussehen obligatorisch.

»Wie wär's mit einem Glas Champagner?«, schlägt Tyler vor und lädt uns mit einer Handbewegung zum Sitzen ein.

»Ach ja, herrlich!«, zwitschert Mama.

Er wendet sich dem Kellner zu und sagt das Zauberwort: »Cristal!«

Nur zum besseren Verständnis: In englischen Spirituosenläden kostet die Flasche schlappe 100 Pfund. Ich frage mich, wie hoch der Aufschlag in einem Fünf-Sterne-Hotel sein mag. Nun, das lasse ich mir gern gefallen – ein Millionär, der sich auch wie ein Millionär benimmt.

Auf PM's Vorschlag gehen wir mit dem Champagner ins Restaurant.

»Willkommen im L'Olivo«, begrüßt uns der Oberkellner. »Ein Tisch für fünf?«

»Falls Sie uns nicht Gesellschaft leisten wollen!«, kichert Mama.

Ich frage mich, ob PM ahnt, dass sie etwas zu tief ins Glas geschaut hat.

Der Kellner führt uns zwischen breiten Säulen und Palmenkübeln hindurch zu einem gemütlichen Tisch mit drei Lehnsesseln und einem Sofa für zwei Personen.

»Möchtet ihr Mädels aufs Sofa?«, erkundigt sich PM.

»Danke«, sage ich und sinke in die elfenbeinfarbene Umarmung des Möbels.

»Ich sitze lieber auf einem Stuhl, das ist besser für meinen Rücken«, entgegnet Mama und spielt zum ersten Mal die Karte »hinfällige alte Dame« aus. »Warum leisten Sie Kim nicht Gesellschaft, Tyler?«

»Aber gern«, lächelt er und drückt, als er Platz nimmt, die Sitzkissen ungeschickt so tief herunter, dass ich in seine Arme rutsche.

»Hoppla!« Ich erröte und versuche, die Nägel nicht in seinen teuren Anzug zu krallen.

»Ihre Tochter verliert ja keine Zeit!«, stichelt Morgan.

»Das hat sie von ihrer Mutter«, gibt Mama lachend zurück und begreift erst zu spät, dass sie sich soeben als Flittchen bezeichnet hat.

»Wir Hamiltons sind eben unwiderstehlich«, rettet PM die Situation.

»Wie die meisten reichen Männer«, murmelt Morgan. Hat er Mama und mir eben auf äußerst plumpe, beleidigende Weise unterstellt, wir seien im Goldgräbergeschäft? Das wollen wir doch mal sehen …

»Ich möchte auf die neue Besitzerin der ältesten und exklusivsten Boutique auf Capri anstoßen!«, sage ich und proste meiner Mutter zu, ohne Morgan dabei aus den Augen zu lassen.

»Sie haben ein Geschäft hier?« Er sieht überrascht aus. »Muss ja ziemlich lukrativ sein.«

»Ich hoffe es!« Lächelnd schlürft Mama ihren Champagner. »Für mich ist damit ein Traum in Erfüllung gegangen – ich habe mich immer für Mode interessiert.«

»Welche Frau täte das nicht«, ächzt Morgan. Sehr gut, zumindest scheint ihn seine bedauernswerte Gattin gelegentlich um ein paar Dollar zu erleichtern.

»Mr. Hamilton?« Ein Kellner nähert sich unserem Tisch.

»Ja?«, fragen alle drei im Chor.

»Mr. Tyler Hamilton?«

»Das bin ich!« Mr. Bernsteinauge hebt die Hand.

»Ein Anruf für Sie aus New York, Signor. Es ist dringend.«

»Entschuldigt mich«, sagt Tyler, zu uns allen gewandt. »Ich bin gleich wieder zurück. Bestellt schon mal ohne mich.«

Ich vertiefe mich wieder in die Speisekarte, doch Morgan hat noch mehr Fragen an meine Mutter. »Haben Sie denn Erfahrung in der Modebranche?«, will er wissen

Und haben Sie eigentlich Manieren?, würde ich am liebsten rufen, als ich Mamas Miene sehe.

»Seit dreißig Jahren im Geschäft, stimmt's, Mama?«, deute ich an. (Ich unterschlage ein paar Jährchen, um die Fünfziger-Schallgrenze nicht zu durchbrechen, aber ich bin sicher, es würde ihr nichts ausmachen, ihr wahres Alter einzugestehen, um Morgan in die Schranken zu verweisen.)

»Genau«, erwidert sie und prostet mir zu. »Ich habe mich von der Kasse bei Almay hochgearbeitet und jede Sekunde genossen.«

»Sie sind also eine Verkäuferin, die es zu etwas gebracht hat. Bravo!«, beglückwünscht Morgan meine Mutter.

Überheblicher Giftzwerg. Vermutlich hat er sich sein Leben lang nicht anstrengen müssen und ist mit dem sprichwörtlichen silbernen Löffel im Mund geboren.

»In welcher Branche sind Sie denn tätig?«, fragt Mama mit bewundernswerter Gelassenheit.

»Finanzen, aber die Einzelheiten erspare ich Ihnen lieber.«

Offenbar denkt er, wir »Mädels« würden sowieso nichts davon verstehen.

»Zu langweilig, was?«, sage ich zu meiner eigenen Überraschung.

PM kichert leise vor sich hin. »Kim hat einen ungewöhnlichen Sinn für Humor, Morgan. Sieh dich vor!«

»Meine Arbeit ist nicht langweilig«, schmollt sein Sohn. »Es gibt aber zu viele Leute, die sich von meinem Erfolg einschüchtern lassen.«

»Tatsächlich?«

»Ja«, nickt er voller Selbstmitleid. »Um Bette Midler zu zitieren: ›Das Schwierigste am Erfolg ist, jemanden zu finden, der ihn dir gönnt.‹«

»Sind Sie ein echter Bette-Midler-Fan?« Ich hebe anzüglich eine Braue.

Morgan wirft mir einen finsteren Blick zu. »Ist das wieder einer Ihrer Scherze?«

»Ich habe mich nur gefragt«, entgegne ich beiläufig und setze eine Unschuldsmiene auf. Anzugträger von Morgans Kaliber verabscheuen es zutiefst, wenn man sie auch nur vage mit Ikonen der Schwulenszene in Verbindung bringt, und es bereitet mir natürlich diebisches Vergnügen, genau diesen Schalter umzulegen.

»Vielleicht sollten wir jetzt lieber bestellen«, schlägt PM mit klassischer Diplomatie vor.

Allen läuft bei der Bestellung das Wasser im Munde zusammen: rote Kartoffelgnocchi mit Garnelen und Majoran, mit Minze gewürzter Baby-Tintenfisch und Salat von grünen Bohnen, Heilbutt mit Schnittlauch und kandierten Tomaten, Lendensteak mit Lorbeer und Anchovis ... Morgan äußert als Letzter seine giftigen Wünsche: Orechiette und Ragout vom Skorpion-Fisch sowie Kaninchen in einer Kruste von Schweinebäckchen. Schweinebäckchen?! Mir graust es.

»Möchten Sie die Weinkarte haben?«, erkundigt sich der Kellner.

»Geben Sie her«, befiehlt Morgan. »Wenn wir Papa die Wahl überlassen, bekommen wir womöglich einen Wein, in dem noch die Zehennägel der Einheimischen herumschwimmen.«

Ich blicke angeekelt auf.

»Sie sind nicht die Einzige hier mit Sinn für Humor«, freut sich Morgan.

Echt zum Totlachen, denke ich.

»Ah, hier kommt ja unser Goldjunge«, empfängt er anschließend lautstark seinen Bruder. »Ein Tipp für Sie, Kim: Tylers Haar ist tabu. Der Heiligenschein ist sein Markenzeichen.«

Tylers sonnengebleichter Schopf unterstreicht in der Tat noch sein blühendes Aussehen. Mama blickt ihn mit mädchenhafter Bewunderung an, aber es ist zu spät für sie. Sie ist bereits mit PM, alias Der Mann mit dem Goldenen Sohn, verbandelt, kichere ich leise vor mich hin. Au weia! Dieser Champagner hat's wirklich in sich.

»Alles in Ordnung?«, fragt PM.

»Ja, man hat meine Geschäftsreise nach Verona vorverlegt«, erklärt Tyler und sinkt – diesmal etwas vorsichtiger – neben mir aufs Sofa. »Ich muss morgen abreisen.«

»O nein!«, ruft Mama ehrlich entsetzt.

»Ich treffe mich dort mit einem neuen Künstler«, informiert uns Tyler. »Er ist ziemlich unberechenbar, und seine Galeristin hat meinem Chef gerade gesagt, nur der Dienstag käme in Frage …«

»Könnten Sie nicht noch eine Nacht bleiben?«

»Ich muss mich auf das Gespräch vorbereiten und habe seine neueste Ausstellung noch nicht gesehen …«

»Sagten Sie Verona?«, vergewissert sich Mama.

Tyler nickt.

»Da waren wir doch schon, erinnerst du dich, mein Schatz? Haben Sie denn einen Dolmetscher?«

Geht's noch etwas direkter?

»Ja, vermutlich wurde einer für mich gebucht. Hoffentlich lässt sich der Termin noch so kurzfristig verschieben.«

»Nun, Sie wissen ja, dass Kim …«

»Verona ist wunderschön …«, falle ich ihr ins Wort.

»Ich war noch nie da«, sagt Tyler zu mir. Sein Atem riecht leicht verraucht.

»Es wäre praktisch, jemanden zu haben, der sich auskennt …« Mama kann es einfach nicht lassen.

»Kennen Sie Verona, Morgan?« Ich versuche verzweifelt, dem Gespräch eine andere Wendung zu geben.

»Dieser Alte-Welt-Kram interessiert mich nicht besonders.«

»Er hält Kunst für überbewertet«, seufzt Tyler.

»Ein paar Klassiker sind ganz okay, aber diesen Typ, mit dem du dich da triffst …«

»Alessandro.«

»Er ist abstrakter Künstler, oder?«

Tyler nickt.

»Ich glaube, da bin ich einer Meinung mit Al Capp: ›Abstrakte Kunst wird von Talentlosen gemacht und von Gewissenlosen an völlig Verwirrte verkauft.‹« Er legt eine Kunstpause ein, und fügt dann mit verschlagener Miene hinzu: »Gib mir einen Strand und ein gutes Buch, und ich bin glücklich.«

»Sie verbringen anschließend Ihren Urlaub auf Sardinien, nicht wahr?« Hurra, Mama ist endlich vom Thema abgekommen.

»Ja, dort machen wir seit drei Jahren Ferien. Die ganze Cliquenwirtschaft auf den Bermudas ging mir allmählich auf die Nerven.«

»Und jetzt sind Sie dem Zauber Italiens erlegen«, stellt Mama stolz fest.

»Mir gefällt die Landschaft, auf die Leute bin ich nicht versessen.«

»Und dabei halten die Italiener doch so viel von Ihren Landsleuten«, schnaube ich insgeheim.

PM sieht verlegen aus. »Ich glaube, die letzte Bemerkung solltest du zurücknehmen, Junge. Gina ist Italienerin.«

»Ich dachte, Sie kommen aus England«, blafft Morgan ungehalten.

»Nein, ich bin auf Capri geboren und erst mit elf Jahren nach Cardiff gezogen.«

»Ach so«, antwortet er. »Nun, im Grunde habe ich damit nur die italienischen *Männer* gemeint.«

Jetzt bin ich Lucas wegen beleidigt.

»Sie sind ständig hinter den Frauen her«, fährt Morgan fort, obwohl ein sehr italienischer Kellner uns gerade Wein nachschenkt.

»Vielleicht gefällt das den Frauen ja«, sage ich und blicke dabei dem Kellner in die Augen.

»Keine Frau, die Klasse hat, möchte so angestarrt werden.«

Beinahe wäre mir ein »Ich schon!« herausgerutscht, doch stattdessen säusle ich nur: »Schön, dass Sie uns Frauen so viel Respekt entgegenbringen.« Wetten, seine arme, tyrannisierte Frau Angie würde was anderes behaupten?

»Skorpion?«, fragt der Kellner, der jetzt die Vorspeisen serviert.

»Morgan«, rufen wir im Chor.

Seit einer Stunde dominiert Morgan die Unterhaltung und wird von Minute zu Minute geschwätziger und unangenehmer. Zitat reiht sich an Zitat, es heißt nur noch »Nietzsche sagt« und »Wie Mark Twain es ausdrückt ...«. Tyler schweigt die meiste Zeit. Ich verstehe jetzt, warum PM sagt, seine Söhne würden ihn zu Tode langweilen. Sogar meine Mutter ist es müde, Morgan um den Bart zu gehen und ihm zu bestätigen, wie belesen er doch ist, um sich an all die schlauen Sätze zu erinnern. Ich verstehe nicht, dass ein so amüsanter Mann wie PM so einen Wichtigtuer von Sohn haben kann.

»Haben Sie ein Lieblingszitat?«, will PM von mir wissen, während wir uns über den Nachtisch Gedanken machen.

»Darüber muss ich erst nachdenken«, erwidere ich. »Wie steht's mit Ihnen?«

»›Sei immer nett zu deinen Kindern, denn sie sind diejenigen, die das Altersheim für dich aussuchen.‹ Phyllis Diller.«

Mama und ich lachen.

»Und du, Gina?«, fragt PM meine Mutter.

Sie sieht einen Augenblick lang traurig aus. »›Gerade die Menschen, die es am wenigsten verdienen, brauchen besonders viel Liebe.‹ John Harrigan.«

Im Hinblick auf unser Gespräch heute Nachmittag sind ihre Worte sehr treffend. Ich seufze insgeheim und wünsche mir, ich könnte ihr mehr Liebe entgegenbringen.

»Tyler?«, spielt meine Mutter ihm lächelnd den Ball zu. Ihre Miene verrät mir, dass sie sich etwas Romantisches erhofft.

Ihre Erwartungen werden nicht enttäuscht. »›Die Liebe ist wie ein Feuer. Man weiß jedoch nie, ob sie dein Herz erwärmt oder dein Haus in Schutt und Asche legt.‹«

Wow. Da kann ich nur zustimmen.

»Wer hat das denn gesagt?« Morgan runzelt die Stirn.

»Keine Ahnung, ich glaube, irgendeine Sängerin oder Schauspielerin.«

»Wie beeindruckend, Bruderherz«, schnaubt Morgan.

»Sind die Worte denn nicht wichtiger als ihr Urheber?«, wende ich ein. »Sonst könnten wir jetzt einfach Namen aufzählen ...«

»Woody Allen, Coward, Yeats ...«, demonstriert PM.

»Und wo bleibt da das Vergnügen?«, schlussfolgere ich.

Morgan verdreht die Augen. »Meine Wahl würde auf ...«

»Moment, wir haben Kims Lieblingszitat noch nicht gehört«, unterbricht ihn Tyler.

Morgan schmollt wie ein trotziges Kind.

»Kim?«

»›Was sich zu wissen lohnt, kann man nicht lehren.‹ Oscar Wilde.«

»Stimmt, man muss alles selbst erfahren haben, bevor man es versteht, nicht wahr?«, pflichtet PM bei.

Eigentlich hatte ich es als Spitze gegen Morgans intellektuellen Dünkel gemeint, aber PMs Bemerkung stimmt mich nachdenklich. Werde ich meine Mutter durch das, was ich mit Luca erlebe, besser verstehen? Ich kann den Gedanken nicht weiter verfolgen, da Morgan wieder die Aufmerksamkeit an sich reißt. Statt noch mehr pseudo-intellektuelles Geschwätz von sich zu geben, stürzt er sich diesmal auf einen vorbeikommenden Kellner und dröhnt: »Dieser Wein ist korkig! Einfach ungenießbar!«

Der Kellner setzt zu einer Antwort an, doch Morgan lässt eine fiese, angeberische Rede vom Stapel; dieser Wein solle einen langen, samtigen Abgang statt eines kurzen, stumpfen haben, das Tannin sei nicht sanft und rund, sondern geradezu eckig – und so weiter und so weiter und so weiter.

Währenddessen tritt der Kellner von einem Fuß auf den anderen und sieht immer gequälter aus. Endlich legt Morgan eine Pause ein.

»Non parla inglese!«, platzt der Kellner heraus.

»Also, das ist doch wirklich typisch!«, brüllt Morgan und blickt sich auf der Suche nach dem Oberkellner um.

»Scusa«, sage ich rasch auf Italienisch zu dem jungen Mann. »Dieser Herr ist geistig zurückgeblieben, und ich muss mich für ihn entschuldigen. Wenn Sie freundlicherweise die Weinflasche durch eine neue ersetzen würden, wäre das wunderbar.«

»Ahhh, grazie signorina!« Er verbeugt sich, nimmt behutsam die Gläser vom Tisch und achtet darauf, Morgan währenddessen nicht zu nahe zu kommen.

»Ein Fünf-Sterne-Hotel, und der Kellner spricht nicht mal Englisch!«, schnaubt Morgan.

»Ich glaube, er ist das, was Sie als Aushilfskraft bezeichnen würden«, sage ich zu Morgan und bemühe mich, einen Wutanfall zu unterdrücken.

»Und Ihr Lieblingszitat?«, wirft Mama ein, die anscheinend spürt, dass ich gleich in die Küche stürme und mir das schärfste Tranchiermesser schnappe, falls Morgan noch eine anti-italienische Bemerkung vom Stapel lässt.

Morgan setzt zu einer Antwort an, hält dann aber inne, als sich am Nebentisch eine teuer gekleidete ältere Dame niederlässt. Ihre einzige Gesellschaft ist ein flauschiger Shi-Tsu-Hund. Mein Herz fliegt ihr zu. Bevor ich Luca kennen lernte, hatte ich schon befürchtet, einmal so zu enden wie sie.

»Ha-ha! Da fällt mir ein gutes Zitat ein!«, röhrt Morgan. »August Strindberg: ›Ich verabscheue Menschen, die sich Hunde halten. Das sind Feiglinge, die nicht genug Mut haben, selbst zu beißen.‹ Ha-Ha-Ha!«

Die Tatsache, dass es sich bei Strindberg um einen *schwedischen* Schriftsteller handelt, gibt mir den Rest. Als der Shi Tsu keine Anstalten macht, Morgan zu beißen, beschließe ich, das selbst zu erledigen.

»Und wie steht es mit Leuten, die nicht genügend Mumm haben, für sich selbst zu *sprechen*?«, zische ich.

Verblüfftes Schweigen senkt sich über die Runde. Morgan blickt mich finster an.

»Ich habe ein Zitat für Sie, Morgan. Ralph Waldo Emerson, amerikanischer Philosoph und Dichter. Er sagte: ›Ich hasse Zitate, sag mir, was du weißt.‹«

Morgan öffnet den Mund zu einer Antwort, aber ich erhebe mich und schneide ihm das Wort ab: »Hör mal, Süßer, ich kann dich in sechs verschiedenen Sprachen fertig machen, falls du also keine witzige Antwort auf Kroatisch parat hast, vergiss es einfach!«

Und mit diesen Worten stapfe ich aus dem Restaurant.

Erst als ich nach Luft ringend in der Lobby stehen bleibe, merke ich, dass ich zittere. Habe ich tatsächlich »Süßer« zu Morgan gesagt? Unglaublich!

»Kim!« Meine Mutter eilt zu mir.

»Ich entschuldige mich nicht!«, verkünde ich mit fester Stimme.

»Darum wollte ich dich auch nicht bitten«, grinst sie. »Ich fand dich toll. Tony übrigens auch.«

»Er ist nicht sauer?«

»Nur auf Morgan, weil er sich so unhöflich benommen hat.«

»Ach so.«

»Setzt du dich wieder zu uns?«, fragt sie.

»Ich möchte lieber ins Hotel«, gestehe ich. Es wäre mir viel zu peinlich, jetzt wieder an den Tisch zurückzukehren.

»Soll ich dich begleiten?«, bietet Mama an.

»Nein, nicht nötig«, lächle ich. »Bleib ruhig hier. Wir sehen uns später.«

Sie sieht etwas verlegen aus.

»Oder morgen«, füge ich hinzu. »Falls du über Nacht bleibst ...«

»Ich habe etwas zum Anziehen mitgenommen.«

»Dann treffen wir uns morgen um halb zehn im Laden!« Hoffentlich klinge ich lässig genug.

»Bist du sicher?«

»Vollkommen sicher«, bekräftige ich und gebe ihr einen Gutenachtkuss. »Bitte bedanke dich auch in meinem Namen bei demjenigen, der die Rechnung bezahlt.«

»Wird erledigt.« Ihr Blick ruht liebevoll auf mir. »Gute Nacht, Liebling. Ich bin stolz auf dich.«

Mein Herz macht einen kleinen Satz.

»Gute Nacht«, winke ich beim Hinausgehen.

Ich gehe am Pool entlang zurück – diesmal sind keine Wasser tretenden Beine zu sehen – und erreiche die Treppe, die zur Piazza führt.

»Hey, warten Sie!«

Noch bevor ich mich umdrehen kann, steht Tyler auch schon vor mir. Er hält mich an den Armen fest und gibt mir einen Kuss auf den Mund.

Völlig entgeistert starre ich ihn an.

»Tut mir Leid, das musste einfach sein!«, keucht er. »Ich versuche schon seit Jahren, Morgan eins auszuwischen, aber das war perfekt. Sie sind erstaunlich!«

Ich mustere intensiv den gefliesten Boden und versuche, mich zu sammeln.

»Bitte, bleiben Sie noch hier«, sagt er leise.

»Das geht nicht.«

»Das geht bestimmt«, lächelt er.

»Na ja, Sie haben Recht«, gebe ich zu. »Aber ich möchte lieber nach Hause.«

»Wir könnten feiern!«

»Ich bin müde«, entgegne ich, etwas schüchtern, weil ich plötzlich allein mit ihm bin.

Er mustert mich kurz. »Na gut, dann bringe ich Sie nach Hause. Das ist das Mindeste, was ich tun kann.«

»Nicht nötig, wirklich, ich komme schon zurecht.«

»Nein, ich bestehe darauf.« Tyler dreht sich um und gibt einem Taxifahrer, der sich an seinen grün-gelben Fiat Marea Oldtimer lehnt, ein Zeichen.

In Capri versuche ich ihn zu überreden, dass er im Taxi bleibt und nach Anacapri zurückfährt, aber er will mich unbedingt zum Hotel begleiten, selbst wenn er die ganze Zeit fünf Schritte hinter mir gehen muss.

Als wir am Tor ankommen, lenkt ihn die Certosa di San Giacomo ab.

»Wow – in diesem Hotel wohnen Sie also. Hier war ich heute schon mal.«

»Tatsächlich?«

»Ja, hier ist das Diefenbach-Museum. Ziemlich gruselig. Wir könnten ja noch einen Blick darauf werfen, aber Sie würden bestimmt Albträume davon bekommen.«

»Wie schlimm ist es denn?«, frage ich, neugierig geworden.

»Sehr düster, in jeder Beziehung«, erklärt Tyler und lockt mich näher ans Kloster, während er spricht. Wir gehen den baumbestandenen Weg entlang zu einem Aussichtspunkt, der einen wunderbaren Blick auf das Hotel Luna gewährt. Ich bin richtig stolz, als ich das Hotel betrachte. Es hat sich als wahre Zuflucht erwiesen.

»Tolles Hotel«, bemerkt Tyler. »Unsere Zimmer im Palace haben nicht so eine Aussicht. Wo wohnen Sie?«

»Im zweiten Stock, ungefähr in der Mitte«, sage ich und zeige mit dem Finger darauf. »Mit Blick auf den Garten und …«

O Gott.

»Und das Meer?«, beendet Tyler den Satz für mich.

»Hm. Ja. Ich muss gehen«, plappere ich, während Adrenalin durch meine Adern zischt.

»Moment noch!«, sagt Tyler, als ich mich entferne.

»Mir fällt grade ein, dass ich dringend telefonieren muss«, sage ich und schreite immer schneller aus.

»Sie können mein Handy nehmen.«

»Nein, die Nummer ist auf meinem Zimmer. Tut mir Leid, ich hab's schrecklich eilig, auf Wiedersehen.«

Luca ist im Hotel. Ich habe eben gesehen, wie er aus der Lobby kam. Ich muss da sein, bevor er geht. Bitte, lass ihn warten, lass ihn zu den Faraglioni hinübersehen, bis ich am Hotel bin …

Mit klopfendem Herzen reiße ich das Gatter auf und stürze den Hügel hinauf, kämpfe mich keuchend und schmerzgepeinigt voran. Wenn ich es vermassle, wenn ich ihn verpasse … unerträglich, daran zu denken. Ich renne noch schneller, meine Füße stampfen über die Erde, dann über den Asphalt, und schließlich erreiche ich die Auffahrt zum Hotel …

33

Ich drehe mich einmal um mich selbst. Auf der Terrasse und im Garten ist niemand zu sehen. Ich stürme durch die Lobby und kollidiere mit der Empfangstheke.

»War da gerade …«, schnaufe ich dem Nachtportier entgegen, »hat jemand …«

»Ja, Signorina. Ein junger Mann nach Ihnen hat gefragt. Er ist vor wenige Minuten gegangen.«

Am Boden zerstört schließe ich die Augen. »Hat er nicht gesagt, wo er hinwollte?«

»Nein, tut mir Leid.«

»Oder eine Nachricht hinterlassen?«

»Nicht bei mir.«

Ich bin niedergeschmettert.

»Aber hat er etwas an der Hotelbar getrunken. Vielleicht Mario, er weiß …«

»Danke!«, stoße ich hervor und haste durch die Lobby.

»Halloooo, Kim! Wo waren Sie ganze Abend?«, begrüßt mich Mario.

»Haben Sie Luca gesehen? Hat er eine Nachricht hinterlassen?«

»Mir geht gut, danke für die Nachfrage – sogar *molto bene*«, knurrt er.

»Bitte, Mario, es ist wichtig. Erzählen Sie mir alles!«, befehle ich.

»Er war ungefähr halbe Stunde hier und …«

»Was hat er *gesagt*?«

Ehe Mario antworten kann, steckt der Nachtportier den Kopf um die Ecke: »Signorina, Anruf für Sie. Ist ein Gentleman. Soll ich in Bar durchstellen?«

»Ja! *Unbedingt!*«, rufe ich aufgeregt.

Es klingelt, und Mario reicht mir den Hörer.

»Hallo?«, keuche ich.

»Kim?«

»Ja?«

»Tyler hier.«

Ich bin tief enttäuscht.

»Ich wollte nur sichergehen, dass alles in Ordnung ist.«

»Mir geht's gut«, lüge ich. »Tut mir Leid, dass ich so schnell weg musste.«

»War Ihr Telefonat erfolgreich?«

»Nein, das hat leider nicht geklappt«, entgegne ich und zwinge mich zu akzeptieren, dass Luca einfach in der Dunkelheit verschwunden ist.

»Ach so. Nun, ich hoffe, es ist nichts Unangenehmes.«

»Das hoffe ich auch«, antworte ich und frage mich, was Luca mir wohl so Dringendes zu sagen hatte, dass er nicht bis morgen früh warten konnte.

»Vielleicht sehen wir uns morgen?«, schlägt Tyler vor.

»Vielleicht«, sage ich und höre nur mit halbem Ohr zu.

»Spielen Sie die Unnahbare?«, lacht er.

Ich schnaube. Wenn er wüsste, wie ich gerade mit Wadenkrämpfen und unter Einsatz eines fast zersplitterten Schienbeins versucht habe, Luca noch zu erreichen. Ich bin wirklich alles andere als »unnahbar«. »Tut mir Leid, ich muss auflegen, der Barkeeper braucht das Telefon«, sage ich und schneide Mario eine Grimasse.

»Dann schlafen Sie gut, Kim … es war wirklich toll, Sie kennen zu lernen. Ich freue mich schon auf das nächste Mal.«

»Mmh«, murmle ich undeutlich.

»Ich vermute, es ist schwer, in einer vollen Bar zu telefonieren, hm?«

»Ja«, lüge ich. (Es gibt außer mir nur einen Gast. Er sitzt weit weg am Fenster und ist völlig in sein Buch vertieft.)

»Okay, *laku noc.*«

Vor Überraschung sperre ich den Mund auf. Er hat mir gerade Gute Nacht auf Kroatisch gewünscht.

Wahrscheinlich hat Tyler noch andere Qualitäten außer Farbgespür und einem dicken Bankkonto.

Mario legt den Hörer auf und stellt mir dann ein Glas vor die Nase. »Grappa«, sagt er. »Ich gebe aus.«

»Danke«, seufze ich niedergeschlagen und verwirrt.

»Dieser Luca«, fragt Mario vorsichtig, »er hat eine Frau, aber eigentlich er will Sie?«

»Ich weiß nicht.« Ich zucke ratlos mit den Schultern.

»Ich finde nicht so normal, mitten in der Nacht eine andere Frau zu besuchen.«

»Ich weiß nicht, was los ist. Seine Frau ist gestern nach Capri zurückgekommen. Es ist kompliziert.«

»Sie möchten darüber reden?«

»Mit Ihnen?« Ich kann ein Lachen nicht unterdrücken.

»Nein, mit seine Frau!«, schnaubt Mario verächtlich. »Natürlich mit mir!«

Ich mustere Mario einen Augenblick. Ich habe ihm schon einmal eine Abfuhr erteilt, als ich ihn einfach stehen ließ und stattdessen mit Luca nach Marina Grande gefahren bin. Wozu noch Salz in die Wunde streuen?

»Lieber nicht«, gebe ich zurück.

»Los, versuchen Sie mit mir. Wenn dieser Gentleman dort drüben gegangen ist, ich habe Feierabend. Wir können uns unterhalten.«

Ich ziehe die Alternative in Erwägung – allein in meinem Zimmer sitzen und mir das Hirn zermartern.

»Okay«, akzeptiere ich zögernd.

»Ich muss noch Kissen und Decken hereintragen. Sie warten hier.« Mario öffnet die Tür zur Terrasse und stapelt die kobaltblauen Kissen aufeinander. Sobald er ein gutes Dutzend aufgetürmt hat, legt er den Stoß auf die Seite und trägt sie wie eine große blaue Ziehharmonika zwischen seinen Händen herein.

»Spielen Sie eigentlich ein Instrument?«, will ich wissen.

Er sieht mich nachdenklich an. »Sie sind ein merkwürdiges Mädchen, Kim.«

Ich kichere leise vor mich hin und beschließe, ihm beim Abräumen der Tische zu helfen.

»Nein, Sie sind Gast!«, protestiert er.

»Bitte, ich möchte gern helfen!«, flehe ich.

Er rollt mit den Augen, ich rolle die Tischdecken zusammen. Die Beschäftigung lenkt mich von meinen Ängsten ab. Als ich das Bündel hineintrage, erhebt sich der einsame Bücherwurm gerade und legt einen 1000 Lire-Schein als Trinkgeld auf den Tisch. Das entspricht ungefähr 30 Pence. Mann, da kann Mario ja nach Feierabend gleich in Rente gehen. Der Gast geht hinter mir, als ich die Tischdecken auf die Barhocker lege.

»Geben Sie ihm nicht Ihr ganzes Geld«, grient er anzüglich und will damit vermutlich andeuten, dass Mario mich bereits um den kleinen Finger gewickelt hat.

»Zu spät, ich habe ihn schon in meinem Testament bedacht!«, kontere ich.

So eine Frechheit! Ich habe plötzlich das Gefühl, ich müsste meine Beziehung zu Mario beschützen. Wahrscheinlich hat es für den Bücherwurm so ausgesehen, als falle wieder eine naive Engländerin dem Charme eines italienischen Kellners zum Opfer, aber ich habe das Gefühl, als würde sich zwischen Mario und mir eine echte Freundschaft anbahnen. Ich stelle mir vor, wie ich jetzt durchdrehen würde, wenn ich allein wäre, und die Enttäuschung, Luca durch mein Mondscheingeplänkel mit Tyler so knapp verpasst zu haben, nicht ertragen könnte. Plötzlich überrieselt es mich eiskalt – wenn *ich* Luca sehen konnte, hat *er* vielleicht ja auch mich gesehen, genauer gesagt *uns!* Vielleicht ist er deswegen gegangen. Ich stürze auf die Terrasse und versuche, den Aussichtspunkt zu lokalisieren, aber er liegt in tiefem Schatten. Ich seufze erleichtert. Mario scheucht mich in die Bar, schließt die Tür und sorgt für Schummerlicht. Normalerweise würde mich das nervös machen, aber jetzt geht es nicht mehr darum, eine Nummer zu schieben. Man könnte fast glauben, Mario sei wirklich daran interessiert, wie es mir geht.

»Zuerst noch das hier«, sagt er, legt sein cremefarbenes Jackett und die schwarze Krawatte ab und zieht einen bequemen Pullover an. »Er hat nichts erzählt, also ich kann auch keine Geheimnisse erklären, aber mir scheint, das ist ernste Sache zwischen euch, sonst er würde doch nicht riskieren, mitten in der Nacht wegzuschleichen, ja?«

Wir beginnen mit einer amateurhaften Analyse der Lage. Wir diskutieren, ob er mich vor etwas warnen wollte (zum Beispiel vor einer blutrünstigen Ehefrau), aber dann hätte er mich auch anrufen können. Dass er keine Nachricht hinterlassen hat, bedeutet entweder, dass es sich um etwas sehr Delikates handelte, was man nicht schreiben kann, oder dass er keine Beweisstücke hinterlassen wollte. Ich erzähle Mario, es gäbe bereits einige sehr belastende Aufnahmen. Er schlägt vor, ich solle sie lieber in Cardiff entwickeln lassen, falls die Leute im hiesigen Fotogeschäft auf irgendeine Weise mit Tanya in Verbindung stehen. Ich will ihm erzählen, dass meine Mitbewohnerin in einem Fotogeschäft arbeitet, aber mit der Frage, wie es nach meiner Vorstellung mit Luca weitergehen soll, lenkt er das Gespräch wieder in die ursprünglichen Bahnen zurück.

Ich gestehe, dass ich noch einmal mit Luca allein sein

möchte. Er fordert mich auf, etwas weiterzudenken. Ich sage ihm, das ginge nicht, da eine Beziehung zwischen Luca und mir doch völlig undenkbar und außerdem auch unmoralisch sei. Mario sagt, manchmal seien Menschen aus einem bestimmten Grund, aber nur für kurze Zeit, zusammen. Ich stimme zu, finde den Gedanken, Luca gehen zu lassen, aber nahezu unmöglich. Warum sollte ich nicht um ihn kämpfen? Er ist mit einer anderen verheiratet, aber bei ihm habe ich mehr als bei jedem anderen das Gefühl, er sei »mein« Mann. Zum ersten Mal habe ich keine Zweifel an dem, was ich empfinde. Gut – die Umstände sprechen gegen eine Beziehung zwischen Luca und mir, aber in meinem Herzen weiß ich genau, dass er der Mann ist, mit dem ich zusammen sein sollte.

»O je!«, ist alles, was Mario dazu zu sagen hat.

Um zwei Uhr morgens beenden wir die Sitzung. Das Gespräch mit Mario hat mir geholfen, er war sehr vernünftig und einfühlsam. Und ich musste ihm nur zweimal einen Klaps auf die Finger geben.

34

Ich erwache um zehn Uhr morgens. Nachdem ich so lange die Minuten gezählt habe, bis ich Luca wiedersehe, bin ich jetzt zu spät dran – ich könnte schon seit einer halben Stunde bei ihm sein! Mit einem Satz bin ich aus dem Bett und taumle dann zurück: Champagner, Rotwein, Grappa – werde ich es denn nie lernen? Als ich ins Badezimmer hinüberwanke, überkommt mich eine neue Art von Übelkeit – meine Nerven lassen mich im Stich. Plötzlich habe ich es nicht mehr so eilig. Solange ich ihn nicht sehe, bleibt mir noch die Hoffnung. Ich dusche ausgiebig, föhne dann langsam mein Haar trocken und versäume nicht, Antoinettas Wundermittel anzuwenden. Ich versuche mich zu beruhigen und sage mir, dass ich schon damit fertig werde, wie es auch ausgehen mag. Die Erinnerungen kann mir keiner nehmen, und irgendwann komme ich darüber hinweg. Doch das Gefühl, Luca völlig ausgeliefert zu sein, lässt sich nicht abschütteln.

Auf dem Weg betrachte ich sämtliche Designer-Sonnenbrillen, juwelenbesetzten Puderdosen und ausgezackte Korallenhalsketten in den Auslagen.

Schließlich bin ich beinahe am Ziel. Ich hole tief Luft, versuche möglichst lässig auszusehen und lege die letzten Meter zurück.

»Da bist du ja!«, tiriliert meine Mutter, als ich eintrete.

Von Luca keine Spur.

»Ich dachte schon, du kommst gar nicht mehr.«

»Ich habe verschlafen«, erkläre ich.

»Hast du schon gefrühstückt? Luca holt grade – ah, da ist er ja.« Mama eilt zur Tür, um ihm beim Abladen des Tabletts mit Kaffee und Gebäck zu helfen. »Ich bin am Verhungern!«, lacht sie. »Ich glaube, der Alkohol von gestern ist noch nicht abgebaut.«

»Hallo«, lächelt Luca freundlich, aber zurückhaltend.

Ich erwidere seinen Gruß und bin erstaunt, wie erleichtert ich bin, ihn einfach nur wieder zu sehen.

»Ich habe Luca gerade von unserem verrückten Abendessen erzählt. Du wirst mit Freuden vernehmen, dass Morgan bereits auf dem Weg nach Sardinien ist.« Nachdem sie einen Schluck Cappuccino getrunken hat, fährt sie fort: »Heute Morgen habe ich überlegt, wie komisch es doch ist, dass du dich mit dem einen Bruder derartig in die Wolle bekommst und mit dem anderen prächtig verstehst. Tyler ist hin und weg, er hat nur von dir geredet. Er wollte wissen, ob du einen Freund hast.«

Ich erröte und versuche Luca wortlos klarzumachen, dass der Schein bisweilen trügt und sich alles ganz anders verhält.

»Ich fand es sehr galant von ihm, dich zum Hotel zurückzubringen«, plappert Mama weiter.

Habe ich da ein eifersüchtiges Funkeln in Lucas Augen gesehen? Jedenfalls zerreißt er die Pappkartons mit unnötigem Kraftaufwand.

»Ich wünschte, ich wäre früher zurückgekommen, ein Freund von Mario war in der Bar«, sage ich.

Luca hört mit dem Zerreißen auf und sieht mich an.

»Ich wäre ihm zu gern noch begegnet.«

Mama sieht besorgt aus. »Kim, du solltest lieber ein Stückchen von meinem Tramezzino probieren.« Sie reicht mir die Hälfte ihres dick belegten Sandwiches. »Jedenfalls will er dich heute zum Mittagessen einladen.«

»Ich kann nicht!«, platze ich heraus.

»Sei doch nicht albern – natürlich kannst du. Ich habe ihm gesagt, er soll heute Mittag um eins im Laden vorbeikommen.«

»Aber ich muss …« Verzweifelt suche ich nach einer Ausrede.

»Nino beim Fußballspielen zusehen«, rettet mich Luca.

»Ja!«, sage ich und stürze mich auf die willkommene Entschuldigung. »Ich kann ihn nicht versetzen, ich hab's ihm versprochen.«

»Wann denn?«

»Als wir aus Ravello zurückgekommen sind«, lüge ich. »Sie spielen gegen eine Schule aus Neapel.«

»Ich bin sicher, Ringo hat Verständnis, wenn du nicht kommen kannst. Heute Nachmittag fährt Tyler nach Verona, es ist also deine letzte Gelegenheit, ihn zu treffen.«

»Es ist meine letzte Gelegenheit, Ringo beim Fußballspielen zuzuschauen.«

»Ich wüsste jedenfalls, was ich lieber täte«, murmelt meine Mutter vor sich hin. »Gehst du auch hin, Luca?«

»Ich sagte, ich würde in der Mittagspause eine Stunde zusehen.«

Mama nimmt meine Hand. »Du wirst dir das doch nicht einfach entgehen lassen, oder?«

Ich erwidere ihren Blick, ohne mit der Wimper zu zucken.

»Ich verstehe dich nicht, Kim. Tyler ist etwas Besonderes. So einen Mann triffst du wahrscheinlich kein zweites Mal.«

»Er ist nicht mein Typ«, antworte ich einfach.

»Nicht dein Typ? Aber er muss doch jeder Frau gefallen – er sieht gut aus, ist reich, an dir interessiert …«

Ich schweige mich aus.

»Wer ist denn dann dein Typ?«, fragt sie schließlich völlig entnervt.

Ich blicke verstohlen zu Luca hinüber. »Es geht nicht unbedingt um einen bestimmten Typ«, gebe ich zurück, »sondern mehr darum, wie man sich in der Gegenwart eines anderen fühlt.«

Mama stöhnt. »Kannst du ihr nicht ein bisschen Vernunft beibringen, Luca?«

»Das glaube ich kaum«, erwidert er. »Was Kim sagt, gefällt mir nämlich.«

Es dauert noch eine gute Stunde, bis Luca eine Gelegenheit findet, mir zu sagen, dass wir uns um halb zwei auf dem Monte Solaro treffen. Ich habe Bedenken, weil das Hotel Palace in der Nähe liegt, aber er sagt, das sei kein Problem und außerdem sei Tyler dann ja ohnehin auf Capri. Wahrscheinlich hat Luca einen Touristentreffpunkt ausgewählt, um sicherzugehen, dass wir keinen Einheimischen begegnen, aber ich mache mir Sorgen, wir könnten nicht vernünftig reden, wenn so viele Menschen in der Nähe sind. Doch leider haben wir nicht genug Zeit, mit seinem Boot zu unserer Privatgrotte zu fahren.

Um ein Uhr mittags verlasse ich Desiderio's, arbeite mich durch die Touristenmassen auf der Piazzetta und nehme den kleinen, orangefarbenen Bus nach Anacapri. Während wir die Steilküstenstraße hochfahren, immer haarscharf am Ge-

genverkehr vorbei, blicke ich auf Marina Grande hinunter und entdecke den Fußballplatz der Insel. Es muss der schönste auf der ganzen Welt sein. Eine Längsseite ist von der Küste begrenzt, und von hier oben hat man den Eindruck, als gingen Fußballfeld und Meer direkt ineinander über. Jeder über die Außenlinie gekickte Ball wird zu einer weißen Boje. Aus meiner Perspektive sieht das Spiel ziemlich einseitig aus; alle Spieler, nicht größer als Punkte, befinden sich in der einen Hälfte des Spielfeldes, aber zumindest kann sich der überflüssige Torhüter in der anderen Hälfte die Zeit mit der herrlichen Aussicht über den Golf von Neapel vertreiben. Mit einem Feldstecher könnte er vielleicht sogar bis zum San-Paolo-Stadion sehen – der einstigen Heimat von Maradona. Soviel zum Thema inspirierendes Panorama!

Ich frage mich, welcher der belebten Punkte Ringo ist, und spüre Gewissensbisse, weil ich ihn als Alibi benutze. Er ist so unschuldig. Als Erwachsener fühlt man sich manchmal entsetzlich korrupt.

Während der Bus sich weiter hinaufschraubt und jetzt am Hotel Caesar Augustus vorbeifährt, fällt mir ein, dass Mario mir erzählt hat, er würde hier in der Nähe auf den Tennisplätzen gelegentlich Fußball spielen. Teams aus verschiedenen Hotels und Restaurants tragen nach der Arbeit Wettkämpfe aus und spielen manchmal bis spät in die Nacht. Für eine Insel, die als hedonistisch verschrien ist, bietet Capri auch schlichte Vergnügen.

Noch zwei Minuten, und wir sind angekommen: Piazza Vittoria. Ich bin erst zum zweiten Mal in Anacapri, aber damit unterscheide ich mich schon deutlich von allen anderen Tagesausflüglern hier, die auf den Stufen sitzen. Ich schlängle mich durch eine Kreuzfahrt-Gruppe auf Landgang und kaufe mir ein Ticket für den Sessellift. Hinter der Sperre blicke ich den Berg hoch – das Stück vor dem Gipfel sieht gefährlich aus. Bevor mich meine Nerven im Stich lassen, zitieren mich zwei ältere Männer heran, die für die Koordination von Gesäß und Sitzfläche sorgen, und erteilen mir die Anweisung, auf dem roten Kreis am Boden stehen zu bleiben. Als der Sessel um die Kurve schwingt, drücken sie mich hinein und schließen den Sicherheitsriegel, der sich auf Taillenhöhe befindet. Ich schlingere erst vor, dann geht es aufwärts. Ich umklammere die Metallstange mit beiden Händen und schnaube verächtlich, als ich ein Schild erblicke, das das Schaukeln im Sessel untersagt. Was für eine abwegige Idee! Es geht zwar höchstens fünfzehn Meter in die Tiefe, aber auch dabei kann man sich blaue Flecken holen.

Dann geschieht etwas Merkwürdiges ... fast augenblicklich weicht meine innere Anspannung heiterer Gemütsruhe. Ich hatte erwartet, dass diese Fahrt mit dem Sessellift so Schwindel erregend sein würde wie eine Runde auf dem Karussell, aber es geht sachte und geschmeidig hinauf, und abgesehen von dem leisen Ticken und Surren, das ertönt, wenn der Sessel über die kleinen Zahnräder an den Masten fährt, ist es vollkommen still. Zu meinen Füßen liegen ordentlich bestellte Gärten, gefolgt von dichten Farnen, Feigenbäumen und knorrigen Weinstöcken, an die sich höhere, buschigere Bäume mit flauschig-grünen Blüten, groß wie Tennisbälle, anschließen. Ungefähr auf der Hälfte der Strecke schwebe ich über einem exzentrischen Skulpturen-Garten, übersät mit zweifelhaften Schätzen: ein grauer Gnom mit einem Bart, der aussieht, als bestünde er aus gläsernen Fruchtbonbons, ein steinerner Affe mit einem Tablett echter Bananen, und mitten in einem Meer von rosa und gelben Blüten entdecke ich ein Vogelbad aus Mosaik voller Keramikminiaturen. Ein Mann mit behaartem Rücken ist damit beschäftigt, seine Blumen zu gießen, und kümmert sich nicht im Geringsten um die Eindringlinge aus der Luft. Zu meiner Rechten erkenne ich die Dächer von Anacapri, so weiß, flach und eckig wie Schuhkartons. Dahinter liegt das Meer und erstreckt sich bis in die verschwommene, dunkelblaue Unendlichkeit. Mich erfüllt ein geradezu transzendentales Wonnegefühl.

Nach einer felsigeren Strecke erreiche ich den Gipfel. Ich könnte vor Freude tanzen. Vielleicht ist er zehn Sessel hinter mir, vielleicht ist er schon vor mir angekommen. Ich eile die Stufen hinauf und gerate bei der Feststellung, dass ich den höchsten Punkt der Insel erreicht habe – 589 Meter, wenn man glauben darf, was der amerikanische Student gerade seinen drei Freunden aus seinem Reiseführer vorliest –, beinahe ins Taumeln.

»Mann, glaubst du, so sieht's im Paradies aus?«, überlegt der eine.

»Na klar!«, stimmt sein Freund zu.

Sie sehen aus wie Teenager, die man normalerweise höchstens durch Freikarten für Limp Bizkit oder Blink 182 beeindrucken kann, also haben sie wahrscheinlich Recht.

Tatsächlich weiß ich ganz genau, dass sie Recht haben, denn Luca kommt auf mich zu.

35

Er gehört immer noch mir! Ich strahle, als Luca vor mir steht, die kräftigen Arme um mich schlingt und meinen Nacken küsst. Euphorie und Erleichterung wechseln sich ab, als mich seine Küsse willkommen heißen.

»Jetzt tanzen wir!«, kündigt er an.

Er verschränkt seine Hände mit meinen und hebt langsam meine Arme.

»Tango?«, frage ich stirnrunzelnd und versuche, die nächsten Schritte zu erahnen.

»Nein, Tarantella!«, gibt er augenzwinkernd zurück. »Ist ein Tanz aus der Gegend. Ich bringe dir bei.«

Wir hätten uns hinsetzen und uns gegenseitig ausfragen können – ich will alles über seine Frau, er alles über Tyler wissen –, und stattdessen fordert er mich zum Tanz auf. Sein Stil gefällt mir!

»Dieser Tanz ist sehr *feurig*, aber wir tanzen in Zeitlupe …«

Als wir ganz dicht voreinander stehen, schließt er für eine Sekunde die Augen und schüttelt kaum merklich den Kopf, als wollte er sagen: »Das ist unerträglich. Führe mich nicht in Versuchung.« Ich blicke ihn mit großen Augen an, voller Sehnsucht und unfähig, meine Verwunderung darüber zu verbergen, was ich für ihn empfinde.

»Man sagt, der Tanz kommt vom Biss der Tarantel, einer Spinnenart hier. Meistens sind Frauen die Opfer, und die Trance, in die sie Biss versetzt, man heilt durch wildes Tanzen.«

»Vielleicht will ich nicht geheilt werden«, grinse ich, als er mich herumwirbelt.

»Normalerweise spielen Mandolinen, Gitarren und Tamburine. Heute wir haben nur das Klopfen von unsere Herzen.« Er verzieht das Gesicht.

Ich kichere und blicke zu ihm auf. Ich hatte keine Ahnung, wie es ist, sich einem Mann gegenüber, bei dessen Anblick man weiche Knie bekommt, so unbeschwert verhalten zu können.

Nach dem Tänzchen schlendern wir zum Gipfel und bestaunen die vielen atemberaubenden Ausblicke. Unser kurzes Beisammensein ist fast vorüber, und wir haben das Thema »Was jetzt?« nicht einmal gestreift. Obwohl ich weiß, dass unsere Stimmung sich dadurch ändern wird, kann ich die Frage nicht länger unterdrücken.

»Luca, weißt du, dass ich morgen abreise?«

Er sieht schockiert aus. Vermutlich wusste er es nicht.

»Ich frage mich, ob wir uns vielleicht noch …« Ich verstumme, als er den Kopf schüttelt.

»Heute Abend ich bin in Sorrent. Eine Kollegin von Tanya heiratet dort. Wir fahren los um halb sieben.« Er verzieht ärgerlich das Gesicht.

»Oh.« Ich bin am Boden zerstört.

»Tut mir Leid. Ich habe erst heute Morgen erfahren, ist seit Monaten geplant.« Er seufzt und nimmt meine Hand.

»Dann sind wir jetzt vielleicht zum letzten Mal zusammen?« Meine Stimme bebt, Panik und Zeitnot erfüllen mich.

Er küsst meine Hand. Wir sitzen einen Augenblick lang schweigend nebeneinander.

»Oder …«, setzt er an.

Bitte mich zu bleiben. Bitte mich zu bleiben.

»Ja?«

»Tanyas Schwester besucht uns in ein paar Tage. Vielleicht ich habe dann mehr Zeit«, seufzt er. »Aber darum ich kann dich nicht bitten.«

»Was meinst du?«, dränge ich.

»Dass du bleibst. Das ist nicht richtig. Ich weiß nicht, was ich dir anbieten kann.«

Fieberhaft erwäge ich verschiedene Möglichkeiten. »Wann kommt sie?«

»Ich denke, am Donnerstag.«

Heute ist Montag. Ich müsste also Dienstag und Mittwoch irgendwie ohne Luca überstehen. Kann ich das schaffen, mit der Aussicht auf ein mögliches Treffen am Donnerstag? Gegen einen geringen Aufschlag kann ich meinen Flug umbuchen. Meine Mutter hat bestimmt nichts dagegen, wenn ich bleibe. Sie wäre wahrscheinlich *überrascht,* aber … Ich wende mich Luca zu und streichle sein Gesicht. Bei dem Gedanken, ihn verlassen zu müssen, werde ich fast hysterisch. Ich muss bleiben. Es ist die einzige Möglichkeit. Ich wünschte nur, ich würde mich dadurch nicht so verletzlich fühlen. Lasse ich mich hinters Licht führen? Blitzartig überfällt mich der Gedanke an Tomas und Stockholm. Was soll's! So oder so –

es wird mir das Herz brechen. Aber wenn ich bleibe, habe ich zumindest eine Chance, ihn wiederzusehen, sei es auch nur, um mich richtig zu verabschieden.

»Wenn meine Mutter damit einverstanden ist, bleibe ich«, gebe ich zurück.

»Ja?« Lucas Gesicht hellt sich auf. »Ich will nicht alles noch schwerer machen für dich.«

»Ich weiß«, antworte ich. »Aber ich kann dich nicht verlassen – noch nicht.«

Er zieht mich an sich, und eng umschlungen betrachten wir die Muster, die die Schnellboote auf der Wasseroberfläche hinterlassen. Ich versuche, mir jede Sekunde mit ihm einzuprägen, damit ich mich immer daran erinnern und sie genießen kann, wenn wir getrennt sind. Ich kuschle mich an ihn, lasse die Hand unter sein Hemd gleiten und erhasche dabei einen Blick auf die Drachen-Tätowierung auf seinem Rücken, um die er in Ravello ein solches Geheimnis gemacht hat.

Ich streiche mit dem Finger über die schimmernden Schuppen. »Verrätst du mir jetzt, was es mit diesem Drachen auf sich hat?«

Er lächelt verlegen auf mich herunter. »Das kommt mir so dumm vor …«

»Komm, sag's mir schon!«

»Ist ein *roter* Drachen.«

»Und?«, frage ich stirnrunzelnd.

Luca stößt einen tiefen Seufzer aus. »Habe ich das Tatoo machen lassen, weil ich etwas wollte, was mich an dich erinnert.«

Ich setze mich aufrecht hin.

»Gina sagt immer, der Drachen aus der walisischen Flamme ist deine Glücksbringer, dein Lieblingstier …«

»Das denkst du dir jetzt aus!«, lache ich. Das mit dem Drachen stimmt zwar, aber er ist doch nicht so weit gegangen, sich deswegen ein Tatoo machen zu lassen?

»Siehst du?«, fragt er und zeigt auf den Drachen. Zum ersten Mal bemerke ich ein winziges K auf der Klaue.

»Du bist meine Reise-Muse!«, sagt Luca und lacht. »Dein Großvater, er wusste, wie gern ich etwas von der Welt sehen wollte, und wenn Gina hat geschrieben von deinen Reisen, er mir hat die Briefe vorgelesen«, gesteht er, ohne zu wissen, dass ich es bereits von Rosa erfahren habe. »Ich habe geträumt, dass du kommst eines Tages nach Capri und wir dann gemeinsam weggehen und Abenteuer erleben.«

Ich bin wie im Freudentaumel. »Warum hast du mir das nicht früher gesagt?«

»Ich dachte, es wäre vielleicht zu viel«, antwortet er und windet sich sichtlich.

»Aber nein! Es ist einfach wunderbar.« Ich schmiege mich an ihn.

Er streichelt mein Haar. »Ich will schon seit so lange Zeit mit dir zusammen sein, Kim.«

Meine Augen füllen sich mit Tränen. Als er mich küsst, habe ich das Gefühl zu schweben. Ich wollte mein ganzes Leben lang mit ihm zusammen sein. Ich habe es nur nicht gewusst.

Irgendwo schlägt es zwei Uhr. Wir müssen in die Wirklichkeit zurück. Doch das kümmert mich nicht. Unser Bund ist unzerstörbar. Ich werde alles tun, um wieder mit ihm zusammen zu sein.

Hand in Hand gehen wir zum Sessellift, und ich winke ihm zum Abschied nach; ich habe das Gefühl, ich könnte die Arme ausstrecken und neben ihm den Abhang hinunterfliegen.

Als sein Sessellift so groß ist wie eine Büroklammer, fahre ich ebenfalls talabwärts. Diesmal habe ich die Schuhe ausgezogen und auf meinen Schoß gelegt, damit die butterweiche Brise meine Sohlen streicheln kann. Es fühlt sich unglaublich an. Auf dem Weg unter mir sehe ich eine schwarze Katze. Ich frage mich, ob das auch dann noch Glück verheißt, wenn ich über dem Tier schwebe.

Auf halber Strecke kommt mir ein Tourist mit rotem Gesicht und einem khakifarbenen Freizeithut entgegen. Er ist so blasiert, dass er während der Fahrt Zeitung liest! Das kommt mir völlig verrückt vor – wie kann er nur bei diesem Übermaß an Schönheit ringsum die Nase in bedrucktem Papier vergraben? Ist er derart entschlossen, nichts von seiner Umgebung mitzubekommen? Ich bedaure ihn aus tiefstem Herzen. Und dann bedaure ich mich selbst. Zumindest mein früheres Ich. Ich frage mich, wie oft ich mit gesenktem Kopf zum Zeitungsladen gelaufen und wieder nach Hause gegangen bin, eifrig Horoskope oder Berichte über irgendwelche Serien lesend. Ich hätte ebenso gut einen Spaziergang durch den Park machen oder Passanten ein Lächeln schenken können, so wie jetzt. Ist mir gleich, ob sie mich für überschwänglich halten. Ich habe noch einiges an Lächeln nachzuholen.

Ich lächle immer noch, als ich die Piazza Vittoria erreicht habe, sogar dann, als mir der Bus vor der Nase wegfährt. Direkt neben der Haltestelle ist ein Münztelefon. Ich beschließe, Cleo anzurufen. Ich platze fast vor Ungeduld, sie über die neuesten Entwicklungen mit Luca zu informieren. Sie ist ganz Ohr und beharrt dann auf einem detaillierten Bericht über PMs Sohn; sie gurrt, keucht und kichert genau an den richtigen Stellen.

Als ich alles erzählt habe, fragt sie: »Bist du sicher, dass du den Richtigen erwischt hast?«

»Was willst du damit sagen?«

»Na ja, dieser Tyler hört sich einfach traumhaft an.«

»Hör mal, solange ein Mann nicht mindestens einen Buchstaben meines Namens als Tätowierung auf dem Körper trägt, habe ich einfach nicht das geringste Interesse!«

Cleo lacht. »Du weißt doch gar nicht, was sich alles unter seinem honigfarbenen Anzug verbirgt.«

»Mag sein, aber er ist eben nicht Luca«, sage ich schlicht.

»Aber wenn es keinen Luca gäbe, würde er dir dann gefallen?«, bohrt sie.

»Ganz ehrlich? Ich wäre wahrscheinlich misstrauisch gewesen, so viel Glück zu haben, aber über meine wahren Gefühle kann ich nichts sagen, ich habe nur noch Augen für Luca – es ist zu spät für einen anderen.«

Cleo seufzt. Es ist nicht direkt ein kritischer Seufzer, aber ... »Ich will einfach nicht, dass du wieder verletzt wirst«, gesteht sie.

»Ich weiß, es sieht nicht gut aus, aber ich will mich nicht so einfach davonstehlen«, erwidere ich und möchte ihr begreiflich machen, dass dies hier Schicksal ist und kein Urlaubsflirt. »Ich bleibe vielleicht ein paar Tage länger.«

»Ach so«, sagt sie, sehr kleinlaut.

»Tanyas Schwester kommt am Donnerstag, dann könnten wir noch ein paar Stunden miteinander verbringen.«

»Donnerstag«, wiederholt Cleo nachdenklich.

Ich verspüre plötzlich Gewissensbisse. »Ich fühle mich mies, dich allein zu lassen ...«

»Unsinn!«, widerspricht sie. »Mir fällt gerade ein, dass Julia am Donnerstag Geburtstag hat und einen ausgibt – das wird bestimmt lustig.«

»Ich dachte, sie sei Waage?«

»Nein, nein, Krebs«, versichert Cleo.

»Natürlich ist er verheiratet, und ich kann ihn nicht mit Haut und Haaren haben, aber es ist so unglaublich schön, mit ihm zusammen zu sein ...« Freude durchströmt mich, wenn ich nur daran denke. »Ich will so viel daraus machen, wie ich kann.«

»Was auch geschieht, ich bin immer für dich da!«

»Danke, mein Schatz!« Ihr bedeutungsvoller Ton gefällt mir nicht, aber andererseits ist ein glückliches Ende wirklich nicht vorherzusehen – alle Umstände sprechen gegen Luca und mich.

»Wenn ich noch einen Vorschlag machen dürfte?«, fragt Cleo etwas munterer.

»Ja?«

»Halt dir Tyler für alle Fälle warm!«

Ich verdrehe die Augen. »Also wirklich, Cleo!«

»Kannst du dich noch mit ihm treffen, oder ist er schon abgereist?«

»Kim?«, ertönt hinter mir eine Männerstimme.

»Tyler?«, rufe ich überrascht. Wo kommt der denn plötzlich her? Hat er etwa gehört …?

»Ich bin mit dem Taxi auf dem Weg zum Hafen«, sagt er und weist auf einen Taxifahrer, der gerade seine Koffer einlädt. »Was machen Sie denn hier? Ihre Mutter sagte, Sie würden sich ein Fußballspiel ansehen.«

»Ich … ich …«

»Entschuldigung, habe ich Sie etwa beim Telefonieren unterbrochen?«, fragt er, als er den Hörer in meiner Hand bemerkt.

»Ähh …« Mir fällt nichts ein. Falls er mich je für schlagfertig gehalten haben sollte, ist jetzt Schluss damit. »Ich habe bloß …«

Der Taxifahrer hupt.

»Ich muss los, aber ich bin froh, dass ich Sie noch getroffen habe, ich wollte Ihnen dies hier geben.« Er überreicht mir ein winziges Päckchen.

»Was ist das?«, frage ich.

»Ein Geschenk.« Er lächelt und drückt mir einen sanften Kuss auf die Lippen. »Auf Wiedersehen!«

»Hat er dich grade geküsst?«, kreischt Cleo.

Ich bedecke den Hörer mit der Hand und beobachte, wie Tyler ins Taxi steigt und mir zum Abschied winkt, bevor er den Hügel hinunterfährt.

»Kim! Kim! Bist du noch dran?« Cleos Stimme quetscht sich durch die Lücken zwischen meinen Fingern.

»O Gott!«, keuche ich und fühle mich immer noch ertappt.

»Was hat er dir da gegeben?«

»Warte mal, ich sehe nach.« Ich hänge mir den Hörer um den Hals, öffne meine Tasche und klappe das Kästchen auf.

Auf dickem blauem Samt liegen zwei Perlenohrringe, besteckt mit winzigen Diamanten, die die fünf Erdteile symbolisieren.

Ich bin wie vor den Kopf geschlagen und habe ein schlechtes Gewissen. Habe ich mich Tyler gegenüber zu arrogant verhalten? Er war so nett, aber was soll ich machen? Er kann Luca überhaupt nicht das Wasser reichen.

Ich beschreibe Cleo die Ohrringe.

»Jetzt reicht's! Ich komme sofort nach Italien! So was passiert in Cardiff nie im Leben!«

Wie schön es doch wäre, wenn Cleo ein paar Tage Urlaub nehmen und nach Capri kommen könnte. Aber solange Gareth sich nicht hat blicken lassen, um seine Bilder abzuholen, rechne ich mir keine Chancen aus, sie zu überreden.

»Ich muss los«, sage ich bedauernd. »Mein Bus fährt gleich los.«

»In Ordnung, halt mich auf dem Laufenden«, erwidert Cleo und fügt hinzu: »Wenn du zurückkommst, hast du eine Menge nachzuholen, *Ally McBeal, West Wing, Home Front, Hollyoaks*. Ich habe alles für dich aufgenommen, und außerdem lief noch ein Thriller mit Caroline Quentin ...«

Auf dem Heimweg im Bus sehe ich plötzlich die Szenen aus meinen Lieblingsserien vor mir. Ist das alles, was mich zu Hause erwartet? Videos vom Leben anderer Leute, ihren Beziehungen und Frisuren? Das Ehepaar auf dem Sitz vor mir plaudert über die gemeinsame Reise nach Pompeji: »Diese ganzen Menschen, die mitten in ihrem Alltag überrascht wurden und für die Ewigkeit erstarrt sind«, sinniert die Frau. Ich stelle mir vor, wie ich mein altes Leben in Cardiff wieder aufnehme – falls es dort ebenfalls einen Vulkanausbruch gäbe, würde er mich auf dem Sofa überraschen, wo ich die Fernbedienung in der einen und das *heat*-Magazin in der anderen Hand halte. Allein der Gedanke hat etwas Erstickendes. Ich strecke mein Gesicht dem offenen Fenster entgegen und schnappe nach Luft. Als wir um die Ecke biegen, habe ich freie Sicht über ganz Capri. Wie soll ich es fertig bringen, diese Pracht zu verlassen?

Ich will nicht zurück.

Niemals.

36

»Na, wie war das Fußballspiel?«, fragt Mama im Hotelzimmer.

»Unentschieden. Zwei zu zwei«, antworte ich mit abgewandtem Gesicht.

»Interessant. Luca hat erzählt, sie hätten gewonnen«, sagt Mama stirnrunzelnd.

»Ach so. Na ja, vielleicht gilt ein Unentschieden hier als Sieg«, plappere ich.

»Er hat gesagt, Ringos Mannschaft hätte drei zu eins gewonnen.«

Ich beiße mir auf die Lippe.

»Und weißt du, was noch interessanter ist?«

»Was denn?«, frage ich und werfe ihr einen flüchtigen Blick zu.

»Tanya sagte, sie hätten fünf zu zwei verloren.«

Mich überläuft es kalt. »Tanya?«

»Ja, sie kam um halb fünf im Laden vorbei.«

»Oh.«

»Sie sagte, sie hätte dich gar nicht beim Spiel gesehen.«

Mein Herz pocht dröhnend. »Na ja, ich …«

»Lucas Miene habe ich entnommen, dass er auch nicht da war.«

Ich reiße die Augen auf.

»Nein, ich habe ihn nicht verpfiffen, falls du dir deswegen Sorgen machst.«

Ich atme zitternd aus.

»Willst du seinetwegen bleiben?«

»Wie meinst du das?«

»Kim, es ist in Ordnung. Ich bin die Letzte, die dir Vorhaltungen machen kann, nicht wahr?«

Da hat sie absolut Recht, trotzdem …

»Du brauchst jetzt kein umfassendes Geständnis abzulegen«, fährt sie fort, öffnet den Schrank und wählt ein Kleid für den heutigen Abend aus. »Ich frage mich, warum mir nicht schon vorher etwas aufgefallen ist. Der arme Tyler hatte überhaupt keine Chance.«

Ich setze mich aufs Bett und versuche, mich zu sammeln. Am liebsten würde ich herausplatzen: »Es ist ganz anders, als du denkst!«, aber das klingt so abgedroschen.

»Denk noch mal darüber nach, bevor du dich tiefer verstrickst«, rät Mama und taucht in die parfümierten Schwaden, die dem Badezimmer entweichen.

Noch nie habe ich intime Details meiner Beziehungen mit Mama diskutiert. (Mit intim meine ich hier eher die gefühlsmäßigen Hochs und Tiefs, weniger das Körperliche. Darüber würde ich niemals mit ihr sprechen.) Als es mir beim gemeinsamen Abendessen schwer fällt, nicht über Luca zu reden, weiß ich, dass sich etwas verändert hat. Zum ersten Mal sehne ich mich verzweifelt nach ihrem Rat, wie ich mit dem, was ich gerade durchmache, fertig werden soll. Ich sage mir, es wäre die reinste Verschwendung, ihren diesbezüglichen reichen Erfahrungsschatz nicht zu nutzen, und als der Hauptgang serviert wird, riskiere ich es, das Thema anzuschneiden.

»Glaubst du, du wirst weiterhin mit Luca zusammenarbeiten, wenn du dich entschließt, hier zu bleiben?«, frage ich, während ich mein Schnitzel zerteile.

»Warum denn nicht? Ich finde, wir sind ein gutes Team.«

Ich trinke einen Schluck Wein.

»Ich hoffe, es war dir nicht unangenehm … du weißt schon … zu wissen …«

»Überhaupt nicht.« Mama schüttelt den Kopf.

Sie will mir keins auswischen.

Ich weiß nicht recht, wo ich anfangen soll. Das hier ist so wichtig für mich, ich möchte nichts verpatzen. »Ich habe ihn sehr gern«, sage ich schlicht.

»Ich weiß, Schätzchen.«

»Ich glaube, er empfindet dasselbe«, fahre ich vorsichtig fort. »Aber es ist kompliziert …«

Mama legt Messer und Gabel hin. »Du magst es nicht, wenn ich mich einmische, also halte ich mich zurück …«

»Nein, bitte, tu das nicht«, rufe ich.

Mama sieht überrascht aus.

»Ach, Mama, ich bin so durcheinander … Ich wünsche mir mehr als alles andere auf der Welt, mit ihm zusammen zu sein, weiß aber nicht, wie ich das anstellen soll. Ich weiß nicht, ob ich das Richtige sage oder mich richtig verhalte, und ich weiß nicht, ob ich um ihn kämpfen soll oder lieber warte, bis er von allein zu mir kommt oder …«

Mama legt ihre Hand auf meine und sagt: »Es ist schon in Ordnung.«

Ich blicke zu ihr auf. Ich habe mich verzweifelt danach gesehnt, diese Worte zu hören. Oder dass alles gut wird, wenn die Schwierigkeiten einmal überwunden sind.

»Es liegt nicht allein in deiner Hand. Vielleicht bist du bereit, dich ganz auf ihn einzulassen, aber es hängt von euch beiden ab, ob es weitergeht. Und selbst wenn er es ebenfalls will, ist es unter den gegebenen Umständen für ihn sehr schwierig.«

Ich lasse die Schultern hängen. Ich hasse es, an Tanya erinnert zu werden.

»Am schwierigsten ist es, sich nicht in seine Probleme mit hineinziehen zu lassen. Wenn man jemanden getroffen hat, dem man nahe sein möchte, ist es nicht leicht, sich zurückzuhalten, um sich selbst nicht zu schaden.«

Damit hat sie meine Empfindungen genau getroffen! Ich möchte mich Luca ganz und gar hingeben, aber das ist in unserer Lage nicht möglich. Ich versuche, Zeit zu gewinnen, aber das Warten zerrt schon jetzt an meinen Nerven.

»Ich vertraue ihm«, antworte ich.

»Ich glaube, dass er dieses Vertrauen auch verdient. Aber das bedeutet nicht, dass du nicht verletzt werden kannst. Auch wenn er genau das auf keinen Fall will.«

Ich stoße einen tiefen Seufzer aus.

»Es gibt keine einfache Antwort. Ich musste jedes Mal, wenn ich in einer solchen Lage war, auf eine andere Taktik zurückgreifen.«

»Taktik?« Also gibt es doch ein Handbuch der Untreue – ich hab's ja geahnt! »Hast du ein paar Tipps?«, erkundige ich mich hoffnungsvoll.

Mama denkt einen Augenblick nach. Wahrscheinlich überprüft sie ihre gesamten Affären nach einem ähnlichen Fall.

»Die Gefahr besteht darin, ihnen alles auf dem Silbertablett zu servieren«, sagt sie schließlich. »Einerseits muss man immer für sie da sein, damit man auch Zeit hat, wenn es gerade passt, sonst würde man sie ja nie sehen, aber andererseits kann das auch ziemlich demoralisierend sein. Du musst eine ausgewogene Situation schaffen, sonst wirst du verrückt.«

Ich höre ihr gespannt zu und würde mir am liebsten Notizen machen.

»Er darf nicht zum Mittelpunkt deines Lebens werden.«

Dafür ist es mittlerweile ein bisschen spät. »Aber ich bin doch nur für kurze Zeit hier«, klage ich.

»Das ist wahrscheinlich auch gut so. Er kann nicht einfach voraussetzen, dass du immer da bist. Natürlich wird er sich aber auch sagen, dass du ohnehin weggehst und ihn verlässt …«

»O nein!«

»Ich kenne ihn nicht gut genug, um auch nur zu ahnen, was in seinem Kopf vorgeht, aber ich halte ihn für einen ernsthaften jungen Mann, der über die ganze Angelegenheit genauso viel nachdenkt wie du.«

Ich stochere in meinem Obstsalat. Nicht einmal der Nachtisch kann meine Stimmung heben. »Und wie geht es deiner Meinung nach weiter?«, erkundige ich mich schließlich nervös.

»Das weiß ich nicht.« Mama schüttelt den Kopf. »Das entscheidet sich von Tag zu Tag. Denk an die schönen Dinge und genieße sie. Und lass dich vom Rest nicht herunterziehen.«

»Er darf nicht zum Mittelpunkt deines Lebens werden«, wiederhole ich. Mit diesem Vorschlag kann ich mich überhaupt nicht anfreunden.

»Wollen wir noch einen Cappuccino an der Bar trinken?«, schlägt Mama vor.

Wir setzen uns ans Fenster, damit wir ungestört reden können, ohne dass Mario die ganze Zeit viel sagend in unsere Richtung blickt. Nachdem wir alle Was-wäre-wenn-Varianten mit Luca durchgegangen sind, riskiere ich es, meiner Mutter zu erzählen, warum ich so hingerissen von ihm bin. Früher habe ich nie mit ihr über die Jungen gesprochen, die mir gefielen, da ich Angst hatte, sie würde alles mit einem Satz verderben, aber jetzt kann ich einfach nicht mehr an mich halten.

»Ich sehe es an deinem Gesicht, wenn du von ihm sprichst«, lächelt Mama. »Du brauchst gar nichts zu sagen.«

Aber ich will unbedingt.

Ich gestehe ihr, wie ich mich in meinen früheren Beziehungen (falls man das überhaupt so nennen kann) verhalten habe und dass ich mich immer fragte, was bei mir schief lief, wie es bei anderen Pärchen lief und ob sie etwas wussten, von dem ich keine Ahnung hatte.

»Aber mit Luca kommen mir diese Fragen überhaupt nicht in den Sinn«, lächle ich. »Ich habe nur Augen für ihn, und je mehr Zeit ich mit ihm verbringe, desto besser gefällt er mir. Ich kann nicht genug von ihm bekommen!«

Mama strahlt mich an. »Es ist ein herrliches Gefühl, nicht wahr? Ich weiß noch genau, wie es war, als ich Huw kennen lernte …«

Zum ersten Mal, seit Vater uns verlassen hat, erzählt Mama mir von der Zeit ihrer jungen Liebe. Bis jetzt habe ich noch nie daran gedacht, dass sie ihn vielleicht ebenso vermisst wie ich.

Wir diskutieren gerade, ob wir uns einen Grappa teilen sollen oder nicht, als das Telefon klingelt. Ich blicke zu Mario hinüber, und er winkt mich mit einer Handbewegung an die Bar.

»Wer ist es?«, flüstere ich, auf die Theke gelehnt.

»Tyler Hamilton für Sie, Signorina«, verkündet er.

Ich nehme den Hörer. »Hallo!«

»Wie haben Ihnen die Ohrringe gefallen?«, fragt Tyler.

»Sie sind wunderschön – vielen Dank!«

Mario, der Zitronenscheiben schneidet, blickt auf. Ich wende mich mit leisen Gewissensbissen ab – er muss ja annehmen, ich würde mit jedem Mann auf Capri anbandeln, bloß nicht mit ihm.

»Ich freue mich, dass sie Ihnen gefallen. Außerdem wollte ich Sie etwas fragen«, kommt Tyler zur Sache.

»Ja?«, gebe ich nervös zurück.

»Mit dem Dolmetscher, der für mich gebucht war, gibt es ein Problem. Ich brauche bis morgen Abend einen Ersatz. Ich frage mich, ob Sie vielleicht einen Tag dafür opfern könnten –

oder genauer gesagt drei Tage. Wir fahren zuerst nach Verona und anschließend nach Rom, wo ein Treffen mit Alessandros Galeristin geplant ist, mit der wir alles unter Dach und Fach bringen wollen. Natürlich kommen wir für sämtliche Reisekosten und Spesen auf, und es gibt 300 £ Honorar pro Tag.«

Ich stelle eine kurze Berechnung an – nicht wie viel ich verdienen würde, sondern wann ich wieder in Capri wäre. Frühestens Donnerstagabend, wahrscheinlich aber eher am Freitag. Das gefährdet meine kostbare Zeit mit Luca. Ich kritzle hektisch auf dem Notizblock herum, den mir Mario zugeschoben hat.

»Leider müssten Sie sich rasch entscheiden«, entschuldigt sich Tyler. »Kann ich Sie in zehn Minuten zurückrufen?«

»Ja, ja«, sage ich und bin froh über ein paar Minuten Bedenkzeit. »In zehn Minuten sage ich Ihnen Bescheid.«

»Ich hoffe, Ihre Antwort lautet Ja«, sagt er sanft.

Ich lege auf.

»Was ist jetzt?«, will Mario wissen.

»Ich soll ihn nach Verona begleiten und dolmetschen.«

Marios Blick spricht Bände.

»Glauben Sie, das ist nur ein Vorwand?«

»Natürlich. Sie denken, Sie wären der einzige Mensch in Italien, der Englisch und Italienisch kann? *Ich* könnte für ihn übersetzen.«

»Sollen wir Sie an meiner Stelle hinschicken?«, frage ich lachend.

Neugierig geworden, eilt Mama herbei.

Ich erkläre, dass ich instinktiv eher ablehnen möchte – es könnte alles gefährden, was ich hier habe; aber meine Mutter und Mario sind der Meinung, ich solle Luca warten lassen. »Gib ihm die Möglichkeit, selbst zu erfahren, was du durchmachst.«

Ich sage ihnen, das fände ich grausam.

Doch sie sind anderer Meinung. »Dann er Sie begehrt noch mehr«, erläutert Mario.

»Außerdem hast du dann am Dienstag und Mittwoch etwas zu tun«, sagt Mama, die vorhersieht, wie verrückt es mich machen würde, nur herumzusitzen und zu warten.

»Und wenn ich unterwegs plötzlich zur Vernunft komme?« Ich schlucke, Panik steigt in mir auf. »Diesmal will ich nicht vernünftig sein! Ich will nicht wieder so werden wie früher.«

Mama sieht mich bedeutungsvoll an. »Das passiert bestimmt nicht.«

»Und wenn Tyler …«, wende ich ein und gebe mich schon halb geschlagen.

»Wenn du Luca wirklich liebst, hat Tyler keine Chance, egal, was er macht«, beruhigt mich Mama. »Bei deiner Rückkehr wirst du dir deiner Gefühle noch sicherer sein.«

Ich bin keineswegs überzeugt. Ich überlege kurz, ob ich Cleo anrufen und um Rat bitten soll, aber ich kenne ihre Antwort schon im Voraus.

»Was hast du zu verlieren?«, fragt Mama.

»Luca«, antworte ich.

»Dadurch verlierst du ihn nicht.«

»Aber ich habe nicht einmal Zeit, ihm alles zu erklären.«

»Du kannst ihm einen Brief schreiben, den ich ihm morgen gebe.«

»Du darfst ihm aber nicht sagen, dass ich dich ins Vertrauen gezogen habe!« Nächster Panikanfall.

»Nein, keine Angst. Ich sorge dafür, dass er nicht glaubt, zwischen dir und Tyler wäre irgendetwas im Gange.«

»Versprochen?«

»Ja.«

Ich überlege einen Augenblick. Auch wenn ich einmal meine Zweifel, Luca zu verlassen, beiseite schiebe, gibt es immer noch das Problem, drei Tage allein mit Tyler zu verbringen. Ich kenne ihn kaum. Ein Abendessen, wo er äußerst schweigsam war, ein unerwarteter Kuss und ein Spaziergang bei Mondschein in einem Kloster haben mir noch keinen tieferen Einblick in seine Persönlichkeit gewährt. Vermutlich ist es nicht so, als würde man mit einem völlig Fremden verreisen, schließlich ist er der Sohn von PM. Außerdem ist es rein geschäftlich, sinniere ich. Falls er aber wirklich so scharf auf mich ist, wie Mama gern glauben würde, könnte das leicht zu peinlichen Situationen führen. Wenn er nun versucht, Arbeit und Vergnügen zu verbinden?

»Noch eine Minute, dann Sie müssen entscheiden«, informiert mich Mario mit Blick auf die Uhr.

Ich kann nicht. Ich kann nicht wegfahren. Wenn mir nun etwas zustößt und ich nie wiederkomme?

Das Telefon klingelt.

»Hast du mir nicht vorhin erzählt, Luca bewundert deine Abenteuerlust? Sag ja!«, drängt mich Mama.

Mario nimmt den Anruf entgegen. »Ja, sie ist hier.«

»Hallo?«, krächze ich.

»Nun, wie lautet Ihre Entscheidung?«, fragt Tyler gut gelaunt.

Ich blicke zu Mario hinüber. Er nickt. Ich blicke zu meiner Mutter – sie lächelt ermutigend. Ich blicke auf den Notizblock, auf den ich einen Drachen hingekritzelt habe. Vermutlich gibt es nur eine Möglichkeit, mich dem Umstand, dass Luca mich seine Reise-Muse nennt, würdig zu zeigen.

Ich hole tief Luft und platze heraus: »Ich nehme an!«

37

Heute Morgen habe ich das Gefühl, noch einmal neu anzufangen. Ich bin früh erwacht und habe der Sonne dabei zugesehen, wie sie ihre Strahlen über den Himmel schickt und die gewölbten Dächer und stachligen Palmen, die wir vom Balkon aus sehen, in goldenes Licht taucht. Ich fühle mich nicht zerschlagen wie sonst, sondern voller Neugier und Erwartung.

Noch vor ein paar Stunden habe ich mich an die Matratze geklammert und war eingeschüchtert von der Aussicht auf die vor mir liegende Reise mit sechsmaligem Umsteigen, ganz zu schweigen von dem, was mich am Ziel erwartete. Aber als ich mich schließlich aufraffte und aufstand, kam ich plötzlich in Schwung. *Ich schaffe das schon!*, dachte ich mit einem Mal. Während ich im Geist die einzelnen Stationen meiner Reise durchging – *funicolare,* Fähre, Taxi, Flugzeug etc. –, wuchs mein Selbstvertrauen, und ich hatte das Gefühl, der Sache gewachsen zu sein. »Schaut alle her! Ich bin eine Abenteurerin, genau wie Luca gesagt hat.« Und dabei dachte ich, ich hätte längst allen Mut und Mutterwitz eingebüßt. Ganz und gar nicht! Vielleicht ist das höhere Fügung – hätte auch nur die geringste Aussicht auf ein paar ungestörte Stunden mit Luca bestanden, wäre ich niemals auf Tylers Angebot eingegangen, aber da das nicht der Fall war, könnte sich diese Reise als das beste Ablenkungsmanöver erweisen.

Verona ist eine äußerst elegante Stadt – hohe, hellbraune Gebäude, große Fenster mit hölzernen Läden, schmiedeeiserne Balkone und rote Ziegeldächer. Noch in den ärmsten Vierteln findet man Fresken an den Mauern. Nichts Protziges, nichts Modernes. Kein pausenloses Hupen, kein hektisches Armgewedel. Nichts als die Harmonie enger Gassen und sorgfältig frisierter älterer Damen, die mit wunderschön verpackten Päckchen aus Konditoreien kommen.

Als mein Taxi in die exklusive Corsa Porta Borsari rollt, erspähe ich Tyler, der vor dem Hotel auf mich wartet.

»Wie war die Reise?«, fragt er und öffnet mir den Wagenschlag.

»Bestens, vielen Dank«, entgegne ich und krame beim Aussteigen meinen Geldbeutel hervor.

Doch bevor ich mich auch nur von einer einzigen Lira trennen kann, bedeutet mir Tyler, ins Hotel zu gehen, damit ich mich nicht dem unerquicklichen Anblick von Geld, das den Besitzer wechselt, aussetzen muss. Ich drehe mich nach dem Fahrer um, weil ich mich bedanken und feststellen will, ob er meinen Koffer hat, doch der befindet sich bereits in der Obhut des Portiers.

Ich schnappe nach Luft, als ich den Empfangsraum betrete: Dunkles Holz, luxuriöse Blumengestecke und altmodisches Tafelsilber erinnern mich an ein mittelalterliches Bankett.

»Wow, wie haben Sie dieses Hotel entdeckt?«, gurre ich.

»Das war ganz einfach – es ist das einzige Fünf-Sternc-Hotel in Verona«, erwidert Tyler lässig.

»Es sieht aus wie ein Privatpalast.«

»Ja, sehr anheimelnd.«

Anheimelnd? Bedeutet das für Amerikaner vielleicht soviel wie »klein«? Beim Einchecken bemerke ich, dass es nur siebenundzwanzig Zimmer gibt. Während ich mich innerlich darauf einstelle, die Nacht womöglich stehend in einem Besenschrank verbringen zu müssen, folge ich dem Portier die Steintreppe hinauf und halte mich dabei an dem roten Seil fest, mit dem man für gewöhnlich Monarchen vom niederen Pöbel separiert.

Wie sich herausstellt, ist mein Zimmer groß und rechteckig und versprüht ein fast provenzalisches Flair mit den lebhaften gelben Blumen- und roten Karodessins, die einen ganz bewussten Kontrast zu den dunklen Hölzern und himbeerfarbenen, in Wischtechnik bemalten Wänden bilden, an denen einfallsreich platzierte Antiquitäten zur Schau gestellt sind. (Stellen Sie sich einmal zwei vertikale Balken mit einem prächtigen Goldrahmen dazwischen vor. Der Rahmen ist verglast, schützt jedoch kein Gemälde, sondern eine antike Vase.) Während ich nach und nach die anderen Einzelheiten in Augenschein nehme – den Orientteppich, die gewürfelte Tischdecke im Picknick-Stil, drei altgediente Spazierstöcke in einem Ständer und daneben fünf weitere, an die Wand gemalte Exemplare! –, beschleicht mich langsam das Gefühl, dass hier etwas fehlt. Ein Bett beispielsweise. Mit diskretem Hüsteln öffnet der Portier eine Tür und geleitet mich ins holzgetäfelte Schlafzimmer. Am Kopfende des breiten Doppelbettes schwebt ein duftiger Spitzenbaldachin, unter dem sich ein Wappen-Fresko befindet. (Ob im Schrank vielleicht auch noch eines dieser echt coolen Kettenhemden hängt?) Während Tyler die Pinselführung des Wandgemäldes fachmännisch begutachtet, überquere ich den Terrakottaboden und trete auf den winzigen, laubumrankten Balkon. Leider, leider ist kein sehnsüchtig wartender Luca in Sicht, aber immerhin erblicke ich die zweitbeste Möglichkeit – die Auslage einer *pasticceria,* voll gestopft mit allerfeinsten, puderzuckerüberstäubten Torten und Gebäck.

»Ein schönes Zimmer!«, lächle ich dem Portier zu.

»Noch ein Zimmer ...«

Ich habe eine Suite! Ich habe eine Suite! Ich summe vor mich hin, während er mir das Badezimmer zeigt. Hier sieht es aus wie in Caesar's Palace in Las Vegas: schwarz gefliester Boden, Wände aus pfirsichfarbenem Marmor nebst umlaufendem Goldband, Whirlpool und einer dieser gigantischen Duschköpfe, aus denen so viel Wasser austritt, dass man glaubt, man stünde unter seiner höchstpersönlichen Regenwolke. Ich erwäge gerade, dass ich demnächst wirklich einmal eine Ausstellung zu dem Thema »Duschhauben der Welt« auf die Beine stellen sollte, als Tyler fragt: »Ist das in Ordnung?«

»Ja, natürlich!«, schwärme ich und blicke suchend über seine Schulter.

»Der Portier ist gegangen.«

»Ich habe ihn nicht ...«, sage ich und will meinen Geldbeutel zücken.

»Ist bereits erledigt. In meiner Gesellschaft brauchen Sie überhaupt nichts zu bezahlen.«

»Aha. Danke.« Ich komme mir schon fast wie eine Mätresse vor.

»Ich muss einige Anrufe nach New York erledigen. Vielleicht möchten Sie so lange auspacken, dann treffen wir uns in einer Stunde in der Lobby.«

»Ausgezeichnet!«, strahle ich und bin erleichtert, als er wieder in den Modus Geschäftsmann wechselt.

Als er die Tür hinter sich geschlossen hat, mustere ich versonnen mein winziges Köfferchen. Ich brauche höchstens zehn Minuten, bis ich ausgepackt und mich für die Verabredung umgezogen habe. Nachdenklich lehne ich mich aus dem Fenster und spähe die Straße hinunter; dabei streift mein Blick den geflügelten Löwen, der auf einer mächtigen Säule thront. Das kommt mir bekannt vor. Ich wähle die Nummer der Rezeption.

»Buon giorno! Kann ich Ihnen behilflich sein?«

»Hallo, ja, könnten Sie mir bitte sagen, wie weit es bis zur Casa di Giulietta ist?«

»Gewiss, Signorina, höchstens fünf Minuten. Wenn Sie wissen möchten, wie Sie hinkommen, zeige ich es Ihnen gern auf unserem Stadtplan.«

»Wunderbar. Ich bin in einer Sekunde am Empfang.«

Zuerst bin ich ganz aufgeregt bei dem Gedanken, mich davonzumachen, dann stoße ich ein Knurren aus – ich habe noch ein Hühnchen mit Julia zu rupfen. Aber vielleicht sollte ich ihr auch dankbar sein, womöglich hat sie in der Zwischenzeit eingesehen, was für ein Fehler es war, mich mit Tomas zusammenzubringen, und hat mir Luca als eine Art Entschädigung geschickt! Wie sich doch alles verändert hat, seit ich zuletzt hier war. Damals war ich so angespannt und unglücklich, so peinlich berührt von dem Übereifer, den meine Mutter an den Tag legte, um einen Mann für mich aufzutreiben. Ich frage mich, wen Julia für mich ausgesucht hätte, wenn sie sich für den Idealmann ihres eigenen Zeitalters hätte entscheiden können. Einen italienischen Tyler? Vermutlich würden ihn die meisten als Idealmann ansehen. Sonderbar, dass ich jetzt mit ihm in Verona bin. Julia hat offensichtlich mal wieder in ihre Trickkiste gegriffen, ich muss unbedingt Klartext mit ihr reden.

Kaum habe ich zwei Schritte auf der Straße zurückgelegt, als ein Priester mit einer Designer-Einkaufstüte an mir vorbeirauscht und in einen Mercedes mit Chauffeur steigt. So was gibt's nur in Italien. Selbst die Polizeiuniformen sind so schick, als hätte Armani persönlich sie entworfen. Auf dem Weg zur Via Cappello begegne ich zwei Gesetzeshütern, der eine lauscht stirnrunzelnd dem Polizeifunk, der andere lacht in sein Handy.

Ich hatte vergessen, dass Julias Haus an der Haupteinkaufsstraße liegt: Man kann sich innerhalb von wenigen Minuten verloben und anschließend die passende Kleidung für die Flucht aussuchen. Von den Geschäften abgesehen, hat sich seit Julias Zeiten nichts verändert: Der öffentliche Nahverkehr rumpelt nicht über geteerte Straßen, sondern über mosaikartig gepflasterte Steinquader, und in der Via Mazzini, der Fußgängerzone, schreitet man über rosafarbenen Marmor. (Ein auffallender Kontrast zu unserem Straßenbelag, bestehend aus angeschlagenen, mit Dreck und Kaugummi verschönten Platten.)

Ich halte einen Moment inne und gehe dann unter dem Torbogen hindurch. Die Graffiti sind bunter als in meiner Erinnerung, Schichten von Namen und Herzen, mit Lippenstift, Tipp-Ex, Farbspray, Nagellack und Glitzerkleber gemalt, überlagern die vielen eingeritzten Inschriften. Einige davon sind nur zu entziffern, wenn die Sonne scheint und Licht in die Ecken fällt. Ich trete näher heran und lese die Botschaften der Liebenden: »Eros und Nicky Forever«, »Il Sole, La Luna – Audry + Stefy«, sogar ein etwas förmliches

»Mr. and Mrs. Reeves« findet sich darunter. Wie viele dieser Pärchen wohl noch zusammen sein mögen? »Ich liebe ein Mädchen, und sie ist so wunderschön.« Mir geht das Herz über, und ich stoße beim Anblick all der farbenprächtigen Ti amos einen Seufzer aus. So viel Liebe. Soll ich es riskieren und mich hier ebenfalls verewigen? Im Augenblick sind keine Touristengruppen zu sehen, lediglich einige Nachzügler unter dem Balkon und ein Mann, der neben Julias Statue für ein Foto posiert (wobei er ihren Busen begrapscht und ihr in die Schulter beißt, der unverbesserliche Romantiker). Wenn ich mich beeile, kann ich sieben Buchstaben und ein Plus-Zeichen einritzen. Aber wo ist noch Platz für Kim+Luca? Sogar die Regenrinne und die Bäume mit der knotigen Borke im Hof sind mit Inschriften gespickt. Ich trete in den Torweg neben dem Souvenirladen (kann ein herzförmiger Topfreiniger wirklich als Zeichen ewiger Liebe gelten?). Hier ist man ungestörter, fast wie in einem Geheimversteck. Ich nehme einen Filzschreiber und schreibe mit zitternder Hand unsere Namen auf den Türrahmen neben ein Kaugummi-Herz. Kühn geworden, da mein Vandalismus unbemerkt bleibt, füge ich in winzigen Buchstaben noch »Im Herzen vereint« hinzu.

»O Romeo! Warum denn, Romeo?« Hochinteressant. Ich habe noch nie Shakespeare mit japanischem Akzent gehört. Jede Nation scheint gleichermaßen von dieser tragischen Geschichte besessen zu sein. Plötzlich ist der Hof so voller Menschen wie ein Benetton-Reklamefoto; ich schlendere zum Haus der Capulets hinüber.

Am Fuß der knarrenden Treppe steht ein leuchtend roter Briefkasten, in den die Besucher ihre Liebesbriefe einwerfen können. Einmal im Jahr wählt die Stadt Verona die romantischste Epistel aus und lädt den Verfasser und dessen Geliebte oder Geliebten auf Kosten der Stadt zu einem romantischen Wochenende ein. Ich frage mich, wie der Brief, den Mama

Luca von mir geben wird, im Vergleich dazu abschneiden würde:

Lieber Luca, wahrscheinlich musst du diesen Brief aufessen, nachdem du ihn gelesen hast, deswegen fasse ich mich kurz, damit du keine Verdauungsstörungen bekommst! Bestimmt hat Mama dir inzwischen erklärt, dass ich für drei Tage einen Dolmetscherjob angenommen habe und mit dem Kunsthändler-Sohn von Platin-Mann unterwegs bin. Unser erstes Ziel ist Verona. Obwohl ich dich gern eifersüchtig machen würde, besteht dazu nicht die geringste Veranlassung. Ich wünsche mir in jeder Sekunde, dass du bei mir wärst. Vielleicht stecke ich dir zu Ehren sogar eine Hotelbettdecke in Brand.

Heute Abend besuche ich das Gabbia d'Oro und werde mir, wenn ich zurückkomme, vorstellen, du würdest in meinem Hotelbett liegen und auf mich warten – du bist herzlich eingeladen, mich im Traum zu besuchen.

Ich sehne mich danach, dich wieder zu sehen, Villa-Cimbrone-mäßig.

Deine Julia (ohne Romeo)

Ich hatte eine ganze Reihe wesentlich schmalzigerer »So süß ist Trennungsschmerz«-Entwürfe zu Papier gebracht, ehe ich mich entschloss, einen möglichst unbeschwerten, heiteren Ton anzuschlagen. Nicht, dass ich befürchtet hätte, ihm durch meine wahren Gefühle einen Schrecken einzujagen, aber in mir lauert immer noch die Angst, Luca könne plötzlich anderen Sinnes werden und sagen: »Ich hatte vergessen, wie sehr ich Tanya liebe. Seit ihrer Rückkehr sind wir uns wieder viel näher gekommen.«

Ich möchte mich nicht völlig zum Trottel machen, indem ich so rede, als gebe es für uns eine gemeinsame Zukunft. Zweifellos ist die Situation viel komplizierter geworden, seit seine Frau zurückgekommen ist. Es ist bestimmt unangenehm für ihn, wenn ich mir unrealistische Hoffnungen mache oder androhe, Gift zu nehmen, falls wir nicht zusammen sein können. Vermutlich muss ich den richtigen Augenblick abwarten. Aber es fällt mir schwer, meine Gefühle zurückzuhalten – ich sehne mich danach, sie übersprudeln zu lassen. Kein Wunder, dass alle Welt sich derart für Romeo und Julia begeistert. Heutzutage sind nur wenige Menschen bereit, ihr Leben so uneingeschränkt nach ihren Leidenschaften auszurichten.

Ich durchblättere eines der ausliegenden Bücher. Es ist ein Bericht aus der Zeit vor Shakespeare, und der Verfasser, Bandello, erzählt davon, wie Julia Romeo zum ersten Mal begegnet: »Die Liebe … berührte sie so schnell, dass sie sich ihr augenblicklich ergab … und im Herzen keine Freude spürte, so sie keinen Blick auf Romeo erhaschte oder von ihm empfing.«

Seufz. Ich entrichte die bescheidene Eintrittsgebühr und gehe die Treppe hinauf. Die großen, offenen Räume haben allesamt Holzböden, nur der Bereich rund um den berühmten Balkon ist mit im Schachbrettmuster angeordnetem Marmor ausgelegt, ideal für ein menschliches Schachspiel. Neben dem Kamin hängt ein Gemälde von R & J im Stil des 16. Jahrhunderts. Auf den ersten Blick wirkt es ganz traditionell. Julia lehnt sich, in ein fließendes Gewand gekleidet, über ihren Balkon, doch der kleine Unterschied besteht darin, dass ihre Brüste vollkommen enthüllt sind. Offenbar benötigte ihr Romeo etwas zusätzliche Ermunterung, um hinaufzuklettern.

Mit wachsender Nervosität nähere ich mich dem Balkon, als könnte Julias Geist plötzlich von mir Besitz ergreifen. Falls jemand genau darüber Bescheid wusste, wie es ist, den falschen Mann zu lieben, dann sie. Als ich vorsichtig ans Geländer trete, wünsche ich mir etwas. Diesmal keine neue Liebe, sondern dass Luca und ich noch einmal die Chance bekommen, unsere Sehnsucht zu stillen.

Kaum stehe ich auf dem sonnenbeschienenen Balkon, ertönen Beifallsrufe. Ich blicke in den Hof und sehe emporgewandte Gesichter, die mich anstarren, winken und rufen: »Sie ist es, meine Göttin! Meine Liebe!« Na ja, das hätte ich jedenfalls gern gehört, in Wirklichkeit klingt es eher nach »Hey, Julia!« und »Nicht springen!«

Hastig verziehe ich mich wieder ins Zimmer und blättere neugierig im Gästebuch; die vielen »Ti amo«-Nachrichten bringen mich zum Lächeln. Es gibt sogar einen Heiratsantrag auf Spanisch, der, ebenfalls schriftlich, angenommen wird. Ich nehme den Stift und beschließe, Widmungen für andere Liebespaare einzutragen – »Gina & Platin-Mann« sowie »Cleo & Gareth«. Zum Schluß drücke ich noch einen Kuss auf die Seite und sage mir, dies sei ein guter Zeitpunkt, um mich über den Stand der Dinge bezüglich Cleos sich »langsam entwickelnder Romanze« zu informieren.

»Cleo, rate, wo ich bin!«

»In einer Eisdiele, wenn du noch halbwegs bei Verstand bist.«

»Ich bin auf Julias Balkon in Verona!«, brülle ich aufgeregt.

»Da gibt's ein Telefon auf dem Balkon? Das glaube ich einfach nicht!«

Ich ächze. »Nicht direkt auf dem Balkon. Ich stehe am Eingang zum Innenhof. Es ist schön hier – überall wilder Wein und Kopfsteinpflaster.«

»Ist Tyler bei dir?«

»Nein, er ist noch im Hotel und telefoniert. Ich treffe ihn in einer Viertelstunde, und dann gehen wir gemeinsam zum Atelier des Künstlers.«

»Wie läuft's denn so mit ihm?«

»Na ja, ich habe ihn nur kurz gesehen, aber es gefällt mir nicht besonders, wie er mit den Hotelangestellten umspringt. Er bedankt sich nicht und sieht ihnen nie in die Augen …«

»Wahrscheinlich, weil er nur Augen für dich hat!«, ruft Cleo dazwischen.

»Ja, klar.«

»Gibt er Trinkgeld?«

»O ja, er kam sogar mit in mein Zimmer, um dem Portier etwas in die Hand zu drücken.«

»War es viel?«

»Ich habe nur einen kurzen Blick darauf geworfen, es war ein ordentliches Bündel Scheine. Aber vielleicht ist ihm Geld einfach schnuppe.«

»Jetzt mach aber mal halblang!«, protestiert Cleo. »Du bist ja entschlossen, kein gutes Haar an dem Mann zu lassen. Außerdem – was ist deiner Ansicht nach seinen dienstbaren Geistern lieber: harte Währung oder ein Lächeln?«

»Ich weiß schon, harte Währung, aber beides zusammen wäre auch nicht schlecht.«

»Du hast ja überhaupt keine hohen Ansprüche, stimmt's?« Cleo stöhnt auf. »Hör auf meinen Rat und versuche, jedes Mal, wenn er sich deiner Meinung nach hinterhältig benimmt, die Sache von der entgegengesetzten Seite aus zu betrachten, im Zweifel für den Angeklagten, sozusagen. Vielleicht schätzt du ihn ganz falsch ein.«

»Ich werde mir Mühe geben, aber meine Gedanken kreisen immer um Luca …«

»O GOTT! O GOTT!«

»Was ist denn?« Ich springe vor Aufregung beinahe in die Höhe.

»Er ist es, es ist Gareth, er kommt auf den Laden zu.« Cleo spricht plötzlich so schnell wie ein Tonband auf »Vorwärtsspulen«.

»Leg nicht auf!«, bettele ich. »Ich will mithören!«

Cleo zischt nervös »Na gut!« und tut mir den Gefallen. Eine Sekunde später höre ich ihr atemloses »Hallo!«.

»Hallo!«, gibt er mit gut gelaunter Stimme zurück. »Endlich habe ich sie zusammen, insgesamt neun Wegwerfkameras.«

Ich vernehme ein Klappern, als er sie alle auf der Theke ausbreitet.

»Klasse!«, erwidert Cleo und raschelt mit den Fototaschen. »Eine Stunde?«

»Nein, morgen reicht, ich habe es nicht eilig.«

Mist, damit hat Cleo kein Stichwort für ihre vorbereiteten Sätze. Schafft sie es, sich spontan etwas Neues einfallen zu lassen?

»Ach so. Okay, die Fotos sind dann morgen um die gleiche Zeit fertig. Rechtzeitig zur Mittagspause.«

Sie versucht immer noch, das Konzept mit der freien Stunde in die Unterhaltung einzubauen, dafür muss man sie doch einfach gern haben.

»Ich habe keine richtige Mittagspause, das macht also nichts aus. Es wäre schön, wenn sie irgendwann vor drei Uhr nachmittags fertig wären.«

»Matt oder Hochglanz?«

Warum fragt sie ihn nicht, was er vorhat? Entweder wartet sie auf den richtigen Augenblick, oder sie ist zu nervös.

»Was finden Sie besser?«

Hey, das klingt viel versprechend, er fragt sie nach ihrer Meinung …

»Wenn die Fotos herumgezeigt werden sollen, würde ich matt empfehlen, auf Hochglanz sieht man sofort die Fingerabdrücke.«

Aha. Fachmännische Erklärung.

»Also dann matt.«

»Mit Rand?«

Ich vermute, er hebt jetzt fragend eine Braue.

»Ist wieder sehr im Trend«, informiert Cleo (mit schelmischem Zwinkern, hoffe ich).

»Dann natürlich mit Rand. Bloß keine altmodischen Fotografien!«

Ich unterdrücke ein Kichern. Er hört sich sympathisch an.

»Schmaler oder breiter Rand?«

»Schmal, würde ich sagen«, erwidert er unsicher. »Mann, hier kommt man sich ja langsam vor wie bei Starbucks! Ich kann mich nicht erinnern, beim letzten Mal so viel Auswahl gehabt zu haben.«

»Nicht jeder bietet einen so guten Service wie ich.«

Nette Anspielung, Cleo.

»Größe?«, geht es weiter.

Wunderbar, Cleo! Jetzt keine Stilbrüche!

»Sehr groß! Nein, normal!«, lacht er. »Bin ich froh, dass ich keine Panoramaufnahmen gemacht habe. Oh, das hört sich aber unhöflich an.«

Cleo kichert. Sie ist mit Leib und Seele bei der Sache. »Irgendwelche Doppelbestellungen?«

»Wow, mir platzt gleich der Kopf. Wie viel Abzüge sind das insgesamt?«

Unsere Cleo ist spitze im Kopfrechnen, wart's nur ab …

»486, wenn alle Aufnahmen etwas geworden sind.«

»Hallo – zweifeln Sie etwa an meinen Fähigkeiten als Fotograf?«

Er flirtet. Zweifel ausgeschlossen. Nach diesem Gespräch ist Cleo bestimmt in absoluter Hochstimmung!

»Sag, liebst du mich?« Eine weibliche Stimme. Aber nicht die Cleos. Ich wirble herum und sehe kostümierte Schauspieler, die als Romeo und Julia verkleidet einer Gruppe Touristen voranschreiten und dabei aus dem Stück rezitieren. Ich drücke den Hörer gegen mein Jackett, aber Julia hat mich entdeckt und – das hätte ich mir ja denken können, oder? – entpuppt sich als eine vom Stamm jener Straßenschausteller, die es besonders witzig finden, unschuldige Passanten zu demütigen. Sie nimmt mir den Hörer aus der Hand und zitiert lautstark: »Wenn du mich liebst, sag's ohne Falsch!«

Ich entwende ihr den Hörer und drücke ihn an mein Ohr.

»Wo kam das denn her?« Gareth klingt verwirrt.

»Muss das Radio sein«, schwindelt Cleo.

Julia hat sich erneut den Hörer geschnappt: »Doch dächtest du, ich sei zu schnell besiegt, so will ich finster blicken, will widerspenstig sein und nein dir sagen, so du dann werben willst: sonst nicht um alles!«

Ich reiße den Hörer wieder an mich, sehr zur Belustigung der Touristen.

»Das ist doch Shakespeare, oder?«, fragt Gareth, neugierig geworden. »Das ist aus Julias Balkon-Szene, als sie sich fragt, ob sie die Unnahbare hätte spielen sollen. Das habe ich an der Uni aufgeführt. Natürlich nicht ihren Part ... Ich glaube, das kommt aus dem Telefon da.«

»Was? Nein, das ist unmöglich. Öhh ...« (Dann in den Hörer gesprochen) »Hallo? Hallo?«, ruft Cleo aufgeregt.

»Tschuldige!«, zische ich.

»Nein, da ist niemand«, versichert sie.

»Ich habe schon gedacht, Sie hätten hier einen direkten Draht nach Verona«, lacht er.

Ich höre noch Cleos nervöses Kichern, dann ertönt ein Klicken, und sie legt auf.

Immerhin habe ich ihr ein neues Gesprächsthema geliefert, zum Beispiel: »Sollte man sich unnahbar geben?«, oder: »Gibt es für jede Julia einen Romeo?«, oder: »Was würden Sie davon halten, die Ewigkeit in einem Grab mit Panoramablick zu verbringen?«

So was in der Art.

38

Ich tausche meine Turnschuhe gegen Sandalen und eile zu meiner Verabredung mit Tyler in der Hotellobby.

»Sind Sie Kim Rees?«, fragt mich die junge Frau hinter der Rezeption.

»Ja.«

»Signor Hamilton wird Sie gleich in der Orangerie treffen. Er erwartet noch einen Anruf.«

»Gut. Wo ist denn die Orangerie?«

»Ich führe Sie gern hin«, sagt sie und verlässt ihren Platz hinter der Theke. »Ich heiße Camille und bin die Hotelmanagerin.«

»Schön, Sie kennen zu lernen.« Ich gebe ihr lächelnd die Hand. Sie ist ungefähr in meinem Alter, hat klare, grüne Augen, beneidenswert geschwungene Wangenknochen und trägt ihr seidiges, braunes Haar in einem Nackenknoten.

»Sind Sie zum ersten Mal in Verona?«, will sie wissen.

»Nein, ich war vor zwei Jahren schon einmal mit meiner Mutter hier. Sie liebt Verona.«

»Meine Mutter auch«, lächelt Camille. »Sie kommt aus Florenz, aber sie hat Verona gewählt, um dieses Hotel zu eröffnen.«

»Das Hotel gehört Ihrer Mutter?«

»Ja«, bestätigt sie lächelnd. »Sie liebt Antiquitäten und Design und hat sich hier ihren Traum erfüllt.«

Ich denke an meine Mutter, die sich schon immer gewünscht hat, eine Boutique zu besitzen. Plötzlich erscheint es mir undenkbar, dass sie aufgibt und wieder nach Cardiff geht.

»War das hier bereits ein Hotel, als sie es gekauft hat?«, erkundige ich mich.

»Nein, eine Stadtvilla. Sie hat alles nach eigenen Vorstellungen erneuert.«

Ich bemerke die ungewöhnlichen Details in der Orangerie: Lampenfüße in Ananasform, Fasanen- und Dobermännerdessins auf den Tischdecken, den Vogelkäfig mit zwei rot, gold und grün gemusterten Papageien. (Ich habe das Gefühl, sie sollten eigentlich jamaikanische Namen haben, aber die beiden heißen natürlich Romeo und Julia.) Ich lasse eine Bemerkung über die im Hintergrund erklingende Banjo-Jazzmusik fallen.

»Meine Mutter hat eine sehr ausgeprägte Persönlichkeit«, lächelt Camille. Ich nicke wissend, als sie mir zuzwinkert und gesteht: »Es ist nicht ganz einfach, mit jemandem zusammenzuleben, der ein so stürmisches Temperament hat.«

»Wie lange arbeiten Sie hier schon?«, erkundige ich mich, wie immer fasziniert von Mutter-Tochter-Beziehungen.

»Seit zwölf Jahren, eigentlich von Beginn an. Anfangs habe ich noch studiert und wollte mein Studium abbrechen, um hier zu arbeiten, aber meine Mutter bestand darauf, dass ich zuerst meine Ausbildung beendete.«

»Eine Ausbildung im Hotelfach?«

»Nein, ich habe Politologie studiert!«, lacht sie.

»Oh!« Ich grinse.

»Anfangs hat meine Mutter mich als Zimmermädchen eingesetzt. Sogar Toiletten musste ich putzen, um ihr zu beweisen, dass ich es ernst meinte.«

»Ehrlich?«

»Ja, ich habe alle Jobs hier kennen gelernt, Hausdame, Frühstücksraum, Rezeption. Ich glaube, so bleibt man auf dem Boden. Ich möchte nicht nur im Büro sitzen.«

»Ihre Mutter ist bestimmt stolz auf Sie – hat sie Ihnen das schon gesagt?«, frage ich mich laut.

»Nie!«, gibt Camille zurück und lacht erneut. »Aber meine Mutter ist eine hervorragende Geschäftsfrau«, stellt sie voller Stolz fest. »Seit ich mit ihr zusammenarbeite, ist sie für mich auch Giuseppina Marani, nicht nur meine Mutter.«

Ich blicke Camille begeistert und bewundernd zugleich an. Sie hat sich bewusst zu einer positiven Haltung entschlossen, und das verleiht ihr viel Warmherzigkeit und Gelassenheit. Ich beschließe, mir Camille zum Vorbild zu nehmen, und überlege gerade, ob mir noch Zeit genug für ein rasches Telefongespräch mit meiner Mutter bleibt. Ich möchte ihr gern sagen, wie stolz ich bin, dass sie Desiderio's leiten will.

»Entschuldigen Sie meine Verspätung, Kim!« Tyler belohnt mich mit einem Lächeln und bleckt das zahnseidengepflegte Gebiss.

Schade, den Anruf muss ich wohl verschieben.

»Sie brauchen sich nicht zu entschuldigen«, erwidere ich, während Camille wieder an die Rezeption zurückeilt. »Ich hatte gerade einen netten Plausch mit der Managerin des Hotels, sie ...«

»Prima. Wollen wir jetzt gehen?«, unterbricht er mich.

Schon wieder dieses totale Desinteresse an anderen Leuten. Wie kann er nur in seinem Job überleben, wenn ihm jedes Feingefühl fehlt?

Das Taxi fährt über die Ponte della Pietra, die den gewundenen Lauf des Adige überspannt, in das ärmere Viertel um das Römische Theater. Die Fahrt dauert kaum fünf Minuten, aber als ich sage: »Da hätten wir ja laufen können!«, sieht Tyler mich so verwundert an, als hätte ich ihm vorgeschlagen, den Weg hüpfend zurückzulegen. Er gehört definitiv zu der Sorte Menschen, die sich zum Fitnessstudio fahren lassen und dort aufs Laufband steigen.

»Gibt es noch etwas, das ich vor dem Gespräch wissen sollte?«, erkundige ich mich, während wir uns dem Atelier nähern.

»Nicht unbedingt, aber machen Sie keine allzu beeindruckte Miene, wenn Sie die Bilder sehen, sonst verlangt er gleich mehr Geld.«

Ich bin mir keineswegs sicher, ob das ein Scherz war.

»Reden Sie heute schon mit ihm über Geld?«

Ich hasse feilschen.

»Nein, unser Besuch soll nur für gute Stimmung sorgen, das Geschäftliche erledigt seine Galeristin in Rom. Es ist wichtig, dass er mich sympathisch genug findet, um mir seine Arbeit anzuvertrauen. Meiner Ansicht nach hat er noch nicht viele Angebote gehabt, und ich brauche nicht lange um den heißen Brei herumzureden.«

Ich bin nervös. Es ist schon eine Weile her, seit ich das letzte Mal gedolmetscht habe, und dieser Alessandro hört sich ziemlich unberechenbar an.

Während Tyler auf den Klingelknopf drückt, beruhigt er mich. »Seien Sie genauso gelassen wie mit dem Kellner im Palace Hotel, dann kriegen Sie das wunderbar hin.«

Eine Welle des Stolzes steigt in mir auf. Es ist ihm also nicht entgangen!

Auf der Innenseite der Tür sind jetzt knurrende, schlurfende Geräusche zu vernehmen, und ich stelle mir vor, wie uns ein haariger, buckliger Höhlenbewohner öffnet. Stattdessen begrüßt uns ein glattrasierter Mann (Kinn *und* Kopfhaut). Nur der Hund zu seinen Füßen hat Rasta-Locken.

»Tyler Hamilton, schön, Sie kennen zu lernen. Darf ich Ihnen Kim Rees vorstellen, die Dolmetscherin?«

»Non parla inglese!«, ertönt es barsch.

Sieht aus, als gäbe es Arbeit für mich.

Vor unserem Treffen mit Alessandro hatte ich angenommen, Tyler würde sich für den ersten Eindruck zu sehr auf sein Aussehen verlassen, obwohl sein Charme vielleicht nur auf Frauen oder Schwule wirkt. Doch kaum sind wir im Atelier, redet er mit so leidenschaftlichem Kunstsinn über die Arbeiten, dass ich Mühe habe, seiner Prosa in der Übersetzung gerecht zu werden. Ich habe seine bernsteinfarbenen Augen noch nie so glänzen sehen – abgesehen von dem Augenblick, als er mir den eiligen Kuss gab, weil ich Morgan abgekanzelt hatte. Offenbar bringt der Geruch von Ölfarbe und Terpentin ein anderes Ich in ihm zum Vorschein. Alessandros Reaktion ist entsprechend. Vor allem als Tyler die Sprache auf die lukrativen Geschäfte bringt, die er weltweit mit anderen Künstlern gemacht hat – eingeschlossen einen Künstler aus Zagreb im vergangenen Jahr, was auch seine Fähigkeit, mir auf Kroatisch Gute Nacht zu wünschen, hinreichend erklärt.

Ich betrachte die kühnen Gemälde und frage mich, welches davon ich von meinen 5.000 Pfund erschwingen könnte. Da Tyler derart ins Schwärmen gerät, würde das Geld vermutlich gerade mal für eine handsignierte Palette reichen.

»Sie müssen zum Abendessen bleiben!«, beharrt Alessandro. Nur sein Hund wirkt nicht überzeugt von diesem Vorschlag, wahrscheinlich hat er Angst, bei Tisch würde dann nicht mehr genug für ihn abfallen.

»Ich wünschte, wir könnten zusammen essen, aber wir sind heute Abend mit Freunden meines Vaters verabredet«, erwidert Tyler bedauernd.

Alessandro sieht verärgert aus, doch Tyler geht ihm rasch um den Bart: »Alessandro, ich schätze mich glücklich, Ihre neuesten Werke in einem so frühen Stadium zu sehen, und freue mich schon darauf, die fertigen Arbeiten in ein paar Monaten in einer New Yorker Galerie zeigen zu dürfen.«

Alessandro deutet eine Verbeugung an, reicht uns die Hand und geleitet uns zur Tür.

Tyler ist in solcher Hochstimmung, dass er tatsächlich vorschlägt, zum Hotel zurückzulaufen.

»Das war ja sehr eindrucksvoll!«, lache ich und muss mich beeilen, um mit ihm Schritt zu halten. »Ich wusste gar nicht, wie sehr Ihnen seine Arbeiten gefallen.«

»Ach, der Kram ist ganz in Ordnung – aber in meinen eigenen vier Wänden möchte ich die Sachen nicht haben«, erwidert er schulterzuckend.

Vor Überraschung stolpere ich beinahe. »Aber Sie haben doch gesagt …«

»Klappern gehört zum Handwerk. Mit der Zeit weiß man, was sie hören wollen. Aber ich finde es immer noch toll, wenn ich spüre, dass sie angebissen haben!«, sagt er und sieht verschlagen aus. »Mit diesen Gemälden kann man richtig Geld machen.«

Geht es ihm nur darum?

»Sie waren übrigens toll. Ich glaube, weibliche Dolmetscher helfen immer, die Künstler etwas aufzulockern.«

Ich versuche, getreu Cleos Vorschlag, mich in die Argumente der Gegenseite hineinzudenken. Ist das hier nur Prahlerei? Glaubt Tyler, er müsse seine Liebe zur abstrakten Kunst herunterspielen – vielleicht weil Morgan ihn dauernd damit aufzieht?

»Und eine *attraktive* Dolmetscherin erst recht …« Tyler zwinkert mir zu.

»Und wir sind heute Abend mit einem Freund Ihres Vaters verabredet?«, frage ich, in der Hoffnung, ihn von weiteren Komplimenten abzulenken.

»Ach wo. Ich möchte nur nicht zu viel Zeit mit Alessandro verbringen. Wenn man sie einmal auf seiner Seite hat, will man es nicht riskieren, sie durch irgendeine Kleinigkeit vor den Kopf zu stoßen. Diese Verabredungen sollten so kurz wie möglich sein.«

»Wohin gehen wir dann?«

»Bottega del Vino«, gibt er mit falscher Aussprache zurück. »Hat mir ein Kollege aus *NYC* empfohlen – ein Lokal, das für seine spezielle Atmosphäre berüchtigt ist.«

Wie versprochen, ist die Bottega del Vino gut besucht. Alle unterhalten sich angeregt, und nur das gelegentliche Klirren herunterfallender Teller durchbricht das vielstimmige Stimmengewirr. Außer einem schmollenden Mädchen, das lustlos

Reiskorn für Reiskorn ihres Risottos verzehrt, sind alle bester Laune. Als man uns an unseren Tisch mit kunstvoll drapierter weißer Tischdecke führt, frage ich mich, was wohl zuerst da war: die senfgelben Wände oder der Zigarettenmief? Glücklicherweise sorgen die außergewöhnlich hohen Decken für ausreichende Sauerstoffzufuhr.

Auf jedem Tisch stehen übertrieben hohe Champagnerflöten, und wir haben uns kaum niedergelassen, als der Kellner unsere Gläser auch schon mit Schaumwein füllt – wie zivilisiert ist das eigentlich?

»Salute!«, sage ich und erhebe mein Glas. »Auf die Unterzeichnung des Vertrags mit Alessandro!«

»Auf uns beide, weil wir ein tolles Team sind!«, erwidert er.

Ich verschlucke mich beinahe an meinem Sekt und gehe hinter der Speisekarte in Deckung.

»Komisches Zeug haben die hier.« Tyler schüttelt den Kopf. »In Milch gedünsteter Kabeljau mit Anchovis.«

Mir hat sich der Magen bereits bei der Aussicht auf Polenta mit Speck oder, noch schlimmer, Kutteln mit Parmesan umgedreht.

»Arrabiata ist die scharfe Sauce, richtig?«, vergewissert sich Tyler.

»Genau, *arrabiata* bedeutet übersetzt soviel wie ›wütend‹«, erkläre ich ihm. Wütende Sauce!

Er ringt sich ein dünnes Lächeln ab. »Haben Sie schon gewählt?«, fragt er mich.

»Wahrscheinlich die Bigoli all'Anatra.«

»Englisch!«

»Die dicken Spaghetti mit Entensauce und Salat. Und Sie?«

»Parma-Schinken und anschließend Filet vom Wild mit süßem Rotwein und wilden Früchten«, beschließt er und klappt die Speisekarte zu.

»Die Weinauswahl ist riesig, nicht wahr?« Ich bestaune die

mit weißer Kreide beschriebene Tafel. »Palazotta, Santa Cristina, Vertigo ... Das würde sich Kim Novak wahrscheinlich bestellen!«, witzle ich.

Keine Reaktion.

»Sie wissen schon, aus dem Alfred-Hitchcock-Film ...« Luca wüsste genau, was ich meine, schnaubt meine innere Stimme verärgert. Doch dann höre ich Cleo, die mich nötigt, im Zweifel für den Angeklagten zu entscheiden. Vielleicht kommen Scherze mit aktuellem Bezug ja besser an. Ich lese weiter: »Reynella Shiraz, Albion, *Bradisimo* – das muss Jennifer Annistons bevorzugter Tropfen sein.«

Noch ein schwaches Lächeln. Ich frage mich langsam, ob man diesen Mann je zum Lachen bringen kann. Er schlägt ja überhaupt nicht nach seinem Vater.

»Also«, nehme ich ein neues Thema in Angriff, »sehen Sie Ihre Mutter häufig?«

»Warum fragen Sie?«

Hochinteressant. Sieht aus, als hätte Tyler vielleicht genauso viele Probleme mit seiner Mutter wie ich. *Wie ich sie früher hatte,* korrigiere ich im Stillen lächelnd. Vermutlich wird es noch eine Weile dauern, bis ich begriffen habe, dass sie nicht mehr meine Feindin ist.

»Einfach nur, weil Ihre Familie über alle Bundesstaaten verstreut zu sein scheint und ich mich gewundert habe, wie oft Sie einander sehen.«

»Nun, von New York nach Miami ist es ja nur ein Katzensprung«, erwidert Tyler achselzuckend. »Aber seit sie wieder geheiratet hat, besuche ich sie nicht mehr so häufig.«

»Mögen Sie ihren neuen Ehemann nicht?«

»Sagen wir mal so: Er hat noch mehr Schönheitsoperationen hinter sich als meine Mutter.«

Hmm, das könnte erklären, warum sich Tyler eher zu naturbelassenen Frauen mit kleinen Formfehlern wie mir hingezogen fühlt. Es ist merkwürdig, sich vorzustellen, dass ich jetzt wahrscheinlich auf einem Operationstisch läge, wenn ich nicht nach Italien gekommen wäre.

»Ich habe zu Hause eine Freundin, die auch mit dem Gedanken an eine Schönheitsoperation spielt«, beginne ich. »Was veranlasst Ihrer Ansicht nach die Leute dazu?« Ich bin neugierig auf Tylers Meinung.

Er zuckt erneut die Achseln. »Was meine Mutter betrifft, so war sie früher mal Miss Florida, und ich glaube, sie vergleicht ihr heutiges Aussehen zu oft mit ihrem damaligen am Tag der Krönung. In ihrem Ankleidezimmer hängt ein großes, gerahmtes Foto von ihr. Ich finde, sie sollte es langsam abhängen.«

Tyler hält inne, als der Kellner uns den Wein einschenkt. In die bauchigen Gläser würde eine Grapefruit hineinpassen. Dann fragt er mich: »Hat sich Ihre Mutter schon unters Messer gelegt?«

Bei diesem Ausdruck überläuft mich ein Schauder. Ich kann den Einschnitt beinahe spüren.

»Auf keinen Fall! Sie ist total dagegen. Niemals. Außerdem hat sie es auch gar nicht nötig.«

»Das spielt doch keine Rolle. Meine Mutter sah auch toll aus, aber eben nicht mehr wie eine Zwanzigjährige.«

»Und jetzt sieht sie aus wie eine Frau in mittleren Jahren, die eine Schönheitsoperation hinter sich hat?«

»Haargenau.« Tyler seufzt. »Alle Freundinnen meiner Mutter haben sich operieren lassen, aber komischerweise sah keine einzige von ihnen hinterher besser aus.«

Mit Gesichtsoperationen ist es eben eine ganz andere Sache, sage ich mir. Eine Bauch-Reduktion würde er doch bestimmt niemandem verübeln? Und wenn Cleo und ich nun süchtig danach werden und mit Kinn und Wangenknochen weitermachen? Aber bei den horrenden Kosten ist das sowieso unmöglich, und außerdem gehen uns langsam die Großeltern aus, die derartige Projekte mit Erbschaften finanzieren könnten.

»Meine Mutter hat auch manchmal einen sonderbaren Männergeschmack«, fahre ich fort, auf der Suche nach Gemeinsamkeiten.

Er hebt eine Braue.

»Damit meine ich natürlich nicht Ihren Vater!«, werfe ich hektisch ein. »Er ist ein Schatz.«

Gott sei Dank wählt der Kellner ausgerechnet diesen Augenblick, um das Essen zu servieren, und mein Tritt ins Fettnäpfchen gerät in Vergessenheit. Obwohl ein Teller voll dampfender Nudeln und ein Salat mit so viel Ruccola, dass man ein Kopfkissen damit stopfen könnte, vor mir stehen, frage ich: »Könnten wir auch so was haben?«, als man unseren Nachbarn eine Platte mit vermeintlichem Rotkohl kredenzt – eine meiner Leidenschaften.

»Möchten Sie probieren?« Unser Kellner ist begeistert.

»Ja, bitte!«

Wenige Minuten später taucht er mit einer schwer beladenen Platte wieder auf. Ich probiere, doch der Geschmack ist mir unbekannt. Ich versuche, ihn irgendwie einzuordnen: »Sonderbar, schmeckt nach Schinken …« überlege ich stirnrunzelnd.

»Entschuldigen Sie«, frage ich den Kellner und wispere: »Was ist das?«

»Pferdefleisch«, verkündet er und hastet weiter, während ich verdutzt glotze und Tyler in wieherndes Gelächter ausbricht.

Das versteht er also unter komisch? Ich habe das Gefühl, bei vier Stunden in der Oper wird ihm das Lachen schon vergehen.

Als Tyler zum ersten Mal erwähnte, dass nach dem Essen ein Besuch von *La Traviata* auf dem Programm steht, war ich sprachlos vor Begeisterung. Die Opernaufführungen in Verona sind natürlich weltberühmt, aber außerdem hatte ich endlich Gelegenheit, mich wie Julia in ihrem roten Kleid in *Pret-*

ty Woman zu fühlen – wogende Brüste plus tränenverschleierte Augen. In gewisser Hinsicht übertraf ich das Vorbild sogar. Julia musste im geschlossenen Saal sitzen, ich hingegen besuchte mit 16.999 anderen Zuschauern eine Freiluftaufführung in der ehemaligen Arena der Gladiatoren. Gibt es noch etwas Schöneres als Live-Musik unter dem besternten Sommerhimmel? Nun, vielleicht Live-Musik unter dem besternten Sommerhimmel gemeinsam mit dem *Mann deines Lebens,* aber als kleine Aufwärmübung war dieser Besuch doch auch ganz nett.

Als wir zu unseren Plätzen gingen, war die erwartungsvolle Stimmung des Publikums deutlich zu spüren. Reihe um Reihe von Opernliebhabern aus aller Welt, allesamt in feinstem Zwirn, alle von der ersten Note an von Bewunderung und Begeisterung erfüllt. Ich fand es unglaublich, dass in einer so große Menschenmenge kein einziges Hüsteln zu hören war und niemand nervös auf dem Sitz herumrutschte. Alle waren so konzentriert, dass man eine Stecknadel hätte fallen hören können. Oder ein Programmheft. (Das weiß ich genau, meines ist mir nämlich aus der Hand gerutscht.)

Obwohl ich mir wie ein richtiger Kunstbanause vorkomme, gebe ich zu, dass ich nach vierzig Minuten nicht mehr bei der Sache war. Ich amüsierte mich eine Weile darüber, dass *La Traviata* übersetzt »Die Frau, die vom rechten Weg abkam« bedeutet und ich, die ich doch mit PM an unserem ersten Abend auf der Piazzetta darüber Witze gerissen hatte, eine Prostituierte zu sein, jetzt tatsächlich mit seinem Sohn eine Oper besuchte, deren Heldin eine Kurtisane ist. Doch das hielt nicht lange vor. Einerseits war ich froh, mich nicht mit Tyler unterhalten zu müssen und in Ruhe an Luca denken zu können, aber nach zwei Stunden schmerzte mich jeder einzelne Knochen. Wir hatten uns Kissen für die Metallklappstühle geliehen, aber sie waren einfach nicht dick genug; es war mir unbegreiflich, wie die anderen es so lange auf diesen Stühlen aushalten konnten, insbesondere die mit weniger Sitzfleisch gesegneten. Und die Stimmung auf der Bühne war auch nicht die beste, denn die schwindsüchtige Violetta (die Kurtisane) lag im Sterben und entsagte ihrem Geliebten, damit ihn die Verbindung zu ihr nicht in Schande stürzte. Während einer prächtigen Ballszene stand plötzlich ein unglaublicher Tänzer mit nacktem Oberkörper im Zentrum des Bühnengeschehens und riss das gesamte Publikum zu Beifallsstürmen hin.

»Komisch, dass ausgerechnet ein Tänzer in der Oper so frenetischen Beifall erhält!«, sinnierte ich während der dritten oder vierten Pause (ich kam mit dem Zählen nicht mehr nach).

»Welcher ist der Bucklige?«, hörte ich eine Frau mit Manchester-Akzent ihren Mann fragen.

»Das ist das Programmheft von *Rigoletto*, du Schlafmütze, du liest die falsche Seite«, erwiderte er und nahm ihr schnell die Broschüre aus der Hand.

Ich musste mir, wenn auch nur insgeheim, meine Enttäuschung eingestehen. Weniger über die Aufführung als über mich selbst oder zumindest über meine Reaktion. Ich hatte mir so gewünscht, von heftigen Gefühlen aufgewühlt zu werden, aber es war einfach nicht passiert. Beim nächsten Mal gehe ich vielleicht besser in »Die größten Opern-Hits aller Zeiten« und höre mir ein Potpourri aus *Madame Butterfly*, *Carmen* und *La Bohème* an …

Natürlich lobte ich die Aufführung, als Tyler mich fragte, wie es mir gefallen habe. Aber in Wahrheit sehnte ich mich den ganzen letzten Akt über nur danach, mit dem imaginären Luca in mein Bett zu kriechen.

Im Hotel nehme ich noch einen Brandy als Schlummertrunk und kündige an, dass ich zu Bett gehe.

»Ich glaube, ich trinke noch einen«, sagt Tyler und gibt dem Barkeeper ein entsprechendes Zeichen. »Wollen Sie mir nicht noch Gesellschaft leisten?«

»Nein, aber vielen Dank für den wunderbaren Abend!«,

erwidere ich und erhebe mich von der samtbezogenen Bank. Die unter meinem Gewicht zusammengequetschten Kissen entfalten sich zu neuem Leben.

»Ich muss mich bei *Ihnen* bedanken«, lächelt Tyler anmutig. »Schlafen Sie gut.«

Ich habe bereits die Tür der Bar erreicht, da fügt er hinzu: »Ach übrigens, was morgen betrifft …«, als wäre ihm gerade etwas in den Sinn gekommen.

»Ja?«

»Ich dachte, wir könnten mit dem Zug nach Rom fahren, damit wir so viel wie möglich von der Landschaft sehen.«

»Einverstanden, das wäre toll«, nicke ich.

»Wir müssen um drei Uhr nachmittags am Bahnhof sein.«

»Gut.« Ich halte inne. »Also dann, gute Nacht.«

Ich habe meine Zehen kaum zur Treppe gedreht, als er sich erkundigt: »Sind Sie schon mal mit dem Orientexpress gefahren?«

Ich bleibe wie angewurzelt stehen.

Dann drehe ich mich ganz langsam um und werfe einen prüfenden Blick auf sein Gesicht. Seine Miene ist betont gelassen. »Sie wollen mich auf den Arm nehmen, oder?«, frage ich.

»Ich dachte, Sie hätten vielleicht Spaß daran. Aber wenn Sie lieber fliegen möchten …«

»Nein!«, ich schnappe nach Luft. »Fahren wir wirklich mit dem Orientexpress?«

Tyler lächelt. »Ja, Agatha, genau das machen wir.«

39

»Wussten Sie, dass der zweite Mann von Gracie Fields einen Herzanfall erlitt und im Orientexpress auf dem Weg nach Capri starb?«, frage ich Tyler, während wir inmitten der

Dampfschwaden auf der Plattform stehen und die königliche Pracht der glänzend blau und gold gestrichenen Schlafwagen bewundern.

Tyler sieht mich an, als wollte er sagen: »Ein schlichtes ›wow‹ tut's auch.«

Ich lächle und genieße die neidischen Blicke der Passanten, als uns eine weiß behandschuhte Hand ergreift und ins Innere der Zeitmaschine aus den Zwanzigerjahren zieht.

Die Hand gehört einem aufgeweckten jungen Steward. Er trägt eine spitz zulaufende Kappe und eine blaue, mit Goldlitzen geschmückte Uniform. Er sieht aus wie eine Kreuzung zwischen einem Kavallerieoffizier und einer der *Thunderbirds*-Puppen.

»Ich heiße Steven und begrüße Sie herzlich an Bord des berühmten Venice-Simpleton Orientexpress. Willkommen!«

Unfassbar! Kneift mich mal!

»Gleich nach der Abfahrt serviere ich Ihnen den Tee in Ihrem Abteil«, informiert er uns.

Hier geht es ja unglaublich zivilisiert zu! Ich grinse Tyler freudig an und quetsche mich dann hinter Steven durch den engen Gang. Man kann wirklich von Glück sagen, dass wir nicht mehr in den Achtzigerjahren sind, sonst hätte ich mir die Schulterpolster heraustrennen müssen.

»In diesem Zug reisen vermutlich nicht viele Footballspieler!«, scherze ich.

Steven belohnt mich mit einem toleranten Lächeln. »Hier sind wir, Abteil 7 und 8. Ihre Zimmer sind direkt miteinander verbunden, Sie können also die Mitteltür öffnen, wenn Sie es etwas geräumiger haben wollen.«

»Vielleicht beim Tee«, schlägt Tyler vor. »Sollen wir uns zuerst einrichten?«

Ich nicke zustimmend.

»Mrs. Rees, dies ist Ihr Abteil«. Steven geleitet mich in meinen abgeteilten, kleinen Raum und zählt mit enthusiastischer

Stimme alles auf, was mir hier mehr Komfort bietet, eingeschlossen sein Rundum-Butler-Service. Ich brauche nur ein Knöpfchen zu drücken, und schon bringt er mir einen Gin Tonic, wirft Postkarten für mich ein (Briefmarke überflüssig) oder erzählt mir wunderbare Tratschgeschichten von vorvorvorgestern. »Wussten Sie, dass Agatha Christies *Mord im Orientexpress* ursprünglich unter dem Titel *Mord in der Kutsche nach Calais* erschienen ist?«, erkundigt er sich und wirft dabei den Mini-Ventilator für mich an.

»Wirklich wahr?« Es geht doch nichts über ein paar Trivialitäten. »Gab's denn viele echte Mörder hier?«, frage ich betont sensationslüstern.

»Nun«, sagt er mit einem Blick auf seine Uhr. »Ich kümmere mich um die anderen Passagiere, und wenn ich den Tee serviere, erzähle ich Ihnen eine Geschichte von Liebe, Monarchie und Mord!«

Ich gluckse begeistert. Na, wenn das kein Spaß wird!

Ich bin gerade auf den Sitz geklettert, um meinen Koffer aus der Messing-Gepäckablage zu fischen, als der Zug mit einem Ruck losfährt. Steven behauptet zwar, dass der Zug nie schneller als 75 km pro Stunde fährt, aber es rüttelt einen trotzdem ordentlich durch. Als ich der Toilette am Ende des Ganges einen Besuch abstatten möchte, taumle ich immer wieder gegen Fensterbretter und Abteiltüren. Soviel zum Thema »Inbegriff der Eleganz« – beim Abendessen werde ich aussehen, als hätte ich gerade einen Ringkampf überstanden. Erleichtert schließe ich die Toilettentür hinter mir, aber der wirklich schwierige Teil steht mir noch bevor – den Hintern mit dem beweglichen Ziel Klositz zu verbinden erinnert an gewisse Geschicklichkeitsspiele auf dem Rummelplatz.

Während ich wie eine Betrunkene zu meinem Abteil zurückschwanke, stelle ich fest, dass die meisten Passagiere ihre Abteiltüren offen lassen. Es ist wie eine Einladung, in ihre Wohnzimmer zu spähen. Einige haben sich bereits die Abendkleidung zurechtgelegt, die meisten lesen oder schauen zufrieden aus dem Fenster. Ein oder zwei darunter sehen auf und grüßen mich.

Ich werfe einen kurzen Blick zu Tyler hinein, der mitten in einem Stoß von Papieren sitzt und telefoniert. »Ah, da ist sie ja«, lächelt er und reicht mir sein nobles Nokia. »Ihre Mutter ist am Apparat, Sie können das Handy mit in Ihr eigenes Abteil nehmen, wenn Sie möchten.«

»Prima, vielen Dank«, sage ich, eile eine Tür weiter und schließe sie hinter mir. »Ich setze mal voraus, dass du schon Bescheid weißt!«, grinse ich ins Telefon.

»Tony hat es mir erzählt – ich will alles bis ins Detail wissen!«, ruft sie aufgeregt. »Fühlst du dich jetzt wie ein Fünfzigerjahre-Filmsternchen?«

»Noch nicht«, gebe ich zu. »Ich habe eher das Gefühl, als sei ich eine dieser Balletttänzerinnen, die sich auf lackierten Spieldosen drehen.«

»Hat das einen besonderen Grund?« Sie klingt verwirrt.

»Na ja, das Abteil ist winzig, und ich bin von auf Hochglanz polierten getäfelten Holzwänden umgeben.«

»Wie winzig?«

»Also, wenn ich mich auf die Bank lege, dann kann ich die Beine ausstrecken, aber nicht die Zehen. Für Luca wäre das hier ein Albtraum – er müsste sich beim Schlafen in der Mitte zusammenfalten.«

»Dann ist es ja nur gut, dass er nicht da ist«, stichelt Mama.

»Hey, das wollte ich damit natürlich nicht sagen«, protestiere ich. »Wie geht es ihm?«

»Gut, ich habe ihm alles erklärt. Tony, könntest du mir mein Glas Wasser reichen?«

Damit gibt sie mir diskret zu verstehen, dass PM in nächster Nähe ist und sie das Thema jetzt nicht vertiefen kann.

»Dann schläfst du also auf dem Sofa?«, fragt Mama und nimmt den Faden wieder auf.

»Während man zu Abend isst, verwandelt der Steward das Sofa in ein Bett«, erkläre ich ihr. »Und wenn sich zwei ein Abteil teilen, gibt es übereinander liegende Betten.«

»Aha.«

Ich weiß genau, dass meine Mama dasselbe denkt wie ich, als ich diese Neuigkeit erfuhr: Wie steht es, wenn man auf Hochzeitsreise ist? Ganz schön verwickelt. Andererseits wackelt und rumpelt der Zug so heftig, dass man sich, falls man miteinander schlafen möchte, einfach aufeinander legen und dem Zug alles weitere überlassen kann!

»Und die Atmosphäre? Lohnt es sich denn dafür?«

»Absolut! Die Aussicht ist sagenhaft – man lehnt sich einfach zurück und sieht zu, wie die Landschaft an einem vorübergleitet«, seufze ich. »Man hat das Gefühl, als wäre man im kleinsten Kino der Welt: *Venedig, der Film!*«

»Kann man die Fenster denn öffnen?«

»Ja, aber der Griff dafür sieht aus, als würde der Zug entgleisen, sobald man daran zieht.«

»Bist du dir sicher, dass man damit die Fenster öffnet?«, ängstigt sich Mama.

»Ziemlich sicher. Soll ich's mal schnell versuchen?«

»Kim! Tu's nicht!«, quietscht Mama.

»Ist schon gut.« Lachend kurble ich die Scheibe ein Stück herunter, und ein Windstoß zerzaust mir das Haar.

»Erzähl weiter!«, drängt Mama.

»Tja, was gibt's denn noch? Also, es gibt eine lächerlich übertriebene Anzahl von Haken«, berichte ich, während ich das Abteil prüfend mustere. »Bis jetzt habe ich schon fünfzehn gezählt. Hätte ich das gewusst, hätte ich mindestens ein Dutzend Jacken und Ersatzschlüssel mitgebracht. Es gibt auch einen speziellen Haken, mit einem Stück Teppich darunter – offenbar hängen Männer nachts ihre Taschenuhren daran auf, und der kleine Teppich verhindert, dass die Uhren gegen die Holztäfelung schlagen.«

»Du liebe Zeit, die denken ja wirklich an alles. Gibt es einen großen Spiegel?«

Immer ganz die professionelle Modeberaterin.

»Nein, aber die Wand gegenüber ist beinahe vollkommen verspiegelt. Vermutlich soll der Raum dadurch größer wirken, aber ich bin überzeugt, dass gleich die ersten Takte von *You're So Vain* ertönen.«

»Gehört ein Badezimmer zum Abteil?«

»Weit und breit kein Bad in Sicht. Es ist alles noch genauso wie damals in den zwanziger Jahren, es gibt also nur ein kleines Waschbecken in einer Ecke, das sich in ein Tischchen verwandelt, wenn man den Holzdeckel darauf legt.«

»O Gott!« Mama ist entsetzt. »Man kann nicht duschen oder sich die Haare waschen?«

»Nein. Na ja, die Haare kann man sich wahrscheinlich mit Hilfe einer Tasse waschen, aber einen Föhn kann man nicht benutzen, weil es keine Steckdose gibt.«

Mama hyperventiliert so heftig, dass ich schon halb damit rechne, sie sagen zu hören: »Tony, könntest du mir meine braune Papiertüte reichen!«

»Ich weiß noch nicht genau, wie ich mich zum Abendessen in etwas Duftendes, Glamouröses verwandeln soll!«, sage ich, um ihr das Gefühl zu geben, dass ich ihre Besorgnis verstehe und teile, aber dadurch wird alles noch schlimmer. Es ist, als hätte man den roten Knopf für höchste Alarmstufe gedrückt – ich kann beinahe hören, wie das Gehirn meiner Mutter auf volle Leistung hochgefahren wird, während sie ihre Strategie zur Schönheitspflege in Notsituationen aufruft. Gerade als sie mir beichtet, dass sie mir klammheimlich ihren gasbetriebenen Lockenstab ins Gepäck geschmuggelt hat, klopft Steven, der Steward, an die Tür. Er trägt ein Tablett mit zierlichem Porzellangeschirr und gigantischen Makronen.

»Mama, ich muss auflegen!«

»Warum habe ich dir nur keinen Waschlappen eingepackt?«, hadert sie mit sich.

»Hier gibt es Ersatz, mach dir keine Sorgen«, sage ich und lächle Steven entschuldigend an. Es ist doch schrecklich unpassend, in einem so altmodischen Zug in ein Handy zu sprechen.

»Viel Glück, Liebling. Trag etwas Glanzpuder auf deine Wangenknochen und das Dekolletee auf. Vielleicht lenkt das Tyler vom Rest ab.«

Zum ersten Mal lächle ich, statt beleidigt zu sein. »Vielleicht sollte ich mich auch einfach von Kopf bis Fuß golden anmalen und Schluss«, ziehe ich sie auf. »Tschühüss!«

»Darf ich?«, fragt Steven und schickt sich an, die Verbindungstür zu öffnen.

Als sich unsere beiden Welten vereinen, legt Tyler seine Unterlagen beiseite und klopft einladend auf den Sitz neben sich. Ich fühle mich wie ein Eindringling – betritt man ein fremdes Abteil, betritt man automatisch den Privatbereich eines anderen. Der Zug ruckt unsanft, und Tyler hält mich fest, um zu verhindern, dass ich falle.

Ich nehme schnell auf der Bank Platz, damit er mich loslassen kann.

»Steven wollte uns eine Geschichte erzählen«, sage ich. Ich ziehe es vor, wenn so lange wie möglich ein Dritter anwesend ist.

»Sitzen Sie bequem?« Steven legt ein Disney-Lächeln auf.

»Augenblick!« Tyler reicht mir eine Tasse Earl Grey, bevor er den Steward mit einem Nicken auffordert, seine Geschichte zum Besten zu geben.

»Es war einmal ein griechischer Waffenhändler ...«

»Waas?«, platze ich heraus.

Tyler stößt mich an, damit ich still bin. »Ich kenne die Geschichte, sie wird Ihnen gefallen.«

»Er lebte unter verschiedenen Decknamen, doch wir wollen ihn Zaharoff nennen. Obwohl er in den Armenvierteln von Konstantinopel aufwuchs, häufte er fantastische Reichtümer an, indem er Waffen an die Gegner der Regierung verkaufte. Er verbrachte ganze Wochen im Orientexpress – immer im Abteil Nr. 7 – und wurde zu seinem regelmäßigsten, berühmtesten Gast. Eines Tages bestieg er den Zug am Gare de L'Est in Paris, gemeinsam mit einem Pärchen in den Flitterwochen, das in Verbindung zum spanischen Königshaus stand. Maria, die Braut, war von ätherischer Schönheit, siebzehn Jahre alt, und ihr Bräutigam war der Duke von Marchena, ein sonderbarer Mann mit ausdruckslosem Gesicht. Zaharoff konnte nicht wissen, dass der Duke von Kindheit an zurückgeblieben war und allmählich Anzeichen einer gefährlichen Geisteskrankheit zeigte. Spätabends, als sich alle nach dem Essen zurückgezogen hatten und der Zug in Richtung Salzburg fuhr, ertönte plötzlich ein markerschütternder Schrei. Zaharoff hatte vollstes Vertrauen, dass sein Leibwächter sich um die ärgerliche Störung kümmern würde, und arbeitete ruhig weiter. Auf einmal klopfte jemand verzweifelt an seine Tür, und als er öffnete, sank die junge Braut in seine Arme. Von ihrem Hals tropfte Blut. Ihr wahnsinnig gewordener Mann hatte versucht, sie umzubringen.«

Ich stoße einen entsetzten Schrei aus.

»Man fand den Duke mit einem juwelenverzierten Dolch in der Hand und Schaum vor dem Mund.«

»O Gott!«

»Zaharoff nahm die junge Maria unter seine Fittiche, und als der Zug Wien erreichte, hatte er sich wahnsinnig in sie verliebt.«

Ich lächle entzückt.

»Aber da es damals im katholischen Spanien keine Scheidung gab, mussten die beiden achtunddreißg Jahre lang warten, bis der Duke starb und sie schließlich 1924 heiraten konnten.«

Wie traurig. Hoffentlich muss ich nicht achtunddreißig Jahre lang warten, bis Luca und ich rechtmäßig zusammen sein können.

»Sie verlebten sogar die Flitterwochen im Orientexpress!«, fährt Steven fort.

»Also nimmt die Geschichte doch ein glückliches Ende?« Meine Stimmung hellt sich sofort auf.

»Nun ... tragischerweise erkrankte Maria und starb achtzehn Monate später.«

»Nein!«

»Zaharoff lebte noch zehn unglückselige Jahre länger und starb im November 1936 in Monte Carlo. Am nächsten Tag bestieg sein treuer Leibwächter den Zug am Gare de L'Est und zerriss, dem letzten Befehl seines verstorbenen Herrn folgend, eine Fotografie des Paares zur gleichen Uhrzeit, als sie vor fünfzig Jahren Marias Schrei gehört hatten, und warf die Fetzen aus dem Fenster.«

Mich überrieselt es kalt.

»Eine wahre Geschichte!«, sagt Steven. Wir sind fassungslos.

»Kennen Sie noch mehr?«

»Ich bin sicher, er hat noch viel zu tun!«, beschließt Tyler, ehe Steven antworten kann.

Ich bin mir wieder einmal nicht sicher, ob er sich rücksichtsvoll oder hochnäsig verhält. Cleo würde wahrscheinlich sagen, Tyler wolle mit mir allein sein, aber ich fühle mich, als hätte er mir eine Abfuhr erteilt. Steven nickt nur, verbeugt sich und verabschiedet sich mit den Worten: »In ungefähr einer halben Stunde erreichen wir die Lagune von Venedig. Genießen Sie die Fahrt.«

Wir schweigen einen Moment.

»Der Orientexpress hat eine aufregende Vergangenheit«, untertreibt Tyler.

»Ja, ich würde gern mehr davon hören«, murmle ich.

»Wenn man bedenkt, dass er bombardiert, beschossen und im Schnee von der Außenwelt abgeschlossen wurde …«

»Aha, Sie kennen die Geschichten also auch. Vielleicht sollten Sie als Steward hier arbeiten!«

Das gefällt ihm nicht. Ich lächle ihn unschuldig an. Er sieht einen Augenblick verwirrt aus und lehnt sich dann dicht zu mir herüber. »Der nächste Waggon – Nummer 3544 – war früher ein Bordell!«

Ich reiße die Augen auf. »Wahnsinn – dass so was erlaubt war!«

»Damals fuhr der Zug nicht«, sagt Tyler und schnalzt tadelnd mit der Zunge. »Es war während des Krieges, als der Waggon in Limoges stillgelegt war.«

»Ach so.« Ich komme mir ein bisschen dumm vor. »Waren Sie denn schon häufig mit dem Orientexpress unterwegs?«

»Nur einmal, von Luzern nach Paris. Ich wollte mir die legendären Holzintarsien einmal aus nächster Nähe ansehen.«

»Sie sind sehr schön«, erwidere ich und betrachte das raffinierte Muster aus Klatschmohn, Gräsern und einer olivenähnlichen Frucht in der Vertäfelung.

»René Prou war ein wirklicher Meister floraler Art-déco-Motive.«

»Mmhh«, stimme ich zu und wünsche, ich könnte mir schnell einen Abschluss in Kunstgeschichte ins Hirn programmieren wie in *Matrix*. »Mir gefällt, dass das Holz glänzt, als wäre es mit Honig überzogen.«

Tyler lächelt und streicht mit dem Finger über den sirupartigen Glanz. »Sehen Sie die diagonale Anordnung der Hölzer? Warten Sie, bis der Zug die Gebäude da vorn erreicht hat und das Sonnenlicht in kurzen Abständen blockiert wird. Dann wirkt es fast wie ein Stroboskop …«

»Wow, sieht aus, als blitzten die Streifen!«, stoße ich hervor.

»Das ist doch was, oder?« Tyler lächelt über meine Bewunderung.

»Ich finde es herrlich!«

»Und ich finde es herrlich, dass Sie hier bei mir sind«, sagt Tyler leise.

Ich nehme ein Schlückchen Tee aus meiner leeren Tasse.

»Noch etwas Tee?«, bietet er an.

»Nein, danke. Ich glaube, ich sollte mich jetzt fürs Abendessen zurechtmachen. Sagten Sie nicht, unser Tisch sei für sieben Uhr reserviert?«

Er nickt. »Ich rasiere mich noch schnell und erwarte Sie dann an der Bar.«

»Äh, Tyler …«

»Äh, Kim …«

»In der Broschüre steht: *You can never overdress on the Orient Express*. Wie steht es mit Ihnen?«

»Schwarze Krawatte«, bestätigt er.

Sieht aus, als käme ich nicht um das mit Glasperlen bestickte Kleid herum, das mir Mama eingepackt hat.

40

Komische Vorstellung, dass Tyler nur einen Meter entfernt von mir ist. Vor allem, wenn ich mich gerade ausziehe. Ich vergewissere mich erneut, ob die Verbindungstür zwischen unseren Abteilen auch geschlossen ist, suche die Vertäfelung sorgfältig nach Gucklöchern ab und betrachte dann nachdenklich das kleine Waschbecken. Also Katzenwäsche.

Draußen gleitet die Landschaft vorüber. Mal was anderes, als immer nur die Badezimmerfliesen anzustarren. Ich konzentriere mich darauf, Wasser in meine Achselhöhlen zu schöpfen, ohne mich von dem ausgebleichten türkis- und ingwerfarbenen Teppich ablenken zu lassen, als mich plötzlich kohlpechrabenschwarze Finsternis umfängt. Es dauert einen

Augenblick, bis ich begreife, dass wir durch einen Tunnel fahren. Vor lauter Angst, dabei versehentlich die Klingel für den Steward zu erwischen, traue ich mich nicht, den Lichtschalter anzuknipsen, und stehe einfach nur seifig und tropfend da, bis wir wieder auf der anderen Seite des Tunnels herauskommen. Endlich – Licht!

Während ich den Seifenschaum abspüle, bemerke ich, dass wir langsamer werden und anhalten. An einem Bahnsteig. Das erinnert mich an die Blaue Grotte, doch diesmal besteht mein Publikum nur aus einem gedankenverlorenen alten Mann, der zum Fenster hereinschaut, und nicht aus einem Segelboot voller Flegel. Ich ziehe hastig das Rollo herunter. Ich bin Mitwirkende in einer rollenden Soft-Porno-Show. Ich muss aufhören, den italienischen Männern meine Reize zur Schau zu stellen.

»Und wie steht es mit Amerikanern?« Ich kann beinahe hören, wie Cleos Stimme mich anspornt.

»Nein – für mich gibt es nur Luca!«, versichere ich.

Ich betrachte mich im Spiegel und überlege, was ich tun könnte, um zumindest den Eindruck zu erwecken, ich hätte mich redlich bemüht. Weniger um Tylers willen als der anderen Passagiere und des Personals wegen. Ich möchte nicht wie jemand wirken, der versehentlich in einen luxuriös ausgestatteten Merchant-Ivory-Film geraten ist. Mir fällt der gasbetriebene Lockenstab meiner Mutter ein, und ich mache mich daran, meine Locken zu zähmen – ein Auge auf den Spiegel, das andere auf die sich ständig verändernde Landschaft geheftet. Leider ist die Patrone leer, als ich erst zur Hälfte fertig bin. Na ja, es hätte schlimmer kommen können: Beispielsweise, wenn mein Haar so glatt wie Cleos wäre und ich erst die eine Hälfte davon gekräuselt hätte – dann wäre ich echt angeschmiert. Jetzt zum Make-up. Sophia hat mir eine neue Grundausrüstung geschenkt. Ich trage zuerst die Foundation auf, Neuland für mich. Irgendwas kann da nicht stimmen –

meine Haut sieht aus wie eine frisch gestrichene Wand, auf der jeder Pinselstrich gut zu erkennen ist.

»Gleichmäßiger«, stöhne ich. »Gleichmäßiger! Ich will Pfirsichhaut sehen!«

Nein. *Nein.* Ich spähe genauer. Habe ich etwa Tee mit Tyler getrunken, während dieses Barthaar mein Kinn entstellte? Woher kommen die stacheligen Dinger eigentlich? Gestern war noch nichts zu sehen, und jetzt ist es mindestens einen Zentimeter lang. Ich kann nur beten, dass Tyler es für ein Haar meines Rouge-Pinsels gehalten hat. Pinzette. Pinzette …

Keine Pinzette.

Ich werfe mich verzweifelt auf die Bank. Unter mir piepst es. Ich ertaste Tylers Handy. Ich sollte es eigentlich zurückgeben, aber …

Ich klopfe an Tylers Tür. Keine Antwort. Er ist bestimmt schon an die Bar gegangen. Ich meine, normalerweise würde ich natürlich vor einem Auslandsgespräch um Erlaubnis fragen, aber ich muss unbedingt und sofort wissen, wie es gestern mit Cleo und Gareth weitergegangen ist. Mittwochs hat sie immer früh Schluss, sie kann mir also die ungekürzte Fassung liefern. Ich bete, dass er ihrem Charme erlegen ist. Los, auf geht's … Komm schon … Ring-ring. Ein Klicken. Der Anrufbeantworter. Verflixt noch mal.

»Cleo! Ich bin's! Bist du zu Hause? Nimm doch ab! Du rätst nie, von wo aus ich anrufe …«

»Hallo?«, ertönt eine schwache Stimme.

Ich bin sofort beunruhigt. Cleo hat sonst immer gute Laune.

»Was ist los?«

Tiefer Seufzer. Dann sagt sie: »Ich habe seine Fotos entwickelt.«

»Und?«

»Er war nicht in Cornwall. Er war in der Karibik.«

»Na ja, das ist doch noch kein Grund …«

»Er war auf Hochzeitsreise«, bringt sie mich zum Schweigen.

Entsetzt lasse ich meinen Kopf gegen die Tür fallen.

»Die Aufnahmen mit den vielen Freunden waren von seinem Junggesellenabend.«

Sie klingt völlig mutlos.

»Geht es dir so einigermaßen?«, frage ich und bin frustriert, dass ich sie nicht in die Arme nehmen und trösten kann.

»Ach, das ist es nicht mal, ich kannte ihn ja kaum, er war einfach ein blödsinniger Schwarm von mir, aber ...« Sie seufzt. »Heute habe ich mir beim Entwickeln die Fotos angesehen: Ein Vater im Krankenhaus mit seinem Neugeborenen. Das Kleine sah scheußlich aus und brüllte, aber er war völlig hingerissen! Oder dieses knutschende Pärchen auf einem Riesenbett in einem kitschigen Romantik-Hotel. Und die Frauen mit einer Wäscheleine voll riesiger Schlüpfer ...«

»Warum sind die denn zu beneiden?«

»Sie waren auf einem Tom-Jones-Konzert in Cardiff. Du hättest ihre Gesichter sehen sollen, sie sangen mit und hatten einen tollen Abend. Ich war sogar eifersüchtig auf die Männer in irgendeinem billigen Costa-del-Vollsuff-Hotel, die alle übereinander lagen und Grimassen schnitten. Nicht, dass ich einen Sonnenbrand haben oder Tequila ausschwitzen will, ich habe einfach nur das Gefühl, als würden alle außer mir wirklich leben.«

Ich kann ihr alles so gut nachfühlen und will zu einer Antwort ansetzen, aber sie kommt mir zuvor.

»Ich will dir ja kein schlechtes Gewissen einjagen, aber mir ist das alles erst aufgefallen, seit du weg bist. Ich tue nichts, ich gehe nirgendwohin ... Ich habe versucht, eine alte Freundin in Sheffield anzurufen, aber sie ist vor sechs Monaten umgezogen, und ich habe ihre neue Nummer nicht. Ich habe Vater angerufen, aber es hieß die ganze Zeit nur: ›Marlon hier und Marlon da ...‹, und als er mich fragte, was es bei mir

Neues gäbe, fiel mir nichts ein.« Sie holt Luft. »Solange du hier warst, spielte das alles keine Rolle, weil es einfach Spaß machte, mit dir in der Wohnung zusammen zu sein. Aber ganz allein sieht die Sache anders aus, ich habe das Gefühl, verrückt zu werden! Seit ein paar Tagen gehe ich richtig früh zu Bett, weil ich einfach nicht weiß, was ich mit meiner Zeit anfangen soll. Ich möchte, dass es Morgen wird, damit ich zur Arbeit gehen kann, aber wenn ich dort bin, gefällt es mir nicht, ich erledige alles wie ein Automat. Jeden Tag bin ich etwas weniger neugierig auf den nächsten. Wahrscheinlich war ich deswegen so auf Gareth fixiert. Ich wollte einfach etwas haben, was ich aufregend finde. Und das habe ich nun davon!«

So selbstkritisch und niedergeschlagen habe ich sie noch nie erlebt. Aber ich war auch noch nie länger als eine Nacht weg. »Tut mir so Leid!«, murmle ich.

»Erinnerst du dich noch an die Frau, die immer wollte, dass wir bestimmte Leute aus ihren Bildern wegretuschieren?«

»Ja«, sage ich ruhig.

»Ich fühle mich, als sei ich aus meinem eigenen Leben wegretuschiert worden.«

Ich sacke auf der Bank zusammen. Ich fühle mich so hilflos. »Soll ich nach Hause kommen?«, frage ich und bin bereit, mich notfalls zu Fuß auf den Weg zu machen.

»Nein, nein, nein! Darum geht es überhaupt nicht. Denk das nicht! Tut mir Leid, dass ich so ein Jammerlappen bin!«, sagt Cleo und reißt sich plötzlich zusammen. »Von wo aus rufst du noch mal an?«

Ich sehe mich in meinem kleinen, kostbaren Abteil um. Das kann ich ihr jetzt unmöglich sagen. »Ich bin im Zug«, antworte ich, von ihren Worten immer noch mitgenommen. Es muss doch möglich sein, sie irgendwie aufzumuntern …

»Nach Rom?«

»Ja, hör mal, am Freitag bin ich wieder auf Capri, warum kommst du nicht auch her?«

Sie braucht dringend ein bisschen Spaß und Ablenkung. Ich könnte sie mit dem niedlichen Massimo aus dem Restaurant Faraglioni bekannt machen. Schon beim Duft aus der Küche würden ihre Lebensgeister wieder erwachen.

»Nein, ich wäre doch nur im Weg!«, wendet sie ein.

»Sei doch nicht albern, du könntest mir nie im Weg sein!«

Cleo seufzt. »Kim, du bist bis über beide Ohren in Luca verliebt, und das ist toll, aber den Anblick eines Liebespaares könnte ich jetzt einfach nicht ertragen …« Sie bricht ab, und ich höre, wie sie schwer schluckt und mit den Tränen kämpft. Auch meine Augen werden feucht.

»So wäre es doch nicht«, entgegne ich leise.

»Doch, genau so. Du sollst nicht denken, dass du nicht glücklich sein darfst, weil es mir schlecht geht. Ich möchte keine Spielverderberin sein. Aber ich kann einfach nicht …« Geräuschvolles Schniefen, dann holt sie Luft. »Morgen geht es mir bestimmt wieder besser. Aber heute fühle ich mich wie eine Ausgestoßene.«

»Wie wär's, wenn du Marlon übers Wochenende einlädst?« Die Vorstellung, dass sie ganz allein ist, ist mir unerträglich. »Er bringt dich doch immer zum Lachen.«

»Ja, gute Idee«, sagt sie hastig. »Ich rufe ihn gleich an. Vielleicht könnte ich ihn zur Abwechslung auch selber besuchen …«

Das geht mir zu schnell. Ihre Tapferkeit ist nur gespielt, weil sie mich beruhigen will. »Hat es eben an der Tür geklingelt?«

»Ja, das ist Bongo's.«

Wieder ein einsames Abendessen. Es steht schlimmer, als ich befürchtet habe. Sie hat sogar die Lust am Kochen verloren.

Ich höre, wie sie den Lieferanten bezahlt und die Tür schließt.

»Was machst du denn so heute Abend?«, fragt sie und klappert dabei mit Tellern und Besteck.

»Wir essen im Zug …«

»Ach, du Ärmste. Aufgeweichte Sandwiches und Tikka Masala aus der Mikrowelle ... halt, du bist ja in Italien. Vielleicht schmeckt das Essen im Zug dort besser. Weißt du schon, was es gibt?«

»Nicht genau«, gebe ich zurück und behalte meinen Verdacht, dass Kaviar mit im Spiel sein wird, für mich.

»Ich esse jetzt, sonst werden die Krabbenbällchen matschig ...«

»Cleo ...«

»Mach dir bitte keine Sorgen um mich. Mir geht's schon besser. Als du gestern erzählt hast, Mario würde aussehen wie Jean Réno, habe ich mir *Roseannas Letzter Wille* ausgeliehen. Réno spielt einen Italiener, und ich kenne den Film noch nicht ...«

»Hast du dir auch frittierte Bananen bestellt?«, frage ich, damit sie noch ein bisschen plaudert und ich sicher sein kann, dass sie nicht mehr ganz so deprimiert ist.

»Ja. Diesmal zur Abwechslung mit Sesam.«

Noch ist nicht alles verloren.

»Lass dich nicht unterkriegen. Ich ruf dich morgen wieder an.«

»In Ordnung.«

Ich bringe es einfach nicht fertig aufzulegen.

»Ich mach jetzt Schluss«, sagt sie.

Klick.

Ich fühle mich hundsmiserabel. Aber was soll ich tun? Und wann? Heute Abend ist nichts mehr zu machen. Morgen ist der Termin mit der Galeristin, aber danach ... Könnte ich nicht von Rom aus nach Cardiff fliegen und Cleo einfach mitnehmen – ihren Koffer packen und sie zur Tür hinausschubsen? Bei der Erinnerung, welche Panik mich befiel, als Mama mich aus meinem Kokon riss, stöhne ich auf. Im Nachhinein weiß ich, wie gut mir das getan hat, aber damals ging es mir nicht halb so schlecht wie Cleo. Ich fürchte, sie würde sich einfach weigern mitzukommen. Ich muss es ja wissen – schließlich war ich diejenige, die ihr beigebracht hat, es sei am besten, sich von der Welt zurückzuziehen, wenn man verletzt worden ist.

Der Zug ruckelt und bringt mich in die Gegenwart zurück.

Noch ein Ruck, und ich bin plötzlich in einer anderen Zeit.

Es ist zwar immer noch der 11. Juli, aber wir schreiben das Jahr 1922.

Ich werfe einen Blick auf die Uhr – kurz vor sieben. Ich muss mich umziehen und an die Bar gehen. Ich werde das Abendessen irgendwie überstehen und dann in Ruhe einen Plan ausbrüten, wie ich wieder ein Lächeln auf Cleos Gesicht zaubern kann.

»Du bist die Aphrodite des Art déco!«, versichere ich mir, während ich mich in mein seidig raschelndes Gewand zwänge und eine Extralage Lipgloss auftrage. Hohe Absätze. Zum ersten Mal seit Jahren. Was hat Mama mir noch eingepackt? Ein Diamantarmband mit Silberverschluß. Ein Miniaturfläschchen Opium. Gut. Hier ist die neue Kim: Feminin. Verführerisch. Rätselhaft. Beziehungsweise Anita Dobson auf dem Weg zur Preisverleihung für die beste Soap Opera – die Entscheidung liegt bei Ihnen.

Während ich durch die Wagen schwanke und mich dabei vorsehe, dass die Männer, an denen ich vorbeigehe, keine Fingerabdrücke auf mir hinterlassen, komme ich ins Grübeln, was die Fragen der Korridor-Etikette in Zügen betrifft. Müssen die Männer sich mit dem Gesicht zur Wand drehen, während man sich an ihrem Rücken vorbeidrängt? Steven hat gesagt, ein Steward dürfe einem Passagier unter keinen Umständen den Rücken zuwenden. Na ja, die meisten dieser Stewards sehen so teuflisch gut aus, dass es nicht direkt eine Strafe ist, sich frontal an ihnen vorbeizuquetschen.

In den fünf Waggons, die ich durchquere, gibt es nur einen Fahrgast, bei dem mich das Gefühl beschleicht, er würde das unvorhersehbare Rütteln des Zuges zu seinem Vorteil ausnutzen. Im Grunde wäre es mir egal, aber immerhin sind drei Perlen von meinem Kleid an seiner Gürtelschnalle hängen geblieben.

Als ich die Bar betrete, kann ich mich dem altmodischen Glamour des Raumes nicht entziehen – der Sonnenuntergang wirft seinen Goldglanz auf die staubigen rosa Sessel und niedrigen Mahagonitische. Wenn ich die Augen zusammenkneife, verwandelt sich der Mann, der an dem Miniatur-Konzertflügel lehnt und Martini schlürft, in Gregory Peck.

Natürlich gibt es hier ein männliches Wesen, das sich seiner nicht schämen muss: Tyler. Er sieht in jeder Situation blendend aus, aber in diesem schmal geschnittenen Smoking … Sollte man sich jemals für einen blonden James Bond entscheiden, wäre er die Idealbesetzung. Plötzlich kommt mir eine Idee: Wie wär's mit ihm und Cleo? Sie findet ihn schon vom Hörensagen sympathisch, und was gibt es Besseres als die Aufmerksamkeiten eines Millionärs, um ein gebrochenes Mädchenherz zu kitten? Ha! Der Gedanke muntert mich auf. Es ist mir nicht einmal unangenehm, als Tyler mich mit einem Handkuss begrüßt, denn plötzlich sehe ich ihn mit Cleos Augen.

»Wollen wir?«, fragt Tyler und reicht mir den Arm.

Ich hake mich ein und lächle, als der Pianist gefühlvoll zu singen beginnt *Almost Like Being In Love* …

41

Das Schaukeln und Rattern des Zuges scheint sich in der Dunkelheit noch zu verstärken – als ich im Bett liege, habe ich das Gefühl, meine Gelenke würden erst aus- und dann wieder eingerenkt werden. Ich spähe erneut auf meine Armbanduhr. Es ist sechs Uhr dreißig morgens. Dank des aufdringlichen Schnarchens, das der Mann im Abteil rechts neben mir von sich gibt, bin ich seit fünf Uhr wach, aber im Grunde ist es mir gleich. Es ist so gemütlich in diesem rollenden Schlafzimmer. Als ich gestern Abend vom Essen zurückkam, war das Bett aufgeschlagen, mein Schlafanzug lag auf dem Kissen, und ein Paar Hausschuhe stand auf dem kleinen Bettvorleger. Das Einzige, was fehlte, war eine Leiche und Hercule Poirot.

Ich schüttle mein Kissen auf und frage mich, zu welchen Schlussfolgerungen Monsieur Schnurrbart in Bezug auf Tyler gekommen wäre. Gestern Abend habe ich mindestens sechs intensive Stunden in seiner Gesellschaft verbracht und weiß immer noch nicht, woran ich mit ihm bin. Nicht einmal der in Strömen fließende Wein und Likör haben ihm die Zunge gelöst. Was mich betrifft, war ich schon nach dem ersten Schlückchen Champagner hinüber.

Auf dem Weg von der Bar zum Restaurant spürte ich ein erwartungsvolles Prickeln – sogar die Tischdekoration – edle Leinendecken und funkelnde Kristallgläser – war darauf ausgerichtet, Eindruck zu machen. Venezianische Kellner geleiteten uns zu unserem Tisch und servierten französische Küche: Krebsschwänze in Cognacsauce mit kurz gebratenem Frühlingsgemüse, Entenbrust und weiße Stopfgänseleber (arrgh), ein Käsegang (den ich übersprang) und knusprige Bitterschokolade mit Bergamotte-Eis, bei dem man nur aufstöhnen konnte. (Ich habe für Cleo eine Speisekarte eingesteckt.)

Es gibt drei Speisewagen: Etoile du Nord, Chinoise und unseren, Lalique. Als ich den samtigen Rotwein trank, machte Tyler mich auf ein Fries aus opakem Glas aufmerksam, auf dem klassische Ornamente und Weintrauben ineinander verschlungen waren, und erzählte mir, René Lalique sei ursprünglich Juwelier gewesen und habe erst im Alter von fünfundvierzig Jahren mit seinen Arbeiten in Glas begonnen, als sein Freund François Coty ihn darum bat, einen Flakon für sein Parfüm zu entwerfen.

Worauf ich antwortete: »Wussten Sie, dass Coty gerade einen neuen Duft für Männer auf den Markt gebracht hat? Er heißt Stetson, wie der Cowboyhut, und der dazu passende Frauenduft heißt Lady Stetson! Ist das nicht lustig?«

Damit ist unser unterschiedliches Gesprächsniveau genau beschrieben. Tyler ist derart gebildet, dass ich die ganze Zeit über unwillkürlich dachte, wie viel besser er doch in etwas damenhafterer Gesellschaft aufgehoben wäre. Es war mir nicht entgangen, wie die anderen weiblichen Gäste neidische Blicke auf meinen Begleiter warfen und anschließend unzufrieden ihre eigenen Tischherren musterten, und ich hatte beinahe Schuldgefühle, weil ich ihn mit Beschlag belegte. Doch dann dachte ich: Hände weg, den hier halte ich für meine Freundin warm!

Während des Essens stellte mir Tyler viele Fragen über mein Leben, insbesondere über mein Liebesleben, ohne dabei viel von sich selbst preiszugeben. Ich erhielt nicht einmal eine direkte Antwort, als ich ihn fragte, ob er eine Schwäche für Rothaarige habe. Ich dachte dabei natürlich an Cleo, aber er sagte nur: »Warum, spielen Sie mit dem Gedanken, Ihre Haarfarbe zu ändern?« Im Lauf des Abends gestand er jedoch, dass er wahrscheinlich noch nie richtig verliebt gewesen sei, und klagte, sein Lebensstil könne fälschlicherweise für den eines internationalen Playboys gehalten werden. Doch diese kleine Kursabweichung war von kurzer Dauer. Er kam nur richtig in Fahrt, wenn es um Kunst ging. Anscheinend liegt das in der Familie – Morgan benutzt die Worte anderer Menschen, um selbst witzig zu klingen, und Tyler benutzt den schöpferischen Reichtum anderer, um selbst kreativ zu wirken, während er meiner Meinung nach im Grunde seines Herzens einfach ein Geschäftsmann ist.

Um mir den Abend nicht zu vermiesen, hatte ich mir jeden Gedanken an Capri strengstens untersagt, aber ich musste trotzdem ständig an Luca denken. Ich stellte mir vor, wie er neben Tyler säße und kolumbianischen Kaffee schlürfen würde. Verglichen mit dem Amerikaner wirkte er so natürlich, offen und echt. Alle geben anscheinend Tyler den Vorzug, aber ich frage mich, wie viel von seiner Anziehungskraft er Aussehen, gesellschaftlicher Stellung und Lebensstil zu verdanken hat. Er hat gute Manieren und kann sehr charmant sein, doch sein wahrer Charakter bleibt mir verschlossen.

Nach dem Essen kehrten wir für eine ganze Reihe von Amarettoschlückchen in die Bar zurück. Einer hätte mir gereicht, aber Tyler bestand auf noch einem und noch einem und noch einem. Obwohl der Raum allmählich immer verschwommener wurde, kann ich mich noch an zwei Dinge erinnern: Der Barkeeper sprach mit einer der witzigsten Akzent-Mischungen, nämlich australisch und italienisch, die ich je gehört hatte, und der Pianist spielte fehlerlos, solange der Zug ruckelte, und schlug die falsche Taste an, sobald wir anhielten.

Tyler hingegen blieb weiterhin makellos. Perfekte Zähne, perfekte Nägel, perfektes Benehmen. Kein Härchen am falschen Platz. Jedenfalls nicht, bis er, eine halbe Stunde nachdem wir uns Gute Nacht gewünscht hatten, vor meiner Tür stand.

»Entschuldigen Sie die Störung«, sagte er, lehnte den Arm gegen die Tür und blinzelte durch seinen mittlerweile zerzausten Pony wie in einer Siebzigerjahre-Reklame für Aftershave. »Sie waren doch noch nicht im Bett?«

»Nicht ganz«, piepste ich nervös. Er musste doch bemerkt haben, dass sein Hemd bis zum Nabel aufgeknöpft war, oder? Sollte das etwa ein Annäherungsversuch sein?

»Ich wollte Sie nur fragen …«

»Ja?«, krächzte ich.

»Ob Sie vielleicht noch mein Handy haben?«

Ich errötete vor Scham über meine eigenen Hintergedanken.

»Morgen früh muss ich ein paar Anrufe erledigen«, erklärte er.

»Natürlich«, stammelte ich. »Es tut mir Leid, ich hab's einfach vergessen.«

Ich suchte hastig auf dem Tisch und reichte ihm dann sein Nokia.

»Danke, ich ...« Ich war kurz davor, ihm den Anruf nach Cardiff zu gestehen, doch er lenkte mich ab, als er meine Hand nahm und feststellte: »Das ist aber ein schönes Armband.«

»Es gehört meiner Mutter«, war alles, was ich herausbrachte.

»Aha«, nickte er und drehte das Armband, bis die Diamanten wie Signallichter in der Nacht glitzerten. Als er meine Anspannung zu bemerken schien, glitten seine Finger an die Unterseite des Armbands, und er fügte hinzu: »Soll ich den Verschluss für Sie öffnen?«

Ich entwand ihm meine Hand. »Nein, nein. Ich komme schon zurecht, danke.«

Seine Berührung war mir unangenehm. Allein seine Fingerspitzen auf meinem Handgelenk zu spüren kam mir wie ein Treuebruch gegenüber Luca vor. Das ist wahrscheinlich übertrieben, aber jedes Mal, wenn Tyler mir zu nahe kommt, ist es, als hätte er das Alarmsystem einer Bank ausgelöst: Sirenen heulen, Signallampen blitzen, Gitter werden herabgelassen und sichern den Tresorraum.

Als er mir einen Gutenachtkuss aufs Ohr drückte und flüsterte: »Träumen Sie schön!«, erstarrte ich.

Ist doch mal wieder typisch, oder? Ich in einer hochromantischen Szenerie – aber mit dem *falschen Kerl*! Einerseits habe ich das Gefühl, etwas zu vergeuden. Meine Mutter hätte sich niemals die Gelegenheit entgehen lassen, im Orientexpress geliebt zu werden. Und ich höre schon Cleos ungläubiges Stöhnen: »Er stand vor dir, mit offenem Hemd, zu allem bereit – und du hast einfach Nein gesagt?«

Aber andererseits, was soll man machen? Man muss doch das Gefühl haben, das Richtige zu tun, oder nicht?

Ich setze mich auf und ziehe vorsichtig die Rolljalousie hoch, um die Sonne hereinzulassen. Ich muss nur noch eine Nacht überstehen, dann kann ich wieder nach Capri zurück, zurück zu Luca ... Bis es so weit ist, bin ich entschlossen, das Beste aus dem Tag zu machen.

Ich habe aus den gestrigen Fehlern gelernt und schalte das Licht ein, bevor ich mich wasche, falls wir durch den einen oder anderen Tunnel fahren. Wunderbarerweise bin ich fertig, als Steven mir das Frühstück ins Abteil bringt. Es gibt Croissants, Fruchtsalat, Orangensaft und Earl Grey. Ich setze mich zu meiner ganz privaten Teegesellschaft nieder und fühle mich wie in einer Art luxuriöser Miniatur-Gefängnis-plus-Irrenhauszelle in *Alice im Wunderland*.

Um acht Uhr höre ich Tyler telefonieren. Er bestätigt seine Verabredung mit der Galeristin Aurora in Rom und klopft dann an meine Tür. Erleichtert stelle ich fest, dass seine Frisur wieder tadellos sitzt und sein Hemd bis zum Kragen zugeknöpft ist.

»Für heute Nachmittag ist alles organisiert. Wie haben Sie geschlafen?«

»Ausgezeichnet!«, schwindle ich.

»Man wird wie ein Baby in den Schlaf gewiegt, stimmt's?« Tyler lächelt. »In ungefähr einer halben Stunde erreichen wir Florenz, und wenn Sie diese Fotos, die Sie erwähnt haben, noch machen wollen, wäre jetzt der richtige Zeitpunkt dafür.«

»Unbedingt! Ich will auf jeden Fall ein paar Aufnahmen von der Bar machen.« Das ist mein neuer Lieblingsplatz.

»Gut, ich muss noch telefonieren, klopfen Sie einfach, wenn Sie wieder zurück sind.«

Ich schnappe mir die Kamera und wappne mich für ein letztes, fünf Waggons lang dauerndes Knochenklappern. Erst auf der Hälfte der Strecke fällt mir ein, dass ich nicht überprüft habe, wie viele Aufnahmen noch auf dem Film sind.

Noch genau eine. Mist. Ich muss zurück. Auf dem Rückweg kommen mindestens drei weitere blaue Flecke hinzu.

Als ich die Tür meines Abteils öffne und nach der Tasche greife, höre ich Tyler ächzen: »Das haben wir in der Tasche, glaub mir doch!«

Ich blicke überrascht auf – kann er mich sehen? Doch als er weiterspricht, begreife ich, dass er telefoniert und wahrscheinlich jemandem von seinem Erfolg mit Alessandros Arbeiten erzählt.

»Nein, natürlich nicht. Er würde mich umbringen – er ist auf dem besten Weg, ihrer verdammten Mutter einen Heiratsantrag zu machen!«

Schlagartig höre ich auf, in meiner Tasche zu wühlen.

Es herrscht kurzes Schweigen, während Tylers Gesprächspartner antwortet, dann beharrt Tyler: »Nein, nie und nimmer.«

Die andere Stimme.

»Weil ich es einfach nicht zulasse, deswegen.«

Andere Stimme.

»Hör mal – mein Vater wird diese Schlampe auf keinen Fall heiraten.«

Ich sperre den Mund auf und bin wie vor den Kopf geschlagen. Wie kann er es wagen! Zuerst fühle ich mich wie Mutters Beschützerin, dann überrieselt es mich eiskalt. Ich habe sie auch schon so genannt. Und sie hat es gehört. Wenn es schon schlimm genug ist, einen Fremden so über die eigene Mutter reden zu hören, wie verletzend muss es dann erst sein, es aus dem Mund der eigenen Tochter zu hören …

»Nein, so ist sie nicht – schon eine etwas größere Herausforderung.«

Andere Stimme.

Tyler lacht. »Luxushotels, Champagner, Oper, Orientexpress – das glaube ich nicht.«

Andere Stimme.

»Heute ist die Nacht der Nächte, glaub mir. Sie erwarten es früher, und wenn ich nichts unternehme, werden sie unsicher. Und in der dritten Nacht kommen sie auf *mich* zu. Glaub mir, sie ist genau wie die anderen: Sie wird einfach weich, und dann wird's erst richtig lustig …«

Andere Stimme.

»Auf keinen Fall. Ich hab Morgan versprochen, sie wieder abzuliefern.«

Mir wird schlecht.

Morgan und Tyler machen gemeinsame Sache. Ich bin in irgendein Rachespielchen reicher Jungen verwickelt.

Ich würde am liebsten weglaufen, aber ich befinde mich in einem Zug. Wenn ich genug Mumm hätte, würde ich einfach in sein Abteil stürmen und ihn verprügeln. Aber wozu wäre das gut? Vielleicht sollte ich mich verdrücken, sobald wir in Florenz sind – ihn einfach sitzen lassen, damit er seinen Termin in Rom verpasst. Tomas fällt mir ein. Ich bin einfach aus seinem Leben abgehauen, ohne ihm die geringsten Schwierigkeiten zu machen. Jetzt wäre eine gute Gelegenheit für mich, den Spieß einmal umzudrehen. Auf der Suche nach einem Geistesblitz blicke ich mich hektisch um. Denk nach. Denk nach! Und wenn … Ich brauche mehr Zeit.

Ehe Tyler das Gespräch beendet hat, nehme ich meine Tasche, schließe die Tür ganz, ganz leise und haste zur Bar. Immerhin weiß ich jetzt, was er plant, das ist mein Vorteil. Diesmal laufe ich nicht weg. Wenn man sich vorstellt, dass ich Cleo mit diesem Mann verkuppeln wollte! Jetzt muss er für all die Frauen zahlen, die ihre Erniedrigung nicht vorausgeahnt haben.

42

Wir verlassen den Orientexpress am Hauptbahnhof Santa Maria Novella, und ich bringe mit falschem Lächeln den Spaziergang durch Florenz hinter mich. Ponte Vecchio oder Michelangelos David interessieren mich kein Stück, ich bin eifrig damit beschäftigt, einen Plan auszuhecken. Was würde Tyler richtig ärgern? Welche Auswirkungen hätte das möglicherweise auf die Beziehung zwischen Mama und PM? Irgendwie muss ich es ihm heimzahlen, ohne selbst in Verdacht zu geraten.

Rechtzeitig für ein äußerst fotogenes Mittagessen sind wir wieder im Zug und fahren um vier Uhr nachmittags in Ostiense in Rom ein. Es versetzt mir einen sentimentalen Stich, als wir zum letzten Mal aussteigen. Das Personal hat sich zum Abschied aufgestellt und wünscht uns Auf Wiedersehen. Näher werde ich der Monarchie wohl niemals kommen. Die geheimnisvolle Anziehungskraft des Orientexpress ist Wirklichkeit, auch wenn Tylers Charme sich als Illusion erwiesen hat.

Nachdem wir uns im pompösen St. Regis Grand Hotel angemeldet haben (haufenweise Kronleuchter aus Murano-Glas und handgemalte Fresken), machen wir noch einen kurzen Spaziergang zur Spanischen Treppe, gehen in eine Gasse, die man überall sonst auf der Welt als Schlucht bezeichnen würde, und Alessandros Galeristin begrüßt uns in einem winzigen Büro.

Aurora ist mir vom ersten Moment an sympathisch – eine italienische Judi Dench mit dominanten Obertönen. Die Formalitäten sind kurz, die Verhandlungen erbittert.

Zuerst wollte ich mich rächen, indem ich das Geschäft platzen ließ, aber dann hätte der Künstler das Nachsehen, und die Galeristin würde ihre Prozente verlieren. Das darf nicht sein. Als Aurora darauf beharrt, dass Tylers Angebot für ihren Schützling viel zu niedrig ist, gehen meine Gedanken ebenfalls in diese Richtung. In Richtung einer zusätzlichen Null …

Nach weiteren zehn Minuten Feilschen stimmt Aurora widerwillig dem Angebot von 200.000.000 Lire – weniger als 100.000 Dollar – zu.

»Dieser Scheiß mit den Lire ist zum Verrücktwerden!« Tylers Brauen ziehen sich zusammen, als er die Zahlen betrachtet, die sein schicker Taschenrechner auswirft. »Wie viele Nullen sind das noch mal?«, fragt er mich und zückt sein Scheckheft.

»Eins, zwei, drei, vier, fünf, sechs, sieben, acht (und eine auf das Glück), *neun*«, sage ich zu ihm. Was sind schon 900.000 Dollar zusätzlich zwischen Feinden?

»Also zwei Milliarden Lire?«, fragt er und schreibt die Summe auf, ohne mit der Wimper zu zucken. »Wie Spielgeld, stimmt's?«

»Hab ich auch grade gedacht!«

Als er unterschrieben hat, nehme ich den Scheck rasch in die Hand, bevor er ihn Aurora überreicht.

»Das ist Mr. Hamiltons letztes Angebot«, sage ich auf Italienisch. »Ich empfehle Ihnen, weder allzu überrascht noch allzu entzückt zu reagieren, sonst sieht er sich die Zahlen noch einmal genauer an.«

Die Galeristin wirft mir einen neugierigen Blick zu.

Tyler ebenfalls.

»Ich habe nur betont, dass dies ein guter Preis ist und Sie sich freuen, mit ihr handelseinig geworden zu sein.«

Tyler nickt huldvoll.

Ich schiebe Aurora den Scheck über den Tisch zu.

Sie betrachtet zuerst den Scheck. Dann mich. Dann wieder den Scheck.

Dann zuckt sie die Achseln und seufzt: »Vale di più!«

»Er ist mehr wert«, übersetze ich und unterdrücke ein Lächeln.

»Letztes Angebot!«, bestätigt Tyler.

Die Galeristin verabschiedet sich mit festem Händedruck von Tyler, sieht aber mich an, als sie sagt: »Grazie!«

Endlich! Das ist das erste Mal, dass jemand meine Arbeit bei einem Dolmetscherjob anerkannt hat. Was ich gesagt habe, war von Bedeutung.

»Ich habe leider zu tun!«, sagt Aurora, scheucht uns aus dem Büro und schließt die Tür hinter sich ab. »Ich muss zur Bank.«

»Ich glaube, das sollten wir feiern!«, sagt Tyler, als wir wieder auf der geschäftigen Straße stehen.

»Genau meine Meinung!«, grinse ich. Ich glaube, ich bin gerade zur Schirmherrin der schönen Künste geworden.

Nach einer Flasche Champagner (diese reichen Leute schlucken das weg wie Sprudelwasser) bestellt Tyler einen »Expresso« zum Aufpeppen.

»Aus reiner Neugier – wie buchstabieren Sie das?«, frage ich ihn, während der Kellner davoneilt.

»E-x-p …«

»Einen Moment«, unterbreche ich ihn. »Es wird e-S-p-r-e-s-s-o geschrieben, mit S, nicht mit X.«

»Oh. Aha. Sie haben Recht«, gibt er zu. »Vielen Dank.«

»Na ja, ich möchte Sie doch vor unangenehmen Situationen mit wichtigen Gesprächspartnern bewahren.«

Ich beobachte, wie Tyler im Geist alle Gelegenheiten durchgeht, bei denen er diesen speziellen *Fauxpas* begangen hat, und schlage dann vor: »Vielleicht könnte ich Ihnen ein paar italienische Wendungen für Ihre nächsten Geschäftsreisen beibringen?«

»Klar, warum nicht?«, nickt er.

Er ist ein guter Schüler. In nur wenigen Minuten beherrscht

er fehlerfrei: »Ho un pene piccolissimo!« (Ich habe einen winzigen Penis.)

»Und das heißt: ›Sie leben in einer atemberaubenden Stadt?‹«

»Genau. Piccolissimo ist die Steigerung von bellissimo.«

»Hmhm«, nickt er.

»Sie werden überrascht sein, welche Reaktion Sie damit auslösen – besonders bei Frauen«, lächle ich.

»Sie sind ganz verrückt danach, nicht wahr – ein Amerikaner, der italienisch spricht.«

»Sie werden dahinschmelzen!«, pflichte ich ihm bei.

»Das müssen wir gleich ausprobieren«, begeistert er sich.

»Na ja, solange ich noch da bin, ist das nicht nötig. Ich bin ja noch bis morgen früh hier, um mich um Sie zu kümmern«, antworte ich und lege verführerisch meine Hand auf seine.

Er lächelt selbstzufrieden. »Das heutige Abendessen wird Ihnen gefallen. Ich habe einen Tisch im Hotelrestaurant Vivendo reserviert. Die Küche dort soll unglaublich gut sein, das Restaurant wurde von Escoffier gegründet …«

Um Cleos willen mache ich ein beeindrucktes Gesicht, frage mich aber insgeheim, ob der Name Escoffier etwas mit »scoff« zu tun hat, was so viel bedeutet wie »verschlingen«.

»Unsere Reise war wundervoll, Tyler. Ich werde sie nie vergessen«, seufze ich. »Wenn ich mir diese Bemerkung erlauben darf, Sie sind ein sehr großzügiger Mann …«

»Geld bedeutet mir nichts – es ist nur dazu da, dass man mehr Spaß am Leben hat.«

Hmmm. Ob er das ehrlich meint?

»Und wenn Sie einfach eine Million Dollar an einem Nachmittag verlieren würden?«, erkundige ich mich beiläufig.

»Ist mir schon mal in Vegas passiert«, prahlt er. »Ich hole es mir immer schnell zurück …«

Falls das stimmt, war der Abschluss mit der Galeristin keine angemessen hohe Strafe. Die Geschichte wird keinerlei

Eindruck bei Tyler hinterlassen. Es muss doch noch etwas anderes geben. Etwas Persönlicheres.

Als Tyler zur Toilette geht, beobachte ich, wie er beim Aufstehen rasch einen Blick in den Spiegel über meinem Kopf wirft und seine schimmernde Mähne zurückstreicht. *Der Heiligenschein ist sein Markenzeichen.* Ich erinnere mich plötzlich an Morgans Worte.

Und dann fällt mir Cleo mit der Schokolade vom Hotelkissen im Haar ein …

Ich sehe mich im Café um. Dabei fällt mein Blick auf zwei Kaugummi kauende weibliche Teenager, die auf Italienisch klagen, dass alle Männer Mistkerle seien. Eine weltweit verbreitete Klage. Jeder tüchtige Kriminelle braucht einen oder zwei Komplizen, also eile ich geduckt zum Tisch der beiden und weihe sie hastig in meine Pläne ein.

»Haben Sie bemerkt, wie die Mädchen dort drüben Sie anstarren?«, frage ich Tyler, als er zurückkommt.

»Wo? Ach so, die beiden!« Er nickt ihnen gönnerhaft zu.

Sie kichern und tuscheln miteinander.

»Sie finden, dass Sie wie ein blonder David Ginola aussehen. Sie wissen schon, der Fußballspieler mit den langen Haaren.«

Tyler runzelt die Stirn. »Ist das ein Kompliment?«

»O Gott«, wimmere ich, »er sieht unglaublich gut aus! Ein echtes Sexsymbol.«

Er lächelt die Mädchen etwas selbstsicherer an.

»Als Sie eben weg waren, haben die Mädchen mich gefragt, ob ich vielleicht eine Kamera dabeihätte und ein Bild von Ihnen und den beiden machen könnte, aber ich wusste nicht …« Zögernd halte ich inne.

»Natürlich!«, lächelt er gut gelaunt.

»Im Ernst?«, japse ich und halte, den beiden zugewandt, den Daumen hoch. »Damit haben Sie den Tag für die beiden gerettet. Ragazze, venite qui!«

»I tuoi capelli sono morbidissimi, posso toccarli?«

»Sie will wissen, ob sie Ihre Haare anfassen darf«, sage ich mit verschämtem Blick.

»Klar«, erwidert er achselzuckend und sichtlich geschmeichelt.

»Und jetzt bitte lächeln!«, rufe ich, und die Mädchen schmiegen sich an Tyler und raufen seine Seidenlocken. Kaum hat der Abzug geklickt, sind sie auch schon auf und davon.

»Hoppla!«, rufe ich überrascht.

»Haben Sie die Adresse der beiden, damit Sie ihnen das Foto zuschicken können?«, fragt Tyler.

»Nein!«, lache ich. »Vielleicht wollten sie einfach nur auf den Geschmack kommen, wie man in Amerika sagt.«

Tyler lacht und fährt sich dann mit der Hand durchs Haar.

»Was zum …«

»Stimmt was nicht?«

»Scheiße!«

»Was ist denn?«

»Diese kleinen Miststücke haben mir Kaugummi ins Haar geklebt!«

»Kaugummi? Das kann doch nicht wahr sein!«

»Verdammt!«, flucht Tyler und schlägt mit der Hand auf den Tisch.

»Lassen Sie mal sehen …« Ich werfe einen prüfenden Blick auf seinen Schopf. Gute Arbeit, fast auf der Kopfhaut. »Ich sage das ja nicht gern, aber wahrscheinlich müssen Sie sich den Kaugummi herausschneiden lassen.«

Voller Panik legt er die Hände schützend um seine blonde Mähne.

»Nein, nicht anfassen, sonst verklebt es noch mehr.«

»Es muss doch …«

»Das kann man nicht herauswaschen. Im Ernst – der Gang zum Friseur ist die einzige Möglichkeit.«

Tyler sieht verzweifelt aus. »W-würden Sie mich begleiten

und dafür sorgen, dass so wenig wie möglich herausgeschnitten wird?«

»Aber natürlich«, versichere ich. »Ich werde dem Friseur genau sagen, was Sie wollen.«

Wie sich herausstellt, hatte Tyler allen Grund, so besorgt um sein Haar zu sein. Es verbarg nämlich seine abstehenden Ohren.

Plötzlich sieht er überhaupt nicht mehr wie ein Model aus.

»Ich hatte ja keine Ahnung, dass Sie sich die Haare färben«, sage ich, als wir zum Hotel zurückgehen.

»Es ist nicht gefärbt, das sind nur Strähnchen, ich ...« Der arme Kerl ist den Tränen nahe.

Nach dieser totalen Erniedrigung bezweifle ich, dass er es heute Nacht noch einmal wagen würde, mir auf die Pelle zu rücken, wenn ich bliebe.

»Ich glaube, ich springe noch schnell ins Flugzeug nach Neapel. Unsere Arbeit ist abgeschlossen, und meine Mutter fehlt mir.«

Merkwürdig, aber das stimmt tatsächlich.

Tyler erhebt keine Einwände.

»Sie kommen prima ohne mich zurecht«, versichere ich ihm, als ich ins Taxi steige. »Sie können jetzt genug Italienisch, um sich durchzuschlagen.«

43

Als Capri in Sicht kommt, steigen mir vor Sehnsucht und Erleichterung Tränen in die Augen. Es ist so schön, wieder hier zu sein. Wer hätte gedacht, dass ich mich zu so intensiver Schönheit derart hingezogen fühlen könnte? Noch vor zehn Tagen hat mir dieser Ort nicht das Geringste bedeutet, ich war höchstens abgestoßen von dem elitären Ruf, der der Insel vorauseilt, aber jetzt hat mich Capri völlig in seinen Bann gezogen.

Die Fähre legt in Marina Grande an, und ich frage mich, ob ich etwas anders machen würde, wenn ich heute zum ersten Mal ankäme und dabei schon wüsste, was mich erwartete? Um Tyler hätte ich natürlich einen Bogen gemacht, aber wäre ich auch Luca aus dem Weg gegangen, selbst wenn ich gewusst hätte, dass es eine Art Gefühlstriathlon ist, mit ihm zusammen zu sein?

Ich schleppe meinen Koffer die Auffahrt zum Hotel Luna hoch. Auf unserem Balkon sitzt meine Mutter. Sie ist ganz in ein Buch vertieft und zwirbelt dabei eine Haarsträhne. Von hier aus wirkt sie so jung, dass sie *Anne auf Green Gables* oder *Unsere kleine Farm* lesen könnte. Ich bleibe stehen und überlege, wie es wohl wäre, wenn wir die Rollen tauschten und ich ihre Mutter wäre? Wie würde es mir dann gehen? Wie würden unsere Gespräche dann verlaufen? Ich bin immer fast verzweifelt, weil meine Mutter ein solches Aufhebens um mich macht, muss aber jetzt zugeben, dass meine erste Frage lauten würde: »Was kann ich tun, damit es ihr gut geht? Damit sie glücklicher wird?« Ich würde sie mit Argusaugen beobachten, um im Voraus zu wissen, was sie vielleicht brauchen könnte. Ich würde sie beschützen und verhätscheln. Vermutlich würde ich mir das Recht einräumen, sie ein wenig nach meinen Vorstellungen zu formen oder zumindest immer meine Meinung sagen zu dürfen. Und natürlich würde ich ihr übers Haar streichen, denn ich hätte das Gefühl, dass sie zu mir gehören würde.

Ich warte nicht auf den Lift, sondern stürme, zwei Stufen auf einmal nehmend, in unser Zimmer.

»Kim!« Mama ist von meiner vorzeitigen Ankunft und natürlich auch von meiner festen Umarmung gleichermaßen überrascht. Plötzlich zählt nur noch sie.

»Ich hatte dich erst morgen erwartet.«

»Tyler hat also noch nicht angerufen?«, frage ich und gebe sie langsam frei.

»Nein«, erwidert sie stirnrunzelnd und streicht mir eine Locke aus der Stirn. »Warum? Ist irgendetwas passiert?«

»Nein, nichts«, gebe ich ausweichend zurück und beschließe, die Wahrheit über Tylers finsteren Charakter erst einmal für mich zu behalten. »Alles in Ordnung mit PM?«

»O ja«, strahlt sie. »Ich warte auf ihn, er holt mich gleich zu einem Abendessen auf dem Lido del Faro ab. Du musst mitkommen und uns von deiner Reise erzählen.«

»Lido del Faro?«, hake ich nach, um sie von weiteren Fragen abzulenken.

»Drüben in Punta Carena, dort ist es in klaren Nächten wunderschön.«

Ich verspüre einen schmerzlichen Stich. Der Leuchtturm. Dort wollte Luca mit mir hingehen. »Gibt es einen besonderen Anlass?« Eine vorsichtige Testfrage. Ob Tyler mit seiner Vorhersage richtig lag?

»Wie hast du das erraten?«

Ich zucke die Achseln. »Also?«

»Ach, Liebling, er hat um meine Hand angehalten!«

Ich finde es wunderbar, dass meine Mutter es immer noch fertig bringt, so zu tun, als sei sie überrascht. Inzwischen muss sie doch schon Kilometer vorher erkennen, wenn sich ein Heiratsantrag abzeichnet.

»Wie schön!«, sage ich. »Wann ist denn die Hochzeit?« (Sie hat es normalerweise gern, wenn man schnell zur Sache kommt.)

»Ich weiß nicht, ob es überhaupt eine Hochzeit geben wird.«

»Wie bitte?«

»Ich habe noch nicht Ja gesagt.«

Überrascht sperre ich den Mund auf.

»Ich weiß schon, du glaubst, ich bin süchtig nach den bunten Scheinchen ...«

»Nein, nein ... ich bin nur ...« Wie vom Donner gerührt. Endlich einmal gute Ware, und da zögert sie. »Warum?«

»Ich weiß nicht ... Ich will in Ruhe darüber nachdenken. Wenn wir heiraten, möchte er bestimmt, dass ich nach Atlanta ziehe, und ich will die Boutique noch nicht aufgeben.«

Was soll das bedeuten? Langsames Schritttempo? Vernünftiges Abwägen? Ich bin beeindruckt.

Mama geleitet mich ins Zimmer und sagt, sie müsse ihre Nägel ein zweites Mal lackieren. »Ich habe Luca deinen Brief gegeben«, teilt sie mit, während sie Oyster Pearl aufträgt.

»Gut«, sage ich und blicke auf den gefliesten Boden. Bitte keine schlechten Nachrichten.

»Ich habe mir natürlich nicht anmerken lassen, dass ich Bescheid weiß. Ich sagte, es sei wahrscheinlich für Ringo bestimmt.«

»Danke«, antworte ich und habe immer noch Angst, sie direkt nach Luca zu fragen. »Ähmm, alles in Ordnung in der Boutique?«

»Nun, sagen wir, die meisten Schuhkartons haben inzwischen Dellen.«

Ich blicke auf.

»Luca ist augenblicklich nicht der Ruhigste«, erwidert sie lächelnd und fügt hinzu: »Du hast ihn ganz schön aus der Fassung gebracht.«

»Ist Tanyas Schwester schon angekommen?«, erkundige ich mich, um meine Verlegenheit zu überspielen.

»Ja, heute.«

»Hast du sie kennen gelernt?«

Mama sieht mich prüfend an. »Deine Gefühle haben sich also nicht geändert?«

Ich schüttle den Kopf.

»Armer Tyler. Den hast du ja richtig zurechtgestutzt.«

Wider Willen muss ich lächeln. »Keine Sorge, das wächst schon wieder nach.«

»Was? Was wächst schon wieder nach?«, ruft Mama aus.

»Telefon!«, tiriliere ich.

»Kim!« Mama sieht mich beschwörend an, ohne auf das Klingeln zu achten.

»Hallo?«, nehme ich den Anruf an ihrer Stelle entgegen. »Ja, ich bin etwas früher zurückgekommen. Gern! Gut, hier ist sie …«

Meine Mutter klemmt sich den Hörer zwischen Schulter und Hals, damit sie die frisch lackierten Nägel nicht beschädigt, und ich ziehe mich schnell ins Badezimmer zurück, um mich zum Abendessen zurechtzumachen.

Heute Abend spiele ich nur zu gern den Anstandswauwau.

Die Straße nach Punta Carena ist schattig und friedlich. Abgesehen von seltsamen dreirädrigen Kleinlastern, die ab und zu vorüberknattern, herrscht kein Verkehr.

»Kannst du dir vorstellen, wie wir zwei in einem dieser Dinger sitzen, Gina?«, kichert PM, als uns wieder einer der Wagen überholt. Ein abgearbeiteter Mann und seine aufgedonnerte Frau sitzen eng aneinander gepresst in der winzigen Fahrerkabine.

»Arme und Beine haben sie wahrscheinlich hinten im Laster verstaut, aber wie sind sie überhaupt *hineingekommen*?«, sinniert Mama.

Ich beschließe, dass dieses Ehepaar wunderbare Assistenten für einen Zauberer abgeben würde und wie geschaffen dafür ist, sich in Kisten zu zwängen, die mit Schwertern durchbohrt werden.

»Kim, schau mal!« Mama deutet auf ein Mädchen, das uns auf einem quietschrosa Moped überholt.

»Das da würde doch wunderbar zu Ihnen passen!«, neckt mich PM.

Ich lächle und bin ganz seiner Meinung. Ich würde sogar barfuß fahren.

PM hat sich anscheinend damit arrangiert, dass Mama seinen Heiratsantrag noch nicht angenommen hat. Seine Verehrung für sie ist eher noch gewachsen. Schade, dass seine Söhne nicht den Respekt ihres Vaters vor Frauen geerbt haben.

»Los, Schatz, erzähl uns von deiner Reise mit Tyler«, ermutigt mich Mama, während wir durch Capris Antwort auf städtische Vorortsiedlungen fahren.

»Ja, wir sind ganz Ohr«, setzt PM hinzu.

Genau wie Ihr Sohn, denke ich stillschweigend.

Ich liefere eine gekürzte Version ab und bleibe in Bezug auf Tyler absolut neutral.

»Also keine Romanze?«, schlussfolgert PM.

»Nein.«

»Überrascht mich nicht«, gibt PM zu. »Ich weiß, Ihre Mutter hätte es gern gesehen, aber offen gestanden würde ich keiner Frau einen meiner Söhne wünschen. So. Da wären wir …«

Wir fahren auf einen Parkplatz mit Kiesbelag. Der Leuchtturm steht an der äußersten Spitze der Felsküste und ist creme- und pfirsichfarben gestreift. Aus einem der Fenster hängt eine Leine voller Wäsche. Am Ufer funkelt Licht, und wir vernehmen Stimmengewirr und das einladende Klappern von Tellern.

»Das Restaurant liegt dort unten«, sagt Mama und führt uns zur Treppe. »Das war das Lieblingsrestaurant meines Vaters – es ist etwas ganz Besonderes.«

Wir traben den Pfad hinunter, sehen uns vor, dass sich unsere Kleider nicht in den stacheligen Büschen verhaken, und als wir um die Ecke biegen, kommt uns Luca entgegen, Hand in Hand mit Ringo, im Gefolge Tanya und eine schicke Blondine.

Nach der allgemeinen Begrüßung ergreift meine Mutter die Initiative: »Sie müssen Tanyas Schwester sein …«

»Emma«, sagt sie, der Inbegriff sauerstoffgebleichter Makellosigkeit.

»Tony Hamilton und meine Tochter Kim.«

»Aua! Papa, du tust mir weh!« Ringo entwindet sich Lucas Griff und schüttelt seine zerquetschten Finger. Luca starrt auf die Stufen, und Tanyas Augen funkeln misstrauisch.

Ich werfe Emma einen unschuldigen »Ich bin nicht im Geringsten in den Mann Ihrer Schwester verliebt«-Blick zu und winke Ringo. Es ist fast unerträglich, Luca nicht zu berühren, aber innerhalb von Sekunden liegt sein liebevoller Sohn in meinen Armen. Es ist beinahe, als spürte Ringo, dass er eine doppelte Portion Zuneigung bekommt, denn er flüstert mir ins Ohr: »Deine Umarmungen sind die besten, Kim. Mama mag es nicht, wenn man sie fest drückt.«

»Sie essen im Lido zu Abend?«, fragt Luca PM.

»Ja«, erwidert PM. »Kommen Sie gerade von dort?«

»Si!«, nickt Luca. »Es war herrlich!«

»Ist ein hartes Leben für einen Mann, wenn man sich gleichzeitig um zwei schöne Frauen kümmern muss, was, Luca?«, zwinkert PM.

Luca reißt die Augen auf, und mein Mund ist wie ausgedörrt.

»Er meint beim Abendessen, du mit Tanya und Emma. Er mit Kim und mir«, erklärt meine Mutter unangemessen weitschweifig und lacht schrill.

»Ah, si!« Nicken.

Wenn einer dieser kleinen Felstümpel tief genug wäre, würde ich mich jetzt gern darin ertränken.

»Nun …«, sagt Tanya und macht Anstalten weiterzugehen.

»Wollen Sie uns nicht für einen Drink Gesellschaft leisten?«, fragt PM, dem die Brisanz der Situation total entgangen ist.

Mama und Tanya stöhnen leise auf und geben abwehrende »Ähhh«-Geräusche von sich.

»Nino muss jetzt wirklich ins Bett«, sagt Tanya entschlossen.

»Ich bin nicht müde«, ertönt es prompt. »Können wir nicht noch ein bisschen bleiben?«

»Ich bin sicher, Emma ist erschöpft von der langen Reise«, versucht es Mama.

»Ach wo, mir geht es ausgezeichnet«, zwitschert sie und schielt nach PMs Rolex.

»Wir wollen Sie wirklich nicht weiter stören!«, beharrt Tanya.

»Aber Sie stören nicht im Geringsten!«, setzt PM an und fährt dann – nach einem kräftigen Rippenstoß von meiner Mutter – fort: »Aber natürlich ergibt sich bestimmt noch eine andere Gelegenheit. Morgen vielleicht?« Rippenstoß. »Oder gegen Ende der Woche?«

Ein erleichterter Chor von »Si, grazie!« und »Ja, das wäre wunderbar« erschallt und erlöst uns aus der peinlichen Lage. Ringo umarmt mich noch ein letztes Mal, dann gehen beide Gruppen in entgegengesetzte Richtungen weiter.

Ich starre auf die Speisekarte, aber die Buchstaben verschwimmen vor meinen Augen. Als der Kellner kommt, beschließe ich, auf Autopilot umzuschalten, und leere mein Weinglas auf einen Zug. Mein Herz klopft wie wild. Es war eine süße Qual, Luca zu sehen. Nicht, dass ich ihn direkt angesehen hätte – ich wäre einfach nicht fähig gewesen, die Liebe in meinem Blick zu unterdrücken. Ebenso wenig wie ich es fertig gebracht habe, meine überschwänglichen Gefühle zu unterdrücken, als ich Ringo umarmte. Ich muss an sein Kompliment denken: »Deine Umarmungen sind die besten, Kim. Mama mag es nicht, wenn man sie so fest drückt.« Insgeheim bin ich begeistert darüber, dass er meine Umarmungen denen seiner eigenen Mutter vorzieht. Natürlich ist man nicht automatisch eine schlechte Mutter, weil man sich nicht gern wie eine Zahnpastatube zusammenquetschen lässt, aber trotzdem … Ich weiß, was Ringo meint. Manche Menschen umarmen einen, als würden sie es aufrichtig meinen – sie geben einem etwas von sich selbst, während man sie in den Armen hält. Andere hingegen führen nur die Bewegungen aus – ich nenne das »Umarmung light« –, und ihre teilnahmslosen Körper lösen das unbefriedigende Gefühl in einem aus, man habe einen leeren Sack umarmt.

Nach dem Abendessen bleibt Mama mit PM im Hotel Palace. Als das Taxi auf die Piazza Vittoria fährt, steige ich ebenfalls aus, um Mutter eine ordentliche Gute-Nacht-Umarmung zu geben. Ihr Blick scheint zu sagen: Zweimal am Tag? Was ist denn hier los?

Das bringt mich auf die Frage, was Mama eigentlich vor dem heutigen Tag von unseren Umarmungen hatte. Seit mein Vater uns verlassen hat, schwanke ich zwischen Widerstand und Gleichgültigkeit. An guten Tagen gab es vielleicht einen verdeckten Hinweis, dass ich zumindest *versuchte*, sie zu lieben. Sonderbar, wie leicht mir das plötzlich fällt. Ich kann nur hoffen, es bleibt auch so.

Ich fahre mit dem Taxi ins Zentrum von Capri und gehe dann zu Fuß weiter. Auf der Piazzetta erspähe ich den Manager unseres Hotels, der sich mit einigen Freunden den Kaffee schmecken lässt.

Er sieht auf und lächelt mich an. »Buona sera, Kim.«

»Buona sera, Alfredo«, strahle ich, geschmeichelt, weil er sich auch nach Feierabend noch an meinen Namen erinnert, und entzückt darüber, seinen zu kennen.

Am Quisisana treffe ich den Kellner mit dem Präzisions-Ziegenbärtchen, der mir das Frühstück serviert. Er ist mit seiner Freundin unterwegs.

»Ciao!«, lächelt er

»Ciao, Francesco!«, gebe ich zurück, und plötzlich überkommt mich eine absurde Hochstimmung. Ich fühle mich bereits wie eine Einheimische!

Ich schlendere zum Luna, fühle mich beschützt und bei allen beliebt und bin mir sicher, dass sich nach meiner Abreise alle um Mama kümmern werden.

Nach meiner Abreise? Falls ich überhaupt abreise …

Andrea, der Nachtportier, wendet mir den Rücken zu, als ich die Lobby betrete. Na ja, man kann nicht alle Herzen erobern. Dann dreht er sich mit einem Blatt Papier in der Hand wieder um.

»Eine Nachricht für Sie, Signorina Rees.«

»Grazie!«, antworte ich und nehme den gefalteten Zettel entgegen.

Er ist von Luca.

Mein Herz macht einen Luftsprung.

Komm morgen um ein Uhr zu den Faraglioni-Felsen!

Es geht also wieder los …

Letzte Nacht konnte ich nichts anderes denken als »Que sera, sera«. Mein heutiges Mantra ist weniger gelassen. »Bitte, bitte, *bitte*, lass mich diesen einen bekommen! Kann ich ihn für immer behalten? Ich will auch nie mehr um etwas bitten. Nie mehr. Mach, dass er sich für mich entscheidet!«

An den Ziegelsteinstufen, die zu den Felsen führen, wachsen dunkelrote Disteln und schnittlauchartige Gräser. In den schattigen Winkeln verdecken dichte Piniennadeln ausgedörrte Wurzeln, die darauf lauern, einen zu Fall zu bringen. Ich beschleunige meinen Schritt, je tiefer ich hinuntersteige. Sogar die Äste der Bäume recken sich wie ausgestreckte Arme den Felsen entgegen.

Als ich die Tonband-Kommentare der vorbeifahrenden Touristenboote und das Johlen der am Wasser spielenden Kinder vernehme, weiß ich, dass ich beinahe am Ziel bin. Ich springe von der letzten Stufe auf den schmalen Uferstreifen hinunter, der hier als Strand gilt, und winde mich zwischen ausgestreckten Körpern hindurch, die Solarenergie tanken. Kein Luca zu sehen. Schließlich entdecke ich einen vor der Sonne und aufdringlichen Blicken gleichermaßen geschützten Fleck. Dort sitzt er. Mein Herz hüpft vom Sprungbrett und landet dann mit einem Bauchplatscher. Luca sieht aus, als laste das Gewicht von Pavarotti auf seinen Schultern. Er ist ganz in sich zusammengesunken. In seinem Blick mischen sich Verwirrung und Verzweiflung – es muss Liebe sein.

Ich eile zu ihm, um ihm die Last von den Schultern zu nehmen und die Sorgenfalten aus der Stirn zu streichen. Aber beim Näherkommen spüre ich eine sonderbare Entfremdung. Mein Traum wird nicht in Erfüllung gehen. Wir werden keine Nacht mehr miteinander verbringen. Ich erkenne es an seiner gebeugten Haltung. Dort steht ein Mann, der sich darauf vorbereitet hat, das Richtige zu tun. Es ist, als schwappte eine Welle über mich, ohne dass ich genau sagen könnte, ob ich nach Luft oder nach Wasser ringe.

Fast bin ich versucht, an ihm vorbeizugehen, da blickt er auf – er zögert einen Augenblick, als habe er sich vorgenommen, auf der Hut, reumütig und unbeirrbar zu sein, doch dann liegt plötzlich echte Zuneigung in seinem Blick, und er lächelt. Ich bin mir *hundert Prozent* sicher, dass er »der Richtige« für mich ist. So etwas habe ich noch nie gespürt.

Und doch ist es nicht genug. Ein wachsamer Ausdruck stiehlt sich auf sein Gesicht. Er ist innerlich zerrissen. Und das ist meine Schuld.

Instinktiv würde ich ihn am liebsten umarmen, damit er meine Liebe spürt, ihm sagen, wie sehr ich ihn vermisst und die ganze Zeit nur an ihn gedacht habe, doch stattdessen setze ich mich auf den gegenüberliegenden Felsblock und falte so ordentlich die Hände in meinem Schoß, als würde ich mich auf ein Vorstellungsgespräch vorbereiten.

»Okay!«, lächle ich mit gespielter Tapferkeit. »Ich vermute, das wird jetzt wehtun.«

Unsere Blick treffen sich. Er sieht sehr traurig aus. Schweigen. Schmerz.

Ich kann es nicht ertragen, ihn so zu sehen. Bringen wir es rasch hinter uns.

»Ist das ein Abschied?«

Verdammt, warum muss meine Stimme bei dem Wort »Abschied« zittern? Ich atme aus und kämpfe gegen die drohende Tränenflut an.

»Ist wegen Nino«, sagt er mit gesenktem Kopf. »Tanya sagt, sie nimmt ihn nach England mit, wenn …«

»Du hast ihr doch nichts gesagt?«, stoße ich hervor.

»Nein. Es war eine Warnung. Aber sie hat Verdacht geschöpft. Sogar ihre Schwester, sie fragt mich, ob zwischen uns ist etwas.«

»Ich wusste gar nicht, dass andere Leute auch diese großen Comic-Liebesherzen über unseren Köpfen sehen können!«, scherze ich. Ich will unbedingt, dass er lächelt. Aber es gelingt mir nicht.

»Ich muss bei meinem Sohn bleiben.«

»Ich weiß«, sage ich heiser. Eine leise Stimme in mir fragt: »Warum hat dein Vater nicht so um dich gekämpft?«

»Ich will nicht ihn belügen.«

»Das verstehe ich«, erwidere ich.

Er stößt erneut einen abgrundtiefen Seufzer aus und sagt: »Ich habe noch nie etwas so Schreckliches erlebt! Ich dich kann nicht ansehen, ohne dich zu begehren. Du bist alles, wonach ich mich immer gesehnt habe.«

Luca steht auf und hackt mit der Ferse wütend in die Kieselsteine. »Kim, ich möchte, dass du weißt, *wirklich* weißt, dass ich noch nie für jemanden gefühlt habe wie für dich.«

Ich ergreife seine Hand und erinnere mich daran, wie seine Fingerspitzen zum ersten Mal meine Haut berührten, als er mir an dem Tag, an dem wir uns kennen lernten, die Halskette umlegte und zurechtlegte.

»Mir geht es genauso«, sage ich. »Die höchsten, reinsten und glücklichsten Gefühle – sieh doch nur, wie glücklich ich bin!« Ich lache mit tränenüberströmtem Gesicht. »Sogar wenn ich hier neben dir stehe, bin ich noch glücklicher als mit jedem anderen Mann.«

Er macht einen Schritt auf mich zu, und ich werfe mich in seine Arme. Seine feuchten Wimpern streichen über meine nasse Wange. Ich spüre, wie die Liebe, die er zu unterdrücken versucht, sich Bahn bricht.

»Mir ging so schlecht, als du bist weggegangen, aber jetzt ich bin wieder allein mit dir …«, sagt er mit zitternder Stimme. »Ich habe das Gefühl, ich muss alles tun, um mit dir zusammen zu sein.«

Plötzlich ist es unsere gemeinsame Angelegenheit.

Als ich ihn vorhin sah, fühlte ich mich ausgeschlossen. Er hatte bereits eine Entscheidung getroffen und wollte sie mir nur noch mitteilen. Es war genau wie in jeder anderen Beziehung, wenn ich mich passiv den Entscheidungen meines Freundes gefügt hatte. Jetzt darf ich mitreden. Die Frage ist, wie nutze ich mein Stimmrecht?

»Luca?«

»Ja?« Er sieht mich fast hoffnungsvoll an, als hätte ich, wie durch ein Wunder, in letzter Minute eine Lösung gefunden, die weder Herzen bricht noch Familien auseinander reißt. Wenn es doch so wäre.

»Falls ich nicht noch einmal Gelegenheit dazu haben sollte …«

»Sag das nicht!«, protestiert er.

»Ich möchte dir sagen, wie viel es mir bedeutet hat, mit dir zusammen zu sein. Ich möchte, dass du das weißt.«

»Aber das weiß ich doch«, sagt er mit verständnisvollem Blick.

»Ich habe nicht mehr an die Liebe geglaubt. Mit wem ich auch zusammen war, wie wunderbar derjenige auch zu sein schien, ich fühlte mich immer unsicher. So viele meiner Freunde haben es mit mir aufgegeben und gesagt: ›Du wirst niemals glücklich sein. Ich biete dir alles, und du redest dir immer ein, dass irgendetwas fehlt.‹ Sie wirkten so überzeugt, dass ich allmählich glaubte, sie hätten Recht – und dass ich tatsächlich auf etwas wartete, was niemals geschehen würde. Noch Jahre später dachte ich über Beziehungen nach und fragte mich, warum hatte ich ihn gehen lassen? Hatte ich solche Angst davor, verletzt zu werden? Waren meine Erwartungen so unrealistisch? Bin ich einfach unfähig zu lieben? Ich fragte mich wieder und wieder: ›Was stimmt nicht mit mir?‹ Es gab immer zu viele Fragen. Ich wusste immer nur, dass ich nie das richtige Gefühl hatte – instinktiv sagte mein Herz immer *Nein*. Aber mit dir war alles anders. Ich sehe dich an und spüre nur ein unerschütterliches, von Herzen kommendes *Ja*!«

Luca seufzt und sieht fast stolz aus.

»Du hast mir gezeigt, dass ich lieben kann. Dass die Liebe einen beschwingen und mehr Selbstsicherheit verleihen kann. Ich kann mich tatsächlich selber leiden, wenn ich mit dir zusammen bin!« Ich lache, selbst von dieser Entdeckung überrascht. »Alles in mir sagt: Lass ihn nicht gehen!«

Er küsst meine Hand.

»Und trotzdem tue ich es.«

Er sieht am Boden zerstört aus.

»Keiner von uns beiden will eine Affäre – wir wollen Liebe. Ich glaube, sich wegzuschleichen und schuldbewusst darüber nachzudenken, welche Folge diese Nacht für Nino haben könnte, würde das, was wir haben, schnell zerstören. Ich will keine Katastrophe. Ich möchte lächeln, wenn ich an dich denke.«

Erstaunlich, was man so erzählt, wenn man einen guten Zuhörer hat.

»Am schlimmsten finde ich, dass ich das Gefühl habe, dies sei der Anfang. Ich habe so viel Liebe zu geben und gerade erst Hallo gesagt.«

Luca seufzt. »Vielleicht kommt daher, dass das noch nicht das Ende ist – nur wir wissen nicht, *wann* es weitergeht.«

Ich weiß nicht, ob ich es riskieren soll, ihm zu glauben, aber die Alternative – diesen Abschied zum endgültigen großen Finale zu machen – ist einfach zu trostlos.

Also erwidere ich: »Ja, eines Tages vielleicht.«

»Wie Rosa und Vincenzo«, lächelt er und sieht dann unglücklich aus. »Aber bitte ich dich nicht, auf mich zu warten. Das wäre nicht fair.«

»Wir werden ja sehen, aber ich glaube, die Erinnerungen halten mich erst mal bei der Stange.«

»So schöne Erinnerungen«, seufzt er.

»Es kommen bestimmt Zeiten, in denen mir alles wie ein schöner Traum vorkommt, aber ich habe immer noch die hier … Ich habe sie in Verona entwickeln lassen«, erkläre ich, als ich die Fotos auf den Felsen lege. Unser perfekter Kuss auf der Terrasse der Unendlichkeit. Ich mit Rosas Brautkleid. Luca in glänzendem Polyester in Amalfi. Eine schiefe Nahaufnahme von mir in Lucas Kaschmirpullover.

»Steht dir gut«, sagt er lächelnd.

»Ich glaube, das ist das einzige Designer-Kleidungsstück, das mir tatsächlich gefällt.«

»In dem Kleid da du würdest noch besser aussehen …«, gibt er mit sehnsüchtigem Blick auf das schimmernde, cremefarbene Satinkleid zurück.

Das gibt mir einen Stich. »Ich habe die Fotos zweimal entwickeln lassen«, sage ich und nehme mich zusammen. »Ich dachte, wenn du willst, könntest du sie vielleicht in Vincenzos Schreibtisch im Laden aufbewahren.«

Luca nimmt das Bild von unserem Kuss und verliert sich in dessen Anblick.

Ich betrachte es ebenfalls und lächle – endlich Bilder, die die Kraft haben, die Erinnerung an Tomas und Britta auszulöschen. Ich kann sie nicht einmal mehr vor mir sehen.

»Wann du reist ab?«

»Morgen«, sage ich, als sei das längst beschlossene Sache. Er soll nicht wissen, dass ich meine Mutter bereits auf die Möglichkeit eines mehrwöchigen Aufenthaltes vorbereitet habe.

»Wie kann ich dich finden?«

»Ich schreibe dir.«

Seine Miene hellt sich auf. »Aus fernen Ländern?«

»Ich berichte dir von all meinen Abenteuern«, beteuere ich und hake meinen Finger in seine Gürtelschlaufe. »Aber keines davon wird sich mit diesem hier vergleichen lassen!«

Er nimmt mein Gesicht zwischen die Hände und küsst mich. Als ich die Augen öffne, sieht er viel erleichterter aus als bei meiner Ankunft – nur noch ein kleiner Placido hockt auf seinen Schultern.

»Du gehst jetzt am besten in die Boutique zurück«, schlage ich mit Blick auf meine Uhr vor. Meine Entschlusskraft hält nicht mehr lange vor.

Er küsst mich erneut. Zärtlicher. »Kim, du bist netteste Mensch, dem ich je begegnet bin. Vielen Dank.«

Ich lächle und winke, bis er um die Ecke biegt und verschwunden ist. Dann bricht mir das Herz, und ich sinke auf die Knie.

Als das Schluchzen endlich aufhört, sitze ich noch lange da und starre auf die glitzernde Wasseroberfläche, die sich vor meinem verschwommenen Blick dehnt und verzerrt.

Schließlich stehe ich auf, kremple mir die Hosenbeine hoch und wate ins Wasser, um mein Gesicht zu bespritzen. Das Wasser rinnt mir in den Nacken. Es ist kühl und wohltuend. Ich tauche die Arme ein und schreite voran, bis das Wasser meine Knie umfließt. Ehe ich mich's versehe, reiße ich mir

Hemd und Hose vom Leib und schleudere das tropfnasse Bündel an den Strand. Unterhose und Unterhemd gehen als Tankini durch – ich nehme mein erstes Bad im Mittelmeer.

Man sagt, Salzwasser sei gut, um Wunden zu heilen.

45

»Sie nicht dürfen abreisen«, schmollt Mario, als ich zum letzten Mal an der Bar Platz nehme.

»Warum nicht?«, will ich wissen und nehme eine geeiste Kirsche zwischen die Zähne.

Obwohl meine Unterwäsche noch feucht vom Bad an den Faraglionis ist, bin ich direkt in die Bar marschiert. Ich möchte nicht wieder in die schlechten Gewohnheiten von früher zurückfallen und mich verstecken, wie damals nach der Geschichte mit Tomas. Diesmal will ich das Risiko eingehen und mich nicht unterkriegen lassen. Außerdem bringt Mario mich immer zum Lächeln.

»Ich habe nicht mein Versprechen gehalten«, sagt er tiefernst.

»Welches Versprechen?«

»Dass ich Nummernschieben mit Ihnen machen will!«

»Ach, Mario!«, lache ich.

Er hebt eine Braue.

»Na gut, dann mal los ...«, antworte ich und gebe vor, mein Hemd aufzuknöpfen.

»Im Ernst, Kim, Sie müssen wirklich abreisen?«

»Ja, leider«, seufze ich.

»Aber was Sie wollen machen?«

»Keine Ahnung, mir bleiben ja noch die 5.000 Pfund von Vincenzo, um mir die Zeit zu vertreiben.«

»Fünftausend Pfund! Wow! Das sind 15 Millionen Lire!«

Ich sehe Mario an. »*Menschenskind.*«

»Was ist?«

»Mario, Sie sind ein Genie!« Ich beuge mich über den Tresen und drücke ihm einen Kuss auf den Mund.

»Was ich habe denn gesagt?«, will er stirnrunzelnd wissen.

Ich spurte in mein Zimmer und wähle, vor Aufregung fiebernd, Cleos Nummer, wobei ich in meiner Hast die Zahlen dreimal verkehrt eintippe.

Ich habe die ganze Zeit in Pfund gedacht, nie in Lire! Wer sagt denn, dass ich das Geld unbedingt in Wales ausgeben muss?

»Cleo!«, rufe ich, noch bevor sie das Wort ›Hallo‹ zu Ende gesprochen hat.

»Kim! Perfektes Timing! Die New-You-Klinik hat gerade angerufen und unseren Fettabsaugungstermin bestätigt. Wir müssen 200 Pfund im Voraus anzahlen.«

»Genauso viel kostet ein Flug nach Neapel«, teile ich ihr mit.

»Stimmt.«

»Was wäre dir lieber?«, flöte ich.

»Was willst du damit sagen?«

»Ich schlage vor, dass wir die 5.000 Pfund nicht dafür ausgeben, dünner zu werden, sondern uns mit dem Geld eine schöne Zeit in einem Land machen, in dem es als ein Zeichen schlechter Manieren gilt, wenn man ein Mittagessen mit weniger als drei Gängen zu sich nimmt.«

»Ich habe dir doch schon gesagt, dass ich im Augenblick nicht mit einem Pärchen zusammen sein möchte. Ich weiß, es ist …«

»Kein Pärchen. Kein Capri«, platze ich heraus, erpicht darauf, ihr die wichtigsten Informationen so schnell wie möglich verständlich zu machen.

»Und was ist mit Luca?«

»Wir haben beschlossen, bis zur nächsten Verabredung ein bisschen Zeit verstreichen zu lassen – so ungefähr zehn Jahre.«

»Nein!«, stößt Cleo hervor.

»Es ist in Ordnung, aber unter diesen Umständen kann ich natürlich nicht hier auf Capri bleiben, das würde ich nicht ertragen. Ich will das restliche Italien kennen lernen.«

»Du willst Urlaub machen?«

»Nein, ich will Abenteuer erleben. Und ich möchte, dass du mich begleitest.«

»Ach, Kim, ich weiß nicht ...«

»Fünftausend Pfund sind 15 Millionen Lire, Cleo. Wir könnten uns ein paar quietschrosa Mopeds anschaffen und ein bisschen durch die Gegend knattern.«

»*Wie bitte?*«, lacht Cleo ungläubig.

»Wenn du keinen Spaß am Fahren hast, könnten wir sechs Kochkurse in der Toscana besuchen. Oder hundertmal mit der Gondel durch Venedig gleiten. Oder 72 Gucci-Sonnenbrillen in Mailand kaufen.«

»Ich wollte schon immer mal nach Florenz«, gibt Cleo zu.

»Vielleicht könnten wir uns sogar eine Prise Sand von der Muschel leisten, die Botticello für *Die Geburt der Venus* gemalt hat«, schlage ich vor.

»Und meine Arbeit?«

»Neunzig Tarantella-Tamburine«, rassle ich weiter herunter.

»Ich glaube, ein Ortswechsel würde mir nicht schaden.«

»Einen lebenslangen Vorrat an Grappa anlegen!«

»Es geht nicht«, sagt Cleo plötzlich entschlossen.

Schweigen. Schweren Herzens denke ich daran, wie schwer es mir fiel, unseren Bunker zu verlassen.

»Tut mir Leid, ich kann das einfach nicht machen«, wiederholt sie.

Ich möchte sie nicht bedrängen und sage nur sanft: »In Ordnung.«

»Ich weiß, ich bin ein Jammerlappen.«

»Nein, überhaupt nicht«, versichere ich. Das ist der Lohn für meine unermüdliche Home-Sweet-Home-Propaganda der letzten beiden Jahre.

»War ja nur so ein Einfall«, seufze ich.

»Was hast du jetzt vor?«, fragt Cleo.

Ich bin unentschlossen und unsicher, ob ich es allein schaffe. Als ich mir vorstelle, wie ich einen solo-io-Cappuccino schlürfe, überspült mich eine Welle des Selbstmitleids. Vielleicht ist ganz Italien voller Erinnerungen an Luca. Ich kann es nicht fassen, dass ich morgen um diese Zeit bereits aus seinem Leben verschwunden bin. Die Aussicht, sich eine Vollnarkose verpassen zu lassen, ist plötzlich sehr verlockend – dann wäre ich den Liebeskummer wenigstens los. Aber damit auch meine neuen Vorsätze.

»Kim?«

»Ich komme heim«, höre ich mich selbst sagen.

Das Wort »heim« klingt gar nicht tröstlich.

»Klasse!«, jubelt Cleo. »Klingle durch, wenn du angekommen bist, ich hole dich vom Bahnhof ab.«

Trübsal erfüllt mich, als ich mir die Ankunft ausmale.

»Du solltest rechtzeitig zu *Ein Gespräch mit Victoria Beckham* hier sein.«

»Toll«, erwidere ich. »Bis morgen dann.«

Niedergeschlagen kehre ich in die Bar zurück und frage mich, wo Mama steckt.

»Na?«, fragt Mario.

»Ach, ich dachte, ich hätte die Lösung meines Problems gefunden.«

»Sie haben ausgesehen, als wäre es gute Lösung gewesen.«

»Dachte ich auch«, sage ich traurig.

Es wäre wunderbar gewesen, wenn Cleo hergekommen wäre. Es gibt so vieles, was ich ihr zeigen und mit ihr zusammen entdecken möchte. Als sie nach Cardiff zog, unternahm sie oft Streifzüge mit der Kamera und erwog die Möglichkeit, am Wochenende bei einem Profi-Fotografen als Assistentin zu arbeiten, aber diese Idee geriet allmählich in Vergessenheit. Ich weiß genau, dass Italien sie aufs Neue inspirieren würde. Jede Landschaft hier scheint zu rufen: »Mach eine Nahaufnahme von mir.«

Doch leider hat sie Angst herzukommen, und ich habe Angst zurückzugehen. Wir stecken in einer Sackgasse. Eine von uns muss nachgeben. Und diesmal bin ich an der Reihe.

»Sieh mal, wen ich gefunden habe!« Meine Mutter tanzt mit Ringo im Arm in die Bar.

Ich strahle unwillkürlich.

»Du reist ab?«, fragt er traurig.

»Morgen früh«, bestätige ich.

»Ich muss dir noch Auf Wiedersehen sagen.«

Ich knie neben ihm nieder. »Danke.«

»Und mein Vater hat gesagt, ich soll dir das hier geben«, fährt er fort und reicht mir eine Tüte. Darin befindet sich Lucas dunkelgrauer Kaschmirpullover aus dem Boot. »Er sagt, dich kratzen alle Pullis, und der hier hat dir gefallen.«

»Ja, sehr«, sage ich und kuschle mich in die flauschige Wolle. Ich bin überglücklich, dass ich etwas von Luca habe, in das ich mich hineinschmiegen kann.

»Kaschmir ist was fürs Leben«, informiert Ringo mich.

Plötzlich wird der Pullover zu einer Art Ewigkeitsring.

»Bitte sag deinem Vater, dass ich mich sehr über diesen Pullover freue.«

»Ich hab auch was für dich«, sagt er und reicht mir eine kleine Papiertasche.

Ich öffne sie und entdecke darin eine kleine Anstecknadel der Blauen Grotte.

»Damit du den Zauber nicht vergisst!«

Mein Magen krampft sich zusammen.

»Bestimmt nicht!«, schlucke ich und nehme ihn fest in den

Arm. Ich kann einfach nicht glauben, dass ich die beiden Männer verlasse, die ich liebe.

»Bitte, komm bald zurück!« Beschwörend blickt er mich mit seinen dunkelbraunen Augen an.

»Versprochen! Und du hast solange an meiner Stelle ein Auge auf meine Mama, ja? Pass auf, dass sie immer die richtigen Eiskombinationen wählt!«

Ringo kichert schüchtern. »Ja, klar.«

Mama zaust sein Haar. »Ich bringe dich jetzt besser zum Laden zurück.«

Er nickt. Sie gehen zur Tür, doch dann dreht sich Ringo um und wirft sich ein letztes Mal in meine Arme.

»Ti amo, Kim.«

»Ich hab dich auch lieb«, seufze ich und presse meine Wange gegen seinen seidigen Schopf.

Als Mama eine halbe Stunde später zurückkommt, streichle ich immer noch wie in Trance die Ärmel des Pullovers.

»Es tut mir Leid wegen Luca«, sagt sie und setzt sich neben mich.

Sie sieht aufrichtig aus und ist ein wenig überrascht, als ich antworte: »Mir nicht. Nun, es ist natürlich schrecklich, dass es zu Ende ist, aber ich bedaure nichts von dem, was passiert ist, auch wenn es noch so wehtut.«

»Bist du sicher, dass du nicht zu früh aufgibst?«

Ich seufze. »Ich liebe Luca, aber ich würde es mir nie verzeihen, wenn Ringo meinetwegen seinen Vater verliert. Irgendwie würde ich ihm dann dasselbe antun, was …« Ich stocke.

Mama ist vom Donner gerührt.

»Tut mir Leid«, wispere ich.

»Du würdest Ringo dasselbe antun, was ich dir angetan habe.« Niedergeschmettert beendet sie den abgebrochenen Satz.

Ich darf ihr nicht immerzu Schuldgefühle machen. »Moment«, sage ich. »Du hast mir gesagt, das mit Derek sei nur einmal passiert – aber Dad hätte es herausgefunden und sofort die Konsequenzen gezogen.«

»Ja«, nickt sie voller Bedauern.

»Der einzige Unterschied zwischen dir und Derek und mir und Luca ist, dass du erwischt worden bist. Ich kann dir nicht die Schuld daran geben, dass Vater uns verlassen hat. Und man kann sich zwar nicht unbedingt aussuchen, in wen man sich verliebt, aber man kann sich sehr wohl entscheiden, wie man sich verhält, so viel habe ich inzwischen begriffen. Ich bin froh darüber, Luca begegnet zu sein, weil ich dich jetzt verstehen kann. Und ich bin froh, weil mir die Reise mit Tyler Zeit verschafft hat, darüber nachzudenken, was ich wirklich will. Ich muss mich für die Möglichkeit entscheiden, die meine Selbstachtung nicht gefährdet. Damit will ich dich nicht verurteilen, Mama. Jeder muss das tun, was für ihn das Richtige ist.«

»Ich bewundere dich, Kim. Du bist so stark. Alle diese Männer in meinem Leben …« Sie verstummt. »Darüber haben wir noch nie gesprochen.«

Im ersten Augenblick will ich ihr sagen, das sei auch nicht nötig, doch dann begreife ich, dass auch sie sich etwas von der Seele reden muss. Und mich als Zuhörerin braucht.

»Als dein Vater uns verließ, habe ich mich selbst verachtet für das, was ich euch beiden damit angetan habe. Ich wollte unbedingt von jemandem hören, dass ich ein guter Mensch war. Als ich Mike kennen lernte, der mich für perfekt hielt, konnte ich nicht genug davon bekommen, wenn er mir sagte, wie wundervoll ich wäre. Mit diesen Worten im Kopf ging alles eine Zeit lang gut, doch irgendwann nutzte sich die Wirkung ab. Ich habe gemerkt, wie du mich angesehen hast, und verachtete mich wieder, und deshalb machte ich mich auf die Suche nach jemand anderem, der alles wieder in Ordnung brachte.«

Sie sieht mir in die Augen. »Es war nie von Dauer. Ich wechselte von Mann zu Mann, versuchte, jemanden zu finden, dem ich wirklich glauben konnte, aber ich habe die ganze Zeit die falsche Person gesucht. Im Grunde wollte ich immer nur von dir hören, dass du mir verziehen hast.«

Ich drücke ihre Hand. »Mama, ich habe dir verziehen! Es hat lange gedauert, aber ich meine es aufrichtig. Es war Dads Entscheidung, mich nicht mehr zu sehen, dabei hätte er sich jederzeit mit mir treffen können. Daran warst nicht du schuld.«

»Ich hätte alles getan, damit er bleibt«, gesteht Mama. »Es bricht mir das Herz, dass er einfach so aus deinem Leben verschwunden ist.«

»Vermutlich war es ihm egal.«

»Nein, Kim. Er hat dich geliebt, daran gibt es keinen Zweifel.«

»Hättest du mich einfach so im Stich gelassen?«

»*Niemals!*«, sagt sie entsetzt. »Aber ich glaube, er fand plötzlich alles ... *schmuddelig*. Mir fällt kein besseres Wort ein. Er liebte Ordnung. Er wollte die Übersicht behalten, erfolgreich sein. Wenn er mich ansah, dachte er an eine schief gelaufene Ehe, und bei dir wusste er meiner Ansicht nach nicht, wie er in deinem Leben eine Rolle spielen sollte, ohne dich täglich zu sehen. Es zerstörte das Bild, das er von sich selbst als gutem Vater hatte. Ich glaube, er wollte reinen Tisch machen und noch einmal von vorn anfangen.«

Reinen Tisch mit einem Menschenleben machen! In meinen Augen glich Dad bisher immer einem verletzten Tier, das seine frühere Kraft eingebüßt hat und sich ins hohe Gras zurückzieht, um seine Wunden zu lecken. Ich hatte Mitleid mit ihm. Und ich war wütend auf meine Mutter, die ihm das angetan hatte. Jetzt sehe ich ihn plötzlich als jemanden, der Menschen aus seinem Leben aussortiert, weil sie nicht zu dem Bild passen, das er von sich selbst hat.

»Was für ein Feigling! Warum hast du mir das nicht früher erzählt?«

»Mir warst du ja ohnehin schon böse. Warum hätte ich dir auch noch den Glauben an deinen Vater nehmen sollen? Ich hoffte, er würde eines Tages wieder in dein Leben zurückkehren, und wir könnten alles klären. Aber er ließ nie wieder von sich hören.«

Ich funkle wütend die Bodenfliesen an.

»Trag ihm nichts nach, Liebling. Ich wette, er hat sich mindestens eine Million Mal gewünscht, dich wiederzusehen. Wahrscheinlich hatte er einfach das Gefühl, es sei zu spät dafür oder störend, wenn er plötzlich zurückkäme.«

Ich seufze.

»Du sollst nicht verbittert werden wie deine Großmutter. Damit lässt es sich nicht gut leben. Du musst ihm verzeihen.«

»Das tue ich, aber nur unter einer Bedingung«, erwidere ich.

»Und die wäre?«

»Dass du mir all diese Jahre des Grolls verzeihst. Ich hätte mich nicht zur Tochter haben wollen.«

»Ach, Kim!« Mama fällt mir um den Hals. »Ich fand es immer wundervoll, deine Mutter zu sein.«

46

Ich sitze auf meinem Balkon, habe der Sonne den Rücken zugekehrt, lausche, wie das Meer ein- und ausatmet, und beobachte Mama, die geschäftig meine Schuhe in Plastiktüten wickelt. Diese Frau packt leidenschaftlich gern Koffer. Als ich mich vorbeuge, um einen Schluck Aprikosensaft zu trinken, schlägt eine leichte Brise eines der französischen Fenster zu, und ich sehe mein Spiegelbild in der Scheibe. Ich erinnere mich daran, wie ich an unserem ersten Tag auf den Balkon trat und das Gefühl hatte, ich sei versehentlich in ein Bild mit falschem Hintergrund geraten. Inzwischen habe ich begriffen, dass ich ebenfalls zum Panorama gehöre. Die Villen und Certosa-Gewölbe erheben sich hinter meinen Schultern, eine Möwe stößt herab und segelt wieder himmelwärts, und meine bloßen Füße werden auf den warmen Fliesen der Terrasse getoastet. Diese Schönheit ringsum. Die auch noch echt ist. Und die in zwei Stunden verschwunden sein wird.

Ich versuche mich damit zu trösten, dass auch Julia ein ganzes Leben voller Liebe in eine Nacht mit Romeo hineinquetschen musste, aber bei dem Gedanken, Luca verlassen zu müssen, bin ich wie gelähmt.

»Willst du das hier mitnehmen, oder soll ich es für dich aufbewahren?«, fragt Mama und hält Rosas Hochzeitskleid hoch.

»Bewahr es für mich auf«, sage ich. Falls ich es je brauchen sollte, würde ich zurückkommen. Ich könnte niemals einen anderen heiraten, ehe ich nicht genau wüsste, dass Luca und ich unter keinen Umständen zusammen sein können.

»Ich rufe Rosa an und verabschiede mich von ihr«, beschließe ich.

»Ich lass dich für einen Moment allein«, entgegnet Mama und verzieht sich diskret.

Meine Tränen strömen reichlich, als ich Rosa davon erzähle, was inzwischen mit Luca geschehen ist. Ich sehne mich verzweifelt danach, dass sie mir sagt, es gebe immer noch einen Hoffnungsschimmer.

»Unterdrück deine Liebe nicht, Kim«, erwidert sie sanft. »In deinem Herzen ist immer Platz für ihn, wo du auch bist, wen du auch liebst. Es ist ein Fehler, wenn man versucht, zu schnell über jemanden hinwegzukommen.«

Ich halte meine Tränen zurück, damit ihre weisen Worte nicht von meinem Schluckauf unterbrochen werden.

»Die Menschen wollen immer an allem Fehler sehen, damit die schönen Empfindungen sauer schmecken, aber jedes Gefühl hat seinen eigenen Moment. Freue dich, dass du Liebe erfahren hast, und sei traurig, wenn du das sein musst. Es ist deine Entscheidung, ob du das Universum verfluchen möchtest, weil ihr beide nicht zusammen sein könnt, oder ob du froh bist über die Zeit, die ihr miteinander verbracht habt.«

Mein abgerissener Atem wird gleichmäßiger, als sie weiterspricht:

»Denk daran, am Ende kommt alles in Ordnung. Und wenn es nicht in Ordnung ist, dann ist es auch noch nicht das Ende.«

Nach dem Gespräch mit Rosa bin ich ruhig, kann alles akzeptieren und spüre sogar leisen Optimismus im Hinblick auf die Zukunft. Ich danke ihr und verspreche, sie beim nächsten Mal zu besuchen, wenn ich aus Cardiff komme, um Mama zu sehen. O Gott. Schon wieder dieses Gefühl. Das nagende, unruhige Gefühl, das mich überfällt, sobald ich daran denke, mein altes Leben wieder aufzunehmen. Das Gute daran ist, dass es einfacher sein wird, Luca als fernen Traum zu betrachten, wenn ich zu Hause auf dem Sofa liege und fernsehe. Aber ich will ihn nicht vergessen. Ich ziehe es eher vor, die einmal eingeschlagene Richtung beizubehalten und den Schmerz zuzulassen, als wieder in meine Gefühlstaubheit zurückzufallen. Luca hat mir neuen Lebensmut geschenkt, und plötzlich fällt mir ein, dass ich gern dem Mann danken würde, der ihn zu mir geführt hat – meinem Großvater Vincenzo.

Meine Mutter ist spurlos verschwunden, und ich bitte Mario, ihr zu sagen, dass ich in einer halben Stunde zurück bin.

Auf dem Weg zum Friedhof mache ich unterwegs kurz im Blumenladen Halt. Kniend lege ich die beiden Magnolien am Grabstein meines Großvaters nieder – eine ist von mir und eine von Carmela. Ich beschließe, dass es an der Zeit für sie ist, ihm zu verzeihen.

Den Rückweg zum Luna trete ich mit neuer Selbstsicherheit und neuem Wagemut an. Es ist beinahe, als hörte ich Carmela sagen: »Lauf nicht vor dem Leben davon wie ich, Kim!« Während Vincenzo mir zuflüstert: »Du wirst die wahre Liebe finden, wenn du an die Liebe glaubst.« Ich weiß jetzt, was ich tun muss.

Nach einem kurzen Anruf bei der Fluggesellschaft erstehe ich in der Parfümerie ein Fläschchen Carthusia für den Mann, das ich Mama unters Kopfkissen legen will, und gehe zum Hotel zurück.

»Möchtest du mein Paul-Mitchell-Shampoo mitnehmen?«, fragt Mama. »Es scheint gut für dein Haar zu sein …«

Ich nehme das Geschenk an, obwohl ich mit »Nie mehr Tränen«, dem Babyshampoo von Johnson's, besser bedient wäre.

Das Telefon klingelt. Es ist Mario. Er möchte Mutter sprechen.

»Hallo? Ja? Wunderbar. Danke für die Nachricht.«

»Was wollte er denn?«

»Ach, er hat nur gesagt, er habe an der Bar einen speziellen Abschiedscocktail für uns vorbereitet.«

»Kommt PM noch vorbei, bevor ich abreise?«

»Ja, er müsste gleich hier sein.«

»Hast du schon entschieden, wie es mit ihm weitergehen soll?«

Mama seufzt. »Ich werde ihn nicht heiraten. Ich brauche keinen Mann mehr, um mich gut zu fühlen.«

»Aber er ist ein netter Kerl, Mama. Lass ihn nicht gehen, weil du mir damit etwas beweisen willst.«

»Nein, keine Sorge. Ehrlich gesagt glaube ich, dass ich im Moment noch nicht reif bin für eine neue, feste Beziehung. Erst will ich sehen, wie ich hier mit dem Laden zurechtkomme. Luca und ich teilen uns das Geschäft zur Hälfte, das lässt mir alle Möglichkeiten offen.«

Ich versuche zu lächeln, als ich Lucas Namen höre. Es fällt mir leichter, als ich gedacht hatte. Wie schön es ist, diesen Mann zu lieben. Ich habe das sichere Gefühl, dass wir eines Tages …

»Jedenfalls besteht kein Anlaß zur Eile, oder?«, fährt Mama fort. »Vielleicht kann ich Tony im Winter in Atlanta besuchen, wenn auf Capri nicht viel los ist.«

»Ein guter Plan!«, stimme ich zu. Dann wird mir plötzlich ganz mulmig. Auch wenn ich die Ehemänner meiner Mutter nicht leiden konnte, musste ich mir bisher wenigstens keine Sorgen machen, sie könnte einsam sein. »Glaubst du, es wird dir gefallen, allein hier zu leben?«

»Ich bin doch nicht allein. Ich habe Sophia!«

»Aber keinen Mann …«

»Ich glaube nicht, dass mir hier auf dieser Insel ein Mauerblümchen-Dasein bevorsteht, oder bist du anderer Ansicht?«

»Nein«, gebe ich lächelnd zu.

»Ich kümmere mich jedenfalls um meine Angelegenheiten und mische mich nicht mehr in deine ein. Damit ist es vorbei! Wenn du also unbedingt eine Fettabsaugung über dich ergehen lassen willst …«

»Wie bitte?«

»Ich stehe dir nicht im Weg.«

»Spinnst du?«

»Wie meinst du das?«

»Ich lasse doch nicht zu, dass ein Kerl einen Schlauch in mich schiebt und meinen Bauch in einen Eimer absaugt.«

Mama sieht wie vom Donner gerührt aus.

»Das ist doch Qualitäts-Speck! Ich habe mir diesen Bauch verdient!«, fahre ich fort. »Ich habe endlich ein Fleckchen Erde gefunden, wo man so aussehen kann wie ich und trotzdem wie ein Supermodel behandelt wird. Ich gehe hier nicht weg!«

»Aber …« Sie mustert verwirrt die Koffer.

»Ich verlasse Capri, aber ich bleibe in Italien. Ich habe die Fluggesellschaft bereits verständigt.«

»Wann?«

»Vor ungefähr einer halben Stunde, auf dem Rückweg von Großvaters Grab.« Ich grinse, da ich genau weiß, wie entzückt Mama darüber ist, dass ich Frieden mit ihm geschlossen habe. »Ich fange in Venedig an und mache eine Tour durch alle Städte und Landstriche, die ich noch nicht kenne: Pisa, die Toskana, Ligurien. Ich will das ganze Land erforschen.«

»Allein?«

»Na ja, es wäre schön gewesen, wenn Cleo Zeit gehabt hätte …«, antworte ich und unterdrücke die unbehaglichen Gedanken, die sich bei dieser Schwachstelle meines Planes sofort einstellen. »Aber ich kann einfach noch nicht zurück.« Ich habe die Hoffnung, Cleo doch zu überreden, noch nicht aufgegeben – jedes Mal, wenn ich in einem Restaurant sitze, werde ich sie anrufen und ihr die Speisekarte vorlesen, so lange, bis sie schließlich klein beigibt.

»Wie sehr?«, fragt Mama.

»Wie sehr was?« Ich runzle die Stirn.

»Wie sehr hätte es dir gefallen, wenn Cleo dich auf deiner Reise durch Italien begleitet hätte?«

Ich lege den Kopf schräg und blicke meine Mutter fragend an. Statt einer Antwort führt sie mich auf den Balkon. Unten auf der Terrasse sitzt meine beste Freundin Cleo und trinkt einen gigantischen Bellini.

Kreisch!

»Was machst du denn hier?«, johle ich, ganz aus dem Häuschen.

»Weißt du, wieviel Balsamico-Essig man für 15 Millionen Lire kaufen kann!?!«

Ich lache laut auf und bin vor Begeisterung den Tränen nahe.

»Und was ist mit Fernsehen?«

Sie hält eine glänzende, silberne Videokamera hoch. »Ich dachte, wir könnten vielleicht unser eigenes Programm machen.«

»Woher hast du das?«

»Vom Blender bei FotoFix geborgt.«

Plötzlich scheint die Zukunft voll überwältigender Möglichkeiten zu sein. Vermutlich können 5.000 Pfund doch das Leben eines Menschen verändern, wenn man sie nur richtig anlegt!

Mitverschwörer Mario tritt auf die Terrasse, um zu sehen, was es mit dem Geschrei auf sich hat. Er sieht erst zu mir hoch und dann wieder auf Cleo und seufzt: »Früher es waren Romeo und Julia – jetzt es sind verrückte Frauen wie ihr zwei.«

»Wir sind keine Frauen!«, rufe ich zurück. »Wir sind das PARADIES!«

Danksagung

Grazie mille an: meine wunderbare, inspirierende Mutter, die ein Filmstar der Fünfzigerjahre hätte sein sollen; James »ciaociao« Breeds, meinen Mitbewohner, der beim Fernsehen immer Kopfhörer getragen und für viele köstliche italienische Abendessen gesorgt hat; Cabbage, der auf die Koffer aufpasste; Emily »Bella« O'Neill für den *West-Side-Story*-Augenblick auf der Via Emanuele, der sogar für dieses Buch zu absurd war!; Antonio Cacace vom Massa Lubrese; das umwerfende Personal im Hotel Luna, insbesondere Andrea, Antonino, Luigi und Vincenzo; und natürlich an die Belegschaft des Restaurants Faraglioni, allen voran Mr. Paradise.

Gelato ohne Ende für: Yasmin Sethna bei Voyager PR; Gianni bei Magic Of Italy für kenntnisreiche Übersetzungen; Fiona, Karen und Stephen beim Orientexpress; Camille im Gabbia d'Oro; Christine und Helen bei Wedding & Home; Carla Finer bei L'Oreal für ihre überwältigende Gastfreundschaft und dafür, dass sie meine Unbeholfenheit einfach übersehen hat; Sarah Harvey bei Starwood für die Pistaziengeschichte und ihre übersprudelnde *joie de vivre*.

Besonderer Dank geht an meinen bezaubernden Halbcousin Steven Lame, der dank seiner unglaublichen Weitsicht meinen Parma-Schinken gerettet und mich am Tag vor meinem Abgabetermin beruhigt hat.

Eine Runde aufgeschäumte Cappuccinos geht an: Gill und Derek, die das Bellagio lieben; Graham und Andrew und ihre leise klirrenden, mit Bellini gefüllten Gläser; Sandy Battaglia und ihren heiß geliebten Amarone; Tahira Yaqoob, die ausgelassene Cardiff-Bewohnerin; Trevor & Gareth Jones, zwei sehr weise Waliser; den umtriebigen Charles Thom und die süße Sarah Green – hoffentlich schaffen es Stella und du eines Tages bis nach Maiori!

Limoncello-Hallos an: Kate Elton, die tollste Herausgeberin, die sich ein Mädchen wünschen kann: enthusiastisch, ermutigend, instinktsicher und klug. Dank auch an die anderen Perlen bei Random House: Jo Craig, Ron Beard, Grainne Ashton, Sarah Harrison und Alison Groom.

Und Lizzy Kremer bei Ed Victor Ltd., die mich überhaupt erst auf die komische Idee brachte, Romane zu schreiben, und mir vorschlug, Luca umzutaufen.

Und zum Schluss noch Dank meiner Heldin Claudia Cardinale, die Rosa für mich zum Leben erweckt hat.